Mirjam Müntefering
Liebesgaben

PIPER

Zu diesem Buch

Für viele würde sich ein Traum erfüllen, wenn man Monogamie künstlich erzeugen könnte. Die ehrgeizige Institutsleiterin Ines van Hauser stellt die Forschungen ihres Hauses für ein gewagtes Fernsehprojekt zur Verfügung. »Das Labor« will täglich ausstrahlen, was Wissenschaftler und Probanden in den Versuchsräumen herauszufinden versuchen: Binden sich die Versuchshunde tatsächlich ausschließlich an einen einzigen Sozialpartner Mensch? Nicht nur Tierversuchsgegner interessieren sich für die Experimente. Eine Partnervermittlungsagentur will das Rezept kaufen. Selbst die Regierung wähnt darin die Chance auf abrupt fallende Raten von Scheidungen und Unterstützung für Alleinerziehende. Sofern die Versuche auf den Menschen übertragbar sind! Doch mit Versuchen an Hunden allein ist nicht viel zu beweisen. Als die Wissenschaftlerin Doktor Kim Richardson sich zunehmend zu ihrer distanzierten Kollegin Désirée hingezogen fühlt, stellt sich die Frage: Kann sie sicher sein, nicht selbst Teil des Experiments geworden zu sein? Ein bewegender Roman über die Liebe in all ihren Facetten.

*Mirjam Müntefering*, geboren 1969, studierte Theater-, Film- und Fernsehwissenschaften, volontierte und arbeitete einige Jahre fürs Fernsehen. Im Jahr 2000 entschied sie sich jedoch gegen die journalistische Karriere und für das Schreiben sowie für ihre Hundeschule. Sie lebt als Romanautorin und Hundetrainerin in Hattingen im Ruhrgebiet. Zuletzt erschienen ihre Romane »Luna und Martje«, »Emmas Story«, »Jetzt zu dritt«, »Unversehrt«, »Liebesgaben« und der autobiographische Bericht »Tochter und viel mehr«.

Mirjam Müntefering

# Liebesgaben

Roman

Piper München Zürich

*Mehr über unsere Autoren und Bücher:*
*www.piper.de*

Von Mirjam Müntefering liegen im Piper Taschenbuch vor:
Flug ins Apricot
Wenn es dunkel ist, gibt es uns nicht
Apricot im Herzen
Luna und Martje
Unversehrt
Tochter und viel mehr
Liebesgaben

*Für all jene, die Liebe verschenken –*
*und dabei selbst reich werden*

Originalausgabe
Juli 2009

Umschlag: Büro Hamburg. Anja Grimm, Stefanie Levers
Bildredaktion: Büro Hamburg. Alke Bücking, Sandra Schmidtke
Umschlagfotos: Martin Meyer und Matilda Hartmann / zefa / Corbis (oben)
und plainpicture / Luks / Folio Images (unten)
Satz: Filmsatz Schröter, München
Druck und Bindung: CPI – Clausen & Bosse, Leck
Printed in Germany ISBN 978-3-492-25405-2

## *Bevor alles beginnt*

Im Intercityexpress 121 von Amsterdam nach Frankfurt saß im Wagen 26, erste Klasse, Abteil, auf dem Platz 76 am Fenster ein junger Mann.

Seine Wangen in dem blassen Gesicht waren gerötet und verliehen ihm ein frisches, beinahe kindliches Aussehen. Die hellen Augen – sie mochten blau oder grün sein – betrachteten die Landschaft, die vor dem Fenster vorbeiflog. Was er in der ersten Klasse zu suchen hatte, war fraglich. Er musste Student sein – niemand sonst hätte ein kanariengelbes T-Shirt mit dem Gesicht von Bert aus der Sesamstraße getragen. Er kam aus Utrecht und wollte nach Zürich, wohin ihn ein Freund eingeladen hatte.

Der Platz ihm gegenüber war frei. Neben ihm und auf den beiden Plätzen am Gang zwitscherten drei ältere Damen über ihre gerade beendete Seereise.

Für die Zugfahrt erwartete er nichts weiter als ein paar Stunden des Müßiggangs. Ganz sicher dachte er nicht daran, dass in Kürze etwas Außergewöhnliches geschehen könnte. Er glaubte nicht an das Schicksal. Das Leben war für ihn eine passable Aneinanderreihung von Zufällen, mit deren Verkettung er bisher ganz zufrieden gewesen war.

Als die Frau mit dem Wagen eisgekühlter Getränke vorbeikam, verlangte er eine Cola und lehnte sich auf seinem Sitz zurück.

## *Kim* *8. August*

Niemand konnte es mit Jeannette aufnehmen, wenn es um die zärtliche Zungenmassage von Füßen ging. Kim blinzelte im Halbschlaf und stellte fest, dass sie wieder mal vom Kopfende ihres Bettes nach unten gerutscht war. Ihre Füße, die unter der Decke hervorlugten, boten offenbar ein einzigartiges Objekt der Begierde. Zumindest in Jeannettes überschaubarer Welt. Während Kim langsam zu Bewusstsein kam, sprang Jeannette auf, umrundete das Bett und begann sofort mit einer kräftigen Fußmassage. Als sie schließlich die nasse Zunge auch in Kims Zehenzwischenräume quetschte, wurde diese endgültig wach. Beim Blick auf den Wecker fuhr sie in die Höhe.

»Verfluchte Kacke!«

Sie sprang auf und stolperte ins Bad. Unerschrocken tanzte Jeannette auf dem Weg ins Bad um sie herum.

Jeannette war ein Pudel. Doch ihr Fell war weder schwarz noch weiß oder apricotfarben, sondern von verwaschenem Hellbraun, was bei Pudeln als Fehlfarbe galt. Ihr Züchter hätte sie nach der Geburt am liebsten an die Wand geklatscht, denn Jeannettes Aussehen zeugte davon, dass irgendwo in der Ahnenreihe etwas schiefgelaufen war. Jeannette wurde meist nicht als Pudel eingeschätzt, besaß sie doch eine ungewöhnliche Größe für einen Schoßhund. Sie war ein Großpudel und deswegen hoch und schlank auf den langen Beinen. Mehrmals im Jahr gönnte Kim ihr eine Komplettschur mit der Maschine und ließ dann alle Locken gleichmäßig nachwachsen. Momentan machte Kim sich jedoch wenig Gedanken um Jeannettes Frisur. Vielmehr legte sie in Rekordgeschwindigkeit ihre Morgentoilette hin, verzweifelt bemüht, aus ihrem wüst gestopften Kleiderschrank ein Outfit zusammenzustellen, das der Begegnung mit einer immer wie aus dem Ei gepellten Chefin standhalten würde. Die Kaffeemaschine spuckte eine Tasse teerähnlichen Gebräus aus. Vier Schlucke. Hundeleine. Springender Pudel.

Nichts wie los.

»Wie siehst du denn aus?«, fragte Nadine, nachdem sie die Tür geöffnet hatte.

»Ich muss ins Labor«, antwortete Kim, während Jeannette sich an ihr vorbeiquetschte und ins Haus schoss. »Kannst du Jeannette den Tag über nehmen?«

Nadine trug noch ihr Schlafshirt.

»Den ganzen Tag? Wir wollten eigentlich …« Nadine wandte den Kopf und rief in den Flur: »Schatz, kommst du mal?«

Auch das noch.

»Ich bin schon zu spät«, murmelte Kim. Doch hinter Nadine tauchte bereits Petras feingliedrige Gestalt auf. »Was ist?«

»Kim fragt, ob wir den Hund nehmen können. Wollen wir umdisponieren und an den See fahren?«

»Wolltet ihr wegfahren?«, fragte Kim und trat einen großen Schritt von der Tür zurück.

»Hm«, nuschelte Petra mit vollem Mund.

»Was willst du denn am Wochenende im Labor? Fahr doch mit uns zum Baden«, wandte Nadine sich wieder an Kim.

»Ich …«, begann Kim.

»Kein Problem, wir nehmen Jeannette«, sagte Petra in diesem Augenblick. »Sie schwimmt doch so gern.«

Jeannette hatte ihren Namen gehört, stürmte erneut durch die Tür, diesmal in der anderen Richtung, sprang an Kim hoch und verschwand im Garten.

»Ich muss unbedingt noch etwas fertig kriegen«, wich Kim aus und besah sich den Fleck auf der Bluse.

Nadine betrachtete sie forschend. »Du bist unbelehrbar. Machst du denn nie Pause?« Es berührte Kim seltsam, dass ihre Stimme so liebevoll klang.

»Ich muss los«, seufzte sie. »Ich hol Jeannette heut Abend wieder ab, okay?«

Bis zum Institut waren es zwanzig Minuten. Die Klimaanlage im Auto tat ihr Bestes. Aber es war dennoch unerträglich heiß. Daher war Kim erleichtert, als die Tür des Hintereingangs sich hinter ihr schloss. Sofort umfing sie angenehme Kühle. Rasch ging sie den langen Korridor entlang, vorbei an Laboren, durch deren bullaugenartige Fenster sie spähte. Doch niemand außer ihr war heute unterwegs.

Es stimmte nicht, dass sie noch etwas zu erledigen hatte.

Sie war eingeladen zu einem wichtigen und streng vertraulichen Gespräch. So war es ihr angekündigt worden. Von niemand Geringerem als Frau van Hauser höchstpersönlich.

In der schriftlichen Einladung, die sie letzte Woche in ihrem Instituts-Postkasten gefunden hatte, wurde ihr bereits im Vorfeld untersagt, auch nur einer Menschenseele von dem anberaumten Gespräch zu erzählen.

Ihre Schuhsohlen quietschten auf dem Linoleumboden. Sie blickte an sich hinunter. Oh nein! Sie trug nicht ihre Ledersandalen, sondern war aus Gewohnheit in ihre hellen Turnschuhe geschlüpft. Es war zum Heulen.

An den Aufzügen musste sie nicht warten. Im siebten Stock stieg sie aus und wählte den linken Gang. Er führte zu einer großen Flügeltür aus Milchglas. Dort klopfte Kim mit fester Hand an. Von innen wurde sogleich schwungvoll geöffnet.

»Doktor Richardson?«, fragte die Frau. Sie war etwa in Kims Alter. Ein südländischer Typ mit locker zurückgebundenem pechschwarzem Haar.

»Guten Morgen«, nickte Kim und trat ein.

Wortlos führte die Unbekannte sie quer durch das leere Büro der Vorzimmerdame zur ledergepolsterten Tür des Büros. Dort klopfte sie dreimal, und eine helle Stimme antwortete mit einem unerwarteten »Natürlich! Natürlich!«

Kim betrat das Büro der Institutleiterin Ines van Hauser. Zu ihrer Verwunderung folgte ihr die Frau aus dem Vorzimmer und schloss die Tür hinter sich.

»Doktor Richardson«, sagte Frau van Hauser mit leiser Stimme und erhob sich hinter ihrem gewaltigen Schreibtisch aus Chrom und Glas.

Kim war dankbar, dass ihre Schuhsohlen auf dem dicken Teppich nicht quietschten, und ergriff die dargebotene Hand.

»Sie haben sich schon bekannt gemacht?«, fragte Frau van Hauser mit einem Blick zu der anderen Frau hinüber.

Kim lächelte entschuldigend.

»Meine Tochter«, erklärte Frau van Hauser, während sie wieder Platz nahm.

Natürlich. Kim hätte sie von den Fotos und Zeitungsausschnitten wiedererkennen müssen. Désirée van Hauser. Geliebtes Einzelkind des großen Forschers Robert van Hauser. Dessen erste Frau, tatsächlich eine Südamerikanerin, war gestorben, als die Tochter noch klein war. Désirée van Hauser war Wissenschaftlerin wie ihr Vater. Ebenfalls Ornithologin. Alle Angestellten wussten, dass sie ihr Territorium in Südamerika abgesteckt hatte. Sie war in der Forschung tätig, reiste viel in der Welt umher, um außergewöhnliches Vogelverhalten zu beobachten oder im Van-Hauser-Institut in Mexico City unter Laborbedingungen Versuche durchzuführen.

Es ging das Gerücht um, die Tochter des Beinahe-Nobelpreisträgers und ihre Stiefmutter seien sich nicht sonderlich zugetan. Umso beunruhigender fand Kim jetzt, dass offenbar beide bei dem vertraulichen Gespräch zugegen waren.

»Bitte nehmen Sie Platz«, sagte Frau van Hauser und deutete auf einen Ledersessel. Désirée van Hauser trat zur Fensterfront und blickte über das Maintal.

»Schauen wir mal«, murmelte Frau van Hauser und beugte sich über einen Aktenordner, während Kim sich setzte und entspannt und locker zu wirken versuchte. Mit einer Hand versuchte sie vergeblich, den Hundepfotenfleck auf ihrer hellen Bluse zu verdecken.

»Sie sind bereits seit zehn Jahren bei uns beschäftigt«, stellte Frau van Hauser mit Blick auf die Unterlagen fest.

Sie würden ihr doch nicht kündigen? Nein. Für eine Kündigung lud niemand eine Angestellte am Samstag zu einem geheimen Gespräch.

»Neun Jahre und zehn Monate, um genau zu sein«, erklärte Kim mit dünner Stimme.

Frau van Hauser spitzte die Lippen. »Begonnen haben Sie Ihre Laufbahn unter Doktor Hausmann-Schurpe, richtig? Hier finde ich einige hervorragende Beurteilungen von ihr.«

»Sie ist eine erstklassige Wissenschaftlerin«, antwortete Kim loyal. Dass Margret und sie sich auch hin und wieder außerhalb des Institutes trafen, um bis in die Nacht in Kneipen und Biergärten Politik, ihre Arbeit und ihr Liebesleben zu diskutieren, musste sie ja nicht preisgeben. Die Erwähnung des Wortes Laufbahn war allerdings interessant. Ging es um eine Beförderung?

Kim war Abteilungsleiterin. Sie hatte sich auf keine Stelle beworben.

»In der Tat«, stimmte Frau van Hauser ihr zu. »Sie spricht in den höchsten Tönen von Ihnen. Und ich muss sagen, dass ihre Meinung den Ausschlag gab, dass wir uns heute hier treffen. Hm. Hm. Ihr Artikel im *Journal of Ethology* zum aktuellen Stand der Endorphingewinnung durch Beigabe gewisser Stimulanzien hat viel Aufmerksamkeit erregt. Ich denke, Ihre eigenen Forschungsarbeiten der beiden Jahre zuvor haben zu den maßgeblichen Erkenntnissen beigetragen. Glückwunsch!« Sie sah über den Rand ihrer Brille hinweg und nickte anerkennend.

Kim lächelte. Ihr entging jedoch nicht, dass Désirée van Hauser sich auf ihrem Fensterplatz umwandte, um sie ausgiebig zu mustern. Als könne sie nicht glauben, dass diese nachlässig gekleidete Frau im Sessel ihrer Stiefmutter tatsächlich etwas draufhatte.

»Welches Tier?«, fragte Désirée van Hauser.

»Ratte und Hausschwein«, erwiderte Kim. Kurz konnte sie auch.

Désirée verzog den Mund und kehrte ihr wieder den Rücken zu.

Was war an Ratten und Schweinen nicht in Ordnung? Ratten waren sagenhaft intelligent. Und der Organismus des Schweins ähnelte dem des Menschen auf frappierende Weise.

»Haben Sie ein Lieblingstier?«, griff Frau van Hauser den kleinen Schlenker ihrer einsilbigen Stieftochter auf.

Kim blinzelte. »Nun, ich arbeite gern mit Ratten. Sie überraschen mich immer wieder mit ihren klugen Schlussfolgerungen und ihrem Lernverhalten. Ich finde, sie bevölkern zu Recht die Erde so zahlreich.«

»Und was wissen Sie über das Lernverhalten von Vögeln?«, fragte Désirée van Hauser, ohne sich die Mühe zu machen, sich umzuwenden. »Vögel. Das ist doch Ihr Spezialgebiet«, antwortete Kim vorsichtig.

In Wahrheit war die Tatsache, dass sie Vögel nicht für die faszinierendsten Geschöpfe unter der Sonne hielt der Spagat, den sie seit Beginn ihrer Tätigkeit beim Institut van Hauser hinlegte. Der große van Hauser, für den Kim vor seinem Tod nur kurz hatte arbeiten können, war fanatischer Ornithologe gewesen. Offenbar stand seine Tochter ihm darin nicht nach.

Frau van Hauser klopfte zweimal kurz mit einem Fingernagel aufs Papier. »Ich meinte eigentlich weniger die Tiere, mit denen Sie arbeiten. Vielmehr interessiert mich, ob Sie in Ihrer Freizeit ein Tier besonders mögen. Sie sind doch tierlieb. Sie halten selbst einen Hund, richtig?«

»Ähm, ja. Ja, sicher. Jeannette.«

»Bitte?«

»Mein Hund ... heißt Jeannette.«

Diesmal lag auf dem Gesicht, das sich von der Fensterfront kurz ihr zuwandte, ein Ausdruck verwunderter Neugierde.

»Ein Pudel. Die können keine normalen Hundenamen haben«, erklärte Kim.

Offenbar war mehr als ein wild gelockter Vierbeiner vonnöten, um Frau van Hauser aus dem Konzept zu bringen.

»Mein Mann war den Säugetieren wenig zugetan. Wir hatten natürlich Volieren rund ums Haus. Aber niemals einen Hund. Daher erschließt sich mir das Zusammenleben mit einem Vierbeiner nicht so wie anderen Menschen. Erzählen Sie von Ihrem Hund!«

»Nun ja, wie gesagt, Jeannette ist ein Königspudel. Aber sie sieht nicht wirklich so aus. Weil ich sie nicht so schere, wie die meisten sich einen Pudel vorstellen. Jeannette sieht aus wie ein schlanker hellbrauner Jagdhund mit Locken.« Kim hielt kurz inne. »Was möchten Sie denn gern wissen?« Das Gespräch kam ihr zunehmend absurd vor.

»Wo ist der Hund jetzt gerade?«, wollte Frau van Hauser wissen.

»Ähm ... bei einer Freundin.«

»Ist er da gern?«

Kim lächelte. »Und ob. Aber natürlich ist sie lieber bei mir«, fügte sie rasch hinzu. Spontan kam ihr der Gedanke, Teil eines kleinen Experiments zu sein. Frau van Hauser hatte sich mit einem Gesichtsausdruck vorgebeugt, der von wissenschaftlichem Interesse sprach.

»Dass Ihr Hund Sie mehr liebt als irgendeine Freundin, scheint Ihnen wichtig zu sein«, bemerkte Frau van Hauser sanft.

Pieks, pieks. Das war eine empfindliche Stelle. Aber Frau van Hauser konnte ja nicht wissen, dass Nadine alles andere als irgendeine Freundin war.

»Ist das nicht selbstverständlich?«, antwortete Kim und stellte alle Gefühle zum Thema hintenan. »Mir ist nicht egal, mit wem mein Hund unterwegs ist. Jeannette ist für mich so was wie eine ... ein Sozialpartner.« Sie hatte Freundin sagen wollen.

Désirée van Hauser seufzte gegen die makellos geputzte Glasfront.

»Das wird zunehmend auch in den Medien thematisiert, nicht wahr?« Frau van Hauser lehnte sich in ihrem Sessel zurück. »Der Hund als Sozialpartner, manchmal als einziger Ansprechpartner für vereinsamte Menschen in unserer heutigen Gesellschaft. Es gibt im Fernsehen unzählige Sendungen über das Zusammenleben mit Vierbeinern. Haben Sie mit Ihrem Hund eine Hundeschule besucht?«

»Natürlich.«

»Hatten Sie Erfolg?«

»Inwiefern?«

»Gehorcht Ihnen Ihr Hund?«

»In dem Rahmen, den wir für unser Zusammenleben brauchen, ja.« Kim wünschte sich größere Hände, damit der Pfotenabdruck auf ihrer Bluse darunter komplett verschwinden könnte.

»Wie viel Geld haben Sie investiert, um Ihren Hund zu erziehen?«, wollte Frau van Hauser jetzt wissen.

»Jeannette«, antwortete Kim und betonte die einzelnen Silben, »ist intelligent wie die meisten Pudel. Ich habe mit ihr die Welpenspielgruppe besucht, einen Kurs zur Grunderziehung und dann noch ein paar Tricks und Kunststücke. Ich denke, insgesamt waren es an die vierhundert Euro.«

»Viel Geld für einen Hund.«

Es war irritierend, dass jemand so neutral über Jeannette sprach. Klar. Wissenschaftler waren so. Aber Jeannette war nun mal Jeannette.

»Bildung ist eben nicht umsonst«, versuchte sie einen kleinen Scherz.

»Und Bindung?«, konterte Frau van Hauser.

»Was wissen Sie über Prägevorgänge bei Vögeln?«, fragte Désirée van Hauser von der Seite her.

Das Gesicht ihrer Mutter wurde glatt wie ein Stück Pergament.

Kim beobachtete es mit Beunruhigung. Sie war sich nicht sicher, ob sie auf die Frage antworten sollte. Schließlich wusste sie, wer ihre Chefin war, die ihr monatlich das Gehalt aufs Konto überweisen ließ. Und die schien ziemlich angepisst über die permanente Einmischung von links.

Als Frau van Hauser jedoch nichts sagte und ein unbehagliches Schweigen sich im Raum ausbreitete, erwiderte Kim: »Seit Lorenz ist darüber viel geforscht worden. Wie könnte ich im Institut van Hauser arbeiten und darüber nichts wissen? Nachdem Ihr Vater doch selbst auf diesem Gebiet gearbeitet hat. Selbstverständlich weiß ich, wie die Prägung der Jungvögel auf die Alttiere aussieht.«

»Und die Bindung von adulten monogamen Tieren an ihre jeweiligen Partner?« Es war klar, dass der Jungvögelkram Désirée van Hauser nicht die Bohne interessierte. Wenn auch nicht so wenig wie Hunde. Kim erfasste eine spontane Antipathie.

»Ebenfalls ein durch Botenstoffe ausgelöster Vorgang. Findet im gleichen Bereich des Hirns statt. Möglicherweise sogar recht gut zu vergleichen mit meinen eigenen Studien der vergangenen zwei Jahre. Endorphine. Entstehung, Gewinnung, Auswirkungen. Aber …« Sie warf Désirée van Hauser einen bemüht überlegenen Blick zu. »Selbstverständlich lese ich die Instituts-Interna. Ich weiß also, dass Sie in Mexico City ganz ähnliche Versuche durchgeführt haben. Allerdings mit Hormonen, die die Bindung an einen Sozialpartner fördern, maßgeblich Vasopressin und Oxytocin. Beide Hormone steuern die soziale Bindungsfähigkeit. Monogame Partnerschaften, gesteuert durch Hormone, kommen bei etwa neunzig Prozent der uns bekannten Vogelarten vor. Aber soweit die moderne Wissenschaft heute weiß, bei nur etwa drei Prozent aller Säugetierarten«, erklärte Kim mit einer Stimme, die zunehmend an Kraft gewann.

»Was die Wissenschaft, modern oder nicht, stets dazu veranlasste, die Intelligenz der Vögel infrage zu stellen«, setzte Désirée van Hauser hinzu.

»Wer treu ist, kann nur blöd sein?«, fasste Kim zusammen.

»Und wer treu ist und Werkzeug herstellen und benutzen kann?«, glaubte Désirée van Hauser noch einen Tick schlauer zu sein.

»Arbeiten Sie in Mexico City nicht an dieser Thematik?«, fragte Kim. »Sie müssten mittlerweile wissen, inwiefern eine monogame Paarbindung die Fähigkeit zum abstrakten Denken beeinflusst.«

Dass Kim bei diesen Schlagworten vertrackterweise an Nadine denken musste, wandelte ihre bisherige Nervosität schlagartig in Gereiztheit. Geheime Einladung. Samstagvormittag. Seltsame Fragen. Die beiden Ladys sollten endlich auf den Punkt kommen.

Désirée van Hauser starrte Kim einen Moment lang mit unergründlicher Miene an.

»Bindung«, wiederholte Frau van Hauser, als hätte der kleine Schlagabtausch zwischen ihrer Stieftochter und Kim nicht stattgefunden. »Bindung erhält alle sozialen Lebewesen am Leben. Babys sterben, wenn man sie ohne Zärtlichkeit einfach nur versorgt. Hunde und Katzen verkümmern, wenn die Jungtiere nicht die Zuneigung ihrer Mutter oder einer entsprechenden Amme erfahren. Bindung ist das, was wir alle uns vom Leben erhoffen.«

Überraschung! Kim hatte immer geglaubt, in van Hausers Fall seien es eher möglichst hohe Fördergelder und wissenschaftliche Auszeichnungen.

»Sind Sie gebunden?«, fragte Frau van Hauser plötzlich vertraulich.

Kim blinzelte. Dann räusperte sie sich. Désirée van Hauser hatte ihr wieder den Rücken zugewandt.

»Wie?«

Frau van Hauser lächelte. »Sind Sie gebunden? Privat, meine ich. Als wir Sie damals einstellten, hatten Sie doch …«

»Ich bin wieder Single«, sagte Kim rasch.

So wie Frau van Hauser auf die Papiere blickte, sah Kim den Vermerk über ihr Privatleben geradezu vor sich. Irgendjemand musste sich die Mühe gemacht haben, die Worte »in (lesbischer) Beziehung lebend« durchzustreichen und durch »alleinstehend« zu ersetzen, nachdem sie sich hatte dazu hinreißen lassen, mit blankem Herzen und rot geweinten Augen einigen mildtätigen

Kollegen von der frischen Trennung zu erzählen. Wie auch immer. Es war nichts dabei, alleinstehend zu sein. Mit achtunddreißig Jahren war längst noch nicht alles gelaufen. Es gab haufenweise attraktive Frauen auf dem freien Markt …

»Sehen Sie viel fern?«, wollte Frau van Hauser nun wissen.

»Nicht alle Singles verbringen ihre Abende allein vor dem Fernsehapparat«, erwiderte Kim. Verflucht. Sie musste daran denken, dass sie erst gestern Abend gemütlich mit Jeannette auf dem Sofa einen Liebesfilm geglotzt hatte.

Frau van Hausers Blick verweilte auf Kims Gesicht. Nachdenklich. Forschend. Aber nicht kritisch. Und schon gar nicht missbilligend. Trotzdem fühlte Kim sich zunehmend unwohl.

»Sie Arme«, sagte Frau van Hauser und lächelte wieder. »Sicher fragen Sie sich, was all diese Fragen sollen.«

»Um ehrlich zu sein, ich platze vor Neugier«, gab Kim zu.

»Wie stellen Sie sich Ihre berufliche Zukunft vor?«, formulierte Frau van Hauser endlich die entscheidende Frage.

»Ich bin an meiner jetzigen Stelle absolut glücklich«, erklärte Kim. »Die gehobene Arbeit im Labor erfüllt mich voll und ganz. Ich kann Projekte ins Leben rufen und delegiere dabei Arbeiten. Darf unter meinem Namen publizieren, was ich herausfinde. Fahre auf Kongresse und kann beim Etat und der Verwaltung von Fördergeldern mitreden. Was sollte sich eine Wissenschaftlerin Besseres wünschen? Natürlich habe ich für meine Zukunft einige Projekte im Auge. Aber wenn Sie mit Ihrer Frage darauf abzielen, ob ich auf der Karriereleiter weiter nach oben klettern möchte, in Richtung Leitungsetage, also fort von der Forschungsarbeit …«

Frau van Hauser hob die schmalen Brauen.

»Dann muss ich sagen: Daran habe ich kein Interesse.«

»Interessant«, bekannte Frau van Hauser lächelnd und nickte. Dann wandte sie sich zum ersten Mal ihrer Tochter zu. »Sagte Doktor Zernick nicht genau dasselbe?«

Désirée van Hauser reagierte nicht.

»Ich glaube sogar, er benutzte die gleichen Worte«, bestätigte Frau van Hauser sich selbst mit einem Kopfnicken. Zernick? Was hatte der hier zu suchen? Unerträglicher Quatschkopf. Trotz aller Referenzen ein Wissenschaftler, den die Welt nicht brauchte. Und Kim noch weniger. Besonders seitdem er nach ihrem Posten schielte. Wahrscheinlich hatte er das Stellvertreterdasein in der Nachbarabteilung satt. Nervend oft hatte er Verbesserungsvorschläge für strukturelle Vorgänge in Kims Ressorts parat. Bot sich als Urlaubsvertretung an, um zu demonstrieren, dass er im Thema »Endorphine« voll drin war. Frau van Hauser hatte mit ihm gesprochen?

»Ihre derzeitige Position«, sagte Frau van Hauser und musterte Kim mit durchdringendem Blick, »eignet sich hervorragend, um ein Projekt zu leiten, auf das meine Tochter und ich momentan alles setzen.«

Désirée van Hauser hielt es nicht für nötig, sich zur Bekräftigung dieser Worte umzudrehen.

»Sie sind heute Morgen hier, Doktor Richardson, um als Erste von unseren Plänen zu erfahren.«

Frau van Hauser nahm eine lederne Mappe aus einer Schublade ihres Schreibtisches.

»Sind Sie sich dessen bewusst, dass unser Treffen und jedes Wort, das hier gesprochen wird, strengster Geheimhaltung unterliegen? Nicht das Geringste darf nach außen dringen.«

Kims Hände hoben sich wie von selbst. Der Mappe entgegen. Sie schlug die erste Seite auf und las. Schließlich klappte sie die Mappe wieder zu und war sich plötzlich bewusst, dass Frau van Hauser sie nicht aus den Augen gelassen hatte. Die Tatsache, dass Désirée van Hauser sich von der Glasfront abgewandt hatte und sie ebenfalls unverhohlen musterte, erreichte Kims Bewusstsein wie ein kleiner Schock.

»Das ist …«, begann Kim und verstummte wieder.

»Innovation«, lächelte Frau van Hauser und legte die Fingerspitzen aneinander. »Das Projekt liegt uns sehr am Herzen. Daher haben meine Tochter und ich beschlossen, die Zusammenstellung des wissenschaftlichen Teams selbst zu übernehmen. Alles muss passen. Verstehen Sie?«

»Wann …«, fragte Kim.

Frau van Hausers Augen blitzten auf. »Der Start ist in knapp acht Wochen. Sie müssten sich nur noch in die Materie einarbeiten und die Unterlagen sichten. Selbstverständlich sind Sie für diese Zeit freigestellt. Schließlich müssen Sie noch Ihren Mitarbeiterstab zusammenstellen.«

Kim räusperte sich. »Ich wollte eigentlich fragen, bis wann ich mich entscheiden muss.«

Désirée van Hauser wechselte das Standbein. Ihre Stiefmutter hob die Brauen.

»Die Arbeit Ihrer Abteilung, die Sie in den letzten zwölf Monaten geleitet haben, diente als Vorbereitung auf dieses einzigartige Projekt. Das ist Ihnen doch klar? Ihre Stelle und Position sind mittlerweile untrennbar verknüpft mit der Leitung dieses Experiments. Wollen Sie etwa sagen, dass wir Sie vielleicht gar nicht als Projektleiterin gewinnen können?«

»Frau van Hauser ...«, begann Kim. Dann setzte sie sich aufrecht hin und sagte: »Die Möglichkeit besteht, ja.«

»Doktor Richardson.« Der Tonfall machte deutlich, dass mit Kim gerechnet worden war und dass eine Absage unangenehme Folgen haben würde.

Kim sah Frau van Hauser offen an. Das funktionierte immer am besten. »Ich bin über das Stadium, derartige Arbeiten durchzuführen und nicht zu hinterfragen, lange hinaus. Genauso musste ich zu viele Erfahrungen mit Schlussfolgerungen sammeln, welchen Sinn und Zweck bestimmte Forschungsinhalte haben könnten. Ich kann mir also denken, worauf die Ergebnisse abzielen werden.«

Frau van Hauser lehnte sich in ihrem Sessel zurück. »Verraten Sie es mir?«

»Ich bin keine Freundin psychischer Abhängigkeiten. Weder beim Hund noch beim Menschen«, antwortete Kim.

Désirée van Hauser stieß ein Geräusch aus, das an ein Niesen erinnerte.

»Bitte«, sagte Frau van Hauser. »Nehmen Sie sich ein wenig Zeit und überdenken Sie das Ganze. Sie kommen sicher zu dem Schluss, dass unser Vorhaben nicht nur innovativ ist, sondern dass wir Mensch und Tier mit unseren Untersuchungen einen großen Dienst erweisen können.«

»Vor Publikum?«, erwiderte Kim.

»Finanzpläne gehören nicht in Ihren Bereich«, stellte van Hauser lächelnd fest.

»Sie nennen das einen ›Finanzplan‹?«, staunte Kim.

»Einen sehr schlauen«, nickte Frau van Hauser.

Kim sah zu Désirée van Hauser hinüber. Diese erwiderte den Blick aus schwarz glühenden Augen.

»Stellen Sie sich vor, wir könnten beweisen, dass Säugetiere und Vögel gar nicht so verschieden sind. Wenn sie nur die entsprechenden Rezeptoren im Gehirn besitzen und die notwendigen Hormone erhalten«, sagte sie.

»Trotzdem werden wir Säugetiere nicht fliegen lernen«, antwortete Kim.

»Nun, heute haben Sie genug zum Nachdenken«, schloss Frau van Hauser das Gespräch, reichte ihr die Hand zum Gruß und übergab ihr die Ledermappe.

Kim stand auf, ergriff die dargebotene Hand und dann mit spitzen Fingern die Mappe. Zur Fensterfront nickte sie nur kurz hinüber. Dann verließ sie auf leisen Turnschuhsohlen das Büro und schloss die Tür hinter sich. Der Fahrstuhl wartete noch. Sie fuhr jedoch nicht hinunter zur Ausgangsebene, sondern stieg im ersten Stock aus. Dort ging sie den Flur entlang, öffnete mit einem Schlüssel eine Tür und betrat das Labor. Alles sah genauso aus wie gestern. Das Putzpersonal war angewiesen, grundsätzlich nichts zu verändern.

Kim ging hinüber zu den Käfigen und spähte hinein. Sie kontrollierte die Wasservorräte und Futterautomaten der Probandentiere.

Die Versuche an ihnen führten alle dazu, dass es ihnen gut ging. Schließlich wurden Endorphine nicht umsonst als Glückshormone bezeichnet. Diese Tiere hatten tatsächlich Glück. Glück im Überfluss. Denn da es sich um eine Langzeitstudie handelte, wurden die Probanden auch nicht irgendwann überflüssig, sondern durften sich eines natürlich langen Lebens unter Artgenossen erfreuen. Es ging ihnen hier wesentlich besser als ihren Artgenossen in so manchem Kinderzimmer. Die kleinen Tests und Verhaltensbeobachtungen, zu denen sie herhalten mussten, erhöhten sogar ihre Lebensqualität, denn der dabei angestrebte positive Stress zeigte Wirkung auf Hirnwachstum und die Fähigkeit zum Wohlempfinden.

Trotzdem. Der einzige Nachteil an dieser Arbeit, die Kim so

liebte, waren die Tiere. Sie war Projekten, in denen es den Probandentieren nicht gut gegangen wäre, stets ausgewichen. Aber. Das Wissen darum reichte.

Ratten waren ihr schon immer sympathisch gewesen. Meerschweinchen waren zum Vergöttern niedlich. Die Hausschweine, die in den Anbauten untergebracht waren, stellten ausgeprägte Persönlichkeiten dar. Ganz ähnlich wie Hunde.

Vor Kims innerem Auge tauchte Jeannettes Gesicht auf. Die leberfarbene Nase. Der kluge braune Blick. Kim hatte noch nie an einem Projekt mitgewirkt, bei dem Hunde beteiligt waren.

Sie hatte es nicht vorgehabt. Und erst recht hatte sie nie im Sinn gehabt, ein Experiment unter diesen absurden Bedingungen durchzuführen. Das war undenkbar. Im Grunde lachhaft. Verrückt und abstoßend. Doch Kim war zu klug, um es sich nicht selbst rasch einzugestehen – auf eine gewisse Art und Weise war es genial.

Wahrscheinlich würde es funktionieren. Ganz sicher sogar. Nur wohl leider ohne sie. Sie seufzte leise und strich einem der Tiere ein letztes Mal mit der Hand über das seidig weiche Fell.

Ihr war der Unterton in Frau van Hausers Erwiderung auf ihre Zweifel nicht entgangen. Ihre Stelle, ihre Position hatte in den letzten zwölf Monaten vorbereitet, was jetzt durchgeführt werden sollte. Das hieß, dass Kim bereits für eine Arbeit vorgesehen gewesen war, die sie nie hatte ausführen wollen.

Sie warf noch einen Blick in jeden der Käfige. Dann ging sie hinaus, schloss die Tür hinter sich ab und verließ das Gebäude. Als sie ins Freie trat, entdeckte sie sofort den zweiten Wagen in der Nähe ihres Autos. Ein quietschorangegelbes Golf-Cabrio, das sich nur jemand mit ausreichend Geld und einem überdurchschnittlich gesunden Selbstbewusstsein leisten konnte. Beim Anblick des Autos blieb Kim stehen und wandte sich zum Institutsgebäude um. Niemand war zu sehen. Doch mit einem Mal war ihr, als habe sich hinter ihrem Rücken ein Feind in ihr Territorium geschlichen.

Der Wagen gehörte dem unverbesserlichen Dummschwätzer Doktor Holger Zernick.

Schon wieder.

Helena hielt abrupt inne, ließ den Trolley los, beugte sich nach unten und griff nach dem Schuh. Das Kopfsteinpflaster war so heiß, dass nun schon zum dritten Mal der spitze Absatz eines ihrer Pumps in den geschmolzenen Fugen hängen geblieben war. Diesmal büßte er beim Herauszerren sogar das fingernagelgroße Stückchen Gummi ein.

Helena seufzte leise und zog den Schuh wieder an. Ein Wunder, dass er noch passte. Bei diesen Temperaturen dehnte sich nicht nur Teer aus. Ihre Füße, sonst schlank und ansehnlich, fühlten sich an wie ein Paar gebrühte Wiener Würstchen kurz vorm Platzen.

Eine Gruppe Teenager, die ihr entgegenkam, erkannte sie. Es wurde gekichert und verstohlen mit den Fingern auf sie gedeutet.

»Kann ich Ihnen helfen?«, ertönte von seitwärts eine sonore Männerstimme. Ein Mittfünfziger mit grauen Schläfen lächelte Helena auf vermeintlich unwiderstehliche Weise an.

»Danke«, sagte sie und lächelte möglichst unverbindlich zurück. »Es geht schon wieder. Diese verflixten Dinger bleiben überall kleben.«

»Bin ich froh, dass ich nicht in so was rumlaufen muss«, gestand der alternde Gigolo.

»Ehrlich gesagt, darüber bin ich auch froh«, erwiderte sie, möglichst heiter. Dann griff sie wieder nach ihrem Koffer und zog ihn weiter.

Ein paar Sekunden lang blieb ihr selbst erkorener Retter zögernd zurück. Doch dann beschloss er offenbar, dass er sich die Gelegenheit nicht durch die Lappen gehen lassen wollte. Dummerweise war er in seinen Leinenschuhen schneller als Helena auf ihren Mörderabsätzen.

»Ich will Sie nicht belästigen«, begann er höflich. »Aber sind Sie sicher, dass ich Ihnen nicht helfen kann? Ich habe gleich da drüben in der Seitenstraße meinen Wagen stehen. Darf ich Sie irgendwo hinbringen?«

Sie wusste genau, dass er es nicht böse meinte, denn sie konnte

Gedanken lesen. Und seine kreisten einzig und allein darum, wie sich die flüchtige Begegnung vertiefen ließe. Helena selbst hatte keine Ahnung, was sich diese Menschen von einer Bekanntschaft mit ihr erhofften. Vielleicht glaubten sie, dass einige Strahlen des Lichts, in dem sie Helena sahen, auf sie selbst fielen. Auch wenn sie nur ihren Koffer getragen hatten. Das tat ihr Begleiter nämlich dann. Und er war sich nicht zu schade, den vollgepackten Koffer, der immerhin funktionstüchtige Rollen besaß, den ganzen Weg zum Bahnhof zu schleppen.

Als sie ankamen, bedankte Helena sich mit einem reizenden Lächeln. »Vielen Dank, Herr …?«

»Geuning«, stellte er sich vor und wischte sich unauffällig einige Schweißtropfen von der Stirn. »Aber sagen Sie doch Werner.«

»Gern, Werner«, lächelte Helena und schaffte es, ihm mit einer eleganten Bewegung den Koffer zu entziehen. »Ab hier schaffe ich es allein. Haben Sie nochmals vielen Dank für Ihre Hilfe. Nun darf ich Sie aber nicht länger von Ihren Terminen abhalten.«

Er lächelte geschmeichelt. »Es war mir eine Ehre, Frau Löwe. Übrigens köstlich, was Sie letzten Mittwoch mit unserem Finanzminister angestellt haben. Ganz köstlich.«

»Vielen Dank. Ich tue mein Bestes. Nun muss ich aber los.«

»Oh, noch eine Sekunde, bitte!« Tatsächlich holte er seine Brieftasche hervor und griff in das Fach für die Visitenkarten. »Nur für den Fall.«

»Natürlich«, sagte sie. Für welchen Fall, wollte sie gar nicht wissen.

Sie nahm die Karte, schaute kurz darauf – Werner Geuning, Dipl.-Ing., mit kompletter Adresse und Telefonnummer – und nickte ihm freundlich zu.

Ihren Trolley fest im Griff, machte sie sich durch die Halle davon. Bevor sie zu ihrem Bahnsteig abbog, sah sie sich noch einmal um. Werner Geuning war verschwunden. Lässig warf sie die Visitenkarte in den nächsten Papierkorb und schwang den Koffer auf das Förderband zum Bahnsteig hinauf. Oben angekommen, traf sie die heiße Luft, die über den Gleisen stand, und legte sich wie ein heißes Laken über Mund und Nase. Dazu noch die vielen wartenden Menschen. Die sich alle mit einer einzigen Bewegung zu ihr umzudrehen schienen. Sie erwiderte keinen einzigen Blick. Im Nichthinschauen war sie seit Jahren geübt.

Rainer hatte recht gehabt. »Willst du dir das wirklich antun?«, hatte er gestern am Telefon gefragt. »Ruf den Fahrdienst an. Einer ist bestimmt frei. Nur weil Rolf mit seiner Frau und allen Enkeln auf Mallorca hockt, musst du doch nicht mit der Bahn fahren. Erster Klasse hin oder her.«

Wenn Rolf Schürzel Urlaub machte, der Chauffeur, der Helena seit acht Jahren durch die Republik kurvte, wich sie gewöhnlich auf einen anderen Fahrer aus. Als aber der Termin in Frankfurt für den heutigen Tag feststand, hatte Helena so etwas wie Abenteuerlust gepackt. Sie hatte die Taste der Gegensprechanlage gedrückt, und als Ira sich am anderen Ende mit seidenweicher Stimme meldete, hatte sie gesagt: »Nächsten Donnerstag findet doch in Essen diese Benefizgala statt, die ich eröffnen soll. Bitte buch mir doch ein Zimmer in dem Hotel. Und ich brauche für den Morgen direkt nach dem Frühstück einen Platz im ICE nach Frankfurt.«

Erst nach einigen Sekunden der Stille hatte Iras professionell freundliche Stimme geantwortet. »Natürlich. Kein Problem. Kann ich sonst noch etwas für dich tun?«

»Nein danke.« Außer vielleicht erklären, wieso es so verblüffend war, dass Helena mit dem Zug zu einer Besprechung fahren wollte.

Schließlich ging es genau bei diesem Termin auch um etwas Neues. Die Aussicht auf das Treffen am Ende der Bahnfahrt erfüllte Helena mit prickelnder Vorfreude. Alles war vorbereitet. Nun waren nur noch die Details zu klären. Bald schon würde es losgehen. Und diesmal war es der ganz große Knaller. Der Durchbruch zum internationalen Markt. Der ebene Weg zu den lang ersehnten Preisen.

Sie lächelte, als der ICE nach Frankfurt auf dem Bahnsteig einfuhr. Ihren Sitzplatz fand sie im Wagen 26. Dort versperrten drei ältere Damen die Tür, die offenbar beim nächsten Halt aussteigen wollten.

Sie warfen Helena scheue Blicke zu und lächelten verlegen.

»Oh, ich fürchte, ich sitze auf Ihrem Platz«, zwitscherte eine von ihnen. Sie hielt die Brokathandtasche auf dem Schoß und den Koffer auf dem Gang scharf im Auge, um im nächsten Bahnhof flugs aufspringen und hinaushechten zu können.

»Das macht nichts«, lächelte Helena. Immer freundlich, Helena. »Ich setze mich einfach einen Platz weiter. Hier ist ja alles noch frei.«

»Das ist lieb von Ihnen. Vielen Dank«, säuselte die Dame und warf ihren beiden Freundinnen bedeutungsvolle Blicke zu, während Helena sich an ihr vorbeischob, den Koffer ins Gepäcknetz wuchtete und sich auf dem Sitz niederließ.

Dann erst schaute Helena auf. Blickte Richtung Fenster. Natürlich hatte sie wahrgenommen, dass die drei Damen nicht allein im Abteil waren. Aber sie hatte nicht genauer hingeschaut. Junge Männer in Jeans bedachte sie längst nicht mehr mit Blicken.

Nicht hinzuschauen, war ihr zur zweiten Natur geworden. Augenkontakt mit Fremden war tabu für eine Frau, die einen Job wie den ihren machte. Sobald sie jemanden tatsächlich ansah, fühlte sich ihr Gegenüber zu einem Extremlächeln gezwungen. Zu einer bescheuerten Bemerkung darüber, wie klein die Welt sei. Einem holprigen Start in ein verkrampftes Intellektuellengespräch.

Sie mied den Austausch von Blicken mit fremden Personen.

Deswegen sah sie auch nur ganz kurz hin. Nicht einmal eine Sekunde lang. Und trotzdem.

Ich bin aufgeregt, sagte sie sich selbst. Dieses riesige Projekt startet schon so bald. Die letzten Vorbereitungen laufen. Ich bin einfach grässlich nervös, ob auch alles laufen wird. Deswegen rast mein Herz so.

Doch dann sah sie erneut hin. Der junge Mann auf dem Platz am Fenster erwiderte ihren Blick nicht. Obwohl sie hätte schwören können, dass er zu ihr hergesehen hatte, als sie das Abteil betreten hatte.

Er starrte aus dem Fenster, als sei er tief in Gedanken versunken.

Helena griff nach ihrer Handtasche, zog ihren Blackberry heraus und checkte die eingegangenen E-Mails.

Ira schrieb, die Zusage des Wissenschaftlers aus Dänemark sei eingegangen. Doktor Heiner Sen war ein international anerkannter Soziobiologe. Und noch wichtiger: er zeigte sich gegenüber Experimenten, die zu neuen Erkenntnissen in der Verhaltensforschung führen konnten, stets bemerkenswert aufgeschlossen.

Die Sekretärin vom Institut van Hauser bat um Zusendung der Personalakten der beteiligten Techniker. Darüber musste Helena gleich mit van Hauser sprechen. Selbstverständlich lagen die Sicherheitsvorkehrungen dem Institut besonders am Herzen. Doch die Personalakten der technischen Mitarbeiter herauszugeben, kam gar nicht infrage.

Wie konnte jemand, der erster Klasse fuhr und noch dazu so verboten jung aussah, zusätzlich auch noch ein verwaschenes gelbes Comic-T-Shirt tragen? Er wandte den Kopf. Helena sah wieder auf den kleinen Bildschirm in ihrer Hand. Es gab keine weiteren Neuigkeiten. Kein Wunder, sie hatte sie erst vor knapp einer Stunde gecheckt. Sie begann eine E-Mail ans Studio, um Anweisungen für die Sendung am Mittwoch zu geben. Doch nachdem sie sich mehrmals hanebüchen vertippt hatte, brach sie ab und klappte den Blackberry zu.

Es bedurfte eines bewusst gefassten Entschlusses, um erneut aufzuschauen. Er blickte ernst. Sie hätte nicht sagen könne, ob seine Augen blau oder grün waren.

Die älteren Damen erhoben sich, nickten Helena noch einmal zu und ergriffen ihre Taschen und Koffer. Die letzte schloss die Abteiltür hinter sich. Sie waren allein. Verrückt. Zu denken, dass sie allein waren. Nur weil sie durch Zufall im gleichen Abteil saßen.

Helena lockerte das Seidentuch, das sie trotz der Wärme um den Hals trug, und stopfte es in die Handtasche. Als sie wieder aufschaute, sah sie, dass ein Lächeln seine Lippen umspielte. Als amüsiere er sich über sie.

Entschlossen wandte sie den Kopf und starrte auf der anderen Seite aus dem Abteil, über den Gang und aus dem Zugfenster hinaus.

Das fehlte ihr noch. Dass ein Student sich über ihre fahrigen Finger lustig machte.

Sie hörte immer noch die fröhlichen Stimmen der drei Damen, die darauf warteten, dass der Zug im Kölner Bahnhof hielt.

Helena schlug die schlanken Beine übereinander. Glatte, sanft gebräunte Haut. Mit der Hand fuhr sie kurz über die Knie, die der kurze Rock nicht ganz bedeckte. Er sah wieder aus dem Fenster.

Neben ihm auf dem Sitz lag eine zusammengefaltete Zeitung. Helena versuchte, die halbierte Schlagzeile zu lesen. Eine irritierende Sekunde lang glaubte sie, es handele sich um Spiegelschrift. Doch dann wurde ihr klar, dass die fremden Worte einfach nur darauf hindeuteten, dass ihr Nachbar aus dem Ausland stammte. Oder eine andere Muttersprache pflegte.

Die dunkelblonden Haare und die hellen Augen ließen zumindest auf keinen Südländer schließen. Vorsichtshalber warf sie noch einmal einen Blick auf die Zeitung. Auf jeden Fall nicht Türkisch. Das wäre ein anderes Schriftbild gewesen.

Er hob die Hand, um aus der Colaflasche zu trinken, die vor ihm auf dem Tischchen stand. Seine vollen Lippen legten sich um die gläserne Öffnung. Rasch sah Helena wieder auf ihrer Seite aus dem Gangfenster. Der Zug fuhr gerade in Köln ein. Der Anblick dort draußen war ihr so vertraut wie der ihres Gesichts im Spiegel. Diese Stadt hätte sie aus allen Himmelsrichtungen wiedererkannt.

Früher war es für sie die Sommerstadt gewesen. Weil es hier immer Touristen gab. Weil hier immer Menschen gemächlich durch die Straßen schlenderten. Weil es von Kneipen und Cafés nur so wimmelte. Doch seit ZAPP-TV hier seine Studios ausgebaut hatte, war es für Helena die Stadt der Arbeit, des Einflusses, des permanenten Zeitmangels, der weitreichenden Entscheidungen.

Langsam ratterten sie über die große Brücke. Im Lautsprecher über der Tür knackte und rauschte es. Dann verkündete der Zugführer, dass sie gleich in den Hauptbahnhof einfahren würden, und setzte noch einen Satz hinzu, den Helena nicht verstand.

Der junge Mann am Fenster aber lachte auf. Helena schaute ihn an. Und lachte mit. Zum ersten Mal sahen sie sich bewusst an. Im gemeinsamen Lachen vereint. Ihr wurde heiß.

»Was hat er gesagt?«, fragte sie.

»Er hat gesagt: ›Links ist der Rhein. Rechts das Raus‹«, antwortete er mit einem Akzent, der ihn deutlich als Niederländer auswies.

Helena lachte wieder und kam sich dabei höchst albern vor.

»Ein Scherzkeks«, kicherte sie. Fassung, Helena!

»Vielleicht macht er den Witz jeden Tag«, vermutete ihr Gegenüber.

»Dann hat er sich die ganze Fahrt über schon darauf gefreut«, erwiderte sie.

Sie lächelten sich an. Dann schauten beide wieder aus dem Fenster. Diesmal blickte er auf ihrer Seite hinaus. Natürlich, um den Ausblick auf den breiten Fluss genießen zu können. Dass er ganz flüchtig auch sie musterte, ahnte sie eher, als dass sie sich dessen hätte sicher sein können. Als sie den Fluss überquert hatten, lehnte er sich wieder zurück.

»Oh, was ist das denn?«, fragte er und deutete zu seinem Fenster hinaus.

Das riesige Konzerthausdach. Dann sah er das gewaltige Werbeplakat.

»Queen? Wow! Ich wusste gar nichts davon.« Immer dieser unüberhörbare Akzent. Den hatte Helena schon immer gemocht. Ein Student, der es cool fand, dass es speziell für eine Queen-Revue eine Konzerthalle gab.

»Sieht aus, als wäre es …« Jetzt suchte er nach Worten.

Helena war ein Profi in ihrem Job. Sie hatte über Jahre gelernt, ihre wahren Emotionen zu verstecken. Auch vor Menschen, die ihr nahestanden. Erst recht vor Fremden. Und so konnte er nicht ahnen, welches Funkensprühen sein ratloser, hilfesuchender Blick in ihr auslöste.

»Temporary?«, versuchte er es auf Englisch.

Helena hatte vergessen, dass Niederländer meist hervorragend Englisch sprachen.

»Wie heißt temporary auf Deutsch?«, fragte er, als sie nicht reagierte, sondern ihn nur ansah. Er hatte lange dunkle Wimpern, ein seltsam weiblicher Kontrast zu der blassen Haut, den jugendlich männlichen Zügen.

»Zeitlich befristet«, antwortete sie mechanisch.

»Zeitlich befristet«, wiederholte er, während er weiterhin das Dach des Musicalhauses betrachtete.

Helena bemerkte, dass ihre nackten Arme von einer feinen Gänsehaut überzogen waren. Zeitlich befristet. So war es.

Sobald sie im Bahnhof gehalten hätten, würde die Tür sich öffnen, und andere Reisende würden sich auf den Plätzen ringsum niederlassen. Sie warf einen Blick auf die Plastikhalterungen an der Tür. Keine weiteren Platzreservierungen. Kein guter Tag für die Deutsche Bahn. Es war zu heiß zum Reisen.

Der Zug kam endgültig zum Stehen. Die Türen schlugen auf, das Getrappel von Füßen war zu hören. Dann ertönte der schrille Pfiff des Schaffners. Mit einem Ruck fuhr der Zug wieder an. Die meisten Zugestiegenen gingen vorbei. Eine geschäftig aussehende Frau um die fünfzig, eine Laptoptasche über der Schulter, wollte die Tür öffnen, entdeckte Helena, hielt kurz inne, wandte sich zum Gehen.

Helena betrachtete ihre Hände, die in ihrem Schoß lagen. Von gegenüber wanderte der verwirrende Blick über ihr Gesicht und ihren Rock bis hinunter zu den Schuhen.

»Ich bin gerade im Straßenasphalt hängen geblieben«, erklärte sie und deutete auf die Stelle des verlorenen Absatzgummis.

Er grinste. »Sie können das Gummi vom anderen auch abreißen. Dann merkt es niemand.«

Sie lachte. Kam sich winzig vor. Wie dreizehn. Als sie in ihren Sportlehrer verliebt gewesen war. Sie wusste, dass sie sich albern benahm. Mit ihrem beschämten Wegschauen und dem ständigen Gekicher. Er wunderte sich vielleicht, fand sie sonderbar – gar nicht so, wie alle Welt sie kannte: souverän. Sich ihrer Wirkung bewusst. Aufgeschlossen für jedes Gespräch, für jede Auseinandersetzung.

Doch eigentlich wirkte er gar nicht verwundert, sondern völlig gelöst und entspannt. Und dann sickerte es plötzlich in ihr Bewusstsein. Niederländer. Sahen nicht alle deutsches Fernsehen. Er. Wusste nicht, wer sie war. Süßes Entzücken der Erkenntnis.

»Did you ever try the musical? Queen?«, wandte er sich in diesem Moment an sie. Machte ihr bewusst, dass sie ihn tatsächlich angestarrt hatte.

»No«, erwiderte sie mit einem raschen Lächeln. »I didn't. But there is another live music hall I visited often. Most of the concerts are some kind of classics.«

»You like classics?«

»I do.«

»Deutschland hat ein paar tolle Komponisten. Beethoven. Schubert.« Er wechselte wieder die Sprache.

»Aber wir haben nicht Queen.«

»Nein, die haben Sie nicht.«

Sie lächelten beide und wandten sich ihren jeweiligen Fenstern zu.

Wie viel Zeit war vergangen, seit sie zum letzten Mal einen Menschen getroffen hatte, der sie nicht erkannte? Der ihr ganz und gar unvoreingenommen begegnete? Die Leichtigkeit, die sie durchflutete, überraschte sie in ihrer Intensität.

»Wir sollten froh sein, hier im Zug zu sitzen«, sagte er plötzlich und wandte sich ihr wieder zu. »Draußen scheint es heiß zu sein.«

»Ein Backofen«, bestätigte Helena lächelnd.

»Eigentlich das richtige Wetter, um bei einem See zu picknicken«, seufzte er.

Ein Bild von ihm. Unbekleidet bis auf Badeshorts. Auf einem Handtuch im Gras.

Helena atmete tief ein.

»Ideal«, antwortete sie rasch. »Aber die liebe Arbeit, nicht wahr?«

Ich fass es nicht!, dachte sie. Versuche ich tatsächlich, aus ihm herauszubekommen, weshalb er unterwegs ist?

»Tja«, machte er und spielte mit der Colaflasche. »Dabei weiß ich gar nicht, was mich erwartet. Gestern rief ein Freund aus Zürich an. Jetzt bin ich auf dem Weg zu ihm und habe keine Ahnung, was er von mir will.«

»Das nenne ich spontan«, lobte sie mit haarsträubend gönnerhaftem Nicken. Er musste Student sein. Nur Studenten verfügten über ihre Zeit derart frei, dass sie am Abend beschließen konnten, am nächsten Tag aus den Niederlanden in die Schweiz zu reisen, ohne den Grund zu kennen. »Aus Amsterdam nach Zürich, einfach mal eben so.«

»Oh, nicht Amsterdam, ich komme aus Utrecht«, stellte er richtig. Die Art, wie er den Namen der Stadt in seiner Muttersprache aussprach. Helena fuhr sich mit der Hand an die Stirn. Fassung.

»Ich war noch nie dort. Eine hübsche Stadt?«

Sein Gesicht leuchtete auf. »Wenn Sie Cafés mögen, kleine Straßen, freundliche Menschen, leckeres Essen, ja, dann ist es eine … hübsche Stadt. Sie müssen mal hinfahren. Ein Tag in Utrecht in den richtigen Cafés ist wie eine Woche Urlaub.«

Sie lächelte. Konnte gar nicht mehr aufhören zu lächeln. Und erschrak, als neben ihr plötzlich die Abteiltür aufgeschoben wurde.

»Kaffee? Kalte Getränke? Ein kleiner Snack?«, die junge Frau mit dem Servicewagen lächelte sie entschuldigend an.

»Kaffee und Wasser bitte«, nickte Helena und öffnete die Handtasche, um das Portemonnaie herauszuholen.

»Milch und Zucker?«

»Beides.«

Der Becher wechselte von der einen in die andere Hand und fand seinen Platz auf dem Tisch. Zwischen ihnen.

Ebenso die Wasserflasche mit dem übergestülpten Becher.

Helena bezahlte.

Mit einem beschämten »Auf Wiedersehen« schloss die junge Frau die Abteiltür und machte sich rasch davon. Aus den Augenwinkeln nahm Helena wahr, wie er sie dabei beobachtete, wie sie Milch und Zucker in den Becher gab.

»Kennen Sie diese neue Mode …?«

»Wollen wir nicht lieber Du sagen?«, fiel sie ihm ins Wort, ehe sie einen klaren Gedanken fassen konnte. »Ich komme mir so schrecklich alt vor, wenn ich mit Sie angesprochen werde.«

Er hob die Hände. »Oh, ich würde nie … Ich meine, das ist respektlos, oder?« Das Gesicht ganz ernsthaft, ohne jede Ironie.

Eine Sekunde lang war sie sicher, dass sie sich doch geirrt hatte. Er kam zwar aus den Niederlanden, aber er hatte sie erkannt und wäre nie auf den Gedanken gekommen, eine Prominente mit Du anzusprechen.

»Respektlos?«, fragte sie steif.

»Ich habe gelernt, dass es unhöflich ist, wenn wir Du sagen zu jemand Fremden«, erklärte er leicht verunsichert.

»Nun, das stimmt«, antwortete sie unendlich erleichtert. »Wenn völlig Fremde sich begegnen, dann reden sie sich mit Sie an. Um die Form zu wahren. Um auf Distanz zu bleiben. Aber wenn man auf gleicher Ebene spricht, dann wechselt man rasch zum Du. Um einander zu signalisieren, dass man ... sich sympathisch ist.«

Seit Jahrzehnten war sie nicht mehr rot geworden. Zuletzt, als ihre Mathelehrerin Frau Schreber beim Gang durch die Klasse stolperte, sich auf Helenas Pult abstützen wollte und ihr versehentlich an den Busen griff. Doch jetzt wurde ihr heiß. Er sah sie nachdenklich an. Ein bisschen amüsiert. Was dachte ein Student, wenn eine aufgetakelte Fastvierzigerin ihm das Du anbot und beim Geständnis von Sympathie knallrot wurde?

»Du«, nickte er und sah sie unverwandt an. »Das ist in den Niederlande genauso. Meine Eltern erzählen aber auch, dass sie früher Freunde hatten, die zu ihren Großeltern und Eltern Sie sagten.«

»Wirklich?«, staunte Miss Tomatenrotkopf und spielte die Unbefangene.

»Ja, wirklich«, versicherte er ganz ernsthaft. »Das war damals Ausdruck von großer Wertschätzung und Respekt.«

»In Deutschland ist es Ausdruck von Distanz und ... ja, auch Respekt. Aber wenn mir jemand das Du anbietet, dann ist das eine Ehre und bedeutet, dass der andere mir Vertrauen entgegenbringt. Dass er zu mir Nähe empfindet ...«

Was redete sie da? Helena Löwe war dabei, den Boden unter den Füßen zu verlieren.

Sie sah aus dem Fenster und fächelte sich mit der Hand ein wenig Luft zu.

Sie war auf dem Weg zu einer Besprechung, die die letzte Weichen stellen würde für ein Projekt, das vielleicht die gesamte internationale Fernsehbranche revolutionieren würde. Sie war gerade dabei, Mediengeschichte zu schreiben. Sie stand fortwährend und ständig im Rampenlicht. Nie zeigte sie ihre wahren Gefühle. Nie ließ sie zu, dass der kleinste Riss in dem Bild entstand, das ihr Sender von ihr entworfen hatte und das die

Nation nur allzu gern angenommen hatte: das der unbestechlichen, schönen und kühlen, der eisenharten Löwin.

»Na dann«, lächelte er schließlich. Sie musste ihn wieder ansehen. »Kennst *du*«, sein Lächeln vertiefte sich, »diese neue Mode von aromatisiertem Kaffee? Bei uns findet man den in jedem Café. Da schmeckt der Kaffee dann plötzlich nach … ähm … Coconut?«

»Kokosnuss«, übersetzte sie.

»Kokosnuss«, murmelte er. »Ja, oder nach Karamell oder Amaretto.«

»Kenne ich«, nickte Helena. »Ich trinke ihn selbst hin und wieder so.«

»Echt?« Seine Augen. Welche Farbe sie hatten, war kaum zu erkennen. »Das verstehe ich nicht.« Er hob die Flasche. »Ich trinke Cola, um Cola zu schmecken. Und ich trinke Kaffee, um Kaffee zu schmecken. Was sollen die anderen Geschmack?«

»Diese Aromen«, antwortete Helena mit betont profimäßiger Stimme, »lösen eine gewisse Assoziation aus. Karamell, mh, das ist für mich Weihnachten, Gemütlichkeit, Wärme und Bescherung. Weißt du, was Bescherung bedeutet? Kennt ihr diese Tradition?«

»Bescherung?« Er überlegte. »Beschenkung? Ja, das gibt es bei uns auch. Aber wir feiern nicht so sehr Kerst, also Weihnachten. Wir feiern Sinterklaas viel größer.«

»Ah, Nikolaus.«

»Ja, das habe ich geliebt. Ich konnte es niemals abwarten. Ich war zu … ähm … curious?«

Sie schmunzelte. »So excited?«

»Ja!«

Daraufhin schwieg er, und als er sich ihr wieder zuwandte, war seine Miene kindlich verklärt.

»Und so schmeckt Kaffee mit Karamell?«

»Für mich schon.«

»Und …« Er strengte sich an, das gerade gelernte Wort wiederzufinden. »Kokosnuss?«

Helena breitete die Arme aus. »Das ist weißer Sandstrand. Türkisblaues Meer in sanften Wellen. Weit draußen weiße Segel.

Sonnencreme auf der Haut.« Sie strich sich mit der Hand am Hals entlang, und er folgte ihren Fingern mit seinem Blick.

»Vielleicht ist meine Meinung zu Aroma im Kaffee nicht ganz richtig«, gestand er.

Da bekamen sie schon wieder Besuch. Die Tür glitt zur Seite, und ein Schaffner betrat das Abteil.

Der junge Holländer griff in die Tasche seiner Jeans und zog eine zerknitterte Fahrkarte heraus. Als der Schaffner Helenas Karte aus dem Umschlag nahm und sie entwertete, strahlte er: »Wie schön, dass Sie mit uns reisen!«

Neugierig wanderte sein Blick zwischen Helena und dem jungen Mann am Fenster hin und her.

»Ja, heute finde ich es auch sehr schön«, erwiderte Helena mit einem verschmitzten Lächeln zum Fenster hinüber.

»Ich auch«, pflichtete ihr Mitreisender bei. Sacht schloss der Bahnbeamte wieder die Tür, lächelte nochmals hinein und setzte seinen Gang fort.

»Nette Kontrolleure hier«, bemerkte der Niederländer. Sein Gesicht drückte ein Mischung aus Verblüffung und Belustigung aus. »Wie schön, dass Sie mit uns reisen – das hat noch niemand zu mir gesagt, wenn er meine Fahrkarte kontrolliert.«

»Vielleicht passiert dir das nur mit mir«, schmunzelte Helena. Ein winziger Schritt in Richtung Wahrheit.

Er sah sie an. Und lächelte. Sie waren irgendwo zwischen Köln und Frankfurt. Eine Weile versuchten beide zu lesen. Helena hatte einen Arbeitsbericht dabei, den sie auf der Fahrt überfliegen wollte. Ihr Abteilnachbar kramte ein zerschlissenes Taschenbuch aus seinem Rucksack und starrte minutenlang auf eine einzige Seite. Doch als Helena ihren Bericht sinken ließ, legte er das Buch auf das Tischchen vor sich.

Sie sprachen weiter über Utrecht, die Atmosphäre in der Stadt, die Universität. Er musste einfach Student sein. Doch sie fragte ihn nicht. Und sie vermied alles, was auf ihren eigenen Beruf hätte schließen lassen. Immer wenn ihm im Gespräch deutsche Begriffe fehlten, versuchte er es auf Englisch. Das funktionierte. Nach einer Stunde verstand Helena manchmal schon ohne Worte, was er sagen wollte.

Als sie abermals auf den Grund seiner Reise zu sprechen

kamen, hatte sie den Eindruck, dass die Einladung seines Freundes womöglich eine Party einschloss, und wagte einen Witz darüber. Er schmunzelte in sich hinein und sah dabei so amüsiert überlegen aus, dass sie plötzlich sicher war, dass er gar nicht so jung war, wie er aussah. Er war auf keinen Fall Anfang zwanzig, sondern wahrscheinlich bereits zehn Jahre älter. Er hatte schon einiges vom Leben gesehen. Er kannte sich aus. Er wusste Bescheid.

»Oh, er ist keiner von diesen Freunden«, sagte er. Und sie kam sich endgültig wie eine blöde Planschkuh vor, die ihm einen Kindergeburtstag unterstellt hatte, während er auf dem Weg zu einem Geschäftsessen war. Schließlich legte er das Buch endgültig zur Seite. Er hatte wunderschöne Hände. Gemeinsam lasen sie eine Umfrageaktion der Bahn, die auf einem der ungenutzten Sitze lag. Er fand das Wort für das Stück Papier nicht, auf dem die Antworten angekreuzt werden sollten.

»Fragebogen«, half Helena weiter.

»Bogen?«, fragte er stirnrunzelnd.

»Fragebogen«, wiederholte sie.

»Bogen. Fragebogen«, formte er mit den Lippen.

Da wurde Helena zum ersten Mal bewusst, dass sie ihn dringend küssen wollte. Sie bemerkte, dass sie auf seine Lippen starrte und ihre ein bisschen öffnete. Dass sie sich nur wenige Zentimeter vorbeugte. Sie hatte keinen blassen Schimmer, wann sie das letzte Mal so etwas empfunden hatte. Rainer und sie küssten sich natürlich. Küsse, die nach Alltag schmeckten und die motiviert waren durch kleine Abschiede und Begrüßungen. Doch dies war anders. Dies hier war der Wunsch nach einem Kuss, in dem das komplette klägliche Bewusstsein sich auflösen würde.

Helena Löwe war eine wesensstarke Frau, die sich durchzusetzen wusste. Ihre Ziele steuerte sie gerade an, und Hindernisse räumte sie unbeirrbar aus dem Weg. Aber nun drohte ihre Libido sie aus der Bahn zu werfen. Sie wollte ihn küssen. Unbedingt. Angesichts dieser erschreckend klaren Erkenntnis musste sie nach Luft schnappen.

»Haben Sie ein bisschen Zeit für einen Bogen?«, flötete er mitten in diese Gedanken hinein.

Da wurde ihr klar, dass sie miteinander flirteten. Wie sie sich ansahen. Wie sie die Stimmen hoben, die Blicke abwandten, von unten nach oben schauten.

Er hatte blendend weiße Zähne. Und er trug keinen Ring an den Händen. Helena trug ihren Ring links. Doch er war so verspielt und ähnelte dem am Mittelfinger und den zweien an der anderen Hand so sehr, dass er nicht auffiel.

Nach einem Bahnhofshalt schob ein Mann mit Aktenkoffer die Tür auf und wandte sich an Helena. »Ist hier noch frei?«

Sie lächelte ihn entschuldigend an. »Tut mir leid. Wir sind mitten in einer Besprechung.«

Der Anzug nickte knapp und verschwand. Helenas Nachbar lachte leise. Doch seine Augen verrieten ihn. Er war geschmeichelt. Er fühlte sich umworben. Sie hatte dafür gesorgt, dass sie weiterhin allein blieben. Auch wenn er keine Ahnung hatte, welche Autorität ihr die Macht dazu verlieh.

Helena dachte nicht eine Sekunde lang an das bevorstehende Treffen, die wichtigen Gespräche, die weitreichenden Entscheidungen.

Sie fuhren durch einige Tunnel. Einer davon war besonders lang. Plötzlich war das Fenster kein Fenster mehr. Vor der dunklen Macht, die sich dahinter ausdehnte, erkannte sie ihr eigenes Gesicht. Ihre Frisur hat sich ein wenig aufgelöst. Weißblonde Strähnen hingen wirr aus dem Haarknoten in die Stirn. Ihre Augen wirkten in dem verzerrenden Spiegel riesig und fragend. Sie sah fremd aus. Und aufregend. Wie eine wunderschöne Frau, die ihr von jenseits der Scheibe entgegenblickte.

Gerade wollte sie sich abwenden, da blitzte in ihrem Kopf ein Gedanke auf. Es war kein greifbarer Satz. Viel eher die simple Schlussfolgerung, dass sie ja nicht nur sich in der Fensterscheibe gespiegelt sehen konnte, sondern auch ihn. Sie konnte der Versuchung nicht widerstehen, und schon huschte ihr Blick zu ihm hinüber. Und fiel in ein zweites Paar Augen. Er sah sie an.

Aber nicht über den Tisch hinweg. Er betrachtete sie ebenfalls in dem Spiegel aus Schwärze. Und darin begegneten sich ihre Augen, als seien sie ihrerseits Fenster. Zu ihren Seelen.

Helena sah rasch wieder fort. Nicht so rasch, wie ihr Herz plötzlich schlug. Das konnte keiner einholen. Dann schaute sie wieder hin. Traute sich. Ergriff nicht wieder die Flucht. Sein Blick war noch da. Sie sahen sich an. Nicht wie zwei Fremde, die in einem Zug zwischen Amsterdam und Frankfurt zufällig auf gegenüberliegenden Plätzen saßen. Sondern wie zwei Vertraute, die sich endlich nach einer Zeit der Trennung wiederfanden.

Helenas Arme überzogen sich abermals mit einer feinen Gänsehaut. Sie griff nach dem dicken Band, das ihren Haarknoten am Hinterkopf zusammenhielt, und zog es heraus. Eine silberhelle Flut auf ihren Schultern. Der Mann im Spiegel öffnete die Lippen und lehnte sich ein wenig nach vorn. Als der Zug aus dem Tunnel schoss, schraken beide zusammen.

Ins Licht blinzelnd lachten sie sich verlegen an. Als sei nichts Ungewöhnliches geschehen, nahmen sie ihr Gespräch wieder auf. Bis die Stimme im Lautsprecher sich wieder meldete und den Bahnhof unter dem Frankfurter Flughafen ankündigte. Von da an ging alles viel zu schnell.

Helena hatte nicht damit gerechnet, dass er vor ihr aussteigen würde. Sein Hinweis, er müsse auf dem Weg nach Zürich in Frankfurt umsteigen, hatte in ihr Bilder geweckt. Wie sie gemeinsam lachend am Hauptbahnhof aus dem Zug stiegen. Womöglich feststellten, dass noch Zeit blieb bis zur Abfahrt seines Anschlusses. Ein kleines Café. Sie hatte nicht daran gedacht, dass es vor dem Hauptbahnhof in Frankfurt noch einen weiteren Halt gab. Diesen.

Der Zug verlangsamte.Gleich würde ihr Gegenüber aufstehen und das Abteil verlassen. Ihr Leben ebenso unspektakulär verlassen, wie er vor wenigen Stunden plötzlich darin aufgetaucht war. Sie wusste nicht, wie er hieß.

Die Bremsen kreischten. Bei den anderen Bahnhöfen vorher war es ihr nicht aufgefallen. Dieses hässliche Geräusch, das dem Stillstand vorausging.

Kurzentschlossen griff sie nach ihrem Portemonnaie. In dem dafür vorgesehenen Fach steckten ein paar Visitenkarten. Es waren ihre Geschäftskarten, auf denen ihr Name stand, gleich neben dem Namen ihrer eigenen Produktionsfirma und neben dem der Redaktion bei ZAPP-TV. Die angegebene Telefonnummer war die von Ira, ihrer Assistentin. Ira nahm ihre Anrufe entgegen und leitete die persönlichen weiter – sofern die Anrufer vorher von Helena freigegeben worden waren.

Ira, würde sie sagen, sobald sie wieder im Büro angekommen war. Ich erwarte in den nächsten Tagen einen Anruf von einem jungen Mann. Leider kenne ich seinen Namen nicht. Er ist zwischen zwanzig und dreißig Jahren alt und Niederländer. Er spricht gut Deutsch, aber mit diesem niedlichen Dialekt, du weißt schon. Vielleicht versucht er es auch auf Englisch, wenn er unsicher ist. Vielleicht dauert es zwei oder drei Wochen, bis er sich meldet. Aber falls er anruft, dann stell ihn bitte direkt durch, ja?

Ira würde Helena durch den Wald von langen schwarzen Wimpern unergründlich ansehen. Sie lächelte nicht oft. In Ordnung, würde sie sagen. Übrigens hat gerade Rainer angerufen und gefragt, ob du noch Wünsche für den Wochenendeinkauf hast. Soll ich ihm was ausrichten? Helenas Hand zitterte leicht. Die Finger lösten sich vom Papier.

Dann klappte sie die Börse wieder zu. Sie hob den Blick und begegnete dem seinen. Er hatte blaugrüne Augen von einer so außergewöhnlichen Frische, dass es ihr wie in der Werbung zu Hustenbonbons den Atem raubte.

»Ich muss gehen«, sagte er. Zwischen ihnen der Tisch. »Schöne Reise!«

»Viel Spaß in Zürich!«, lächelte sie strahlend. Sie war es gewohnt zu lächeln, selbst wenn sie eine blutende Blase im Schuh spürte, ihr Kopf vor Migräne zu zerspringen drohte oder ein guter Freund im Sterben lag.

Er zögerte.

Da kam der Zug mit einem letzten Ruck zum Halten. Einen Augenblick lang schien es so, als wolle die Abteiltür sich nicht öffnen lassen. Doch dann gab sie nach, glitt zur Seite. Er trat hinaus und schloss die Tür hinter sich.

Durch die Scheibe sahen sie sich ein letztes Mal an. Dann verschluckte ihn der enge Zugkorridor. Wie versteinert saß Helena da und starrte auf die geschlossene Abteiltür.

Idiotin! Idiotin, lauf ihm nach! Steig aus! Gib ihm deine private Handy-Nummer! Frag ihn nach seiner! Tu was!

Ihr wurde schwummrig vor Augen, und sie stellte fest, dass sie den Atem angehalten hatte.

Da sah sie auf dem Bahnsteig das Kanariengelb aufleuchten.

Die fremde, vertraute Gestalt mit dem geschulterten hellen Rucksack lief parallel zum Zug.

Mit einer heftigen Bewegung sprang Helena auf, riss ihren Koffer aus der Gepäcklade, kämpfte kurz mit der klemmenden Abteiltür, stürzte auf den Gang.

Da hörte sie das schrille Pfeifen. Noch fünf Schritte bis zur Tür. Die glitt zu, noch ehe sie sie erreichte. Hektisch fingerte sie am Griff herum, drückte, schlug. Der Zug fuhr an.

Helenas Verstand wusste, dass die Tür nicht mehr zu öffnen war. Trotzdem umklammerten ihre Finger den Griff so fest, dass die Knöchel weiß hervortraten. Sie starrte durch die Scheibe der Tür hinaus, suchte nach dem leuchtenden Gelb. Entdeckte es kurz vor der Treppe hinunter vom Bahnsteig. Rüttelte wieder an der Tür. Obwohl der Zug inzwischen schon so schnell fuhr, dass sie sich beim Sprung hinaus bestimmt verletzt hätte.

»Gute Frau, was tun Sie denn da?«

Sie fuhr herum.

Der Schaffner, die Brauen bedrohlich zusammengezogen, erkannte sie. Seine Miene entspannte sich. Er lächelte breit.

»Sie haben doch nicht etwa Ihren Bahnhof verschlafen?«, erkundigte er sich besorgt.

»Doch!«, griff sie nach diesem rettenden Strohhalm. »Ich muss unbedingt ...! Bitte!«

»Den Gefallen täte ich Ihnen gern, Frau Löwe. Aber nicht einmal für Sie könnte ich den ICE jetzt noch mal anhalten«, lächelte er bedauernd.

In diesem Moment verließen sie den Bahnhof des Frankfurter Flughafens.

## *Désirée*

In der Nacht hatte sie wieder einen Traum gehabt. Sie saß allein auf einer Stange, hoch oben in einem Zirkuszelt. Trapezkunst war nicht unbedingt ihr Ding. Aber aus irgendeinem Grund musste sie es tun. Sie wusste, dass sie schwingen musste, hin und her. Sie wusste, was von ihr erwartet wurde. Doch als sie hinuntersah, erblickte sie Hunderte, Tausende unbekannter Gesichter, alle mit mäßigem Interesse ihr zugewandt. Konnte sie beweisen, dass Vögel die beachtenswerteste Spezies waren? Seit sie denken konnte, hatte sie sich nach einer Beweisführung gesehnt, die genau dies der Menschheit als Tatsache präsentierte.

Désirée ging den langen Flur im siebten Stock des Instituts entlang und stieß die Tür zum Waschraum auf. Heute gaben sich die Gesprächspartner im Büro ihrer Stiefmutter die Klinke in die Hand. Viele blieben länger als geplant. Was zu einem kleinen Engpass bei den Terminen geführt hatte. Und für alltägliche Notwendigkeiten musste ja auch noch Zeit sein.

Sie betrat eine der Kabinen und klappte den Deckel hoch. Nur noch ein Termin heute. Der wichtigste. Und bald würde es losgehen. Sie würde sich nicht mehr täglich trösten müssen, dass sie zu einem höheren Zweck in diesem für sie so erinnerungsträchtigen Land festsaß, ohne sinnvoll arbeiten zu können. Dann würde sie arbeiten können. Endlich.

Als ihr vor mehr als zwei Jahren im Institut in Mexico City zum ersten Mal der Gedanke an diese Versuchsreihe gekommen war, war ihr sofort klar gewesen, dass Geld dabei entweder keine Rolle spielen durfte oder dass sie die Idee ganz schnell wieder vergessen sollte.

Abends hatte sie in ihrem dem Institut angegliederten Apartment vor dem Fernseher gesessen und sich von einer Talksendung berieseln lassen. Darin ging es um das Für und Wider einer Sendung, in der das sensationslüsterne Publikum mitverfolgen konnte, wie sich ein Dutzend junger Frauen einer Reihe von Schönheitsoperationen unterzog. Zwischen den Pro- und Contrastimmen der Talkgäste waren Ausschnitte aus den umstrittenen Folgen gezeigt worden. Offene Wunden in gerade noch unversehrten Gesichtern. Inlays. Silikon. Fettabsaugung.

Angeekelt hatte Désirée zur Fernbedienung gegriffen, um auf einen anderen Kanal zu zappen.

Doch dann.

Die Leute sahen sich wirklich alles an.

Sie hatte eine Weile auf den Bildschirm gestarrt, ohne wahrzunehmen, was sie dort sah. Nein. Es war nicht möglich. Welcher Sender würde so etwas wagen? Die Kosten wären immens.

Und wenn doch? Wenn die Idee, live mitzuerleben, wie die Wissenschaft neue Erkenntnisse gewann, doch nicht so abwegig, sondern tatsächlich reizvoll wäre? Wenn die Zuschauer wissen wollten, wie es weiterging, das große Abenteuer, das sie auf ihrem ganz persönlichen Bildschirm im Wohnzimmer miterleben durften. Tag für Tag. Woche für Woche.

Sie hatte Papier und Stift genommen und ein paar grobe Berechnungen zu Zeitrahmen, Kosten, Mitarbeiterstab, räumlichen Ansprüchen angestellt. Hatte beschlossen, darüber zu schlafen. Konnte nicht schlafen.

Am nächsten Morgen hatte sie mit müden Augen und glasklarem Verstand gewusst, wie sie vorgehen musste. Zunächst war ein Anruf fällig gewesen. Am Nachmittag hatte sie genug Mut gesammelt. In Frankfurt wollte Ines gerade zu Bett gehen. Ihre Stimme klang verwundert, als sie Désirée erkannte. Es war noch nie vorgekommen, dass sie außerhalb der festgelegten Telefonzeiten bei ihrer Stiefmutter angerufen hatte.

»Hör mir ein paar Minuten lang einfach nur zu«, hatte sie gebeten. »Und dann sag mir, ob ich spinne oder ob ich genial bin.«

Sie hatte alle Einzelheiten geschildert, die sie nach der durchwachten Nacht vor sich sah. Dann war sie verstummt.

Ines hatte das Schweigen mit den Worten gebrochen: »Du kannst nicht spinnen. Du bist die Tochter von Robert van Hauser.«

Das war mehr gewesen, als Désirée zu hoffen gewagt hatte. Doch schon bald hatte ihre anfängliche Euphorie einer Ernüchterung Platz gemacht. Ein Universum an Vorarbeiten, Überlegungen und Abwägungen stürzte auf sie ein. Mit dem nächsten Flieger war sie nach Deutschland gereist. Ines und sie hatten sich tagelang eingeschlossen. Bis sie sich sicher waren.

Es kam nur ein Sender infrage. Einer, der bereit wäre, ein solches Risiko zu wagen. Ines und sie kannten sich in der Welt der Wissenschaft aus. Sie hatten jedoch keine Ahnung, wie Fernsehen funktionierte. Schon nach den ersten Gesprächen mit ZAPP-TV war Désirée klar geworden, dass es den Zuschauern nicht um das Abenteuer des Entdeckens gehen würde. Die Macher wussten, was das Publikum wollte. Und das Publikum wollte teilnehmen an etwas, das ihm sonst vorenthalten blieb, wovon es im Alltag ausgeschlossen war.

Das Format, wie die Fernsehchefs die geplante Arbeit nannten, würde außerdem leben oder sterben mit den Figuren, die darin mitspielten. Die Wissenschaftler, die Désirée im Hintergrund gesehen hatte, als nebulöse Gestalten weit hinter dem fachlichen Vordergrund, würden die tägliche Sendung tragen müssen.

Die Leute von ZAPP-TV waren so klug, von ihnen als Wissenschaftlern, Fachkräften oder Projektleitern zu sprechen. Doch den Beteiligten war klar, dass es sich bei ihnen im Grunde um Schachfiguren handelte, die beliebig austauschbar waren. Persönlichkeit, Aussehen, individuelle Sprache derer, die ihre komplizierte Arbeit verrichteten, würden darüber entscheiden, ob das Publikum das Format annehmen würde. Oder nicht.

»Sie sind selbstverständlich der Kopf des Ganzen«, hatte die Produzentin mit sachverständigem Blick auf Désirée festgestellt. »Kluge Gedanken überzeugen besonders dann, wenn ein schöner Kopf sie hervorbringt. Außerdem ist es toll, wenn wir in dieser Männerdomäne weibliche Führungsrollen besetzen können. Eine attraktive Frau, die den Männern den Rang abläuft. Das gefällt mir.« Sie hatte gelacht.

Die Produzentin hatte für Désirée anfangs keinen Namen gehabt. Die weißblonde Erscheinung im lässig sitzenden Hosenanzug war von ihrem Gefolge wie eine Königin hofiert worden. Einschüchternd war sie. Immer freundlich. Immer lächelnd. Frisch und lebendig. Ihre Augen hatten beinahe unnatürlich gestrahlt.

Désirée wusste nicht recht, wie sie eine Frau ansprechen sollte, die für sie die personifizierten Dollars und Euros bedeutete. Alle sagten Du zueinander. Doch das verbot sich bei ihr einfach.

Helena Löwe hatte von allen wissenschaftlichen Mitarbeiterinnen und Mitarbeitern, die Désirée im Team haben wollte, Probeaufnahmen verlangt.

Die Rede war von zweidimensionalen und dreidimensionalen Gesichtern gewesen. Von Labor-Atmo. Eine versteckte Kamera hatte zwei Wochen lang die infrage kommenden Mitarbeiter ohne deren Wissen auf ihre Fernsehtauglichkeit geprüft, auf ihre Art, sich zu bewegen, zu kleiden.

»Die Konkurrenz schläft nicht«, hatte Helena Löwe erklärt. »Ein Projekt, das derartig umfangreiche Vorbereitungen erfordert, muss geheim gehalten werden. Stellen Sie sich vor, ein anderer Sender käme kurz vor uns mit einem ähnlichen, aber minderwertigen Format heraus! Wir ständen da als die Nachahmer. Alle investierte Energie wäre zum Fenster hinausgeworfen.«

Mit Energie war wahrscheinlich in erster Linie Geld gemeint.

Deswegen wollte die Produzentin nichts dem Zufall überlassen und kümmerte sich persönlich um alles. Allein die Durchsicht der Namen der wissenschaftlichen Leiter und Mitarbeiter hatte Helena Löwe niemand anderem überlassen. Sie selbst hatte die auf einem Klemmbrett liegende Liste inspiziert. Es war in der noch frühen Phase des Projekts gewesen. Und die Tatsache, dass die Produzentin selbst eine Namensliste einzusehen wünschte, war verblüffend. Doch dann war etwas Sonderbares passiert. Für einen kurzen Moment hatte Helena Löwes Finger auf der Liste innegehalten.

Es war purer Zufall gewesen, dass Désirée ihr just in diesem Augenblick ins Gesicht gesehen hatte. Statt geschäftiger Aufgeräumtheit hatte Helena Löwes Miene Verblüffung, Erschrecken und Verwirrung gezeigt.

Als sie den Kopf wieder gehoben hatte, war ihr Blick geradewegs auf Désirée gefallen, die sie immer noch aufmerksam beobachtet hatte. Augenblicklich waren alle Emotionen, die sich gerade noch auf den schönen Zügen gespiegelt hatten, wie weggewischt gewesen, verborgen hinter einem Lächeln, das alles oder nichts bedeuten konnte.

»Doktor. Doktor. Doktor. Beschäftigen Sie auch Mitarbeiter ohne Dissertation?«, hatte Helena Löwe unverbindlich gefragt.

Seit sie denken konnte, hatte Désirée immer nur mit Wissenschaftlern zu tun gehabt. Als kleines Mädchen hatte sie unter Labortischen mit Bauklötzen gespielt. Bereits mit fünf Jahren konnte sie Ontogenese und Phylogenese voneinander unterscheiden. Sie erkannte den Warnschrei der Schwarzdrossel, wenn eine fremde Katze durch den Garten schlich, und vermochte auf der Deutschlandkarte im Wohnzimmer verschiedene Routen von Zugvögeln zu verfolgen.

Wissenschaftler waren Menschen, deren wesentliches Leben sich in ihrem Innern abspielte. Sie scherten sich nicht darum, ob ein Knopf am Sakko fehlte. Désirées Vater vergaß oft genug, eines anzuziehen. Im Umgang mit anderen Menschen waren sie oft ein wenig hölzern, was ihnen den Ruf des Zerstreutseins eingebracht hatte. Doch Désirée wusste, dass dies vielmehr auf ihre Unsicherheit im Umgang mit Menschen zurückzuführen war, die einfach anders dachten.

Wissenschaftler konnten sich gerade noch freundschaftlich mit einem Bier zugeprostet haben und im nächsten Augenblick mit erhitzten Gesichtern und Zornesfunkeln in den Augen über eine fachliche Frage in heftigsten Streit geraten. Das Bier tranken sie trotzdem gemeinsam aus.

Wissenschaftler waren berechenbar einfach gestrickt. Désirée durchschaute jeden von ihnen sofort. Was den Vorteil hatte, dass sie sich mit zwischenmenschlichen Belangen nicht groß aufhalten musste. Über Verhaltenskodexe nachzudenken – wer spricht wann mit wem worüber –, war zeitaufwendig und energieraubend.

Deswegen verunsicherte sie der Umgang mit diesen Fernsehmenschen.

Die waren anders. Übersprudelnd, dynamisch, extrovertiert. Als würden sich ihre Gedanken außerhalb des Körpers abspielen. Sie waren offenbar bereit, sich immerzu anderen mitzuteilen. Ihre Klamotten entsprachen immer dem neuesten Trend, wirkten dabei aber lässig.

In allen Vorgesprächen, an denen Désirée bisher teilgenommen hatte, war es zwischen den Fernsehfritzen nie zu einem scharfen Wortwechsel gekommen. Alle hießen Schätzchen und mein Lieber. Auf den ersten Blick schien das erfrischend unkompliziert. Offensichtlich trugen diese Menschen ihr Herz auf der Zunge. Sie gaben ungefragt Auskunft über ihr Befinden, gesundheitliche Probleme, Katerbeschwerden und private Termine.

Das hatte Désirée zunächst durcheinandergebracht. Denn trotz wissenschaftlicher Verschrobenheit war sie doch nicht blöd. Hier verspürte sie eine unerklärte Traurigkeit hinter einer fröhlichen

Miene. Dort brodelten Rivalitäten unter der großzügig zur Schau gestellten Herzlichkeit. Einer traute dem anderen nicht. In unauffälligen Nebensätzen wurde Kompetenzgerangel deutlich.

In den folgenden Wochen, während Désirée immer öfter mit dieser sonderbaren Spezies zu tun gehabt hatte, hatte sie die Erfahrung gemacht, dass die scheinbare Offenheit nur als Maske diente. Das zwischenmenschliche Geflecht, das wie ein klebriges Netz über der Fernsehgemeinschaft lag, war nicht zu durchschauen. Die Beziehungen untereinander offenbar ein Labyrinth aus Komplizen- und Feindschaften. Als ihr dies bewusst geworden war, hatte Désirée sich selbst zur Vorsicht ermahnt. Das Fernsehen brachte Geld. Das ersehnte Geld, mit dem sie den Beweis würde erbringen können. Doch dahinter standen Menschen, die für sie undurchschaubar blieben, immer rätselhafter wurden, je länger die Zusammenarbeit mit ihnen dauerte.

Acht Wochen konnten eine lange Zeit sein.

Im Grunde gar nicht so dumm von Kim Richardson, sich da herauszuhalten. Auch wenn sie es natürlich aus einem anderen Beweggrund tat, als Désirée es gern getan hätte. Richardson hatte nicht in erster Linie die Zusammenarbeit mit dem Fernsehen angeprangert. Sie hatte die geplante Versuchsreihe insgesamt infrage gestellt.

Abhängigkeiten.

Tss.

Désirée betätigte die Spülung, entriegelte die Kabinentür und trat an das Waschbecken.

Das Dumme war nur: Richardson war eindeutig die bessere Wissenschaftlerin. Zernick war unerträglich. Und wie viele Männer derartig von sich überzeugt, dass er einen Fehler in seiner eigenen Versuchsreihe garantiert nicht bemerken würde, weil er ihn für ausgeschlossen hielt. Das war gefährlich. Vor allem wenn Hunderttausende Zuschauer ihm dabei zusahen und er in diesem Augenblick das Institut van Hauser vertrat. Ihr Vater hätte Zernick niemals für ein solches Projekt zugelassen. Er hatte immer gesagt: »Wenn einer lieber sich selbst im Spiegel ansieht als auf seine Auswertungslisten, dann trau ihm nicht, klar?«

Klar. Désirée traute Zernick nicht. Das Projekt war ihr Baby.

Aber Ines hatte die Entscheidungsgewalt. Und für sie hatte von Anfang an festgestanden: Wenn Richardson nicht mitmacht, dann ist Zernick der Ersatzmann.

Désirée graute vor dem bevorstehenden Gespräch mit der Produzentin, in dem diese erfahren sollte, dass die zweite Projektleiterin wahrscheinlich nicht zur Verfügung stehen würde. Sie wusch sich gründlich die Hände und versuchte, ein paar Augenblicke lang nicht zu denken. Hob den Blick. Betrachtete prüfend ihr Spiegelbild.

Sie sah aus wie eine ungewöhnlich blasse junge Mexikanerin kurz vorm Kotzen. So sah sie immer aus, bevor sie einen dieser Fernsehfritzen traf.

Meistens kamen die gleich in einem ganzen Schwarm. Zwitschernd, ständig in Unruhe. Gut, dass sie es heute nur mit einer von ihnen zu tun hatte. Auch wenn es die am meisten Gefürchtete war. Die ewig Freundliche. Die unter dieser Maske Eisenharte.

Désirée lockerte das Haarband und schlang die langen schwarzen Locken wieder im Nacken fest.

Wahrscheinlich sah sie aus wie eine ungeschminkte Wissenschaftlerin, die sich in teure Designerklamotten geworfen hatte. Aber wenigstens saß die Frisur.

Die schwere zweiflügelige Holztür stand ein wenig offen, als sie den Flur entlang darauf zuging. Ihr Besuch war bereits eingetroffen. Sie mussten sich knapp verpasst haben. Désirée holte tief Luft und betrat den Raum. Ines und Helena Löwe standen hinter dem großen Schreibtisch und blickten durchs Fenster auf das sonnenbeschienene Gelände des Institutes. Beide wandten sich zu Désirée um.

»Doktor van Hauser, unsere Hauptperson!«, rief Helena Löwe. Sie kam um den Schreibtisch herum und streckte die Hand aus, während sie Désirée von Kopf bis Fuß musterte. »Die Zuschauer werden komplett begeistert sein.«

Désirée räusperte sich und lächelte. Als ihre Blicke sich begegneten, stutzte sie für einen kleinen Augenblick. Irgendetwas war anders als sonst an der Frau ihr gegenüber.

»Hat meine Stiefmutter Sie schon auf den neuesten Stand gebracht?«, fragte sie unverbindlich.

Ines' Augen verengten sich für eine Sekunde. Alles klar. Hatte sie also nicht.

»Wir sind gerade dabei, unsere Fortschritte bei der Vorbereitung in allen Einzelheiten zu besprechen«, erklärte Ines. Damit wandte sie sich wieder der Fensterfront zu und deutete zur Südseite des Gebäudes. »Dort drüben werden am Montag die Bauarbeiten für die Hundehäuser beginnen. Die Baufirma wird die nächsten sieben Wochen ausschließlich für uns tätig sein. Die Architekten sind ebenfalls vor Ort. Für die Außenaufnahmen wird alles bestmöglich vorbereitet sein. Die Freilaufplätze inklusive Spielgelände liegen dann direkt dort.«

Helena Löwe zeigte sich beeindruckt. »Wie lief es denn mit den Genehmigungen? So unkompliziert wie erwartet?«, fragte sie.

Ines lächelte. »Van Hauser ist ortstreu seit mehr als dreißig Jahren. Die Städter werden sich hüten, ihre fetteste Steuerkuh zu schlachten. Außerdem« – sie senkte die Stimme – »gibt es immer ein paar Köpfe im Rat, die gern mal auf dem Titelblatt eines Hochglanzmagazins erscheinen möchten.«

»Kein Problem«, erwiderte Löwe, zog ein Notizbuch hervor und schrieb genau zwei Worte hinein. Sie besaß auffallend schöne Hände. Die plötzliche Erkenntnis von Verzicht auf zentimeterlange Fingernägel, Lack und ein Heer von Ringen bewirkte bei Désirée eine spontane Regung von Sympathie, die sie verwirrte. Sie hatte in den vergangenen zwei Jahren Helena Löwes Hände schon mehr als einmal beim Notieren von irgendetwas Unaufschiebbarem beobachtet.

»Die Labore im zweiten Stock werden in der kommenden Woche geräumt«, fuhr Ines fort. »Sobald der Umzug abgeschlossen ist, also in etwa zehn Tagen, können Sie mit Ihren Leuten hinein. Wie ich hörte, haben Ihre Techniker alle eine strenge Sicherheitskontrolle durchlaufen.« Eine schlichte Feststellung, mit der Ines geschickt ein Thema berührte, das ihr am Herzen lag. »Wann dürfen wir mit der Übermittlung der Daten rechnen – damit wir sie intern noch einmal prüfen können?«

»Das wird nicht nötig sein«, sagte Helena Löwe auf ihre leise Art. Es klang beinahe bittend. Nichts war zu spüren vom sonst üblichen entschiedenen Ton. »Was das angeht, können Sie sich voll und ganz auf ZAPP-TV verlassen.«

Ines zögerte kurz, erwiderte das Lächeln und bot ihrem Gast in der Sitzecke am Fenster einen Platz an. Vielleicht wollte sie später noch einmal auf dieses Thema zurückkommen. Désirée wusste, dass ihre Stiefmutter sich zu guter Letzt nur auf sich selbst verließ. Die Sicherheitsfrage rangierte weit oben auf ihrer Prioritätenliste. Schließlich ging die Arbeit in den anderen Laboren auch während der geplanten zwei Projekt-Monate wie gewohnt weiter. Fremde, die sich wochenlang berechtigt durchs Gebäude bewegen durften, waren Ines so angenehm wie Flöhe im Pelz eines Versuchstiers.

Helena Löwe ließ sich mit einem Fernsehmenschenseufzer in einen Sessel fallen. Désirée beobachtete sie unauffällig. Eine seltsame Diskrepanz war heute bei der kühlen Geschäftsfrau zu spüren. Helena Löwe lächelte zufrieden, doch ihre Gesten wirkten fahrig und nervös. Wie würde sie da wohl die schlechte Nachricht aufnehmen?

Eine Weile studierte Helena Löwe die Unterlagen, aus denen die Kompetenz des Instituts van Hauser nur so hervorquoll. Dann blickte sie mit breitem Lächeln auf. »Himmel, ich bin wirklich froh, dass ich diesmal nicht die Moderation vor der Brust habe. Es sind zwar noch acht Wochen bis dahin, aber Wolfgang schlottern schon die Knie.« Gemeint war Wolfgang Niederwegen, das männliche Pendant zu Helena Löwe bei ZAPP-TV.

Seine Sendung *Niederwegen auf Umwegen* wurde einmal im Monat gesendet. Im Gegensatz zu der wöchentlichen Sendung *Die Löwin*, zu der Helena Löwe Gesprächspartner aus Politik, Wirtschaft und Kultur zu sich ins Studio bat.

Die Produzentin würde den Sendeverlauf in erster Linie vom Sender in Köln aus beaufsichtigen und nur zu Stippvisiten nach Frankfurt kommen. Das war die offizielle Lesart des Umstands, dass Helena Löwe nicht die Moderation übernahm.

Vor ein paar Wochen, als sie nach allen Vorbreitungen plötzlich Zeit hatte, um über Derartiges nachzudenken, war Désirée der Verdacht gekommen, dass Helena Löwe es bei diesem Mammutprojekt vorzog, selbst im Hintergrund zu agieren und dort ganz bewusst die Fäden zu ziehen. Erst da war es ihr klar geworden: Millionen von Zuschauern jeden Tag. Nach zwei Monaten würde jedes Kind in Deutschland ihr Gesicht kennen. Noch in der gleichen Nacht hatten die Träume begonnen.

»Und Sie? Schon Lampenfieber?« Diesmal war tatsächlich Désirée gemeint.

»Ich konzentriere mich auf die Arbeit. Mir ist nur wichtig, dass wir entsprechende Ergebnisse erzielen«, antwortete sie. Zusätzlich zu den nächtlichen Träumen plagten sie in den letzten Tagen grässliche Visionen, die sie niemandem anzuvertrauen wagte. Schreckensbilder von Pommes futternden, kettenrauchenden Kameramännern, über Kabel stolpernden Laborassistenten, zerschmetterten Reagenzgläsern, durchdrehenden Versuchstieren und abstürzenden Computersimulationen.

Natürlich wäre es ohne die Fernseh-Millionen nicht möglich. Trotzdem. Désirée hasste schon jetzt den Medienrummel, der alle Welt ablenken würde von den Geschehnissen in den Laboren: einer hochbrisanten Versuchsreihe, die zu bahnbrechenden Erkenntnissen führen konnte, führen musste.

Helena Löwe betrachtete Désirée einen Moment lang, dann lachte sie spontan. »Wissen Sie was? Im Grunde ist es egal, ob Sie sich dessen bewusst sind oder nicht, dass sechs Millionen Zuschauer vor den Geräten sitzen und Ihnen bei der Arbeit zusehen. Sie werden auf alle Fälle phantastisch aussehen.« Damit wandte sie sich wieder an Ines: »Ich habe zwei ganz famose Maskenbildnerinnen abgestellt. Wir werden nichts dem Zufall überlassen.«

Dann sprachen sie über die Zuschnitte der Laborkittel, die natürlich keine schlichten Laborkittel sein durften. Sie mussten schick aussehen, gut sitzen, bequem sein und noch dazu den jeweiligen Menschen seiner Position entsprechend kennzeichnen.

»Wenn Sie alle in reinem Weiß herumlaufen, kann Sie niemand auseinanderhalten«, erklärte Helena Löwe. »Bunt geht natürlich auch nicht. Schließlich wird es eine Wissenschaftssendung. Und Wissenschaftler tragen nun mal weiße Kittel. Wir haben uns farbliche Akzente gedacht. Ihnen würde ein leuchtendes Rot hervorragend stehen. Ein Halstuch. Oder ein Haarband.«

Désirée schluckte. Sie sollte sich während ihrer schwierigen Aufgabe Gedanken um farbliche Akzente in ihrem Outfit machen?

Ines räusperte sich. »Die künstlerische Gestaltung obliegt natürlich ganz Ihnen. Uns ist nur wichtig, dass den Zuschauern auch klar wird, was da auf dem Bildschirm geschieht.«

Helena Löwe lachte. »Ich verstehe. Sie sind der wissenschaftliche Kopf und ich der künstlerische. Da kommen wir uns nicht in die Quere. Trotzdem bin ich mittlerweile auch schon gespannt bin wie ein Flitzebogen, was bei dem Experiment am Ende herauskommt.«

Désirée zuckte zusammen. Was am Ende herauskommt. Ihre Wissenschaft war kein Chemiebaukasten, bei dem man den einen mit dem anderen Stoff mischte und am Ende bestaunte, was dabei herauskam. Die Untersuchungen, die sie anstrebten, waren von so komplizierter Natur, dass noch nicht einmal davon die Rede sei konnte, dass sie irgendwann ein Ende haben würden.

Schließlich entstand diese gewisse kleine Pause. Désirée kannte Ines. War es Helenas Löwes grandioser Menschenkenntnis zuzuschreiben, dass sie jetzt ebenfalls den Kopf hob und Ines aufmerksam ansah?

Ihr Haar war nicht so sorgfältig frisiert wie sonst. So sah es ... irgendwie netter aus. Menschlicher.

Sie hatte tatsächlich etwas Katzenhaftes, diese Helena Löwe. Aber sie war keine Löwin, eher eine Schneeleopardin. Eine silberfellige Einzelkämpferin.

»Was sagen Ihre Mitarbeiter zu dem Projekt?«, fragte Helena Löwe beinahe schnurrend. »Meines Wissens müssten heute doch die ersten Gespräche stattgefunden haben.«

»Da gelangen wir an einen wunden Punkt«, seufzte Ines.

»Doktor Richardson?«, lächelte Helena Löwe.

Désirée atmete tief ein, und auch Ines konnte ihre Überraschung nur schwer überspielen. Sie nickte. »Natürlich ist mir bewusst, dass wir gemeinsam die Wahl getroffen haben und durch Richardsons Projektarbeit in den vergangenen zwölf Monaten diese Entscheidung zementiert haben. Aber Doktor Richardson ... wie soll ich sagen ...«

Helena Löwe wartete lächelnd ab.

»Wie waren ihre Worte?«, wandte sich Ines an Désirée.

»Doktor Richardson hat klargestellt, dass sie nichts von Abhängigkeiten hält. Weder beim Menschen noch beim Hund. Das waren in etwa ihre Worte.«

In Helena Löwes leuchtend blauen Augen blitzte es auf.

»Doktor Holger Zernick wäre dem Ganzen gegenüber wesentlich aufgeschlossener«, bot Ines bereits als Lösung an. »Wir sollten niemanden im Projekt unterbringen, der aufgrund moralischer Bedenken ein Risiko darstellen könnte. Doktor Zernick ist ein hervorragender Wissenschaftler ...«

»... aber leider ein dummschwätzender Hornochse, dem niemand gern beim Profilieren zusehen möchte«, vollendete Désirée den Satz.

Ines wandte sehr ruhig den Kopf in ihre Richtung.

Helena Löwe schmunzelte. »Sie schätzen Doktor Richardson?«

Schätzen? Sie kannte Kim Richardson gar nicht. Hatte sie am Samstag zum ersten Mal gesehen. Hatte sie grässlich nervös und zu sehr von ihren Säugetieren überzeugt gefunden. Mit Wissenschaftlern kannte Désirée sich aus. Zu Richardsons Gunsten hatte Désirée jedoch bemerkt, dass diese zu dem wichtigen Gespräch in Turnschuhen und schmutziger Bluse erschienen war.

»Ich schätze ihre Arbeit, die sie in den letzten zwölf Monaten geleistet hat«, sagte Désirée vorsichtig. »Sie hat – natürlich ohne zu wissen, auf welches Ziel sie damit hinarbeitete – die Vorbereitungen so weit vorangetrieben, dass wir nun genau dort starten können, wo es für die Außenwelt interessant wird.«

Helena Löwe nickte. Dann lächelte sie wieder und wandte sich an Ines.

»Lassen Sie mich das bitte regeln?«, bat sie.

Ines wirkte verwirrt. Désirée sah zwischen den beiden Frauen hin und her. Zwei Leaderinnen, die um die Vorrangstellung kämpften. Sie würden die nächsten Monate Seite an Seite im Geschirr laufen müssen. Ein explosives Gespann.

»Sie? Aber wie wollen Sie ...?«

»Lassen Sie das meine Sorge sein«, erwiderte Helena Löwe.

Désirée konnte nicht anders. Sie war beeindruckt.

Er kannte Zürich von früheren Besuchen. Doch heute kam ihm die Stadt vor wie aus einem surrealistischen Schwarz-Weiß-Film. Heute sehen Sie *Das Kabinett des Doktor Caligari*.

Vom Bahnhof bis hinunter zum Zürichsee erstreckte sich mit einer verlockenden Zahl von bestaunenswerten Geschäften die legendäre Bahnhofstraße, die er sonst gern entlanggeschlendert war. Heute nahm er ein Taxi. Die Wohnung seines Freundes lag nur knapp außerhalb des Stadtkerns.

Auf sein Klingeln hin rührte sich zunächst eine ganze Weile nichts. Dann quäkte eine Kleinmädchenstimme: »Wir sind nicht zu Hause, böser Wolf!« Das Summen der Gegensprechanlage verstummte, bevor Simon auch nur den Mund öffnen konnte. Er seufzte und betätigte den Klingelknopf noch einmal.

Schließlich brummte der Türöffner.

Simon nahm rasch die beiden Treppen bis zur ersten Etage und klopfte an die Wohnungstür, die den ganzen Treppenabsatz einnahm. Drinnen war Kindergeschrei zu hören, unterbrochen von kurzen Intervallen, in denen offenbar ein Erwachsener sich Gehör zu verschaffen versuchte. Nach etwa einer Minute wurde die Tür geöffnet.

Tom stand vor ihm, auf dem Arm ein kleines Mädchen mit frechen Zöpfen und misstrauischer Miene. An seinem Hosenbein hing ein kleiner Junge, der seinen Vater in die Wohnung zurückzuziehen versuchte.

»Seht ihr«, brummte Tom, »der Simon, wie ich gesagt habe. Komm rein, Kumpel!« Während Simon an ihm vorbeitrat und den Rucksack absetzte, rutschte die kleine Jolante von Toms Arm und rannte in hohen Tönen »Simon! Simon!« quietschend den langen Flur entlang, um im Kinderzimmer zu verschwinden. Ihr jüngerer Bruder stolperte ihr hinterher.

Simon und Tom umarmten sich männerhaft kurz und steuerten in die Küche.

»Karin ist gleich zurück vom Einkaufen. Ich weiß nicht, wie sie das schafft, aber bei ihr drehen die beiden nicht so durch. Ich glaube, Frauen haben ein Gen, das uns fehlt«, seufzte Tom. »Kaffee?«

»Lieber was Kaltes, wenn du hast.«
»Klar. Bier?«
»Lieber Cola.«
»Geht auch Orangenlimonade?«
»Hast du nichts mit Kokosnussgeschmack?«
»Bitte?«
»Ach, nichts. Ja, okay, warum nicht mal Orangenlimonade?«
Sie ließen sich am großen Holztisch in der Mitte der geräumigen Küche nieder.
»Cooles T-Shirt. Dein Vorbild?«
»Blödmann.«
Simon streckte die Beine aus. »Wenn es später etwas kühler ist, würde ich gern einen Spaziergang machen. Meine Beine sind wie betäubt von dem langen Sitzen.«
»Na klar, kein Thema. War die Reise in Ordnung?«
Simon zögerte. »Ja, prima.«
Tom musterte ihn prüfend.
»Die beiden beschäftigen dich ganz schön, hm?«, erkundigte Simon sich rasch, um den Freund abzulenken.
»Was ist los?«, fragte Tom ernst.
Was los war? Er hatte selbst keine Ahnung.
»Ich bin …«, begann Simon, sah Toms lauernde Miene, »… neugierig. Warum hast du am Telefon nicht verraten, warum du mich sprechen willst?«
Tom beschloss offenbar, ihm eine Schonfrist zu gewähren. Doch Simon war sich im Klaren darüber, dass sein Freund noch einmal darauf zu sprechen kommen würde. Bei dem Gedanken daran, von seinem Zugerlebnis zu erzählen, schlug die Orangenlimonade in seinem Magen hohe Wellen.
»Telefon«, schüttelte Tom den Kopf. »Was ist das schon? Elektronische Übermittlung von Tonfrequenzen, die am Ende wieder umgewandelt werden und unsere menschlichen Stimmen simulieren.«
»Nichts anderes als unsere alltägliche Arbeit, oder?«, grinste Simon. Tom war also in philosophischer Stimmung.
»Ach, wir jagen mit unserer Arbeit doch auch nur irgendwelchen Schimären hinterher«, brummte Tom. »Wir tun so, als wüssten wir, was wir in unseren hochspezialisierten Rechnern

simulieren. Aber was bleibt am Ende davon übrig, wenn die Bits und Bytes ins Leben rausgeworfen werden?«

»Du machst mir Angst.«

»Wieso? Weil ich ausnahmsweise mal einen Sinn darin suche, womit wir das Geld für unsere Familien verdienen?«

»Ich verdiene das Geld nur für mich allein«, korrigierte ihn Simon und fand diesen Satz, der eine witzige Bemerkung hatte sein sollen, plötzlich armselig.

»Hast du einen Sinn entdeckt? Ist es das, was du mir erzählen willst?«

In Toms Augen glühte ein Funke auf, den Simon schon an der Tür wahrgenommen hatte. Eine Energie, genährt von Ideen und Vorhaben.

»Was würdest du dazu sagen, wenn ich einen Auftrag aus Deutschland angenommen hätte, in dem es um Versuche an lebenden Tieren geht? Genauer gesagt, an Hunden.«

Simon verzog das Gesicht, doch Tom hob die Hände. »Nichts, was wehtut. Denk nicht an direkt ins Hirn verlegte Elektroden oder solche Geschichten. Sondern an eine Versuchsreihe, in der ausschließlich das Verhalten getestet wird. Es geht darum, wie eng sich ein Hund unter gewissen Umständen einem bestimmten Menschen anschließt. Wie treu er ist. Wie ausschließlich die Liebe zu seinem Zweibeiner sein kann. Verstehst du?«

»Unter gewissen Umständen?«, wiederholte Simon skeptisch.

»Es wird ein Medikament gegeben. Hormone. Pheromone. Was weiß ich, wie das heißt. Angeblich konnte es im Hirn von Vögeln nachgewiesen und isoliert werden. Hat wohl ein ganzes Jahr gedauert, bis es künstlich hergestellt werden konnte, aber jetzt sind sie so weit. Der Hund bekommt es gespritzt, und es wird beobachtet, unter dem Einfluss von welchen Reizen er besonders intensiv auf seinen Zweibeiner anspricht. Genial, oder?«

Tom erhoffte sich offenbar Begeisterung.

Aber Simon war nicht zuletzt deswegen misstrauisch, weil er nicht nur einmal erlebt hatte, wie leicht entflammbar sein Freund für neue Ideen war. Begeisterung und Überschwang am Anfang. Ernüchterung in rascher Folge. Frustration und Kopfschütteln über die eigene Naivität am Ende. Diese Sache klang nach einem typischen Tom-Projekt.

»Was ist deine Arbeit dabei? Wozu brauchen sie dabei deine Computersimulationen? Warum stellen sie keinen Grafiker an, der ein paar nette Bilder machen kann?«

»Das ist ja das Genialste daran«, erklärte Tom mit glänzenden Augen. »Die Versuchsreihe kostet einen Haufen Schotter. In dem Forschungsinstitut haben sie sich den Kopf zerbrochen, wie die Knete ranzuschaffen sei. Und dabei sind sie auf eine hammermäßige Idee gekommen. Halt dich fest!«

Hechelnd umklammerte Simon die Tischkante. Sein Freund registrierte seine Clownerei nicht.

»Fernsehen«, erklärte Tom.

»Television? Du meinst, irgendwas von diesem Projekt wird gezeigt?«

»Nicht irgendwas«, erwidert Tom und setzte mit unübersehbarem Genuss hinzu: »Alles! Das ganze Projekt wird im Fernsehen übertragen. Zwei Monate lang. Jeden Tag.« Seine Stimme überschlug sich fast vor Begeisterung.

»Mensch, Simon, weißt du, was das bedeutet? Das Fern-sehhen. Der Geldgeber schlechthin. Da rollt der Rubel. Die wollen, dass ich für alle Abläufe, die da in so einem Hundehirn passieren, eine Simulation erstelle. Was sieht der Hund? Was hört er? Was riecht er? Was fühlt er? Und wie ändert sich seine Wahrnehmung durch die Gabe dieses Mittelchens? Ich krieg ein richtiges kleines Rechenzentrum hingestellt.«

Simon war verwundert, aber nicht über alle Maßen. Eigentlich nicht überraschend, dass mal jemand auf eine solche Idee kam. Und Tom war immer schon anfällig gewesen für das vermeintliche Winken von Ruhm und Popularität. Jetzt war sein Freund offenbar vollkommen infiziert mit diesem Hirnvirus der zivilisierten Welt.

Wie er davon sprach und seine eigene Aufgabe dabei ausschmückte, klang es nach einer objektiv durchgeführten Versuchsreihe vor den Augen der Öffentlichkeit. Er schien tatsächlich zu glauben, dass dieses Institut van Hauser die Zusammenarbeit mit ZAPP-TV aus rein finanziellen Überlegungen angestrebt hatte. Die Möglichkeiten zur Meinungsmache und

Manipulation, die ganz offensichtlich darin schlummerten, erwähnte er mit keinem Wort. Wie jemand, der seinen Sechs-Millionen-Lotto-Gewinn aufteilt, erläuterte er die einzelnen Arbeitsschritte, in denen er vorzugehen gedachte, die Einbindung seiner Simulationen und 3-D-Animationen in die abendlichen Sendungen. Rasch machte er ein paar Skizzen auf dem Einkaufsblock, sprach ausschweifend mit den Händen und bemerkte nicht, dass Simon ihm am liebsten mit einem »Haaaaalt! Brrrr! Ruhig, Brauner!« in die Parade gefahren wäre.

»Das Beste kommt aber noch, Alter. Habs mir bis zum Schluss aufgehoben.« Tom machte eine kleine Kunstpause und fuhr fort: »Als wir über die Ausstattung des Rechenzentrums sprachen, dachte ich, ich versuch's einfach mal. Wer nicht wagt, der nicht gewinnt. Also hab ich ... einen TX 14 verlangt.«

»Nein!«, entfuhr es Simon.

»Doch!«, rief Tom euphorisch. »Und was soll ich sagen? Ich kriege ihn!«

»Unmöglich!« Simon starrte ihn an. Er war wie elektrisiert.

Der TX 14 war ein hoch spezialisierter Rechner, eine denkende Maschine in Perfektion, die Gefühle simulieren konnte. Tom und er hatten beide vor zwei Jahren in Texas einen mehrmonatigen Lehrgang ausschließlich zu diesem Rechensystem absolviert. Faszinierende Arbeit an einem Gerät, das es nicht öfter als zehnmal auf der ganzen Welt gab.

»Wie machen sie das? Das muss ihnen doch Millionen kosten«, staunte Simon und bremste Tom mit diesen Worten schlagartig aus.

»Meinst du, die haben mich beschissen? Angeblich soll ich einen TX 14 aus Tokio bekommen. Aber was ist, wenn's nicht hinhaut? Ich weiß gar nicht, ob im Vertrag etwas über den Rechner drinsteht. Ich meine, stell dir vor, ich hocke dann mit einem Achter da!«, überlegte Tom.

»Mit Leuten vom Fernsehen könnte man so was erwarten, oder?«, wagte Simon schließlich zu sagen.

Im Kinderzimmer fiel etwas mit Getöse um.

»Nichts passieeeeert!«, kreischte Jolante gut gelaunt, und Leon lachte sein ansteckendes Kleinkinderlachen.

Tom schien den kleinen Zwischenfall gar nicht bemerkt zu

haben. »Mein Vertragspartner ist van Hauser«, erklärte er mühsam beherrscht. »Seriös. Die drehen keine krummen Dinger.«

Simon schwieg. »Kommst du auch in die Sendung?«, fragte er schließlich in Toms Bestürzung hinein.

»Klar! Die installieren Kameras. Big brother is watching you, weißt du. Es gibt Ruhezonen, in denen man ungestört ist. Die Zimmer, in denen wir wohnen. Aber das Labor, das Rechenzentrum, sogar Teile der Kantine werden gefilmt. Die Regie wertet das Material jeden Tag aus, und abends wird eine Stunde lang gesendet. Ey, eine Stunde lang schwirren meine Simulationen über Millionen von Bildschirmen. Ist das nicht ...«

Der aufkeimende Zweifel hatte Tom den anfänglichen Schwung genommen, und er vermochte nicht auszudrücken, was diese Vision für ihn bedeutete.

Simon nippte weiter an seiner Limonade. Wahrscheinlich spielten in dieser täglichen Stunde Sendezeit die Computersimulationen eine eher untergeordnete Rolle. Aber Tom darauf hinzuweisen, hätte Simon taktlos gefunden. Besonders jetzt, da der TX 14 plötzlich auf dem Spiel zu stehen schien.

»Toll!«, sagte er daher und versuchte, anerkennend zu klingen. »Aber sag mal: Wenn es abläuft wie Big Brother, darfst du dann dein Rechenzentrum nicht verlassen?«

Tom winkte ab. Kinkerlitzchen. Simons deutsches Lieblingswort. »Es sind nur acht Wochen, verstehst du? In der Zeit werde ich sowieso eher vor dem Rechner leben als sonst wo. Wir dürfen uns im Institut frei bewegen. Und es gibt ein riesiges Außengelände. Aber sie wollen eben vermeiden, dass wir abends die Sendung ansehen und uns dann am nächsten Tag womöglich nicht mehr authentisch verhalten.«

»Authentisch?«, wiederholte Simon skeptisch.

»Authentic. Genuine. True«, wollte Tom ihm helfen.

»Ich weiß, ich weiß. Ich frage mich nur, wie du authentisch und echt sein sollst, wenn überall eine Kamera auf dich gerichtet steht.«

Tom öffnete den Mund, um etwas zu erwidern, als die Wohnungstür mit Schwung aufflog und gegen den Schirmständer krachte.

»Ich bin's nur!«, rief Karin, was von den Kindern mit Indianergeheul und donnerndem Getrampel den Flur entlang beantwortet wurde. Tom sprang auf und folgte den beiden.

»Simon!«, rief Karin, ließ ihre Einkaufstasche zu Boden fallen und warf die Arme um ihn. »Da bist du ja endlich! Wir dachten, du kämst schon früher an. Wie war die Fahrt?«

»Sehr gut«, antwortete Simon lächelnd und hatte das Gefühl zu lügen. Karin strahlte. »Du siehst toll aus! Tom, ich finde, du solltest dir die Haare auch länger wachsen lassen. Dieser ewige Armeeschnitt ist doch total out. Hast du Hunger? Nach der langen Reise bestimmt, oder?«

Simon saß auf dem Küchenstuhl und durfte zusehen, wie Mann, Frau und zwei Kinder sich beim Einräumen der erbeuteten Supermarktprodukte gegenseitig im Weg standen.

»Bist du auch fit für den Abend, Simon?«, fragte Karin.

Simon nickte unentschlossen und warf Tom einen fragenden Blick zu.

»Wir haben für heute Abend Karten in der *Roten Fabrik*. Ein Riesenkonzert«, raunte sein Freund ihm zu.

»Du hast ihm noch gar nicht erzählt, wieso er hier ist?«, empörte sich Karin.

Simon grinste. »Ohren wie ein Luchs.«

»Und Augen wie ein Adler. Leg die Schokolade hin, Jolante. Es gibt gleich Abendessen.«

Es war schön, wieder einmal hier zu sein. Simon kannte Tom seit neun Jahren. Am ersten Tag an der Fachakademie für Informatik hatten sie in der Mensa am gleichen Tisch gesessen und das großkotzige Geschwafel eines bereits diplomierten Kommilitonen mitanhören müssen. Die spontane Sympathie zwischen den beiden hatte sich schon bald zu einer Freundschaft entwickelt.

Simon hatte miterlebt, wie Tom und Karin sich auf einer Studentenparty kennenlernten. Das Erlebnis des Verliebens war ein Wunder, das Simon nur bestaunen konnte. Toms Arbeit, an der er mit männertypischer Leidenschaft hing, wurde plötzlich zur lästigen Nebensache im mit Verabredungen, durchliebten Nächten und quälender Sehnsucht gefüllten Leben. Simon war sehr beeindruckt gewesen.

Die Frage, ob ihm selbst so etwas widerfahren könne, war ab

und zu in ihm aufgetaucht. Aber als Tom und Karin Jolante bekamen, sich alles nur um das Baby drehte, als sie heirateten und das zweite Kind planten, war doch klar gewesen, dass diese Art von Karriere für ihn wohl nicht vorgesehen war.

Nun deckten alle gemeinsam den Tisch, tranken Tee und kalte Milch, aßen Brot, Gemüse, Käse.

»Hat eure Tagesmutter euch wieder Märchen vorgelesen?«, erkundigte sich Karin.

»Dornröschen!«, rief Leon.

»Märchen gibt's nur wegen ihm«, flüsterte Jolante Simon zu. »Ich bin zu groß dafür. Ich kann Märchen nicht leiden.«

Tom und Karin warfen sich einen amüsierten Blick zu. Das taten sie hin und wieder. Tom streckte die Hand aus und berührte Karins Arm. Karin lehnte sich zur Seite, ihm entgegen.

Verwundert sah Simon zu. War das damals auch schon so gewesen? Bei jedem seiner Besuche?

Blicke. Berührungen. Diese selbstverständliche Art, sich im gleichen Moment zu bewegen, im gleichen Augenblick zu lachen. Zwei Herzen, die im gleichen Takt schlugen.

»Ich habe den Eindruck, du hörst mir nicht richtig zu«, schmollte Tom.

Simon lachte. »Wie sollte ich, wenn ihr alle durcheinanderredet.«

Ein Blick auf die Küchenuhr war Auslöser für erneute Geschäftigkeit. Tom versuchte, die Kinder ins Bett zu bringen. Schließlich griff Karin ein.

Der Babysitter kam. Karin instruierte das junge Mädchen, wobei es sich um einen Babysitterprofi zu handeln schien, denn Thema war weniger die Betreuung der Kinder als die richtige Handhabung der Fernbedienung für den Fernseher und DVD-Player.

Während er dem Geplauder lauschte, kamen die Bilder zurück. Von einer silberhellen Flut über den Schultern. Der Anblick ihrer Hand, die eine Haarsträhne hinters Ohr strich.

Simon schüttelte den Kopf.

»Dass du dich dafür leihst«, sagte er rasch, um sich auf andere Gedanken zu bringen.

Tom wusste ohne Nachfrage, dass Simon an das Gespräch von

vorhin anknüpfte. Er hob die Schultern. »Wieso nicht? Einer muss doch der Glückliche sein, der auf der Welle des Erfolgs, Ruhmes und Geldes mitreitet.«

Dazu rekelte er sich so gelassen und entspannt auf seinem Stuhl, dass das nicht alles sein konnte.

Simon fasste seinen Freund genau ins Auge. »Du hast mich doch nicht zu der langen Fahrt überredet, nur um mir zu erzählen, für wen du im nächsten halben Jahr arbeiten wirst. Und das Konzert in der *Fabrik* ist ganz sicher auch nicht der Grund dafür«, sagte er. »Was willst du von mir? Soll ich etwas für dich erledigen, während du vor den Kameras ein gutes Bild abgibst?«

Tom zog eine Grimasse. »Du kennst mich zu gut. Ja, es hat etwas mit Arbeit zu tun. Interessanter Arbeit. Das wäre was für dich. Und da ich weiß, dass du durch die finanzielle Lage von Ypsen-Electronics vakant bist ...«

»Oh ... I'm vacant?«, grinste Simon. Das klang nach einem jungen Kaninchen auf der Wiese eines Wolfsgeheges.

Tom lächelte nervös. »Na ja, die Sache ist die ... ZAPP-TV, ich meine van Hauser, also, das gesamte Projekt ... sie brauchen nicht nur einen, sondern zwei Experten, die sich der Sache annehmen. Sag erst mal nichts! Sag nichts und hör einfach nur zu.« Simon hatte nicht vorgehabt, etwas zu sagen. So verdutzt war er. »Du kennst das doch genauso gut wie ich. Wenn dir keiner auf die Finger guckt, geht was daneben. Und ich muss dir nicht sagen, was es bedeuten würde, wenn mir bei dieser Sache etwas danebenginge. Das wäre das Ende für meine kleine Firma. Ich brauche jemanden, dem ich vertraue, mit dem ich ohne große Worte zusammenarbeiten kann ... Dein Deutsch wird übrigens immer besser. Es muss jemand sein, der perfekt Bescheid weiß über den TX 14. Du siehst, du bist prädestiniert.«

Tom sah Simon an. Mit einem Blick, der meinte: Jetzt oder nie.

Prädestiniert. Predestined. Simon spürte einen sonderbaren Kloß im Hals. »Was ist das genaue deutsche Wort für predestined?«, fragte er.

»Ähm ...« Tom blinzelte. »Das deutsche ...? Ähm ... vorherbestimmt.«

Vorherbestimmt.

Wenn er heute Morgen in Utrecht darauf vertraut hätte, dass er in allen seinen Verbindungszügen einen Sitzplatz bekäme. Wenn er von der schlecht gelaunten Fahrkartenverkäuferin im Utrechter Hauptbahnhof nicht den Sitzplatz 76 in Wagen 26 des Intercity-Express von Amsterdam nach Frankfurt zugewiesen bekommen hätte. Wenn er sich stattdessen woanders niedergelassen hätte, um seine nach Cola schmeckende Cola zu trinken. Hätten sie sich nicht getroffen?

»Simon?«

»Kommt nicht infrage«, antwortete er rasch.

»Das hab ich auch zuerst gesagt.« Karin schoss um die Ecke, um die verderblichen Lebensmittel in den Kühlschrank einzuräumen. Tom, dessen Job dies offenbar gewesen wäre, sprang auf, um ihr zu helfen. »Ich meine, da muss einer schon mächtig blöd sein, um das mit sich machen zu lassen. Zwei Monate! Ständig in einem Gefängnis, aus dem man nicht raus darf. Und dann glotzt einem auch noch Tag für Tag halb Deutschland bei der Arbeit auf die Finger.« Sie wedelte mit der Hand vor dem Gesicht herum, um anzudeuten, was sie von solch einem Projekt hielt. Simon fühlte sich bestätigt, bis Karin sich auf einen Stuhl sinken ließ und ihn mit ihren klaren Augen fest ansah.

»Aber was für eine Chance! Das Projekt wird Furore machen. Und wer da als IT-ler mitgearbeitet hat, der kann sich in einem halben Jahr die Aufträge aussuchen, da bin ich sicher. Wir denken doch alle das Gleiche: Wer im Fernsehen ist, der ist wichtig. Und da haben diesmal ja wirklich alle recht: Mein Mann ist schließlich wichtig.«

Ihre Augen leuchteten auf. Tom lächelte am Brotschrank herum. Obwohl sie sich nicht ansahen, bestand eine unsichtbare, aber spürbare Verbindung zwischen ihnen.

Karin nickte Simon zu. »Klasse, oder? Ich bin ja so gespannt darauf. Klar, zwei Monate ganz allein mit den Kindern, das wird hart ...«

Sie warf Tom einen Blick zu, der gerade ein paar Lebensmittel in den oberen Schränken verstaute. Diesmal hatte Simon jedoch den Eindruck, dass Karins Blick in erster Linie Toms verlängertem Rücken galt.

»Aber ich kann euch wenigstens jeden Tag sehen. Wir haben

das neue digitale Fernsehen. Kein Problem mehr mit deutschen Programmen. Ich weiß dann, wie es euch geht, und kann euch zuwinken. Herrlich! ... Du machst doch mit, oder?«, unterbrach sie sich.

»Nein«, sagte Simon. »Nein, echt nicht. Das ... das ist nichts für mich.«

Tom seufzte.

Aus dem Kinderzimmer erklang ein zweistimmiges »Aschenputtel! Aschenputtel!«, was von einem geduldigen Teenagersopran mit »Schon gut! Schon gut!« beantwortet wurde.

»Bitte, Simon! Ich hab mir schon gedacht, dass du skeptisch sein wirst. Ich hätte dich auch nicht gefragt, wenn es für mich nicht eine Frage von Leben oder Tod wäre. Du weißt doch auch, wie es auf dem Markt aussieht. In drei, vier Jahren werden wir nur noch röcheln, so dick wird die Luft sein. So ein Einstieg in eine neue Branche bedeutet einen ungeheuren Vorsprung für mein kleines Unternehmen.«

Karin räusperte sich und hob die Hand, als wolle sie ihrem Mann durchs Haar streichen. »Ich finde, du solltest das so nicht sagen, Tom«, murmelte sie. An Simon gewandt: »Lass dich von ihm bloß nicht unter Druck setzen! Bei der Arbeit hört die Freundschaft auf, finde ich. Wenn du andere Pläne hast, lass dich nicht einwickeln von unserem Möchtegern-Großunternehmer.«

Natürlich hatten sie darüber gesprochen, Tom und Karin. Sie waren zu zweit. Da besprach man so was.

Tom schlug den gut gemeinten Hinweis seiner Frau einfach in den Wind. »Oh, bitte Simon! Lass mich nicht hängen! Du kennst dich mit dem TX 14 genauso gut aus wie ich. Wen soll ich denn sonst fragen?«

»Was ist mit James Trac? Oder mit Yuri Kaschitzk, wenn du seinen Schweißgeruch erträgst?«

Simulierter Hustenanfall. Dann ein resignierter Blick. »Hör mal, das ist ein wichtiges Projekt. Aber es rettet die Erde nicht vor einem Meteoriteneinschlag oder so was. Wenn du verstehst, was ich meine: Es gibt viel Geld. Das siehst du auch am TX 14. Aber es gibt bei Weitem nicht genug, um einen von den beiden zu bezahlen.«

Simon schluckte. »Was kommt für mich dabei raus?«

»Neben der überdurchschnittlich guten Bezahlung? Mitarbeit an einem Produkt, das van Hauser womöglich den Nobelpreis bringen könnte.«

»Ein Fernsehformat?«

»Das machen sie wegen des Geldes.«

»Ja, sicher.« Simon verdrehte die Augen. Es gab Wissenschaftler und andere Wissenschaftler. Er hatte schon mit beiden zusammengearbeitet. Die einen hatten Tag und Nacht nur ihre Vision im Kopf. Sie beschäftigten sich mit nichts anderem als mit dem Problem, das zu lösen sie sich zur Aufgabe gemacht hatten. Die waren schlimm.

Die anderen wollten das Problem ebenfalls lösen, wollten aber zusätzlich mit ihrer Arbeit Ruhm ernten, weltweite Anerkennung und allgemeines Stiefellecken, wo immer sie in der Öffentlichkeit auftauchten. Die waren noch schlimmer. In beiden Fällen war Simon ein ordentlicher Hacker mit Sinn für das Innenleben eines Rechners lieber.

Karin hatte die Hand ausgestreckt und sie auf Toms Arm gelegt.

Die beiden sahen sich eine ganze Unterhaltung über einfach nur an.

Simon war neunundzwanzig Jahre alt. Noch nie hatte ihn eine Frau so angesehen. Noch nie hatte er das Bedürfnis gehabt, eine Frau so anzusehen.

»Sag mal, Simon, was ist eigentlich los mit dir?«, fragte Tom da plötzlich.

Ertappt.

»Was meinst du?«

Wieder sahen die beiden sich an. Einvernehmlich.

»Du bist anders«, fasste Karin es nach kurzer Pause zusammen.

Genauso fühlte Simon sich. Anders.

»Ist irgendwas mit dir? Du bist doch nicht sauer, weil Tom dich mit dieser Sache überfallen hat?«, forschte Karin.

Tom war zu sehr Kumpel, um auf solche Art nachzuhaken. Aber seine Miene drückte eine Mischung aus Neugier und Besorgnis aus.

Simon betrachtete die Tischplatte, die noch mit Brotkrümeln übersät war.

»Ich glaube nicht, dass etwas passiert ist«, sagte er schließlich.

Tom bewegte sich, aber Karin schüttelte den Kopf, und so schwieg er.

»Ich meine, es ist definitiv nichts passiert. Aber irgendwie ist *mir* etwas passiert. Ich ... ich wollte es nicht erzählen, weil ... weil ich selbst noch nicht weiß, was ich davon halten kann.«

Er konnte nicht mal eine Geschichte erzählen. Obwohl sie einen Anfang hatte, kurz hinter dem Bahnhof der Ruhrgebietsstadt Essen, als sie das Abteil betrat. Einen objektiv stundenlangen, subjektiv viel zu kurzen, intensiven, spannenden Mittelteil, der verdammt noch mal einfach nicht in Worte zu fassen war. Und ein Ende. Am Bahnhof des Frankfurter Flughafens. Als der Zug über das Gleis rollte. Er selbst auf die Treppen zuging. Der Zug an ihm vorbei beschleunigte.

»Was du davon halten sollst?«, lachte Tom und schlug Simon mit der Hand auf den Rücken. »Du bist verschossen, ey!«

Eine Kneipengeste, wie Simon sie hasste. Wenn Männer, Tom gehörte auch dazu, über Frauen sprachen, beobachtete Simon derartige Gesten oft. Deswegen tat er es nie. Er tat es auch deshalb nicht, weil es eigentlich noch nie etwas wirklich Interessantes zu berichten gegeben hatte.

»Was heißt verschossen?«, wollte er leicht mürrisch wissen, obwohl er schon so eine Ahnung hatte.

»Verliebt«, sagte Karin, ohne mit der Wimper zu zucken.

Aha. So in etwa hatte er sich das auch schon gedacht. »Unsinn«, antwortete er gelassen, während er sich bemühte, keinen Ärger in sich aufkeimen zu lassen. Tom war ein Kumpel. Aber eben ein Kumpel. »So was passiert nicht innerhalb von zwei Stunden.«

»Hey, Alter, ich hab neulich noch gelesen, dass sich das mit dem Verlieben in den ersten zwanzig Sekunden klärt. Ob da was geht oder nicht. Verstehst du? Zwanzig Sekunden!«

Hatte sie zwanzig Sekunden gebraucht, um das Abteil zu betreten? Ihren Koffer auf die Gepäckablage zu wuchten, sodass Simon kurz die gebräunte Haut ihres flachen Bauchs unter dem hellen Blusenrand hatte aufblitzen sehen? Sich zu setzen, die drei Damen im Abteil anzulächeln? Und dann … ihn anzusehen?

»Du erzählst Blödsinn«, lachte er. »Los, gib mir ein Bier!«

Karin sah zwischen ihnen hin und her. Schüttelte den Kopf.

»Männer«, murmelte sie, stand auf und ging zum Kühlschrank.

Mehr sagte sie nicht. Obwohl – verwunderlich, aber es war so – eigentlich im Grunde sie diejenige war, auf deren Antwort Simon wartete.

»Tja«, sagte Tom, nachdem sie drei Flaschen geöffnet hatten, »was das angeht, muss ich dir leider sagen: Der Zug ist abgefahren.« Er lachte. Aber nur kurz.

Simon nickte. Länger als notwendig.

Tom beugte sich vor. »Wir könnten zusammen eine Menge Schotter machen, Mann«, sagte er eindringlich.

»Ich bin froh, dass du wieder zurück auf dem Boden bist«, erwiderte Simon. Der Kopf schwirrte ihm, und in seinem Magen blubberte das Bier auf dem Abendbrot und den Tomaten. Das war es also. »Dein Geschwätz von vorhin, von wegen Sinn unserer alltäglichen Arbeit und so, fand ich ein bisschen … spooky.«

»Gruselig.«

»Genau.«

»Was denkst *du* denn darüber?«, wollte Simon von Karin wissen.

»Ich denke, du solltest ruhig mal ein bisschen was riskieren. Etwas mutiger sein im Leben«, erwiderte Karin ernst. Nicht die Spur eines vielsagenden Lächelns auf den Lippen. Simon sah sehr genau hin.

»Ich mach mich fertig«, sagte Karin dann und schlug sich mit der Hand auf den Oberschenkel. »In fünfzehn Minuten müssen wir los.«

Eigentlich wollte er immer noch Nein sagen. Aber aus dem Kinderzimmer krähte plötzlich ein dünnes Stimmchen herüber, das von besänftigendem Säuseln beantwortet wurde.

Und bevor er noch weiter nachdenken konnte, hatte er bereits »Na gut, denn« gesagt. Zwar mit der Miene, die eigentlich zu einem Nein gehört hätte. Aber die Worte waren einfach herausgefallen. Also gut.

Tom sah überrascht aus. Als wolle er sagen: Das ging aber schnell. Er war aber klug genug, nichts dergleichen von sich zu geben, sondern nur zu strahlen.

»Wenn es wirklich ein TX 14 ist, dann wird es bestimmt eine interessante Sache«, argumentierte Simon seiner Bierflasche zugewandt. »Ich mache mit.«

»Ich wusste doch, dass du …«, begann Tom, aber Simon hob die Hand, und der Freund verstummte wieder.

»Es gibt eine Bedingung.«

»Die wäre?«

»Was das Fernsehen angeht, da will ich rausgehalten werden. Ich will, dass wir das vertraglich festlegen: Ich komme nicht ins Bild.«

Tom verzog das Gesicht. »Na ja, also, es gibt wohl die Option, dass bestimmte Mitarbeiter nicht ins Bild kommen. Wahrscheinlich ist der Stab zu groß, um sie alle auftreten zu lassen. Dann wäre das Publikum angesichts der vielen Gesichter verwirrt. Diese Mitarbeiter bleiben unsichtbar. So nennen sie das. Aber Simon, im Rechenzentrum sitze bisher nur ich. Hatte wirklich gehofft, dass du …«

»Entweder du versicherst mir das, oder ich steige erst gar nicht ein. Das ist mein letztes Wort.«

Sein Freund musterte ihn einen Moment lang prüfend. Bestimmt schätzte er ab, ob er mit weiterem Insistieren Erfolg hätte. Karins Blick war unergründlich. Was dachte sie?

»Was für ein Jammer«, seufzte Tom schließlich. »Wir müssen doch auch an die Zuschauerinnen denken. Du wärest ein echter Magnet.«

»Tom.«

»Okay, okay, ich sag's dir zu. Ich regle das mit denen.«

»Dann bin ich dabei.«

Als Simon aufschaute, sah er gerade noch, wie Karin sich mit einem verstörend wissenden Lächeln umwandte, bevor sie die Küche in Richtung Bad verließ.

Manchmal waren Frauen … terrific.

Als sie hinunterkam, saß Rainer bereits mit Müslischale und der obligatorischen Tasse Kaffee am großen Esstisch und las in ihrem Buch.

Sie frühstückten nur selten gemeinsam.

Meist war er schon lange unterwegs, wenn sie sich aus dem Bett quälte. Ein Frühaufsteher und eine unter chronischem Schlafmangel leidende Nachteule, die bis spät in die Nacht arbeitete und oft erst in den frühen Morgenstunden Schlaf fand, passten nicht zueinander.

Zu Beginn ihrer Beziehung hatte sie das irritiert, und sie hatte ein paar Monate lang versucht, sich dem fremden Biorhythmus anzupassen. Ohne Erfolg. Und ohne dass Rainer es besonders honoriert hätte. Er hatte meist gelacht, wenn sie um 6:30 Uhr mit zerknautschtem Gesicht am Frühstückstisch erschienen war. Unfähig, mehr als einen Bissen Toast zu sich zu nehmen, weil um diese Uhrzeit allein das Inganghalten ihres Kreislaufs sie voll in Anspruch genommen hatte.

Die positive Bestärkung durch Rainer war komplett ausgeblieben. Also hatte Helena ihre Bemühungen rasch wieder aufgegeben.

Allein zu frühstücken, hatte auch Vorteile.

Zum Beispiel den, dass sie ihr Brot in mundgerechte Häppchen schneiden konnte, um es dann, ohne noch einmal hinzuschauen, Stückchen für Stückchen mit Tee hinunterzuspülen.

Dass sie nicht hinschauen musste, war wichtig. Denn ein weiterer und entscheidender Vorteil des morgendlichen Alleinseins waren die Bücher.

Helena las rasend gern. Schon als Kind hatte sie Bücher verschlungen, während ihre Schwester mit den Nachbarsjungen um die Häuser zog, bolzte, auf den nahen Feldern Erdbeeren klaute und in hohen Bäumen festsaß, bis die Feuerwehr kam.

Helena erlebte ihre Abenteuer mit den fünf Freunden, bekämpfte gemeinsam mit Momo die grauen Männer, reiste in achtzig Tagen um die Welt, schwebte durch die Nebel von Avalon und eroberte sich immer weitere Horizonte, die sich schon bald nicht mehr auf Jugendliteratur beschränkten.

Sie liebte ihre Bücher und behandelte sie mit Respekt. Buchhandlungen flößten ihr immer noch Ehrfurcht ein, denn dort warteten bei jedem ihrer mittlerweile seltenen Besuche Tausende von Geschichten darauf, von ihr auserwählt, mitgenommen und daheim entdeckt zu werden.

Allerdings ließ ihr Beruf ihr nicht allzu viel Zeit, um mit Muße in ein gutes Buch einzutauchen. Hierfür gab es nur zwei Gelegenheiten: morgens beim Frühstück, wenn sie allein war. Und tagsüber hin und wieder, wenn sie reiste. Per Flugzeug. Oder im Auto. Oder.

Ein einziges Bild ihrer letzten Zugreise tauchte blitzartig auf. Die Geste einer Hand, die ein paar verirrte braune Haarsträhnen aus dem blassen Gesicht strich.

»Was ist los?«, brummte Rainer an einem Mundvoll Müslischrot vorbei, auf dem er herumkaute. »Du siehst aus, als hättest du gestern Abend deine Sendung verpasst.«

Helena starrte ihn einen Augenblick lang an. »Du liest in meinem Buch«, sagte sie knapp.

»Ja«, mampfte Rainer. »Gefällt mir.«

»Du weißt doch, dass ich das nicht mag.«

»Hm?«

»Ich mag es nicht, wenn du in dem Buch liest, das ich selbst gerade lese. Das hab ich dir schon mal gesagt.«

»Du machst dir doch sowieso erst dein Brot«, argumentierte er mit einer Miene, die unmissverständlich ausdrückte, dass sie mal wieder einen kleinen Künstlerinnen-Spleen auslebte.

Helena öffnete den Kühlschrank und nahm alles heraus, was sie brauchte. Das sortierte sie auf der Küchenanrichte und bestrich ihr Brot mit Marmelade.

»Hast du Angst, dass ich dir alles leer-lese?«, fragte Rainer mit leisem Glucksen.

»Ich mag es einfach nicht«, wiederholte sie. Klang sie etwa zickig?

Rainer war nicht gewillt, auf Helenas »kleine Launen« einzugehen. Stattdessen wandte er sich wieder den Seiten vor sich zu. Das Buch selbst hatte er gegen die Butterdose gelehnt, wo es bestimmt Flecken abbekommen würde. Aber das störte ihn natürlich nicht.

Er würde auch nie im Leben verstehen, dass es ihr das Gefühl gab, etwas Gebrauchtes, ja, etwas Beschmutztes zu lesen, wenn er bereits dieselben Zeilen studiert hatte. Er würde nicht kapieren, dass sie sich beim Lesen etwas ganz und gar Frisches, Neues, Unverbrauchtes wünschte, dass ein Buch zu lesen auch ein sinnliches Erlebnis war. Wie sehr sie es liebte, jede neue Seite kräftig umblättern zu müssen, weil es vor ihr noch nie jemand getan hatte.

Wenigstens legte er das Buch zur Seite, als sie sich zu ihm an den Tisch setzte.

»Wie kommt es, dass du so spät bist?«, wollte sie wissen und rührte etwas Honig in ihren Tee.

»Termin mit den Anwälten. Lohnt nicht, vorher ins Büro zu fahren«, brummte er. »Und wieso bist du so früh?«

»Kleines Problem mit dem Wissenschaftlerstab im Labor. Ich muss heut noch mal nach Frankfurt.«

»Wieder mit dem Zug?«

Sie blinzelte rasch.

»Nein. Ich nehm einen Fahrer.«

»Gut. Ist doch viel unkomplizierter. Ich hoffe, es ist nichts wirklich Schlimmes?«, erkundigte er sich höflich und schielte auf die neben ihm liegende Tageszeitung.

»Nichts, was ich nicht in den Griff kriegen könnte«, erwiderte sie.

»Natürlich nicht. Du kriegst doch immer alles hin.« Er stand auf, räumte sein Geschirr vom Tisch und beugte sich ihr entgegen.

Ihre Lippen berührten sich eine knappe Sekunde lang.

»Es wird spät bei mir.«

»Ich bin sowieso erst morgen wieder zurück. Ich nehm mir in Frankfurt ein Hotel.«

»Oh, okay. Dann bis morgen, mein Schatz!«

Er küsste sie abermals. Als sei das Fortbleiben über Nacht ein Grund, sich ausführlicher zu verabschieden. Sie winkte ihm zu, als er sich an der Küchentür noch einmal umdrehte. Als die Haustür ins Schloss fiel, zog sie ihr Buch heran und schlug es an der Stelle auf, wo sie gestern aufgehört hatte zu lesen. Doch die Schrift schien vor ihren Augen zu verschwimmen.

Sie starrte auf ihr halb verzehrtes Brot.

Wie verkatert fühlte sie sich.

Emotional angereichert mit Schlacken, die nicht abtransportiert werden konnten.

Sie klappte ihr Handy auf und drückte die Taste für Iras Leitung.

»Guten Morgen, Helena!« Wie schaffte Ira es nur, dass ihre Stimme so früh am Tag schon so warm schnurrend nach milchsatten Kätzchen klang?

»Morgen, Ira. Hast du schon etwas wegen der Konzertkarten erreicht?«

Ira lächelte und schwieg kurz. Die Art der Stille sagte alles über das Ausmaß an überheblicher Zufriedenheit, die sie aufgrund ihrer geleisteten Arbeit empfand. »Ist gebongt. Ich habe Plätze in der Loge bekommen. Obwohl es nicht einfach war, ohne deinen Namen zu nennen. Die Karten sind auf meinen Namen an der Kasse hinterlegt. Hab mit der Büro-Kreditkarte bezahlt.«

»Wunderbar! Welcher Fahrer holt mich ab?«

Ein kurzes Blätterrascheln am anderen Ende der Leitung.

»Horst Menzel.«

Helena seufzte.

Ira lachte. »Nimm dir was zu lesen mit!«

Sie legten auf, und Helena wählte erneut.

Diesmal musste sie länger warten, bis abgehoben wurde.

Die verschlafene Stimme ihrer Schwester kroch durch den Hörer. »Hmmmm?«

»Guten Morgen! Hast du gestern Abend gesoffen, oder hat dich eine Sommergrippe erwischt?«

»Helena?«

»Wer sonst?«

»Oh, Scheiße ... Wie spät ist es?« Hektik. Wahrscheinlich fuhr sie im Bett hoch. Starrte auf den Wecker. »Weißtu wie früh es noch is? Wieso bistn du schon auf? Was rufst mich um die Zeitn an?« So unterschiedlich sie auch waren, ihr Biorhythmus war exakt der gleiche. Natürlich war ihre Schwester durch einen Anruf zu dieser frühen Stunde beunruhigt.

Helena lachte ihr Kein-Grund-zur-Sorge-Lachen. »Ich dachte, ich könnte dich mal wieder zu einem Schwesterntreffen überreden. Hast du am Abend was vor? Ich bin heute zufällig in Frankfurt und dachte, wir könnten uns sehen.«

Raschelnde Bettdecke. Zweimal schweres Atemholen.

»Ich hab Konzertkarten. Es gibt Tschaikowsky von den Londoner Symphonikern«, lockte Helena.

»Konzerthaus?«

»Wo sonst?«

»Wie viel Uhr?«

Helena grinste. Es lief gut. »Um acht. Einlass eine halbe Stunde vorher. Kommst du?«

»Mal sehen.«

»Ich freu mich drauf. Bis später!«

»Tschüs!«

Helena klappte das Handy zu und betrachtete die roten Marmeladenschlieren, die allmählich auf dem Brot eintrockneten. Sie räumte den Tisch ab, klappte ihr Buch mit einem Lesezeichen zu und wandte sich um. Einen Augenblick lang stand sie ratlos mitten im Raum.

Eine offene Fläche von der Küche über den Essbereich bis hinunter in den zwei Stufen niedriger liegenden Wohnbereich mit der weiten Ledersitzlandschaft rund um den gewaltigen Kamin und direkt neben der riesigen Glasfront hinaus auf die Terrasse. Der Boden und alle sonstigen Oberflächen aus beigefarbenem Marmor. Klare Linien. Deutlich abgesetzte Naturfarben in Ocker, Braun, Weiß und Beige. Geschmackvoll. Dank ihrer Putzhilfe, die zweimal in der Woche kam, zu jeder Tageszeit bereit für eine Fotografin von *Schöner Wohnen*.

Ihr Haus. Die Einrichtung. Passten wunderbar zu Helenas Image. Aber nicht nur das. Sie fühlte sich tatsächlich wohl hier. Die strukturierte Ordnung, das minimalistische Dekor gaben ihr das Gefühl von Kontrolle und Überschaubarkeit. Dinge, um die sie in ihrem Beruf Tag für Tag mit hohem Energieverbrauch kämpfen musste. Eisern musste sie regieren. Durfte niemals den Überblick verlieren. Ein einziges Stolpern konnte einen Sturz auslösen. Sie war eine der Großen. So hoch oben, dass ein Fall tödlich gewesen wäre. Der bittere Nachteil an der süßen Gewissheit, es geschafft zu haben, alles erreicht zu haben. Mit achtunddreißig Jahren.

Im großen Spiegel neben dem Kamin sah sie sich auf der leicht erhöhten Empore des Esszimmers stehen. Die schlanke Gestalt in einen leichten Sommeranzug aus Leinen gekleidet. Die Haare wie immer perfekt frisiert. Doch in ihrem Gesicht. Da war etwas.

Ihre hochhackigen Schuhe machten klickklack klickklack, als sie die beiden Stufen hinunterstieg und an der Sitzlandschaft vorbei auf den Spiegel zusteuerte. Sein Rand mehrfach geschliffen. Der Rahmen ein sündhaft teures Unikat, Geschenk eines Künstlers, den sie vor zwei Jahren in ihrer Sendung vorgestellt hatte. Und der sich seitdem vor Anfragen der bekanntesten Galeristen nicht mehr retten konnte.

»Der passende Rahmen für Ihr Gesicht«, hatte er gelächelt.

Ihr Gesicht. Was stimmte damit heute nicht? Das Weiche, sagte sie sich selbst. Das ungewöhnlich Sanfte.

Sie blickte aus der verglasten Wohnzimmerfront hinaus, über die Terrasse, die grün bewaldeten Hügel bis hinunter zum strahlend blau leuchtenden See.

Mit einer raschen Bewegung zog sie ihr Telefon wieder aus der Tasche und ließ sich von der Auskunft mit der Deutschen Bahn verbinden. Es dauerte eine ganze Weile, bis sie bei der richtigen Stelle gelandet war. Fast hätte sie die Nerven verloren und zwischendurch einfach wieder aufgelegt.

Die Dame am Telefon war freundlich reserviert. »Nein«, sagte sie entschieden. »Tut mir leid. Da kann ich Ihnen nicht helfen. Das fällt unter den Datenschutz.«

»Ich verstehe«, antwortete Helena. Verstand sie? »Aber theoretisch wäre es Ihnen möglich, im Rechner nachzusehen, wer an diesem Tag diesen Sitzplatz reserviert hatte.«

»Nur wenn der Platz über ein Reisebüro oder per Karte am Schalter gebucht wurde. Natürlich nicht, wenn es von einem Automaten aus getätigt wurde. Theoretisch ja.«

Helena zögerte. Dann hörte sie sich fragen: »Wo sitzen Sie eigentlich?«

»Bitte?«

»In welcher Stadt ist Ihr Arbeitsplatz?«, wollte sie wissen. In das private Ich, das den Anruf veranlasst hatte, mischte sich plötzlich das berufliche Raubtier.

»Wieso wollen Sie das wissen?«, fragt die Stimme am anderen Ende der Leitung misstrauisch.

»Wissen Sie, manchmal muss man jemandem gegenüberstehen, um einschätzen zu können, ob er vertrauenswürdig ist«, schlug sie leise einschmeichelnd vor.

»Das meinen Sie jetzt nicht ernst!«, sagte die Deutsche-Bahn-Angestellte streng.

Eigentlich schon.

Aber. Die Löwin zog sich eilig zurück.

»Ich sehe schon«, sagte sie lahm, »da ist nichts zu machen.«

Sie legten auf. Zwei Frauen, die einander nicht kannten. Die nicht einmal ahnten, was für die andere lebensnotwendig war.

Helena zog die Blicke auf sich.

Schon als sie die bereitliegenden Karten an der Abendkasse abgeholt hatte, hatte die Kassiererin einen Stau in der Schlange der ungeduldig Wartenden ohne Wimpernzucken in Kauf genommen. Nur um Helena zu erklären, wie wunderbar die Sendung am letzten Mittwoch war und um mit gesenkter Stimme verschämt zu fragen, ob Robbie Williams tatsächlich den neuen Duft von Hugo getragen hatte.

Helena hatte charmant lächelnd genickt, ohne sich daran zu erinnern, ob Robbie tatsächlich nach irgendetwas gerochen hatte.

Ein Highlight war ein Highlight. Und es interessierte sie wenig, wie das olfaktorisch rüberkam. So etwas nahmen die Zuschauer schließlich nicht wahr.

Mit den Karten in der Hand, ihrem Blazer über dem Arm, hatte sie sich in eine Nische verzogen, um dort möglichst ungestört auf ihre Schwester zu warten. Doch die ließ sich einfach nicht blicken. Es war bereits zehn vor acht. Der Großteil der Konzertbesucher war in den Saal geströmt. Das Haus war voll. Im Vorbeigehen stießen die festlich gekleideten Damen und Herren einander an, deuteten leider nicht dezent genug in Helenas Nische, um sich gegenseitig auf sie aufmerksam zu machen.

Alle, die sie sahen, fühlten sich in ihrer Entscheidung, den heutigen Abend mit derart hohem Kunstgenuss zu gestalten, voll und ganz bestätigt.

Die Löwin war hier. Das bedeutete etwas.

Wenn es nicht schon zehn vor acht gewesen wäre, hätte Helena darüber geschmunzelt. Hätte leise in sich hineingedacht, dass es alle diese distinguierten Herrschaften gewundert hätte, wenn sie erfahren hätten, was Helenas Besuch hier und heute tatsächlich zu bedeuten hatte.

Ihre Schwester würde ganz gewiss kommen. Sie liebte klassische Musik. Irgendwann hatte sie mit stimmungsgewaltiger Begeisterung erklärt, dass sie für die Londoner Symphoniker sterben würde. Und egal, wie sehr sie sich verändert hatte, wie unterschiedlich sich ihre Wege seit damals auch gestaltet haben mochten, Helena war sicher: Diese Leidenschaft hatte sich nicht gelegt.

Es war bereits drei Minuten vor acht.

Drei Minuten vor dem Schließen der Türen auf den Rängen und in der Loge stürzte ihre Schwester ins Foyer. Sie sah sich atemlos um. Helena trat aus ihrer Nische und winkte sie zu sich herüber. »Komm, wir müssen uns beeilen!«

»Wo sitzen wir?«

»Loge, rechts.«

»Dann da lang!«

Helenas Schuhe waren nicht für einen Sprint über dicke Teppiche geeignet.

Ihre Schwester trug zu ihrer Meister-Proper-weißen Jeans natürlich Turnschuhe und war ihr bereits einige Meter voraus, als der Uniformierte vor ihnen gerade die Tür schließen wollte.

Ihre Schwester drückte sich an ihm vorbei, lächelte entschuldigend und entging einer mürrischen Rüge nur, weil der Mann Helena erkannte und prompt den Türflügel noch einmal weit aufriss.

Gut, dass die Reaktionen der Menschen um sie herum eindeutig waren. Ansonsten hätte Helena daran gezweifelt, wer von ihnen beiden denn nun die gefragteste Fernsehproduzentin und -moderatorin Deutschlands war.

Aber so war ihre Schwester schon immer gewesen: Peng! Ich bin da! Und dann war sie auch da.

Sie fielen schnaufend in ihre Sitze, während das Licht im Saal gedimmt wurde.

»Hallo!«, flüsterte ihre Schwester und lachte leise. Es klang verlegen. Ein bisschen fühlte Helena sich davon besänftigt. »Wie geht's dir?«

»Hervorragend. Wenn ich nicht eine Dreiviertelstunde lang vergeblich hätte warten und mich dabei von allen Leuten beglotzen lassen müssen, ginge es mir vielleicht noch besser«, wisperte Helena.

Betroffenes Schweigen.

Helena gab sich einen Ruck. Schließlich war sie hergekommen, um etwas zu erreichen. Da konnte sie ihr Treffen nicht mit purem Vorwurf beginnen.

»Ich stecke wie immer bis zu den Achseln in Arbeit, aber du weißt ja, dass ich das sowieso nicht anders will. Und wie sieht es bei dir aus?«

»Super«, erwiderte ihre Schwester einsilbig.

»Hattest du einen schönen Tag bisher?«, erkundigte sich Helena.

Unten zogen die Musiker ein. Es wurde heftig applaudiert.

Dann ertönte das seltsam harmonische Durcheinander des Instrumentestimmens.

Helena lauschte neben sich.

»Ich habe eine Wanderung mit Jeannette gemacht. Wir sind ein Stück rausgefahren und den ganzen Tag im Wald unterwegs gewesen. Samt Picknick und Sonnenbad. Ja, wirklich ein schöner Tag.« Es klang ein wenig nachdenklich. So, als sei ihr diese Erkenntnis eben erst gekommen.

»Wunderbar bei dem Wetter«, begeisterte Helena sich. »Du hast Urlaub?«

Ein Zögern. »In gewisser Weise. Ich habe mir ein paar Tage freigenommen«, antwortete Kim dann.

Wieso war sie so leise und zurückhaltend? Als erwarte sie jederzeit einen Angriff.

Sie war früher so fröhlich gewesen. In ihrem Wesen lag offenbar begründet, in allem immer das Schöne und Positive zu sehen. Nur sobald Helena in ihre Nähe kam, wurde sie misstrauisch. Seit damals.

»Toll!«, beteuerte Helena ihre Anteilnahme an der Freude über etwas Freizeit. »Was hast du denn noch vor in diesen Tagen? Fährst du weg?«

Kim schüttelte den Kopf und beugte sich vor, um die Musiker besser sehen zu können.

Beugte sich einfach vor. Und war nicht mehr erreichbar. Helena richtete sich auf eine Stunde allein in ihrem Kopf ein.

Darin wirbelten tausend Gedanken umher. Warteten darauf, sortiert und geordnet zu werden.

Kim hingegen saß vom ersten Ton an vollkommen konzentriert und gebannt da. So, als würde sie gar nicht mehr denken, solange sie zuhörte.

Sie liebte diese Musik.

Ein anderes Wort als Liebe kam nicht infrage.

Ein anderes Wort als Liebe.

Helena griff wahllos zu und betrachtete einen ihrer vielen Gedanken.

Die klare, schlichte Tatsache erschreckte sie: Wenn sie selbst nicht herausfinden konnte, wer an einem bestimmten Tag in einem bestimmten Zug auf einem bestimmten Platz gesessen hatte, dann wäre auch jemand anders nicht in der Lage, sie ausfindig zu machen.

Falls das überhaupt gewünscht wurde.

Mit diesem Gedanken hielt sie sich lange auf.

Kindereien. Verrückte Ideen. Sie versuchte, sie fortzuschieben. Die Musik hinderte sie daran.

Das Gespräch, das sie später beim Essen führen würden, hatte sie bereits vorbereitet. Es lag in ihrem Hirn wie ein getigerter Kater auf der Lauer. Es war zu schaffen. Aber sie musste ihre Sinne zusammenhalten. Sie musste ganz hier sein, ganz bei ihr sein. Alte Verbindungen aktivieren, die sie damals ganz bewusst gekappt hatte. Sie musste Kim verstehen. Dann würde sie erreichen, was sie wollte.

Verstohlen blickte sie hinüber zu dem vertrauten Gesicht, auf dem der sachte Schein der Notbeleuchtung ein Spiel von sanftem Licht und verwischten Schatten trieb.

Kims Augen waren weit geöffnet.

Sie sah die Musik.

Ihre Lippen bewegten sich hin und wieder, mal glänzend, mal spröde.

Es war so lange her, dass sie wie eins gewesen waren.

Helena hatte ein Restaurant ausgewählt, in dem Kim sich wohlfühlen würde. In dem sie in einer kleinen Ecke verschwinden konnten, halb verborgen hinter einer großen Pflanze.

Sie hatten schon die Vorspeise geschafft.

Kim hatte dreimal auf die Uhr gesehen.

»Chance? Was für eine Chance?«, fragte Kim jetzt und legte die kleine Gabel zur Seite.

Helena versuchte erst gar kein Lächeln. Es war verschenkt, wenn Kim skeptisch war. Kim war immer skeptisch, sobald es um Helena ging – seit damals.

»Hast du nicht manchmal das Gefühl, dass deine Arbeit ein bisschen mehr gewürdigt werden könnte? Dass ihr Wissenschaftler mehr Anerkennung dafür verdient hättet, dass ihr euch so krummlegt – immer im Namen der Menschheit?«

»Du meinst, ich soll froh sein, dass Millionen zu Hause vor der Flimmerkiste hängen und in mein Labor glotzen, um live dabei zu sein, wie wir armen Vierbeinern das letzte Restchen Charakter aus dem Leib spritzen?«

Der Kellner kam und räumte die Vorspeisenteller ab. Ja, es hatte gut geschmeckt. Nein, sie wollten keinen Zwischengang ordern. Ja, er konnte den nächsten Gang bringen.

Kim sah ihm nach, wie er mit elastischem Schritt davoneilte. Die Blätter des üppigen Benjamini raschelten.

»Noch so'n Job, den ich nicht machen möchte«, murmelte Kim.

Helena kreuzte die Füße unter dem Tisch. Kims Vorsicht kroch ihr unter die Haut. Eine entzündete Stelle. Schmerzhaft bei Berührungen. Leicht reizbar.

Aber sie war entschlossen, das nicht zu zeigen. Was schwierig war, denn sie durfte nicht zu sehr die Löwin sein, nicht in die Rolle ihres Berufs schlüpfen. Sie musste privat sein, wenn sie sich mit Kim einigen wollte. Privat zu sein hieß immer: verletzbar zu sein. Helena zu sein hieß: dies nicht zu zeigen.

»In dem Augenblick, als Frau van Hauser mir die Mappe vorlegte und ich ZAPP-TV las, war mir irgendwie klar, dass du dahintersteckst«, sagte Kim. Das klang, als traue sie Helena eine Menge unseriöser Machenschaften zu. Mindestens den Verkauf von geraubten Kleinkindern an Teppichwebfabriken. »Hattest du auch etwas damit zu tun, dass ich die Leitung übernehmen sollte?«

Helena blickte auf ihre Hände. Sollte sie Kim gestehen, dass sie den Namen des Instituts vergessen hatte, in dem ihre eigene Schwester arbeitete, ihr Zwilling in Kindertagen, ihre ehemalige Vertraute?

Dass ihre eigenen Belange so viel mächtiger und wichtiger gewesen waren? Da blieb kein Platz für einen Namen, der ihr nichts sagte. Unmut war entstanden bei dem Gedanken, dass die Schwester, die sie als sich selbst so ähnlich empfunden, als so nahe gewünscht hatte, dass diese Schwester sich verschwendete an armselige Laborarbeit mit Mäusen, Ratten und Schweinen. Vielleicht hatte sie sich den Namen gar nicht merken wollen.

Sie hob den Blick.

»Rechtfertigen manche Ziele nicht das Mittel?«, fragte sie, ohne auf Kims Frage zu antworten.

Kim grunzte.

Ein Ehepaar an einem der Nebentische wandte sich zu ihnen um. Helena drehte das Gesicht zur Seite.

Wie konnte es nur sein, dass sie im gleichen Elternhaus aufgewachsen waren? Wie konnte es sein, dass Kim – nach diesem einen gemeinsamen, so heftig verunglückten Versuch – ihre Passion in der Wissenschaft gefunden hatte?

Familie und Freunde, alle hatten anfangs mit den Augen gerollt, als sie erklärt hatte, sie wolle Biologie studieren. Nach ihren ersten Forschungsstudien hatten bereits alle, die sie kannten, verhalten gestaunt. Doch als sie dann mit Bravour promoviert hatte und die Institute sich um ihre Mitarbeit gerissen hatten, war die Verwunderung offen zutage getreten.

Wer wusste, wie es in Kims Kleiderschrank aussah, wer sie morgens hatte wach werden sehen inmitten eines Wusts aus Laken und wirren Träumen, konnte sich einfach nicht vorstellen, dass sie mit weißem Kittel und Gummihandschuhen pedantisch ordentlich in einem Labor hantierte.

Kim war die personifizierte chaotische Leidenschaft. Geordnete Verhältnisse standen ihr nicht. Sie war ein Bauchmensch, ganz und gar. Großes Gefühl. Gepaart mit scharfem Verstand und logischem Denken. Was sie nicht unbedingt zu einem umgänglichen Gegenüber für Helena machte.

Ehrlichkeit. Gerechtigkeit. Das waren Begriffe, die in Helenas Beruf nicht erwähnt wurden. Persönliche Ziele waren nur dann zu erreichen, wenn sie mit denen des Senders übereinstimmten. Es war wahrscheinlich der Beruf der privaten Kompromisse.

Kim jedoch stand immer bis zum Letzten für ihre Überzeugungen ein. Ein Charakterzug, für den Helena sie nur bewundern konnte. Der sie an einem bestimmten Punkt in ihrem Leben mehr als alles andere getrennt hatte. Bis heute.

»Das Ziel rechtfertigt die Mittel«, wiederholte Kim nachdenklich und fixierte die Tischdeko, als solle sie in Flammen aufgehen. »Die Frage ist nur: Welches Ziel steckt dahinter? Wo wollt ihr hin mit diesen Versuchen, Helena?«

Helena schob ihr Weinglas ein paar Zentimeter weiter, hinein in Kims Blickfeld. »Ist es kein gutes Ziel, wenn Hunde sich zukünftig so an ihre Menschen anschließen, dass sie nicht mehr wegrennen, um Jogger oder Rehe zu jagen? Wenn sie wissen, zu wem sie gehören, und nichts wichtiger ist als diese Beziehung? Trüge das nicht zur Verminderung der Kluft zwischen Hundehaltern und Nichthundehaltern bei?«

Kim sah sie an, als hätte sie ihr etwas Hübsches über den Weihnachtsmann erzählt.

»Die Bindung eines Lebewesens, Helena, sollten wir uns nicht heranspritzen. Wir sollten etwas dafür tun, dass unsere Hunde sich an uns orientieren, uns folgen und im Zweifelsfall auch gehorchen. Hunde wollen Führungspersönlichkeiten. Und ihr wollt, dass sie bedingungslos jedem Weichei hinterhertrotten, das nicht mal in der Lage wäre, von einer Schnecke das Schleimen zu verlangen.«

»Was ist mit den Blindenführhunden und den anderen Servicehunden? Eine möglichst enge Bindung an ihre Menschen wäre von enormem Vorteil. Meinst du nicht?«

»Was ist, wenn der Mensch stirbt, an den der Hund sich derart sklavisch gebunden hat?«

»Würden Hunde, die aus dem Tierheim oder aus Tötungsstationen im Ausland kommen, sich nicht viel schneller eingewöhnen, wenn sie eine feste Bezugsperson hätten?«

»Tierheim ist ein gutes Stichwort. Weißt du, wie viele Hunde im Tierheim landen, weil ihre Besitzerehepaare sich trennen, weil jemand den Job wechselt oder weil sie einfach plötzlich überflüssig sind? Wie sollte so was möglich sein, wenn ein Hund zeit seines Lebens an einem einzigen Menschen klebt?«

»Wieso zeit seines Lebens? Bisher ist noch gar nicht klar, wie lange solch eine Bindung hält. Wenn das Experiment überhaupt gelingt, ist es durchaus möglich, dass die Bindung genauso leicht wieder aufgehoben werden kann, wie sie hergestellt wurde. Wir führen die Versuchsreihe doch eigens deshalb durch, um das herauszufinden. Und wenn sich herausstellt, dass es nicht zum Nutzen für Tiere und ihre Halter ist, werden wir das natürlich auch klarstellen. Du willst Wissenschaftlerin sein? Du tust ja so, als stünde das Ergebnis bereits fest.«

Das saß.

Kim schloss den Mund, den sie wieder geöffnet hatte.

Über die einsetzende Stille rettete sie der Kellner mit dem nächsten Gang hinweg. Eine Weile aßen sie schweigend.

So wie Kim auf ihren Teller schaute, konnte Helena nicht anders, als ihre Worte zu bereuen. Sie wusste, dass Kim eine tolle Wissenschaftlerin war. Ihr vorzuwerfen, voreingenommen zu sein, war idiotisch. Wahrscheinlich war es verdammt noch mal Zeit für ein bisschen mehr Wahrheit.

Helena legte Messer und Gabel beiseite und betupfte sich die Lippen mit der Stoffserviette.

Kim tat so, als beanspruche das Fischfilet ihre ganze Aufmerksamkeit.

»Als ich deinen Namen auf der Liste der Mitarbeiterinnen sah, wusste ich erst gar nicht, wie ich reagieren sollte«, sagte Helena mit gedämpfter Stimme. Wieso fiel es immer so schwer, eine Schwäche einzugestehen?

»Ich war erschrocken. Weil ich nicht damit gerechnet hatte, dass wir jemals wieder …«

Kim sah auf und ihr direkt ins Gesicht.

Helena spürte, wie ihre Lippen sich beinahe gegen ihren Willen zu einem unsicheren Lächeln verzogen. »Ich muss gestehen: Ich fand die Vorstellung, endlich mal mit dir zusammenzuarbeiten, so verlockend, dass ich mich dafür eingesetzt habe.«

»Unsere Zusammenarbeit hat noch nie richtig gut geklappt, findest du nicht auch?«, brummte Kim und widmete sich wieder dem Essen.

Doch in ihrer Miene hatte es gezuckt. Irgendetwas war geschehen.

»Nur weil wir beide auf dem gleichen Gebiet herumgewurschtelt haben. Diesmal ist es anders. Du machst, was du kannst. Und ich mache, was ich kann«, erklärte Helena.

»Ich soll etwas machen, das ich weder kann noch tun will«, korrigierte Kim sie rasch. Dann räusperte sie sich. »Du hast also nur gesehen, was du gern wolltest. Und bist nicht auf den Gedanken gekommen, mich zu fragen? Einfach mal zu fragen, was ich davon halte? Seit du meinen Namen auf der Mitarbeiterliste gesehen hast, müssen wir uns doch mindestens zwei- oder dreimal gesehen haben. Du hättest etwas sagen können. Auch wenn du über das Projekt selbst nicht sprechen durftest, hättest du wenigstens etwas andeuten können. Vielleicht bin ich gar nicht so wild darauf, wieder mit dir zusammenzuarbeiten.«

Helenas Zehen verkrampften sich in den engen Schuhen. »Ich habe es mir gewünscht«, sagte sie leise. Dann setzte sie noch hinzu: »Es wird anders sein als damals.«

Kim musterte sie eindringlich. Als wolle sie sie bei einer Lüge ertappen.

Sag Ja. Dachte Helena.

Unvorstellbar, dass Kim nicht dabei wäre. Seit zwei Jahren stand für Helena fest, dass ihre Schwester bei dieser wirklich großen Sache mit im Boot säße. Manchmal war ihr sogar der absurde Gedanke gekommen, dass sie längst nicht so verbissen an diesem Projekt gearbeitet hätte ohne die Aussicht, dass sie Kim so nahe wie schon lange nicht mehr wäre.

»Falls ich zusage ...«, begann Kim.

Helenas Schultern strafften sich ein wenig. Kim bemerkte es. Sie lächelte tatsächlich.

»Nur falls«, stellte sie klar. »Das heißt nicht, dass ich es tun werde, okay? Und auf keinen Fall entscheide ich das hier und heute. Ich hab mir ein paar Tage freigenommen, um darüber nachzudenken. Rechne also nicht mit einem überstürzten Ja. Also, falls ich zusage, soll nicht groß herumerzählt werden, dass wir Schwestern sind. Nicht falsch verstehen! Ich möchte einfach nicht, dass meine Kolleginnen mich schief angucken. Am Ende heißt es noch, ich hätte die Leitung deswegen bekommen. Verstehst du?«

Es war verrückt. Es tat tatsächlich weh. Obwohl schon im Vorfeld klar gewesen war, dass dies auch eine Bedingung von Helenas Seite wäre. Familiäre Verbindungen machten sich nicht gut in Fernsehformaten dieser Größenordnung. Es gab zu viele Neider. Zu viele, die nur zu schnell bereit wären, einen Stolperstein ins Rollen zu bringen.

Doch jetzt, da Kim es so deutlich aussprach, tat es weh.

Helena fand sich kindisch.

»Ich kann dir zusichern, dass es niemand erfahren wird«, versprach sie. »Es ist ja auch nicht besonders ... offensichtlich.«

Kim nahm die Anspielung gelassen hin.

Früher hatten beide allergisch reagiert, wenn jemand darauf hinzuweisen wagte, dass sie keine leiblichen Schwestern waren.

Sie waren nur miteinander aufgewachsen. Hatten in der gleichen Familie gelebt.

Weil die Pflegetochter Helena zu Kims Eltern nicht Mama und Papa hatte sagen wollen, hatte Kim zu ihnen auch Gabi und Horst gesagt. Kim hatte immer alles so machen wollen, wie Helena es machte. Sie waren auf den Tag gleich alt, aber trotzdem hatte Kim Helena stets so bewundert, wie es normalerweise nur die kleinen Schwestern den älteren gegenüber tun.

Dabei war Kim immer die Mutige, die Engagierte gewesen. Was hätte sie alles erreichen können, wenn sie damals nicht das Handtuch geworfen hätte?

Hing Kim ähnlichen Gedanken nach?

Ihr Schweigen war ganz deutlich nicht mehr so feindselig und misstrauisch wie noch vor einer Viertelstunde.

Sie wirkte nicht mehr so aufgewühlt.

Als sie jetzt von ihrem Teller aufsah und Helenas Blick erwiderte, umspielte ein Lächeln ihre Lippen. Ein Lächeln, das auch die Augen erreichte.

»Was ist?«, fragte Helena halb irritiert, halb erfreut.

»Die Gänge in diesen feinen Restaurants haben den Vorteil,

dass sie überschaubar sind. Das heißt, ich schaffe auf jeden Fall eins von diesen geilen Desserts«, grinste Kim.

Sie hatte schon den ganzen Hauptgang über nicht mehr auf die Uhr geschaut.

»Was nimmst du?«, lächelte Helena.

»Diese Baiser-Spezialität. Mit Vanilleeis. Mmmh!«

»Oh, das nehm ich auch!« Helena hob den Arm, um den Kellner heranzuwinken.

Kaum zu glauben, aber sie konnten sich plötzlich über ganz alltägliche Dinge unterhalten.

Was Gabi und Horst gerade machten. (Urlaub im Umbrien mit dem Wohnmobil.)

Die anstehenden Bundestagswahlen. (Helena war fast sicher, dass sie die gleiche Partei unterstützten, hätte aber niemals direkt danach gefragt.)

Dass Jeannette neuerdings rohes Fleisch zu fressen bekam. (Igitt!)

Der Nachtisch wurde serviert, und sie machten sich hingebungsvoll über ihre Portionen weißen Zuckerglücks her.

Eine Todsünde eigentlich. Aber hin und wieder musste so etwas einfach sein.

Hin und wieder sündigen. Hin und wieder tun, worauf sie Lust hatte. Was ihr gefiel. Wonach sie sich sehnte.

Helena spürte Kims Blick. Erst da wurde ihr bewusst, dass sie die Augen geschlossen hatte.

Sie öffnete sie und lächelte ihre Schwester an.

»Bei dir alles in Ordnung?«, fragte Kim. Der geschäftsmäßige Ton, die Streitbarkeit, der Zorn von vorhin, alles schien vergessen. In den wenigen Worten schwang warme Anteilnahme.

Helena lehnte den Rücken an die Stuhllehne. »Sicher. Was soll nicht in Ordnung sein?«

Kim sah zur Seite.

Im großen Fenster des Restaurants war jetzt im Dunkeln nur ihrer beider Spiegelbild zu sehen.

»Weißt du noch, dass wir als Kinder immer wussten, was die andere dachte?«, erinnerte sie sich.

Helena atmete tief ein.

Kim hatte gewusst, wann sie sich unerlaubt ein paar Groschen aus ihrem Sparschwein geliehen hatte. Sie hatte gewusst, wann Helena Albträume von einem gruseligen Film bekommen würde, wann sie einen Menschen nicht mochte, wann sie sich in der Schule an einen anderen Ort wünschte.

Nur einmal war Kim nicht dahintergekommen. Helena hatte absichtlich mit Daniel Kröckmann geknutscht. Das war in der fünften Klasse gewesen. Abends auf dem Spielplatz hinter den Schaukeln.

Daniel war Kims Schwarm gewesen.

Helena machte sich nichts aus ihm. Im Grunde fand sie ihn sogar ein wenig abstoßend, denn wenn er lachte, bildeten sich Speichelbläschen in seinen Mundwinkeln.

Sie hatte trotzdem mit ihm geknutscht. Weil sie die Schwester auf die Probe stellen wollte. Weil sie herausfinden wollte, ob Kim auch dies, ein streng gehütetes Geheimnis, durch pures Gedankenlesen herausfände.

Doch Kim hatte es nicht erraten.

Monate später, als Daniel längst mit einem anderen Mädchen ging und Kims Leidenschaft sich auf das Pony Bella im örtlichen Reithof verlagert hatte, hatte Helena ihr von dem Test erzählt.

In der Erwartung, gemeinsam mit Kim darüber lachen zu können. Staunen zu können darüber, dass ihre Telepathie doch nicht immer funktionierte.

Doch Kim hatte Helena nur traurig angesehen und gemeint, dass es sie keineswegs verwundere. Dass sie doch nicht zaubern, sondern nur Dinge erraten könne, die Helena dachte oder getan hatte. Dinge und Gedanken, die Helenas tatsächlichem Wesen entsprachen.

Eine solche Gemeinheit, absichtlich mit dem Schwarm der eigenen Schwester zu knutschen, entspreche nicht Helenas Charakter. Daher habe sie gar nicht darauf kommen können.

Zurückgeblieben war in Helena die Frage, ob Kims übliche Bewunderung tatsächlich ihr, Helena, galt – oder ob Kim sich nicht das Ideal einer Schwester geschaffen hatte, dem die Wirklichkeit gar nicht entsprach.

Seit dieser Zeit schwelte dieser leise Zweifel in ihr.

Nur noch zwei Wochen.

Im Institut lief schon längst nichts mehr in dem gewohnt müßigen Gang.

Kims gesamtes Stockwerk war umgebaut worden. Ein anderes wurde geräumt, um Platz für Schlafräume zu schaffen. Die Kantine wurde aufgerüstet. Schließlich sollten auch alle Fernsehleute hier ihr Futter bekommen. Und die schienen ein heftiges Niveau gewöhnt zu sein, das zu erreichen das Ziel aller war. Überhaupt ging es nur darum, die ZAPP-TV-Aristokraten zufriedenzustellen.

Alle Welt bewunderte Kim für ihre gelassene, ja beinahe coole Einstellung und den unbeeindruckten Umgang mit diesen spektakulär wichtigen Menschen.

Der arme Holger Zernick hatte sich noch bis vor Kurzem täglich selbst erniedrigt. Indem er allen aus der Chefetage des Instituts und allen Mackern des Senders, die sich blicken ließen, geradezu in den Hintern kroch, versuchte er verzweifelt, das Ruder noch für sich herumzureißen.

Fast hätte er Kim leidgetan. Er wusste ja nicht, wer sich für Kim entschieden hatte und warum. Dass er keinerlei Alternative darstellte für eine Schwester, die mit ihrer Schwester zusammenarbeiten wollte.

Als sie jedoch mitbekam, wie er gegenüber der Aufnahmeleiterin Trude, die orangerote Korkenzieherlocken trug, doch glatt behauptete, ein ganz ähnliches Kleid wie ihres habe er neulich auf einer Modemesse in Mailand gesehen, packte sie den Mitleidkeim fest am Kragen und erdrosselte ihn, als gerade keiner hinsah.

Helena hatte schon immer etwas an sich gehabt, dem Kim einfach nicht ausweichen konnte. Nichts, was sie wissentlich einsetzte. Keinerlei Kalkül. Und gerade deswegen war es so wirkungsvoll.

Wie sie sie angesehen hatte in diesem Restaurant, über die feinen Speisen hinweg.

Ein herzvolles Zittern wie aus dünnem Glas. Verletzbarkeit.

Helena hatte ihr Herz noch nie auf der Zunge getragen. Und

erst recht nicht mehr, seit sie in diesem verlogenen Geschäft arbeitete.

Doch ihre Augen verrieten sie. Vielleicht nicht an jeden. Aber stets an Kim. Helenas Augen legten Geheimnisse offen. Berichteten bereitwillig von allem, was zwischen ihnen nicht ausgesprochen wurde.

Dass Helena traurig war, hatten diese Augen erzählt. Eine seltsame, bisher nicht gekannte Traurigkeit. Vielleicht eher eine Sehnsucht.

Die Worte *Ich fand die Vorstellung, endlich mal mit dir zusammenzuarbeiten, so verlockend …*

*Endlich mal.*

*Zusammen.*

Und ihre Augen.

Das war die zerbrechliche Stelle, an der Kim niemals vorbeisehen konnte.

*Ich habe es mir gewünscht.*

Aber da war noch mehr gewesen. Irgendetwas.

Kim konnte nicht sagen, was es war. Noch Tage nach ihrem Treffen im Konzerthaus hatte es sie beschäftigt. Als sei es nicht logisch, dass sie in den siebzehn Jahren, in denen sie nur noch spärlichen Kontakt hatten, sich entfremdet hatten. Als sei es nicht ganz normal, dass ihre Schwester heute Geheimnisse vor ihr hatte.

Es fühlte sich falsch an.

Dass die Zusammenarbeit tatsächlich angenehm war, gestand Kim nur sich selbst ein. Wenn auch nicht jeden Tag. Nur an Abenden, wenn sie nach einem langem Arbeitstag Jeannette bei Nadine abholte und die spitzgesichtige Petra gerade andernorts unterwegs war. Wenn sie und Nadine noch auf einen schnellen Tee in der geräumigen Küche saßen und ein bisschen plauschten. Dann kehrte Kim zusammen mit dem wildesten Pudel von allen nach Hause zurück und gestand sich ein, dass die Arbeit am Institut in den letzten Wochen extrem spannend geworden war.

Es war deutlich zu spüren: Helena war es wichtig, alle Belange des Instituts ernst zu nehmen. Denn das hieß, Kim ernst zu nehmen. Sie kümmerte sich um das meiste persönlich. Auch wenn sie wegen ihrer wöchentlichen Sendung in Köln nicht oft anwesend sein konnte, las Kim die Handschrift ihrer Schwester aus vielem heraus. Sie erkannte die Aufmerksamkeit, die Helena ihr angedeihen ließ.

Nicht dass sie sich darüber gefreut hätte.

Oder sich geschmeichelt gefühlt hätte.

Das war es gar nicht. Es war einfach nur ... Ach, keine Ahnung, was es war.

Kim musste zähneknirschend zugeben, dass die neuen Aspekte in ihrer Arbeit sie fesselten. Fortzuführen, womit sie sich die letzten zwei Jahre Tag für Tag beschäftigt hatte. Es in solch nie erahnte Bahnen lenken zu dürfen.

Scheiße noch mal, es machte einfach Spaß.

Helena wusste das. Wenn sie sich tatsächlich einmal im Konferenzraum begegneten, verriet das Lächeln in ihren Augen, dass sie Kims Begeisterung erkannte.

Tatsächlich ein bisschen ärgerlich. Aber auch zum Schmunzeln.

Jetzt mal ehrlich. Nie im Leben hätte Kim gedacht, dass sie jemals an einer gemeinsamen Arbeit mit ihrer Schwester derartigen Spaß haben könnte. Sie kam vielen Mitarbeitern aus dem Team näher und freute sich an den neuen Bekanntschaften. Zu vielen sagte sie bald du.

Frau van Hauser blieb natürlich Frau van Hauser.

Und Désirée war Doktor Désirée van Hauser. Kim vermied es, sie überhaupt anzusprechen. Was der dunkelhäutigen Wissenschaftlerin nur recht zu sein schien.

In den letzten Wochen hatte Kim mehr als einmal den Eindruck gewonnen, die Tochter des großen Robert van Hauser wünsche sich an alle möglichen anderen Orte – nur möglichst weit weg vom Institut. Manchmal, wenn sie sich auf den Fluren oder im Besprechungsraum begegneten, zog Désirée van Hauser die Schultern hoch. Manchmal zuckte sie zusammen wie ein Reh, das nichts ahnend aus dem Unterholz tritt und sich unerwartet einem Deutsch-Drahthaar gegenübersieht.

Schwer zu sagen, ob es sie ärgerte, dass ihr fachliches Wissen neben den vielen visuell ansprechenden Möglichkeiten niemanden so recht zu interessieren schien. Oder ob sie das Getue erschreckte, das Helena jedes Mal um deren Äußeres machte. Als ob Désirée van Hauser so was wie ein Supermodel wäre, eine Schönheitskönigin.

Kim fand Désirée trotz ihrer offensichtlichen Exotik merkwürdig fade und grau. Und zwar mit jedem Treffen ein bisschen mehr. Als sie sie einmal in der Kantine sah, allein an einem Tisch abseits der anderen, wirkte sie beinahe durchsichtig. Als zöge diese neue Art der Arbeit alle mexikanische Farbe aus ihr heraus.

Viel Zeit, darüber nachzudenken, wieso die Stieftochter der Chefin vor sich hinsiechte, nahm Kim sich nicht.

Es gab so viel Wichtigeres. Interessanteres.

Das Beste – seit einigen Tagen waren die Hunde da.

Jeweils fünf Riesenschnauzer, Beagles und Whippets hatten ihr Quartier in den gerade erst fertiggestellten geräumigen, beheizten Hundehäusern bezogen.

Sie waren alle noch jung, zwischen zehn und sechzehn Monate alt. Kein Wunder, dass sie albern und anhänglich waren. Dass das teure Spielzeug wie gesprengte Minen in ihren Ausläufen herumlag.

Die Hunde kannten einander, hatten jeweils ab der achten Lebenswoche in einem Pflegeheim gelebt, in dem gewährleistet wurde, dass alle die gleiche Sozialisation erfuhren, alle unter den gleichen Verhältnissen in Bezug auf menschliche Zuwendung, Futter und innerartlichen Umgang lebten.

Natürlich gab es massive rassespezifische Unterschiede. Ein Schnauzer war nun mal kein Windhund. Die großen schwarzen und grauen Kraftprotze lagen für sich allein in den Hundehäusern, meist auf den nackten Fliesen. Während die hübsch gestromten Whippets sich in einem einzigen großen Hundekorb eng aneinanderkuschelten. Auch wenn draußen noch hochsommerliche Temperaturen herrschten.

Die Beagles waren ganz speziell. Sie waren lustig, aufgeschlossen und gesellig. Kamen jeder von den Betreuern gestellten Aufgabe mit großem Enthusiasmus nach. Beantworteten jede freundliche Zuwendung mit unerschütterlicher Fröhlichkeit. Kein Wunder, dass sie schon nach wenigen Tagen die Lieblinge des ganzen Teams waren.

Ihnen stattete Kim am liebsten einen Besuch ab, wenn sie

über den langen Arbeitstag Jeannette mal wieder schmerzlich vermisste.

Die sah sie momentan nur morgens und abends. Die Tage verbrachte die Hundedame bei Nadine, die aufregende Spaziergänge mit ihr unternahm, in denen Bälle, Seen, Leckerchensuchspiele und natürlich die wunderbare, tolle, hundeliebende Petra eine große Rolle zu spielen schienen. Zumindest stellte es Nadine so dar. Jeannette konnte leider immer noch nicht sprechen und selbst berichten. Dabei hätte Kim sie allzu gern einmal gründlich befragt – vor allem in Sachen Petra.

Mit ins Institut durfte Jeannette momentan nur selten.

Da an diesem Tag fast ausschließlich Besprechungen auf dem Tagesplan standen, war das eine wunderbare Gelegenheit, mit Pudelanhang herumzulaufen und sich beneiden zu lassen.

»Was ist das für ein grandioses Tier?«, fragte die karottenlockige Trude, Aufnahmeleitung, die immer mit Klemmbrett statt mit Hund unterwegs war und ihr Headset wie ein Collier um den Hals trug.

»Oh, Jeannette ist ein raufüßiger Modelhund«, antwortete Kim ernsthaft. »Ihr Fell wächst ungewöhnlich schnell, damit sie immer wieder ihren Job machen kann. Sie steht Hundefriseuren Modell, weißt du. Damit die ihre neuen Schnitte ausprobieren können.«

»Nein!«, rief Trude und betrachtete Jeannette offenbar mit ganz neuen Augen. »Was es alles gibt!« Mit einer Hand ließ sie das Klemmbrett los und fuhr sich durch die sorgfältig zerzausten Locken.

»Die beiden Computertypen sind schon da«, wisperte sie dann.

»Wirklich?« Kim sah auf die Uhr. Es war noch Zeit bis zur angesetzten Besprechung. Und sie hatte ihre Arbeit für den Vormittag bereits erledigt. »Ich sehe sie mir mal an. Sind sie im Besprechungsraum?«

»Nein, bei ihrem heiligen Rechner.« Trude beugte sich zu Kim herüber und flüsterte vertraulich: »Sehen Sie sich die beiden nur nicht zu genau an. Ich weiß jetzt schon, dass der Große der absolute Renner fürs weibliche Publikum werden wird. Sportlich, muskulös, männlich herb. Der Kleinere ist aber noch leckerer.

Irgendwie süß. Sieht ein bisschen verloren aus. Da muss ich persönlich aufpassen. Neige zu Muttergefühlen, wenn Sie verstehen, was ich meine. Der kommt aber nicht vor die Kamera. Ergo dürfen wir hinter der Kamera ihn uns teilen, oder?«

Kim musste lachen. Weniger über Trude selbst, die schon Grund genug zum Lachen geboten hätte, als vielmehr über den spontanen Gedanken, was Helena wohl sagen würde, wüsste sie, wie ihre Aufnahmeleitung über wissenschaftliche Mitarbeiter sprach.

Auf den langen Korridoren schlug Kim den Weg zum Rechenzentrum ein, Jeannette an ihren Fersen.

Die Computersimulanten, wie sie sie für sich nannte, waren aus der Schweiz und den Niederlanden angereist.

Offenbar gab es in Deutschland niemanden, der mit diesem Angst einflößenden Spezialrechner umgehen konnte und gleichzeitig bezahlbar war.

Die Tür war nur angelehnt.

Leise durchquerte Kim den Vorraum, in dem neben diversem technischem Equipment und einer Boa-constrictor-artigen Kabelschlange auch sieben gewaltige Bildschirme schwarz und nichtssagend auf ihren Einsatz warteten.

Die Tür zum Rechnerraum stand offen.

Mit dem Rücken zu ihr stand dort ein junger Mann mit beinahe schulterlangen hellbraunen Haaren, in Jeans und schlichtem T-Shirt. Offenbar vertieft in den Anblick des Monstrums vor ihm.

Kim konnte sein Starren nachvollziehen.

Sage und schreibe drei Wochen hatten die Techniker aus Tokio gebraucht, um den gewaltigen Rechner aufzubauen. In dieser Zeit konnte eine Mäusemama eine komplette neue Generation heranziehen.

Wie unterschiedlich doch die Zeit in den Welten der einzelnen Spezies tickte!

Jeannette machte Kims heimliche Beobachtung zunichte, indem sie mit wenigen Schritten hinübertrabte und die Schnauze in die herabhängende Hand des Mannes drückte.

Er erschrak nicht, sondern sah nur kurz auf, streifte Kim mit einem Blick und wandte sich dann Jeannette zu.

»Oh, hallo, wen haben wir denn hier?«

Kaum zu fassen. Ein Typ, der zuerst Jeannette begrüßte und dann sie. Damit hatte der junge Mann schon mal einen meteoritgroßen Stein im Brett. Vielleicht auch deshalb, weil seine Haare aussahen, als habe er sie vorgestern zuletzt gekämmt. Außer Nadine kannte Kim bisher niemanden, dem es stand, wie frisch dem Bett entstiegen zu wirken.

Nadine.

Sie unterdrückte ein Seufzen.

»Professor Doktor Jeannette«, sagte sie und deutete auf die Pudeldame, die sich soeben aufführte, als seien ihr gerade neue Eierstöcke implantiert worden. Sie warf sich allen Ernstes vor dem neuen Bekannten auf den Rücken und strampelte mit den Beinen.

»Doktor Simon Reeren«, stellte der junge Mann sich Jeannette mit einer Verbeugung vor. Lachend gab er dann doch Kim die Hand, und sie sagte: »Doktor Kim Richardson.«

Sie sahen sich kurz in die Augen, waren sich einig.

»Das ist« – er zögerte kurz – »dein Hund?«

Kim nickte.

»Was ist das für ein Rasse?«

Wenn Niederländer deutsch sprachen, verbreiteten sie immer gute Laune, fand Kim.

»Das ist ein ostfriesischer Robbenhund«, antwortete sie.

Simon machte große Augen und betrachtete Jeannette beeindruckt. »Der jagt Robben?«

»Oh nein, er wird als Ersatzmutter eingesetzt, wenn man Heuler auf den Sandbänken findet …«, log Kim lässig.

Simon warf ihr einen Blick zu.

Damit stand fest, dass er sie ebenso mochte wie sie ihn.

Eine Bewegung an der Tür. Ein breitschultriger, großer Typ mit Armeehaarschnitt trat ein. Offenbar überrascht, seinen Kollegen in Begleitung vorzufinden.

»Guten Tag, Doktor Tom Weigel, einer der beiden TX 14-Spezialisten«, stellte er sich vor.

»Doktor Kim Richardson, Laborleitung«, erwiderte Kim und ergriff die dargebotene Hand.

Logisch, was Trude gemeint hatte.

Der Typ war sagenhaft. Helena würde begeistert sein, ihn vor die Kamera zu bekommen.

»Schön, Sie kennenzulernen, Doktor Richardson«, sagte Tom und schaute etwas ratlos. Offenbar wusste er nicht, was zu tun war, wenn Computerfreaks und Wissenschaftlerin aufeinandertrafen.

»Na, wir haben ja in Kürze ausreichend Zeit, uns zu beschnuppern«, erklärte Kim.

Simon sah zwischen den beiden hin und her.

»Wissen Sie eigentlich, dass ich keinen blassen Schimmer davon habe, was dieses Ding kann?«, wandte Kim sich wieder an Doktor Weigel. Tom. Er schien der Wortführer zu sein. Was nicht bedeutete, dass er auch der Denkführer war.

»Tja, unser Baby«, murmelte Tom und klopfte auf einen der mannshohen Schränke.

Simon und Kim sahen sich an.

»Jedem das Seine«, erwiderte Kim. »Ich halte es eher mit den Hunden, die da unten auf mich warten.«

»Die Probanden für das Experiment?« Tom Weigel blickte zu Jeannette hinunter, die den Kopf gerade in Simons Hand schmiegte.

»Ja, und ich bin froh, dass ich Sie ganz informell etwas fragen kann ...«, sagte Kim. »Kann dieses Ding wirklich vorhersagen, was in ihren Köpfen passieren wird?«

Doktor Tom Weigel wuchs noch ein Stückchen mehr.

»Der TX 14 ist ein ganz besonderer Rechner. Sein Leistungsvermögen ist nach menschlichem Ermessen beinahe unvorstellbar«, dozierte er. »Stellen Sie sich einen Rechner vor, der alle Ihre Lebensfunktionen misst, kontrolliert und Abweichungen um ein Tausendstel anzeigt. Gleichzeitig ist er in der Lage, die Funktion sämtlicher Organe, angefangen beim Herz, über den Dünndarm, die Galle, bis hin zu Muskel- und Knorpelaufbau, und die Atmung durch die Haut visuell darzustellen. Und zwar nicht nur die Funktionen gesunder Körper, sondern auch die von Körpern, die unter einer Störung leiden. Er ist in der Lage, die Reaktion eines jeden Organs zu berechnen und visuell umzusetzen, falls ein Bluter sich zum Beispiel mit dem Tranchiermesser in den Handballen schneidet. Er kann für alle Lebensfunktionen naturgetreu darstellen, was geschieht, wenn ein asthmatisch allergischer Mensch ein Pferd streichelt oder ein Achtzigjähriger ohne vorherige Abkühlung direkt vom Sonnenbaden in den unbeheizten Pool springt. Alle diese Aufgaben sind jedoch für ihn nur eine Übung zum Warmwerden, wenn wir mal in menschlichen Bildern sprechen wollen. Seine wahre Leistung liegt mehr im Detail. Viel mehr im Detail. Computer, die körperliche Reaktionen auf äußere Einflüsse, Temperaturschwankungen, eine Verletzung simulieren können, sind keine Seltenheit. Was aber ist mit sogenannten inneren Einflüssen? Ärger, Wut, Trauer setzen Stoffe im Blut frei, die durchaus messbar sind. Ausschüttung von Adrenalin zum Beispiel, von Dopamin und anderen Hormonen hat Folgen für den gesamten Organismus. Und das bedeutet: auch für das Empfinden. Die Vorgänge des Empfindens sind jedoch nur in einem einzigen Organ zu lokalisieren ...«

Er legte eine gewichtige kleine Pause ein.

»Im Gehirn«, ergänzte Kim. Doktor Weigel war offenbar ein kleiner Wichtigtuer. »Genau dort, wo das Institut van Hauser Mexico City in den letzten zwei Jahren die Reaktionen der zuständigen Hormone und Fimone isolieren konnte, die für eine so gewaltige Empfindung wie die Prägung eines Individuums auf ein anderes notwendig sind.«

Tom Weigel lachte leise und großspurig.

»Prägung ist ein grobmotorischer Vorgang für den TX 14«, erklärte er. Kim musste an einen Mann denken, der seinen neuen Sportwagen vorführt. »Für ihn ähnlich leicht zu simulieren wie das Empfinden von Schmerz, Fluchtinstinkt oder Angriffsbereitschaft. Der TX 14 kann noch viel mehr. Er kann kleinste, feinste Anlagen weiterverfolgen. Das sachte Empfinden von Sympathie einem Fremden gegenüber. Auslöser und Ursache für eine spontane Abneigung, Entstehung und Festigung dauerhafter Zuneigung.«

Kim spürte, wie sich ihre Unterkiefermuskulatur lockerte.

»Ohne dass Botenstoffe eine Rolle spielen?«

»Yep.« Großspuriges Nicken.

Sie wandte den Kopf und sah Simon an, der sie beobachtete.

»Wie macht er das?«, wollte sie von ihm wissen.

Simon warf seinem Kollegen einen Blick zu. Vielleicht um sich zu vergewissern, dass es in Ordnung war, wenn er an Doktor Weigels Stelle antwortete.

»Elektronische Impulse«, erklärte er schlicht. »Der TX 14 ist ein Hightech-Imagineer, weißt du? Wie diese Typen bei Walt Disney, die dir im Film oder in den Themenparks vorspiegeln, dass du dich irgendwo ganz anders befindest als dort, wo du gerade wirklich bist. Im Grunde ist das nicht schwierig für ihn. Er konstruiert einfach logische Welten. Deswegen findet er sich überall mühelos zurecht. Auch in uns.«

Ungläubig schüttelte Kim den Kopf. Als Wissenschaftlerin war ihr schon vieles begegnet. Sie hatte gewusst, dass es mittlerweile Rechner gab, die selbstständig denken konnten. Sie hatte nicht gewusst, dass es auch eine Maschine gab, die selbst denkende Lebewesen entwerfen konnte.

»Und dieser ... dieser TX 14 ...« Es war, als müsse sie sich an den Vornamen eines neuen Kollegen gewöhnen. »Er kann uns tatsächlich vorweg berechnen, was geschehen wird, wenn wir die Tiere dem Präparat aussetzen? Er weiß, was in ihnen vorgehen wird?«

Simon lächelte. »Wir vermüten es.«

Das hieß Ja. Sein kleiner sprachlicher Ausrutscher – niedlich.

»Faszinierend«, sagte Kim. »Er simuliert Nervenreaktionen im Hirn. Wenn du an ihm arbeitest, erschaffst du damit also etwas wie eine künstliche Intelligenz.«

Er sah sie an. Seine Augen leuchteten hell. Sie waren blau oder grün. »Viel mehr«, erwiderte er. »Ich erschaffe damit künstliches Gefühl.«

Kim spürte, wie ihr eine Gänsehaut an den Armen heraufkroch.

»Das ist gruselig«, flüsterte sie.

Ihr Unbehagen des Samstagvormittags vor ein paar Wochen lugte um die Ecken der Erinnerung.

»Gruselig. Spooky«, murmelte Simon.

Kim hatte das Gefühl, er dachte mindestens an ein Universum, das sich hinter dem Wort versteckte.

Tom räusperte sich. »Es ist Zeit für die erste Besprechung des Tages. Wir sollten gehen. Wissen Sie zufällig, ob die Produzentin auch dabei sein wird?«

»Helena Löwe?«, fragte Kim und verzog ein wenig das Gesicht. »Sicher nicht. Sie arbeitet im Sender und wird uns nur hin und wieder einen Besuch abstatten.«

»Ah«, machte Tom. Kim fand, das klang ein bisschen enttäuscht.

»Nach dir«, sagte Simon und machte eine Geste in Richtung Tür. Jeannette, ganz Dame, verstand die Aufforderung sofort und trabte vorneweg. Kim folgte ihr.

Als sie durch die Tür trat, hörte Kim, wie Tom seinem Kollegen zuraunte: »Wieso duzt ihr euch eigentlich schon?«

Simon flüsterte leise zurück: »Wir waren uns sympathisch.«

***Désirée*** *3. Oktober/Pilotsendung*

Was, wenn es ein Fehler gewesen war?

Die Wand gegenüber war gräulich weiß.

»Noch fünfundachtzig Minuten.«

»Bitte einmal aus dem Weg gehen!«

»Ist das Publikum schon drin?«

»Wo steckt Jochen?«

»Garderobe.«

»Bis auf die Experten.«

»Wie spät ist es?«

»Geht das so oder mehr Blau?«

»Ich hatte doch gesagt, da drübenhin damit!«

»Aus dem Weg! Verdammt noch mal!«

Was hatte sie nur getan?

»Doktor van Hauser?«

»Ja?«

»Hätten Sie jetzt Zeit für unsere Coco?«

»Sicher.«

Désirée war froh, dass sich endlich jemand ihrer annahm. Hier an der Wand des Cateringraums zu lehnen und dem Trubel zuzuhören, der draußen auf dem Gang tobte, war nervenaufreibend.

Rasch schritt sie hinter der jungen Frau her, die mit zwei Walkie-Talkies und einem Headset bewaffnet war und ihr den Weg zu dem Raum wies, durch den alle diejenigen geschleust wurden, die in der Sendung auftreten sollten: die Maske.

Was hatte sie nur getan? Etwas initiiert, bei dem es notwendig war, zur Durchführung einer Versuchsreihe von einem Profi geschminkt zu werden.

In der Maske begrüßte sie eine weitere junge Frau, die, ihrem exotischen Namen widersprechend, recht normal wirkte.

»Ich bin Coco.« Sie reichte Désirée die Hand und sah ihr mit großen braunen Augen offen ins Gesicht. »Ich werde die nächsten Wochen dafür geradestehen, dass Sie immer perfekt aussehen, wenn Sie vor die Kamera geraten.«

»Das klingt anstrengend«, lächelte Désirée verkrampft.

»Für Sie wahrscheinlich mehr als für mich«, erwiderte Coco und bot ihr einen Stuhl vor einem der riesigen Spiegel an.

»Das meinte ich eigentlich auch«, murmelte Désirée.

Wie viel war Wissen wert? Wie teuer war das Forschen danach? Was, wenn es ein Fehler gewesen war, den Wert zu hoch einzuschätzen? Was, wenn dies alles ein Fehler war?

Hinter ihr stehend, betrachtete Coco Désirée im Spiegel. Sie strahlte. »Bei der Haut und den Haaren ein Klacks! Lieber ein bisschen natürlich, oder?«

Désirée nickte.

»Was machen wir mit den Haaren?«

»Wie meinen Sie das?«

»Sagen Sie doch Du und Coco!«

»Coco. Ich heiße Désirée.«

»Gern, Désirée. Schöner Name.«

»Was meinst du damit: Was machen wir mit den Haaren?«

»Na ja, wir könnten sie auf heiße Wickler drehen, um ihr Volumen noch hervorzuheben. Oder wir machen einen auf streng und sachlich und binden sie zurück. Vielleicht mit einer Spange. Oder einem roten Tuch. Rot steht dir phantastisch.«

Kaum zu fassen, aber sie saß letztendlich tatsächlich eine Dreiviertelstunde auf diesem Stuhl und wurde betupft, frisiert, mit Farbe bekleckst, gepudert, getuscht. Bis sie am Ende aussah, als wolle sie auf den Wiener Opernball.

Ringsum wuselten andere Maskenbildnerinnen um Probanden, Moderatoren, Wissenschaftler und Computerspezialisten herum. Alle nahmen minütlich immer mehr das Aussehen einer Versammlung von Topmodels an.

Das konnte nicht richtig sein.

Wieso hatte sie das alles nicht bedacht?

»Perfekt«, sagte Coco schließlich und betrachtete ihr Werk im Spiegel, als hätte sie soeben ein impressionistisches Bild fertiggestellt.

Mittlerweile war es Désirée völlig egal, wie sie aussah. Hauptsache, sie entkam diesem Stuhl.

»Dauert das jedes Mal so lange?«, wollte sie wissen, während sie aufstand und Coco den Frisierumhang reichte.

Die lachte. »Ach, was! Das ist doch heute nur das Spezial-Plus-Paket wegen der Scheinwerfer im Studio. Wenn wir im Labor sind, haben wir doch ganz andere Lichtverhältnisse. Da kann ich viel dezenter schminken. Muss ich sogar. Sonst wirkst du wie ein Modepüppchen und nicht wie eine Forscherin.«

Da war es wieder.

Désirée bedankte sich mit einem knappen Nicken und ging hinaus, als hätte sie ein Ziel.

Sie musste wirken. Wie eine Forscherin.

Noch nie im Leben hatte sie jemanden darstellen müssen. Den Anschein von … erwecken müssen.

Unbehagen war gar kein Wort für das Gefühl, das sie bei dieser Schaustellerei empfand.

Sie war Vollblutwissenschaftlerin, durch und durch ein analytischer Mensch, der die wissenschaftliche Ordnung, die sorgfältig gegliederten Systeme liebte.

Woher sollte sie wissen, wie eine Forscherin nach allgemeiner Meinung auszusehen hatte?

Alle Fernsehleute schienen bei den Zuschauern eine kollektive Erwartungshaltung vorauszusetzen. Und der sollte sie entsprechen. Eine hirnrissige Vorstellung.

Es war ein Fehler. Unmöglich, rückgängig zu machen. Unmöglich durchzustehen. Sie saß in der Falle.

Während Désirée über die Gänge des riesigen, verwinkelten Gebäudes ging, eine Treppe hinunter und wieder einen Gang entlang, während ihr zig Menschen begegneten, die eilig mit raschen Schritten an ihr vorbeistrebten, sah sie sich plötzlich selbst. In ihrem Apartment im Institut in Mexico City. Wie sie eine riesige, menschengroße Mäusefalle aufspannte. Als Köder Wissen hineinlegte.

Nicht ahnend, dass sie die Falle nur für eine einzige Person aufstellte. Ein einziger Mensch würde am Ende dort hineintappen: sie selbst.

»Noch genau dreißig Minuten!«, rief ein Mann neben ihr einem anderen am Ende des Gangs zu.

»Da sind Sie ja! Wow! Sie sehen grandios aus.« Das war Helena Löwe. »Aber ein bisschen blass unter dem Make-up. Kommen Sie hier rein!«

Sie winkte Désirée durch eine Tür und schloss sie sacht hinter ihnen.

Sogleich umpfing sie nur noch Stille.

Désirée atmete tief ein und wieder aus.

Helena bot ihr einen bequemen Sessel und ein Glas Apfelschorle an, dessen Rand mit Weintrauben verziert war.

»Ich weiß noch genau, wie nervös ich vor meiner ersten Sendung war«, sagte Helena Löwe und ließ sich in den Sessel gegenüber sinken. »Dabei war es nicht mal meine eigene. Ich musste eine Moderatorin vertreten, die kurz vor der Livesendung einen Unfall hatte. Nichts Schlimmes. Aber mit einem gebrochenen und noch nicht geschienten Bein kann niemand gut moderieren. Ich war ihre Assistentin und kannte den Ablauf der Sendung auswendig. Kennen Sie noch *Let's go! Zwischen Flensburg und Kempten*? Nein? Nun, das wundert mich nicht, um ehrlich zu sein.« Sie lachte. »Jedenfalls dachte ich, ich muss sterben, als feststand, dass ich meine erste Moderation machen sollte. Unvorbereitet und mit Klamotten aus dem Fundus. Der sprichwörtliche Sprung ins kalte Wasser.«

Désirée lächelte und hoffte, dass sie nur nervös wirkte.

»Sie scheinen es jedenfalls sehr gut gemacht zu haben. Sonst hätten Sie bestimmt keine solche Karriere gemacht.«

»Hinterher. Ja, hinterher war alles gut. Der Intendant war backstage. Das war mein eigener kleiner Start. Stimmt. Aber ob Sie es glauben oder nicht … als ich ein paar Minuten vor Sendebeginn dort auf meinem Kreuz stand, auf der markierten Stelle am Boden, wo ich stehen musste ... Als ich da stand und die letzten Anweisungen aus der Regie verklungen waren ...« Helena Löwe verstummte und betrachtete ihre schönen Hände. »Es ist dann ganz still, wissen Sie. Niemand sagt etwas, weil sich alle auf die bevorstehende Aufgabe konzentrieren. Die Kameraleute, die Regie, die Kabelträger, die Tonleute, die Maskenbildnerinnen. Diese Stille ist ... unheimlich. Man hört nur das Echo im eigenen Kopf.«

Es war unwirklich, hier zu sitzen und so viel Ruhe zu spüren. Gerade noch war Désirée wie ein rotes Blutkörperchen durch die Adern des Fernsehsenders gespült worden. Plötzlich saß sie hier. Eine Weintraube zwischen den Fingern. Kein Stimmengewirr, kein Trubel. Helena Löwes Nachdenklichkeit war so ganz anders als das Gesicht, das sie in den letzten Tagen gezeigt hatte.

»In dieser Stille war mir mit einem Mal so, als ob ich ... als ob ich den Weg verloren hätte. Ich weiß nicht, ob Sie das nachvollziehen können. Aber ich stellte plötzlich alles infrage. Das, was ich in meinem Beruf erreichen wollte. Was ja im Grunde das war, was alle erreichen wollen, die diesen Job machen. Alle meine Ziele. Das, wofür ich hart gearbeitet hatte, erschien mir in diesen wenigen Minuten der Stille so ... abgeschmackt. Nichtssagend. Im Kern schlicht und ergreifend: unwichtig. Ich hatte so viel in Kauf genommen ...« Hier stockte sie und starrte ein paar Sekunden lang auf die gegenüberliegende Wand, als liefe dort ein Film ab. »Aber in diesen Minuten war ich sicher, dass es umsonst gewesen war. Ich war sicher, dass ich den richtigen Weg zum Erreichen meiner persönlichen Ziele verloren hatte.«

Spontane Sympathie. Oder eher so etwas wie das Empfinden von Verbundenheit.

Was natürlich Unsinn war, denn wieso sollte sie sich von einer Sekunde auf die andere mit der Fernsehproduzentin Helena Löwe, der Löwin, verbunden fühlen?

»Sind Sie heute auch noch nervös vor einer Sendung?«, hörte Désirée sich fragen.

Ihr Gegenüber schmunzelte leicht. »Ich behaupte zwar immer, es sei nicht so. Aber in Wahrheit bin ich jedes Mal, wenn ich vor die Kamera muss, höllisch nervös. Und heute stelle ich fest, dass ich auch dann ganz besonders zappelig sein kann, wenn ich selbst gar nicht moderiere. Das Format ist mir einfach sehr, sehr wichtig. Ich möchte, dass alles gut läuft. Der Gedanke, dass etwas schiefgehen könnte, macht mich rasend.«

»Das merkt man Ihnen nicht an.«

»Ich habe gelernt, Nervosität als etwas Gutes zu betrachten. Adrenalin hilft mir, schnell zu reagieren, wenn es sein muss. Ich bin schlagfertiger, witziger, wacher.«

»Ja, das gute alte Adrenalin. Es hat uns schon vor Tausenden von Jahren geholfen, als wir noch vor großen Raubtieren fliehen mussten«, erwiderte Désirée, und sie lachten beide kurz auf.

Zwei nervöse Menschen in einem Raum der Stille.

»Wie wäre es, wenn wir zusammen schon mal ins Studio runtergehen? Meistens hilft es, wenn man zwischen den Kulissen hindurchspähen und sich an die Atmosphäre dort gewöhnen kann. Es sind sowieso nur noch ...« Blick zur Uhr.

»Fünfundzwanzig Minuten«, sagte Désirée.

Sie standen auf und strafften beide die Schultern.

Dieser verflixte Knoten, irgendwo zwischen Hals und Bauchnabel, war geschrumpft.

Die Minuten der Stille vor Sendebeginn hatten Désirée neugierig gemacht. Wenn dies die Minuten der Wahrheit waren, was würde sie dann denken?

Aber waren es überhaupt die Minuten der Wahrheit? Schließlich hatte Helena Löwe im Anschluss an die damalige Sendung nicht das Handtuch geworfen, sondern war – ganz im Gegenteil – groß eingestiegen ins Mediengeschäft.

Waren es einfach nur Minuten der Angst?

Als sie gemeinsam auf den Gang hinaustraten, glaubte Désirée auf Helenas Löwes Gesicht ein stilles Lächeln zu sehen, das an niemanden gerichtet war. Sie wirkte zufrieden. So, wie Studenten lächeln, wenn ihnen eine Aufgabe gelungen ist, die anderen im Labor dies aber noch nicht bemerkt haben.

Konnte es sein, dass Helena Löwe gerade mehr als nur ein kleines Antinervositätsgespräch mit ihr geführt hatte?

Konnte sie wissen, dass ...?

Konnte sie?

Es war wirklich gut, hinter den Kulissen zu stehen und die Atmosphäre des Studios zu atmen.

Désirée hatte noch nie darüber nachgedacht, woher das Publikum in diesen Sendungen kam. Sie hatte nicht gewusst, dass es Menschen gab, die Wochen und Monate auf eine Karte zu diesen Events warteten, die sich fein herausputzten, schon Stunden vor Sendebeginn beim Sender eintrafen und nicht nur geduldig, sondern sogar mit Begeisterung dem Programm eines Mannes lauschten, der sie für die Sendung »anwärmen« sollte.

Neben Helena Löwe im schützenden Dunkel der Kulissen stehend, konnte sie nur staunen. Die machten ja wirklich alles mit. Sie ließen sich in zwei Gruppen einteilen, um einen Kanon zu singen. Sie beantworteten Fragen, übten Gelächter und Applaus mit offensichtlichem Spaß an diesen Aktionen.

Es lenkte ab, dem Vorturner zuzuhören und die Reaktionen der Gäste zu beobachten.

Helena Löwe lachte ab und zu mit. Von Nervosität keine Spur.

Dann ging alles sehr schnell. Der Animateur verabschiedete sich und arrangierte noch fix ein herzliches Willkommen für den Moderator Wolfgang Niederwegen durch das aufgeheizte Publikum.

Wolfgang Niederwegen, das zweite große, populäre Gesicht von ZAPP-TV, sah ein wenig schmaler aus, als Désirée ihn von den Vorgesprächen in Erinnerung hatte.

Doch er strahlte dieses gewisse fröhliche Selbstbewusstsein eines Mannes Ende dreißig aus, der genau da ist, wo er gerade sein will.

Ehe Désirée merkte, dass es gleich beginnen würde, lief auf den Monitoren, die überall im Studio verteilt waren, der Titel der Sendung.

*DAS LABOR*
*Seien Sie Zeuge der Wissenschaft*

Die roten Lichter der Kameras leuchteten auf, Wolfgang Niederwegen begann mit seiner Moderation.

Alles war genau abgesprochen. Wohin sie gehen sollte, wohin sie sich setzen sollte, in welche Kamera sie sehen sollte und wohin sie nicht sehen sollte.

Als Désirée im richtigen Sessel Platz nahm und bei der Vorstellung ihrer Person in die richtige Kamera lächelte, fühlte sie sich einen Augenblick lang betrogen. Es hatte sie nicht gegeben, die stillen Minuten. Die Ruhe vor dem Sturm. Die innere Verzagtheit, die ihr sagen würde, was die Wahrheit war oder einfach nur ihre größte Befürchtung.

Helena Löwe, die sie hinter den Kulissen wusste, hatte eine Erfahrung gemacht, die sie selbst nun nie würde machen können. Es gab kein zweites erstes Mal. Und dieses eine erste Mal würde ihr sowieso vollkommen reichen.

Ines, die neben ihr saß, schien Meilen entfernt.

Doch die Anwesenheit ihrer Stiefmutter hatte Désirée noch nie Beruhigung und Gelassenheit vermittelt.

Grauweißes ultrakurzes Haar, stahlblaue Augen und kerzengerade Haltung. Désirées Vater hatte nur ein einziges Mal von der ersten Begegnung mit ihr gesprochen.

»Ein Steinadlerweibchen«, hatte er gesagt. Damals war Ines noch braunhaarig und Désirée neun Jahre alt gewesen. »Ihr entgeht nichts. So leicht wie die Summe aller Federn. Aber wenn sie will, schlägt sie einen Reiher mitten aus der Luft. Nur das Ziel muss sich lohnen.«

»Frau van Hauser, Sie leiten das Institut, an dem unsere Versuchsreihe durchgeführt wird. Sie sind Ornithologin, das heißt Vogelkundlerin. Nun wissen wir alle, dass es bei DAS LABOR ausschließlich um Hunde gehen wird. Zu denen kommen wir dann gleich. Aber wie können wir uns Ihre übliche Arbeit vorstellen?«

Ines antwortete so gelassen, als hätte sie das schon viele hundert Male getan: »Wie auch bei meinem verstorbenen Mann, Professor Doktor Robert van Hauser, der unser Institut gründete, galt mein Interesse im Wesentlichen den Vögeln. Bei den vielen Arten, die ganzjährig in Deutschland leben oder unser Land zur Aufzucht ihrer Jungen besuchen, gibt es natürlich viel zu forschen. Mein Mann hatte sich schon früh auf das Zugverhalten der Vögel spezialisiert. Er forschte schon in den Siebzigerjahren über die verschiedenen Navigationssysteme der Zugvögel. Sonnenlicht, Sternenhimmel, Erdmagnetismus. In den letzten fünfzehn Jahren sind jedoch auch das Prägeverhalten und die monogame Paarbildung zu unseren Kernthemen geworden. Es ist uns gelungen, die Botenstoffe und die elektrischen Impulse zu isolieren, die für eine intensive Bindung an einen Partner zuständig sind.«

»Das heißt, Sie können künstlich bewirken, dass ein bestimmter Vogel sich mit einem anderen für die Dauer seines Lebens einlässt?«

»Richtig.«

»Das ist also so eine Art Ehevermittlung.«

Das Publikum brach in Gelächter aus.

Ines machte mit.

»Sie sagen es! Aber jetzt stellen Sie sich mal vor, Shakespeares *Sommernachtstraum* würde wahr, und Ihr Objekt der Begierde wäre plötzlich ein Esel.«

Wolfgang Niederwegen tat empört. »Also bitte!«

»Nur als Beispiel«, versicherte Ines ihm. »Ich hätte auch Katze oder Delfin sagen können. Wichtig dabei ist nur, dass die enge Bindung an einen Partner erfolgt, der nicht der eigenen Art entspricht.«

»So wie Konrad Lorenz kleine Gänseküken ausbrütete, die dann alle glaubten, er sei ihre Mutter?«

»Nicht ganz. Prägung auf die Eltern ist ein wenig anders zu betrachten. Hier geht es eher um eine ... ja, eine Partnerschaft. Und zwar eine artübergreifende.«

Der Moderator spitzte die Lippen.

»Eine Sache kapier ich allerdings noch nicht so ganz: Wenn mein Hund meint, ich sei sein Partner, will der dann nicht ständig ...?«

Schallendes Gelächter.

Ines lächelte charmant. »Ein guter Gedanke. Das hätte in der Tat ein Problem werden können. Aber da wir wissen, welches Hormon für die Steuerung des Geschlechtstriebs zuständig ist, kann das geregelt werden.«

Der Moderator lehnte sich offensichtlich erleichtert zurück. »Ich bin froh, dass Sie alles unter Kontrolle haben, Frau van Hauser. Sie werden die kommenden zwei Monate unsere Korrespondentin und wissenschaftliche Leitung außerhalb des LABORS sein. Wir freuen uns auf die Zusammenarbeit.«

Wohlwollender Applaus aus dem Publikum.

Jetzt war sie dran.

»Anders wird das bei Ihnen sein, Frau Doktor van Hauser. Vielleicht sollte ich Sie erst mal vorstellen: Doktor Désirée van Hauser. Ihr Vater, Professor Doktor Robert van Hauser, ist der Wissenschaft bestens bekannt. Sie selbst wussten schon von Kindesbeinen an, dass Sie in die Fußstapfen Ihres Vaters treten wollten. Auch Sie haben in erster Linie mit Ihren Lieblingstieren gearbeitet, den Vögeln. Zudem leiten Sie das Schwesterinstitut van Hauser in Mexico City und haben dort in den vergangenen zwei Jahren die maßgebliche Vorarbeit zu unserem Experiment geleistet. Natürlich wollen Sie jetzt, da es zur Sache geht, auch hautnah dabei sein. Sie werden die kommenden acht Wochen quasi im Labor leben. Und die Versuchsreihe gemeinsam mit weiteren Wissenschaftlern leiten. Schon aufgeregt?«

»Nicht wegen des Projekts«, erwiderte Désirée. Helena hatte ihr geraten, auf Fragen offen und ehrlich zu antworten. »Momentan machen mich eher die Kameras nervös.«

Sie hörte, dass im Publikum leise gelacht wurde, ein lautes Schmunzeln über ihre erfrischende Ehrlichkeit.

»Daran haben Sie sich sicher bald gewöhnt. Schließlich werden im Labor vierundzwanzig Stunden am Tag Kameras laufen. Ein phantastisches Abenteuer für unser Publikum daheim vor den Bildschirmen, zum ersten Mal in der deutschen Fernsehgeschichte – und übrigens nicht nur in der deutschen. Unser LABOR ist das erste öffentlich ausgestrahlte Experiment weltweit …« Er blickte beifallheischend ins Publikum, und natürlich tat man ihm gern den Gefallen und applaudierte stürmisch. »Zum ersten Mal weltweit können also Fernsehzuschauer bei einem wissenschaftlichen Experiment live dabei sein. Ich finde, wer da mittendrin und maßgeblich beteiligt ist am Verlauf, darf ruhig ein bisschen nervös sein.«

Die klatschten aber auch wirklich bei allem.

»Aber Frau Doktor van Hauser, jetzt mal ganz ehrlich: von den Vögeln zu Hunden! Bedeutet das denn keine Umstellung für Sie?«

Jetzt mal ganz ehrlich?

Bloß nicht!

Denn in dem Fall hätte sie leider sagen müssen, dass Hunde so ziemlich die langweiligsten Tiere waren, die auf Gottes Erdboden herumliefen. Sie besaßen vier Beine, Fell und ein Raubtiergebiss. Ihre Knochen waren schwer. An Fliegen war nicht im Traum zu denken. Sie hatten nichts, aber auch gar nichts mit den leichten, vielseitigen Vögeln zu tun.

»Natürlich sind das zwei ganz und gar unterschiedliche Spezies«, erklärte sie stattdessen. »Der Hund ist das einzige Tier, das sich so eng an den Menschen angeschlossen hat. Seit wahrscheinlich Hunderttausenden von Jahren lebte er mit dem Homo sapiens zusammen. In der Nähe des zweibeinigen Jägers und Sammlers zog er seine Jungen auf und gewährleistete dadurch Schutz und eine bessere Versorgung seiner Nachkommen. Infolgedessen wurden die jungen Hunde immer weniger scheu gegenüber den Zweibeinern. Bis sie deren Nähe sogar suchten. Caniden leben in ähnlichen sozialen Strukturen wie wir, in denen gute Chefs Führungsqualitäten besitzen müssen. Kurz gesagt: Der Hund ist dem Menschen ähnlicher, als so mancher denkt. Das machte ihn für diese Versuchsreihe natürlich zum idealen Partner.«

»Welche Hunde warten nun darauf, dass bei ihnen endlich die Kameras starten? Von allem ein bisschen? Und woher stammen sie? Tierheim? Oder ...?«

»Nein, nein, es sind keine Tierheimhunde. Wir mussten gewährleisten, dass alle Hunde die gleichen Aufzuchtsbedingungen erleben. Ansonsten wären die Ergebnisse womöglich verfälscht worden. Denn natürlich spiegelt sich nicht nur der Hormonstatus, sondern auch die Sozialisation eines Tiers in seinem Verhalten wider. Die Tiere sind alle in der gleichen Pflegestation aufgezogen und von kompetentem, aber häufig wechselndem Personal betreut worden. Außerdem haben wir jeweils fünf Individuen aus sehr unterschiedlichen Rassen ausgewählt. Riesenschnauzer, Beagles und Whippets. Wir haben sowohl männliche als auch weibliche Tiere im Programm.«

»Wobei die männlichen Tiere nicht mehr wirklich männlich sind, oder?«, warf der Moderator ein.

»Das ist bedingt richtig«, erwiderte Désirée hölzern. »Die männlichen Gonaden wurden entfernt.«

Er sah sie an.

»Kastration«, erklärte sie.

Demonstrativ knickte Wolfgang Niederwegen in der Körpermitte ein wenig ein. Das Publikum lachte.

»Wieso musste das sein?«, jammerte er mit kläglicher Stimme. Doch dann richtete er sich wieder auf und war ganz Moderator einer Wissenschaftssendung. »Wird das nicht die Ergebnisse verfälschen?«

»Es wird die Ergebnisse in unserem Sinn tatsächlich verändern. Denn Testosteron, das männliche Geschlechtshormon, ist Ursache dafür, dass Monogamie so wenig verbreitet ist«, antwortete Désirée.

Wieder lachte das Publikum.

Vielleicht hatte sie Talent zur Komödiantin?

»Schon 1984 stellte Wingfield fest, dass die männlichen Melospiza Melodia, besser bekannt als Singammern, auf regelmäßige Testosterongabe mit Veränderungen im Sozialverhalten reagieren. Gewöhnlich verteidigt ein Männchen ein Revier von etwa vierzehnhundert Quadratmetern und paart sich monogam mit einem Weibchen. Unter regelmäßiger Verabreichung von Testosteron vergrößert es sein Revier auf mehr als das Doppelte. Außerdem legt es sich weitere Weibchen zu.«

»Testosteron ist also schuld daran, dass wir Männer so oft übers Ziel hinausschießen?«

»So könnte man es ausdrücken. Vielleicht sollte ich aber auch erwähnen, dass die polygamen Singammermännchen ein erheblich reduziertes Körpergewicht aufwiesen und wesentlich stressanfälliger waren. Das bedeutet zum Beispiel ein geschwächtes Immunsystem. Von der Fitness her betrachtet lohnt es sich also, monogam zu sein.«

Weitere Heiterkeitswellen im Publikum.

Niederwegen grinste verschmitzt.

Ein gut aussehender Mann. Fragte sich nicht jede Frau vor dem Bildschirm daheim, wie er es mit der Paarbindung hielt?

»Ich habe leider selbst keinen Hund. Aber von Bekannten habe ich schon oft gehört, dass männliche Hunde auch ohne solche wissenschaftlichen Gründe kastriert werden. Wieso machen das normale Hundebesitzer?«

»Hormone sind Botenstoffe, die übers Blut transportiert werden. Sie werden in verschiedenen Drüsen hergestellt, aber zum Beispiel auch in der Hirnrinde. Es gibt sehr viele verschiedene Hormone, und alle nehmen sie Einfluss auf unser Verhalten. Zum Beispiel diejenigen, die uns bei Gefahr in kürzester Zeit in einen physischen Zustand versetzen, der für eine Flucht die besten Bedingungen schafft: Unsere Sinne sind geschärft, unsere Muskeln besser durchblutet. So was bewirkt das Adrenalin.« Désirée sah in die Kulissen, wo irgendwo Helena Löwe stehen musste. Im Institut war ihr die Blondine immer als beängstigender Störfaktor erschienen. Hier war sie plötzlich zum Ruhepol geworden. Eine interessante Reaktion auf veränderten Habitus. »Die meisten Menschen kennen an Hormonen namentlich nur die Geschlechtshormone, die dafür sorgen, dass das Appetenzverhalten einsetzt: dass sich geschlechtsreife Individuen auf Partnersuche begeben. Die aber auch für den Nestbau zuständig sind. Die also alles im Organismus betreuen, was mit Fortpflanzung zu tun hat. Da die meisten Hundebesitzer nicht möchten, dass ihr intakter Rüde sich auf die Suche nach einer Partnerin begibt, also herumstromert und dann womöglich ungewollten Nachwuchs produziert, werden die Hunde eben kastriert. Ganz einfach.«

»Wenn alles im Leben so einfach wäre«, grinste Niederwegen und wandte sich dann frontal einer der Kameras zu. »Natürlich sind wir alle gespannt darauf, welche Hunde uns in den nächsten Wochen im LABOR begleiten werden. Und jetzt ist es so weit. Damit Sie die Hauptpersonen dieses Formats noch heute Abend und vor dem offiziellen Start der Versuchsreihe kennenlernen können, haben wir am Institut van Hauser in Frankfurt einen kleinen Film für Sie gedreht. Hier sind sie also: Jasper, Lolle, Einstein und Co.«

Augenblicklich erschien auf den Bildschirmen der Hundeauslauf, in dem die Beagles sich gerade um ein großes Plüschtier balgten. Im Hintergrund war das kleine Waldstück zu sehen, das zum Institutsgelände gehörte.

Niederwegen lehnte sich entspannt zurück, kontrollierte seinen Ohrstöpsel, indem er mit zwei Fingern gegen ein Ohr drückte. Dann nickte er und sagte leise: »Das kommt aber erst nach der Werbung, oder?« Offenbar erhielt er eine befriedigende

Antwort, denn er nickte nochmals und konzentrierte sich dann auf den Einspieler, den auch die Zuschauer im Saal interessiert verfolgten.

Zwei Assistenten trugen rasch zwei weitere Sessel aufs Podium und rückten sie leise, aber ordentlich zurecht, damit sie exakt innerhalb der Markierungen auf dem Boden standen.

Die Scheinwerfer waren gar nicht so warm, wie alle Welt immer behauptete. Désirée fröstelte.

Ihr gegenüber im Publikum saß eine dicke Frau mit einem roten Overall und extrovertierter Frisur, die an einen tropischen Vogel erinnerte.

Auf dem Bildschirm erklärte ihr Veterinär Doktor Hausmann, wie gut es den Hunden in den Hundehäusern gehe, dass alle gesund, wohlauf und munter seien. Obwohl es dieser Erklärung eigentlich nicht bedurfte. Die Hunde bellten und tobten herum.

Die Whippets schliefen friedlich aneinandergekuschelt. Einer von ihnen linste verschlafen über den Rücken eines Artgenossen hinweg und rollte beim Gähnen die rosige Zunge weit aus dem schmalen Rachen. Im Publikum waren einige »Oooohs« und »Wie niedlich!« zu hören.

Es war also richtig gewesen, die Windhunde mit dazuzunehmen. Sie wirkten so filigran und verletzlich, als könne ein sanfter Hauch sie bereits aus dem Gleichgewicht bringen. Wenn solche Hunde ihre Versuchsreihe bei bester Gesundheit und guter Laune beständen, wären auch die letzten Zweifler überzeugt. Von denen es etliche geben würde. Schon als in den letzten Wochen der Trailer zigmal am Tag über den Sender lief, gingen beunruhigte Anrufe ein. Ein paar abgedrehte Tierschützer gab es immer.

Niederwegens Blick verweilte noch ein wenig auf dem Bildschirm vor ihm, obwohl der Kameramann im Studio durch ein Zeichen bereits das Okay gegeben hatte. Ein liebevolles Lächeln auf dem Gesicht, schien es dem Moderator schwerzufallen, sich vom Anblick der schlafenden Hunde loszureißen.

Désirée musste diese perfekte Illusion, die durch das Zusammenspiel in der Sendung entstand, einfach bewundern.

»Ja, meine Damen und Herren, zu den Hunden, die wir gerade gesehen haben, sollen zukünftig auch Menschen gehören. Das ist ja Sinn und Zweck dieser Versuchsreihe. Begrüßen Sie daher jetzt mit mir zusammen zwei der glücklichen zukünftigen Hundebesitzer: Barbara Schröder und Bernhard Sawatzki. Herzlich willkommen!«

Beifall aus dem Publikum.

Weil Ines applaudierte, tat Désirée es auch.

Die beiden Probanden kamen die wenigen Stufen zur Gesprächsrunde herauf.

Der Mann schritt breitbeinig näher, als sei er gerade von einem Mustang gestiegen. Die Frau wirkte, als sei Nervosität ihr zweiter Vorname.

»Frau Schröder, zwei Monate in einem abgeriegelten Terrain. Kein Kontakt zur Außenwelt. Ausschließlich Beschäftigung mit Hunden. Das klingt ja erst mal eher abstoßend. Sie haben aber sofort Ja gesagt, als Sie gefragt wurden, ob Sie sich eine Teilnahme vorstellen könnten. Was hat für Sie den Ausschlag gegeben?«

Barbara Schröder räusperte sich.

Ihr Gesicht groß auf den Bildschirmen.

»Ich arbeite schon seit vielen Jahren in der Beaglenothilfe. Einem Verein, der speziell Hunde dieser Rasse, die aus unterschiedlichen Gründen in Not geraten sind, in Pflegestellen betreut und in neue Familien vermittelt. Als ich erfuhr, dass Beagles dabei sind, war für mich gleich klar, dass ich mitmachen will.«

Niederwegen beugte sich interessiert vor.

»Nun ist es aber doch so, wenn ich richtig informiert bin, dass die Beaglenothilfe sich auch um die Hunde kümmert, die zu Forschungszwecken zum Beispiel in medizinischen Labors gehalten werden. Also Hunde, die als Versuchstiere benutzt wurden. Ich wähle mit voller Absicht das Wort ›benutzt‹, denn wir wissen ja, dass viele Versuche an Tieren heutzutage gar nicht mehr notwendig wären. Die Hunde, die bei den Versuchen nicht mehr gebraucht werden, vermitteln Sie in private Hände, damit sie dort endlich ein lebenswertes Leben führen können. Was hat Sie, gerade wenn Sie oft mit Versuchstieren zu tun haben, dazu veranlasst, zu sagen: Ich mache bei einer Testreihe mit, in der auch wieder Hunde eine Rolle spielen?«

Das war schlau eingefädelt. Barbara Schröder war ein riesiger Köder für alle Tierversuchsgegner vor der Kamera.

Wer hätte ihnen besser sagen können, dass alles, was ZAPP-TV vorhatte, im Sinn der Tiere war?

»Sie haben es gerade selbst gesagt: Längst nicht alle Versuche an Hunden sind notwendig. Aber natürlich gibt es hin und wieder auch Untersuchungen, die den Hunden helfen. Beagles sind als Meutehunde sehr eigenständig. Sie lassen sich nicht so leicht erziehen wie etwa Schäferhunde. Ihr Jagdtrieb ist enorm. In der Beaglenothilfe müssen oft Hunde vermittelt werden, die nicht mehr bei ihren Besitzern bleiben können, weil sie einfach zu ausgeprägt eigene Wege gehen wollen. Wenn durch dieses Experiment jetzt aber ein Mittel gefunden wird, das Beagles dazu bringt, sich eher an den Menschen zu orientieren, zu denen sie gehören ... ich denke, dann könnten wir den Hunden und auch ihren Menschen viel Leid ersparen.«

»Interessanter Ansatz. Tierversuche als Tierschutz?«

Musste er das Wort Tierversuche so oft wiederholen?

Barbara Schröder lächelte, zum ersten Mal ein bisschen entspannter. »Ich war ja schon im Labor und in den Hundeanlagen im Institut van Hauser, um mich davon zu überzeugen, wie es den Tieren dort gehen wird. Alles ist optimal eingerichtet. Und außerdem ist für die Beagles – natürlich auch für die anderen Hunde, die aus diesem Versuch kommen – ja bereits gesorgt. Alle haben schon ein neues Zuhause gefunden – und zwar durch die Sendung.« Eigentlich liefen die Probanden und zusätzlichen Kräfte vertraglich über das Institut. Ob Frau Schröder ein geheimes, zusätzliches Gehalt von ZAPP-TV auf ein Schweizer Nummernkonto bezog?

Ihr Stichwort griff Niederwegen sofort auf. »Ihr Fall ist insofern auch etwas Besonderes, als Sie sich entschlossen haben, nicht nur einem Hund ein neues Zuhause zu bieten, sondern gleich zweien.«

Barbara Schröder strahlte. »Ich wollte immer schon zwei Hunde haben. Und jetzt lässt meine berufliche Tätigkeit es endlich zu. Eine tolle Gelegenheit. Denn Solitärhaltung ist eigentlich nicht artgerecht. Hunde brauchen auf jeden Fall neben dem engen Kontakt zu uns Menschen auch den Umgang mit

Artgenossen. Für eine andere Lebensweise sind Hunde einfach viel zu sozial.«

Niederwegen blickte auf seinen Notizzettel und runzelte die Stirn. Sicher einstudiert.

»Wie kommt es dann, dass Sie, als erklärter Beaglefan, sich entschieden haben, als Zweithund einen Whippet dazuzunehmen, also einen Windhund?«

»Nun ja, Beagles sind Meutehunde«, erklärte Frau Schröder. »Zwei von ihnen zu halten, bedeutet, dass der Jagdeifer und der Trieb, auf Spurensuche zu gehen, mehr als verdoppelt, oft sogar dadurch erst ausgelöst werden, weil die Hunde zusammen sind. Ein Whippet ist ein Sichtjäger und funktioniert im Sozialverhalten ganz anders. Ich habe mich im Vorfeld natürlich bei Whippetzüchtern genau informiert. Windhunde sind aber auch gesellig und allgemein gut verträglich gegenüber Artgenossen, ganz ähnlich wie die Beagles. Die beiden werden schon gut zusammenpassen.«

Im Publikum machte sich allgemeines Schmunzeln breit. Es war zu offensichtlich, dass Frau Schröder es kaum erwarten konnte, ihre Schützlinge endlich unter die Fittiche zu nehmen.

»War Ihnen sofort klar, dass Sie sich mit der Teilnahme an dieser Sendung verpflichten, dem Hund, in Ihrem Fall den beiden Hunden, mit denen Sie zusammenarbeiten werden, bis ans Lebensende ein Zuhause zu bieten? Ich meine, auch wenn ZAPP-TV die nächsten fünfzehn Jahre Hundesteuer, Futter und Tierarztrechnungen übernimmt, bleibt am Ende doch immer noch die … ja, ich sage mal, moralische Verpflichtung dem Tier gegenüber«, gab Wolfgang Niederwegen zu bedenken und sah ein wenig skeptisch drein.

Wie geschickt.

Dass der Sender zeit ihres Lebens für die Versuchstiere sorgen würde, wurde einfach vorausgesetzt.

»Diese moralische Verpflichtung bin ich bisher jedes Mal eingegangen, wenn ich einen Hund zu mir genommen habe«, antwortete Barbara Schröder ernsthaft.

»Momentan haben Sie keinen Hund?«

Ein Schatten auf ihrem Gesicht.

»Mein Beagle Spencer ist vor vier Monaten gestorben.«

»Oh, das tut mir leid.«

»Er war fünfzehn.« Barbara Schröders Augen schimmerten.

Die Kamera schwenkte leicht nach rechts.

»Sie, Herr Sawatzki, meldeten sich freiwillig für unser Projekt, nachdem Sie davon erfahren hatten. Wie kam es dazu?«

»Ach, eigentlich ganz einfach. Meine Eltern haben Riesenschnauzer gezüchtet. Ich hab selbst schon drei gehabt, von Kindesbeinen an. Meine Frau sitzt gerade zusammen mit unserem Farid auf dem Sofa.« Er winkte breit grinsend in die Kamera. »Ich kenn die Hunde. Ich dachte, wenn einer weiß, wie die im Allgemeinen ticken, dann bin ich das.«

Wie rührend.

Désirée betrachtete den grobschlächtigen Mann. Er hatte sich für die Sendung fein herausgeputzt, in ein gelbes Hemd gezwängt und fühlte sich in seinem Jackett offenbar höchst unwohl. Seine Freizeitkleidung im LABOR würde mit Sicherheit aus Flanellhemden, verwaschenen Jeans und Cowboystiefeln bestehen.

Niederwegen führte ein fröhliches Interview mit Bernhard Sawatzki, in dem der Eindruck entstand, Riesenschnauzer seien in etwa so kuschelig wie Chinchillas. Dann kündigte er die erste Werbepause an.

Désirée erschrak heftig, als augenblicklich die Maskenbildnerinnen aus den Kulissen stürmten und sich auf ihre Schützlinge stürzten, um sie mit Puder, Lippenstift und Haarspray zu attackieren.

Das Bewusstsein, dass die Kameras zwar da waren, aber ihr rotes Licht nicht leuchtete und daher nichts an die Welt da draußen in Millionen Wohnzimmer geschickt wurde, hatte sich in Désirée noch nicht verankert. Wie auch? Sie war gerade erst seit zwanzig Minuten im Fernsehen. Coco tupfte an ihrer Nase herum, die angeblich glänzte.

»Es läuft gut«, hörte sie Ines von links raunen.

Sie nickte ihr zu.

Bernhard Sawatzki fing ein betont fröhliches Gespräch mit Barbara Schröder an, woraus klar zu erkennen war, dass jeder der beiden seine Lieblingsrasse für die überlegene hielt.

Wolfgang Niederwegen kommunizierte über seinen Ohrstecker und sein Mikro mit unsichtbaren Fädenziehern.

Wahrscheinlich denjenigen, die Désirée vorhin vorgestellt worden waren. Sie konnte sich unmöglich merken, wer welche Funktion hatte. Schließlich verband sie nichts mit den fremd klingenden Begriffen.

Was wusste sie schon davon, welche wichtigen Leute notwendig waren, um eine solche Sendung zum Laufen zu bringen?

Als sie gehört hatte, wie viel Zeit und Arbeit investiert worden war, um die unterschiedlichen Werbetrailer zu erstellen, die in den letzten Wochen täglich gelaufen waren, mochte sie es zunächst nicht glauben.

So schwer konnte es für einen guten Kameramann doch nicht sein, ein paar nette Bilder einzufangen. Doch es wurde sage und schreibe vier Tage lang gedreht. Dann war von Montage die Rede. Zuständige Redakteurinnen verschwanden wiederum für Tage in dunklen Techniklöchern, um die mühsam ausgeleuchteten und möglichst natürlich wirkenden, jedoch gestellten Bilder in eine ansprechende Reihenfolge zu bringen. Bildbearbeitung. Sprechertexte. Titelmusik.

Ein Rattenschwanz.

Nur um am Ende drei verschieden lange Trailer senden zu können: in der ersten Woche einen sehr kurzen, in dem ein Hund und ein Labor, der an nichts festzumachende, aber deutlich zu assoziierende Eindruck von großer Zuneigung Inhalt waren. In der zweiten Woche ein wenig mehr. Eine Sprecherstimme, die von liebevoller Bindung auf Lebenszeit sprach. Braune Hundeaugen, die den Zuschauern derart im Gedächtnis blieben, dass die Züchterverbände in Deutschland über sprunghaft ansteigende Nachfrage nach Welpen berichteten.

In der dritten Woche dann die Auflösung, nach der alle Zuschauer offenbar mittlerweile lechzten und die von diversen Printmedien inzwischen mit wilden Spekulationen umnebelt worden war.

Was konnte ZAPP-TV da als erster Sender Deutschlands ausgebrütet haben? Als erster Sender weltweit!

»Frau Doktor van Hauser?«

Désirée schrak ein wenig zusammen.

Wolfgang Niederwegen.

Er beugte sich zu ihr herüber und legte ihr kurz die Hand auf den Arm, nahm sie gleich wieder weg.

»Alles in Ordnung bei Ihnen? Waren die Fragen okay?«

Désirée blinzelte.

»Natürlich. Wie besprochen, nicht wahr?«

»Es geht gleich weiter«, lächelte er. Um seine Mundwinkel hatten sich zwei Falten gebildet. Désirée war sicher, dass sie noch nicht vorhanden gewesen waren, als sie ihn vor ein paar Wochen kennenlernte. Wahrscheinlich setzte der Stress rund um die Sendung auch ihm zu.

Sie lächelte zurück.

Es dauerte wirklich nur ein paar Atemzüge, dann waren die Maskenbildnerinnen verschwunden, das Publikum setzte sich zurecht. Sie waren wieder auf Sendung.

Die Liveschaltung ins Labor gelang auf Anhieb.

Auf den Bildschirmen im Studio erschien der große Besprechungsraum des Instituts. Zusätzlich zur üblichen Bestuhlung an hufeisenförmig aufgestellten Glastischen hatte ZAPP-TV in einer Ecke eine bequem wirkende Sitzlandschaft einrichten lassen.

Einen leicht elliptischen Halbkreis beschreibend, sah das gewaltige jadegrüne Sofa (Jadegrün war die Farbe des Senders) ausgesprochen einladend aus.

Dort saßen fast alle, die in den nächsten Wochen im LABOR eine Rolle spielen würden.

Kim Richardson hatte schräg rechts Platz genommen – laut Sender die wichtigste Position im Gesichtsfeld der Zuschauer. Rechts neben ihr, also auf dem Bildschirm links, saßen der dritte wissenschaftliche Leiter Doktor Sen und der Tierarzt Doktor Hausmann, der gerade schon in dem Hundeeinspieler aufgetaucht war. Neben ihm waren zwei Assistenten und – stellvertretend für die anderen vier – einer der Tierpfleger zu sehen.

Zu Richardsons Linken saßen die restlichen fünf Probanden.

Die Wissenschaftlerin wirkte verändert. Auch sie war geschminkt und gestylt worden. War das alles?

»Frau Doktor Kim Richardson, Biologin, Soziobiologin und leitende Wissenschaftlerin im Team, Sie sind zusammen mit dem

Rest Ihrer Crew bereits heute Nachmittag ins LABOR eingezogen. Was war das für ein Gefühl, als Sie wussten, die Tür schließt sich für zwei Monate hinter Ihnen?«

Richardson hob die Brauen. »Das hat sich nicht anders angefühlt als sonst, wenn ich hier zur Arbeit komme, Herr Niederwegen.«

Das Publikum lachte, denn die selbstbewusste Anspielung war deutlich.

Dann grinste sie. »Im Ernst, ich bin selbst Hundebesitzerin und musste meine Pudeldame bei Freunden abgeben, denn leider kann ich sie nicht für acht Wochen mit zur Arbeit nehmen.« Sie beugte sich vor und sprach in die Kamera. »Jeannette, vielleicht kannst du mich jetzt hören. Ich komme ganz bestimmt zurück, und dann machen wir einen ganz langen Spaziergang am Fluss, nur wir zwei.«

Das Gesicht der Frau im roten Overall verzog sich vor Rührung.

Vielleicht hatte sie einen Hund zu Hause.

Sonderbare, kumpelige Freundschaften, die die Menschen mit diesen Vierbeinern schlossen.

Désirée würde es nie verstehen.

»Sie sind also persönlich betroffen von dem Phänomen der Hundeliebe«, kommentierte Niederwegen. »Wie wollen Sie denn jetzt die Hunde dazu bringen, genau jenen Menschen anzuhimmeln, der für sie ausgesucht wurde?«

Richardson schüttelte den Kopf. »Es geht nicht ums Anhimmeln, sondern um eine ernsthafte Bindung, die provoziert werden soll. Wir haben durch die Arbeit der letzten Jahre die Möglichkeit, einen Hormoncocktail zusammenzustellen, der – in der richtigen Dosierung – genau die richtigen bioelektrischen Impulse in der zuständigen Hirnregion auslöst. Wir müssen nur dafür sorgen, dass die Hunde im richtigen Augenblick den richtigen Sinneseindrücken ausgesetzt sind.«

»Klingt kompliziert.«

»Nur für Fernsehmoderatoren«, grinste Richardson. Désirée spürte zum ersten Mal seit Stunden, wie ihre Mund- und Augenwinkel sich spontan verzogen. »Wir hatten ja ausreichend Zeit, um uns gründlich auf alle Details vorzubereiten. Die Hunde werden unterschiedlichen Sinneseindrücken ausgesetzt. Natürlich den olfaktorischen, also dem Geruchssinn. Der stärkste Sinn der meisten Hunde. Darin sind sie einfach unschlagbar. Dann wird die Stimme ihres Menschen eine große Rolle spielen. Und natürlich sein Anblick. Denn anders als viele glauben, sind visuelle Botschaften, also körpersprachliche Signale, für Hunde viel wichtiger als das, was wir ihnen so den lieben langen Tag erzählen. Auf diese Art kommunizieren sie untereinander und auch mit uns.«

Es war goldrichtig gewesen, auf Richardson zu bestehen. Helena Löwe hatte recht behalten. Der schmierige Holger Zernick hatte keinerlei Hundeverstand und wäre bei einer solchen Antwort niemals derart überzeugend gewesen.

Désirée hätte zu gern gewusst, wie die Löwe es fertiggebracht hatte, Richardson umzustimmen. Moral spielte selten eine Rolle bei wissenschaftlichen Versuchen. Aber wenn, dann waren ihre Vertreter meist nicht leicht davon zu überzeugen, sie über Bord zu werfen.

Niederwegen hatte den kleinen Schlag gegen Fernsehmenschen locker weggesteckt. »Können dabei echte Gefühle der Zuneigung entstehen? Oder stellt man sich eher einen Zaubertrank vor, der seine Wirkung verliert, wenn er nicht mehr eingenommen wird?«

»Das gilt es herauszufinden«, antwortete Richardson und sah aus, als sei sie selbst auf die Ergebnisse gespannt. Vielleicht war es ihre lockere Art, eine nahezu heitere Gelassenheit angesichts der auf sie gerichteten Kameras, dass sie so anders aussah. Désirée hatte sie bisher als eher steif wahrgenommen. »Womöglich verschwindet die Wirkung kurze Zeit nachdem die Gabe beendet wurde. Aber vielleicht handelt es sich auch um eine unauslöschliche Prägung, die zeit des Hundelebens bestehen bleibt. Wenn wir das alles schon wüssten, wäre unser LABOR überflüssig.«

»Also könnten die Injektionen regelrechte Liebesgaben werden! Spannende Sache! Neben Ihnen sitzen die fünf anderen zukünftigen Hundebesitzerinnen und Hundebesitzer. Fünf bei Ihnen, zwei bei uns, das macht nach meiner Rechnung sieben. Sieben Menschen für fünfzehn Hunde? Wie geht das?«

»Wenn alles gut läuft, werden nicht alle Hunde in die Versuchsreihe eingeführt. Wir beginnen mit sieben.«

»Abgesehen von denen, die in die Mehrhundehaltung gehen werden, sind die anderen also so etwas wie Reserve für schlechte Zeiten?«

Wahrscheinlich mussten manche Dinge, die im wissenschaftlichen Alltag gang und gäbe waren, derart lustig erklärt werden. Wahrscheinlich hätten die Zuschauer zu Hause sonst weitergezappt.

»Richtig. Es könnte ja sein, dass ein Hund sich schwer erkältet oder aus anderen Gründen ausfällt. In einer Versuchsreihe muss man für solche Risiken gewappnet sein, sonst wird durch eine Kleinigkeit wie ein nerviger Schnupfen die gesamte Untersuchung gefährdet.«

Niederwegen nickte gewichtig.

»Für Sie ganz alltägliche Überlegungen. Für uns hier draußen Neuland. Wer von uns hat schließlich schon mal einem wissenschaftlichen Experiment beigewohnt?«

Richardson machte eine einladende Geste. »Jetzt haben Sie die Gelegenheit dazu.«

Ihr Lächeln. Lebendig. Überzeugend. Als hätte sie Medienerfahrung.

Désirée nahm sich vor, noch einmal in der Akte der Kollegin nachzusehen. Hatte da nicht etwas gestanden von einem abgebrochenen Fernsehstudium oder Volontariat?

Überraschend, wie sehr dieser Abend mit einem Mal ihren Blick auf Menschen veränderte.

Sie betrachtete Richardson, die gelassen lächelnd dabeisaß, während Niederwegen nun die anderen der Sofakombo vorstellte und mit jedem kurz sprach.

Jeder hatte ein bisschen etwas anderes zu erzählen. Sodass sich am Ende ein rundes Bild ergab.

So war das also.

Désirée neigte den Kopf. Was sie oft tat, wenn sie bei der Arbeit etwas zu verstehen begann.

Das Experiment hatte so im Vordergrund ihres Bewusstseins gestanden, dass ihr bisher nicht klar gewesen war, was sie in Gang gesetzt hatte.

Eine Fernsehshow.

Sie alle die Darsteller.

Und ganz nebenbei musste sie wissenschaftlich arbeiten.

Die zweite Werbepause erschreckte sie diesmal nicht.

Für einen kleinen Moment hatte sie Blickkontakt mit der Frau im roten Overall. Deren Gesicht voller Bewunderung strahlte.

Als es weiterging, wurde der Computerspezialist, Tom Weigel, in einen weiteren Sessel neben Bernhard Sawatzki gebeten. Weigels Ausstrahlung war derart betörend, dass alle Frauen im Publikum beim Lächeln die Zähne zeigten und die Männer sich in ihren Sitzen aufrichteten. Er erklärte herrlich einfach, wie die Wundermaschine funktionierte, die nur fünfzehn Menschen weltweit bedienen konnten, und was die Zuschauer durch diese elektronische Zauberei zu sehen bekämen. Ein kleiner computeranimierter Film veranschaulichte, was im Gehirn eines Moderators abliefe, falls ein Showgast einen nicht geplanten Striptease hinlegen würde.

Das Publikum war begeistert. Technikspielereien versetzten die meisten in Euphorie. Dabei wusste der Großteil der Zuschauer nicht einmal etwas über die Funktionen ihres eigenen Dünndarms.

Dann wurden Einspieler von den Probanden bei sich zu Hause gezeigt. Der schlaksige dünne Mann mit Hornbrille und im schwarzen Rollkragenpullover, der auf dem Sofa neben Richardson saß, stellte das modern eingerichtete Reihenendhaus vor, seinen Lebensgefährten, ihr gemeinsames Aquarium mit exotischen Fischen und den Koiteich im Garten.

»Ein Whippet«, sagte er im Film, »ist ein ganz spezieller Hund. Unheimlich sensibel, feinsinnig und anschmiegsam. Ich denke, Mozart passt hervorragend in unser Heim.« Zustimmung suchend sah er zu seinem Lebensgefährten hinüber, einem dicklichen kleinen Typen, der sich als Kunsthändler vorgestellt hatte. Mit vor Aufregung glänzenden Augen bemerkte dieser verschmitzt grinsend: »Ich denke nur die ganze Zeit: Hoffentlich wirst du nicht rausgewählt.«

## *Simon*

Seit er sich erinnern konnte, wollte Simon Reeren ein Imagineer sein. Am liebsten beim Film. Schuld waren laut Aussage seiner Mutter die Großeltern, die ihn als Sechsjährigen auf eine Amerikareise mitnahmen und dort unter anderem Hollywood und einen der riesigen Filmparks besuchten.

Keine Stadt, kein Ausflug, kein Mensch machten auf den kleinen Simon einen so nachhaltigen Eindruck wie die Begegnung mit Gestalten aus Kinderfilmen.

Hatte sein Leben doch schon immer aus Geschichten und fremden neuen Welten bestanden, in die er sich hineinphantasierte.

»Natürlich ist das nicht schädlich für den Jungen!«, hatte der Großvater die Bedenken von Simons Mutter entkräftet. »Wer träumen kann, hat Ziele. Wer ein Ziel hat, weiß, wohin im Leben er will. Was kann daran schlecht sein? Vielleicht wird er ja später mal selbst ein Imagineer, wer weiß?«

Auf diese Weise erfuhr Simon, dass hinter den wundervollen Ideen, hinter den ekstatischen Gefühlen, die ihn in Abenteuerfilmen überwältigt hatten, Menschen steckten. Menschen, die sich all das Neue, Bunte, Aufregende ausdachten und durch geschickte Nutzung von Computern zum Leben erweckten.

Sein Berufswunsch stand fest.

Er hatte nie gezweifelt.

Das tat er auch jetzt nicht. Obwohl seine Arbeit im LABOR nicht zu vergleichen war mit seinem angestrebten Ziel, neue Welten für die übersprudelnde Phantasie von Kindern und erwachsenen Kindern zu schaffen.

Simon war ein Romantiker. Und das machte ihm zu schaffen.

Er konnte und konnte sie nicht vergessen.

Langsam verblasste ihr Bild.

Wenn er sich zu erinnern versuchte, gelang es ihm nicht mehr, die Linie ihrer Augenlider vor sich zu sehen. Und nur sehr undeutlich stieg so etwas wie ein blumiger Duft auf, der wie ein pastellfarbener Schatten hinter ihr ins Abteil geschwebt war.

Das geschah natürlich deshalb, weil er zumeist versuchte, sich nicht zu erinnern.

Wie unsinnig, wie idiotisch war es, fortwährend von einer Frau zu träumen, die er nie im Leben wiedersähe! Immer und immer wieder die zwei Stunden Revue passieren zu lassen, die sie miteinander verbracht hatten.

Ihre Stimme zu hören. Sich ihr Lächeln vorzustellen. Und natürlich auch den ernsten, Angst einflößenden Ausdruck auf ihrem Gesicht, als ihre Blicke sich in der Fensterscheibe begegnet waren.

Selbst ein großer Romantiker musste einsehen, dass es Spinnereien waren. Die ihn, immer wenn er sich darauf einließ, für Minuten und manchmal für Stunden lebensunfähig machten.

Simon sah auf die Uhr.

Seit etwa einer halben Stunde musste die Sendung vorüber sein.

In zwei bis drei Stunden würden Tom und die anderen, die im Kölner Studio gewesen waren, hier eintrudeln. Sicher war alles wie geplant gelaufen. Van Hauser und ZAPP-TV hatten keine Lücke gelassen für mögliche Überraschungen.

Er tippte mit dem Stick eine letzte Zahl in den Rechner und wandte sich um.

Diese Umgebung wäre für die nächsten Wochen sein Zuhause.

Irgendwie wusste er immer noch nicht, wie es Tom gelungen war, ihn zum Mitmachen zu überreden.

Der Abend damals in Zürich lag noch gar nicht so lange zurück, doch Simons Gedächtnis schien einen dichten Nebel darübergelegt zu haben. Alles, was er erlebt hatte, seit er am Frankfurter Flughafen den ICE verlassen hatte, wirkte verschwommen und farblos.

Was er an dem Morgen zu Hause gemacht hatte, war ihm sogar komplett entfallen. Wie unter einer Amnesie konnte er sich an nichts erinnern, bevor er im Zug gesessen hatte.

Verflucht.

Er würde doch jetzt nicht schon wieder in diesem Zugabteil landen?

Es klopfte leise an die Tür.

»Ja, bitte?«

Im Türspalt erschien der Kopf von Doktor Richardson. Kim.

»Darf ich?«

»Selbstverständlich.«

Sie trat ein und schloss die Tür hinter sich, wie um zu verhindern, dass weitere Gäste den Weg hierher fanden.

Sie strahlte. Sie war geschminkt und trug einen roten Hosenanzug, der ihr zu dem dunklen Haar sehr gut stand.

»Wie war es?«, wollte Simon wissen.

»Ich traue mich gar nicht, es zu sagen ...«, antwortete Kim, doch dann grinste sie. »Es hat tatsächlich Spaß gemacht.«

»Pfui!«, sagte Simon und grinste ebenfalls.

Sie sah sich im Raum um, und ihr Blick fiel auf den Bildschirm, an dem Simon gerade gearbeitet hatte.

»Noch letzte Vorbereitungen?«, fragte sie und deutete darauf.

»Nichts Wichtiges. Ehrlich gesagt, wusste ich nicht, was ich sonst tun soll. Um ein Buch zu lesen, war ich doch zu ... gespannt.«

»Angespannt.«

»Angespannt.«

Sie lächelten sich an. Kim ließ sich auf einem der rollbaren Stühle nieder und drehte sich darauf im Kreis.

»Du liest tatsächlich Bücher? Computermenschen sind doch angeblich der Meinung, unsere Welt könne ganz gut ohne Papier auskommen.« Sie sah ihn herausfordernd an.

»Offenbar gilt das nicht für alle«, erwiderte Simon und verspürte einen sonderbaren Drang zu lachen. Die Situation war gar nicht komisch. »Ich lese sehr gern Bücher. Und nicht allein Bücher über Computer.«

»Krimis?«

»Thriller«, gestand er.

»Reiseberichte?«

»Ab und zu«, schmunzelte er.

»Liebesgeschichten?«

»Pfff ...« Jetzt musste er wirklich lachen. Fühlte sich so Hysterie an? Es war bestimmt die sonderbare Diskrepanz zwischen seinen Gedanken über eine große Liebe, die nur zwei Stunden gedauert hatte, und dieser belanglosen Plauderei.

»Dachte ich's mir doch. Du bist einer von denen, die typische Männerbücher lesen.«

Die kam auf Ideen. Und diese Ideen trafen bei ihm auf eine

explosive Mischung aus Nervosität, Ratlosigkeit und Verzweiflung. Er befürchtete, mit dem Lachen nicht mehr aufhören zu können, wenn er erst mal angefangen hätte.

»Was sind denn typische Männerbücher?«, gluckste er.

Kim verzog keine Miene. Was er noch komischer fand.

»Na solche, in denen eine Anwaltsfirma von der Mafia eingesponnen wird und in denen am Ende nur noch einer gegen alle kämpft. Oder in denen plötzliche Naturkatastrophen von Aliens ausgelöst werden und das Ende der Menschheit durch den Einsatz schlauer, starker Typen abgewendet wird, die mit nicht mehr bewaffnet sind als mit einem Taschenmesser, Nike-Turnschuhen und einem schlecht funktionierenden Walkie-Talkie …«

»Hör auf!«, bat Simon und hielt sich den Bauch.

Kim betrachtete ihn eine Weile, wie er sich die Tränen aus den Augenwinkeln wischte.

»Du hast nicht zufällig jemanden da draußen? Jemanden, den du nicht gern fern von dir weißt? Und du kannst die Vorstellung nicht ertragen, dass du diesen Jemand zwei Monate lang nicht siehst? Das würde nämlich einiges erklären«, sagte sie dann.

Das ernüchterte ihn schlagartig.

Er spürte, wie sein Lachen in einem Lächeln verschwand. Und das war nicht mal ein besonders fröhliches Lächeln.

»Oh«, machte Kim und räusperte sich.

Sie blickten beide zu Boden.

»Und du?«, fragte er.

»Jeannette«, antwortete sie rasch.

Aber es klaffte eine Lücke in Kims anschließendem Schweigen.

Vielleicht war da jemand. Ein Typ, smart, energisch, beeindruckend männlich. Einer, dem sie nicht fern sein wollte. Einer, dem sie aber auch da draußen nicht nahe sein konnte. Vielleicht.

»Aha«, machte er.

Er kannte sich viel zu wenig aus mit Frauen.

Sonst wäre ihm vielleicht eingefallen, was er jetzt hätte sagen können.

Aber es fehlten ihm nicht nur die deutschen Worte. So schwieg er in mehreren Sprachen.

»Morgen geht's dann also los«, unterbrach Kim schließlich die Stille und stand auf.

»Tja«, sagte er und erhob sich ebenfalls. »Dann gehen wir wohl besser mal ins Bett und ruhen aus, oder?«

Sie nickte.

Gemeinsam verließen sie das Rechenzentrum und fuhren mit dem Fahrstuhl zwei Stockwerke höher, wo sich die meisten Unterkünfte der Mitarbeiter befanden.

Es war Simons Quartier, das sie zuerst erreichten.

Kim hielt mit ihm an, und ihr Blick huschte fragend über sein Gesicht.

Wahrscheinlich sah er furchtbar verlegen aus.

»Es wird schon alles gut gehen«, sagte sie.

Obwohl sie kein Fragezeichen aussprach, hing plötzlich eines in der Luft zwischen ihnen.

»Natürlich«, erwiderte er zuversichtlich. »Sonst wäre ich nicht hier.«

Sie sah ihn an.

»Eigentlich wollte ich an diesem Projekt gar nicht teilnehmen. Ich hatte Nein gesagt, als ich gefragt wurde.«

Kims Gesicht, gerade noch müde und ein wenig verwirrt, wirkte plötzlich wieder wach und neugierig. Sie wandte den Kopf rasch von links nach rechts, als befürchte sie Mithörer.

»Tatsächlich? Ich finde, darüber sollten wir uns in einer stillen – und vor allem unbeobachteten – Minute mal unterhalten. Es interessiert mich, wieso auch andere als ich zuerst nicht dabei sein wollten – obwohl es doch so ein innovatives Format ist, das uns womöglich einen Wissenschaftspreis, aber relativ sicher ein paar Fernsehpreise einbringen wird.«

Dann hob sie die Hand und ging weiter.

Als er ihre rote Gestalt am Ende des Gangs verschwinden sah, dachte er, sie wäre eine Frau, in die er sich prima verlieben könnte. Sie war heiter, trotzdem ernsthaft, kam auf den Punkt und scheute sich nicht, Wahrheiten unverblümt auszusprechen. Er mochte solche Frauen.

Sich jetzt zu verlieben, wäre aber eine ganz üble Sache, dachte er weiter. Es würde ihn von der Arbeit ablenken. Also ließ er es besser bleiben.

Er wandte sich um, um die Tür zu seinem Zimmer zu öffnen, hob aber sofort wieder den Kopf.

Hatte da nicht am Ende des Gangs jemand gestanden? Eine hohe schlanke Gestalt mit hellem Haar, das ihr über die Schultern floss?

Doch als er hinsah, war da niemand.

Simon seufzte und schloss die Tür auf.

Es war bereits nach eins, als er Toms Schritte auf dem Flur hörte.

Sein Kumpel klopfte nur ein einziges Mal.

Simon öffnete sofort.

»Du pennst noch nicht? Aufregende Sache, hm?«, sagte Tom und feixte.

»Ich fühle mich hier eingesperrt«, knurrte Simon und trat zur Seite, um seinen Freund hereinzulassen.

Der durchquerte mit großen Schritten das Zimmer und ließ sich auf das Bett fallen.

Die Augen auf Simon gerichtet.

»Und?«, fragte er erwartungsvoll.

Simon hob die Schultern.

»Wie fandest du mich?«

Es ging also schon los!

Simon schickte ein Stoßgebet gen Himmel, dass derartige Na-wie-war-ich?-Fragen schon bald ihren Reiz verlieren und auf keinen Fall einen Großteil der kommenden zwei Monate ausmachen sollten.

»Ehrlich?«, fragte er mit kritischer Miene und genoss den Moment, in dem sich auf Toms Gesicht so etwas wie ängstliche Erwartung abzeichnete. »Ehrlich gesagt: Ich hab dich gar nicht gesehen.«

»Was?« Tom wirkte enttäuscht. Ein Kind, dessen Luftballon zerplatzt ist. »Aber du hättest dich doch einfach nur einzuloggen brauchen. Die Kamera ist im Computerraum doch erst ab dem Vormittag heiß. Wäre keinem aufgefallen.«

»Das hat damit nichts zu tun. Erwischt werden und so. Es war einfach die Entscheidung, dass ich mich an die Regeln halten will. Ich wollte nicht gleich den ersten Abend die Regeln brechen.«

Tom sah ihn einen Augenblick lang stirnrunzelnd an. Dann winkte er ab.

»Egal! Ich an deiner Stelle hätt's jedenfalls gemacht. Haben dir wenigstens die anderen erzählt, wie es war, hier im Besprechungsraum?«

»Kim war danach kurz im Rechenzentrum und hat berichtet. Alles geklappt, wie?«

Tom grinste. »Oh, Kim war kurz da?«

»Mach keine Witze.«

»Na, hör mal. Ihr duzt euch vom Fleck weg, während ich eine Woche lang auf das Angebot warten durfte. Und nach der Sendung huscht sie als Erstes zu dir, um dir zu erzählen, wie es war? Da geht doch was!«

Simon wandte sich ab.

Ärgerlich.

»Sie ist nicht gehuscht. Sie war einfach so nett, mir Bescheid zu sagen. Das ist alles.«

»Schon gut, schon gut. Sei nicht gleich beleidigt.«

»Blödmann«, sagte Simon. Grinste dann aber besänftigend. »Und jetzt fäng an! Wie war es in Köln bei ZAPP-TV?«

Tom ließ sich nicht zweimal bitten und berichtete detailliert von seinem eigenen und allen anderen Auftritten sowie dem Geschehen hinter den Kulissen.

»Das Beste wurde aber gar nicht gesendet. Das heißt, du hättest es sowieso nicht sehen können, selbst wenn du den Mumm gehabt hättest, dich einzuloggen ...«

Simon überhörte die Stichelei und fragte: »Was war das Beste?«

»Helena Löwe«, sagte Tom.

Seine Augen weiteten sich kurz. Ein Raubtier, das eine Beute ins Visier nimmt.

»Die Produzentin?« Den Namen hatte Simon schon öfter gehört.

Tom seufzte übertrieben. »Produzentin. Deutschlands erfolgreichste und beliebteste Moderatorin. Erfolgsweib. Superfrau. Ich sage dir, der Mann, bei dem sie nicht hundert von hundert Punkten bekommt, der hat einen schräg sitzen.«

»Ich kenn sie nicht.«

»Noch nie gesehen?«

»Nicht dass ich wüsste.«

»Dann hast du Pech gehabt, mein Junge! Denn wenn ich bisher immer davon ausgegangen bin, dass Menschen im Fernsehen viel besser rauskommen als im echten Leben, muss ich meine Meinung komplett revidieren. Die Löwe ist der Oberhammer! Schon allein im Cateringraum nach der Sendung. Ihren Kollegen, diesen Niederwegen, hat sie so was von nackig aussehen lassen. Sie braucht nur neben ihm zu stehen und nichts zu sagen, und schon wird der Typ blass und blasser. Grandios. Ich fand's schade, dass ich mein Einstellungsgespräch mit der alten van Hauser hatte und nicht mit ihr. Und superschade, dass sie die Sendung nicht selbst macht.«

»Du könntest sie doch sowieso nicht sehen. Zwei Monate lang kein Fernsehen! Und ab morgen ist im Rechenzentrum auch nichts mehr möglich«, erinnerte Simon seinen Freund.

»Weiß ich doch, aber ... es wäre einfach etwas anderes, wenn ich wüsste ...« Toms Blick verklärte sich. »Wenn ich wüsste, dass *sie* jeden Abend etwas über uns hier drinnen erzählt.«

»Du bist unglaublich«, seufzte Simon. »Ich hoffe, das alles erzählst du nicht Karin, wenn wir hier wieder raus sind.«

Tom lachte.

»Ach, Spinner! Helena Löwe hat doch nichts mit meinem wirklichen Leben zu tun. Hättest du sie gesehen, wüsstest du, was ich meine.«

»Was denn?«, grinste Simon.

*Das hat nichts mit meinem wirklichen Leben zu tun.*

Gerade noch hatte Tom versonnen gegrinst.

Doch jetzt sah sein Freund ihn einen Moment lang ratlos an, dann glitt sein Blick zum Fenster, hinter dem sich die herbstliche Nacht ausbreitete. »Wie soll ich das sagen, Mann? Sie ist eben eine von den Frauen, die uns nie im wirklichen Leben begegnen. Und tun sie es doch, wagen wir nicht, es zu glauben. Lassen den Moment ungenutzt verstreichen. So was gibt es.«

Bestürzt starrte Simon auf Toms Spiegelung in der Scheibe.

So was gibt es.

Natürlich hatten alle nach Probeläufen gefragt. Aber Helena hatte darauf bestanden, dass nichts geprobt wurde.

Sie wollte das reine pure Laborleben, die Authentizität.

Die sollte sie bekommen.

Natürlich wussten Kims Leute, die Leute von van Hauser, alle, was zu tun war, wenn eine Versuchsreihe eingeleitet wurde. Die Kolleginnen und Kollegen waren routiniert und hatten so etwas schon hundertmal gemacht.

Kim vertraute jedem Einzelnen von ihnen.

Aber dann.

Standen plötzlich Kameraleute im Weg herum.

Licht musste gesetzt werden. Viertelstundenlanges Gerücke von schweren Geräten. Ausrichten von grellen Scheinwerfern, die anschließend mit Folien wieder abgetönt wurden.

Der Ton fiel kurzfristig aus. Es wurde nach der Fehlerquelle gesucht. Nicht mal umständlich, aber zeitaufwendig. Ein Kabel wurde ausgetauscht. Noch eins wurde ausgetauscht. Dann musste alles, was ohne Ton aufgezeichnet worden war, wiederholt werden.

So konnte doch keiner arbeiten.

Während der erzwungenen Pausen in der Arbeitsroutine standen die Assistenten mit hängenden Armen herum und betrachteten das Treiben ringsum mit Interesse.

Das würde vergehen. Kim nickte sich zu.

Nur wenige Tage. Dann würden die Handgriffe der Techniker, die Anweisungen der Aufnahmeleitung zum Alltag gehören, und niemand würde sich davon gedanklich von seiner Aufgabe ablenken lassen.

Schwenkbare Kameras, Kabelgedöns, Riesenmikros an Angeln waren beeindruckend. Aber nicht zwei Monate lang.

Blieb zu hoffen.

Immer mal wieder schlich sich die Ungeduld an. Dann ließ Kim die Hand in die Tasche ihres Designer-Laborkittels gleiten.

Die Handinnenfläche ganz fest hineinpressen. So spürte sie durch den Stoff hindurch die kleine Tasche ihrer Jeans, die sie darunter trug. Und in dieser kleinen Tasche den zusammengefalteten Zettel.

Ein Brief.

Nur kurz. In vertrauter Handschrift.

Mit zwei Unterschriften. Jeannette. Und Nadine.

Es stand etwas darin vom heftig herbeigesehnten Ende der kurzzeitigen Trennung. Einer Trennung, die als sehr lang und sehr unnötig wahrgenommen wurde.

Es stand etwas darin von Liebhaben.

Weil Hunde, auch Pudel, nicht schreiben können, hatte Nadine in Jeannettes Namen geschrieben. So wie sie es manchmal getan hatte, als Kim und sie noch ein *Wir* besaßen.

Es sollten Jeannettes Worte sein. Klar.

Aber unter dem Brief stand auch ihr Name. Nadine.

Kim hatte jedes Wort bereits unzählige Male gelesen.

Heute begann das Experiment. Sie starteten mit drei Hunden und ihren zukünftigen Besitzern gleichzeitig.

Wie schnell reagierte der Organismus eines Säugetiers auf die ihm intravenös beigebrachte Dosis an Monovasol?

Die Hunde wurden in die Vorräume zu den Versuchslabors gebracht, wo Doktor Hausmann sie noch einmal gründlich untersuchte, abhörte und die Temperatur kontrollierte. Whippet Mozart, Riesenschnauzer Paul und Beagle Humphrey hatten seit Wochen ihr Futter nur aus einem Automaten erhalten. Sie kannten verschiedene Pflegerinnen und Pfleger, ohne an eine oder einen von ihnen eine engere Bindung entwickeln zu können.

Doktor Hausmann war ein noch recht fremder Tierarzt für sie. Die Untersuchungen kannten sie seit ihrer Welpenzeit und zeigten sich in allem willig und kooperativ.

Das Setzen der Spritzen verlief problemlos. So wie in den vielen vorangegangenen Wochen der noch nicht aufgezeichneten Behandlungen.

Dann ließ man die Hunde durch die Schleusen in die sterilen Versuchsräume und dort allein.

Dreißig Minuten hieß es warten.

So lange, hatte der TX 14 ihnen berechnet, würde es dauern.

Über die installierten Kameras, deren Bilder direkt in den Konferenzraum geschaltet wurden, war zu sehen, dass alle drei

Hunde ihrem Temperament entsprechend den fremden Raum untersuchten.

Mit Kim zusammen saßen alle »sichtbaren« Mitarbeiter des wissenschaftlichen Teams wie gebannt auf ihren Stühlen und starrten auf die Bildschirme.

Der Beagle Humphrey zeigte sich am explorativsten. Er stieg sogar an einer verspiegelten Wand hoch, um zu erschnuppern, was es mit diesem merkwürdigen geruchslosen Artgenossen auf sich hatte, der jede seiner Bewegungen synchron mitmachte. Was Humphrey nicht ahnte: Hinter dem Spiegel lauerte einer der Kameraleute. Kim grinste. Der fing mit Sicherheit gerade geniale Bilder eines fröhlichen, extrem neugierigen Hundegesichts auf U-maticband ein.

Trude hatte wohl den gleichen Gedanken, denn sie raunte einem Mitarbeiter begeistert etwas zu.

Mozart, feingliedrig und mit winzigen Pfoten, trabte auf und ab, kratzte versuchsweise an der Schleusentür und winselte. Dann kringelte er sich in der Ecke neben der Tür zusammen.

Der Riesenschnauzer Paul zeigte sich unbeeindruckt. Er schritt einmal den Raum ab, ließ sich dann mittendrin nieder und leckte sich die Genitalien. Jemand kicherte.

»Stress?«, flüsterte jemand hinter Kim.

Sie wandte sich um. »Männlicher Größenwahn«, antwortete sie.

Sie sah Tom Weigel grinsen.

Die restlichen fünfundzwanzig Minuten vergingen recht ereignislos. Humphrey war der Einzige, der für etwas Ablenkung sorgte, indem er immer wieder aufstand und geschäftig hierhin und dorthin trabte, als müsse er einen vollen Terminkalender abarbeiten. Doch schließlich schien selbst der Beagle dieses Spiels überdrüssig zu werden. Er konzentrierte sich auf die Schleusentür, unter der er so heftig die Luft einzusaugen versuchte, dass sein Atmen am ganzen Körper sichtbar und deutlich hörbar war.

»Was riecht er denn da?«, hörte Kim zu ihrer eigenen Überraschung plötzlich eine leise weibliche Stimme von rechts vorn.

Es war Désirée van Hauser, die gebannt auf den Bildschirm mit dem schnuppernden Humphrey starrte.

Irre! Sie hatte mit sich selbst gesprochen! Der Raum war voller

Menschen. Und die Junior-Institutsleiterin quatschte mit sich selbst, ohne es zu merken.

»Er kann nichts riechen«, antwortete nach ein paar Sekunden zögernd Doktor Sen. »Die Türen sind mehrfach versiegelt.«

Désirée sah nicht auf. Es war ihr nicht anzumerken, ob sie ihn gehört hatte.

»Er kann riechen, dass er dort hereingekommen ist«, murmelte Kim vor sich hin. Wie Désirée blickte auch sie auf den Bildschirm, wo Humphrey noch immer den Türspalt beschnüffelte. »Und weil er klug ist, weiß er, dass er da auch wieder hinaus kann.«

Diesmal wandte Désirée ein wenig den Kopf. Ohne den Blick vom Bildschirm zu lösen.

»Wollen wir anfangen?«, fragte Trude hinter ihnen.

Kim und Désirée nickten gleichzeitig.

Trude befingerte ihr Headset. »Die Probanden können reinkommen. Und passt auf, dass keiner sie anfasst. Keine Toi-toi-toi-Drücker bitte schön, ja?«

Alle starrten wie gebannt auf die Bildschirme.

Bei Mozart tat sich als Erstes etwas.

Der schmale Mann mit Hornbrille und anthrazitfarbenem Rollkragenpulli erschien in der Schleuse. Sein Gesicht wirkte angespannt und nervös.

Die Tür öffnete sich mit leisem Zischen.

Mozart sprang auf seine filigranen Beine und sah dem Neuankömmling entgegen.

»Michael«, wisperte jemand.

Gemäß der Vereinbarung gab Michael sich alle Mühe, den Hund nicht zu beachten. Langsam durchquerte er den Raum und setzte sich an die gegenüberliegende Wand.

Der Whippet reckte den Kopf, schnupperte und trabte geschmeidig zu ihm hinüber, um ihn sich genauer anzuschauen. Noch nie in seinem knapp einjährigen Leben hatte er einen Menschen ganz für sich allein gehabt.

Mozart schnüffelte Michaels Hosenbein ab, seine Hände, die leicht zitternd auf den Knien lagen, den Arm hinauf bis an die Halsbeuge.

Als Michael den Kopf ein wenig drehte, tat der Hund einen

kleinen Hüpfer und ging in die Vorderkörpertiefstellung, wobei sein dünner Schwanz eifrig hin und her schlug.

»Spielaufforderung«, bemerkte Kim.

Michael saß wie vereinbart ganz still und sah den Hund nicht an. Der fuhr die rosafarbene Zunge aus und schleckte ihm eifrig die Hände ab. Es war durch die Kamera, die in einer der oberen Raumecken befestigt war, nicht hundertprozentig deutlich zu erkennen. Doch es sah so aus, als stünde Michael vor Rührung ein bisschen Pipi in den Augen.

Jemand hinter Kim atmete lange aus.

Die junge Frau, die für Paul vorgesehen war, kam selbstbewusst herein, stolzierte an dem großen schwarzen Hund vorbei, der ihr neugierig entgegenkam, und setzte sich an die Wand.

Paul war bei Weitem nicht so zaghaft wie Mozart, sondern bestürmte sein zukünftiges Frauchen mit dem ganzen Körpergewicht, indem er sich spielerisch halb auf sie warf. Sie musste ihn abwehren und gab sich Mühe, dies möglichst neutral zu tun, ohne ihn anzusehen. Er probierte es noch einmal.

»So ein Draufgänger«, kommentierte Tom Weigel.

Kim hätte wetten können, dass Tom sich für den Schnauzer entschieden hätte, wenn er sich einen der drei Hunde hätte aussuchen können. Paul war einfach ein Hund für ganze Kerle.

Außerdem war sein Frauchen Iris sehr attraktiv. Vielleicht malte Doktor Weigel sich gerade aus, an Pauls Stelle zu sein.

Am interessantesten war die Reaktion des Beagles auf den unerwarteten Besuch: Immer noch an der Schleusentür beschäftigt, wedelte er plötzlich mit dem Schwanz wie ein Ventilator. Durch das Glas der Tür erkannte er den Menschen dahinter und sprang vor Aufregung mehrmals in die Höhe.

Als die Schleuse sich zischend öffnete, murmelte Désirée: »Er kann doch nicht … er kann sie unmöglich schon gerochen haben, bevor er sie sah.«

Ihr Gestammel ging in der allgemeinen Belustigung unter, die Humphreys Verhalten bei allen Anwesenden auslöste.

Er tanzte regelrecht um Barbara Schröder herum und begleitete sie, teils auf zwei Beinen laufend, bis zur Wand, an der sie sich niederließ. Sobald sie saß, durchstöberte er ihre Kleidung auf Taschen und deren möglicherweise interessanten Inhalt.

Barbara wirkte glücklich.

Sie kicherte und lächelte fast ununterbrochen. Obwohl man ihr eingeschärft hatte, sich ganz normal und unauffällig zu verhalten. Vielleicht war das ihr normales, unauffälliges Verhalten, wenn ein Beagle vor ihr den Clown machte.

Von hinten legte sich Kim eine Hand auf die Schulter.

Es war Trude.

»Nur noch ein paar Minuten. Ich schlage vor, wir gehen schon mal rüber, um das erste kleine Interview mit Ihnen und den Probanden aufzunehmen. Wir warten mit dem ersten Versuchsschritt bei den restlichen sechs Hunden, bis Sie wieder zurück sind.« Sie nickte Doktor Sen und Désirée van Hauser zu, die sich ebenfalls erhoben.

»Gespräch«, sagte Kim.

»Bitte?«

»Helena nennt es lieber Gespräch anstatt Interview«, erklärte Kim und spürte, wie ihr heiß wurde. Die Art, wie sie nur den Vornamen ihrer Schwester ausgesprochen hatte. Es musste doch allen klar sein, dass es zwischen ihnen eine Verbindung gab.

Trude grinste nur. »Was sie nicht weiß, macht sie nicht heiß«, sagte sie. »Aber danke für den Hinweis. Ich werd mir Mühe geben.«

Als sie gemeinsam hinausgingen, lag auf Désirées Gesicht immer noch ein angespannter Ausdruck.

»Ich empfehle Ihnen, Beidler zu lesen«, sagte Kim zu ihr. In erster Linie, um jeden, der ihr zugehört hatte, von der Art und Weise abzulenken, wie sie »Helena« gesagt hatte.

Désirée van Hauser bedachte sie mit einem intensiven Blick.

Ihre Wimpern waren grotesk lang. Aber es war nicht zu leugnen, dass dies – kombiniert mit der samtigen Haut und der leichten Röte, die das frische Braun der Wangen unterstrich – seine Wirkung nicht verfehlte.

Kim wandte rasch den Blick ab.

»Beidler?«

»*Chemical Senses*. Er hat Vergleiche angestellt zwischen den Geruchssinnen verschiedener Spezies. Unter anderem wurden Bloodhounds und die Waldschnepfe untersucht.«

»Bloodhounds«, wiederholte Désirée.

»Dieser Rasse sagt man nach, die beste aller Hundenasen zu besitzen. Bloodhounds wurden früher auch gehalten, um entlaufene Sklaven wiederzufinden. Deswegen ist ihre Historie etwas gruselig. Heute sind sie toll im Mantrailing. Dem Wiederfinden verschwundener Personen. Zum Beispiel, wenn ein Demenzkranker das Heim verlässt und sich verläuft. Sie finden jeden wieder. Auch wenn er Kilometer durch eine belebte Stadt gelaufen ist.«

Désirée van Hauser nickte langsam.

»Sie kennen sich mit Hunden genauso gut aus wie mit Vögeln?«

Kim zuckte die Achseln. »Wer weiß das schon genau? Was uns interessiert, damit kennen wir uns aus. Oder?«

»Nehmen Sie den Beagle«, entschied Désirée. »Ich bin besser bei dem Windhund aufgehoben.«

In diesem Augenblick erreichten sie die entsprechende Ecke des Korridors, und ihre Wege trennten sich.

Kim sah der sportlich wirkenden kleinen Gestalt hinterher. Ihre wild gelockten dunklen Haare wurden von einem knallroten Band zusammengehalten.

»Kommen Sie?«

Trude begleitete sie zum Block C.

Sie betraten das Labor, in dem bereits reges Treiben herrschte. Gleichzeitig mit ihnen erschien der Kameramann, derjenige, der sich ein Bärtchen am Kinn stehen ließ. Unmöglich, jetzt schon alle Namen zu kennen.

»Sie ist in der Schleuse«, sagte er.

Drei Sekunden später stand er hinter der hier bereitstehenden Kamera und richtete sie aus.

Barbara kam in Begleitung einer Assistentin ins Labor.

Ihr Gesicht glühte.

Das Lämpchen an der Kamera leuchtete rot.

Kim war sich plötzlich der erschreckenden Tatsache bewusst, dass alles, was sie sagen würde, einem Millionenpublikum präsentiert werden würde.

Die TV-Show gestern. Das war etwas anderes gewesen. Alles war anders gewesen. Fremd. Es hatte nichts mit ihrer alltäglichen Arbeit, ihrem gewohnten Umfeld zu tun.

Der Besprechungsraum war eigens für die kommenden zwei Monate mit dem gewaltigen Sofa ausgestattet worden. Nichts, was sie vorher schon gekannt hatte.

Aber dies hier.

In diesem Labor hatte sie vor nicht allzu langer Zeit vergleichende Versuche zum Lichtsinn von Rabenvögeln und Ratten durchgeführt.

Sie hatte still für sich gearbeitet. Hatte sich bestenfalls Sen oder einer der MTA-Kräfte mitgeteilt.

Jetzt kontrollierte sie rasch die Auswertung der Pulsfrequenzmesser, die Humphrey an den Hinterläufen trug.

»Hat es geklappt?«, wollte Barbara wissen und schielte auf die Streifen ausgedruckten Papiers. Sie schaffte es irgendwie, die Kamera und das Team von sieben oder acht Leuten ringsum glatt zu ignorieren. Wahrscheinlich strömte seit der ersten leibhaftigen Begegnung mit ihrem Beagle derart viel Dopamin durch ihr Blut, dass sie es wirklich nicht bemerkte.

»Auf jeden Fall hat sein Herz höher geschlagen, als er dich kommen sah«, lächelte Kim und studierte den Bogen. »Besser gesagt, als er dich kommen roch.«

Van Hauser junior würde Augen machen.

»Er hat sich so gefreut, als würden wir uns schon Jahre kennen«, strahlte Barbara. »Ist immer wieder an mir hochgesprungen. Hat sich beinahe überschlagen. Das war ... das war ... als würden wir uns schon kennen«, stieß sie noch einmal fassungslos hervor.

Mit Jeannette war es auch so gewesen. Sie war so winzig gewesen. Und doch schon eine große Persönlichkeit. Kim hatte sofort gewusst, dass sie es war. Ihr Hund.

Barbara erzählte und erzählte von dieser ersten Begegnung mit Humphrey. Sicher war ihr nicht bewusst, dass die anderen alles über mindestens eine Kamera hatten mitverfolgen können.

Sie schwärmte von Humphrey, lachte unentwegt und konnte sich nur schwer auf wissenschaftliche Fragen konzentrieren. War doch klar, dass für sie etwas ganz anderes im Vordergrund stand.

Kim hörte ihr zu, stellte Zwischenfragen. Ertappte sich dabei, die flache Hand tief in die Laborkitteltasche zu stecken. Um ihre Jeanstasche zu spüren. Und darin.

Da sagte Barbara: »Ich kann es gar nicht erwarten, mit ihm nach Hause zu gehen.«

»Das dauert noch ein bisschen«, erwiderte Kim bedauernd.

»Ich weiß. Aber im Grunde tue ich das alles ja nur, um am Ende das zu erreichen. Ein Ziel zu haben, das ist doch eines der wichtigsten Dinge im Leben, oder?« Barbara sah sie offen an. Auf ihrem Gesicht lag so viel Zuversicht.

Das stimmte. Volle Kanne.

Sie hatte so was von recht.

Es konnte kein Ziel sein, eine Lebenssituation wiederherzustellen, die vergangen war.

Es musste noch andere Ziele geben in einem ansonsten erfüllten Leben. Es musste neue Ziele geben.

Kim lächelte.

»Wenn ich mal unterbrechen darf!« Der Kameramann mit dem Ziegenbart erschien hinter seinem schwarzen Monstrum.

Trude fuhr herum. »Du Idiot! Hast du kein Gespür für die Sensibilität von Gesprächen? Das war gerade das Highlight des Tages, und du quatschst rein.«

Der Angeschnauzte hob die Augenbrauen. »Mal keine Angst, ja! Das Highlight haben wir im Kasten. Nur dummerweise auch den Schwachkopf da hinten. Der ist uns in die Aufnahme gerannt.«

Alle wandten die Köpfe.

Hinten im Labor, wo der Schrank mit den Kopien der Listen für die Testreihen des heutigen Tages und der nächsten Tage lagen, war Simon zur Salzsäule erstarrt.

»Was ist denn das für ein Ton?«, fauchte Trude den Kameramann an. Ihr Gesicht nahm immer mehr die Farbe ihrer Haare an. »Zufälligerweise ist Doktor Reeren einer der leitenden Wissenschaftler des Stabs.«

Das stimmte nicht ganz.

Aber Kim widersprach nicht. Sie fand, dass Bärtchen seinen Anschiss verdient hatte. Denn Simon als Schwachkopf zu bezeichnen, war tatsächlich idiotisch.

»Hm«, machte Ziegenbart. Konnte eine Entschuldigung sein. Oder auch ein Leck-mich-doch.

»Schon in Ordnung«, brummte Simon. »Man sieht mich doch nicht echt, oder?«

Der Kameramann zuckte die Achseln und wandte sich wieder an Trude. »Er läuft halt ins Bild. Von hinten rechts, einmal quer durch. Türlich sieht man ihn.«

Trude seufzte.

»Viertelstunde Pause! Ich schau mal rein, ob wir's gebrauchen können.«

»Tut mir leid«, entschuldigte sich Simon verlegen.

»Nicht Ihre Schuld. Sie tun ja nur Ihre Arbeit«, erwiderte Trude. Ihre Haltung hatte jedoch etwas subtil Angespanntes. Als würden sich ihre privatesten Gedanken hinter der förmlichen Front eher in Richtung *Können-Männer-nicht-auch-mal-mitdenken?* bewegen. Welche Männer, war in diesem Fall eigentlich vollkommen egal.

Auf einen Schlag verließen alle Filmleute das Labor.

Einige, um das Band auf dem Bildschirm im Schneideraum anzusehen. Der Großteil jedoch wahrscheinlich, um die unerwartete Pause für eine schnelle Zigarette vor der Tür zu nutzen.

Kim blickte in die Öffnung der winzigen Kamera oben in der Zimmerecke und tat so, als müsse sie sich in den Papierkorb erbrechen.

Simon und Barbara kicherten.

## *Helena*

Es war selbstverständlich, dass sie die ersten Tage zumindest stundenweise hier sein musste. Mit einem guten Fahrer war es von Köln aus nur ein Katzensprung. Rolf ließ sie wie immer in Ruhe, und sie konnte während der Fahrt arbeiten.

Natürlich stand sie permanent mit Trude in Verbindung.

Sie musste über alle Vorgänge informiert sein.

Alles lief wie geplant. Sogar besser.

»Die Richardson ist ein Hammer«, teilte Trude ihr ungefragt

mit, als sie im Institut ankam und als Erstes im Besprechungsraum unter vier Augen mit ihrer Aufnahmeleiterin zusammentraf.

»Inwiefern?«, hakte Helena nach. Sie musste aufpassen. Ihre Leute hatten hochsensible Antennen, was die Vorlieben und Abneigungen ihrer Chefin anging. Obwohl Helena sicher war, sich mit keinem Blick verraten zu haben, mochte Trude irgendwie spüren, dass Kim etwas Besonderes für die Löwin war.

»Na ja, sie läuft hierhin und dorthin, ist überall zugleich. Schon mittags war sie die heimliche Laborchefin. Jeder rennt zu ihr, wenn es Fragen oder Unklarheiten gibt. Sie bündelt die Informationen und gibt sie an die richtigen Stellen weiter. Ich muss aufpassen, dass ich in ein paar Wochen meinen Job noch habe.«

Helena lachte auf, und Trude grinste.

Beide wandten sie sich um und blickten auf die neun Bildschirme, auf denen die Hunde in ihren sterilen Räumen zu sehen waren. Die drei Windhunde und die Beagles schliefen. Der graue Riesenschnauzer beschäftigte sich mit seinem Wassernapf. Die beiden schwarzen liefen herum und sahen immer wieder durch die Glasscheibe der Schleusentür.

Es waren beeindruckende Hunde. Besonders der Rüde Paul. Groß, kraftvoll. Seine Muskeln bewegten sich geschmeidig unter dem glänzenden Fell.

»Schöner Kerl, hm?«, meinte Trude versonnen. »Hättest du auch gern so einen?«

»Nicht so einen«, sagte Helena und schlug Trude auf die Schulter. »Komm, wir schauen uns die Vorauswahl an.«

Auf dem Weg zum Schneideraum kamen sie an einem der Laborräume vorbei, in dem noch reges Treiben herrschte.

Helena sah durch das Bullauge.

Kims Pferdeschwanz wippte über einem der Tische. Helena öffnete die Tür und ging hinein.

Was ihr dann so merkwürdig vorkam, ließ sich zunächst gar nicht klar festmachen.

Sie stand dort und beobachtete, wie Kim und einige Assistenten sich über die langen Tische beugten, Proben verglichen, durch Mikroskope schauten und etwas in Listen eintrugen.

Eine leise Verwunderung überkam Helena.

Ein stummes Staunen, dessen Ursache sie diverse Sekunden lang nicht begriff.

Während sie dort stand und einfach nur zusah, wuchs es weiter.

Vielleicht war es die Tatsache, dass sie Kim noch nie bei ihrer geliebten Arbeit gesehen hatte. Ernsthaft. Jeder Handgriff jahrelang geübte Routine.

Alle taten, was sie sagte. Vieles bereits, bevor sie es sagte. Ihre Assistenten kannten sie so gut, wie Helenas Mitarbeiter ihre Chefin kannten.

Aber war das nicht klar gewesen? Der tatsächliche Grund für ihre heimliche Verwunderung wurde ihr klar, als aus einem Nachbarraum Désirée van Hauser mit offenem Kittel über einem strengen karmesinroten Rollkragenpullover herüberwehte.

Die dunkelhäutige junge Frau hob den Kopf und sagte mit dem Anflug eines Lächelns: »Oh, wir haben Besuch!«

Woraufhin alle anderen aufsahen. Zu Helena hinüberblickten.

Erst da fiel es ihr schlagartig auf: Es war die Tatsache, dass sie vorher nicht bemerkt worden war, die sie irritiert hatte.

Sonst reckten sich immer alle Köpfe ihr entgegen, sobald sie einen Raum betrat. Hier hatte sich erst einmal niemand nach ihr umgedreht.

»Noch fleißig?«, lächelte Helena, als alle sie ansahen.

Kim warf einen Blick zu der kleinen Kamera in der Ecke des Labors hinauf.

Augenblicklich kam Helena sich vor wie ein Eindringling. Obwohl dies doch ihr Format war. Aber sie sollte natürlich nicht in den Sendungen erscheinen. Jede Einstellung, in der sie auftauchte, war nicht zu verwerten.

»Wir bereiten die Versuchsreihen für morgen vor«, erklärte Désirée van Hauser. Denn keiner der Assistenten tat auch nur einen einzigen Mucks.

»Kein Problem«, sagte Helena im gleichen Augenblick zu Kim und deutete zur Kamera hinauf. »Wir senden ja längst nicht alles.«

»Morgen werden die Hunde in Bezug auf fremde Personen getestet«, sagte Kim ebenfalls zur gleichen Zeit.

Trude räusperte sich.

Helena machte eine Handbewegung.

»Ich wollte nicht stören …«

»Sie stören nicht«, sagten Kim und Désirée wie aus einem Mund.

Kim ernst. Désirée mit einem höflichen Lachen.

Nichts wie raus hier.

»Wir sind gerade auf dem Weg zum Schneideraum, um die Vorauswahl der Szenen anzusehen. Wollen Sie mitkommen? Doktor van Hauser? Doktor Richardson?«

Wie seltsam, Kim zu siezen. Désirée hingegen war Helena so fern, dass ein »Doktor van Hauser« sich durchaus angebracht anfühlte. Und Kim. Auf andere Weise fern. Weil sie früher ein so inniges Du gewesen war.

Désirée van Hauser wandte tatsächlich den Kopf und sah für eine Sekunde Kim an. Die schien von diesem Blick ebenso überrascht zu sein wie Helena selbst.

»Gern«, antwortete Kim leicht verwirrt.

Désirée van Hauser nickte.

»Gut, dann kommen Sie doch gleich mit. Ich denke, wir haben alle ausreichend Platz.«

Kim nickte und gab den Assistenten Anweisungen. Désirée stand sehr aufrecht, die Hände in den Laborkitteltaschen vergraben.

Als sie über den Korridor gingen, Helena neben Désirée, Kim neben Trude dahinter, unterbrach Trude das sonderbare Schweigen.

»Was für einen hättest du gern, Helena?«, wollte sie wissen.

»Was für einen was?«, fragte Helena verwirrt. Gedanklich war sie im Labor geblieben. Merkwürdige Atmosphäre. Eine Arbeit, die so still verrichtet wurde. Bei der so viel gedacht wurde. Für die eine heilige Ordnung herrschen musste. Kims Zimmer hatte immer verheerend ausgesehen. Wer sie einmal morgens hatte wach werden sehen, konnte sich nicht vorstellen, dass sie eine solche wohlorganisierte Arbeit verrichten konnte. Sie war immer Frau Chaos gewesen.

»Welchen Hund?«, hakte Trude nach.

Ob sie mit diesem Klemmbrett verwachsen war? Manchmal kam es Helena so vor, als würde ihre Aufnahmeleiterin sich auch unwesentliche Dinge notieren. Zum Beispiel die Lieblingshunderasse ihrer Chefin.

»Du hast vorhin gesagt, du hättest gern einen Hund, aber keinen Riesenschnauzer. Was für einen dann?«

»Einen Setter«, sagte Kim hinter ihnen.

Helena wandte sich im Gehen kurz um.

Auf Kims Gesicht stand die Spielfreude.

Trude hüpfte einige Schritte. »Das war geraten, oder? Und? Stimmt es, Helena? Ein Setter? Wie sehen die aus? Das sind diese großen rostbraunen Hunde, oder?«

Wie hatte sie das wissen können?

Hatte sie es früher schon mal erwähnt?

»Ja«, gab Helena widerwillig zu. »Stimmt. Woher wissen Sie das?«

Sie kam sich vor wie in einem Possenspiel. In einem Theater, bei dem die Zuschauer nicht wussten, dass sie gerade einer Vorstellung beiwohnten.

»Die meisten Menschen versuchen, durch die Entscheidung für einen Rassehund ein bestimmtes Lebensgefühl zu betonen. Ein Setter ist ein Arbeitstier. Ein Jagdhund, der Wild aufspürt und durch Vorstehen anzeigt. Er ist leichtfüßig, elegant, schön und dennoch wildscharf. Das sagt doch alles, oder?«, grinste Kim.

Sie kannten sich immer noch gut.

»Welches Lebensgefühl hebt denn ein Pudel hervor?«, wollte Helena mit hochgezogenen Brauen wissen.

»Ach ja, stimmt! Sie haben einen Pudel«, wandte Trude sich an Kim. Dann warf sie Helena einen Blick zu, in dem bewundernde Anerkennung zu lesen war. Wie konnte Helena sich nur alle diese Kleinigkeiten über die Institutsleute merken?

Helena würde aufpassen müssen.

»Und Sie?«, wandte sie sich rasch an Désirée van Hauser. »Welches Lebensgefühl würden Sie gern durch einen Hund betonen?«

Désirée wirkte durcheinander. »Ich möchte gar keinen Hund«, war auch eine Antwort.

Sie bogen um eine Ecke. In der Mitte des Flurs stand Tom Weigel mit dem Rücken zu ihnen und sprach mit einem Mann.

Diesen Tom erkannte Helena auch von hinten.

Seinen Namen hatte sie von allen Teammitgliedern als Ersten gekannt.

Ihn würde keine Frau so schnell vergessen, wenn sie ihm einmal die Hand geschüttelt hatte. Tom Weigel hatte ihre schlanken Finger mit seiner kräftigen Hand so warm und behütend umschlossen, dass Helena ihn verwundert angesehen hatte.

Dass er daraufhin den Blick rasch gesenkt hatte, hatte nur klargemacht, dass er genau wusste, wie er wirkte. Sie hatte sich umgewandt und heimlich geschmunzelt.

Der Typ neben Tom, der in ihre Richtung schaute, kam ihr nicht bekannt vor. Es musste sein Kumpel sein, den er im letzten Augenblick noch ins Projekt eingeschleust hatte. Ein weiteres seltenes Exemplar jener Leute, die mit diesem Superhirnrechner umgehen konnten.

Der Typ sah noch jung aus. Sein Haar war verstrubbelt, und seine Augenränder schienen rot gerieben. Er gehörte wohl zu den Mitarbeitern, die im Verborgenen arbeiteten. Leider waren das etliche. Helena hatte die Vorstellung fasziniert, dass alle Beteiligten in den Sendungen auftauchen würden. Aber das hätte das Format gesprengt. Es waren sowieso schon zu viele Gesichter, an die die Zuschauer sich gewöhnen mussten.

Bei mehr als sieben Kandidaten wurde die Konzentration zu stark belastet. Und sie hatten schon allein neun Probanden – auch wenn sie insgeheim auf drei eine besondere Gewichtung legen würden: Barbara Schröder mit ihrem Beagle Humphrey, denn sie hatte durch ihren Einsatz für den Tierschutz einen unglaublichen Vertrauensvorschuss beim Publikum. Michael Kretzmann mit Whippet Mozart, weil er in seiner kultivierten schwulen Art eine neue Generation von Wissenschaftssendungs-Fans ansprach. Und Bernhard Sawatzki, der mit seinem Riesenschnauzer Lola immer für einen flotten Spruch und das Motto »Geradeheraus!« zu haben war. So was kam an bei den Zuschauern. So was machte das Format lebendig.

Aber unabhängig von den Probanden waren da ja noch die Wissenschaftler. Natürlich Kim. Natürlich Désirée van Hauser. Und der oberkorrekte Doktor Sen, der mit seinen mandelförmigen Augen und dem peinlich genau rasierten Haarschnitt aussah wie dem Raumschiff Enterprise entstiegen.

Aber auch der Tierarzt Doktor Hausmann hatte Nachhall beim Publikum erfahren. Ebenso wie die jüngste wissenschaftliche Assistentin, Nicole, die durch ihre Aufgeregtheit und ihr übersprudelndes Temperament in Kombination mit ungewöhnlich hübschem Äußeren allen gleich ins Auge fiel.

Von den Highlights lebte so eine Sendung. Doch die anderen mussten auch mitlaufen. Es war eben in mehrfacher Hinsicht ein Experiment.

Und da hatten so blasse Typen wie dieser ... wie hieß der Kollege von Doktor Tom noch mal? Reck? Reht?

Ärgerlich, dass ihr der Name nicht gleich einfiel. Es waren einfach zu viele. Und außerdem spukte ihr die morgige Sendung zu ihrem eigenen Format in Köln schon im Kopf herum. Es war nie gut, auf mehreren Hochzeiten gleichzeitig zu tanzen.

Jetzt hatte sie ihn! Reeren! Mit doppeltem e. So hieß er. Doktor Reeren hatte eben leider keinen Platz in einem solch umfassenden Format.

Gut, dass er sich von sich aus dagegen entschieden hatte.

Die beiden Männer waren so ins Gespräch vertieft, dass sie nicht aufschauten. Als die Frauen sich näherten, nickten die beiden sich zu und trennten sich. Tom Weigel kam ihnen entgegen, sah auf und erkannte sie.

»Oh, hallo«, sagte er mit angenehm kratziger Stimme und neigte charmant den Kopf.

Als sie weitergingen, glaubte Helena ein gebrummtes »Verdammt, jetzt war er wieder nicht dabei!« zu hören.

Sie wandte sich um, doch Tom Weigel eilte bereits den Korridor entlang und entfernte sich.

»Phantastisch, was die Baufirma in so kurzer Zeit alles geleistet hat«, schwärmte Helena. »Die Labore waren ja Gott sei Dank schon so, wie wir sie brauchen. Aber die Versuchsräume, die vielen zusätzlichen Unterkünfte, der Schneideraum! Schon toll, was alles möglich ist, wenn eine entsprechende Kraft dahintersteht, nicht?«

Trude beteuerte, dass es geradezu an ein Wunder grenze. Vor allem, wenn man Handwerker in ihrem natürlichen Lebensraum kenne und wisse, wie deren Arbeitsmoral sonst zu sein pflege.

Kim sagte nichts.

Désirée van Hauser schien geistig abwesend zu sein.

War das so ein Wissenschaftlerinnending?

Die Cutterin saß bereits mit dem Regisseur Henry an der Arbeit und geriet zunächst ein wenig in Panik, als vier Besucherinnen dazustießen. Doch nachdem schließlich alle auf bequemen Stühlen Platz genommen hatten, hatte sie sich mit der neuen Situation angefreundet und war eifrig dabei, verschiedene Sequenzen vorzuführen, die den Tag über entstanden waren.

Trude hatte recht gehabt.

Kim kam auf dem Bildschirm noch besser rüber, als Helena geglaubt hatte.

Sie war die personifizierte Wissenschaftlerin. Eine von diesen engagierten, klugen Frauen, die einem erst nach dem dritten oder vierten Hinschauen auffielen. Und zwar deshalb, weil sie Rat wussten, wo Rat nötig war. Weil sie mit einem Lachen über jede knifflige Situation hinwegretteten. Weil sie einfach immer da waren, wo es brannte.

Waren sie einem erst einmal aufgefallen, konnte niemand den Blick mehr losreißen.

Wie bei diesen kleinen Wundern, die in Filmen mit Hässliches-Entlein-Thematik gezeigt wurden. Wenn eine Frau, die immer grau und unscheinbar wirkte, ihre Brille abnahm, und den Zopf löste und diese zwei Handgriffe eine natürliche Schönheit aus ihr machten.

Hätte Helena nicht gewusst, dass sie und Kim tatsächlich nicht blutsverwandt waren, hätte sie jetzt vermutet, dass etwas in ihren gemeinsamen Genen lag. Etwas, das sie prädestinierte für die Arbeit im Fernsehgeschäft.

Désirée van Hauser dagegen.

Au weia.

In allen Vorgesprächen ein Paradiesvogel, eine exotische Schönheit, voller Leidenschaft für ihre Arbeit, voller Sinnlichkeit im Umgang mit den Vögeln und allem, was diese fremden und rätselhaften Wesen anging.

Bei den ersten Gesprächen hatte die Halbmexikanerin in Flammen gestanden. Lichterloh faszinierend.

Aber.

Désirée van Hauser war eine echte Enttäuschung. Die Bänder demonstrierten es. Sie hielt sich im Hintergrund, ließ Doktor Sen und Kim überall den Vortritt. Und einmal war deutlich zu sehen, dass sie sich aus dem Bereich einer Kamera zurückzog. Ihre Scheu wirkte jedoch nicht geheimnisvoll und anziehend, sondern unangenehm ängstlich.

Das ging so nicht. Da musste etwas geschehen.

Helena hatte gehofft, die junge Wissenschaftlerin bei dem Gespräch in ihrem Kölner Büro etwas entkrampft zu haben. Aber offenbar hatte die Entspannung nicht angehalten.

Ob sie Kim danach fragen sollte?

Womöglich waren sich die beiden über die gemeinsame Arbeit schon ein wenig nähergekommen. Kim konnte Menschen motivieren, ihnen Mut machen und das Beste aus ihnen herausholen. Früher hatte sie das bei Helena auch immer getan.

»Das war doch schon mal wunderbar für den ersten Tag«, lächelte Helena, während die Cutterin weitere Bänder an die richtigen Stellen spulte, und warf Kim einen ermunternden Blick zu.

Die sah fort. »Keine Ahnung«, erwiderte sie. »Ich weiß ja gar nicht, was für die Sendung wichtig ist. Schließlich erledige ich nur meine Arbeit.«

Helena zuckte unmerklich zusammen.

Trude fuhr mit der Hand durch die Luft. »Unsinn! Sie haben ein echtes Gespür dafür, was wichtig ist. Hätten eine wirklich gute Aufnahmeleitung abgegeben.«

Kim lachte. Kurz und verlegen.

Désirée van Hauser wandte den Blick vom Bildschirm und sah Kim an.

In diesem Moment ließ die Cutterin eine neue Sequenz laufen.

Es war Tom, der im Rechenzentrum saß und mit der Tastatur, einem Grafikstift und auf einem riesigen Schaltpult agierend den TX14 in die richtige Richtung steuerte.

»Ist es nicht so, dass der Rechner die Reaktionen genauso rasch berechnet, wie sie tatsächlich stattfinden?« fragte Kims Stimme auf dem Band, und sie trat aus dem Hintergrund auf ihn zu. »Wie kommt es dann, dass wir sie sehen? Das

Ganze dürfte viel zu schnell fürs menschliche Auge ablaufen, oder?«

Helena atmete still und tief ein. Kim war Gold wert. Genau das würden sich Zuschauer auch fragen. Und die Frage klang so gewichtig aus dem Mund einer hochrangigen Wissenschaftlerin.

»Im TX14 sind Grafikmaschinen integriert, die in der virtuellen Welt Echtzeit simulieren. Das stimmt. Aber sie können auch auf totale Slow Motion runtergefahren werden, um die bioelektrischen Vorgänge für uns sichtbar zu machen.«

Die Kim auf dem Bildschirm ruckte mit dem Kopf, was ein Nicken hätte sein können.

Helena hätte schwören können, dass sie Tom nicht mochte. Oder sich noch nicht sicher war, ob sie ihn mögen sollte.

Kim hatte nichts übrig für Machos.

Helena empfand einen lächerlichen Stolz auf diese unabhängige Haltung ihrer Schwester.

»Die Mädels werden verrückt nach ihm sein«, stellte Trude mit einem Zungenschnalzen fest.

Helena sah, wie Kim und Désirée van Hauser einen kurzen Blick tauschten und dann wieder in verschiedene Richtungen sahen. Seltsam. Bisher hatte sie nicht den Eindruck gehabt, dass Kim sich ihrer Juniorchefin besonders verbunden fühlte. Eher im Gegenteil. Hatte Kim beim Abendessen nach dem Konzert von ihr nicht als hübscher Hundehasserin mit großem Piepmatz unterm Pony gesprochen?

Helena hatte darüber so lachen müssen, dass sie sich an ihrem Wein verschluckt hatte.

Aber jetzt. Dieser Blick. Das Wegschauen.

Helena fand sich selbst hochgradig albern.

Aber sie konnte es nicht ändern. Sie fühlte sich auf unbekannte Weise ausgeschlossen.

Tom wollte doch nur kurz mit einem Laborassistenten sprechen, um die Übergabe der kopierten Versuchsbeschreibungen für den nächsten Tag zu organisieren.

Wo blieb er denn jetzt?

Simon warf einen skeptischen Blick in die Kameraecke des Raums hinauf.

Er traute dem System nicht.

Zwar hatte Tom es ihm zugesichert, zwar stand es definitiv in seinem Vertrag. Aber wer wusste schon, ob diese bekloppten Fernsehleute sich wirklich daran hielten?

Dass er nicht auf den Bildschirmen von Millionen Haushalten auftauchen würde.

Schließlich konnte er selbst nicht kontrollieren, welche Sequenzen für die Sendungen ausgesucht wurden. Denn das heimliche Sehen der täglichen Ausstrahlungen war den Mitgliedern des Teams verboten.

Wahrscheinlich gab es Ausnahmen. Simon nahm nicht an, dass Désirée van Hauser sich von ZAPP-TV verbieten ließ, die Darstellung ihres eigenen Experiments im Fernsehen zu verfolgen. Er hätte sich an ihrer Stelle diesbezüglich nichts vorschreiben lassen. Schließlich machte ihn schon die Tatsache nervös, dass er nicht wusste, ob seine Arbeit richtig betitelt wurde.

Und seine Arbeit war bei diesem gewaltigen Unterfangen nur ein Klacks.

Wo blieb Tom?

Zaghaftes Klopfen an der Tür.

»Ja, bitte?«

Die Tür wurde geöffnet, und eine junge Frau streckte den Kopf herein.

Es war Barbara, die Probandin für den Beagle.

»Dürfen wir reinkommen?«, fragte sie artig.

Simon winkte sie näher. Ihr folgte Michael.

»Wie geht es Humphrey und Mozart?«, fragte Simon lächelnd.

»Das wollten wir Sie gerade fragen«, lächelte Michael zurück.

»Oh, das wird Ihnen der TX 14 verraten«, antwortete er. »Setzen Sie sich doch.«

Die beiden ließen sich gehorsam auf den Besucherstühlen nieder.

Simon blickte erneut zur Kamera hoch.

Er wusste, dass sie aufzeichnete. Auch wenn das Material später nicht benutzt werden könnte, weil er mitten im Bild saß.

Er zog das Grafiktablett heran und gab ein paar Befehle ein.

»Wo ist denn die Dritte in Ihrem Team?«, fragte er, während sie kurz warten mussten, bis der Rechner die entsprechenden Informationen auszugeben bereit war.

»Iris geht es nicht gut«, antwortete Barbara. »Sie hat sich hingelegt.«

»Wahrscheinlich die Aufregung am ersten Tag«, mutmaßte Michael. »Schließlich sind wir es ja alle nicht gewohnt, vor Kameras zu agieren.«

Auch er sah hinauf in die Ecke des Raums. Einen leichten Anflug von Nervosität in der Miene.

Simon empfand spontane Sympathie. Vielleicht hätte er doch lieber Du sagen sollen.

Auf den oberen Bildschirmen erschienen die drei Versuchsräume, in denen die Hunde sich aufhielten. Jeweils darunter waren die Grafiken des Hundehirns zu sehen.

»Sehen Sie hier.« Simon deutet auf eine bestimmte rot gefärbte Stelle. »Genau hier wirkt das Monovasol. Es ist der Teil des Gehirns, der dafür zuständig ist, Zuneigung zu empfinden. Der TX14 fasst zusammen, was ihm an Informationen durch Pulsmesser, übertragene Bewegungsmuster der Hunde, Atemfrequenz und so weiter eingespeist wird. Wie Sie sehen, wirkt es bereits. Massiv. Und das nach einer einmaligen Gabe.«

Barbara und Michael starrten auf die Grafik, auf der sich rote, gelbe, blaue, grüne Muster überlappten und beständig in leichter Bewegung waren.

»Ich sehe gar nichts«, gestand Barbara schließlich.

Simon erklärte ihr, worauf sie achten musste und welche Farbe welche Aussage bedeutete.

»Humphreys Herz schlägt schon für Sie«, stellte Simon fest. Kam sich ein bisschen vor wie ein Zauberer, denn mit seinem Satz, dem schlichten Zauberspruch, erschien ein Leuchten auf

Barbaras Gesicht, das sie augenblicklich zum Star der Manege machte.

Lange betrachteten sie die bunten Farbspiele.

Schließlich holte sie tief Atem. Wahrscheinlich lag ihr etwas auf der Seele.

»Was wird morgen geschehen? Wenn er vor mir einen anderen Menschen trifft?«, fragte sie. Tatsächlich.

Simon gab ein paar Signale über das Tablett ein, und die Grafik veränderte sich.

»Hier« – er deutete auf eine Stelle – »sind alle Informationen gespeichert, die Humphrey über Sie bekommen hat. In seinem Kopf geht es zu wie in der Hochsicherheitszentrale für Spione. Er weiß, wie Sie riechen. Er weiß, wie Ihre Stimme klingt, Ihr Lachen. Er erinnert sich genau daran, wie Sie sich bewegen. Wie Ihre Hände sich anfühlten, als er seinen Kopf hineindrückte. Er kennt Sie viel besser als Sie ihn, glauben Sie mir. Und am Ende, wenn alles zusammengefügt wird, weiß er genau, auf wen er wartet ...« Simons Finger huschten über die Tastatur und das Map.

Über den Bildschirm flog ein heller Streif, der die bioelektrischen Impulse darstellen sollte. Nervenbahnen wurden sichtbar. Der Sehnerv. Der Hörnerv. Unendlich viele verzweigte Ästchen, die für taktiles Feedback zuständig waren. Es war, als flögen sie in der grafischen Darstellung durch den Körper des Hunds, durch seine Ohren, seine Augen. Und dann erschien am Ende ein Bild. Kurz noch verschwommen, unklar. Doch dann gestochen scharf. Es waren die Aufnahmen von Barbara, wie sie vor Stunden den Versuchsraum durch die Schleuse betreten hatte.

»Oh Gott«, hauchte sie und hielt sich eine Hand vor den Mund.

Es war nicht klar, ob sie gerührt war von Humphrey. Oder beeindruckt von den Leistungen des Rechners. Oder geschockt von ihrem eigenen unerwarteten Bild auf dem Monitor.

»Woher wissen Sie so genau, wie ein Hund sich bewegt? Ich meine, irgendwer muss die Daten doch eingegeben haben. Waren Sie das?«, wollte Michael wissen.

Aha. Ein Intellektueller, der sich ein bisschen mit Rechnern auskannte.

»Nicht ich persönlich«, lächelte Simon. »Wir haben Hunde

dieser Rassen mit Datenhelmen ausgestattet, die sowohl die Kopfbewegung als auch das begrenzte Sichtfeld des realen Hundes gespeichert haben. Sehen Sie den Unterschied?«

Auf zwei Bildschirmen nebeneinander war plötzlich der Außenauslauf der Tiere zu sehen. Links mit einem etwas begrenzteren, rechts mit einem etwas weiteren Sichtradius.

»Rechts, das ist der Whippet. Seine Augen sitzen weiter außen am Schädel. Der Kopf des Schnauzers ist anders geschnitten. Er kann nicht so weit nach rechts und links sehen, wenn er den Kopf ruhig hält.«

Michael war wie gebannt. Simon konnte ihn verstehen. Er selbst hatte die faszinierenden Leistungen des Rechenhirns zunächst auch kaum fassen können.

Michael hob den Finger und deutete auf den Monitor. »Und wenn eine dieser speziellen Kameras nun einfängt, wie der Schnauzer oder der Whippet …«

»Oder der Beagle«, warf Barbara ein.

»Oder der Beagle«, stimmte Simon ihr zu.

»Also wie einer der Hunde den Kopf bewegt, dann weiß der Rechner, was das Tier sieht«, fuhr Michael fort.

»Genau.«

»Aber dann müssen Sie im Vorfeld doch auch einen Dreihundertsechzig-Grad-Screenshoot von allen Räumen gemacht haben, in denen die Hunde sich während des Experiments aufhalten werden.«

»Genau das wurde gemacht, richtig.«

»Eine faszinierende Arbeit«, murmelte Michael und warf Simon einen tiefen Blick zu. Hoppla.

Simon räusperte sich und griff nach der Armlehne.

In diesem Augenblick wurde die Tür geöffnet, und Tom erschien. Hochrot im Gesicht.

»Simon, du musst … oh, hallo!«

»Wir haben Besuch«, erklärte Simon etwas lahm.

Was war los?

Tom wirkte wie ein aufgezogenes Spielzeugmännchen.

»Wir haben Sie schon lange genug aufgehalten«, befand Barbara und stand auf.

Michael folgte ihrem Beispiel nur zögernd.

»Wenn Sie etwas wissen möchten, können Sie immer gern vorbeikommen«, bot Simon an. »Austausch ist nicht nur erlaubt, sondern auch erwünscht. So habe ich es verstanden.«

»Wenn das so ist, sollten wir uns mit Ihnen wirklich öfter austauschen«, erwiderte Michael und legte die Hände an den Hosenbund.

Tom starrte ihn verblüfft an.

Um Barbaras Mundwinkel zuckte es leicht. Oder bildete Simon sich das nur ein? Denn im nächsten Augenblick war sie schon wieder ernst, bedankte sich bei ihm und ging vor Michael hinaus, der ihr rasch folgte.

»Hä?«, machte Tom und deutet auf die wieder geschlossene Tür.

»Vergiss es!« Simon winkte ab. »Wo warst du so lange?«

»Du ahnst nicht, wen ich getroffen habe!« Tom sprühte nur so vor Energie. Wahrscheinlich erhöhte sich die Raumtemperatur gerade um zwei bis drei Grad.

»Wen denn?«

»Rate!«

»Tom.«

»Helena Löwe! Sie ist hier.«

»Natürlich ist sie hier. Sie ist die Produzentin von das alles, oder? Ich würde an ihrer Stelle auch mal nachsehen, ob alles gut geht.«

»Du verstehst nicht!« Tom fuhr sich durch die Haare. »Sie kam oben im dritten Stock den Gang entlang, als ich gerade mit Jens sprach. Du weißt schon, dem Assistenten, der für die Listen zuständig ist. Sie kam da an wie … na, wie eine Königin eben. Schon allein die Vorstellung, dass sie im Haus herumläuft und wir uns begegnen könnten … Du musst sie einfach gesehen haben, Mann!«

Simon verzog das Gesicht.

Früher, vor Karin, hatte Tom sich alle paar Tage einem solchen Strohfeuer hingegeben. Simon hatte ganz vergessen, wie nervig das gewesen war.

»Hast du keine Angst, dass deine Frau diese Begeisterung sehen wird?«, versuchte er die Euphorie seines Freunds vorsichtig zu dämpfen.

Tom grinste. »Doch nicht, solange du dabei bist. Hast du vergessen? In den Stunden, in denen du hier rumhängst, verwenden sie das Material nicht.«

»Bist du sicher darüber?«

»Kommst du mit in die Kantine?« Tom, der sich gerade erst gesetzt hatte, sprang auf.

»Ich hab nicht schon wieder Hunger«, erwiderte Simon und hielt sich den Bauch.

»Auf einen Kaffee.«

»Und der TX?«

»Hey, wir haben unseren Job gemacht, oder? Wir wissen, was passiert ist und was passieren wird, haben alles schön rübergeschickt. Alles paletti.«

»Willst du nicht warten, bis wir einen Anruf bekommen, dass sie die Bilder so nutzen können? Ob sie nicht doch noch etwas anders haben wollen? Eine Colorierung oder so?«

Tom beugte sich zu seinem Freund hinunter und sah ihn eindringlich an.

»Helena Löwe läuft im Haus rum, Mann! Die hat bestimmt auch mal Durst auf einen Kaffee. Verstehst du?«

Simon runzelte die Stirn.

Wohl war ihm nicht dabei.

In einigen Bereichen der Kantine waren ebenfalls Kameras installiert. Dort fühlte er sich am unwohlsten. Immerhin war es gut möglich, dass sich irgendwo in dem großen Raum etwas Interessantes ereignete. Und dann würde er wieder im Hintergrund auftauchen. Die dramatische Szene heute Mittag hatte ihm gereicht.

»Sei kein Frosch!« Tom schlug ihm mit der Hand auf die Schulter.

Sie saßen eine halbe Stunde in der Kantine und tranken Kaffee.

Aber Helena Löwe tauchte nicht auf.

Wie fremd das alles war.

Es hatte nichts mit ihr zu tun.

Sie saß auf einem Besucherstuhl in ihrem eigenen Haus und sah mit an, was unbekannte Menschen mit dem Schatz ihres Lebens anzufangen gedachten.

Wissen.

War Reichtum.

Forschen.

War mehr als das Stillen von Neugierde. War der Beginn von Immermehr und Immerweiter.

Für ihren Vater hatte das Forschen nach Wissen alles bedeutet.

Sein ganzes Sein war darauf ausgerichtet gewesen, Neues zu entdecken und Schlüsse daraus zu ziehen.

Désirées Mutter starb so früh, dass ihrer kleinen Tochter kaum etwas von ihr blieb. Nur das Gefühl wohliger Wärme, wenn weiche Arme sich um sie legten. Der Ton eines hellen, kehligen Lachens. Die undeutliche Erinnerung an einen blumigen, frischen Duft. Der möglicherweise real, vielleicht aber auch nur ein Wunschtraum war. Die Wohnung, die Désirée und ihr Vater damals bewohnten, war ein Vogelnest. Von den Fenstern aus blickte sie in die Kronen der Platanen. Genau dorthin, wo die Gefiederten ihr Zuhause bauen würden. Die in Käfigen in der ganzen Wohnung zwitscherten und hüpften. Die auf den vielen alten Gemälden, den hochmodernen Malereien an den Wänden dargestellt waren. Die in Stein gemeißelt, aus Gips gegossen, mit echten oder unechten Federn beklebt auf allen Kommoden, Schränken, Tischen ihre Plätze hatten. Nur nicht auf dem Kaminsims. Denn dort standen die Fotos.

Das Hochzeitsbild, auf dem ihr Vater aussah wie ein Märchenprinz, der zart den Arm seiner Prinzessin aus Glas ergriffen hatte.

Das Foto, auf dem Désirées Mutter ein wunderschönes rotes Kleid trug und aussah wie eine exotische Königin.

Und das große Bild, auf dem sie alle drei sich in einen einzigen Sessel quetschten. Ihr Vater in der Mitte, links auf seinem

Bein Désirées Mutter und quer über beiden die winzige lachende Désirée. Ein Kind im Schoß seiner Eltern.

»Wir führen ein Vogelleben«, sagte ihr Vater oft. »Wenn wir ziehen wollen, dann ziehen wir. Aber wir haben auch ein Revier, in das wir jederzeit zurückkehren können.«

Désirée hatte die Vorstellung wunderbar gefunden.

Wie es wohl wäre. Die Schwingen auszubreiten. Den Aufwind zu spüren. Mit kräftigen Schlägen in die Luft zu steigen. Pfeilschnell hinabzustürzen.

Sie hegte eine besondere Vorliebe für diejenigen unter den Vögeln, die sie für die Unabhängigsten, die Freiesten hielt: die Schwalbenvögel. Mehlschwalben. Rauchschwalben. Und vor allem die Mauersegler, die nur für wenige Sommermonate von Anfang Mai bis Anfang August in diesen Landen ihre Jungen aufzogen. Schon ab Mitte August fehlte ihr *Sirrr sirr* in dem abendlichen Vogelkonzert. Denn dann waren die Mauersegler bereits wieder auf dem weiten Weg in ihre Winterquartiere.

Die Jungvögel zogen auch bereits mit.

Wenn ein junger Mauersegler sich zum ersten Mal in seinem Leben vom Nestrand fallen ließ und in die Luft erhob, die kraftvollen Schwingen streckte und die Luft wie mit Sicheln durchschnitt, würde er sich in den folgenden zwei Jahren nicht wieder irgendwo niederlassen.

Er war mit dem Wissen um Thermik und Luftströmungen geboren worden. Er jagte in der Luft. Er schlief in der Luft. Und wenn er mit zwei Jahren geschlechtsreif geworden war, wählte er auch seine Partnerin in der Luft, und die beiden paarten sich im Flug.

Erst danach suchte er sich geeignete Plätze an Klippen, Sandsteinfelsen und Hausdächern, um dort ein kunstvolles Nest aus Schlamm und Speichel zu bauen und die Jungen aufzuziehen.

Schwalbenvögel hatten so leichte Seelen, dass nichts sie je beschweren konnte. Hatte Désirée gedacht.

Es war auf einer ihrer gemeinsamen Reisen.

Désirée war elf Jahre alt.

Sie waren gemeinsam in Mitteleuropa unterwegs, um Drosselrohrsänger in ihrem natürlichen Lebensraum zu beobachten.

Désirée kannte ein Pärchen dieser Art, das sie seit drei Jahren daheim in der Voliere hielten. Sie hatte den beiden heimlich Namen gegeben: Fanjo und Pipina. Die beiden liebten sich, da bestand für Désirée kein Zweifel.

Fanjo begann bereits in den frühesten Morgenstunden, für Pipina seine Melodien anzustimmen, plusterte dabei das Gefieder auf und hüpfte von einem Ast zum nächsten. Alle paar Wochen erfand er eine neue Tonabfolge für sie. Und Pipina nahm den Gesang, auf einem Ast oder dem frisch gezimmerten Nest hockend, huldvoll entgegen.

Er brachte ihr Futter. Schnappte, zwischen den anderen Vögeln herumhüpfend, die besten Mehlwürmer heraus und brachte sie seiner Geliebten. Die die Liebesgaben mit zärtlicher Skepsis beäugte, zierlich daran zupfte und sie schließlich mit sichtlichem Genuss verspeiste. Fanjo platzte fast vor Stolz.

Jedes Jahr zogen die beiden zweimal Junge auf. Unter den günstigen Futterbedingungen in der Gefangenschaft war das kein Problem. Waren die Jungen flügge, wurden sie nur noch wenige Tage lang von den Eltern begleitet. Dann vertrieben Fanjo und Pipina die Halbwüchsigen. Die Jungen mussten aus der Voliere gefangen werden und wurden an andere Institute gebracht oder in die Freiheit entlassen.

Setzte man einen fremden Drosselrohrsänger in ihr Gehege, befand sich das eng miteinander verbundene Paar sogleich im Kriegszustand. Der Eindringling, egal, ob männlich oder weiblich, eigenes Junges oder Fremdtier, wurde von ihnen so heftig bekämpft, dass ihm schließlich geholfen und er aus der Voliere gerettet werden musste.

Pipina liebte ihren Fanjo. Und Fanjo liebte seine Pipina. So stellte sich das Kind Désirée eine Ehe vor.

Das Drosselrohrsängerpärchen, dessen Revier ihr Vater und sie in Désirées elftem Sommer observierten, war ebenso monogam wie Fanjo und Pipina.

Monogam, das wusste Désirée schon seit Jahren, bedeutete: sie hatten einander erwählt und gehörten zusammen.

Doch wie erschüttert war sie, als sie beobachten musste, wie das Drosselrohrsängerweibchen sich davonstahl, als ihr Liebster gerade am gemeinsamen Nest für die Jungen baute.

Beschwingt flog sie hinüber ins Nachbarrevier, wo ein anderes imposantes Drosselrohrsängermännchen Morgen für Morgen seinen beeindruckenden Gesang zu ihr herüberschallen ließ. Und ohne lange zu zögern, ließ sie sich auf eine Paarung mit dem Fremden ein.

Anschließend flatterte sie zurück zu ihrem festen Partner und beteiligte sich weiter am Nestbau.

Désirée fragte ihren Vater nicht danach. Doch in den kommenden Tagen legte sie bei ihrer Beobachtung den Schwerpunkt darauf, die Besuche zu zählen, die die kleine Drosselrohrsängerfrau bei den Männern in den Nachbarrevieren abstattete.

Es waren nicht wenige.

Unfassbar.

Pipina und Fanjo würden niemals ein derartiges Verhalten an den Tag legen. Wieso aber taten es ihre Artgenossen in der freien Wildbahn? Um dieser Frage auf den Grund zu gehen, war ihr Vater hierhergekommen.

»Welche Vorteile hat es deiner Ansicht nach für ein sozial monogames Weibchen, die Kopulation mit fremden Männchen zu suchen?«, fragte ihr Vater sie.

Er unterzog sie oft solcher kleinen Prüfungen.

Meistens bestand sie mit Bravour. Denn sie hatte scharfe Augen und Ohren und bekam alles mit, was ihr Vater mit seinen Kollegen besprach oder in seinen Notizen vermerkte.

»Um sie zu beeindrucken, füttern die Männchen sie mit besonderen Happen. Vielleicht möchte sie nur von Leckereien leben«, mutmaßte Désirée.

Ihr Vater nickte ihr aufmunternd zu.

Sie hatte richtig beobachtet. Aber das war noch nicht alles.

»Vielleicht hat sie Angst, sich nicht den Besten ausgesucht zu haben. Vielleicht will sie auf Nummer sicher gehen, indem sie Kinder von mehreren Männchen bekommt«, riet Désirée. So etwas Ähnliches hatte ihr Vater am Tag zuvor noch zu seinem italienischen Kollegen gesagt, als er glaubte, sie höre nicht hin.

»Und welche Nachteile könnte ein solches Verhalten haben?« Ihr Vater sah sie gespannt an. Manchmal, in seltenen Momenten, kam Désirée sich selbst so vor, als stecke sie mitten in einer seiner spannenden Verhaltensbeobachtungen.

»Der fremde Vogel könnte zum Beispiel Parasiten haben. Sie könnte sich welche einfangen.«

»Und?«, bohrte er weiter.

»Na ja ...« Désirée sah ihn absichtlich nicht an. »Was passiert, wenn ihr Mann sie dabei ertappt, wie sie ein anderes Männchen besucht? Vielleicht verlässt er sie dann. Oder er füttert die Jungen nicht mehr.«

Danach schwieg sie.

Denn dass Treulosigkeit unweigerlich ein Herz brach, das wollte sie ihm nicht sagen. Sie war nicht sicher, ob er es wusste. Aber sie wollte nicht diejenige sein, die ihn darauf hinwies.

Nachdem sie von ihrer Reise zurückgekehrt waren – schließlich mussten auch Professorenkinder zur Schule gehen –, verreiste ihr Vater für ein paar Tage. Zu einem Kongress in Rom.

Zurück kam er mit einem veränderten Lächeln.

Und einem neuen Namen. Ines.

Désirée lauschte dem Klang seiner Stimme, wenn er ihn aussprach.

Sie fragte absichtlich nie nach.

Sie stellte das Bild ihrer Mutter in dem roten Kleid weiter nach vorn auf den Kaminsims.

Sie erzählte ihrem Vater von Pipina und Fanjos Alltag in der Voliere.

Ines kam zu Besuch.

Einmal. Zweimal. Dreimal. Sie blieb.

Als Pipina mit vier Jahren starb, trauerte ihr Mann Fanjo, dessen Namen niemand außer dem schwarzhaarigen Mädchen vor dem Käfiggitter kannte, ihr nach. Er verweigerte das Futter und überlebte sie daher nur um etwa zwei Wochen.

Alle fragten sich, wieso Désirée so mit ihm litt. Wieso sie nicht essen wollte. Wieso sie am Ende nur noch wünschte, sie könne an seiner Stelle gehen.

Désirée van Hauser war ein merkwürdiger Mensch.

Bestimmt eine großartige Wissenschaftlerin.

Ganz sicher ziemlich verschroben und ihrem Status als Institutsleiterin entsprechend schrullig.

Aber dass sie Kim mit ihren schwarzen Augen jemals so fragend anblicken würde, damit hatte Kim nicht gerechnet.

Wissenschaftliche Entscheidungen traf Doktor van Hauser ganz sicher schon seit vielen Jahren allein. Darin war sie grandios. Sie arbeitete effektiv, ohne überflüssige Handgriffe, aber mit denen, die notwendig waren. Sie war schnell, kompromisslos in der Auswertung, unbeeindruckt von Mutmaßungen und Annahmen. Für sie zählten die Fakten.

Wieso aber war sie nicht in der Lage, allein zu entscheiden, ob sie sich ein paar Kamerabilder ansehen sollte – so wie Helena es ihnen angeboten hatte?

Im Schneideraum roch es unangenehm neu.

Der Teppichboden. Die Geräte. Der Putz. Die Farbe. Der Kunststoff der Besucherstühle. Auf denen sie saßen und sich ansahen, was am heutigen Abend der Welt als Ergebnis eines ersten Forschungstags präsentiert werden sollte.

Kim hatte genug Ahnung, um sich anhand der ausgewählten Ausschnitte zusammenreimen zu können, was am Ende herauskäme. Eine Mischung aus Krankenhaussoap und Wissenschaftsshow. So ähnlich hatte sie sich das von Anfang an gedacht.

Ehrlich gesagt, es gab Übleres.

Zu schade, dass sie die Sendung selbst nicht sehen durfte.

Sie nahm an, dass Désirée sie hätte sehen dürfen, wenn sie gewollt hätte. Schließlich war sie der Kopf des ganzen Unternehmens. Aber sie machte einfach nicht den Eindruck, als sei sie scharf darauf, ihr eigenes Labor, ihre Mitarbeiter und sich selbst auf einem Bildschirm zu sehen.

Wie sie jetzt dasaß und auf den Monitor starrte. In Wirklichkeit schien sie weit, weit weg zu sein.

»Halt!«, sagte Helena plötzlich. Ihre Hand mit dem schlanken Zeigefinger schoss nach vorn. Die Cutterin hielt den Player an.

Trude löste rasch ihre entspannt verschränkten Beine und

stellte beide Füße nebeneinander fest auf den Boden, als wolle sie jeden Moment aufspringen.

»Kann ich die letzten Einstellungen noch mal sehen, bitte?«, wies Helena die Cutterin an.

Kim überkam spontan das Gefühl, sich übergeben zu müssen.

Das war die Szene, über die sie im Labor diskutiert hatten. Löwin-Adlerauge hatte doch tatsächlich Simon im hinteren Bildbereich entdeckt.

»Wer ist das?«, wollte sie wissen. Sie wirkte geradezu hypnotisiert. Kim atmete tief ein. Jetzt würde es richtig Ärger geben!

»Oh, das?«, sagte Kim rasch, bevor Trude antworten konnte. »Das ist Simon Reeren, ein unsichtbarer Kollege, nicht im Fernsehteam, aber für den Stab dringend notwendig. Er ist der zweite Computerfachmann, den Tom Weigel angeworben hat. Wir dachten, er fällt nicht weiter auf. Der O-Ton von Barbara Schröder und mir im Vordergrund ist so einzigartig authentisch. Ihre tolle Aufnahmeleiterin war ganz begeistert und wollte auch nicht darauf verzichten …«

Helena schwieg.

Trude hielt den Atem an.

Kim befeuchtete die Lippen.

»So wie ich es verstanden habe, sind das ja nur die Vorschläge für die Sendung heute Abend. Wenn es so nicht geht, sollte vielleicht besser stattdessen etwas anderes reingeschnitten werden …«

Trude warf ihr von der Seite einen entsetzten Blick zu.

Sie hatten diese Einstellung noch einmal wiederholt. Aber der zweite Take war derart hölzern geraten, dass alle im Team aufgejault hatten. So war es eben: Im Leben gab es Momente, die nicht wiederholt werden konnten.

Und dies war das emotionale Highlight des Tages.

Kim atmete flach.

Sie rechnete mit dem Schlimmsten. Eins hatte sich seit damals ganz sicher nicht geändert. Ihre Schwester war eine Perfektionistin. Ein kleiner Fehler machte für sie ein komplettes Gesamtbild unbrauchbar.

Früher hatte sie gnadenlos unangenehm werden können, wenn solche Fehler passierten. Vernichtend in ihrem Urteil.

Kim konnte sich nicht vorstellen, dass ihre Vorrangstellung als populärste Moderatorin und erfolgreichste Produzentin Deutschlands dieses Verhalten abgeschwächt hatte. Wahrscheinlich, Kim knirschte leise mit den Zähnen, war sie unter anderem aus diesem Grund zu der geworden, die sie war. Die Löwin.

Helena ließ die Szene noch einmal durchlaufen.

Und noch einmal.

Und noch einmal.

Sie beugte sich so weit in ihrem Sitz vor, dass Kim befürchtete, sie werde gleich vom Polster rutschen.

»Ein Kollege von ... Ihnen?«, fragte sie mit seltsam träger Stimme, an Kim adressiert, ohne sie jedoch anzuschauen. »Das heißt, ein Wissenschaftler? Ein Doktor?«

»Doktor. Einer der beiden Spezialisten für den Simulationsrechner. Erinnerst du dich nicht an ihn?«, antwortete Trude diesmal an Kims Stelle. »Ich dachte, du hättest alle, die hier herumlaufen, selbst auf Herz und Nieren geprüft.«

»Der zweite Computerspezialist. Dann muss ich ihm ja schon mal begegnet sein. Waren die beiden nicht vorhin auf dem Gang?«, wollte Helena wissen.

»Ähm?«, machte Trude ratlos.

»Sie kennen doch sicher alle im Team persönlich. Egal, ob sichtbar oder unsichtbar«, warf Kim irritiert ein. Im selben Augenblick fing sie Désirées verwunderten Blick auf und hätte sich gern auf die Zunge gebissen. Ihre letzte Frage an Helena war eindeutig zu persönlich gewesen. Zu schwesterlich. Auch wenn sie diesmal daran gedacht und das »Sie« benutzt hatte.

Es war verdammt schwer, in ihrer Rolle zu bleiben und nichts von dem preiszugeben, was Helena und sie tatsächlich verband.

Das Verhalten ihrer Schwester entsprach so ganz und gar nicht Kims Erwartung. Beinahe lag die Frage nahe, ob es Helena gut gehe. Ob alles in Ordnung sei. Sah sie nicht plötzlich sehr blass aus? Geradezu blutarm?

Eine verpatzte Einstellung hätte eine andere Reaktion hervorrufen müssen.

Das war doch ihre Entschuldigung für jeden Anschiss und jede zusätzliche Arbeitsstunde ihrer Angestellten: Schließlich musste am Ende sie allein, Helena Löwe, und sonst niemand, den Kopf hinhalten für das Ergebnis ihrer aller Arbeit.

Kim sah Helena schlucken.

Das Geräusch wirkte verstörend hilflos in der angespannten Stille im Raum. Dann rutschte Helena in ihrem Sessel wieder nach hinten.

»Etwas unglücklich«, sagte sie. Und an Trude adressiert: »Passt auf, dass so was nicht öfter passiert.«

## *Helena*

Die erste Sendung lief großartig.

Helena schaute sie gemeinsam mit dem Team im Kölner Studio an, nachdem sie aus Frankfurt zurück war.

Sie waren alle sehr kritisch, sahen winzige Ungereimtheiten. Fanden die nicht weiter tragisch, sondern lebendig. Waren entzückt von den menschlichen und tierischen Probanden.

Das Publikum liebte Humphrey, den Beagle. Die Männer interessierten sich für die junge Assistentin Nicole oder für Iris, die zukünftige Besitzerin von Riesenschnauzer Paul. Die Frauen riefen bei der Hotline an und fragten nach Doktor Tom Weigel aus Zürich.

Sie hatten Zugpferde in der Show. Wunderbar.

Rainer, der anlässlich der ersten Sendung im Studio vorbeigeschaut hatte, begleitete sie nach Hause.

Im Auto hielt er ihre Hand. Leider fuhr er einen Automatikwagen.

Sie wäre gern allein gewesen.

Die Berührung ihrer Haut mit anderer Haut fühlte sich wund an.

Rainer schloss die Haustür auf, und als sie eintraten, flammte das Licht im Erdgeschoss auf.

Er ging quer durch den offenen Wohnbereich an den großen Kühlschrank, öffnete ihn und holte eine Milchflasche heraus, aus der er ein paar Schlucke nahm.

Als er den Kühlschrank wieder schloss, sah er zu ihr herüber.

»Was siehst du mich denn so an?«, lächelte er.

Es war ihr gar nicht aufgefallen, dass sie einfach stehen geblieben war und ihm zugesehen hatte.

Er kam zu ihr zurück, nahm ihr die Tasche ab und legte sie auf den Ledersessel, der dort stand.

»Wie wäre es, wenn wir gemeinsam raufgehen und ich dir zur Feier des Tages noch eine feine Nackenmassage gönne?« Seine Stimme hatte diesen schnurrenden Klang. Vor einer Zeit, die sie nicht einzuschätzen vermochte, war dieser Ton ihr einmal wie warmes Öl den Rücken hinuntergeflossen.

Keine Ahnung, wann diese Wirkung verloren gegangen war. Es musste lange her sein. Warum war es ihr vorher noch nie aufgefallen? Dass sie sich lieber ab- statt hinwenden wollte, wenn seine Stimme so klang?

Sie lächelte ihn an. Hoffentlich fiel ihm nicht auf, dass es das Lächeln war, das sie den ganzen Tag als Arbeitsrequisite mit sich herumtrug.

»Das ist lieb von dir. Aber ich glaube, ich könnte mich jetzt noch gar nicht entspannen«, sagte sie und nahm seine Hand von ihrem Nacken. Drückte sie einen angemessenen, dankbaren Moment lang, bevor sie sie losließ.

Er sah enttäuscht aus.

»Versprich mir, dass du nicht mehr arbeitest. Du musst furchtbar müde sein. Komm bald ins Bett, versprochen?«

»Versprochen«, nickte sie.

Er sah sie noch einen Moment lang prüfend an und ging dann um die Küchenzeile herum zur frei schwebenden Treppe.

Helena wartete, bis seine Schritte oben verklungen waren, dann stieg sie die wenigen Marmorstufen hinunter in den Wohnbereich und griff nach der Fernbedienung für den Fernseher.

Noch stehend schaltete sie einmal durch alle Programme.

Nirgends etwas, das ihr Auge hielt.

Schließlich blieb sie bei einem Dokumentarfilm hängen, von dem sie ziemlich lange annahm, er handele von Kamelhändlern in Tunesien. Bis sie schließlich begriff, dass es um die mutmaßlichen Erben einer sagenumwobenen Herrscherfamilie ging.

Zu dem Zeitpunkt hatte sie bereits ihr Laufband gestartet, Hose und Anzugjacke ausgezogen und lief nun barfuß.

Schon drei Kilometer.

Oben auf dem Ledersessel neben der Tür lag ihre Tasche mit der Bandkopie.

Unter einem Vorwand war sie noch einmal in den Schneideraum zurückgekehrt, nachdem sie Kim, Désirée und Trude bereits verabschiedet hatte. Dort hatte sie sich eine Kopie des Bands auf DVD ziehen lassen.

Helenas Blick schweifte immer wieder von den sicherlich wunderschönen Wüstenaufnahmen hinauf zu ihrer Tasche.

Er war es nicht.

Sagte sie sich schon den ganzen Abend.

Die Fahrt von Frankfurt nach Köln.

Im Studio.

Während der Sendung, als niemand ihn im Hintergrund bemerkte, weil vorn etwas so Faszinierendes geschah.

Rainer hatte nach ihrer Hand gefasst. Doch als sie ihn erschrocken angeschaut hatte, hatte er ihr nur zustimmend zugenickt. Kim. Er meinte die unübersehbare Präsenz ihrer Schwester in dieser Szene. Auch ihm war nicht aufgefallen, dass hinten im Raum jemand ging, der nicht zum offiziellen Laborteam gehörte.

Sie würde es sich nicht noch einmal anschauen.

Kim hatte im Schneideraum nicht gefragt.

Hatte Gott sei Dank nicht hinterfragt, warum sie so seltsam reagiert hatte. Was hätte sie auch antworten sollen? *Oh, nichts weiter, Schwesterchen. Es ist nur … ich hatte gerade eine Halluzination. Ich dachte, Euer Doktor-Computer-Spezialist sei ein niederländischer Student, mit dem ich neulich im Zug etwas mehr als zwei wunderbare Stunden ein Abteil geteilt habe und der mir seitdem nicht mehr aus dem Kopf geht. Die Sache ist nur: Der Student trug ein kanariengelbes T-Shirt und war wahrscheinlich etliche Jahre jünger als dein wissenschaftlicher Kollege. Trotzdem hatten die beiden in meinen Augen für die wenigen Sekunden, in denen man deinen Mitarbeiter in diesem Take von der Seite sieht, eine verblüffende Ähnlichkeit. Ja, ja, du hast recht, es handelt sich dabei zweifelsfrei um subjektive Wahrnehmung. Etwas, das ich brennend gern zu sehen wünsche, taucht plötzlich vor meinen Augen auf. So was soll es ja öfter geben. Hinterbliebene Eltern sehen plötzlich ihre verstorbenen Kinder in einer Menschenmenge in der Fußgängerzone. Aus dem Augenwinkel sieht für einen verliebten Mann jede Frau, die die gleiche Haarfarbe wie seine Angebetete hat, genauso aus wie sie. Solche Phänomene sind nicht selten. Was Rainer dazu sagt? Na ja, das ist es ja … Ich muss dich leider bitten, es vor ihm nicht zu erwähnen, falls ihr euch mal wieder treffen solltet. Er hat keine Ahnung.*

Vielleicht sollte sie eine analytische Beratung in Anspruch nehmen. In ihrer eigenen Produktion, wo sie jede Maus kannte, sah sie den Mann auftauchen, von dem sie seit Wochen träumte. Das konnte so nicht weitergehen!

Aber was, verdammt noch mal.

Was sollte sie tun?

Helena nahm erst wahr, dass sie vom Laufband gestiegen war, als sie bereits an der Tasche stand und mit der Hand tastend darin herumfuhr.

Es war der kleine Schreck, den sie empfand, als sie die DVD-Hülle nicht gleich fand, der sie aufweckte.

Sie war so etwas wie besessen. Ja, so konnte man es schon nennen.

Schließlich verband sie mit diesem Fremden nichts weiter als etwas mehr als zwei Stunden im gleichen Zugabteil.

Zugegeben, diese zwei Stunden waren wie verzaubert gewesen. Sie war eine andere gewesen. Eine völlig Losgelöste, die nichts mit ihrer Realität zu tun gehabt hatte.

Oder vielleicht. Und das ging ihr schon seit Wochen nicht aus dem Kopf. Oder vielleicht gerade sehr viel. Vielleicht hatte sie in diesen zwei Stunden sehr viel mehr als sonst in ihrer tatsächlichen Wirklichkeit, mit ihrem realen Selbst gelebt als sonst. Aufgrund der schlichten Tatsache, dass er sie nicht erkannt hatte.

Sie waren in einer Art Zeitblase miteinander gefahren. Unter einer Glasglocke, die alles Störende ferngehalten hatte. Unter der alles hätte geschehen können. Unter der beide weder Namen noch Vergangenheit hatten und schon gar keine Verbindlichkeiten kannten.

Sie wusste nichts über ihn.

Er wusste wahrscheinlich nur, dass ihre Augen blau waren.

Denn ihre Augenfarbe war eindeutig. Seine Augen dagegen sahen aus, als seien sie manchmal blau, manchmal grün.

Mehr brauchten sie nicht zu wissen.

Sie legte die DVD ein und drückte auf Play.

Das Labor. Kim und Barbara, wie sie nebeneinanderstanden. Barbara war herrlich authentisch – Kim hatte recht gehabt. Sie sprach mit einer Natürlichkeit, aufgeregt, gefühlsbetont, die einfach mitreißen musste.

»Ich kann es gar nicht erwarten, mit ihm nach Hause zu gehen.« Leuchtende Augen. Zuversicht. Vorfreude.

»Das dauert noch ein bisschen.« Kims Lächeln war besonders. Beinahe zärtlich.

Da kam er.

Hinten rechts erschien er im Bild und ging zielstrebig zum Schrank, in dem die Aufzeichnungen vom Versuch aufbewahrt wurden.

Helena drückte auf Pause.

Sie trat näher an den Fernseher heran.

Das war zu nahe. Er löste sich in einzelne Pixel auf.

Ein kleines Stück wieder zurück.

Während er ging, bewegte er sich die ganze Zeit im Profil. Am Schrank wandte er der Kamera dann den Rücken zu.

Helena versuchte, seinen zielstrebigen Gang, seinen Rücken im Sweatshirt und den schlanken Hintern in der Jeans wie bei einer Schablone übereinanderzulegen mit dem rotäugigen, jungen Typen vom Flur.

Waren dessen Haare nicht viel heller gewesen?

Oder spielten ihr die Scheinwerfer, die im Vordergrund auf Kim und Barbara gerichtet waren, einen Streich und ließen seine Haare in der Aufzeichnung dunkler, beinahe braun erscheinen?

»Ein Ziel zu haben, das ist doch eines der wichtigsten Dinge im Leben, oder?«

Genau neben Kims Gesicht.

Das so zart aussah, so verletzlich.

Helena hätte sie gern gefragt, was sie gedacht hatte, in genau diesem Augenblick.

Aber vielleicht erst dann, wenn sie nicht mehr gezwungen war, an ihr vorbeizuschauen.

So lange an ihr vorbeizuschauen, bis ihr die Augen brannten. Sie kaum noch etwas erkennen konnte außer ihrer eigenen Erinnerung. Die Tag für Tag mehr verblasste. Vielleicht war es mittlerweile nicht mehr als eine fixe Idee.

Etwas, in das sie sich verrannt hatte.

»Ich hab dir doch gesagt, du sollst nicht mehr arbeiten!«

Helena fuhr herum.

Herzrasen. Wie das Stampfen einer Dampflok.

»Rainer …«

Er war mit wenigen Schritten bei ihr.

»Hey, hey, was ist denn? Was hast du denn, mein Kätzchen, hm?« In seinem Arm war es mal aufregend gewesen. Aber nie sicher. Nie geborgen. Wie sehr sie sich danach sehnte, in einem Arm geborgen zu sein.

Was sie rettete, war die Tatsache, dass sie ihn kannte. Seinen Geruch. Seine Stärke. Das tat gut. Jetzt gerade tat es gut.

»Ich glaube, ich sollte ins Bett gehen«, murmelte sie.

»Das glaube ich aber auch!«, stimmte er ihr leise lachend zu. Griff nach der Fernbedienung und schaltete das Gerät aus.

***Désirée*** *5. Oktober, zweiter Versuchstag*

Als sie bei Sonnenaufgang erwachte, hatte sie für ein paar Sekunden Mühe, sich zurechtzufinden.

Wo war sie? In welchem Land? An welchem Ort?

Was für ein Tag war heute?

Was war gestern geschehen, dass sie sich so gerädert fühlte?

Dann kamen mit einem Schlag alle Antworten auf einmal.

Langsam! Langsam! So geballt hatte sie es auch nicht gewollt.

Es war der zweite Tag des Experiments.

In zwei Stunden würde sie in ihrem schicken Laborkittel vor den Kameras herumturnen und verzweifelt versuchen, sich auf ihre Arbeit zu konzentrieren.

Als sie sich aufsetzte, fühlte ihr Kopf sich an, als hätte sie gestern Abend getrunken.

Schweren roten Wein. Oder siebzehn Caipirinhas.

Sie musste sich dringend bewegen.

Désirée stolperte in das kleine Bad, putzte sich die Zähne und fuhr mit der Bürste ein paarmal achtlos durch das Haar, ehe sie es in einen Zopf schlang. Dann schlüpfte sie in ihre Jogginghose und einen Sweater.

Sie nahm die Treppe statt den Fahrstuhl.

Als sie im Erdgeschoss zum Hinterausgang hinaustrat, prallte sie beinahe mit jemandem zusammen.

»Hoppla! Schon am frühen Morgen so stürmisch?«

Es war Doktor Richardson.

Kim. Wie die anderen sie nannten.

Ebenfalls im Sportdress. Mit Schweißband. Gerade dabei, die Laufschuhe zuzubinden.

»Guten Morgen.«

»Morgen. Wollen Sie auch eine Runde traben?« Kim wischte sich mit der Hand übers Gesicht und wirkte in dieser Geste kindlich verlegen. Beinahe rührend. Wenn man für so was einen Sinn hatte.

Désirée hatte für Menschen unter zehn Jahren noch nie etwas übriggehabt.

»Ich muss dringend einen klaren Kopf bekommen«, sagte sie kühl und sah weg. Hinaus auf das Gelände, das im Morgenlicht geradezu idyllisch wirkte. Die weiten Wiesenflächen. Das kleine Waldstück, das sich daran anschloss.

»Wollen wir vielleicht zusammen durch den Park laufen?«, schlug Richardson vor.

Auch das noch.

»Dann kommen Sie!«, sagte Désirée und lief los.

Die ersten fünfzig Meter hatte sie den Eindruck, dass sie zu schnell war für ihre Begleiterin. Obwohl Kim etwa zehn Zentimeter größer war als sie selbst, schien sie nicht leicht mithalten zu können.

Doch dann wurden die Schritte neben ihr weiter, raumgreifender. Kim war auf ihrer Höhe. Und blieb dort. Mühelos.

Désirée schnaubte einmal kurz.

Da hatte sie einfach ein bisschen frische Luft tanken und ihren Körper spüren wollen. Und jetzt hatte sie eine Angestellte am Bein, die vermutlich glaubte, durch eine gemeinsame Fernsehshow seien alle Abgründe, die zwischen ihnen klafften, mit einem Hops überwunden.

Sie liefen eine Weile schweigend.

Das Gelände war groß genug, um einen kleinen Spaziergang zu machen. Aber eine geübte Läuferin musste mehrere Runden drehen, um ihr Pensum zu erreichen. Zumindest Désirées Pensum. Natürlich hatte sie keinen Schimmer, wie es damit bei Kim aussah.

»Wie weit reichen die Kameras, die den Außenbereich aufnehmen?«, wollte Kim wissen, als Désirée sich gerade fragte, was sie verdammt noch mal sagen sollte.

Das hatte sie ganz vergessen.

Sie warf einen raschen Blick über die Schulter.

Natürlich hatte sie die Pläne gesehen. Da war die Reichweite der visuellen Kontrolle eingezeichnet gewesen. Aber sie hatte sich nicht dafür interessiert. Für sie war nur wichtig gewesen, was sich im Labor abspielen würde. In den Versuchsräumen. Und dort wiederum in den Köpfen der verschiedenen Tiere.

»Ich denke, bis zum Ende des Auslaufs für die Hunde. Vielleicht zwei, drei Meter weiter.«

»Aber Mikros gibt es wohl keine hier, oder?«

Sie sahen sich im Laufen kurz an.

Liefen wieder schweigend, bis sie die Grenze der Hundeausläufe passiert hatten.

»Ein bisschen ist das ja schon wie bei Orwell«, sagte Kim und sprach Désirées eigenen Gedanken aus. »Wenn ich es nicht vorübergehend vergesse, denke ich viel zu oft daran, dass Kameras auf uns gerichtet sind.«

»Sagen Sie bloß, Sie können das zwischendurch wirklich vergessen!«, rutschte es Désirée heraus.

Bestürzt musste sie feststellen, dass sie es sich wünschte. Sie wünschte sich, dass Kim resigniert den Kopf schüttelte. Sie wollte, dass es ihrer Kollegin ... ihrer Angestellten nicht anders erging als ihr selbst. Denn im Grunde musste eine Institutsleiterin doch über diesen Dingen stehen. Fand Désirée.

Ines machte jedenfalls nicht den Eindruck, als wäre sie auch nur eine Sekunde lang irritiert, selbst wenn sich ein ganzes Heer an Kameras in einer Liveschaltung auf sie richten sollte.

Doch Kim nickte. »Klar. Wenn ich arbeite, dann arbeite ich. Wahrscheinlich würde ich auch dann noch weiterwühlen, wenn jemand im selben Stockwerk Amok liefe.« Sie warf Désirée einen Blick zu. »Obwohl das sicher niemand tun wird. War nur ein Beispiel.«

Sie liefen.

Atmeten.

Désirée hatte nicht den Eindruck, dass Kim sich anstrengen musste, um mit ihr Schritt zu halten. Sie hatte auch nicht den Eindruck, dass Kim lieber schneller gelaufen wäre. Zufällig hatten sie also den gleichen Laufrhythmus.

»Wie kommen Sie darauf?«, wollte sie schließlich wissen, als Kim nichts weiter sagte.

»Worauf?«

»Dass jemand Amok laufen könnte?«

»Das ... das war doch nur ein Beispiel. Ich hätte auch sagen können, ich arbeite selbst dann weiter, wenn neben mir eine Bombe explodiert.« Kim machte eine kurze Pause. »Klingt auch nicht netter, oder?« Sie lachte auf. Verstummte aber sofort wieder. »Haben Sie nicht auch schon daran gedacht, dass jemand da draußen nicht einverstanden sein könnte mit unseren Versuchen? All die Tierschützer, die schon vor der Sendung auf die Barrikaden gegangen sind. Oder religiöse Fanatiker, die nicht wollen, dass wir Gott ins Handwerk pfuschen. Es gibt viele kranke Typen. Und viele, die denken, sie hätten die Gerechtigkeit für sich gepachtet.«

»Die gibt es so oder so. Mit oder ohne diese Sendung«, erwiderte Désirée abschließend. Die Vorstellung, im Institut van Hauser könnte etwas Gewalttätiges passieren, war dermaßen grotesk, dass sie nicht eine Sekunde lang daran denken wollte.

Nach einer Weile öffnete sie erneut den Mund. »Wie machen Sie das? Dass Sie die Kameras von ZAPP-TV vergessen können?« Wenn sie sich schon die Blöße solcher Ehrlichkeit gab, dann wollte sie die Gelegenheit nutzen, um daraus für die nächsten Wochen zu lernen.

Kim klatschte in die Hände, als hätte sie damit im Schnee gespielt und wolle sie aufwärmen. Dabei war es erst Oktober und noch dazu ein sehr milder.

»Mir hilft es, daran zu denken, dass die keine Ahnung haben, was wir da tun. Für die kommt es nur darauf an, dass wir es möglichst hübsch tun. Und das dürfte uns doch nicht schwerfallen. Schließlich wuseln nicht umsonst den ganzen Tag die Maskenbildnerinnen um uns herum, oder?«, antwortete Kim.

»Sie haben Erfahrung auf dem Gebiet des Fernsehens?«, konnte Désirée sich nicht verkneifen. Die Art, wie Kim »die« sagte, sprach von tatsächlich empfundener Überlegenheit.

Dass Kim so abgeklärt und locker klang, wurmte Désirée. Warum hatte sie sich selbst nicht schon solche Gedanken gemacht, um sich ein bisschen entspannter geben zu können?

»Ich habe mal in dem Bereich gearbeitet und mich dann für die Biologie entschieden«, erklärte Kim knapp. »Das ist tausend Jahre her.«

»Aber noch immer scheinen Sie die Branche angemessen zu verachten«, erwiderte Désirée und freute sich darüber, dass Kims Mund plötzlich zu einem schmalen Strich wurde. Offenbar hatte sie ins Schwarze getroffen.

»Sie haben mich ertappt«, gestand Kim jedoch in einem Tonfall, der sie selbst jetzt zur Gewinnerin machte. »Ich habe das Fernsehen nicht besonders gemocht. Das ist bis heute so.«

»War das der Grund, weshalb Sie das Projekt erst nicht leiten wollten?«

Nicken.

Schweigen.

Laufen.

Atmen.

»Warum nicht?« Désirée hätte es nicht zugegeben, aber Kims Abneigung weckte ihre Neugierde. Sie selbst hatte immer schon gewusst, was sie werden wollte, wofür sie leben und arbeiten wollte. Es war schier unvorstellbar, dass jemand sich zuerst für das eine und dann für etwas ganz anderes entschied.

»Warum nicht was?«

»Warum mögen Sie das Fernsehen nicht?«

Kims Laufstil war weich und federnd.

Es sah leicht aus. Unbeschwert.

Wenn ein Mensch, der so lief, etwas hasste, dann musste es dafür einen Grund geben.

»Ich glaube, wir bewegen uns wieder in den Bereichen, in denen Gespräche aufgezeichnet werden können«, antwortete Kim.

Verflixt.

Ein Stichwort hätte doch gereicht.

Désirée biss die Zähne aufeinander, um nicht darum zu bitten.

»Mögen Sie Ihre jetzige Arbeit?«, fragte sie stattdessen.

Kim lachte. Diesmal nicht nur ein kurzes Aufblitzen. Sie gluckste amüsiert vor sich hin und warf Désirée einen schelmischen Blick zu. Désirée spürte, wie ihre Brauen sich verwundert hoben.

»Keine Angestellte gesteht vor ihrer Chefin, die eigene Arbeit nicht zu mögen«, grinste Kim Désirée ins Gesicht und hatte natürlich recht damit. »Aber selbst wenn Sie nicht meine Chefin wären. Selbst wenn nicht etliche Kameras auf uns gerichtet wären, wenn keine Mikrofone unser Gespräch aufzeichnen würden, würde ich ehrlich sagen: Ich liebe meine Arbeit sehr. Verhaltensforschung war schon immer mein großer Traum. Seit ich mit dem Studium begonnen habe. Ich mache genau das, was ich gern machen möchte. Wie viele Menschen können das von sich behaupten?«

»Jetzt verstehe ich, wieso Sie sich so sehr engagieren«, nickte Désirée.

»Zu sehr?«, lautete die rasche Nachfrage.

Eigentlich hatte sie es so nicht gemeint. Aber jetzt war es wohl zu spät, den Satz wieder zurückzunehmen.

Désirée sah nicht hin.

Hatte sie Kim an einer empfindlichen Stelle getroffen? Wissenschaftler mochten es nicht, wenn jemand ihnen emotionale Beteiligung an einem Versuch unterstellte. Das implizierte fehlende Objektivität. Und das konnte kein Mensch, der in der Forschung arbeitete, auf sich sitzen lassen.

»Wir werden sehen«, wich Désirée aus.

Diesmal liefen sie fast eine ganze Runde ums Gelände, ohne dass Kim etwas sagte.

Désirée spürte sie neben sich denken.

Doktor Richardson starrte so angestrengt vor sich hin, wie es die anspruchslose Strecke gar nicht erforderte.

»Ich denke, es liegt an Jeannette«, erklärte Kim endlich. An genau der Stelle, ab der die Kameras sie wahrscheinlich nicht mehr aufzeichnen konnten.

»Das ist der Name Ihres Hundes, oder? Ihres Pudels.«

»Richtig.«

»Was hat Jeannette mit Ihrem Engagement zu tun?«

Als Désirée den Hundenamen aussprach, wandte ihr Kim rasch den Kopf zu und starrte sie einen Augenblick lang verblüfft an.

Dann sah sie wieder nach vorn.

»Nun, sie ist ein Hund. Hier geht es um Hunde. Die Probanden sind mir nahe. Die menschlichen wie die tierischen. Ich glaube, sie zu verstehen. Das kommt nicht oft vor, oder? Wann kann man eine Ratte verstehen? Oder einen Rabenvogel?«

Désirée antwortete nicht.

Oder einen Drosselrohrsänger?

»Sagen Sie bloß, Sie können einen Rabenvogel verstehen«, setzte Kim nach, Désirées Schweigen deutend.

»Manche schon«, gab Désirée zu.

»Sie sind noch besser, als ich dachte.«

Was sollte sie darauf erwidern?

Dass sie mit Vögeln aufgewachsen war. Vögel im Labor. Vögel daheim. Vögel im zoologischen Garten. Vögel in der Natur.

Wie hätte sie sie da nicht verstehen sollen?

Das wäre ja so, als hätte Mowgli die Sprache der Wölfe und Affen nicht beherrscht.

»Der Tag heute wird spannend«, sagte sie schließlich, ohne auf Kims anerkennende Worte einzugehen.

Überhaupt. Was sollte das heißen? Noch besser, als sie gedacht hatte.

Was hatte Doktor Richardson erwartet?

Eine, die nicht weiß, was sie tut? Die nur das Institut in Mexiko City leitet, weil ihr Vater es ihr vererbt hat?

Oder eine, die abgebrüht und ohne Gefühl mit den Tieren umgeht? Die über deren natürliches Verhalten genauso wenig weiß, wie sie darüber zu spekulieren versteht, was die Ursache für abweichendes Verhalten sein könnte?

»Ich glaube, Barbara und Humphrey werden alle Erwartungen toppen«, stimmte Kim ihr zu. »Zwischen ihnen ist ein Band geknüpft, das noch intensiver ist als das zwischen den anderen Teams.«

Da war es schon wieder. Kims ganz persönliche Beteiligung. Sie vertraute auf ihr Gefühl und ließ Faktoren in ihre Untersuchung einfließen, die nicht messbar waren.

»Tatsächlich? Woran könnte es Ihrer Meinung nach liegen, sollte es wirklich so sein?«, wollte Désirée wissen.

»Der emotionale Einsatz des Gegenübers«, antwortete Kim ohne Zögern. Sie hatte offenbar schon darüber nachgedacht. »Das müssen wir berücksichtigen. Stellen Sie sich vor, die Hunde haben eine Wahl, wem sie sich anschließen. Je nachdem, wer ihnen das überzeugendste Feedback liefert?«

»Die Probanden haben die Anweisung, sich möglichst neutral zu verhalten«, leierte Désirée herunter.

Kim warf ihr von der Seite einen Blick zu.

Ja. Sie hatte recht.

Sobald Lebewesen im Spiel waren, konnte von Neutralität nicht mehr die Rede sein.

»Wir werden sehen«, wiederholte sie. Kam sich dabei ziemlich lahm vor.

Kim schnaubte.

Doch als Désirée sie prüfend ansah, blickte sie einfach nur konzentriert vor sich hin.

»Ich vermute, die Hunde werden im messbaren Rahmen nach und nach etwa das gleiche Verhalten zeigen. Der Computer simuliert es so«, sagte Désirée nach einer Weile.

»Es ist ein Computer.«

»Und so teuer wie das ganze Institut.«

»Ob ihn das allein dazu befähigt, uns zu erklären, wie ein lebendiges Tier reagiert, wird sich noch herausstellen.«

»Sie haben recht. Vermutlich sind diese TX-Rechner deswegen so kostenaufwendig und so schwer zu bedienen, weil bisher noch nicht bewiesen wurde, dass sie tatsächlich so viel können, wie die Fachleute behaupten«, erwiderte Désirée ruhig.

»Ich denke, ich habe genug«, sagte Kim.

Sie näherten sich wieder der rückwärtigen Tür.

Désirée sah auf die Uhr.

»Ja, sonst wird es knapp«, sagte sie und hätte sich dafür am liebsten auf die Zunge gebissen.

Was scherte es Doktor Richardson, ob Désirée aus reiner Geselligkeit oder aus gegebenen Zwängen ihren eigenen Rhythmus dem ihrer Angestellten anpasste? Wahrscheinlich dachte sie nicht einmal darüber nach.

»Wollen Sie einen Tipp, was die Kameras angeht?«, fragte Kim.

»Noch einen außer dem, möglichst hübsch auszusehen?«, erwiderte Désirée.

Kim hob die Brauen.

Désirée gab sich einen Ruck. Und nickte.

»Ich meine …«, begann Kim, und für die kleine Pause hätte Désirée sie am liebsten wie ein trotziges Kind in die Seite gestoßen. »Sie sind keine zweite Wahl. Stellen Sie sich nicht absichtlich in die zweite Reihe.«

Damit wandte Kim sich ab und machte ihre Dehnübungen.

Ein Bein strecken, durchdrücken. Das andere. Rücken beugen, hängen lassen. Seite strecken, loslassen.

Désirée löste sich aus ihrer Erstarrung und beeilte sich, es Kim nachzutun.

Dann schnürte Kim ihre Sportschuhe auf, um in die bereitstehenden Schlappen zu schlüpfen.

»Wir sehen uns ja gleich im Labor«, sagte Désirée, die sich dabei ertappt hatte, wie sie der Kollegin einfach nur dabei zusah.

»Was ist mit morgen?«, fragte Kim ihren rechten Schuh.

Désirée sah zu ihr hinab.

Auch von hier oben konnte sie erkennen, dass Kims Wangen glühten. Ihr Atem hing vor ihrem Mund wie silberne Versprechen.

Einen kurzen Moment lang dachte Désirée daran, so zu tun, als wisse sie nicht, was Kim meinte. Morgen? Was soll morgen sein?

Aber dann spürte sie deutlich, wie die klare Luft durch ihre Lungen strömte. Frisch und ermutigend.

»Gern«, sagte sie und wandte sich um.

Aus dem Augenwinkel konnte sie gerade noch Kims verblüfftes Gesicht in Kniehöhe erkennen.

Er hatte sich in der Kantine ans Fenster gesetzt.

Von hier aus überblickte er nahezu den gesamten Freilauf für die Hunde sowie das Außengelände des Instituts.

Da Tom es hier ebenso wie zu Hause hielt und lieber hastig im Stehen frühstückte, statt eine halbe Stunde früher aufzustehen, saß Simon allein an seinem Tisch.

Das Team hatte sich noch nicht so vermischt, dass Fernsehleute, Wissenschaftler und die Computerspezialisten miteinander die Mahlzeiten einnahmen.

Es war noch früh. Nur am anderen Ende des Raums, dort wo die Kameras an der Raumdecke montiert waren, tummelten sich etwa zehn ZAPP-TV-Leute, deren Aufgaben im Team ihm schleierhaft waren.

Sie interessierten ihn nicht.

Was ihn jedoch interessierte, waren die beiden Frauen, die da draußen ihre Runden drehten.

Aus der Entfernung hatte er zunächst geglaubt, es seien womöglich zwei Biologinnen vom Institut, die auch im ganz normalen Arbeitsalltag hier Morgen für Morgen gemeinsam ihr Training absolvierten. Sie wirkten so harmonisch. Liefen im Gleichschritt. In einem Tempo, das sowohl von regelmäßigem Training als auch von Laufgenuss erzählte.

Jogging war so gar nicht sein Ding. Aber dabei zuschauen hatte eine beruhigende, belebende, fast meditative Wirkung. Stellte er gerade fest.

Deswegen sah er hin und wieder zu ihnen hinaus.

Die Frauen kamen näher und hielten auf die Fensterfront der Kantine zu. Und da war plötzlich sein Interesse geweckt. Um nicht zu sagen: gefesselt.

Nicht zu fassen!

Das waren Kim und Doktor van Hauser.

Dass ausgerechnet diese beiden Frauen morgens eine Runde miteinander joggten, hätte er am wenigsten vermutet.

Obwohl Kim eine gute Handbreit größer war als Désirée van Hauser, liefen sie in harmonischem Gleichschritt, leicht und federnd.

Sie unterhielten sich.

Simon ertappte sich bei der Frage, ob sie wohl über Persönliches sprachen oder über die Arbeit.

Soweit er sehen konnte, schwiegen sie später aber auch über eine längere Strecke.

Insbesondere wenn sie in den Bereich des Gebäudes kamen, wo die Außenkameras gnadenlos auf sie gerichtet waren.

Bestimmt sprachen sie über Persönliches. Das Außenstehende nicht mitbekommen sollten.

Vielleicht fragte Kim ihre Chefin, wie das eigentlich sei, als Wissenschaftlerin in die riesenhaften Fußstapfen eines so großen Vaters zu treten.

Er hätte sie das jedenfalls gefragt.

Ob sie sich nicht fortwährend an dem Vorbild maß und ihm nachzueifern versuchte.

Simons Vater leitete eines der angesehensten Museen in Amsterdam. Alle seine Berufsgenossen behaupteten, er sei brillant in seinem Job.

Simon war heilfroh, dass Kunst ihn nur punktuell interessierte. Dass er kleinen Vorträgen seines Vaters interessiert lauschen konnte, ohne zwanghaft mitreden zu müssen.

Er hatte sein ganz eigenes Spezialgebiet aufgebaut. Darin war sein Vater hilflos wie ein Fisch auf dem Land. So respektierten sie sich gegenseitig als Experten auf ihrem jeweiligen Gebiet, ohne je in Konkurrenz zu treten.

Das war bei den van Hausers sicher unmöglich gewesen. Ob van Hausers Tochter deswegen nach Mexico City gegangen war?

Versonnen betrachtete er die beiden schmalen Gestalten am Rand des kleinen Waldstücks.

Doktor van Hauser war eine dunkle Gestalt. Sie trug einen schwarzen Pullover und eine schwarze Sporthose. Die dunklen Haare von einem schwarzen Haarband zusammengehalten. Nur die Turnschuhe sahen eher grau aus.

Kim wirkte neben ihr farbenfroh wie ein Korallenfisch. Weiße Turnschuhe, darüber eine knallgelbe Jogginghose, kombiniert mit einem marineblauen Oberteil und orangefarbenen Schweißband, das ihr die Haare aus dem Gesicht hielt.

So unterschiedlich waren sie. Zum Schmunzeln.

Aber wenn man ihren gleichmäßigen Trab beobachtete, wie ihre Beine Seite an Seite um die gleiche Weite ausgriffen, war da noch etwas anderes.

Simon betrachtete sie genauer.

Das halbe Brot mit Käse, das er noch nicht gegessen hatte, lag schon minutenlang unbeachtet auf seinem Teller.

Er starrte hinaus. Sah genau hin.

Die Scheiben der Kantine waren verspiegelt. Niemand konnte hereinschauen und ihn bei seiner Beobachtung ertappen.

Als die beiden Frauen wieder vorbeiliefen, musste Simon blinzeln.

Ihm war klar geworden, was ihn irritierte.

Er sah hinunter auf sein Käsebrot. Dann klappte er es zusammen, stand auf und verließ rasch die Kantine.

Kim und Doktor van Hauser waren attraktive Frauen. Interessante Frauen. Und er fühlte sich nicht die Bohne zu ihnen hingezogen.

Er ging zu den Aufzügen und fuhr hinauf. Als er auf den Korridor hinaustrat, hatte er den Rest seines Brots bereits hinuntergeschlungen und wischte sich die Hände an den Jeans ab.

Erst ab zehn Uhr begann die Zeit, in der er sich heute nicht im Rechenzentrum aufhalten durfte, um die Aufnahmen nicht zu gefährden, in denen Tom, aber nicht er eine Rolle spielen sollte.

Da konnte er vorher noch ein bisschen was schaffen.

Vielleicht sollte er noch mal einen Durchlauf machen, solange Tom sich noch nicht für gesellschaftsfähig befand.

Der TX14 berechnete jedes Mal ein wenig anders.

Als nähme er Bedingungen wie Wetter, Körpertemperatur oder einfach Tagesform mit auf.

Simon betrat den riesigen Computerraum und startete die notwendigen Programme.

Er würde den schwarzen Riesenschnauzerrüden noch einmal simulieren. Bei ihm traten die größten Schwankungen auf.

Kim erklärte sich dies durch möglicherweise im Ausgangszustand des Hundes fehlende Rezeptoren.

Sowohl Säugetiere als auch Vögel verfügten über Rezeptoren im Gehirn, die dafür zuständig waren, die ausschlaggebenden

Hormone Vasopressin und Oxytocin auch entsprechend ins Verhaltensmuster »soziale Monogamie« umsetzen zu können.

Von Art zu Art variierte die Anzahl der Rezeptoren stark.

Stark monogam ausgerichtete Arten verfügten über sehr viele Rezeptoren. Polygam lebende Arten nur über sehr wenige bis gar keine.

Am spannendsten war jedoch die Tatsache, dass auch innerhalb *einer* Art die Anzahl der Rezeptoren im Gehirn der Individuen variieren konnte.

Kim nahm an, dass der Riesenschnauzer Paul von Natur aus mit weniger Rezeptoren im Gehirn ausgestattet war als beispielsweise seine ebenfalls schwarze Schwester Lola. Deswegen war der TX 14 in Sachen Paul am unschlüssigsten, wie der heutige Test verlaufen würde, während er bei Lola nur geringe Abweichungen zeigte. Für den Beagle Humphrey spuckte der TX 14 bei jedem Testdurchlauf exakt das gleiche Ergebnis aus. Humphrey war rezeptorentechnisch geradezu dafür geboren, eine enge Bindung zu einem Menschen einzugehen.

Heute sollte geprüft werden, welche zeitliche Reichweite die eingegangene Bindung vom Vortag aufweisen konnte.

Wie stabil war die Beziehung, die innerhalb von zehn Minuten geschaffen worden war?

Würden die Hunde die Menschen, die mit ihnen während der gestrigen sensiblen Phase zusammen waren, nicht nur wiedererkennen, sondern auch als ihre Partner akzeptieren?

Um das zu testen, würden direkt vor dem heutigen Besuch ihrer späteren Besitzer willkürlich ausgewählte Laborassistenten die Versuchsräume der Hunde betreten.

Simon wählte Pauls Daten aus und begann mit der Simulation.

Ohne weitere Gabe von Monovasol zeigte der virtuelle Riesenschnauzerrüde ein variables Verhalten.

Beim letzten Probelauf am Abend hatte er Iris, die er gestern vor lauter Hundeliebe noch hatte erdrücken wollen, links liegen gelassen und sich lieber mit dem fremden Besucher beschäftigt.

Heute Morgen sah es jedoch nach dem genauen Gegenteil aus.

In Pauls virtuellem Hirn schlug die Sympathie regelrecht Purzelbäume, als er den gleichen Reizen wie gestern ausgesetzt wurde, indem Iris den Raum betrat.

Offenbar war der TX14 der Meinung, dass sich über Nacht mehr Rezeptoren für eine sichere Erkennung der zukünftigen Menschenpartnerin entwickelt hatten.

Simon runzelte die Stirn und starrte auf den Monitor.

Seiner Erfahrung nach irrte der Rechner sich nie.

Die Medikation von gestern wirkte nach. Aber so massiv?

Simon hatte sehr viel Ahnung von Computern. Aber nur sehr wenig von Hormonen. Aber natürlich leuchtete es ein, dass sie etliche Stunden nach Eintritt in den Körper noch verstärkt wirken konnten. Regten sie möglicherweise auch die körpereigenen Hormondrüsen dazu an, eigene Botenstoffe herzustellen?

Er würde später Kim dazu befragen.

Die Tür wurde aufgestoßen, und Tom stolperte herein. Es ging bereits auf halb neun zu.

»Gott sei Dank, du bist schon hier«, grüßte er und warf einen Kaffeebecher in den Abfalleimer neben der Tür. Getränke waren im Rechenzentrum strengstens untersagt.

Ebenso wie vertraglich festgelegt war, dass das Zentrum jeden Tag ab acht Uhr besetzt sein musste.

Simon grinste ihn an.

»Von wem hast du geträumt?«

Tom ließ sich mit einem Stöhnen auf den zweiten Stuhl fallen.

»Jedenfalls nicht von der kleinen Nicole, von der alle schwärmen und die mir gerade auf dem Flur …«

Er zog ein Buch unter dem linken Arm hervor und betrachtete es genauer.

Dann warf er Simon einen Blick zu, der besagte, dass er einfach nichts dafür konnte, so gut beim weiblichen Geschlecht anzukommen.

»Vor ein paar Tagen habe ich ihr erzählt, dass ich den neuen Roman von Penscholski gern lesen möchte. Und jetzt …«

Er hielt das dicke gebundene Buch hoch.

»Keine Ahnung, wo sie das jetzt her hat.«

Simon nahm ihm den Roman ab und betrachtete das Cover, las den Rückseitentext.

»Klingt spannend.«

»Willst du?«

»Ich dachte, du möchtest es selbst lesen. Oder hast du das nur so gesagt, um sie zu beeindrucken?« Tom war einiges zuzutrauen, wenn er mit attraktiven Frauen ins Gespräch kam.

»Nee. Ich will es schon lesen. Bin aber noch mitten in einem anderen. Hier kommen wir ja wahrscheinlich auch nicht dazu, stundenlang über Büchern zu hängen, oder? Wenn du willst, kannst du es vor mir lesen.«

Simon wog das dicke Buch in den Händen und blätterte kurz darin herum.

»Es ist neu.«

»Sie hat's mir geschenkt.« Toms Mund verzog sich amüsiert.

Das Papier fühlte sich geschmeidig an.

Der Buchrücken war noch kerzengrade und zeigte keine einzige Gebrauchsspur.

»Lieber nicht«, sagte Simon und wollte Tom das Buch zurückreichen.

Er konnte es nicht erklären. Es war schon immer so gewesen. Er hatte ein ungutes Gefühl dabei, Bücher zu lesen, mit denen andere sich gerade beschäftigten oder es noch vorhatten. Das kam ihm vor, als versuche er, in den Geist des anderen einzudringen. Eine Intimität, die er ablehnte. Wie am Pissoir neben einem Fremden zu stehen, der einem auf den Schniedel glotzte.

»Wieso nicht?«, wollte Tom wissen. Sein Freund gab ihm offenbar auch nach Jahren immer noch Rätsel auf.

»Ich lese es, wenn du damit durch bist«, entschied Simon und legte das Buch beiseite.

### *Kim*

Sie hatte Jeannette beim Namen genannt.

Damit hatte Kim wirklich nicht gerechnet.

Während sie ihren Laborkittel zuknöpfte, schüttelte sie geistesabwesend den Kopf.

Trotzdem. Sie war eine richtige Zicke, Doktor Désirée van Hauser.

Ihre Weigerung, zuzugeben, dass ein Rechner – egal, wie teuer er verdammt noch mal war – Fehler machen konnte, war geradezu kindisch trotzig.

Computer wurden von Menschen gemacht und programmiert. Menschen machten Fehler. Wieso hielt Désirée van Hauser diesen TX 14 für unfehlbar?

Kim verließ ihr Zimmer und nahm die Treppe zum Laborstockwerk.

Die Vorbereitungen zu den heutigen Tests waren gestern Abend noch fertiggestellt worden. Sie konnten also gleich loslegen.

Auf dem Flur vor den Versuchsräumen lief Barbara Schröder mit ineinander verknoteten Händen auf und ab.

Kim dachte daran, dass oben in der Decke eine Kamera installiert war. Trotzdem trat sie auf die Frau zu.

»Nervös?«, fragte sie.

Ihr Gegenüber sah sie mit geweiteten Augen an.

»Was ist, wenn es schiefgeht?«, wollte sie wissen.

»Was sollte denn schiefgehen?«, erkundigte sich Kim freundlich und betont ruhig.

»Die Assistentin, die gleich zu Humphrey reingeht. Vielleicht …« Barbara Schröder brach ab und blickte ratlos den Gang entlang.

War es diese surrealistische Situation, von Kameras beobachtet einem Experiment ausgesetzt zu sein, von dem sie wahrscheinlich nur einen Bruchteil erfasste?

Was sonst brachte eine Frau Ende dreißig dazu, derart blass zu werden bei dem Gedanken, dass ein Hund, den sie ein einziges Mal gesehen hatte, einen anderen Menschen ihr vorziehen könnte?

»Doktor Reeren und Doktor Weigel sind sicher, dass das nicht passieren wird. Humphrey ist der sicherste Kandidat bei dieser Geschichte heute. Den werden Sie nicht mehr los, glauben Sie mir«, lächelte Kim.

Barbara Schröder seufzte, halb hoffnungsvoll, halb skeptisch.

»Der TX 14 kann nicht lügen«, versicherte Kim ihr. Sie dachte an Désirée van Hausers kühle Miene, als sie von dem Rechner gesprochen hatte.

In diesem Moment wurde die Labortür von innen geöffnet, und Trude streckte den Kopf heraus.

»Fangen wir an?«, fragte sie, als sie Kim auf dem Flur erblickte.

»Fangen wir an!«

Der Versuchsablauf war simpel.

Doch für die Zuschauer natürlich eine interessante Sache.

Verrückt, dass sie das immer im Auge behalten mussten.

Die Hunde, die keinen Menschen mehr zu Gesicht bekommen hatten, seit ihre zukünftigen Besitzer sie gestern verlassen hatten, bekamen Besuch.

Assistenten gleichen Geschlechts betraten neutral den Versuchsraum, durchquerten ihn und setzten sich an die Wand, an der gestern die Probanden gesessen hatten.

Das ganze Team hatte sich im Konferenzraum versammelt, um auf den Bildschirmen zu beobachten, wie die Hunde reagierten.

Der Schnauzer Paul hüpfte vergnügt um den fremden Menschen herum und versuchte spielerisch in die Hosenbeine der Frau zu beißen.

Das Auswahlkriterium für die Assistenten hatte gelautet: keine Angst vor Hunden, egal, wie groß.

Humphrey freute sich überschwänglich über den Besuch.

Barbara Schröder wurde noch ein bisschen blasser.

Doch nach genau zwei Minuten siebzehn wandte er sich plötzlich ab und trabte zur Schleuse hinüber.

Dort kontrollierte er sorgfältig den unteren Spalt, der laut Désirée van Hauser keinerlei Geruchspartikel durchließ.

Er sah sich zu der Assistentin um und dann wieder zur Tür.

»Er fordert sie auf«, murmelte Doktor Sen.

»Interpretation«, erwiderte Désirée van Hauser, ohne den Blick vom Bildschirm abzuwenden.

Sie sah so anders aus als heute Morgen.

Längst nicht so locker und geschmeidig. Das Weiß ihres Laborkittels, den sie nie ganz geschlossen trug, hob ihre dunkle Ausstrahlung noch hervor.

Aber sie war auch nicht mehr so verkrampft wie gestern.

Vielleicht waren Kims Worte zu ihr durchgedrungen.

Humphrey ließ von der Tür ab.

Désirée van Hauser gab ein selbstbewusstes »Hm« von sich.

Der Beagle trabte eifrig zur Assistentin zurück, tänzelte vor ihr herum und versuchte offensichtlich, ihre Aufmerksamkeit zu erregen.

Als die ersten fünf Minuten vergangen waren, durfte sie sich ihm zuwenden. Doch sobald sie ihn ansah und die Hand nach ihm ausstreckte, drehte er sich rasch um und rannte zur Tür zurück, um daran zu kratzen.

»Vielleicht will er zu den anderen«, mutmaßte irgendjemand.

Aber im Grunde dachten alle das Gleiche.

»Gehen Sie schon mal los. Sie dürfen gleich rein«, sagte Trude zu Barbara Schröder, Michael und Iris.

Bernhard, der gewaltige Riesenschnauzerexperte, stand sogleich von seinem Platz auf, obwohl seine Lola noch gar keinen Fremdbesuch erhalten hatte und er sich daher Zeit lassen konnte.

Statt sich jedoch den Probanden anzuschließen und die Versuchsräume aufzusuchen, ging er im hinteren Teil des Konferenzraums auf und ab.

»Ich mach mir keine Gedanken«, erklärte er seiner Maskenbildnerin, die ihm vorsorglich noch einmal die Nase pudern wollte, so laut, dass alle es hören konnten. »Mein Mädchen lässt den Typen garantiert links liegen.«

Wahrscheinlich fand er es lächerlich, dass für seine Hündin ein Assistent ausgelost worden war, der höchstens einsfünfundsechzig maß und dünn wie ein Bleistift war.

Als auf dem ersten Bildschirm Iris in der Schleuse auftauchte, wurde es still im Raum.

Sie betrat den Versuchsraum wie verabredet, ohne sich um den schwarzen Paul zu scheren, der augenblicklich um sie herumsprang.

Als sie zur gegenüberliegenden Wand ging, strauchelte sie kurz, fing sich aber gleich wieder. Sie wirkte erleichtert, sich an der Wand niederlassen zu können.

»Was ist mit ihr?«, wollte Désirée van Hauser wissen.

»Hat heute Morgen über Kreislaufbeschwerden geklagt«, antwortete Sen und kniff die ohnehin schmalen Augen noch ein bisschen mehr zusammen. »Sieht ein bisschen anämisch aus.«

»Sie hat doch hoffentlich gefrühstückt!« Wie Désirée van Hauser das sagte, war allen klar, dass sie einen Patzer wie ein verpasstes Frühstück und daraus resultierendes Unwohlsein unbarmherzig ahnden würde.

Kim verdrehte heimlich die Augen.

»Vielleicht ist sie einfach nur aufgeregt«, schlug sie möglichst neutral vor.

Neutral spitz. Irgendwie.

Désirée van Hausers offenbar fehlende Menschenkenntnis reizte sie.

»Sprechen Sie später mal mit ihr?« Diesmal ein Blick über die Schulter, genau in Kims Augen. Adresse: Angestellte. Absenderin: Chefin.

Hatte Kim an geistiger Umnachtung gelitten, Désirée van Hauser vorzuschlagen, den gemeinsamen Dauerlauf am nächsten Morgen zu wiederholen?

Kim nickte und sah nach vorn auf die Bildschirme.

Der Whippet Mozart, der sich, glücklich, endlich jemanden zu sehen, auf dem Schoß des fremden Manns niedergelassen hatte, sah auf, als die Schleuse sich erneut öffnete.

Michael zwang sich offenbar, den Kopf nicht in die Richtung des Hundes zu wenden. Aber aus den Augenwinkeln schielte er hinüber, während er den Raum durchquerte und sich niederließ.

Mozart hob die Nase, schnupperte, sprang auf und war mit drei Sätzen bei ihm.

Er beschnupperte Michael intensiv, rieb den Kopf an dessen Seite, leckte ihm Hände und Hals, stieg auf seinen Schoß und rollte sich dort zufrieden grunzend zu einem Knäuel zusammen.

Michaels Gesicht war anzusehen, dass es ihn alle Überwindung kostete, den Hund nicht zu streicheln. Er blickte genau in die Kamera, die hinter der verspiegelten Wand lauerte. Und sah so verdammt glücklich aus, wie es einem Intellektuellen nur möglich war.

Kim lächelte.

Dann erschien Barbara hinter der Glastür der Schleuse, die sie von Humphrey trennte.

Sobald er sie sah, wedelte er so heftig mit dem Schwanz, dass sein ganzer Körper in Bewegung geriet.

Barbara, die nach ihrer gestrigen Lachattacke verschärft instruiert worden war, zunächst keinerlei Reaktion auf den Hund zu zeigen, hatte alle Mühe, ihr Gesicht unter Kontrolle zu behalten.

Sie stolperte ebenfalls ein paarmal, auf ihrem Weg zur gegenüberliegenden Wand. Aber bei ihr war deutlich, woran es lag: Humphrey sprang wild an ihr herauf und um sie herum, und es war ein kleines Wunder, dass sie ihm nicht auf die wild tänzelnden Pfoten trat.

Als Barbara sich einfach nur hinsetzte und den sich fast überschlagenden Beagle weder ansah noch anfasste, ließ Humphrey sich schließlich auf seinen muskulösen Hinterbeinen nieder, legte den Kopf in den Nacken und stimmte ein melodiöses Bellen an.

In Barbaras Gesicht zuckte es heftig.

Kim wandte leicht den Kopf, um zu sehen, wie Désirée van Hauser reagierte. Als Kim ihr am Morgen mitgeteilt hatte, dass ihrer Meinung nach Humphrey die Erwartungen übertreffen werde, hatte sie seltsam distanziert reagiert.

Jetzt sah sie interessiert nach vorn auf den Monitor und beobachtete genau, was geschah.

Vielleicht war sie ein skeptischer Mensch.

Vielleicht war sie eine skeptische Zicke.

Und deswegen sollte Kim sich am besten keinerlei Gedanken mehr darum machen, was Désirée van Hauser dachte, wollte, meinte.

Am Ende würde sie selbst ja doch recht behalten. Denn hier ging es schließlich nicht nur um Hormone und Rezeptoren. Hier ging es um Hunde. Und von denen verstand sie etwas.

Ein plötzliches überraschend schmerzhaftes Ziehen fuhr ihr in die Brust.

Noch nie war sie so lange von Jeannette getrennt gewesen. Und dies war erst der Anfang.

Kim räusperte sich.

»Das ist das sogenannte Läuten«, erklärte sie, ohne jemand Bestimmten anzusehen. »Rassetypisch. Die Hunde verstehen es als Zusammenrufen der Meute. Es zählt zu den adressierten

Lautäußerungen. Wird bei anerkannten Rudelmitgliedern gezeigt.«

Sie sahen alle zu, wie Humphrey den Clown machte.

Die meisten im Raum lächelten.

Désirée van Hauser nicht.

Warum war sie immer so ernst?

Kim runzelte die Stirn. Schluss jetzt mit Doktor van Hauser!

»Gleich ist die Zeit um«, sagte jemand vom Fernsehteam.

»Der erste Versuchsabschnitt schließt ab«, erwiderte Sen.

Bei Paul war es bereits so weit.

Die Assistentin löste sich aus ihrer Neutralität und versuchte, den Schnauzerrüden mittels Stimme und freundlicher Gesten zu sich zu locken.

Er schien interessiert, schlenderte hinüber, inspizierte die dargebotene Hand.

In dem Moment, als er auch die andere Hand kontrollieren wollte, bewegte Iris sich ein wenig.

Sofort schoss sein Kopf herum, und beinahe zeitgleich lief er zu ihr hinüber.

Er beschnupperte sie, schob den großen Kopf in ihre Hände und winselte kurz.

Als sie wieder nicht auf ihn reagierte, legte er sich neben sie, spähte aber neugierig zu der Assistentin hinüber, die erneut versuchte, ihn zu sich zu locken.

Ein paarmal gelang es ihr, ihn zum Aufstehen zu bewegen.

Aber immer, wenn er bei ihr angekommen war, um sich Streicheleinheiten abzuholen, ergriff ihn offenbar eine innere Unruhe, und er kehrte zu der weiterhin sich neutral verhaltenden Iris zurück.

Paul war, wie sich im Lauf des Vormittags herausstellen sollte, der einzige der neun Probandenhunde, der sich überhaupt durch den fremden Menschen vom späteren Besitzer fortlocken ließ.

Lola lag neben Bernhard, den schwarzen Kopf auf seinem Bein, die Augen stoisch geschlossen. Den anderen Mann, der sich wirklich bemühte, ihre Aufmerksamkeit zu erregen, behandelte sie wie Luft.

Whippet Mozart war offenbar ein Sensibelchen. Angestrengt durch den letzten Tag und die einsame Nacht, hatte er anscheinend viel Schlaf nachzuholen. Er pennte auf Michaels Schoß ein, und als dieser sich endlich mit seinem Hund beschäftigen durfte, drehte Mozart sich behaglich auf den Rücken und ließ sich voller Genuss den beinahe kahlen Bauch streicheln.

Humphrey nahm jeden Versuch der Laborassistentin, ihn zum Spiel aufzufordern, zum Anlass, sich seinerseits umso eifriger um Barbara zu bemühen.

Als sie sich ihm schließlich zuwenden durfte, hüpfte er wie ein Gummiball um sie herum, bellte sein hübsch klingendes Läuten und würdigte die andere Frau keines Blickes mehr.

»Es gelingt«, sagte beim Mittagessen Sen zu Kim und beäugte mit Begeisterung das Fleisch und Gemüse auf seinem Teller.

»Die gute Küche oder das Experiment?«, grinste Kim.

An der Essensausgabe ließ Désirée van Hauser sich gerade ihren Teller reichen und wandte sich um.

Kim ertappte sich dabei, wie sie die beiden freien Plätze an ihrem Tisch kurz ins Visier nahm, um zu prüfen, ob sie sauber waren.

Sen wickelte sein Besteck aus der Serviette. »Das Essen ist auch nicht zu verachten, seit die Fernsehleute hier sind. Aber eigentlich meinte ich die Arbeit. Die Hunde reagieren nach einmaliger Gabe von Monovasol mit einer extrem engen Bindung an den Menschen, der ihnen nach der Wirkungszeit als Erster begegnet. Das ist doch mehr, als wir alle erwartet haben. Ich selbst hab damit gerechnet, dass wir mehrmals spritzen müssen.«

»Noch wissen wir nicht, ob die Wirkung erhalten bleibt. Warten wir die morgigen Versuche im Außengelände ab«, erwiderte Kim.

Erneut blickte sie an Sen vorbei zur Ausgabetheke.

Gerade noch sah sie die pechschwarze Lockenmähne durch die Glastür verschwinden.

Eine, die ihr Essen abholte und dann im eigenen Zimmer aß.

Die war ja noch seltsamer, als Kim gedacht hatte.

Es war der dritte Tag.

Sie hatte katastrophal geschlafen. In den wenigen zerstückelten Stunden, in denen ihr etwas Schlaf gegönnt gewesen war, hatten sie diverse Albträume geplagt, einer schrecklicher als der andere.

In einem von ihnen waren ihre Mütter in ihrer Mittwochssendung *Die Löwin* zu Gast. Gabi, Kims leibliche Mutter und Helenas Pflegemutter, hatte grässlich desolat ausgesehen. Runtergekommen und ausgezehrt. Du meldest dich so selten. Wann hast du uns das letzte Mal besucht? Interessierst du dich denn gar nicht mehr für uns und unser Leben, Kind?

Helenas leibliche Mutter, nur Haut und Knochen und mit langem weißblondem Haar, hatte eine schwarz glänzende Waffe im Schoß gehalten und alle freundlich angelächelt. Das war falsch. Völlig falsch. Sie durfte nicht hier sein.

Kurz vor dem ruckartigen Aufwachen hatte es einen Schuss gegeben. Spritzendes Blut. Verrenkte Glieder. Splattermovie. Kategorie D.

Wie kam sie nur darauf?

Die Fahrstuhltüren glitten auf, und sie trat auf den Korridor hinaus.

Überall herrschte bereits hektische Betriebsamkeit.

Und verwunderte Blicke. Niemand war es gewohnt, sie vor zehn im Sender zu sehen.

Helena lächelte nach allen Seiten und schwenkte ins Vorzimmer ihres Büros ab.

»Morgen, Ira.«

Ira, die gerade über ein Headset telefonierte, formte mit den Lippen ein übertriebenes »Guten Morgen!« und gestikulierte heftig, dass ihr Gespräch gleich beendet sei und sie dann eine wichtige Nachricht für sie habe.

Helena blieb abwartend stehen und warf einen Blick auf Iras Schreibtisch.

Es war der aufgeräumteste Sekretärinnenschreibtisch der Welt.

Ira verabschiedete den Anrufer, schob das Headset vom sorgfältig frisierten Haar in den Nacken und sah Helena durch den dichten Wald ihrer langen schwarzen Wimpern hindurch Unheil verkündend an.

»Schook will dich sprechen. Du sollst sofort zu ihm reinkommen.«

»Was ist denn? Hat der Ministerpräsident für heute Abend doch noch abgesagt?«, grinste Helena.

Sie stand in der Senderhierarchie so weit oben, dass auch eine Order des Intendanten sie nicht in Angst und Schrecken versetzen musste.

Ira senkte den Blick.

Und das versetzte Helena tatsächlich einen kleinen Stich der Unruhe. Denn sonst ließ sich Ira ungern die Gelegenheit zu einem verschwörerischen kleinen Plausch mit Helena entgehen.

»Ich glaube, es geht um die Zeitungen«, murmelte Ira und deutete zart auf Helenas Bürotür. Dort drinnen lagen jeden Morgen auf dem Schreibtisch die wichtigsten großen Tageszeitungen bereit.

»Oh, will er etwa nicht mehr, dass ich auf Senderkosten meine Morgenlektüre lese?«

Ira zog nur leicht die Mundwinkel nach oben.

Okay. Es war wahrscheinlich wirklich etwas Ernstes.

»Ich gehe schon«, seufzte Helena, schlüpfte aus ihrem Trenchcoat und schritt den Gang hinunter zum Intendantenbüro.

Sie klopfte kurz an, wartete jedoch das »Herein« der Sekretärin nicht ab, sondern öffnete sofort die Tür.

»Oh, da bist du ja schon«, sagte Ute und hob den Hörer der Gegensprechanlage ab. »Helena wäre dann hier. Okay.« Sie legte wieder auf. »Du kannst gleich reingehen.«

Helena lächelte und öffnete die nächste Tür.

Alle drei sahen zu ihr her.

Tobias Schook, Intendant, wichtig, deswegen immer im Anzug mit Krawatte. Die beiden anderen waren Schiermann und Renk, die Chefs der Rechtsabteilung. Wie alle Juristen trugen sie natürlich auch die volle Montur. Helena war plötzlich froh, dass sie sich heute Morgen gegen den gelben Hosenanzug und für das dunkelgrüne Kostüm entschieden hatte.

»Die Sonne geht auf!«, rief Schook und sprang von seinem

Ledersessel hinter dem Schreibtisch auf, begleitet von einer ausholenden Geste, als begrüße er in einer Samstagabendshow einen Spezialgast.

Helena lachte.

Was war hier los?

Über den Tisch verstreut lagen diverse Tageszeitungen.

Eine Schlagzeile stach ihr ins Auge.

*Tierquälerei.*

»Oh, nein!«, entfuhr es ihr. Eigentlich war es eher ein Gedanke.

Schook war ihrem Blick gefolgt.

»In der Tat«, brummte er. »Du bist natürlich schon informiert?«

Helena antwortete nicht.

Sie trat an die Schmalseite des Tisches und überflog rasch die ausgebreiteten Titel.

*Letzte Grenzen fallen bei ZAPP-TV!*

*Hundstage beim modernsten Sender Deutschlands!*

*Wann darf Humphrey heim?*

*Hier werden Tiere verrückt gemacht!*

»Verdammt …«, flüsterte sie.

Die gestrige Sendung war so gut angenommen worden. Die Zuschauer waren begeistert und gespannt auf den nächsten Tag. Natürlich. Die Einschaltquoten lagen immer noch unter den Erwartungen.

Doch niemand hatte sich zweifelnd geäußert, was das Wohlergehen der Hunde anging.

»Wie …?«

Sie wandte sich an die Anwälte und hob die Hände.

»Wir machen uns gleich an die Arbeit, um rauszufinden, wer dahintersteckt«, versprach ihr Renk, der dynamischere der beiden. »Vermutlich eine Lobby, für die nicht nur ZAPP-TV, sondern auch die Versuchsreihe an sich ein Dorn im Auge ist.«

»Tierschützer?« Helena sah zu Schook hinüber, dessen Kiefermuskulatur mahlte.

Schiermann schüttelte den Kopf. »Wahrscheinlich nicht. Da müssen wirtschaftliche Interessen im Spiel sein. Aber die Tierschutzlobby wird nun natürlich auf den Plan gerufen. Selbst wenn wir die Blätter dazu zwingen, ihre Artikel oder zumindest Auszüge zu dementieren ... so was bleibt kleben.«

»Experten sind sich einig, dass diese verstörenden Verhaltensexperimente psychische Schäden bei den Hunden zurücklassen werden. Wird ZAPP-TV versuchen, auch das mit finanziellen Zuwendungen auszubügeln?«, las Schook vor und schlug mit der flachen Hand auf das Papier.

Helena sah die Bewegung, konnte aber ein leichtes Zusammenzucken nicht unterdrücken. Und ärgerte sich darüber.

»Was sagen die Internetumfragen und der Chat?«, fragte sie.

»Bis heute Morgen war alles gut«, grollte Schook.

»Dann müssen wir dafür sorgen, dass es so bleibt.«

Für solche Sätze war sie bekannt.

Sie hatte sie zu Dutzenden im Kopf.

Zuversicht. Selbstvertrauen. Starker Wille. Macht.

Sie war nicht umsonst die Löwin geworden. Die Kühle. Die Schöne. Die notfalls auch Ruppige. Die Einzige. Sie war eine Galionsfigur. Die, nach der sich alle umschauten, wenn keiner mehr weiterwusste.

Schook sah sie ebenso gespannt an wie die beiden Anwälte.

»Ist Niederwegen schon im Haus?«, erkundigte Helena sich und strich den Rock glatt, um das leichte Zittern ihrer Hände zu verbergen.

»Ich glaube nicht. Sonst wäre er schon hier«, antwortete Schook.

»Dann ruf mich doch bitte dazu, wenn er reinkommt. Wir sollten die Moderation der heutigen Ausstrahlung noch mal überarbeiten. Ich spreche direkt mit Aufnahmeleitung und Cut. Heute muss eine durch und durch tierfreundliche Sendung dabei rauskommen. Ich sehe eine Menge spielender Hunde, lächelnder Wissenschaftler, gerührter Hundebesitzer. Sind Nicole und Tom in der Umfrage immer noch so weit vorn?«

»Du meinst die kleine Assistentin vom Institut? Und diesen ...?«

»Computerfreak, ja.«

Ratlos betrachtete Schook die Papierberge auf seinem Schreibtisch. Wo er offenbar alles entdeckte, nur keine Auswertung der neuesten Internetumfragen.

Helena nickte ihm lächelnd zu.

»Ich kümmere mich darum. Die beiden müssen heute oft ins Bild. Sexy Leute stellen nichts Böses mit Hunden an, oder?«

In Schooks Augen blitzte es.

»Helena. Helena«, sagte er.

Sie stand auf.

Renk und Schiermann folgten ihrem Beispiel.

»Es gibt viel zu tun!« Dazu hob sie die Brauen und hielt die Hände ganz still. Jede übertriebene Geste hätte solche Worte pathetisch klingen lassen. Wie einen Mutmacher ohne Zuversicht. Nur Ruhe und Gelassenheit veranschaulichten tatsächliche Stärke.

So hatte sie es in einem der vielen Mentoring-Seminare gelernt. Es hatte sich bewährt, in Situationen wie dieser darauf zurückzugreifen.

Die Anwälte ließen ihr auf dem Weg zur Tür den Vortritt.

Das Telefon auf dem Intendantenschreibtisch klingelte.

Schook hob ab und stieß sofort einen tiefen Seufzer aus. »Du bist es! – Ja, hast du die Zeitung gelesen? – Ach, das ist noch gar nichts. Neureuter titelt derart, dass es an Körperverletzung grenzt. – Na ja, wir müssen jetzt rausfinden, wer dahintersteckt. Was meinst du? Könnten wir dann …«

Renk schloss hinter ihnen die Tür.

Bestimmt Schooks Frau.

Ramona. Klein, rothaarig, drall. Nach der Geburt des dritten Kindes bisher irgendwie nicht wieder in Form gekommen. Ohne Beruf, nachdem sie ihn fürs erste Kind aufgegeben hatte.

Jedes Mal, wenn Helena ihr begegnete, kreiste Ramonas Energie ausschließlich um die Kinder, die Katzen, den Haushalt, ihren Mann und den Sender.

Jedes Mal, wenn Helena sie traf, wunderte sie sich, wie eine Frau mit so wenig Eigenem derartig zufrieden sein konnte. Mehr als zufrieden. Ramona Schook strahlte Glück aus.

Und wenn ihr in der Tageszeitung eine Schlagzeile auffiel, die Ärger für den Sender ihres Mannes bedeutete, dann rief sie ihn an. Um Mut zu machen. Um zu besprechen, was zu tun war.

Ira war nicht auf ihrem Platz, als Helena durch das Vorzimmer ging.

Sie schloss die Tür ihres Büros hinter sich und blieb für einen kurzen Moment dort stehen.

Heute Abend hatte sie den Ministerpräsidenten in ihrer Sendung *Die Löwin*. Laut Umfrageergebnissen musste er um seine Wiederwahl mehr als nur fürchten. Er hatte jedoch einiges an Fördergeldern und unerwartete Posten für die Kulturabteilung bei ZAPP-TV locker gemacht. Und zwar nur deshalb, weil sein Lebensgefährte Moderator einer gefragten Büchersendung war. Sie musste ihn mit Samthandschuhen anfassen, um die sensible Verbindung nicht anzukratzen. Sie musste gleichzeitig ihrem Ruf gerecht werden und wie eine Löwin brüllen.

Den Tag über hatte sie sich perfekt vorbereiten wollen.

Und nun das.

Irgendjemand hatte beschlossen, das LABOR zu boykottieren.

Schook fiel dazu nichts anderes ein, als die Angreifer mit einem Haufen Juristen zu bedrohen.

Den Anwälten fiel nichts weiter ein, als »herauszufinden, wer dahintersteckt«.

Wo hatten die verdammt noch mal alle ihre Ausbildung gemacht? Eine Suche nach dem Feind würde Tage, wenn nicht gar Wochen dauern.

Sie waren hier beim Fernsehen. Dem neben der Prostitution schnelllebigsten Geschäft der Welt.

Heute Abend würde eine weitere Sendung vom LABOR ausgestrahlt. Ganz Deutschland würde zusehen. Nach den heutigen Schlagzeilen würden auch diejenigen einschalten, die vorher uninteressiert gewesen waren.

Im Grunde lag darin eine Chance.

Sie könnten endlich die geplanten Einschaltquoten erreichen.

Sie könnten für das LABOR alle deutschen Fernsehpreise und womöglich sogar eine Fortsetzungsstaffel sichern.

Wenn heute Abend und in den nächsten Tagen nichts schieflief.

Es durfte kein einziger noch so winziger Fehler passieren.

Das Bild musste rund und überzeugend sein.

Helena betrachtete den Telefonhörer.

Es wäre völlig unsinnig, Rainer anzurufen und ihm davon zu erzählen.

Er hätte sie weder über die momentane Überforderung hinwegtrösten noch ihr einen guten Rat geben können. Er hätte vermutlich gesagt: »Das bekommst du schon hin! Du bekommst immer alles hin!«

Sie hatten sich vor sechs Jahren kennengelernt, als Helena auf dem Presseball eine kleine Rede gehalten hatte. Beim Verlassen der Bühne war sie mit dem Absatz im Saum ihres langen Kleides hängengeblieben. Sie war gestolpert. Er hatte zufällig dort gestanden. Sie hatte nach seinem Arm gegriffen.

Das war der einzige Moment der Schwäche gewesen, den er bei ihr je erlebt hatte.

Sie wäre niemals auf den Gedanken gekommen, ihn um Rat zu fragen.

Früher. Ganz früher hatte sie Kim gefragt. In allem, was wichtig gewesen war, hatten beide die Meinung der anderen eingeholt.

Bis sie feststellen mussten, dass etwas ganz Grundsätzliches in ihnen so verschieden war, dass es mit einem Schlag unmöglich schien, auf den Rat der jeweils anderen zu hören. Sich auch nur dafür zu interessieren, was die Schwester zu einem schwierigen Thema dachte.

Helena schüttelte den Kopf und ging zu ihrem Schreibtischstuhl hinüber.

Sie hatte von Anfang an gewusst, dass sie eine einsame Position anstrebte.

Löwen jagten gewöhnlich im Rudel. Aber nicht, wenn sie beim Fernsehen arbeiteten. Dann waren sie Einzelkämpfer.

Sie nahm Blatt und Stift und skizzierte kurz, welche Schritte notwendig waren.

Sie musste mit Trude sprechen, um die Aufnahmen für den heutigen Tag in eine bestimmte Richtung zu lenken. Die Cutterin musste auch Bescheid wissen, dass heute nur extrem nette Bilder über den Sender geschickt werden durften.

Nach kurzer Überlegung entschied Helena, dass Tom und Nicole nicht involviert werden sollten. Sie waren natürlicher und ansprechender, wenn sie keine Ahnung hatten, welch wichtige Rolle sie in der heutigen Sendung spielen würden.

Möglicherweise könnte auch eine geschickte Computersimulation helfen.

Sie griff zum Telefonhörer.
Ließ die Hand wieder sinken.
Ein Anruf von der Produzentin im Rechenzentrum hätte zu viel verraten.
Es war gut, dass die Beteiligten im Labor nicht ahnten, was hier draußen geschah.
Ira hatte ihren Rechner bereits für sie gestartet.
Helena dachte einen Augenblick lang nach.
Dann tippte sie Toms E-Mail-Adresse ins entsprechende Feld. Starrte ein paar Sekunden lang darauf.
Wie er ihr auf dem Flur hinterhergesehen hatte.
Er war tatsächlich sehr attraktiv. Aber solchen Dackelblicken war Helena einfach schon zu oft begegnet.
Sie waren umwerfend. Sie waren atemberaubend. Rainer hatte sie so angesehen, als sie sich die ersten Male getroffen hatten. Als er ihr den Antrag gemacht hatte. Alles war genau so gewesen, wie sie es sich früher oft ausgemalt hatte. Das Essen in einem schicken Restaurant. Die Blumen. Die leise Musik. Der Ausblick auf die lichterübersäte Stadt. Der Ring. Seine leicht heisere Stimme.
Einem Impuls folgend, fuhr Helena mit dem Finger die Liste der Namen wieder herauf.

Tulpe, Ursula.
Treipel, Jonathan.
Surkamper, Kerstin.
Scheuer, Karin.
Reichmann, Alexandra.
Reeren, Simon.

Für einen winzigen Moment erschien das Bild vor ihrem inneren Auge, das sie auf dem Bildschirm im Schnittraum zu sehen geglaubt hatte. Doch dann schüttelte sie leicht den Kopf und dachte an den jungen Mann mit der Bindehautentzündung, der auf dem Flur ins Gespräch mit Doktor Tom Weigel vertieft gewesen war.
Sie löschte Toms E-Mail-Adresse und tippte Simons ein.
Dann blickte sie einen Moment lang auf den blinkenden Cursor.
*Lieber Simon!*, schrieb sie. Dabei hatte sie keine Ahnung, ob sie tatsächlich schon mal mit ihm gesprochen und ihm dabei das

Du angeboten hatte. *Was für ein tolles Projekt, das uns da verbindet! Die gestrige Sendung kam super an. Wir sind alle gespannt, was heute geschehen wird.*

*Leider ist es meine unangenehme Pflicht, Dich heute großteils von Deinem Arbeitsplatz zu »beurlauben«. Wir haben uns entschieden, die heutige Simulation, die Trude in der nächsten Stunde noch mit Euch besprechen wird, mit Bildern aus dem Rechenzentrum zu unterstützen. Eure Arbeit stößt auf großes Interesse, wie Du siehst. Und dazu wollen die Zuschauer auch Gesichter sehen. Da Du zu den »Unsichtbaren« gehörst, bitte ich Dich also, heute nur jeweils zur vollen Stunde beim TX vorbeizuschauen. Notfalls wird unser Tom bei auftretenden Schwierigkeiten natürlich auf Deine Hilfe zurückgreifen. Die ausgezeichnete Arbeit, die Ihr bisher gemeinsam geleistet habt, soll schließlich nicht leiden. Die Aufnahmen im Rechenzentrum werden bis etwa 17 Uhr laufen. Danach wird das Material für den Schnitt zusammengestellt, und Ihr könnt Euch wieder »vogelfrei« bewegen … ha ha!*

*Toi, toi für den dritten Tag!*

*Es grüßt herzlich*

*Helena Löwe*

Sie las die Zeilen noch einmal durch, nickte und drückte auf Senden.

Dann griff sie erneut zum Telefonhörer.

Das Vorzimmer war wieder besetzt.

»Ira, kannst du mir bitte schnellstmöglich Trude ans Hörrohr holen? Danke!«

Sie legte auf und starrte auf die Schreibtischplatte.

Der Ministerpräsident würde es nicht merken.

Sie war Profi. Was bedeutete, dass sie niemanden spüren ließ, wenn sie an ihm nur zweitrangig interessiert war.

Als das Telefon summte, hob sie sofort ab.

»Morgen, Trude. Schon gehört, was hier abgeht? Hast du was zum Schreiben? Dann notier mal bitte. Du musst noch etliches regeln, bevor ihr heute starten könnt …«

Das erneute Laufen hatte gutgetan.

Auch wenn Doktor Richardson und sie heute Morgen nur ein paar Worte miteinander gewechselt hatten, während sie nebeneinanderher trabten. Runde um Runde ums Gelände.

Hatte ihren Kopf geklärt und befreit von dem beunruhigenden Mediengewäsch, mit dem Ines sie schon in den frühen Morgenstunden überfallen hatte.

Schrieben die Zeitungen nicht immer solchen Unsinn?

Immer, wenn jemand etwas ganz und gar Neues wagte, geriet er in Verruf. Das war verdammt noch mal schon Columbus so ergangen.

Die Leute wussten doch, dass sie keinen Heller darauf geben konnten, was sie morgens beim Frühstück lasen.

Was die Schlagzeilen von heute hinausschrien, war morgen schon das Geschwätz von gestern.

Aber Ines wähnte darin den drohenden Weltuntergang. Konnte nicht begreifen, dass Désirée nicht in den angsterfüllten Chor der Mitwisser einstimmte. Dabei hatte sie anderes zu tun. Wichtigeres zu denken.

Und die Erde war eine Scheibe.

Die Aufnahmeleiterin Trude flatterte geschäftig umher und stellte das umgemodelte Konzept des Tages vor.

Im kompletten Wissenschaftsteam wusste nur Désirée, dass es umgemodelt worden war. Schließlich war den anderen gar nicht klar, worauf die Fernsehleute Wert legten.

Wer wie oft im Bild erschien. Wer lachte oder sichtbar berührt war. Wer sein Haar offen trug oder charmant lächelte.

Für die Forschung bedeutete das nichts.

Also bedeutete es nichts für Désirée.

Die Teammitglieder, Fernsehangestellte und Wissenschaftler, durften für die zwei Monate des Experiments keinen Kontakt nach außen aufnehmen, keine Zeitungen lesen, weder Radio hören noch das Internet nutzen.

Désirée hatte eine Zwitterfunktion als Institutsleiterin – die mit der TV-Produktion alle wichtigen Schritte besprechen und über alles Bescheid wissen musste, natürlich auch über die Reaktionen von außen – sowie als Mitglied des wissenschaftlichen Teams, das nichts anderes im Sinn haben sollte als die Versuchsreihe.

Sie würde den Teufel tun und ihre Kollegen von der Arbeit abhalten, indem sie auch nur den Hauch einer Andeutung fallen ließ, was da draußen plötzlich los war. Ines hätte sich die Warnung an ihre Adresse wirklich sparen können.

Auf dem Laborflur stand die Tür zur kleinen Teeküche offen. Heraus drang das Lachen eines Mannes.

Alles war besetzt von Fremden.

Sie würde sich nur rasch einen Kräutertee aufbrühen.

Als sie in den kleinen Raum abbog, sahen ihr Doktor Richardson und der kleinere der beiden Computerexperten entgegen.

»Guten Morgen«, grüßte sie den Mann freundlich und steuerte zielstrebig auf den Wasserkocher zu.

»Einen sehr schönen guten Morgen!«, erwiderte er mit blitzenden hellen Augen.

Kim lächelte.

»Ich habe gerade schon Ihrer Kollegin hier meine Bewunderung gezeigt. Als Kantinengast durfte ich miterleben, wie Sie beide uns allen ein lebendiges Beispiel dafür sind, wie man sich fit hält.« Er sprach lustig.

Wie hieß er noch?

Zu viele Namen in den letzten Wochen.

Niederländer. Das war gleich zu hören.

»Joggen statt Frühstücken hält tatsächlich in Form«, erwiderte Désirée und sah an ihm hinab.

Er machte wirklich nicht den Eindruck, als müsse er sich dringend in Form bringen. Trotzdem tat er so, als würden ihre Worte ihn geißeln.

»Sagen Sie das nicht so! Aber ich bin einfach nicht so begeistert von Joggen. Hat das Institut nicht zufällig ein Handball- oder Volleyballfeld im Keller? Ich könnte versuchen, zwei Mannschaften zusammenzustellen.«

Reeren. So hieß er.

»Wie wäre es mit einer Runde Völkerball im Auslauf der Riesenschnauzer? Die Wissenschaftler gegen die Fernsehangestellten?«, schlug Désirée vor.

»Wo spiele ich dann?«, überlegte er laut.

»Bei uns natürlich! Du bist ein Doktor!«, stellte Kim klar. Du. Sagte sie. Und sprach mit ihm, als seien sie alte Freunde. Manche Menschen konnten das. So locker flockig durch die Weltgeschichte schlendern und mit allen gleich ganz familiär sein.

Désirée betrachtete den leuchtenden An-Knopf des Wasserkochers.

Sie hatte nicht mal seinen Namen gewusst. Kim aber sagte Du zu ihm. Wahrscheinlich kannte sie sich viel besser im Mitarbeiterstab aus als Désirée. Das ging nicht.

Désirée nahm sich fest vor, heute Abend Hausaufgaben zu erledigen. Sie würde die Kartei mit sämtlichen Leuten des Mitarbeiterstabs – egal, ob »sichtbar« oder »unsichtbar« – mit in ihr Zimmer nehmen. Sie würde alle Fotos genau studieren und die dazu passenden Namen auswendig lernen.

Weil sie so in Gedanken versunken war und nicht hinsah, kam es überraschend für sie. Kim drückte sich in der schmalen Küche an ihr vorbei, um zur Kaffeemaschine zu gelangen, die soeben ihr Blubbern aufgegeben hatte.

Für einen kurzen Moment berührten sie sich an mehreren Körperstellen gleichzeitig.

Désirée sah sich um. Doch Kim war schon vorbei.

Sie nahm zwei Tassen aus dem Schrank und die Kanne von der Platte. Dann begab sie sich auf den Rückweg.

Diesmal war Désirée vorbereitet.

Beim gemeinsamen Joggen hatten sie sich bisher kein einziges Mal berührt. Stellte sie plötzlich fest. Das war ihr gar nicht aufgefallen. Wieso auch? Niemand berührte sich beim Nebeneinanderherlaufen. Wieso hätte sie darüber nachdenken sollen?

Reeren goss sich Milch in eine der beiden Tassen. Kim schenkte zunächst ihm ein. Dann füllte sie die andere Tasse fast bis zum Rand.

Diese Doktor Richardson. Kim. Voller Widersprüche. Wie konnte eine, die in der Lage war, mühelos mehrere Kilometer zu laufen und sich dabei entspannt zu unterhalten, so viel schwarzen Kaffee in sich hineinschütten?

In diesem Moment hob Kim den Kopf und sah zu ihr herüber.

Sie hatte braune Augen. Viel heller als die von Désirée. Eher wie Haselnüsse.

Kim lächelte ihr zu.

Désirée blinzelte.

»Bah!«, machte da Reeren, mit den Lippen noch am Becher.

Doktor Reeren.

Obwohl es irgendwie widersinnig war, dass er den gleichen Titel trug wie Mediziner und Biologen.

Computer. Tss.

»Die Farbe stimmt. Aber es ist keine richtige Kaffee. Oder?«, sagte er.

Kim sah ihn an und platzte laut heraus. Viele Frauen waren so. Im Job ernsthaft und durchaus akzeptabel. Aber sobald ein halbwegs attraktiver Mann auftauchte, kicherten sie oder lachten viel zu laut. Beim Joggen lachte Kim nie so.

»Vielleicht könnten wir uns etwas zur Geschmacksverfeinerung bestellen. Bestimmt gibt es in den netten kleinen Kaffeehäusern in den Niederlanden auch Tonnen von leckeren Aromen?«

»Aromen?«, wiederholte Simon langsam. Er sprach gut Deutsch, doch manchmal schlichen sich kleine Fehler ein, an denen klar wurde, dass es nicht seine Muttersprache war.

Kim nippte an ihrer Tasse. »Für den Kaffee. Karamell. Vanille. Nuss …«

Da geschah etwas Seltsames.

Désirée konnte es genau beobachten, weil sie gerade so weit entfernt stand, dass sie beide gut im Blick hatte.

So konnte sie sowohl Kim anschauen als auch mehr als deutlich wahrnehmen, wie Simon reagierte.

Und er reagierte.

Sein ganzer Körper gefror plötzlich in der Bewegung.

Er rührte sich keinen Millimeter und starrte Kim an.

Désirée bemühte sich zu sehen, was er sah. Doch sie entdeckte weder ein drittes Auge auf Doktor Richardsons Stirn, noch fand sie an deren Äußerung irgendetwas Außergewöhnliches.

Simon jedoch zeigte alle Anzeichen einer schockartigen Überraschung.

Kim bemerkte es schließlich auch, als sie von ihrem Kaffee aufsah.

»Ist was?«, fragte sie verwundert.

Simon starrte sie noch ein paar Sekunden lang an.

Dann schüttelt er sacht den Kopf, als müsse er einen Gedanken vertreiben.

»Nichts«, lächelte er, ein wenig verlegen, als hätte sie ihn bei etwas Peinlichem ertappt.

Au weia.

Wenn es hier so losging, wollte Désirée lieber nicht dabei sein.

Sie nahm den Wasserkocher von der Station, obwohl er noch nicht sein übliches *Pling* von sich gegeben hatte, goss den Kräutertee auf und verließ mitsamt der dampfenden Tasse rasch den Raum.

Für manche zwischenmenschlichen Konstellationen waren Teeküchen entschieden zu klein.

Nebenan im Labor liefen die Vorbereitungen bereits auf Hochtouren.

Nach zwei Tagen der sozialen Isolation sollten die Probandenhunde zu ihren Artgenossen zurückkehren.

ZAPP-TV erhoffte sich davon eine Menge Bilder von glücklichen Hunden. Fröhliche Tiere, die ausgelassen durch die Außengelände tobten und der skeptischen Medienwelt da draußen bewiesen, dass es ihnen bei van Hauser einfach grandios ging.

Kein Grund zur Sorge.

Désirée erhoffte sich davon, dass die Hunde im Anschluss an das ausgelassene Artgenossenspiel die Menschen, auf die sie geprägt worden waren, ebenso euphorisch begrüßen würden wie gestern in den sterilen Versuchsräumen.

Schließlich war es nicht schwer, sich über einen zweibeinigen Sozialpartner zu freuen, wenn es keinerlei sonstige Ablenkung gegen die Langeweile gab.

Wenn aber die große Wiese, Spielzeug und der Geruch anderer Hunde lockten, musste Monovasol zeigen, wie wirksam es war.

Im Grunde konnte der heutige Versuch zu einer ersten kritischen Situation führen, das heißt, Désirée erwartete den einen oder anderen Einbruch.

Paul zum Beispiel.

Der schwarze Riesenschnauzer war der einzige Probandenhund, der sich von der fremden Person hatte anlocken lassen, obwohl seine zukünftige Besitzerin Iris neben ihm saß.

Womöglich war er einfach extrem explorativ, und seine Neugierde stärker als der Wunsch, bei seinem Menschen zu bleiben.

Vielleicht war Pauls Verhalten jedoch auch ein Hinweis darauf, dass selbstbewusste Individuen die neu entstandene Bindung an ihren Sozialpartner zwar empfanden, aber dennoch in der Lage waren, eigene Wege zu beschreiten.

Möglicherweise verfügte Paul aber von Natur aus über so wenig Rezeptoren, dass Monovasol bei ihm einfach länger brauchte, um entsprechende Wirkung zu zeigen.

Wenn. Vielleicht. Womöglich.

Spannende Worte.

Anstrengende Worte. Wenn einem gleich mehrere Kamerateams und eine stets gut gelaunte Coco samt Beautycase auf Schritt und Tritt folgten.

»Frau van Hauser?«

Désirée hob den Blick von ihren Unterlagen.

Zufälle gab es sowieso nicht. Vor ihr stand Iris. Nachnamen vergessen. Iris Riesenschnauzer eben.

»Ja, bitte?«

Iris war eine attraktive junge Frau Ende zwanzig. Laut Helena Löwe beliebt bei den männlichen Zuschauern.

Sie war ein freundlicher Mensch, eher zurückhaltend als aufdringlich, eher ruhig als temperamentvoll. Doch von bestimmtem und zielgerichtetem Auftreten. Selbstbewusst. Willensstark. Schnauzergeeignet, meinten die Hundeexperten im Team. Kim hatte das gesagt. Doktor Richardson.

Im Augenblick machte Iris jedoch eher den Eindruck, als sei sie selbst mit einem Chihuahua überfordert.

Sie wirkte nervös und angespannt.

»Ich wüsste gern, wann genau Paul und ich dran sind. Ich … ich fühle mich nicht gut. Falls Sie mich heute Vormittag nicht brauchen, würde ich mich gern wieder hinlegen.«

Désirée musterte Iris.

Desolater Gesundheitszustand. Hatte sie gestern schon bemerkt.

»Die Hunde werden heute Vormittag alle gleichzeitig in den Auslauf gelassen.« Sie sah auf die Uhr. »Wir beginnen in etwa zwanzig Minuten. Die Produktionsleitung wünscht, dass die Probanden dabei per Monitor zuschauen.«

Iris nickte. Sie sah sehr blass aus.

»Außerdem gehört Paul zur ersten Versuchsgruppe. Das heißt, wenn bei der Zusammenführung der Hunde alles gut geht, sind auch Sie nach etwa einer Stunde für das nächste Kontakttreffen gefragt. Was fehlt Ihnen denn?«

Iris' Augen huschten kurz nach links und rechts.

Sollte Désirée sie darauf hinweisen, dass sie sich nicht groß zu vergewissern brauchte, ob jemand mithörte? Dass hier im Labor eigentlich permanent mindestens eine Kamera auf sie gerichtet war und ihre Ansteckermikros jedes Wort übertrugen?

Doch Iris sagte gar nichts.

Sie sah Désirée nur in einer Art und Weise an, die Désirées Magen plötzlich nervös flattern ließ.

Dann legte Iris die rechte Hand auf den Bauch und lächelte.

Es war ein so verklärtes Lächeln, dass Désirée tief Luft holen musste.

Sie starrte ein paar Sekunden lang auf Iris' Bauch.

Dann schluckte sie und räusperte sich.

»Weiß sonst jemand davon?«, fragte sie leise und nestelte dabei an ihrem Kittelkragen. Dafür hatte sie sich am ersten Tag die Rüge eines Tonmannes eingefangen, denn so machte sie den Ton unverständlich. Unbrauchbar.

Iris schüttelte den Kopf.

Und wieso dann sie?

Wieso dann ausgerechnet sie?

»Okay. Dann gehen Sie doch noch in den Pausenraum, solange wir hier alles startklar machen. Legen Sie die Beine hoch. Trinken Sie einen Kräutertee. Entspannen Sie sich irgendwie. Ich sehe zu, dass ich im Ablauf etwas verändere – damit Sie in eine der Versuchsgruppen am Nachmittag rutschen.«

»Danke!«

Iris ergriff kurz Désirées Hand. Ließ sie aber rasch wieder los.

Sie wandte sich um und verließ mit unsicherem Schritt das Labor. Während Désirée sich wieder über die Unterlagen beugte und vorgab, sie zu studieren.

Morgens war es am schlimmsten gewesen.

Die Übelkeit. Der Schwindel. Das Gefühl, nicht lange aufrecht stehen zu können.

Wie sie sich plötzlich vor Milch geekelt hatte.

Den Geruch von gebratenem Fleisch hatte sie nicht ertragen können.

Zuerst der Gedanke an eine heftige Magen-Darm-Grippe. Über der Kloschüssel hängend. Oje, da hatte es sie aber erwischt.

Doch nachmittags war sie genesen gewesen. Nur um am nächsten Morgen wieder krank zu sein.

Da hatte es nicht mal eines Testes bedurft. Sie hatte es gewusst.

»Ich assistiere dem Tierarzt bei den Routineuntersuchungen. Wir treffen uns gleich im Konferenzraum.« Sen. Geschäftig. Ganz bei der Arbeit.

Sie nickte ihm zu. Beugte sich wieder über die Papiere.

Viele Schritte verließen den Raum.

»Kommen Sie?«

Richardson.

Désirée hatte geglaubt, schon allein zu sein. Hob kurz den Blick.

»Gehen Sie ruhig vor. Ich muss hier noch etwas kontrollieren.«

»Aber das habe ich gestern schon getan.«

»Wie?«

»Sehen Sie. Unten steht mein Kürzel.«

»Doppelt hält besser.«

Kim zögerte kurz, wandte sich um und ging hinaus.

Wie schlimm das alles gewesen war.

Eine einzige Qual.

Es hatte nur vorbeigehen sollen.

Ihre Zukunft hatte wieder unversehrt und frisch sein sollen.

Wie wenig sie damit gerechnet hatte.

Mit dem, was sie erwartet hatte, als ihr morgens nicht mehr

übel war. Als sie sich noch ein paar Tage von den Strapazen erholen sollte, um dann wieder ihren ganz normalen Alltag aufzunehmen.

Als alle gesagt hatten, das hast du richtig gemacht.

Aber sie hatte es gewusst. Es besser gewusst.

Mancher Fehler im Leben wog so schwer, dass jede nur einmal die Gelegenheit bekam, ihn zu begehen.

Es wäre ein Mädchen gewesen.

## *Simon*

Das war es also.

Das war es, was ihn an Kim faszinierte.

Er hätte schwören können, er hatte schon länger nicht mehr an sie gedacht. Hatte es sich verboten, weil es einfach ein Unding war, Tag für Tag und vor allem Nacht für Nacht von einer Frau zu träumen, die er nie im Leben wiedersehen würde.

Immer wenn ihr Bild vor ihm auftauchte – ein Bild übrigens, das wahrscheinlich längst nicht mehr der Realität entsprach, sondern derart idealisiert war, dass die Wahrheit ihn wahrscheinlich kräftig geschockt hätte –, hatte er sich gesagt, dass es fehlgeleitete Energie war, die er da verschwendete. Er hatte sich gesagt: Wünsch ihr alles Gute, Simon! Und jetzt lass sie los! Wahrscheinlich hat sie irgendwo einen glücklichen Ehemann und zwei zuckersüße Kinder und hat nicht mehr an dich gedacht, seit der ICE den Bahnhof im Flughafen Frankfurt verließ.

Er hatte die Erinnerung an ihr Lächeln und diesen schelmischen Blick verdrängt.

Seine Strategie des aktiven Vergessens war sogar recht erfolgreich gewesen. Bis vor Kurzem. Als Kim diese Aromen im Kaffee erwähnte.

Es waren nicht nur die Worte, die sich ähnelten.

Es war auch die Art, dabei zu lächeln und ihm aus dem Augenwinkel einen Blick zuzuwerfen, als müsse sie kontrollieren, ob er den Witz verstanden hatte.

Die Deutschen dachten immer, er verstehe ihre Witze nicht.

Obwohl sie sich vorher mühelos mit ihm unterhalten hatten, glaubten sie, er habe keinen Humor. Oder der Humor der Niederländer unterscheide sich so sehr von dem der Deutschen, dass er unmöglich begreifen könne, worum es bei diesem kleinen Amüsement gerade ging.

So ein Blick war es damals. Und so ein Blick war es gerade gewesen.

Vielleicht kam es ihm nur so vor? Vielleicht lag es einfach an diesem verrückten Zufall? Er hatte noch nie mit jemandem über Nussgeschmack im Kaffee gesprochen. Nur mit ihr.

Das könnte der Grund gewesen sein, wieso er sich wie erinnert gefühlt hatte.

Aber womöglich war das Thema auch nur der Auslöser dafür, dass er endlich wusste, woran Kim ihn erinnerte, was ihre Faszination ausmachte, ohne dass sie selbst auf diese Art faszinierend für ihn war.

Irgendetwas an ihr war ähnlich. Obwohl sie sich gar nicht ähnlich sahen. Es war etwas anderes.

Eine Geste vielleicht.

Mimik.

Das Lächeln.

Tom saß bereits am Arbeitsplatz, als Simon hereinkam und sich auf seinen Stuhl fallen ließ.

»Weißt du, was mir gerade passiert ist?«, fragte Simon und öffnete das E-Mail-Account.

»Du wirst es mir gleich erzählen«, brummte Tom. Wie jeden Morgen sah er total verschlafen aus.

»Ich war noch schnell einen Kaffee trinken. In der kleinen Teeküche auf dem Laborflur. Kim war auch da ...«

»Ah?«, machte Tom und wirkte plötzlich interessiert.

»Ja. Und da sagt sie plötzlich ... Und ich schwöre dir, ich habe vorher kein Wort darüber fallen lassen ... sie fragt, ob wir in den Niederlanden auch Kaffeearomen haben.«

Tom starrte ihn verblüfft an.

»Kaffeearomen«, wiederholte er.

»Ja. Vanille. Kokosnuss ...«

»Ich weiß, was Kaffeearomen sind«, unterbrach Tom ihn. »Aber was, um alles in der Welt, ist daran so ...«

Seine Augen wurden groß.

Er sah Simon ungläubig an. »Sag bloß, du denkst noch an sie?«

Auf der Stelle bereute Simon seine Worte.

Er wandte sich rasch dem Bildschirm zu und kontrollierte die aktuellen Eingänge.

»Du hast sie immer noch nicht vergessen, Mann!«, platzte Tom heraus. »Ey, das ist doch Monate her!«

»Wochen.«

»Das war im Sommer! Mittlerweile haben die Bäume kaum noch Laub drauf. Monate!«

»Was ist schlimm daran?«

Tom drehte sich auf seinem Stuhl zu ihm herum. Simon hatte den Blick starr auf den Monitor gerichtet.

Etliche Anweisungen der Aufnahmeleitung. An sie beide adressiert.

Eine E-Mail, noch ganz frisch, aus dem Produktionsbüro in Köln. Nur an seine Adresse.

»Du bist vielleicht ein sturer Bock«, brummte Tom.

»Wieso? Weil ich nicht so … wie heißt das? Wechselhaft bin?«, erwiderte Simon.

»Du meinst sprunghaft«, sagte Tom.

»Verrückte Sprache«, antwortete Simon.

»Nein, ach was. Beständigkeit hat ihre Berechtigung. Hätte ich sonst geheiratet? Beständigkeit ist toll. Zumindest dann, wenn es sich um eine reale Frau handelt …«

»Sie war real!«

»Du sagst es: Sie *war* es! Sie war es für genau zwei Stunden. Während ihr gemeinsam in einem Zugabteil gesessen habt. Und bevor sie dir zum Abschied weder ihren Namen genannt noch ihre Handynummer verraten hat. Hä?«

»So what?«

»Na und? Ich kann dir sagen, was und! Das ist destruktiv, was du tust. An eine denken, die du nie wiedersehen wirst. Kappes! Du hältst das vielleicht für romantisch. Vielleicht fände sie es ja auch niedlich, wenn sie es denn wüsste. Aber einer tatsächlichen Beziehung mit realer Liebe, die du dringend in deinem Leben bräuchtest, Kumpel, kommt das nicht im Mindesten nahe. Das ist einfach nur … Stillstand.«

Simon seufzte.

»Das verstehst du nicht«, sagte er. Hörte selbst, wie schwach es klang. »Warte mal!« Er hob eine Hand. »Hier ist eine E-Mail aus Köln. Sieht so aus als käme sie von unserer Produzentin.«

Tom rollte an Simon heran und las mit.

*Lieber Simon,*

»High-ho!«, kommentierte Tom.

Simon sagte: »Soweit ich mich erinnern kann, sind wir uns noch nicht persönlich begegnet. Und daher ist wirklich nicht sicher, ob wir uns sympathisch sein könnten. Trotzdem schreibt sie *Du.*«

»Fernsehen eben«, erklärte Tom lässig.

*Was für ein tolles Projekt, das uns da verbindet! Die gestrige Sendung kam super an. Wir sind alle gespannt, was heute geschehen wird.*

*Leider ist es meine unangenehme Pflicht, Dich heute großteils von Deinem Arbeitsplatz zu »beurlauben«. Wir haben uns entschieden, die heutige Simulation, die Trude in der nächsten Stunde noch mit Euch besprechen wird, mit Bildern aus dem Rechenzentrum zu unterstützen. Eure Arbeit stößt auf großes Interesse, wie Du siehst. Und dazu wollen die Zuschauer auch Gesichter sehen. Da Du zu den »Unsichtbaren« gehörst, bitte ich Dich also, heute nur jeweils zur vollen Stunde beim TX vorbeizuschauen. Notfalls wird unser Tom bei auftretenden Schwierigkeiten natürlich auf Deine Hilfe zurückgreifen können. Die ausgezeichnete Arbeit, die Ihr bisher gemeinsam geleistet habt, soll schließlich nicht leiden. Die Aufnahmen im Rechenzentrum werden bis etwa 17 Uhr laufen. Danach wird das Material für den Schnitt zusammengestellt, und Ihr könnt Euch wieder »vogelfrei« bewegen ... ha ha!*

*Toi, toi für den dritten Tag!*

*Es grüßt herzlich*

*Helena Löwe*

»Unsere Produzentin!«, wiederholte Simon. »Jetzt sage ich auch schon *unsere Produzentin*. Das verdammte Projekt nimmt mich derart gefangen, dass meine eigene Arbeit, die wissenschaftliche Forschung und der Fernsehkram nicht zu trennen sind. Schrecklich.«

Tom starrte auf die E-Mail und wirkte ganz verklärt.

»Unser Tom. Schreibt sie. Ist dir das aufgefallen? Sie weiß, wer ich bin.«

Simon feixte.

»Sie tut auch so, als wisse sie, wer ich bin, mein Lieber.«

»Die ausgezeichnete Arbeit, die Ihr bisher gemeinsam geleistet habt …«, las Tom vor und warf sich in die Brust.

Simon schnaubte.

Ihm kam der Gedanke, dass er jetzt auch gemütlich in seiner kleinen Wohnung in Utrecht sitzen oder mit ein paar Freunden in einem Café frühstücken könnte.

»Weißt du was? Ich beneide euch nicht. Ihr, die ständig vor der Kamera herumturnen müssen. Ihr habt es viel schwerer bei dies alles hier.«

Er klickte auf Antworten und tippte rasch: *Liebe Helena, über nette Worte freu ich mich natürlich genauso wie die Stars, die im Scheinwerferlicht stehen. Ich tswitschere dann gleich hier ab …*

»Ha! Das ist witzig, oder? Deutsche Vögelwitze sind schwer im Kommen!«, lachte er.

»Sie wird sich kugeln vor Lachen«, bemerkte Tom, streckte die Hand aus und korrigierte das Wort »zwitschern«.

Simon fuhr fort: *und überlasse unserem Tom*

»Muss das sein?«

»Das ist meine Mail an … unsere Produzentin.«

*die heutige Arbeit. Weiterhin auf gute Zusammenarbeit! Simon Reeren.*

Dann drehte er sich rasch auf dem Stuhl herum und stand auf. Gut, dass es das interne Mailsystem gab. Was wäre gewesen, wenn alle, die irgendetwas zu sagen hatten, sie tatsächlich aufsuchen würden. Sie kämen zu nichts anderem mehr.

»Na toll. Das kommt dir wahrscheinlich gerade recht. Brauchst dich wenigstens nicht länger mit deinem scharfsinnigen Freund herumzuschlagen, der dir in Sachen Liebe den Spiegel vorhält«, murrte Tom.

»Du bist doch nur böse, weil ich jetzt einen schönen Tag haben kann und du hier drinnen sitzen und schwitzen musst«, folgerte Simon und öffnete die Tür.

»Und du bist heilfroh, dass du deinen kleinen schweinischen Träumen nachhängen kannst. Dabei läufst du an der Realität schnurgerade vorbei!«, rief Tom ihm nach.

»Ach, alter Wichtigtuer! Du hast einfach keine Ahnung«, knurrte Simon über die Schulter und schloss die Tür.

»Oh, gibt's Krach?«

Simon fuhr herum. Kim.

Er grinste und warf einen Blick auf die geschlossene Tür.

»Ja, wie bei einem alten Ehepaar«, gestand er. »Wenn zwei sich lange kennen, kann man sich schon mal ab und zu auf die Nerven gehen, oder?«

»Tom und verheiratet?«, lachte Kim spöttisch. »Das kann ich mir selbst mit dir nicht vorstellen.«

Simon sah sie verwundert an, während sie gemeinsam den Flur entlanggingen.

»Wirklich? Aber ist er! Er ist verheiratet. Ich war dabei, als er seine Frau kennengelernt hat. Karin. Unglaublich klug. Sehr attraktiv. Und die Kinder ... sie haben zwei Kinder, ein Mädchen und ein kleiner Jungen ... sind beide einfach toll. Sehr hübsch. Kein Wunder – bei den Eltern.«

Kim sah beeindruckt aus.

»Ups«, machte sie. »Und ich dachte, er sei ein Weiberheld.«

»Echt?«

»Ja. Ich finde, er macht so den Eindruck.«

Welchen Eindruck machte er selbst wohl?

Sicher kein ... Weiberheld.

Aber was sahen fremde Frauen in ihm? Frauen, die ihm zufällig begegneten. Was glaubten sie zu erkennen?

Er zögerte eine Sekunde zu lange. Fragte nicht.

»Ich muss mich beeilen. Wir legen in wenigen Augenblicken los.«

»Ich bin heute raus. Sie wollen Bilder vom Rechenzentrum.«

»Oh.«

»Ach, das ist doch okay. Ich kann viel lesen. Vielleicht mit Doktor van Hauser besprechen, was für morgen geplant ist. Dann kann ich schon mal vorbereiten.«

Kims Gesicht verdunkelte sich.

»Sie hat grad keine Zeit. Muss noch die Abschriften kontrollieren, die ich gestern Abend schon durchgesehen habe. Na denn. Bis später mal!« Sie hob die Hand und eilte den Gang entlang.

Simon sah ihr verwundert nach.

Das hatte jetzt so geklungen, als sei sie ziemlich stinkig auf ihre Chefin. Was sie wohl dazu bewog, jeden Morgen mit ihr gemeinsam ums Gelände zu laufen?

## *Kim*

Sumpfkuh.

Ein anderer Begriff fiel ihr dazu nicht ein. Nadine hatte eine ihrer Kolleginnen so genannt, eine stutenbissige Zicke, die in allen weiblichen Angestellten potenzielle Konkurrentinnen um den Juniorchef sah. Sie war erst freundlicher geworden, als Nadine ihr klipp und klar vor die Füße gespuckt hatte, dass sie mit Kim zusammen war und dass ihr Kerle jedweder Firmenposition total am Arsch vorbeigingen. Wie sie darüber gelacht hatten.

Na toll. Daran hatte sie jetzt auch gar nicht denken wollen.

Aber musste diese ... diese Sumpfkuh die Unterlagen noch mal kontrollieren, nachdem Kim sie gestern schon abgezeichnet hatte?

Gab es nicht genug anderes zu tun?

War an Kims Arbeit etwas auszusetzen? War sie unzuverlässig? Arbeitete sie schlampig? Unterliefen ihr Fehler?

Und wieso war es ihr nicht einfach stinkegal, ob Doktor Désirée van Hauser noch mal alle Papiere durchschnüffelte?

Kim atmete durch und betrat den Konferenzraum.

Der befreiende kleine Abstecher durch den unteren Korridor hatte ihr Luft verschafft.

Doch dadurch hatte besagte Dame sie wie im Hase-und-Igel-Märchen überholt und saß bereits in der ersten Reihe vor den Bildschirmen.

Kim ging nach vorn. Sen rutschte zur Seite und machte ihr Platz.

Verflucht. Dort hatte sie nicht sitzen wollen. Mit zusammengebissenen Zähnen ließ sie sich neben Désirée van Hauser nieder.

Kim hob die Brauen. »Alles in Ordnung mit den Unterlagen von gestern?«

Einen Moment lang schien es, als habe Désirée sie nicht gehört.

Doch dann lief ein Ruck durch ihren Körper, und sie wandte den Kopf.

Die Juniorchefin des Instituts van Hauser war ganz sicher keine gute Schauspielerin. Daher konnte die Verwirrung auf ihrem Gesicht auch nicht gespielt sein. Désirée van Hauser wusste schlicht und ergreifend nicht, wovon Kim sprach.

»Die Papiere. Von gestern. Die Sie gerade noch mal geprüft haben«, setzte Kim hinzu.

Auf den Bildschirmen tat sich etwas. In den bisher leeren Ausläufen erschienen die acht Hunde, die noch nicht im Versuch gestanden hatten.

Désirées Gesicht klärte sich.

Und dann.

Lächelte sie.

Sie lächelte ein leises, irgendwie dankbares Lächeln. Und sagte: »Ja, alles perfekt. Vielen Dank.«

Dann wandte sie sich den Monitoren zu.

Äh.

Kim sah auch nach vorn.

Zu den beiden Riesenschnauzern gesellte sich nun Paul. Ausgelassen begrüßten sich die drei Hunde. Ebenso freuten sie sich über Lola und die weitere Probandenhündin, die nacheinander zu ihnen gelassen wurden.

Es schien, als seien die fünf nie getrennt gewesen. Sie fetzten gemeinsam über die Wiese des Auslaufs, balgten sich um herumliegendes Spielzeug und schleckten sich gegenseitig die fröhlich geöffneten Fänge.

Kim vergaß zu kontrollieren, ob die zuständige Assistentin auf dem Auswertungsbogen die entsprechenden Notizen festhielt.

Sie vergaß sogar für ein paar Minuten, dass die Kameras nicht nur die Hunde draußen, sondern auch alle Menschen hier drinnen im Visier hatten.

Das gerade war ein echtes Lächeln gewesen.

Ein Lächeln, das sie bei Doktor Désirée van Hauser noch nie gesehen hatte.

Ein Lächeln, das sich weniger von den Lippen als vielmehr von den Augen ablesen lässt und von tief innen kommt, wohin nicht gleich jeder blicken darf.

Dieses Lächeln hatte ihr gegolten. Kim.

Alle beobachteten, wie auch die Whippets und Beagles in ihre Ausläufe gelassen wurden. Das Bild war überall das gleiche: fröhliche Ausgelassenheit. Die Hunde hatten offensichtlich Spaß am Leben. Sie mochten einander.

Zweimal sah Kim kurz zur Seite. Beide Male erwiderte Désirée rasch ihren Blick. Einmal machte Désirée irgendeine Bemerkung. Beim zweiten Mal machte Kim eine Bemerkung.

Total verrückt.

Vor zwanzig Minuten hätte sie ihr noch den Hals umdrehen können.

Jetzt saßen sie nebeneinander, murmelten sich gegenseitig ihre Kommentare zu, lächelten sich an.

Das sollte verstehen, wer wollte. Sie jedenfalls nicht.

Als auf den Monitoren zu sehen war, dass bei den Riesenschnauzern die ersten Hunde wieder hereingeholt wurden, beugte sich Sen herüber: »Die ersten Probanden sollten schon mal rübergehen, denke ich. Wir sind gleich so weit.«

Désirée hörte es ebenfalls und wirkte plötzlich ganz erschrocken.

»Oh, das hab ich ja vergessen«, murmelte sie und blickte sich im Raum um. Offenbar suchte sie jemanden.

Kim beobachtete, wie die zukünftige Riesenschnauzerbesitzerin Iris und Désirée sich ansahen.

Désirée zog die Brauen hoch.

Iris nickte.

Sie wirkte blass und tapfer. Vielleicht nervös.

Zusammen mit einem Beagle-Mann und einer Whippet-Frau verließ sie den Raum. Um wenige Minuten später auf dem Bildschirm aufzutauchen, der den Riesenschnauzerbereich zeigte.

Paul, der im hinteren Bereich des Auslaufs ein Spielzeug gebeutelt hatte, sah auf, als sich vorn an der Tür etwas tat.

Er trabte langsam heran, den armen Stoffhasen noch im Fang.

Doch als Iris den Auslauf betrat, erkannte er sie offenbar. Er ließ das Spielzeug fallen und sprang in großen Sätzen auf sie zu.

»Er freut sich«, bemerkte Sen zufrieden.

»Reine Interpretation«, erwiderte ein Assistent frech. Irgendwo hinter ihnen wurde gelacht. Doch dann überschlugen sich die Ereignisse.

Paul erreichte Iris. Weil er nicht erzogen war, sprang er an ihr hoch, um sie zu begrüßen. Und weil er ein Riesenschnauzer war, tat er es auf ruppige Art und Weise.

Das war sein Kommentar dazu, dass sie ihn so lange allein gelassen hatte: Fünfundvierzig Kilo prallten mit den Vorderpfoten in Iris' Unterleib.

Désirée sprang vom Stuhl auf.

Im Auslauf taumelte Iris rückwärts.

Paul bellte.

Iris fiel.

Désirée schlug die Hand vor den Mund.

Doch nur kurz. Denn in der nächsten Sekunde schoss sie herum. Hinten im Raum stand Trude mit großen Augen.

»Tun Sie was! Sagen Sie den Assistenten per Walkie-Talkie, sie sollen das Vieh von ihr runterholen!«, rief Désirée ihr zu.

Trude reagierte sofort.

Alle starrten auf den Bildschirm.

Iris lag am Boden und versuchte erst gar nicht, sich Pauls stürmischer Begrüßung zu erwehren. Sie hatte sich zusammengekrümmt und schützte Kopf und Bauch mit den Händen.

»Scheiße«, hörte Kim jemanden murmeln.

Ansonsten waren nur Pauls Begeisterungswinseln und das Knacken des Walkie-Talkies zu hören.

Zwei Assistenten stürmten in den Auslauf. Der eine versuchte, Paul am Halsband zu fassen oder ihn von Iris fortzuziehen. Der andere beugte sich über die am Boden Liegende und sprach auf sie ein.

So vergingen ein paar Augenblicke.

Paul wurde gebändigt und trippelte nur noch unruhig hin und her.

»Wieso steht sie nicht auf?«, fragte Sen. Er hatte die Hände auf die Knie gestützt. Die Knöchel traten weiß hervor.

Der Assistent, der neben Iris kniete, sah direkt in die Kamera und sagte etwas. Doch als »Unsichtbarer« trug er keinen Anstecker, und das Außenmikro übertrug den Ton durch Pauls Protestgeheul nur undeutlich.

Das Walkie-Talkie knackte.

Trude, die aussah, als hätte sie den Kopf versehentlich zwei Stunden lang in ein Solarium gehalten, bellte ein »Ja!« hinein.

»Wir brauchen einen Arzt!«, quäkte es aus dem Gerät.

Désirée war noch vor Sen an der Tür.

Auf dem Bildschirm war zu sehen, wie der begleitende Humanmediziner bei Iris eintraf und wie Paul aus dem Auslauf gebracht wurde.

Wie Iris aufstand und zusammengekrümmt, von zwei Seiten gestützt, hinausgeführt wurde.

Mittlerweile saß niemand mehr auf seinem Platz. Alle standen herum wie aufgeschreckte Hühner.

Die Versuchsabläufe in den anderen Ausläufen wurden abgebrochen und die Hunde in ihre Räume gelassen.

Sie hatten Iris in den kamerafreien Pausenraum gebracht. Als Kim hereinkam, putzte die junge Frau sich die Nase. Der Arzt nahm ihr gerade den Blutdruckmesser ab und wechselte einen Blick mit Sen.

Désirée saß auf einer Sessellehne hinter Iris und starrte aus dem Fenster. Dort draußen zog ein großer Schwarm schwarzer Vögel seine Kreise über dem Gelände. Die Dohlen, die zum Institut gehörten.

»Es tut mir wirklich sehr leid!«, sagte Iris mit verzagter Stimme. Es klang so, als habe sie es schon mehrmals wiederholt. »Was wird denn jetzt aus Paul? Er kann doch im Versuch nicht weiter mitmachen, oder?«

»Das lassen Sie unsere Sorge sein«, beruhigte Sen sie und tätschelte ihr den Arm.

Er war ein netter, gut aussehender Mann Mitte vierzig und verströmte die notwendige Gelassenheit und Zuversicht. Iris lächelte ihn dankbar an.

Kim versuchte, Désirées Blick einzufangen. Doch die verfolgte nur den Flug des Dohlenschwarms draußen. Sie sah seltsam entrückt aus.

»Möchten Sie noch ein bisschen hier sitzen bleiben, oder sollen wir Sie in Ihr Zimmer bringen?«, wollte Sen von Iris wissen.

»Das wäre lieb. Ich würde mich gern hinlegen, wenn das geht.«

»Na klar. Kommen Sie. Ich begleite Sie. Das ist doch in Ordnung, Doktor, oder?«

Der Arzt nickte. »Nur keine weitere Aufregung.«

Als Iris an Kim vorbeikam, sah sie sie flehend an. »Ich will die Gesundheit des Kindes nicht riskieren«, sagte sie leise.

Kim nickte ihr zu.

Nachdem die Tür ins Schloss gefallen war, blieben Désirée und Kim allein zurück.

»Sie ist schwanger?«, fragte Kim.

Désirée holte tief Luft und nickte. »Ich trage die Verantwortung«, sagte sie dann. »Iris hat mich heute Morgen gebeten, ihre Einheit auf den Nachmittag zu verlegen, weil sie sich nicht wohlfühlte. Ich habe es ... ich habe es einfach vergessen.«

Die Dohlen umrundeten das Gebäude und flogen aus dem Blickfeld.

»Ähm«, machte Kim. »Na ja, das ... das kann ja jedem mal passieren.« Etwas Netteres fiel ihr nicht ein.

Doch Désirée sah sie so ruhig an, dass sich auf Kims Armen eine Gänsehaut bildete.

»Es ist unentschuldbar«, stellte Désirée klar. »Ich denke, die Institutsleitung sieht das genauso. Also muss ich wohl hinaufgehen und alles Weitere besprechen.« Doch sie erhob sich nicht.

Für eine Weile war es sehr still im Raum.

»Sie hört also auf?«, knüpfte Kim irgendwann wieder an. Sicher wollte Désirée keine beruhigenden Floskeln hören. Im Grunde hatte sie ja auch recht.

»Ja«, antwortete Désirée mit einem Ausatmen. Und setzte hinzu: »Am dritten Tag verlieren wir eine Probandin.«

Natürlich konnte Kim sich irren. Aber ihrer Meinung nach benahm sich Désirée nicht wie eine Institutsleiterin. Sie wirkte erschüttert, und Kim wünschte sich plötzlich, sie möge doch wieder so sachlich sein wie üblich. So, wie sie sie kennengelernt hatte. Auch wenn sie damals gedacht hatte, dass etwas mehr Gefühl dieser zurückhaltenden, staubtrockenen Frau guttäte.

So wie Désirée dort auf der Sesselkante saß, Halt suchend wie ein Jungvogel auf dem Rand des Nests, kam Kim nämlich ein Verdacht.

Der Verdacht, dass Désirée ihre Emotionen womöglich deswegen so gut versteckte, weil sie unbeherrschbar wurden, sobald sie sie einmal losgelassen hatte. Vulkanmäßige Wut. Gletscherspaltentiefe Enttäuschung. Sintflutartige Trauer.

»Bernhard steht auf der Liste der Zweit-Hund-Probanden. Er ist eigentlich scharf auf den Pfeffersalzrüden, der noch im Ersatz wäre. Ich finde aber, wir sollten ihn nun für Paul einsetzen. Er kommt gut an bei den Leuten, sagt Helena ... Löwe.«

Kim verstummte rasch, als Désirée sie ansah.

Hatte das zu intim geklungen? Helena. Meine Schwester hat gesagt ... Den Nachnamen anzuhängen, war ihr erst eingefallen, als die Intimität bereits im Raum schwebte.

Désirée stand auf und kam auf dem Weg zur Tür an Kim vorbei. Auf gleicher Höhe blieb sie stehen und sah sie an.

Sie war kleiner als Kim.

Schmal, aber kraftvoll. Wie eine Katze.

Das hätte sie sicher nicht gern gehört.

Ihr dunkelhäutiges Gesicht wirkte plötzlich überraschend zart.

»Ich bin wirklich froh, dass Sie ins Team gekommen sind, Doktor Richardson«, sagte sie.

Eine heiße Welle schwappte in Kims Magen.

»Danke«, erwiderte sie etwas heiser.

Ihr fielen noch viele andere Sätze ein, die sie gern gesagt hätte. Wie sehr ihr die Arbeit Freude machte. Dass die Zuschauer den Wechsel bestimmt verstehen und gutheißen würden. Das zeigte doch, dass sie für die Mitwirkenden Verantwortung übernahmen. Dass Désirée eine tolle Wissenschaftlerin war, mit der jeder gern zusammenarbeitete. Eine Menge Unsinn durchpflügte plötzlich ihr Hirn.

Gott sei Dank war Désirée schneller an der Tür, als Kim diese Gedanken in Worte fassen konnte!

Ob sie eine Beziehung hatte?

Da war ein blinder Fleck.

Kim vermochte sich nichts vorzustelllen.

Ein Mann. Groß, schlaksig, smart? Klein, muskulös, wortkarg? Irgendwie schien nichts zu ihr zu passen.

Sie beeilte sich, Désirée zu folgen.

Als sie auf den Flur hinaustraten, standen ein paar Institutsmitarbeiter am Fenster und sahen hinaus.

Das passierte manchmal.

Dass Menschen, die zusammenarbeiteten, für eine kurze Pause gemeinsam am Fenster standen. Besonders, wenn die laufenden Versuche sowieso gerade unterbrochen worden waren.

Doch wie sie dort standen, darauf kam es an.

»Was gibt es?« Kim gesellte sich dazu und sah ebenfalls hinaus.

Unten vor dem Tor stand eine kleine Menschenansammlung, Männer und Frauen.

Sie gehörten ganz sicher nicht zum Institut.

Und ebenso wenig zum Fernsehteam. Denn alle Befugten hatten sich innerhalb der geregelten Arbeitszeiten ausschließlich auf dem Gelände aufzuhalten.

Die Menschen da draußen schienen auch nicht hereinzuwollen.

Sie standen genauso herum wie …

Kim sah genauer hin.

Für einige Sekunden kam ihr der wirre Gedanke, dass sich bereits eine kleine Fangemeinde der Sendung gebildet hätte. Groupies, Fans einer Wissenschaftlerin oder eines Kameramanns. Die auf eine günstige Gelegenheit warteten, ihre Stars um ein Autogramm zu bitten oder ihnen flauschige Teddybären über das Sicherheitstor zu werfen.

Soeben hatten zwei der Männer jedoch ihre Rucksäcke abgenommen und zogen daraus große weiße Klumpen hervor. Die sie alle gemeinsam auseinanderzogen.

»Was, um Himmels willen …?«, hörte sie neben sich den Kameramann Thorsten mit dem Ziegenbart brummen.

»Oh nein«, murmelte Doktor Sen auf der anderen Seite.

Denn in diesem Augenblick hatten die Menschen vor dem Zaun den ersten weißen Klumpen vollständig auseinandergezerrt. Sie hoben ihn hoch an den Zaun und zeigten sich sehr geschickt darin, die Enden des weißen Stoffs – denn darum handelte es sich – am Zaun zu befestigen.

Kim sah sich rasch um.

Ihr Blick erhaschte gerade noch Désirée, die am Ende des Gangs verschwand.

Die weißen auseinandergezogenen Stoffbahnen waren Transparente.

Darauf stand: VAN HAUSER = VOM FERNSEHEN GEKAUFTE TIERQUÄLER!

*Helena* *10. Oktober, siebter Versuchstag*

Eine knappe Woche war vergangen seit dem Start.

Helena saß in ihrem Kölner Büro und sah sich die Sendung des gestrigen Abends noch einmal an.

Der sechste Tag war es gewesen.

Im Studio saß Iris, die ehemalige Probandin. Frisch. Hübsch. Etwas wehmütig.

Helena seufzte. Sie war ein Pubikumsmagnet gewesen. Schon mit der ersten Ausstrahlung war das klar gewesen. Attraktiv, wie sie war, fühlten die männlichen Zuschauer sich zu ihr hingezogen. Die weiblichen identifizierten sich mit ihr.

»Ehrlich gesagt habe ich meinen Entschluss, aus dem LABOR auszusteigen, schon bereut«, sagte Iris zu Wolfgang Niederwegen im Studio. »Es hat einfach riesigen Spaß gemacht, Teil eines solch großen Projekts zu sein.«

»Jetzt sind Sie aber doch Hauptperson eines ganz anderen großen Projekts, oder?«, grinste Niederwegen.

Er machte es wirklich gut.

Obwohl er – wie Helena wusste – nur wenige Stunden vor der Sendung noch beim Arzt gewesen war. Doch das war ihm nicht anzumerken. Er war so wie immer. Womöglich noch besser.

Einfühlsam. Charmant. Helena musste sich eingestehen, dass sie es wahrscheinlich nicht so gut hinbekommen hätte. Nicht mit seinem Hintergrund. Und erst recht nicht nach der Hetzkampagne der letzten Tage.

Gut, dass niemand wusste, wie sehr ihr das an die Nieren ging.

»Tja, Projekt B, nicht?«, lächelte Iris und klopfte sich leicht auf den Bauch.

Sie sprachen noch kurz über die Schwangerschaft, die nicht geplant gewesen war. Offenbar ein kleiner Unfall. Doch Iris sah so glücklich aus, dass niemand an ihrer Freude zweifelte.

Die Versuche selbst liefen weiterhin gut. Kein einziger Hund aus der ersten Versuchsreihe musste nochmals mit Monovasol behandelt werden. Die einmalige Medikation hatte ausgereicht.

Beagle Humphrey war inzwischen der Liebling der ganzen Redaktion.

Er zeigte nach wie vor erstaunliche Bindungsbereitschaft an sein neues Frauchen. Außenreize waren für ihn so gut wie nicht vorhanden, wenn er nur bei ihr sein konnte. Barbara schwelgte im Glück.

»Ein Beagle fürs Leben«, sagte sie mitten in die Kamera.

Toll.

Aber dennoch.

Helena warf einen Blick auf den Stapel Zeitungen, der die linke Seite ihres Schreibtischs mit Schwachsinn vollmüllte.

Auf dem Band der Sendung vom vergangenen Tag kamen sie jetzt an die entscheidende Stelle: Paul wurde erneut Monovasol gespritzt.

Nach der entsprechenden Zeit erschien der raubeinige, Holzfällerhemden tragende Bernhard, allen schon von der Schnauzerhündin Lola bekannt.

Selbstsicher setzte er sich an die der Tür gegenüberliegende Wand und wartete geduldig ab.

Paul schritt steifbeinig auf ihn zu, schnupperte ihn von den Schuhen bis zum Hals ab.

Dann wandte er sich ab und nahm seinen Gang durch den Versuchsraum wieder auf.

Hätte sie nur mit Kim darüber reden können.

Ihr selbst kam dieser Hund nicht so vor, als schlösse er sich gerade an eine neue Bezugsperson an.

Und das lag sicher nicht daran, dass sie die entsprechende

Simulation aus dem Rechenzentrum gesehen hatte. Laut dieser Berechnung konnte Paul sich gar nicht auf einen anderen Menschen einlassen. Seine Rezeptoren im Hirn, zuständig für diese Zuwendung, waren blockiert. Belegt mit sämtlichen Eindrücken, die Iris bei dem Tier hinterlassen hatte. Jetzt gerade war Paul nicht in der Lage, sich einem neuen Partner zuzuwenden. Vielleicht nie.

Diese Simulation hatten sie natürlich nicht gesendet.

Aber auch ohne sie war Paul den Journalisten nicht wie ein glücklicher Hund vorgekommen.

Heute Morgen machte sich auch die kleinste, schmierigste Gazette aufs Scheinheiligste Sorgen um den armen Paul.

Sie hob die Fernbedienung, und der Bildschirm wurde schwarz.

Für einen Moment betrachtete sie den Telefonhörer.

Bisher hatte sie sich an die Regeln gehalten.

Alle hielten sich an die Regeln.

Außer Désirée van Hauser, die in ihrer seltsamen Zwitterfunktion auch keinen glücklichen Eindruck machte, hatte niemand aus dem Team Kontakt nach draußen.

Kein Telefon. Kein Fernsehen oder Radio. Kein Internet.

Niemand aus dem LABOR wusste, was hier draußen geschah, wie die Sendung ankam, was die Zeitungen schrieben.

Die Polizei hatte die Handvoll Demonstranten vor drei Tagen rasch einsammeln können.

Van Hauser hatte in einer internen Konferenz erklärt, dass es sich lediglich um wenige versprengte Tierschützer handelte.

Doch die Wahrheit sah anders aus.

Denn am folgenden Tag waren es bereits mehr als dreimal so viele gewesen. Und heute schienen es schon wieder mehr geworden zu sein.

Die Polizei riegelte den Zufahrtsweg schon unten an der Straße ab.

So gelangten die Protestierenden nicht einmal in Sichtweite des Instituts.

Doch sie verstopften die Kreuzung, blockierten den Verkehr, hängten ihre verfluchten Transparente in Bäume und an Straßenlaternen. Es war nur eine Frage der Zeit, bis die überregionalen Nachrichten darüber berichten würden.

Es klopfte an der Tür.

»Komm rein«, sagte Helena und fuhr sich mit der Hand durchs Haar.

Wolfgang Niederwegen öffnete schwungvoll die Tür und schloss sie mit einem leisen Geräusch hinter sich.

Einen Moment lang blieb er stehen und sah sie an. »Wie machst du das nur? Dass du immer so aussiehst?«

Sie lächelte matt. »Wie denn?«

»Als ob ich dich noch nie gesehen hätte. Noch nie eine Frau gesehen hätte, die so wunderschön ist wie du.«

Helena winkte ab. »Charmeur! Los, komm her. Ich muss mit dir besprechen, wie wir die Karre wieder aus dem Dreck bekommen.« Sie stand auf und steuerte die kleine Sitzlandschaft am Fenster an.

Er folgte ihr.

Wolfgang Niederwegen war groß, unglaublich gut aussehend und charismatisch.

Er war ein echter Stern am Moderatorenhimmel. Jemanden wie ihn gab es nur einmal in einer Fernsehgeneration.

»Wieso lächelst du so?«, erkundigte er sich. Er war schmal geworden.

»Ich lächle nicht. Ich grinse«, korrigierte sie ihn. »Denn ich erinnere mich, wie ich dich bei unserem Kennenlernen eingeschätzt habe.«

Er musterte sie amüsiert und ließ sich auf das Sofa fallen.

»Wann war das?«

»Vor fast genau zehn Jahren. Hier im Sender. Du solltest die Nachfolge von Werner Albrink antreten, und ich sollte dich einführen.«

Jetzt lachte Wolfgang auch. »Du warst der Hammer! Ich hatte das Gefühl, in einem ICE zu sitzen und mit Höchstgeschwindigkeit dahinzubrausen. Weißt du, was ich meine?«

Helena wusste es genau.

»Aber wie hast du mich eingeschätzt?«, fragte er, ohne ihre Antwort abzuwarten.

»Ich habe dir bis ins Bodenlose misstraut«, gestand sie schlicht.

»Was? Wieso das?« Er tat schockiert.

»Du warst umwerfend. Ich hab gleich kapiert, was du alles draufhast. Du warst ein Mann. Und du warst offensichtlich nicht schwul. Du warst eine Konkurrenz, die nur aus der Hölle persönlich kommen konnte. Deswegen. Und du bist in den letzten Jahren noch besser geworden.« Helena deutete auf den schwarzen Bildschirm.

»Hab mir die Sendung von gestern noch mal angesehen. Du machst das toll, Wolfi. Ich bewundere dich. Woher nimmst du nur die Kraft, eine so coole Socke zu sein?«

Er lachte. Aber es klang etwas müde, und sie horchte sofort auf.

»Ich habe schließlich nichts mehr zu verlieren«, sagte er mit einem simplen kleinen Achselzucken.

»Aber ich«, antwortete Helena und beugte sich vor, um seine Hände zu nehmen. »Aber ich habe etwas zu verlieren.«

»Nein«, widersprach er und ließ den Blick auf ihren Händen ruhen. »Nein. Nicht etwas. Alles.«

»Dann hilf mir!«, bat sie eindringlich. »Wir müssen eine Möglichkeit finden, um das Ruder rumzureißen. Alle arbeiten wie die Blöden. Jeder tut, was er kann. Aber der große Kick, der letzte Stoß, das, was die Sache braucht, um der Erfolg zu werden, den ich … den wir alle erwartet haben, der fehlt. Was können wir tun?«

Vor zehn Jahren war rasch klar gewesen, dass der Sender nicht nur einen von ihnen, sondern sie beide puschen wollte. ZAPP-TV brauchte ein Moderatorenpaar wie sie.

Daher war der Konkurrenzgedanke rasch verflogen und hatte einem respektvollen Nebeneinander Platz gemacht.

Seit sie nun gemeinsam an dem Projekt DAS LABOR arbeiteten, war Helenas Achtung vor ihrem Kollegen Niederwegen permanent gewachsen. Sie waren sich nähergekommen.

Hatten zusammen in Konferenzen gesessen, hatten Arbeitsbesprechungen miteinander abgehalten, Ideen entwickelt, das Team auf Kurs gebracht.

Ein- oder zweimal waren sie auch miteinander essen gewesen. Rainer hatte es mit Argwohn registriert.

An diesen Abenden hatte Helena Wolfgang angesehen und sich vorgestellt …

Doch obwohl der Gedanke reizvoll gewesen war, war ihre Vorstellung blass und farblos geblieben.

Das war es nicht, was sie verband.

Viel eher war es die Leidenschaft für den Beruf. Der brennende Ehrgeiz, der auch in seiner Brust zu lodern schien. Die unerbittliche Härte hinter seinem Charme.

Manchmal hatte sie sich gefragt, wer es bei ihm wohl war. Wen wollte er so verzweifelt und unbedingt auf sich stolz machen?

Seit vier Wochen wusste sie von ihm, was sonst kaum jemand wusste. Seitdem sah sie in ihm einen echten Freund.

Er war der Einzige, dem sie offenbaren konnte, wie es bezüglich dieses Wahnsinnsprojekts tatsächlich in ihr aussah.

»Ganz ehrlich?«, fragte er jetzt und sah sie nervös an.

Zwar hatte er gerade behauptet, er habe nichts zu verlieren. Aber offenbar wollte er ihr gegenüber nicht wie ein Idiot dastehen.

»Egal was«, versicherte sie ihm und sah ihm offen ins Gesicht.

Wolfgang löste seine Hände aus den ihren und lehnte sich in die Polster zurück.

»Gleich am ersten Abend rief mich jemand an. Er bat um einen Rückruf. Ich hab's vergessen, ehrlich gesagt. Aber nach zwei Tagen rief er noch mal an und wollte mich treffen. Hab ich bisher nicht getan. Im Grunde bin ich nur der Moderator und habe nichts zu sagen …«

»Komm schon! Wer war es?«, unterbrach Helena sein Fishing-for-compliments.

»Du kennst ihn nicht. Sein Name wird dir nichts sagen. James Tumber. Hinter ihm steht der größte Partnervermittlungsservice Europas.«

»Uuuh«, machte Helena. »Klingt schmuddelig.« Außerdem: Was hatte das LABOR mit einem Partnervermittlungsservice zu tun?

»Keineswegs«, widersprach Wolfgang. »Das Ganze ist ein seriöses Unternehmen. Menschen suchen einen Partner fürs Leben. Und dort finden sie ihn. Ihre Vermittlungserfolge liegen bei über sechzig Prozent. Und wieder die Hälfte davon heiratet in den folgenden fünf Jahren.«

»Wow.« Gab es etwas Traurigeres, als einen Partner, eine Partnerin über eine Vermittlungsagentur zu suchen? Anzukreuzen, welche Hobbys man hatte und welche äußere Erscheinung man sich von dem anderen erhoffte?

»Schalt dein Hirn ein, Liebes«, sagte er.

»Meinst du etwa …? Du meinst doch nicht …?«

Er nickte. »Die Idee dahinter ist Folgende: Paare, die sich über die Agentur gefunden haben, können eine Garantie auf eine monogame Partnerschaft fürs Leben kaufen. Die Ehe für immer. Keine Frau muss Angst haben, dass ihr mühevoll entdeckter Typ mit einer anderen vögelt. Kein Mann braucht sich davor zu fürchten, in den Augen der Frau nicht der tollste, beste, wunderbarste Lover zu sein. Wer über besagte Agentur einen Partner findet, bekommt die ewige Liebe mitgeliefert. Und ich nehme mal an, dass diese Vorstellung vielen Menschen wichtig und teuer ist. Bestimmt wären sie bereit, für eine solche Garantie eine Menge Geld springen zu lassen. Alleiniges Marktrecht an Monovasol für James Tumbers Unternehmen – und die nächsten Generationen seiner Nachkommen hätten ausgesorgt, auch dann, wenn er selbst das Mittel nicht einnähme, sondern in Mehrehe leben würde und siebzehn Kinder hätte.« Wolfgang lachte trocken.

Helena, die mit wachen Sinnen gelauscht hatte, schüttelte den Kopf.

»Diese Partnervermittler wollen das Rezept für den Humanbereich kaufen? Aber wir wissen doch noch nicht … man kann noch gar nicht sagen, ob es tatsächlich funktioniert. Wir wissen nichts über die Dauer der entstandenen Bindungen. Und schon gar nichts über mögliche Langzeitnebenwirkungen. Am ersten Abend hat er angerufen, sagst du?« Sie überlegte. »Da war das Ganze nicht mehr als eine Hypothese.«

»Für ihn war es offenbar schon mehr. Er glaubt fest daran, dass wir unsere Millionen nicht zum Fenster rauswerfen, sondern dass es wie erwartet laufen wird.«

»Unfassbar!«

Sie starrten einander an.

Helena spürte, dass ihre Augen weit aufgerissen waren und ihre Nasenflügel bebten.

»Das habe ich auch zuerst gedacht. War freundlich. Du weißt schon. Man trifft sich ja immer zweimal im Leben. Freundlich, aber gelassen. Wirklich tolle Idee. Ja, sicher wäre das eine feine Sache für Sie. Aber. Ja, wir melden uns, wenn Interesse besteht. Ich werde das natürlich diskutieren. Diskret selbstverständlich.«

Sie musste über seine gemurmelte Darstellung eines vielbeschäftigten Moderators lachen.

Doch er sah sie eindringlich an und flüsterte: »Eine einzigartige Chance!«

Sie beugte sich vor. »Aber Wolfgang … die ganze Idee hat maßgebliche Lücken. Im Labor werden Hunde getestet. Und selbst wenn die Experimente zum gewünschten Ziel führen würden. Selbst wenn wir am Ende ein ganzes Rudel mit sozial monogamen Tierchen rumlaufen haben, die nichts anderes im Kopf haben als ihren eigenen Menschen. Selbst wenn … Es sind nur Hunde!«

Wolfgang löste sich aus dem bequemen Polster und beugte sich ihr ebenfalls entgegen. Ihre Gesichter waren nur etwa dreißig Zentimeter voneinander entfernt. Sie sah die bläulichen Schatten unter seinen Augen. Und darin ein paar feine gerissene Äderchen. Die Behandlungen, denen er sich unterziehen musste, waren oft anstrengend.

»Helena«, sagte er leise, »genau das ist der Punkt. Es sind nur Hunde. Und mit Versuchen an Hunden allein ist nicht viel zu beweisen …«

Helena zuckte ein bisschen zurück und lachte nervös.

»Du meinst doch nicht etwa, dass wir die Versuche auf Menschen ausweiten sollten? Am besten noch, ohne dass wir wissen, wen sie sich für ihre Bindung aussuchen.« Eine perverse Idee.

»Ohne dass wir es wissen?«, wiederholte Wolfgang. »Das hätte natürlich seinen besonderen Reiz.«

»Du spinnst!«, rutschte es ihr heraus. Sie wollte aufstehen. Doch er griff nach ihren Händen und zog sie zurück.

»Nein, ich spinne nicht. Ich wälze nur schon drei Tage länger als du diese Gedanken. Wenn du erst einmal gründlich darüber nachgedacht hast, siehst du auch die immense Chance, die darin steckt.«

»Ja, die Chance, den Bundespresserat vor der Tür stehen zu

haben und in Handschellen abgeführt zu werden. So was ist einfach nicht möglich.« Helena entzog ihm ihre Hände, blieb jedoch sitzen.

»Ist es nicht?« Wolfgang zählte an den Fingern ab. »Denk an den *Promi-Überfall* – da umschiffen sie geschickt das Thema Hausfriedensbruch. Oder nimm *Beauty and the Beast* – wie sieht es aus mit der körperlichen Unversehrtheit der Teilnehmerinnen? *Nackt durchs Leben*, *Uwe und seine Frauen* oder auch das uralte *Dschungelcamp* – wie heißt es so schön: Die Würde des Menschen ist unantastbar.«

»Im *Dschungelcamp* haben die Leute alles freiwillig gemacht und bekamen einen Haufen Kohle dafür«, konterte Helena.

»Vielleicht ist gerade das das Würdelose daran«, überlegte Wolfgang kurz, wischte den Gedanken jedoch mit einer Handbewegung fort. »Egal. Ich habe die Verträge prüfen lassen. Hermann Renk war mir noch einen Gefallen schuldig. Er sagt, es wäre drin. Van Hauser und unsere Rechtsabteilung haben es wunderbar hinbekommen, mit wasserdichten Verträgen zu hantieren. Noch nicht mal bei fahrlässiger Tötung könnte ZAPP-TV in die Haftung genommen werden. Und schon gar nicht einer oder eine von uns persönlich.«

Helena betrachtete ihn. Es war ein diesiger Tag, und das Vormittagslicht warf graue Schatten auf sein Gesicht.

Er war höchstwahrscheinlich wahnsinnig geworden.

Die letzten Wochen waren zu viel für ihn gewesen.

Angst. Sorge. Leistungsdruck.

Offenbar hatte er all dem nicht mehr standhalten können.

Deswegen. Nur deswegen konnte er ernsthaft eine solche Lösung in Betracht ziehen.

Wieder dachte sie an Kim.

Sie dachte an ihre Schwester nicht als Ratgeberin wie vor fünfzehn Minuten noch, sondern als Kritikerin.

Wenn Kim dieses Gespräch hätte mithören können …

Helena schloss für einen kurzen Moment die Augen.

Weg damit. Sie wollte sich nicht vorstellen, was in diesem Fall geschehen würde.

Schließlich kam es überhaupt nicht infrage.

»Stell dir die Zuschauer vor. In wen verliebt sich die Probandin, der Proband? Wie äußert sich das? Ja, mehr noch: Diejenige, derjenige könnte darüber tatsächlich sprechen. Nicht nur dumm herumhüpfen wie die Hunde. Stattdessen das Gefühl beschreiben. Das Empfinden dieser ungewöhnlichen Zuneigung. Unser Publikum wäre dabei, wenn eine Partnerschaft fürs ganze Leben entsteht. Wenn Liebe entfacht wird und wächst. Wenn eine Beziehung sich gründet. Näher kann man an einen Menschen doch gar nicht herankommen. Wäre das nicht der Hammer? Wäre das nicht das ultimative Ding, auf das alle warten?«

Er war nicht wahnsinnig.

Er war genial.

Wenn auch auf eine wahnsinnge Art und Weise.

Helena schwieg und starrte auf die blank gewischte Holzoberfläche des Couchtischs.

»Du hast mich gefragt«, sagte er und zuckte die Achseln. »Das ist meine Lösung. Eine andere habe ich nicht.«

Wolfgang fuhr mit dem Zeigefinger das Muster auf dem Tisch nach.

So nachdenklich kannten ihn die wenigsten.

Sie wollte ihn gern fragen, was er dachte.

Doch sie fürchtete seine Antwort.

Es war, als würde sie diese Antwort schon kennen.

Und die passte in keiner Weise zu dieser verflixten, irren Sendung. Sie passte nicht in dieses schicke Büro mit Vorzimmer in einem der modernsten Sender Europas. Kein Wort seiner wahrhaftigen und wagemutigen Antwort passte in ihr Leben.

Es stellte sich heraus, dass sie nicht einmal fragen musste.

»Was machen wir hier überhaupt, Helena? Monogamie. Scheiß drauf. Wenn ich keinen Bauchspeicheldrüsenkrebs hätte, würde ich so wenig monogam leben wie nur irgend möglich, verdammte Scheiße! Leben wir etwa wahrhaftig, indem wir diesen Job hier machen? Sind wir uns dabei unseres Lebens bewusst?«

Die letzten Tage waren unangenehm ereignisreich gewesen.

Wie sollte sie sich da auf ihre Arbeit konzentrieren?

Iris' heimliches Geständnis.

Ihr Zusammenbruch im Auslauf der Riesenschnauzer. Somit war Paul aus der ersten Probandengruppe ausgeschieden.

Die Umstrukturierung des Ablaufplans. Einer der Reservehunde musste so rasch wie möglich in die erste Probandengruppe aufrücken. Paul musste ein Sonderstatus eingeräumt werden – sie versuchten, seine Bindung an Iris zu löschen und stattdessen Bernhard als zukünftigen Besitzer für den Riesenschnauzer attraktiv zu machen. Der TX 14 sagte ihnen, dass das nicht gelingen würde. Paul jedoch freute sich seit zwei Tagen über Bernhard so, wie er sich bei Iris'Anblick begeistert hatte.

Die täglich wachsende Demonstrantenschar wurde von der Polizei schon unten an der Zufahrtsstraße abgefangen. Gestern war das erste Kamerateam eines anderen Senders aufgetaucht. Doch niemand im LABOR-Team ahnte, dass einen knappen Kilometer entfernt eine Hundertschaft für Ordnung sorgen musste.

Also hätte sich alles wieder beruhigen und die Versuchsreihe ihren geregelten Verlauf nehmen können.

Aber.

Es gab etwas, das Désirée mehr als alles andere Sorgen machte.

Ines' täglich sich steigernde Gereiztheit aufgrund der negativen Schlagzeilen.

Das Institut van Hauser war immer auf der sogenannten guten Seite angesiedelt gewesen. Nie hatte die Presse Sinn und Nutzen seiner Forschungen infrage gestellt.

Heute Morgen, am neunten von sechsundfünfzig Tagen, hatte Ines sie während ihrer kurzen Besprechung mehrmals merkwürdig angesehen. Ihre stechenden Steinadleraugen erweckten den Eindruck, als wünsche sie sich Jahre zurück. Zu einem Telefonat, das sie aus Mexico City erreichte. Bei dem sie lange der vertrauten Stimme am anderen Ende gelauscht hatte. Sie sah aus, als wünsche sie sich, schließlich geantwortet zu haben:

»Du bist zwar die Tochter von Robert van Hauser. Aber du spinnst.«

Désirée hatte keinen blassen Schimmer, ob ihre Stiefmutter sich tatsächlich wünschte, sie hätte ihr Einverständnis zu dieser Kooperation mit dem Fernsehen nie gegeben.

Womöglich waren es nur ihre eigenen Wünsche, die sie in die hellblauen Blicke hineininterpretierte.

Auf alle Fälle war das Verhalten ihrer Stiefmutter ein ständiger Quell der Beunruhigung. Denn sie hatte die eisenharte und ehrgeizige Ines noch nie so nervös und flattrig erlebt.

Irgendetwas an der kerzengeraden Haltung, mit der sie über den Flur schritt, sagte Désirée, dass hier eine Zeitbombe tickte.

Und dann war da noch etwas anderes.

Désirée warf einen Blick durch das Labor. Hinüber zum Tisch, an dem Doktor Sen mit Doktor Richardson an den Reagenzgläsern stand.

Der TX 14 schlug für Paul eine leicht veränderte Mischung in der Medikation vor.

Es war nicht leicht, das einmal entwickelte Verhältnis wieder aufzuheben und auf der einen Seite, nämlich auf der der Rezeptoren, zu erhöhen.

Kim war – genau wie sie selbst – heute Morgen sorgfältig frisiert worden. Doch offenbar war sie sich mehrmals durchs Haar gefahren.

Während Sen wie aus dem Ei gepellt wirkte, machte Kim, zumindest was ihr Styling anging, einen wirren Eindruck.

Da. Da war es wieder. Kim fuhr sich mit der Hand durchs Haar, während sie ins Mikroskop starrte, nestelte gedankenverloren darin herum und sah anschließend noch zerzauster aus.

Désirée spürte, wie sich ein Lächeln auf ihr Gesicht stahl, und blickte rasch hinunter auf ihre eigene Arbeit.

Ob Kim vor ein paar Tagen etwas bemerkt hatte?

Sie hatte doch unmöglich wissen können, was in diesem Augenblick in Désirée vorgegangen war. Der Schock über Iris' tonloses Geständnis. Die Flut der Erinnerungen, die dies ausgelöst hatte. Ihre Fassungslosigkeit über die eigene Schwäche.

Und trotzdem hatte Kim später noch einmal nachgefragt.

Im Konferenzraum. Betont sachlich hatte sie geklungen. Ob mit den Papieren alles okay gewesen sei. Als ob ihr aufgefallen sei, dass Désirée in diesem Moment kaum noch hatte aufrecht stehen können. Ohnmächtig mit einem Mal unter der Last der Erinnerungen.

Désirée hatte bei den morgendlichen Joggingrunden schon mehrmals beinahe danach gefragt. Am Ende hatte sie es dann doch nie getan.

Allmählich gewann sie den Eindruck, dass vieles in ihrem Leben immer nur beinahe geschah.

Sie sah wieder auf und begegnete Kims Blick.

Komplett mit Lächeln und allem Drum und Dran.

Désirée hatte gerade noch die Gelegenheit, zurückzulächeln, da wurde Kim abgelenkt, weil von hinten eine der Probandinnen an sie herantrat.

Es war Barbara, die Frau mit Humphrey, dem beliebtesten Beagle der Nation.

»Niemand kann mir sagen, wann ich mit Buffi dran bin. Dabei weiß ich so was immer gern vorher«, hörte Désirée Barbara sagen.

Da sie selbst gerade die Ablauflisten des Tages vor sich liegen hatte, griff sie nach den Papieren und ging zu den anderen hinüber.

»Da kommt die Antwort«, sagte Kim zu der Probandin.

»Sie sind gleich nach der Mittagspause dran«, erklärte Désirée mit geschultem Blick auf die Tabellen.

»Dann kann ich mich ja noch entspannen«, freute sich Barbara und strahlte sie beide an, wobei sie Kims Blick wesentlich länger festhielt.

Irgendwie verständlich.

Mit Kim waren mittlerweile alle Probanden per Du. Sie signalisierte mit ihrem ganzen Auftreten, dass sie ein freundlicher Mensch war und für die Belange anderer immer ein offenes Ohr besaß. Akademischer Dünkel schien ihr ganz und gar fremd zu sein.

Deswegen war es nicht verwunderlich, dass viele Teammitglieder – egal, ob vom Institut oder vom Fernsehsender – Kims Nähe suchten, wenn sie Fragen hatten oder etwas loswerden wollten.

Jetzt betrachtete Kim die Probandin und grinste breit. »Du bist jeden Tag ein bisschen besser gelaunt, scheint mir. Verbreitest überall Sonnenschein.« Wie das klang. So leicht dahingesagt. Nicht lange überlegt. Als sei es eine Kleinigkeit, einer Teilnehmerin nebenbei etwas Nettes zu sagen.

Und Désirée überlegte schon seit Tagen, wie sie Kim zu verstehen geben konnte, dass deren Verständnis für ihren desolaten Zustand am besagten Morgen ihr gutgetan hatte. Falls es tatsächlich Verständnis gewesen war. Aber was hätte es sonst sein sollen? Schließlich war Kim zu jedermann nett und freundlich.

»Ich hab ja allen Grund, gut gelaunt zu sein, oder?«, erwiderte Barbara. »Das Unternehmen läuft für mich doch ausgesprochen gut. Der Beuteersatz im Versuch gestern hat Humphrey nicht gejuckt. Wenn die echten Kaninchen nicht toller sind als ich, werde ich den Rest des Lebens in einem Hundehimmel zubringen. Ein Beagle, den ich im Wald frei laufen lassen kann! Und natürlich auch einen Whippet«, fügte sie rasch hinzu. »Wenn es mit Buffi genauso gut klappt, wie es bisher gelaufen ist.« Sie sah ein wenig beschämt aus. Als sei es ihr peinlich, nicht sofort an beide Hunde gedacht zu haben.

»Sie sind so ein Beaglefan. Werden Sie Buffi genauso lieben wie Humphrey?«, fragte Désirée.

Kim wandte den Kopf und sah sie mit großen Augen an.

Doch Barbara schien an dieser Frage nichts zu finden.

»Hey, eine Mutter kann auch mehrere Kinder lieben, oder?«, lachte sie.

»Sie bestimmt«, sagte Désirée. Was nicht die Bohne schwerfiel. Im Gegenteil, die beiden Worte flossen ihr über die Lippen, ehe sie überhaupt hatte denken können.

»Das glaube ich auch«, stimmte Kim ihr zu.

Sie tauschten einen Blick. Beinahe verschwörerisch. Auf alle Fälle aber auf eine unbekannte, unerwartete Weise angenehm.

Wenn er schon nicht joggte, konnte er zumindest einen Spaziergang übers Gelände machen.

Bis zur Mittagspause musste Simon dem Rechenzentrum fernbleiben. Mittlerweile fühlte Tom sich von diesen einsamen Stunden am TX nicht mehr so gebauchpinselt wie anfangs. Eher murrte er, wenn es in den täglichen Anweisungen wieder einmal hieß, Simon solle in einer bestimmten Zeitspanne im wahrsten Sinne des Wortes »unsichtbar« sein.

Da fast alle an ihren Arbeitsplätzen waren, begegnete Simon auf dem Weg nach draußen nur einem Hilfskoch, der ihm mit gerunzelter Stirn zunickte.

»Oh, hoffentlich ist mit dem Mittagessen alles in Ordnung«, murmelte Simon und schwang die hintere Tür auf.

Es war frisch. Na ja … kalt.

Der Oktober zog mit heftigem Wind übers Land. Malte die verbliebenen Blätter in allen Farben bunt.

In Utrecht fanden zurzeit etliche Konzerte statt, für die Simon sich sonst mit seinen Freunden immer Karten besorgte. Ihm war gar nicht klar gewesen, dass sie diese nette Tradition schon seit Jahren pflegten. Bis ihm gestern Abend plötzlich der Gedanke daran kam. Seitdem dachte er an nichts anderes.

Seine Freunde bestanden aus einem halben Dutzend handverlesener Kumpel aus Studienzeiten. Vier Männer, zwei Frauen.

Alles Menschen, deren Leben in einem ähnlichen Rhythmus dahinplätscherte wie seins. Leute, die ihre Arbeit liebten, die aber auch großen Wert auf qualitativ hochwertige Freizeit legten.

Simon hatte nie leben wollen, um zu arbeiten. Eher wollte er auf angenehme Weise arbeiten, um dadurch angenehm leben zu können.

Bisher hatte er immer geglaubt, diesem roten Faden in seinem Leben ohne Probleme folgen zu können.

Doch dies hier war anders.

Nicht dass die Arbeit unangenehm gewesen wäre. Die Gelegenheit, seine Kenntnisse über den TX 14 zu vertiefen und rund um die Uhr mit ihm arbeiten zu können, war einzigartig. Dieses Superhirn faszinierte ihn. Er war schließlich nur ein fanatischer kleiner Computerfreak, der angesichts der Macht dieses Gerätes in Ekstase geraten konnte.

Doch seine Begeisterung war nach wenigen Tagen bereits abgeflaut. Hatte doch gleichzeitig ein anderes Gefühl in ihm an Intensität gewonnen: der Eindruck, dass er zwar auf angenehme Weise arbeitete, dafür aber mit dem Leben pausierte.

Er fühlte sich wie in der Warteschleife am Telefon. Wenn ihm Musik vorgedudelt wurde und eine schnurrige Frauenstimme in regelmäßigen Abständen »Please hold the line – wir sind gleich für Sie da« ins Ohr hauchte. Stimme und Musik machten ihm vor, dass er sich auf dem besten Weg zu einem angestrebten Ziel (dem Telefonat mit einem leibhaftigen Menschen) befand. In Wahrheit zog sich die Schleife über etliche Minuten hin, und irgendwann wurde er aus der Leitung geschmissen. Er wurde lediglich darüber hinweggetäuscht, dass er wartete.

Tom hatte das leidige Thema der Frau aus dem Zug nicht noch einmal zur Sprache gebracht.

Simon hegte den Verdacht, dass sein Freund in emotionalen Fragen längst nicht so selbstsicher und von sich überzeugt war, sobald er sich keinen mentalen Rückhalt bei seiner Frau holen konnte.

Und Karin war weit weg. Unerreichbar derzeit.

Das war eine ganze schöne Strecke, die Kim und Doktor van Hauser da jeden Morgen abrissen. An ein paar Stellen entdeckte Simon die Abdrücke ihrer Turnschuhe einträchtig nebeneinander im weichen Boden. Verrückt, dass diese beiden eine Sportgemeinschaft gegründet hatten. Unabhängig vom gleichen Laufrhythmus schienen sie nicht viele Gemeinsamkeiten zu haben. Angefangen bei ihrem Humor, über Offenheit, menschliche Wärme und Empathie.

Was die Arbeit anging, konnte er schlecht einschätzen, welche von ihnen den Ton angab.

Tom erzählte, dass sie während der Konferenzen und der Übertragungen aus den Versuchsräumen, an denen Simon als »Unsichtbarer« auch nicht teilnehmen durfte, meist nebeneinandersaßen und sich leise austauschten.

Tom erzählte sowieso recht viel über Kim. Was sie gesagt hatte. Mit wem sie zu Mittag gegessen hatte, falls sie nicht bei ihnen am Tisch gesessen hatte. Er mochte sie offenbar. Oder schien sie zumindest für eine akzeptable Freundin für seinen besten Freund zu halten.

Simon erreichte das Ende des Wäldchens am äußersten Rand des Institutsgeländes.

Ein schmaler Trampelpfad führte weiter nach rechts zwischen den Bäumen hindurch hinaus aufs freie Feld.

Simon war schon als Kind fasziniert gewesen von dem Gedanken, alle Möglichkeiten bis zur Neige auszuschöpfen. Und so trat er die wenigen Schritte vor bis an die Stelle, an der die beiden hohen Zäune aneinanderstießen.

Ein toller Blick.

Über das ganze Tal. Bis hinunter zum Fuß des Hügels.

Er stutzte.

Unten im Tal, wo die Zufahrtsstraße zum Institut lag, stand eine Menge Fahrzeuge herum, und viele Menschen waren unterwegs.

Ein Massenunfall? Mehrere Wagen, die ineinandergefahren waren?

Er blinzelte.

Aber er entdeckte keinen Krankenwagen. Es waren auch nicht ausschließlich Privatfahrzeuge, die die Straße blockierten.

Da standen ... er zählte leise für sich. »Een, twee, drie, vier, vijf, zes, zeven, acht, negen!« Da standen neun große Transporter der Polizei und mehrere kleine Einsatzwagen.

Es wimmelte von Grün und Blau.

Mit Helm.

Hunde bellten. Ihre Stimmen, in unmittelbarer Nähe wahrscheinlich durchdringend laut, verhallten wie sanftes Vogelgezwitscher auf den Feldern zwischen der Straße und dem Gelände.

Drüben am Gebäude war sicher nichts von dem Aufruhr da unten zu hören.

Aber was mochte da los sein?

Weitere Proteste wie jene, die vor ein paar Tagen unten am Tor stattgefunden hatten?

Wie hatte es geheißen? Einige wenige Tierschützer?

Das da unten waren ... Er versuchte die Menschen zu zählen.

Gab es aber bald auf. Sie wimmelten durcheinander wie Ameisen und waren schlecht voneinander zu unterscheiden. Nur die Trennlinie zwischen den Zivilisten, von denen viele schwarz gekleidet zu sein schienen, und den Einsatzkräften in Grün und Blau ließ sich deutlich ausmachen.

Vielleicht waren es Hundert gegen Hundert? Oder mehr?

Ein paar der Schwarzgekleideten schlugen plötzlich einen Bogen und versuchten, über das angrenzende Feld den Hügel zu erklimmen, Richtung Institut.

Doch es kam Bewegung in das Ganze. Hinter den großen Einsatzwagen lösten sich zwei Reiter mit Pferden aus der Menge und sprengten über den Acker, um der kleinen Ausreißertruppe den Weg abzuschneiden.

Mit Erfolg. Die Ausgebüchsten wichen zurück und verschmolzen erneut mit der dunklen Gruppe.

Einige wenige Tierschützer also.

Simon beobachtete noch eine Weile das Treiben dort unten, ohne dass sich maßgeblich etwas zu ändern schien.

Er hatte den Eindruck, als habe sich auf beiden Seiten bereits eine gewisse Routine eingespielt. Was für den Gedanken sprach, dass die Proteste nicht erst seit dem heutigen Morgen in dieser Form liefen.

Offenbar war DAS LABOR tatsächlich eingeschlagen wie eine Bombe. Die Frage war nur: Wer von den Menschen hinter ihm im Institut wusste davon? Wem sollte er davon erzählen? Und wem *durfte* er es erzählen?

***Kim*** *13. Oktober, zehnter Versuchstag*

»Ich mache mir noch keine großen Sorgen«, sagte der Tierarzt. »Zwanzig Tage ohne Nahrung wären theoretisch kein Problem. Und zwei schon gar nicht. Viele Hunde legen hin und wieder von sich aus einen Fastentag ein. Zumindest trinkt er ja.«

»Aber Sie können keinerlei organische Störung feststellen, die zur Nahrungsverweigerung führen könnte?«, hakte Désirée nach. »Verdorbener Magen? Eine Infektion?«

Er schüttelte den Kopf. Sie nickte ihm zu, und er ging mit seinem Koffer davon, weiter zum nächsten Probandenhund.

Die drei leitenden Wissenschaftler des Stabs sahen sich an.

»Nun«, sagte Sen. »Womöglich einfach ein bisschen Aufregung. Offenbar ist Paul sensibler, als wir alle dachten.«

»Doktor Sen?«, rief die Assistentin Nicole mit ihrer melodischen Stimme vom anderen Ende des Labors.

Sen wandte so rasch den Kopf in ihre Richtung, dass es Kim schon vom Zuschauen schwindlig wurde.

»Könnten Sie sich das bitte mal ansehen. Ich denke, wir müssten hier etwas runterregeln.«

Sen entschuldigte sich bei seinen beiden Kolleginnen mit einem leicht verlegenen Nicken und ging rasch hinüber. Er und Nicole steckten sofort diensteifrig die Köpfe zusammen.

Kim war es gewöhnt, die Assistenten zu sich zu rufen. Wenn einer ihrer Mitarbeiter etwas von ihr wollte, kam er zu ihr.

Aber sie war auch kein smarter Mittvierziger, der zu einer höchst attraktiven Endzwanzigerin eilen durfte.

Als sie Désirée ansah, war sie beinahe sicher, dass die genau das Gleiche gedacht hatte.

Sie lächelten sich an. Désirée räusperte sich und sah auf die Uhr.

»Ich möchte gern noch etwas mit Ihnen besprechen. Haben Sie ein paar Minuten?«, fragte sie.

»Sicher«, erwiderte Kim und sah sie aufmerksam an.

Désirée verzog leicht das Gesicht. »Ach, wissen Sie was? Machen wir einfach gemeinsam eine kleine Pause«, sagte sie leichthin. Aber es hatte etwas Bemühtes. So, als wolle sie Kim klarmachen, dass sie ihr etwas unter dem Siegel der Verschwiegenheit anvertrauen wollte. Etwas, das sie nicht vor den installierten Kameras preisgeben wollte.

Sie ging ihr voraus. Kim dachte, sie würde den Weg Richtung Teeküche einschlagen, doch Désirée bog in die andere Richtung ab, zu den Fahrstühlen.

Auf dem Gang standen ein paar Leute vom Fernsehteam an der riesigen Glasfront und tranken starken Kaffee, der bitter roch.

Als sie vorübergingen, hörte Kim, wie jemand sagte: »Meine Güte, was wollen die alle hier?«

Sie wandte rasch den Kopf und sah zum Tor des Geländes. Doch da war niemand. Der Techniker hatte die Dohlen gemeint, die sich soeben in einem Baum nahe am Gebäude niederließen.

»Sie sind hier willkommen. Und das wissen sie«, sagte Désirée im Weitergehen.

»Man sollte meinen, dass es von denen wirklich genug gibt«, sagte eine kleine dünne Frau, die Kopfhörer um den Hals trug und eine ärmellose grüne Weste mit so vielen Taschen, dass sie aus nichts anderem zu bestehen schien.

Nun blieb Désirée stehen.

»Genug? Sie meinen: zu viele?«

Kim dachte, es sei an der Stelle der kleinen dünnen Frau klug, jetzt nichts Falsches zu sagen. Die kleine dünne Frau dachte wahrscheinlich etwas ganz Ähnliches, denn sie sagte gar nichts, sondern schwieg nur trotzig.

Einer ihrer Kollegen meinte: »Also, ich seh die ständig. Und immer gleich in Scharen. Wie bei Hitchcock.«

»Gehen Sie manchmal ins Fußballstadion?«, fragte Désirée ihn freundlich.

Kim sah zwischen ihr und dem dickbäuchigen Techniker hin und her.

»Klar.«

Désirée wandte sich an die kleine dünne Frau mit den Kopfhörern: »Haben Sie mal Aufnahmen vom Brandenburger Tor in der Silvesternacht gesehen?«

Die Frau zuckte mit den Achseln und nickte. Désirée verschränkte die Arme.

»Menschen finden sich also auch manchmal zu Hunderttausenden zusammen. Würden Sie deswegen sagen, dass es zu viele Menschen gibt und sie deshalb dezimiert werden müssten?«

»Nur bei Konzerten von Bryan Adams«, versuchte einer einen Witz. Niemand lachte. Vielleicht waren Bryan-Adams-Fans unter ihnen.

»Warum findet man es bei allen anderen Tieren, einschließlich unserer eigenen Spezies, so toll und kompetent, wenn sie sich sozial verhalten und in der Lage sind, große Verbände zu organisieren?«, fragte Désirée.

»Schwimmen Fische nicht auch in großen Schwärmen?«, nuschelte ein sonnenstudioverwöhnter Typ der kleinen Dünnen zu.

»Herr Brumberg«, sagte Désirée, und der Angesprochene zuckte sichtlich zusammen. Kim war baff. Désirée kannte seinen Namen! Sie selbst war froh, wenn sie sich einigermaßen an die Gesichter erinnern konnte und sie einer bestimmten Funktion im Team zuordnen konnte. Die »Unsichtbaren« von ZAPP-TV waren für sie schon in den ersten Tagen zu einem großen Klumpen von »Unbenennbaren« geworden.

»Ein Kolkraben-Paar findet sich in seiner Jugend und bleibt dann ein Leben lang zusammen. Ist das unsozial?«

»Nur dumm«, erwiderte der dicke Kollege. Die Männer grinsten.

»Wenn Ihre Frauen und Freundinnen Ihnen die Seitensprünge beichten, die sich in den zwei Monaten ereignet haben, die Sie selbst hier verbracht haben, werden Sie an diese Antwort zurückdenken«, versicherte Désirée ihm.

Kim hätte gern Szenenapplaus gespendet. Sogar die kleine dünne Kopfhörerträgerin feixte.

»Selbst in einem fliegenden Schwarm von fünfzig- oder hunderttausend Tieren verlieren sich diese beiden Partner nie aus den Augen. Ist das unsozial?«

Diesmal sagte niemand etwas.

»Die älteren und erfahrenen Paare dürfen in der Kolonie brüten. Sie investieren sehr viel Zeit und Mühe in die Aufzucht ihrer Jungen. Die jüngeren Vögel müssen erst Erfahrungen sammeln und reifen, ehe sie selbst brüten dürfen. So wird garantiert, dass nur diejenigen, die es durch Klugheit und Geschick bis zu einem bestimmten Alter von vielleicht sechs oder sieben Jahren geschafft haben, ihre Gene für die Gesamtpopulation weitergeben können. Nur die Besten begründen die Nachkommenschaft für die Kolonie. Ich habe mir schon mehr als einmal gewünscht, diese Regelung gäbe es bei Menschen auch.«

»Wölfe machen das«, wusste der jüngste Typ. »Ich meine, Hunde regeln das auch so, oder?«

Désirée sah Kim an. Die schüttelte den Kopf. »Sorry«, grinste sie. »Aber Hunde poppen mit allem, was nicht bei drei auf den

Bäumen ist. Und wenn's Welpen gibt, fragt keiner mehr, von wem die gleich noch mal waren.«

»Und ich dachte, Sie sind von der Hundefraktion!«, staunte einer Kim an. Sie konnte sich auch an seinen Namen nicht erinnern. »Da werden Sie doch jetzt wohl nicht zugeben, dass Vögel schlauer als Hunde sind!«

»Ich habe jedenfalls noch nie einen Hund gesehen, der Werkzeug benutzt oder herstellen kann. Sie?«, erwiderte Kim, ohne großartig nachzudenken. In Gedanken schickte sie eine kleine flehentliche Entschuldigung an Jeannette, deren brauner vorwurfsvoller Blick vor ihrem inneren Auge heraufzog.

Alle schauten ratlos.

Kim plinkerte das Bild von Jeannette fort. Ein Pudel in allen Ehren. Aber sie wollte bei der Wahrheit bleiben. Also fuhr sie fort: »Werkzeugherstellung ist aber noch nicht alles. Die meisten Tiere, und dazu gehören auch hoch soziale Tiere wie der Hund, erkennen im Spiegel nur einen Artgenossen – wenn sie sich überhaupt dafür interessieren. Ein Rabe kann im Spiegel sich selbst erkennen. Er ist in der Lage, Dinge wie rote Flecken im Gefieder auf sich zu beziehen und bemüht sich, den Fleck am eigenen Körper zu entfernen. Das heißt, er hat eine abstrakte Vorstellung vom Selbst. Etwas, von dem wir lange Zeit dachten, dass es uns Menschen und den hoch entwickelten Säugern wie Primaten oder einigen Meeressäugern vorbehalten sei.«

Der Ausdruck auf den ratlosen Gesichtern vor ihr wandelte sich in so etwas wie verwunderte Anerkennung. Désirée sah Kim von der Seite her unverwandt an. Aus irgendeinem Grund scheute Kim jedoch davor zurück, den Kopf in ihre Richtung zu wenden und zu erkennen, welcher Ausdruck in ihrer Miene stand.

»Deswegen können sie auch sprechen lernen?«, fragte die Tonfrau, jetzt tatsächlich interessiert.

Désirée übernahm. »Das ist eine rein organische Fähigkeit. Unsere Dohlen dort, aber auch alle anderen Rabenvögel wie die Kolkraben, Nebelkrähen oder Eichelhäher sind nämlich nicht, wie oft fälschlicherweise angenommen, Raubvögel, sondern gehören zu den Singvögeln ...«

»Nein, echt?«, machte Solarium-Brumberg. Es war nicht ganz ersichtlich, ob er sich nur lustig machen wollte. Doch Désirée überging den leisen Ton von Ironie und beschloss offenbar, das Interesse wie ein echtes zu behandeln. »Doch. Echt«, antwortete sie ernsthaft. »Sie haben, genau wie die Drossel oder die Nachtigall, einen besonders geformten Kehlkopf. Dieses Organ ist bei den Rabenvögeln sogar so komplex, dass sie damit etwas so Diffiziles wie die menschliche Stimme nachahmen können.«

Alle sahen hinaus und betrachteten die Vögel, die wie eine verlockende Vielzahl an schwarzen Früchten in dem nur noch spärlich belaubten Baum saßen.

»Wollen wir?«, sagte Désirée dann zu Kim. Sie nickte und hob zum Gruß für die Techniker kurz die Hand. Die meisten beantworteten den Gruß ebenso.

Als sie nebeneinander den Gang hinuntergingen, sagte Désirée: »Das haben wir gut hinbekommen.«

Das »Wir« klingelte hoch und schrill in Kims Ohren. Es verwirrte sie so sehr, dass ihr erst klar wurde, wohin Désirée sie steuerte, als sie den Fahrstuhl bereits wieder verlassen und auf der Quartierebene Désirées Räume fast erreicht hatten. Désirée schloss auf und trat vor Kim ein.

»Schließen Sie doch bitte die Tür«, sagte sie, als Kim auch hereingekommen war.

Selbst zupfte sie sich das Mikro vom Kragen des Kittels und ließ es auf den Schreibtisch fallen.

»Nun?«, wandte sie sich an Kim. Nun? Was nun? Kim hatte leider soeben vergessen, warum sie hier waren. Hatte Désirée es ihr überhaupt schon gesagt?

Désirée sah sie einen Moment lang fragend an. Dann sagte sie: »Paul. Ich würde gern Ihre echte Meinung hören. Nicht das, was wir in Millionen von Wohnzimmern plaudern können.«

Ach, du Scheiße. Das war ja mal eine brenzlige Situation!

Von Anfang an war Kim sich dessen bewusst gewesen, dass sie vor den Kameras würden arbeiten müssen, als seien diese nicht da. Dass sie gleichzeitig die ganze Zeit unbedingt daran zu denken hatten, dass da Kameras waren. Natürlich würde ZAPP-TV keine Horrormeldungen nach außen weitergeben. Sie war ziemlich sicher, dass zum Beispiel Iris' Zusammenbruch nicht gesendet worden war. Doch nicht nur der Sender hatte ein Gesicht zu verlieren. Auch das Institut konnte mit ungünstigen Entwicklungen in dieser Versuchsreihe mächtig Schaden nehmen. Es war ein Hopp-oder-Top-Spiel. Und bisher hatte Kim sich darin gut zurechtgefunden. Denn wann immer die Kameras liefen, spielte sie ihre Rolle. Die Rolle der zuversichtlichen, wissensdurstigen Wissenschaftlerin, die alle Versuchsinhalte wunderbar vertreten und die gegebenen Entwicklungen erklären konnte.

Ihre Zweifel und ihre Kritik behielt sie für sich.

Sie hatte vorgehabt, dass dies bis zum Ende der Versuchsreihe in sechs Wochen so bleiben sollte.

Auf so eine Situation wie diese war sie nicht vorbereitet. Schließlich hatte sie nicht wissen können, dass ihre Juniorchefin, die wissenschaftliche Leiterin und Besitzerin des Instituts, sie ins Separee bitten und ihre ehrliche Meinung erfragen würde.

Erst mal schlucken. Dann denken. Dringend denken!

»Sie meinen, dass unser Gespräch mit dem Tierarzt gerade nicht das wiedergegeben hat, was Sie selbst tatsächlich über Pauls Entwicklung denken? Seine Nahrungsverweigerung der letzten beiden Tage?«

Désirée musterte sie.

Es war das gleiche abschätzende Taxieren, das sie bei ihrer ersten Begegnung im Büro ihrer Stiefmutter an den Tag gelegt hatte.

Kim fühlte sich plötzlich ganz und gar nicht wohl in ihrer Haut.

Zu allem Unglück fiel ihr plötzlich auf, dass sie seit einigen Sekunden auf das ordentlich gemachte Bett starrte.

Rasch sah sie zum Schreibtisch. Auch hier Ordnung über Ordnung.

»Doktor Richardson«, sagte Désirée in diesem Augenblick. »Bitte sagen Sie mir jetzt nicht, dass ich mich komplett in Ihnen getäuscht habe.«

Wahrscheinlich sollte es so streng und sachlich klingen, wie ihr Blick wirkte. Doch es schlich sich etwas anderes ein. Ein leiser unnachgiebiger Unterton der Beharrlichkeit. Und noch leiser. So etwas wie ein Flehen.

Noch mal schlucken. Das war ganz sicher keine Falle.

»Meine tatsächliche Meinung zu Paul stimmt wahrscheinlich mit Ihrer überein«, sagte sie, dennoch vorsichtig. Désirée holte tief Atem. »Ein Drama«, stellte sie dann fest.

Kim ballte die Fäuste. »Allerdings. Ich habe nicht damit gerechnet, dass es irgendwelche organischen Gründe für seinen Appetitmangel gibt. Sein Verhalten deutet eher darauf hin, dass er ... Kummer hat.« Letzteres war keine wissenschaftlich zu belegende Feststellung. Doch es war genau das, was Kim in dem großen schwarzen Hund sah. Und Désirée kümmerte sich nicht um die Emotionalität in ihrer Aussage. Sie nickte nur langsam.

»Wir wissen nichts darüber, wie lange so eine künstlich erzeugte Bindung hält, wenn der Bindungspartner nicht mehr da ist. Das Rechenzentrum weiß auch bisher keine Antwort darauf. Ich kann nur hoffen, dass ...« Sie brach ab und verschränkte die Finger ineinander. »Ich würde gern Ihre Meinung zu weiteren Medikationen bei Paul hören.«

»Nein«, antwortete Kim rasch. »Nein, keine weitere Gabe von Monovasol. Es ist zu befürchten, dass auch neue Rezeptoren nicht für den neuen Bindungspartner arbeiten, sondern eher die Reize der vorhandenen übernehmen und so seine labile Verfassung noch unterstützen.«

Désirée nickte, als fühle sie sich bestätigt. »Deshalb wollte ich Sie sprechen. Sie sind die Expertin auf dem Gebiet der Endorphine. Was halten Sie davon, Paul reine Stimmungsaufheller zu verabreichen? Dopamin?«

»Daran habe ich auch schon gedacht.«

»Wunderbar.« Sie sahen sich an.

Die Situation vor etwa einer Woche im Pausenraum stand plötzlich wieder deutlich vor ihrem inneren Auge. Als Désirée ihr gesagt hatte, dass sie froh war, dass Kim im Team war.

»Wollen Sie nicht überprüfen lassen, ob Iris vertragsbrüchig geworden ist?«, wollte Kim wissen. Eigentlich ein kleiner Einfall zur Ablenkung. Wobei ihr nicht wirklich klar war, wovon sie ablenken wollte. »Ich meine, indem sie ihre Schwangerschaft verschwiegen hat, hat sie von Anfang an die Durchführung des Experiments gefährdet. In den ersten Schwangerschaftswochen kann doch immer alles Mögliche passieren.«

»Meine Stiefmutter hat das auch vorgeschlagen«, antwortete Désirée leise. Es war das erste Mal, dass sie in Kims Beisein nicht von »Ines van Hauser« sprach, sondern sie so nannte. »Ich bin dagegen. So wie ich es verstanden habe, wusste Iris nichts davon. Schließlich hatte sie die Pille genommen. Natürlich ging es ihr die Tage vor der ersten Sendung nicht gut. Aber sie schob es auf die Aufregung, war sehr nervös wegen der Fernsehgeschichte. Der Verdacht, dass es doch etwas anderes sein könnte, kam ihr wohl erst am ersten Tag hier. Als ihr morgens sehr übel war und nachmittags wieder gut. Das kommt von einem Tag auf den anderen. Man ahnt es vorher nicht. Und plötzlich ist es da. Mit Gewissheit.«

Kim lehnte sich leicht gegen die Schreibtischplatte und bemühte sich, nicht neugierig oder verwundert auszusehen.

»Sie ... Sie haben doch keine Kinder, oder?«

Zögern.

»Nein. Aber ich war einmal schwanger.«

Was gab es da zu sagen. Oh. Tut mir leid. Wie kam es dazu, dass ...? Dass was? Dass aus der Schwangerschaft dann doch kein Kind wurde?

Es war Désirée nicht anzumerken, ob es sie traurig machte oder ob es eine rein sachliche Erklärung war, die sie jedermann gegenüber abgeben würde.

»Ich habe mich damals recht spät zu einer Abtreibung entschieden«, setzte sie nach kurzer Pause hinzu.

»Aha.«

Aha? Kim hätte sich am liebsten mit der flachen Hand gegen die Stirn geklatscht. Was für eine immens wertvolle und empathische Aussage.

»Heute klingt es verrückt. Aber ich war damals noch sehr jung und war nicht ... ich wollte mein altes Leben zurück. Meine unbelastete Zukunft.«

Wie sie wohl gewesen war? Als Mädchen? Als sehr junge Frau?

»Ein Kind bedeutet auch sehr viel Verantwortung. Wenn man nicht die Gelegenheit hatte, sich tatsächlich dafür zu entscheiden, stelle ich es mir sehr schwer vor«, versuchte Kim ... ja, was versuchte sie eigentlich? Désirée zu sagen, dass sie sie verstand? Wie konnte sie? Sie war selbst nie schwanger gewesen. Sie hatte ja noch nicht mal irgendwann in ihrem Leben mit einem Mann geschlafen. »Wissen Sie, mit Nadine, das ist ... das war meine

Freundin, meine Lebensgefährtin, habe ich zu Beginn unserer Beziehung ein paarmal darüber gesprochen, wie es wäre, Kinder zu haben. Aber bei uns … also, wie soll ich sagen. Es wäre sowieso erst einmal eine reine Kopfgeburt gewesen. Ungewollte Schwangerschaften gibt es bei Lesben nun mal nicht.« Peng. Jetzt war es passiert.

Sie hatte sich dazu hinreißen lassen, ihrer Chefin gegenüber von Lesben anzufangen. Sie hatte es beim Namen genannt. Und ihre Chefin war zusammengezuckt. Erst zusammengezuckt und dann versteinert.

Deren Geständnis von der Abtreibung war wahrscheinlich gar nicht so ein Riesending gewesen. Jedenfalls nicht so ein Vertrauensbeweis, dass Kim gleich von Lesben daherreden hätte können.

Kim wusste nicht, wann in ihrem Leben ihr das letzte Mal etwas derartig peinlich gewesen war.

Die Stille im Raum dehnte sich gefährlich aus. Bis sie es beide nicht mehr ertrugen und gleichzeitig zu reden begannen.

»Das war jetzt wahrscheinlich unangebracht«, sagte Kim, während Désirée sagte: »Ich wusste nicht, dass Ihre Beziehung mit einer Frau war …«

Daraufhin antwortete Désirée: »Nein, überhaupt nicht. Ich finde es wichtig, dass wir …« und Kim: »Und ich dachte immer, das stände in den Unterlagen …«

Sie brachen beide ab. Lachten verlegen.

»Was finden Sie wichtig?«, fragte Kim.

»Welche Unterlagen?«, fragte Désirée.

»Na, die, die in der Personalabteilung über uns geführt werden. Ob wir in festen Beziehungen leben oder allein und so weiter. Frau van Hauser hat bei unserem ersten Gespräch zu diesem Projekt darin gelesen. Erinnern Sie sich?«

Désirée schüttelte den Kopf. »Ich war zu aufgeregt. Es war so unglaublich spannend, ob wir auch tatsächlich alle Mitarbeiter dazu ermuntern könnten, mitzumachen. Alle, die wir unbedingt dabei haben wollten.«

Kim fühlte sich augenblicklich derartig gebauchpinselt, dass sie fast vergaß, noch einmal nachzuhaken. Doch dann fiel es ihr wieder ein.

»Und was wollten Sie gerade sagen? Sie haben angefangen mit ›Ich finde es wichtig, dass wir …‹?«

Désirée legte den Kopf ein wenig schief. Genauso sahen gewitzte Vögel aus, wenn sie einen näher in Augenschein nehmen wollten. Sie drehten den Kopf ein wenig ein, damit sie einen mit ihren seitlich sitzenden Augen besser fixieren konnten.

Soweit Kim sich erinnern konnte, war es das erste Mal, dass Désirée in ihrer Gegenwart so etwas tat.

Es sah nicht die Bohne effizient oder sachlich aus. Um ganz ehrlich zu sein, wirkte es ein bisschen komisch. So als wolle sie eine niedliche Grimasse hinbekommen und wisse nicht so recht wie.

»Ich wollte sagen: Ich finde es wichtig, dass wir uns ein bisschen näher kennenlernen«, sagte Désirée dann. In ihren dunklen Augen blitzte es auf. »Wer weiß, was wir in den nächsten Wochen hier noch erleben werden. Womöglich werden wir mal jemanden brauchen, dem wir vertrauen können.«

Kim sah sie an und versuchte sich daran zu erinnern, warum sie sie anfangs so unsympathisch gefunden hatte.

*Helena* *15. Oktober, zwölfter Versuchstag*

Rainer fuhr nie zu schnell.

Nicht dass sie gern einen Raser neben sich am Steuer gehabt hätte. Aber wäre es nicht möglich, dass er zumindest dann, wenn sie sowieso schon zu spät zu einer Redaktionskonferenz kommen würde, ein einziges Mal eine gelbe Ampel überfahren würde?

»Alles okay?«, fragte er und legte sein Hand auf ihr Bein in der neuen Anzugshose.

»Hm«, machte sie und sah auf ihrer Seite aus dem Fenster.

Ausgerechnet heute Morgen war er länger zu Hause geblieben. Als ihr schwindelig wurde, hatte er neben ihr gestanden. Und danach war er unerbittlich gewesen. Sie durfte auf keinen Fall mit dem eigenen Wagen ins Studio fahren. Und der Fahrdienst hätte zu lange gebraucht. Also fuhr er sie.

»Du atmest so komisch.«

»Ich bin zu spät. Könntest du nicht ein kleines bisschen schneller fahren?«

»Die warten doch auf dich«, sagte er.

Genau das war der Punkt. Alle würden sie ansehen, wenn sie als Letzte hereinkam. Sie würde doppelt so gut gelaunt, doppelt so attraktiv und dreimal so selbstverständlich verspätet sein müssen.

»Gehst du nachher zum Arzt?«, fragte Rainer. Es klang aber nicht wie eine Frage.

»Es geht mir wieder gut. Ich war nur … etwas angespannt«, erklärte Helena ihm. Wie stellte er sich das vor? Ihr Tag war angefüllt mit Terminen bis weit in den Abend hinein.

»So ein Drehschwindel kann das erste Anzeichen sein. Du solltest vorsichtig sein«, sagte er.

»Erstes Anzeichen? Für was?«

»Burn-out«, antwortete er mit einem vielsagenden Seitenblick auf sie. »Ich sag dir schon seit Monaten, dass du zu viel arbeitest.«

»Du arbeitest genauso viel wie ich«, erwiderte sie und fühlte sich dabei plötzlich sehr müde.

»Ich stehe aber nicht unter so einem Druck wie du. Mir gucken nicht jedes Mal Millionen von Menschen auf die Finger, wenn ich eine Entscheidung treffe. Wenn zum Beispiel das Peimann-Geschäft jetzt doch den Bach runtergeht, ist das zwar ein heftiger Verlust, aber wenigstens schreiben nicht alle Zeitungen darüber. Und niemand bewirft mich mit faulen Lebensmitteln, wenn ich über die Straße gehe.«

War ja klar, dass er noch mal darauf anspielen musste. Der Vorfall gestern vor ihrer wöchentlichen Sendung steckte auch ihr noch in den Knochen. Auf dem Weg ins Studio mit matschigen Tomaten beworfen zu werden war nichts, was auf ihrer Liste der Dinge, die sie gern mal erleben wollte, ganz weit oben stand.

Doch der Gedanke daran wurde überlagert von der leisen Frage, was es mit dem gerade erwähnten Peimann-Geschäft auf sich hatte. Helena konnte sich nicht daran erinnern, dass Rainer davon erzählt hatte. Sie konnte sich plötzlich an überhaupt nichts erinnern, was Rainer in der letzten Zeit über seine Arbeit berichtet hatte.

Nicht einmal einen blassen Schimmer hatte sie davon, woran er gerade arbeitete und womit er seine Tage verbrachte.

Sie blickte auf ihre Hände, die in ihrem Schoß lagen. Ein Gefühl von trauriger Beschämung wickelte sich in ihrem Magen aus einem harten Knoten auf. Es wurde größer und größer. Und das, obwohl sie damit gar nicht gerechnet hatte, dass da so etwas in ihr saß.

»Sieht es denn schlecht aus mit Peimann?«, fragte sie zögernd.

Rainers Kiefermuskulatur mahlte.

»Ich krieg das schon hin«, lautete die Antwort.

»Aber …«

»Helena, jetzt belaste dich doch nicht auch noch mit meinem Kram. Irgendwann klappst du einfach so zusammen. Und dann war es das mit der High-level-Karriere. Dann geht nämlich erst mal gar nichts mehr. Denk an Thomas.«

Sein Bruder hatte in der Firma geackert bis zum Umfallen. Vor zwei Jahren hatte er plötzlich Halluzinationen bekommen. Schwächeanfall. Zusammenbruch. Seitdem tourte er durch Deutschlands beliebteste Kurkliniken. An eine geregelte Arbeit war gar nicht zu denken.

Das Gefühl der Scham verstärkte sich. Er machte sich Sorgen. Wollte ihr den Rücken freihalten für ihren eigenen anstrengenden Job.

»Wir wissen gar nichts mehr voneinander«, sagte sie leise.

Rainer hob kurz den Blick von der Straße.

Gleich würden sie da sein. Er steuerte den Hintereingang im Hof an. Sicherheitshalber.

»Unsinn«, erwiderte er dann. »Was redest du denn da?«

Helena sah auf ihre Hände.

»Es stimmt doch. Ich weiß kaum, womit du deine Tage verbringst. Und hast du eine Ahnung, was für mich gerade jetzt wichtig ist im Leben? Weißt du noch, wie aufgeregt ich war, mit meiner Schwester zusammen ein Projekt zu machen? Nicht nur die Tatsache, dass es geklappt hat, war aufregend – vor allem die Umstände. Ich meine, ich muss ›Sie‹ zu ihr sagen. Alles etwas, das mich enorm beschäftigt. Aber seit das Format läuft, hast du kein einziges Mal gefragt, wie es denn jetzt für mich ist.«

»Herrje!«, stöhnte Rainer und trommelte mit den Fingern aufs Lenkrad. »Du hast aber auch kein einziges Mal davon erzählt. Wenn du mir etwas erzählen möchtest, solltest du das einfach tun. Und nicht warten, bis ich danach frage. Das muss ja zu Frustration führen.«

»Nein«, sagte Helena rasch. »Nein, so habe ich das doch gar nicht gemeint.«

Natürlich hatte es wie ein Vorwurf geklungen. Sie fühlte sich tapsig wie ein Teenager.

»Ich meinte doch nur, dass wir gar nicht mehr wissen, was da drinnen in dem anderen vorgeht. Oder? Tun wir doch nicht.«

Er seufzte. »Und ist das etwa meine Schuld? Bin ich sechzehn Stunden am Tag unterwegs im Sender, in Talkshows, bei wichtigen Essen mit wichtigen Leuten?«

Sie hatte es wirklich nicht so gemeint. Aber er hatte es so verstehen müssen.

Das auch noch.

»Rainer, ich meinte doch nur ...«

Sie bogen in die Einfahrt ein. Der Pförtner schaute aus seinem Häuschen, erkannte sie. Sie lächelte ihm zu. Immer lächeln. Für jeden.

Sie hielten genau vor dem Eingang.

Die Nachrichtensprecherin Anne Schnurrbusch stand dort mit ihrer Freundin und rauchte. Es war nicht mal neun. Die beiden winkten lässig ins Auto hinein.

»Na, hast du etwas Gemüse eingekauft?«, rief Anne durch die Scheibe.

Helena grinste sie an.

»Wir sprechen heute Abend weiter, ja?«, schlug Rainer vor, dem es nicht so leichtfiel, zu lächeln.

Helena griff sich ihre Tasche vom Rücksitz.

»Ja. Ja, aber denkst du daran, dass ich um acht noch das Essen im *Spitz* habe. Wir verabschieden ...«

»Schon gut«, sagte er. Nicht laut. Aber so schnell, dass sie abbrach.

»Bis dann«, sagte sie und beugte sich zu ihm.

Er küsste sie auf den Mund. Seine Lippen fühlten sich warm und vertraut an.

Nachdem sie ausgestiegen war, sah sie nicht mehr zu ihm hin.

Er fuhr rasch davon.

Helena tat so, als wolle sie Anne etwas aus ihrer Tasche an den Kopf werfen. Die duckte sich lachend. Helena ging ins Gebäude und wischte auf dem leeren Gang ihr Gesicht frei vom Lächeln. Hinein in den Fahrstuhl.

Auf Zwei stiegen zwei Praktikantinnen zu, die ehrfürchtig grüßten und dann stumm wie Fische nebeneinanderstanden, bis die Tür sich wieder öffnete und Helena hinausging.

Sie ging an ihrem eigenen Büro vorbei sofort ins Intendantenbüro.

Zehn Minuten zu spät. Alle sahen sie an.

Sie hatte ihr wunderbarstes Lächeln parat. Ich bin ausgeschlafen. Ich bin mir nicht bewusst, dass ihr alle auf mich gewartet habt. Ich könnte heute Morgen wirklich Bäume ausreißen. Deswegen hat sich für euch das Warten gelohnt.

Der Großteil ihres Jobs bestand aus Lügen. An Tagen wie diesem konnte sie diese Tatsache vor sich selbst nicht leugnen.

Neben Schook war auch der Rest der künstlerischen Leitung anwesend. Wolfgang Niederwegen stand auf und überließ Helena seinen Stuhl. Er selbst hockte sich auf die Lehne eines der schweren Ledersofas. Außerdem waren Vertreter der Marketing- und Finanzabteilungen von ZAPP-TV auf sämtlichen Sitzflächen verteilt.

Helena sah in die Gesichter. Zählte eins und eins zusammen. Und wappnete sich.

»Wir haben etwas höchst Unangenehmes zu besprechen«, eröffnete Schook allen Anwesenden.

Auf seinem Schreibtisch und allen Beistelltischen im Raum lagen ein paar Blätter mit Zahlen.

»Übermorgen beginnen wir die dritte Woche in unserem LABOR, das acht Wochen ganz oben in den Fernsehcharts laufen sollte. Und nun sind wir nicht nur sicher, dass die Einschaltquoten die erwartete Höhe nicht erreicht haben, nein, wir wissen auch, dass die seit drei Tagen beständig sinken ...« Schook nahm die bereitliegenden Blätter auf und wedelte damit herum.

Sie alle griffen danach.

Es genügte ein einziger Blick. Das war sehr viel schlimmer als befürchtet. Das war. Eine Katastrophe.

Helena sagte nichts. Zum ersten Mal, seit sie Morgen für Morgen in die Chefetage des Senders ging, hatte sie Angst, dass beim Sprechen ihre Stimme zittern könnte.

»Sabotage!«, murmelte der Leiter der Marketingabteilung so laut, dass alle ihn hören konnten.

»Die Zuschauer verfügen über einen freien Willen«, zitierte Rechtsanwalt Renk aus dem Fundus der schlauen Sendersprüche.

»Und über eine Fernbedienung«, ergänzte Schook.

»Genauso wie unsere Werbevertragspartner«, sagte Herr Schimmel aus der Finanzabteilung.

»Was soll das heißen?«, fragte jemand.

Helena blinzelte rasch. Am Rand ihres Gesichtsfelds züngelte ein helles Licht. Ein Flimmern, das sie nur das scharf sehen ließ, was sie genau fixierte.

»Wenn es weiter so bergab geht, sind wir in zehn Tagen am Ende. Die wichtigsten Werbeträger ziehen bereits ihre Aufträge zurück«, brummte Schook.

Er saß so ruhig an seinem Schreibtisch, dass es im höchsten Maße beunruhigend war.

Und dann tat er etwas, das Helena nicht erwartet hatte. Nicht erwartet und nicht befürchtet.

Es war ihr nicht in den Sinn gekommen, dass er das tun könnte.

Er sah sie an. Allein sie.

»Helena«, sagte er dann und lächelte matt. »Du bist eine super Produzentin. Du hast schon so oft einen guten Riecher gehabt. Doch diesmal scheint deine Nase dich getrogen zu haben. Wir alle können mal einen Patzer machen. Schwierig nur, wenn es der teuerste Patzer zu werden droht, den der Sender je verkraften musste. Ehrlich gesagt weiß nicht mal ich jetzt einen Rat.«

Im Raum entstand ein Vakuum an Geräuschen.

Es war nicht nur so, dass niemand etwas sagte, niemand sich bewegte. Alle schienen so angespannt auf das nächste Geräusch zu warten, dass sie es ansogen, wie der Flaschenhals einer zusammengepressten Plastikflasche die Luft ansog.

Das nächste Geräusch, das so dringlich erwartet wurde, musste ihre Antwort sein.

Sie spürte in ihrer Kehle den sonderbaren Drang, aufzuschluchzen.

Sie wollte die Hände vors Gesicht schlagen und rufen: »Oh, Scheiße! Was machen wir denn jetzt?« Sie wollte jammern: »Was soll ich denn nur meiner Schwester sagen?« Stattdessen stand sie auf und sah Schook direkt in die Augen.

Sie sah allein ihn an.

»Warum habe ich nicht sofort davon erfahren?«, wollte sie wissen. Ihre Stimme war die der unnachgiebigen, gnadenlosen Journalistin.

Alles hing davon ab, wie er reagieren würde.

Es war nur eine winzige Bewegung. Ein oder zwei Zentimeter, die er seinen Kopf zur Seite neigte.

»Ich fasse es nicht!«, sagte sie, während sie alle Luft ausatmete, die vorher in ihren Lungen gefangen gewesen war.

Dann griff sie nach ihrer Tasche. Sie musste sich Freiraum verschaffen. Sie musste allein sein. Denken. Wieder klar denken.

»Ich muss dringend ein paar Telefonate erledigen. In der Zwischenzeit erwarte ich, dass ich als Produzentin über jedwede Entwicklung unseres gemeinsamen Projekts informiert werde. Wir sprechen uns dann in Kürze wieder.«

Damit schulterte sie ihre Tasche und warf einen Blick in die Runde.

»Meine Herren«, sagte sie.

Einigen von ihnen stand der Mund leicht offen. Andere sahen verlegen aus.

Als Helena das Büro verließ, warf sie noch einen Blick hinüber zu Wolfgang. Er hob die Brauen, nickte ihr aufmunternd zu. Und sie wusste, was das bedeuten sollte.

Tu es.

Du hast *alles* zu verlieren.

Es hatte sich eingespielt, dass Kim nach der offiziellen Arbeitszeit herunterkam und ein paar Minuten mit ihnen plauderte. Meist ging es natürlich um die Versuche des Tages und das, was der TX dazu zu sagen hatte.

Tom verließ jedes Mal, wenn Kim ins Rechenzentrum kam, den Raum. Natürlich erst nach ein paar Minuten, die der Anstand geziemte, damit Kim nicht den Eindruck bekam, er möge sie nicht.

Er war offenbar der Meinung, dass Simon und Kim nur so lange über berufliche Themen sprachen, wie er dabei war. Daher überließ er ihnen gern den während Simons Anwesenheit kamerafreien Raum und verdrückte sich, heimlich feixend.

Simon hatte dazu noch nie ein Wort verloren. Er hatte keine Lust auf einen langen Vortrag über »Stillstand«. Außerdem kannte er seinen Freund gut genug, um zu wissen, dass er sich nicht schlaureden lassen würde. Wenn Tom der Meinung war, dass sich zwischen Simon und Kim etwas anbahnte, dann wäre er nur vom Gegenteil zu überzeugen, indem Kim vor seinen Augen einen anderen heiraten würde.

Die letzten Tage drehte sich vieles um Paul, für den der TX keine gute Prognose ausgespuckt hatte – was zunächst durch Pauls tatsächliches Verhalten widerlegt zu werden schien. Doch obwohl der Hund nach wie vor freundlich auf seine neue Bezugsperson reagierte, hatte er das Fressen eingestellt. Plötzlich war alles möglich.

»Der Tierarzt sagt, dass er sich keine Sorgen macht«, berichtete Kim, sah dabei aber so aus, als sei sie ganz anderer Meinung.

»Ich kenn mich nicht gut aus mit Hunden«, gab Tom zu, erhob sich von seinem Stuhl und streckte sich. »Aber ich kenn mich mit diesem Schätzchen hier aus.« Tätscheln des Bedienerpults. »Und unser kleiner Freund hier meint, dass der Tierarzt sich mal lieber schleunigst Sorgen machen sollte. Denn wenn Paul nicht frisst, weil seine Rezeptoren streiken, dann wird es bald mit ihm nicht mehr gut aussehen.«

»Tom«, sagte Kim, als er bereits an der Tür war. »Du gehst doch nicht meinetwegen, oder? Ich meine nur, es fällt auf, dass du jedes Mal abhaust, wenn ich auftauche. Soll ich meine kleinen Besuche lieber einstellen?«

Bewunderungswürdig, diese Art, Dinge so direkt anzusprechen. Sie schaffte es, ihre Worte so klingen zu lassen, dass niemand sich beleidigt fühlen musste. Nicht einmal sie, falls Tom ihre Frage tatsächlich bejahen würde.

Tom winkte ab.

»Unsinn!«, versicherte er. »Es ist nur ... Ich hab doch jetzt Feierabend, oder? So toll ist dieses Loch nicht, dass ich auch in meiner Freizeit noch hier rumhängen muss. Die nächste Schicht ohne Kamera übernimmt sowieso Simon. Und außerdem hab ich ein ganz gutes Gespür dafür, wenn ich irgendwo das fünfte Rad am Wagen bin.« Er wippte ein paarmal mit den Augenbrauen, und Kim starrte ihn verblüfft an. Dann schloss sich die Tür hinter ihm.

Kim warf Simon einen kurzen Blick zu und schüttelte den Kopf, während sie mit der Hand in Richtung Tür deutete.

»Habe selten jemanden erlebt, der so sehr von sich selbst überzeugt ist.«

Simon lächelte. »Er ist doch ein guter Freund. Und er will immer nur das Beste für mich.« Und bevor er noch darüber nachdenken konnte, hatte er bereits gefragt: »Darf ich dir etwas fragen?«

»Sicher.«

»Wie alt bist du?«

Kim hob den Kopf und bedachte ihn mit einem langen Blick. Sie hatte haselnussbraune Augen von herausragender Lebendigkeit. Doch jetzt gerade blickten sie eher nachdenklich als munter. Dann seufzte sie, setzte ihre Lesebrille ab, die sie offenbar versehentlich immer noch trug, und rieb sich mit Daumen und Zeigefinger die Nasenwurzel.

»Wie wäre es mit einem Kaffee?«, schlug sie vor, ohne auf seine Frage zu antworten.

Wahrscheinlich war es in Deutschland genauso wenig nett wie in den Niederlanden, eine Frau nach ihrem Alter zu fragen.

»Das dürfen wir hier nicht«, antwortete er. »Aber wir können ja in die Teeküche gehen und ...«

»Oh, nein!«, wehrte sie ab und hob die Hände. »Bloß nicht! Da sind mir grad zu viele Leute.«

Sie erhob sich vom Arbeitsstuhl und lief in dem kleinen Raum einmal auf und ab. Dann setzte sie sich auf die Kante des Tisches. Ihr Kittel war falsch zugeknöpft. Deshalb sah sie noch zerstreuter aus als sonst. Ob niemand von diesen ständig herumwuselnden Maskenbildnerinnen auf so etwas achtete? Oder ob es Absicht war? Vielleicht wollten sie mit Kim das Klischeebild des zerstreuten Wissenschaftlers etwas bestärken.

»Simon«, sagte Kim da. Brach ab und holte noch einmal tief Luft.

»Ja?«, sagte er und musste grinsen.

Sie zog ein Gesicht, als wolle sie sagen: »Dir wird das Lachen gleich vergehen!« Konnte direkt Angst machen.

»Simon, ich bin achtunddreißig Jahre alt.«

Jetzt musste er tatsächlich lachen.

»Und ich werde demnächst neunundzwanzig«, erwiderte er.

»Altersunterschiede spielen heutzutage ja keine Rolle mehr«, fuhr sie unbeirrt fort. »Denk also nicht, dass es daran liegt. Es liegt auch nicht daran, dass ich dich nicht mögen würde. Du bist ein echt netter Typ. Wirklich, ich mag dich sehr gern. Du hast Humor, du bist auf deinem Gebiet spitze, du denkst mit, hast Verständnis für andere Menschen. Und du siehst auch wirklich gut aus.«

»Oh, danke!« Er grinste noch breiter.

»Ich kann das durchaus beurteilen!«, brummte sie, als hätte er sie veralbert. »Ist nicht so, als sei ich blind, was Männer angeht. Ich sehe durchaus, wer einen Knackarsch hat und wer nicht, kapiert?«

»Kapiert.« Hieß das, sie fand, er habe einen Knackarsch?

»Aber ich steh nicht auf Männer. Ganz generell.« Jetzt sah sie ihn an, als befürchte sie einen Zusammenbruch.

Und er verstand, worauf sie hinauswollte.

Eine Sekunde lang sah er sie mit großen Augen an, dann konnte er leider nicht anders. Er platzte lauthals heraus.

Kim wirkte so verblüfft, dass ihn ihre verdutzte Miene nur noch mehr zum Lachen reizte.

»Dieser Mistkerl!«, grölte er und deutete mit einer Hand zur Tür. »Dieser Kuppler!«

Kim sah von ihm zur Tür und zurück.

»Tom?«, fragte sie verwundert.

»Ja, Tom. Dieser Kerl ist so davon überzeugt, dass wir ein tolles Paar sind, dass wir das selbst angefangen haben zu glauben.«

Kims erstaunte Miene klärte sich ein wenig. »Heißt das … heißt das, du stehst gar nicht auf mich? Nein?«

Simon holte ein paar Mal tief Luft. »Das heißt jetzt aber nicht, dass ich homo bin. Und ich kann auch durchaus beurteilen, dass du einen … wie hast du das genannt? … Knackarsch hast.«

Kim legte den Kopf in den Nacken und lachte. Vor lauter Erleichterung besonders ausgelassen.

»Herzlichen Dank«, gackerte sie und klopfte sich auf ihre Rückseite. »Aber ich bin trotzdem froh, dass du da kein ernsthaftes Auge drauf geworfen hast. Hab mir da schon ein bisschen Sorgen gemacht. Denn es gibt hier nicht so viele Leute im Labor, mit denen ich gern meine Freizeit verbringe. Wenn ich jetzt dich hätte meiden müssen, um dir keine Hoffnungen zu machen, wäre das ziemlich hart gewesen.«

Simon schmunzelte. »Wie schaffst du es, so superehrlich zu sein?«, fragte er.

»Oh, das finden nicht alle toll«, sagte sie. »Dass ich sage, was ich denke, ist mir durchaus hin und wieder angelastet worden.« Sie sah so aus, als würde sie dabei an einen bestimmten Menschen denken.

Und sie war also lesbisch?

»Hast du eine Beziehung?«, wollte er wissen und hoffte, dass Neugierde erlaubt war.

Sie schüttelte den Kopf und sah eine Weile auf die vielen Schalter und Regler, die zu den Bedienelementen des TX 14 gehörten. Dann entschied sie sich offenbar zu mehr.

»Nein. Nicht mehr. Nadine und ich waren ein paar Jahre zusammen. Aber dann hat sie sich irgendwie … entliebt.« Kim sah ihn an und versuchte zu lächeln. »Sie sagt, ich bin ein toller Mensch. Aber eben nicht mehr die richtige Frau für sie.«

»Oh«, machte Simon. Das klang nach einer schlimmen Wunde.

»Ja. Oh. Sie hat mittlerweile eine gefunden, die wohl die richtige Frau für sie ist. Wer weiß, wie lange. Und weißt du, was das Nervige daran ist?« Kim sah ihn mit verengten Augen an. »Nadine hat sich in den Kopf gesetzt, dass ihre Neue und ich uns gut verstehen sollen. Sie plant ständig irgendwelche Ausflüge oder Abendessen oder DVD-Nächte und weiß der Henker noch was ...«

»Henker?«, fragte Simon irritiert.

»Executioner«, sagte Kim. »Eine Redensart.«

»Uhhh! Kommt mir vor, als plane sie gerne eine echte Execution.«

»Sie meint es nur gut. Will mit jedem gut Freund sein. Sie sagt, ich bedeute ihr noch viel, und deswegen ist es ihr Wunsch, dass ich die Frau, mit der sie lebt, gern habe.«

»Scheint etwas viel gefragt.«

»Ich bin froh, dass du das so siehst. Hast du eine Beziehung? Ich nehme an, mit einer Frau? Wenn du nicht schwul bist.«

»Bin ich nicht.«

»Du bist aber so nett, als wärst du es.«

»Du dachtest, ich bin schwul, weil ich nett bin?«

Kim sah ihn abschätzend an. Als wolle sie prüfen, wie viel Wahrheit er verkraften könne. Dann grinste sie. »Nein. Ehrlich gesagt, hab ich das nicht gedacht. Du bist zwar sehr nett. Aber wenn du schwul wärst, würdest du öfter zum Friseur gehen. Dein Haarschnitt wächst raus, weißt du.«

Simon griff sich in den Nacken. »Oh Mann! Da bin ich jetzt aber froh. Ich meine, wenn alle Frauen denken, dass ich schwul bin, reduziert das meine Chancen auf dem Markt ziemlich, oder?«

»Gar nicht«, widersprach Kim. »Frauen lassen sich von so was nicht beeindrucken. Wenn dich eine will, dann lässt sie sich auch nicht davon abbringen, wenn du ihr sagst, dass du nur auf Kerle stehst. Wahrscheinlich würde das ihren Jagdeifer nur noch anspornen.«

Simon tat, als müsse er schlucken. »So sind deutsche Frauen also?«

»Und du hast also keine Beziehung?«, hakte Kim nach. Sie war geschickt darin, das Gespräch auf die Punkte zu bringen, die sie interessierten.

Er hob die Brauen.

»Und wer ist die, von der du so vor dich hin träumst?« In ihren lebendigen Augen blitzte es. »Komm schon! Du brauchst es gar nicht zu leugnen. Ich kriege es sofort mit, wenn jemand unglücklich verschossen ist. Wahrscheinlich, weil ich dieses Stadium des Verliebtseins selbst so gut kenne. Wer ist sie? Eine Frau aus Utrecht?«

Es vergingen ein paar Sekunden. In denen er leugnen wollte. Lachend vielleicht. Es war so lange her, Tom hatte recht. So lange, dass es kaum noch zählte. Und im Grunde war es nur eine Art Traum gewesen. Unrealistisch. Vergangen. So gut wie nie gewesen.

Doch als er Kim ansah, hatte sich in ihrem Gesicht etwas verändert.

Gerade noch hatte der ausgelassene Ausdruck von spontaner Neugierde darin gestanden. Das erste Wort eines neckischen Scherzes hatte bereits in ihren Mundwinkeln gesessen.

Doch sie hatte ihn angesehen in diesen wenigen Sekunden. In denen er zu leugnen bereit war. Und jetzt sah sie plötzlich so weich aus. Nichts Schalkhaftes hatte sie noch an sich. Ihre Augen schwammen in Mitgefühl.

»Nein, sie ist eine Deutsche«, hörte er sich selbst sagen. »Nur weiß ich leider nicht, wo sie wohnt. Vielleicht irgendwo in eurem Ruhrgebiet. Oder irgendwo am Rhein. Ich habe sie nicht gefragt, wo sie lebt. Sie mich schon. Utrecht. Ist keine große Stadt. Aber für den Fall, dass sie dort einen Mann suchen wollte, von dem sie den Namen nicht kennt, ist die Stadt riesig. Warum auch sollte sie nach mir suchen? Sie hat nicht den geringsten Hinweis darauf gegeben, dass sie mich wiedersehen will. Wahrscheinlich fand sie mich noch nicht trocken hinter den Ohren. Sie war nämlich etwa in deinem Alter. Schätze ich.«

»Deswegen hast du mich gefragt, wie alt ich genau bin?«

Er nickte.

Kim betrachtete ihn nachdenklich. »Hab ich das richtig verstanden? Du bist verschossen in eine Frau, von der du weder den Namen noch ihren Wohnort kennst?«

Simon fuhr sich mit der Hand über das Gesicht. »Verrückt, nicht?«

»Wo hast du sie kennengelernt?«

»Im ICE nach Zürich. An dem Tag habe ich von diesem Projekt hier erfahren. Tom hat mich als zweiten TX-Experten angeworben.«

Kim schüttelte sanft den Kopf. »Ihr seid zusammen Zug gefahren. Und jetzt musst du immer noch an sie denken. Ich wusste gar nicht, dass Männer so was Blödes auch tun. Bist du sicher, dass du nicht doch schwul bist?«

Er tat so, als müsse er nachdenken, und zuckte dann die Achseln.

»Warum stehen eigentlich so viele ältere Männer auf junge Frauen? Und wieso stehen ältere Frauen nicht auf junge Männer?«, fragte er sie. »Hey, hey, guck nicht so böse. Ich wollte doch gar nicht sagen, dass sie ›älter‹ ist. Das ist sie ja nur im Verhältnis zu mir – wenn auch nicht wirklich viel. Aber doch so viel älter, dass es für sie offenbar gar nicht infrage kam, mir ihre Telefonnummer zu geben. Wer weiß. Vielleicht bin ich tatsächlich schwul? Und will es aber nicht zugeben? Vielleicht suche ich mir deswegen für das erste richtige Verlieben eine Frau, die ich nie wiedersehen werde?« Er zuckte die Achseln.

Konnte es kaum glauben.

Jetzt hatte er nicht nur Tom und Karin von ihr erzählt, sondern auch einer Frau, mit der er zusammenarbeitete. Einer, die er erst seit wenigen Wochen kannte. Was erhoffte er sich dadurch eigentlich? Dass er die schöne Fremde in sein Leben zurückzerren könnte? Dass er sie herbeizaubern könnte, indem er nur möglichst vielen Menschen von ihr erzählte und sie damit realer machte?

»Du hast dich noch nie vorher richtig verliebt?«, wollte Kim sichtlich geschockt wissen. »Noch nie?«

Er hob die Hände.

»Ich weiß, das klingt neurotisch. Aber ich kann mich nicht erinnern, jemals so ein Gefühl zu haben. Ich meine, es kann ja sein, dass ich mir so einiges dazuphantasiert habe mit der Zeit.

Aber warum habe ich das vorher noch nie getan? Warum habe ich vorher noch nie mit einer Frau …«

»Jetzt sag bloß, du hattest auch noch nie Sex?«, unterbrach Kim ihn.

Ihre Augen waren so weit aufgerissen, dass die Neugierde ihm mitten ins Gesicht sprang.

»Doch«, brummte er und spürte, wie er verdammt noch mal rot wurde.

Das lag nicht daran, dass er es peinlich fände, mit einer Frau über Sex zu reden. Es lag auch nicht daran, dass Sex an sich ihm peinlich wäre. Er hatte es durchaus schon etliche Male getan. Und jedes Mal war es angenehm gewesen. Manchmal auch scharf. Einige wenige Male annähernd erfüllend.

Vielmehr war er von jetzt auf gleich so verlegen, weil ihm schlagartig klar wurde, dass Kim sich würde denken können, welche Bilder ihn in den letzten Wochen beim Einschlafen oder Aufwachen begleitet hatten. Soweit er sich erinnern konnte, hatte er jedes Mal an die Frau im Zug denken müssen.

Kim beobachtete ihn, offensichtlich fasziniert.

»Du bist ein echtes Phänomen, weißt du das?«, sagte sie schließlich. »Vielleicht hättest du ihr einfach vorschlagen sollen, mit dir zusammen auszusteigen und für ein paar Stunden ein Hotelzimmer zu nehmen. Vielleicht war es eine spontan auftretende sexuelle Obsession? So was gibt es, weißt du.«

Simon sah in die rechte obere Ecke des Raumes und ärgerte sich wieder einmal, dass diesen fest installierten Kameras nicht anzusehen war, ob sie gerade aufzeichneten oder nicht. Selbst wenn diese Bilder nicht über den Sender laufen würden, weil er selbst ein »Unsichtbarer« war, war es keine angenehme Vorstellung, dass jemand im Studio sitzen und sich ihre surrealistische kleine Szene anschauen könnte.

»Natürlich war da eine große Anziehung zwischen uns«, gab er zu. »Es gab da eine Situation …« Er erzählte von dem Moment im Tunnel. Als sie sich in der Scheibe angeblickt hatten wie zwei Liebende. Wie sie ihre Haare gelöst hatte. »Ich dachte zuerst auch, dass es nur so etwas ist. Aber dann, abends auf dem Konzert in Zürich, die halbe Nacht, immer habe ich an sie gedacht. Ich wollte nur ... wollte sie im Arm halten. Sie bei mir ... halten.«

»Spüren?«

»Ja, bei mir spüren.«

Sie sahen sich an.

»Das hat nicht nur was mit Sex zu tun, oder?«, fragte er schließlich.

Kims Augen glänzten. »Nein«, sagte sie leise.

Sie wussten beide, was gemeint war. Und die Stimmung im Raum war zu ernst.

»Ich fürchte, jetzt, wo du mein Geheimnis kennst, müssen wir Freunde werden«, stellte Simon daher fest.

»Wenn das so ist«, lächelte Kim. »Ich bin dabei.«

Sie schwiegen eine Weile. Weil das zu einer Freundschaft wohl dazugehörte.

Dann fragte sie leise: »Hey, Simon, und wenn du sie wiedertriffst?«

Obwohl er es nicht bewusst tat, drang aus seiner Kehle ein Geräusch, das ihn selbst verwunderte. Es klang wie ein kleines Tier, das sich einen rostigen Nagel eingetreten hatte.

»Wie sollte das denn gehen?«, fragte er. Seiner Stimme war deutlich anzuhören, dass er trotz aller Aussichtslosigkeit darauf hoffte, dass seine neu gewonnene Freundin einen Weg wusste.

»Keine Ahnung«, sagte Kim da aber leider. »Aber falls ... ich meine, falls es passieren sollte, dass du sie zufällig noch einmal treffen würdest ... was würdest du dann tun?«

In seinem Kopf war eine weite, weiße Landschaft.

Dann wagte er es. Stellte sich vor, über die Straße zu gehen. Plötzlich war sie da. Oder im Kino an der Kasse. Oder im Supermarkt vor dem Regal mit den Gemüsekonserven. Oder.

Allen Ernstes begann sein Herz rascher zu schlagen.

»Ich würde sie fragen, ob sie mich heiraten will«, antwortete er. Zwar grinste er dabei. Aber das täuschte sie nicht.

Kim nickte befriedigt. »Genau das wollte ich hören!«, sagte sie.

Es war spät am Abend, als Ines sie anrief. Désirée hatte sich gerade bettfertig gemacht.

Sicher wieder so eine Panikattacke, die Ines die letzten Tage immer öfter schob. Sie machte sich große Sorgen um das Institut.

Doch dass sie jetzt Désirée zu so später Stunde zu sich bat, zeugte von echter Verzweiflung.

Désirée schlüpfte in ihre Joggingklamotten und die Turnschuhe und fuhr mit dem Fahrstuhl hinauf.

Der Gang vor den Büros lag im Dunkeln. Sie klopfte nicht an, sondern marschierte durch Ines' Vorzimmer und durch die schwere Holztür in das Büro.

In der Sitzecke wartete nicht nur Ines auf sie. Helena Löwe stand auf und streckte ihr die Hand entgegen. »Doktor van Hauser! Sie sind schnell wie der Blitz. Vielen Dank, dass Sie Ihre Nachtruhe noch etwas verschoben haben.« Helena Löwe überging die Tatsache, dass Désirée ungeschminkt, mit zerzausten Haaren und im verwaschenen Jogginganzug hier erschien, ohne mit der Wimper zu zucken.

»Ist etwas passiert?«, erkundigte sich Désirée rasch bei Ines.

Doch die wirkte, im Gegensatz zu den letzten Tagen, weit weniger beunruhigt. Ihre kerzengerade Haltung sprach allerdings von innerer Anspannung.

Ines winkte ab. »Nichts, was die letzte Woche nicht auch passiert ist. Die Zuschauer da draußen finden eine Versuchsreihe mit Hunden offenbar nicht spannend genug, um täglich der Sendung beizuwohnen. Und eine Horde von Wilden hat sich in den Kopf gesetzt, uns an den Galgen zu bringen.«

»Wollen Sie sich nicht zu uns setzen?«, bat Helena Löwe freundlich. Sie schaffte es, die Worte so klingen zu lassen, dass sie wie eine höfliche Einladung klangen – nicht wie die Anmaßung einer, die hier schließlich gar nicht zu Hause war.

Désirée setzte sich in den Sessel neben Helena, Ines gegenüber.

Ein paar Sekunden lang war es sehr still. Dann ergriff Ines das Wort.

»Frau Löwe hat mich heute Mittag angerufen, um mir eine sehr verlockende Idee vorzustellen, Désirée. Wir haben bereits die wirtschaftlichen Aspekte geprüft. Aber natürlich brauchen wir deine Meinung als wissenschaftliche Leiterin der Versuchsreihe.«

Sehr höflich. Anders höflich, als Helena Löwe gerade geklungen hatte. Eher vorsichtig höflich.

Désirée bereute es, den Jogginganzug angezogen zu haben. Sie fühlte sich plötzlich nackt und nicht gewappnet.

Helena Löwe nickte.

»Eine Firma hat zu uns Kontakt aufgenommen, die an dem Rezept für Monovasol interessiert ist. Falls Ihr Institut bereit wäre, es zu verkaufen – zumindest anteilig –, könnte das mögliche finanzielle Einbußen durch abspringende Werbepartner auffangen. Die Situation ist nur die, dass sie Monovasol nicht für Hunde einsetzen wollen.«

Désirée sah von einer zur anderen.

»Für was dann?«

»Es handelt sich um einen Partnervermittlungsservice. Keine Angst! Ganz und gar solide und seriös. Sie möchten den Menschen, die ihre Hilfe in Anspruch nehmen, noch ein weiteres Highlight bieten.«

»Menschen?« Weder Ines noch Helena Löwe sahen annähernd verwirrt aus. Schon gar nicht so sehr, wie Désirée sich fühlte. »Aber das Experiment kann ohne vorherige Prüfung unmöglich auf den Menschen übertragen werden. Das wäre noch nicht mal bei Versuchen mit Primaten möglich. Man müsste vorher …«

Sie hielt inne.

»Was wir uns fragen, ist: Wäre es grundsätzlich möglich, unsere Versuchsreihe auf einen menschlichen Probanden auszuweiten?«, wollte Ines wissen. Ihre Stimme samtweich.

Irgendetwas stimmte hier nicht. Sie wurde doch nicht zu nachtschlafender Zeit heraufgerufen, nur um hypothetische Fragen zu beantworten.

»Was habt ihr vor?«, fragte Désirée und vergaß, dass sie mit Helena Löwe noch beim Sie war.

Auf dem Tisch vor ihr lagen diverse Papiere. Sie erkannte die

Liste der InstitutsmitarbeiterInnen, die am Projekt beteiligt waren. Einige Namen waren eingekringelt.

Bevor sie mehr sehen konnte, hatte Ines wie nebenbei nach der Liste gegriffen und sie unter den kleinen ordentlichen Stapel daneben geschoben.

»Nun, wir versuchen, der Frage auf den Grund zu gehen, wie wir das Institut retten können«, antwortete Ines. »Wie du ja weißt, hängen wir finanziell mit drin.«

»Aber wir haben noch nie Humanexperimente durchgeführt«, stammelte Désirée. Ja, es war tatsächlich ein peinliches Stammeln, bemerkte sie selbst. »Mein Vater wäre ...«

»Lass deinen Vater hierbei aus dem Spiel. Im Moment geht es schlicht um die Existenz des Instituts und der Arbeitsplätze unserer Mitarbeiter«, unterbrach Ines sie, gar nicht mehr sanft.

»Bitte«, sagte Helena Löwe.

Wie schaffte sie es nur, immer so auszusehen? Sie trug ihr Haar nicht hochgesteckt, sondern weich fließend über ihre Schultern. Doch auch das sah aus, als sei sie frisch frisiert worden. Auf ihren Lidern und den Wangen lag ein zarter, kaum zu erahnender Hauch von Rosa, passend zum leicht glänzenden Lipgloss.

»Es geht im Grunde nur um die Klärung, ob aus wissenschaftlicher Sicht maßgeblich Gravierendes dagegen spricht, Monovasol auch an Menschen zu testen. Denken Sie an Contergan oder ähnliche Desaster. Wir wollen in diese Richtung erst gar nicht weiterdenken, wenn Sie irgendwelche Bedenken haben. Verstehen Sie? Wir wollen keine Pferde scheu machen, falls es handfeste Einwände gegen so einen Plan gäbe.«

Ines sah Helena Löwe merkwürdig an. Es lag Anerkennung in ihrem Blick.

Ein feiner Stich fuhr Désirée unterhalb des Rippenbogens in den Körper.

»Es ist nicht klar, ob oder wie ein Mensch darauf reagieren würde. Es wurden bisher keinerlei Untersuchungen in dieser Hinsicht gemacht«, antwortete Désirée zurückhaltend.

»Also bitte!«, sagte Ines. »Was Insel und Young von der Emory in Atlanta bewiesen haben, wird doch wohl auch für die menschliche Spezies gelten. Was bei Mäusen funktioniert, muss auch beim Menschen möglich sein. Die Hormon-Mechanismen ähneln einander stark.«

»Genau das ist es, was Frau Löwe gerade meinte«, erwiderte Désirée und war froh, dass ihre Stimme nun wieder fest und sicher klang. »Natürlich kann es Übertragbarkeiten geben. Aber das muss erst gründlich getestet werden.«

»Würden Sie mir bitte erklären ...?« Helena sah fragend zwischen ihnen hin und her. Sie fuhr sich mit der Hand durchs Haar. »Die Vorgespräche und Konferenzen, in denen wir in die wissenschaftlichen Hintergründe eingeführt wurden, liegen so lange zurück. Ich fürchte, ich habe die Hälfte wieder vergessen ...«

Ines sah Désirée auffordernd an.

Sie räusperte sich.

»Als die Forschungen zur Monogamie begannen, tasteten die Wissenschaftler zunächst sprichwörtlich im Dunkeln. Die Verhaltensforscher versuchten die Reproduktion, also gemeinsame Revier- und Ressourcenverteidigung, Fütterung des Nachwuchses, Versorgung des Partners, als ausschließliche Komponenten für soziale Monogamie anzuführen. Aber die Untersuchungen hinkten. Irgendwie schien da etwas nicht zu stimmen. Bei Säugetieren waren Beweise noch schwieriger anzuführen als bei Vögeln, denn es leben nur etwa drei Prozent der über viertausend Säugetierarten monogam. Als man diese wenigen Arten genauer betrachtete, stellte man fest, dass es eine sehr monogame Wühlmausart gibt: die Präriewühlmaus. Die Tiere binden sich lebenslang an einen Partner. Beide Eltern ziehen gemeinsam die Jungen auf. Ganz im Gegensatz dazu stand die Bergwühlmaus. Sie schert sich weder um den Kopulationspartner noch um den Nachwuchs. Natürlich interessierte die Forscher, wie es zu einem so gravierenden Unterschied zwischen Arten kommen kann, die so eng miteinander verwandt sind, dass ein Laie sie gar nicht auseinanderhalten könnte. Diese beiden Wühlmausarten stimmen nämlich im Erbgut zu neunundneunzig Prozent überein ...«

»Und im Hormonstatus?«, unterbrach Helena sie.

Désirée musste trotz der sonderbaren Umstände lächeln. Die Löwin hatte in den letzten Wochen massig dazugelernt. Und wenn Fragen offenstanden, hielt sie sich nicht gern bei Dingen auf, die sie bereits begriffen hatte.

Wahrscheinlich wäre sie eine überdurchschnittlich gute Wissenschaftlerin geworden.

»Das war das Kuriose. Die beiden Hormone, die auch bei unseren Versuchen die größte Rolle spielen, nämlich das Oxytocin und das Vasopressin, wurden bei den treuen Präriewühlmäusen natürlich massig produziert. Bei der Bergwühlmaus nur in sehr geringen Mengen. Als man jedoch der Bergwühlmaus einen Hormoncocktail aus beidem verabreichte, geschah ... nichts.«

»Nichts?« Helenas Augen wurden vor Anstrengung, sich zu erinnern, schmal. »Wieso noch mal? Bei unseren Hunden schlägt es super an, wie die ganze Nation verfolgen kann. Oder zumindest verfolgen könnte, wenn sie es denn wollte. Wieso nicht bei den Wühlmäusen?«

»Bergwühlmäusen«, korrigierte Désirée. »Das lag daran, weil nicht ausschließlich das Hormon selbst dafür verantwortlich ist, wie sich ein Tier seinem Partner und seinen Jungen gegenüber verhält. Verantwortlich hierfür ist die Anzahl der entsprechenden Rezeptoren im Gehirn. Und da die genetisch festgelegt ist, verändert sie sich natürlich auch nicht, nur weil Hormone gespritzt werden. Wenn diese Schaltstellen fehlen, wie zum Beispiel bei den meisten Reptilien, oder in zu geringer Zahl vorhanden sind, wie bei der Bergwühlmaus, dann kann man Hormone in das Tier pumpen, bis es platzt – es geschieht trotzdem nichts.«

Diesmal wusste die Produzentin direkt, wovon Désirée sprach.

»Oh ja, das war diese Geschichte, über die wir wochenlang diskutiert haben. Ob wir es im Format thematisieren oder unter den Tisch fallen lassen werden. Genmanipulation, richtig?«

Désirée nickte.

»Hunde sind normalerweise nicht monogam«, stellte Helena für sich selbst klar. »Unsere werden es aber in sozialer Hinsicht. Und zwar umso mehr, je höher die Mengen an Monovasol sind, die sie erhalten. Das funktioniert aber nur, weil im Monovasol nicht nur Hormone enthalten sind, sondern ...?«

Désirée räusperte sich.

»Unsere Kollegen von der Emory-Universität in Atlanta, der Verhaltensforscher Thomas Insel und der Gentechniker Larry Young, haben den Abschnitt jenes Gens entdeckt, das für diese Anzahl der Rezeptoren zuständig ist. Auf dieser Promoter-Sequenz sind etwa vierhundertsechzig DNS-Buchstaben gespeichert, und das Ganze wirkt wie ein Schalter. Treffen die entsprechenden Hormone dort ein, wird der Schalter umgelegt, und schon ist die Maus treu und sorgt sich um ihre Kinder. Es müssen nur wenige Buchstaben ausgetauscht werden, um aus einer polygamen Maus eine monogame zu machen. Der Vorteil hierbei ist: Die Genveränderung wird durch ein harmloses Virus eingeschleust und bedarf also keines großen Eingriffs. Außerdem kann der Vorgang von diesem TX 14-Computer problemlos nachvollzogen und in die Berechnungen eingebaut werden. Aber genau das ist auch der Punkt, weshalb wir diese Versuchsreihe unmöglich auf Humanexperimente ausweiten können. Es wird definitiv eine Genmanipulation vorgenommen. Sie wissen, wie die Gesetzeslage dazu aussieht?«

»Ich kann es mir zumindest denken«, murmelte Helena und sah auf die Papiere auf dem Tisch.

»Das ist das klare und endgültige Aus für so einen Gedanken«, zog Désirée das Fazit.

Sie sah Ines an. In deren Gesicht regte sich kein Muskel. Als Kind hatte Désirée sie deswegen heimlich »Eulengesicht« genannt. Und das, obwohl sie die Nachtjäger eigentlich sehr gern mochte. Aber ihrer Mimik war nun einmal nichts anzumerken. Nichts Schlechtes. Nichts Gutes.

»Sieht so aus«, sagte Helena Löwe nach ein paar Sekunden der Stille.

Dann hob sie den Kopf und lächelte Désirée an.

Ob sie glücklich war? Grundsätzlich? In ihrem Leben, das von so vielen Dingen bestimmt wurde, die mit Geld, Macht und Einfluss zu tun hatten. Und die scheitern konnten an ein paar einfachen Regeln: Genmanipulation an Menschen ist gesetzeswidrig.

»Ich fürchte, ich habe Sie grundlos so spät noch mit meinen unwissenschaftlichen Ideen belästigt.« Seufzend stand Helena auf.

Sie sah trotz perfektem Outfit müder aus, als Désirée in ihrem Joggingdress sich fühlte. Désirée erhob sich ebenfalls.

»Sie sind bereits für morgen früh gewappnet?«, fragte Helena mit einem amüsierten Blick an ihr hinab. »Die morgendliche Runde mit Doktor Richardson gehört ja bereits zum Standardprogramm der Sendung. Ein paar Sekunden sind Sie immer zu sehen.«

»Tatsächlich?« Désirée wusste nicht, was genau sie davon halten sollte.

Täglich ein paar Sekunden? Doktor Richardson und sie? Sie hatte die Sendung ja noch nie angesehen.

Helena wandte sich noch einmal kurz an Ines: »Wäre es möglich, dass ich morgen Vormittag kurze Gespräche mit ein paar Mitarbeitern aus unserer Aufnahmeleitung führen könnte?«

»Selbstverständlich«, antwortete Ines. Sie wirkte abwesend. Das gerade stattgefundene Gespräch hatte sie offenbar sehr nachdenklich gestimmt. Hatte sie tatsächlich geglaubt, dass so einfach und schnell eine Lösung für die momentane Misere gefunden sei? Sie hatte vielleicht bereits wieder Visionen vom Nobelpreis gehabt. Und nun war ihre erneute Zuversicht innerhalb von wenigen Sekunden zunichtegemacht worden.

Désirée empfand einen seltenen Moment des Mitgefühls für ihre Stiefmutter.

»Gute Nacht«, verabschiedete sie sich und gab sich Mühe, besonders aufmunternd zu lächeln.

Ines nickte ihr zu. Helena und sie gingen gemeinsam hinaus.

»Bleiben Sie im Haus?«, fragte Désirée, als sie zu den Aufzügen gingen.

»Ja. Frau van Hauser hat mir freundlicherweise das Gästeappartement angeboten.«

Auch Helena wirkte niedergeschlagen.

Sie hatten so euphorisch begonnen. Und nun …

Désirée war offenbar die Einzige, die noch Freude an dieser Arbeit empfand. Und zwar, obwohl die Einschaltquoten sanken. Und obwohl die Proteste gegen die Tierversuche jeden Tag aufs Neue durch die Medien brandeten. Sie selbst und Doktor Richardson.

Kim hatte keine Ahnung, wie es um das Format bestellt war.

Sie sah nur die Arbeit mit den Hunden. Und das tat sie auf eine bewunderungswürdig kluge Weise.

»Wissen Sie, was ich Sie schon seit Wochen gern fragen würde?«, fielen ihr die Worte plötzlich aus dem Mund, ohne dass sie darüber hätte nachdenken können.

Helena sah sie fragend an.

»Wie haben Sie das damals hinbekommen, dass Doktor Richardson doch zugesagt hat? Ich meine, sie ist ... sie scheint ...«

Helena zog amüsiert eine Braue hoch. »... knallhart, wenn sie erst mal einen Entschluss gefasst hat?«, bot sie an.

Désirée konnte ein Grinsen nicht unterdrücken. Wahrscheinlich traf das besser als alles, was ihr selbst dazu eingefallen wäre. Sie fand es nämlich zunehmend schwierig, ihre wissenschaftliche Kollegin zu beschreiben. Irgendwie schien es so, als kämen bei ihr täglich neue Charaktereigenschaften dazu, die es alle wert wären, darüber nachzudenken.

»Das ist Berufsgeheimnis«, antwortete Helena Löwe.

## *Kim* — *Außerhalb der Zeit*

Sie waren auf den Tag gleich alt.

Zwillinge also. So hatten sie es sich als Kinder ausgedacht.

Dass Helena andere Eltern hatte, und zwar solche, die sie weggegeben hatten, spielte dabei keine Rolle. Sie konnten sich sowieso an keine Zeit erinnern, in der sie nicht zusammen gewesen waren. Obwohl Gabi und Horst behaupteten, dass es mehr als zwei Jahre gewesen waren.

Da Helena nicht adoptiert wurde, sondern als Pflegekind in der Familie aufwuchs, erfuhren sie beide früh, warum eine von ihnen einen anderen Nachnamen trug. Kim hätte zu gern auch Löwe geheißen. Das klang so mutig. So wild und unbezähmbar.

In der Schule nahmen zunächst alle an, dass ihre Nachnamen zur jeweils anderen gehörten. Vor allem deswegen, weil Helena mit ihren weißblonden Haaren und den leuchtend blauen Augen wirkte, als sei sie einem Astrid-Lindgren-Buch entsprungen. Sie sah einfach viel eher nach einem dänischen oder schwedischen Nachnamen aus als die dunkelhaarige, braunäugige Kim.

Weil Helena nicht mehr »Mama« und »Papa« sagen wollte, sobald sie verstehen konnte, dass ihre Eltern nicht ihre Eltern waren, nannte auch Kim sie »Gabi« und »Horst«. Was Helena tat, wollte sie auch tun. Wie Helena war, wollte sie auch sein. Ihre Zwillingsschwester war die schlaueste, schönste, tollste Schwester der Welt. Kim bewunderte sie, da sie elfenzart und lieblich wirkte, sich hinter dieser wunderhübschen Fassade, die jeden betörte, jedoch ein enormer Wille verbarg, den sie mit Raffinesse und klugen Argumenten durchzusetzen wusste.

Helena selbst staunte oft über Kims Erfindungsreichtum, ihr ungebremstes Temperament, ihr ungewöhnliches Vermögen, mit Tieren aller Art umzugehen. Doch das sagte sie bestimmt nur so. Denn sie war nicht nur toll, sondern sie liebte Kim wahrscheinlich ebenso sehr, wie Kim sie liebte. Helena wollte Kim nicht wehtun. Wollte sie stärken und ihr zeigen, dass sie gleich gut waren.

Ihre Eltern gaben sich große Mühe, beide Mädchen gleich zu behandeln und keine zu bevorzugen. Wenn Kim doch mal den Eindruck hatte, dass Helena öfter umarmt, ausführlicher für gute Noten oder Mitarbeit im Haushalt gelobt wurde, wusste sie, dass es daran lag, dass Helena das Pflegekind war. Niemals sollte sie das Gefühl haben, Gabi und Horst liebten ihre leibliche Tochter mehr als sie.

Wie hätte das auch sein können. Helena war schließlich die Hübsche, die Kluge, die Eloquente, die alle Herzen im Sturm eroberte. Sämtliche Lehrer waren begeistert von ihr. Alle Jungen verliebten sich Hals über Kopf in sie. Klassenkameradinnen wollten unbedingt mit ihr befreundet sein.

Das alles und die eigene nüchterne Einschätzung ihrer selbst verankerten in Kim über die Jahre die Gewissheit, dass Helena die Bessere von ihnen beiden war.

Diese Überzeugung wohnte viele Jahre in Kim. Sie existierte neben ihrer Liebe zur Schwester ganz harmonisch und ohne Konkurrenzgedanken. Denn Helena tat nie etwas, das Kim hätte kritisieren wollen.

Nur einmal. Da hatte Helena ihr unter nervösem Gestammel

gestanden, dass sie mit Kims Schwarm Daniel Kröckmann geknutscht hatte. Auf dem Spielplatz. Hinter den Schaukeln. Und zwar ausschließlich und allein deswegen, um herauszufinden, ob Kim tatsächlich Gedanken lesen konnte und diesen Verrat von sich aus herausfinden würde.

Kim hatte es nicht erraten. Sie war nicht einmal auf die Idee gekommen. Weil Helena nie im Leben so etwas tun würde. Hatte sie gedacht.

Es war eine Prüfung gewesen. Und Kim hatte sie nicht bestanden.

Eine gemeine Prüfung. Denn Kim hatte nie behauptet, solcherlei Gedanken lesen zu können. Sie hatte nur immer gesagt, dass sie Helena so gut kenne, dass nichts ihr verborgen bliebe. Nichts von dem jedenfalls, was die tatsächliche Helena ausmachte. Denn mutwillig der Schwester den Schwarm ausspannen, das war eine gemeine und hinterhältige Sache. Und so etwas hätte Kim ihr nicht ... ja, sie hätte ihr so etwas nicht zugetraut. So eine Berechnung.

Nach diesem kleinen, peinlichen Geständnis, dem leisen und traurigen Gespräch, hatte es ein paar Wochen der Stille zwischen ihnen gegeben.

Natürlich sprachen sie miteinander, gingen miteinander um, versuchten beides wie immer zu tun. Doch irgendetwas fehlte in den Tönen zwischen ihnen. Etwas, das sich anhörte wie das stumme Nichts über einer dichten Schneedecke. Etwas, das sie zu hören, zu spüren gewohnt waren, war plötzlich nicht mehr da.

In dieser kurzen Zeit hatte Helena zwei- oder dreimal davon gesprochen, dass sie es wohl kaum wert sei, weiterhin Kims Schwester zu sein. Kim hatte dazu geschwiegen. Weil es natürlich Unsinn war. Jeder machte mal einen Fehler. Oder?

Sie waren zwanzig Jahre, drei Monate und vier Tage alt, als Kim sturzartig wieder an Daniel Kröckmann und Helenas Frevel erinnert wurde.

Seit einem Jahr waren sie beide an der Ruhr-Universität für Film- und Fernsehwissenschaften eingeschrieben. Es war ihr gemeinsamer Traum. Sie wollten ins Filmgeschäft. Vielleicht sogar irgendwann nach Hollywood. Aber zunächst mussten sie Deutschland erobern. Mussten eine fundierte Ausbildung erhalten. Doch dann, in ein paar Jahren, würden sie als die phantastischen Schwestern in die Filmgeschichte eingehen.

Kim brachte die Ideen, die Kreativität, das Erzähltalent mit. Helena war sehr gut organisiert, von Anfang an ein Profi in Koordination und Planung, und durch ihr selbstbewusstes Auftreten war sie schon bald auf dem ganzen Campus bekannt und hatte überall nützliche Kontakte geknüpft.

So kam es auch, dass sie beide die Hospitanz am Sender erhielten.

ZAPP-TV war noch jung. Innovativ. Aufgeschlossen für frische Ideen.

Es war der Sender, der sich an Neues heranwagte. Der damit warb, dass bei ihm nichts unmöglich war.

Helena und Kim waren beide dem gleichen Format zugeteilt. Einer Sendung, die in meist recht harmloser Manier Prominente der B-Klasse in mehr oder minder humorvolle Fallen vor die versteckte Kamera lockte. Ihre Aufgabe bestand im Wesentlichen darin, den Ideenpool durch neue Beiträge zu unterstützen, Organisationspapers auf Übereinstimmung zu kontrollieren und Ablaufpläne fürs ganze Team zu erstellen und zu kopieren.

Nur selten wurden sie gebeten, im Vorfeld mit Angehörigen des demnächst Auf-den-Arm-Genommenen konspirative Telefonate zu führen. Noch seltener durften sie beim tatsächlichen Dreh dabei sein, um Kabelträger oder das Mädchen-für-Alles zu vertreten.

An einem Tag im Februar war Kim aus dem üblichen Büro in eine andere Redaktion gerufen worden. Sie hatte erwartet, dort einen kleinen Auftrag entgegennehmen zu müssen, doch stattdessen wurde sie gebeten, Platz zu nehmen.

Es waren im Besprechungsraum mehr als ein Dutzend Leute anwesend. Geleitet wurde die kleine Sitzung von einer der Sendergrößen, Milo Retschke.

»Uns ist unsere Hospitantin ausgefallen«, sagte er zu ihr, als sie sich auf einem Stuhl an der Mitte des Tisches niederließ, um den sie alle herumsaßen. »Hast du etwas dagegen, wenn du für zwei, drei Wochen hier arbeitest?«

Ehrlich gesagt, ja. Doch Kim verkniff sich die Ehrlichkeit. In ihrem Studiengang warteten etwa sechshundert KommilitonInnen darauf, ihre Stelle bei ZAPP-TV einzunehmen.

»Natürlich nicht«, sagte sie und nickte grüßend in die Runde.

Die meisten der Anwesenden kannte sie nur flüchtig von Hallo-Begegnungen am Kaffeeautomaten. Nur von Milo wusste sie etwas mehr. Sie mochte ihn nicht. Seit genau dem Tag, an dem sie und Helena hier im Sender das erste Mal angetreten waren, hechelte er mit heraushängender Zunge ihrer Schwester hinterher. Jetzt konnte sie von Glück sagen, dass sie diensteifrig tatsächlich alle Formate des Senders kannte. Denn niemand machte sich die Mühe, sie darüber aufzuklären, um welche Sendung es überhaupt ging, für die sie jetzt arbeiten sollte.

Es war eine Talkshow, in der normalerweise mehrere Gäste porträtiert und interviewt wurden. Doch in der aktuellen Sendung, das kam während der kleinen Konferenz bald heraus, wurde nur ein Gast in die Sendung geladen.

»Kim, du könntest zusammen mit Stefanie das Archivmaterial sichten. Wir müssen vielleicht auch ein paar Sachen ankaufen. Hast du den Fall mitverfolgt?«, fragte Milo in ihre Richtung, ohne sie tatsächlich anzusehen. Er war auf dem Papier schon ein Stückchen weiter nach unten gerutscht und hatte diesen Punkt bereits abgehakt.

»Welchen Fall?«, fragte Kim tapfer.

Alle sahen sie an. Wahrscheinlich kannten sie nicht mal ihren Namen. Sie war das kleinste Licht der kleinsten Lichter in einer Welt, in der nur die hellsten Sterne zählten.

»Zacharias Reffels«, flüsterte ihr die Frau zu, die neben ihr saß. Kim hatte sie schon oft mit einem Klemmbrett bewaffnet auf den Gängen gesehen. Regie oder Aufnahmeleitung.

Kim sah sie groß an. »Der kommt in die Sendung?«

Die Frau zog die Brauen hoch und nickte.

Milo senkte den Blick wieder auf die Papiere vor ihm und verteilte weiterhin Aufgaben, stellte Fragen zum möglichen Ablauf.

Niemand schien etwas zu merken.

Kim saß mitten unter ihnen. Sie hörte, wie sie darüber sprachen. Welche Fragen gestellt werden könnten. Welche Fragen nicht gestellt werden durften.

»Hier«, sagte ein junger Typ und verteilte rasch die Blätter, die er bisher unter seinen großen Händen festgehalten hatte. »Sein Manager hat klare Vorstellungen davon, was nicht gefragt werden darf.«

»Er hat einen Manager!«, lachte jemand, und ein paar stimmten mit ein.

Kim sah sich entsetzt um. Niemand am Tisch erwiderte ihren Blick.

Die Konferenz ging an ihr vorüber wie unter einem Nebelschleier.

Fernsehen ist nicht immer Zuckerschlecken. Hatten sie ihnen im kurzen Einstellungsgespräch gesagt. Natürlich. Das hatte sie gewusst. Ein harter Job. Mit der Pflicht, auch über Unangenehmes zu informieren.

»Also gut, wenn keine Fragen mehr sind …«

Milo klopfte auf den Tisch und hob die Sitzung damit auf.

Einige der KollegInnen standen auf. Andere wandten sich ihren Sitznachbarn zu oder begannen quer über den Tisch Gespräche, die alle ums Thema und detaillierte Absprachen kreisten.

Kim stand mit tauben Beinen auf.

Stefanie war bereits an der Tür und drehte sich zu ihr um.

»Kommst du? Am besten, wir gehen gleich ins Archiv und schauen mal, was wir selbst haben.«

Milo saß noch am Kopf des langen Tischs und sprach mit der Frau, die neben Kim gesessen hatte.

Er sah auf, als Kim neben ihm stand.

»Ist noch was?«

Sag es, Kim. Komm schon, sag es! Muss doch möglich sein, diese Gedanken auszusprechen.

»Ich … ich muss sagen, ich bin irgendwie … ziemlich …«, begann sie stockend.

»Sprachlos?«, half Milo ihr und grinste.

»Schockiert«, sagte Kim. »Entsetzt. Ich meine … ihr holt wirklich diesen Zacharias Reffels in die Sendung?«

Das war eher eine rhetorische Frage. Schließlich hatte sie gerade einer halbstündigen Sitzung zu eben so einer Sendung beigewohnt.

Milo machte sich dennoch die Mühe, zu antworten. Offenbar war er stolz auf den Fang, den er an Land gezogen hatte.

»Na klar, die Zeitungen sind voll davon. Die Menschen wollen mehr darüber wissen. Wer er ist.«

»Wer er ist?« Kim spürte, wie ihr heiß wurde. »Er hat Frauen getötet, weil sie nicht in der Lage waren, ihre Kinder richtig zu versorgen.«

»Selbstjustiz. In Amerika kommt's grad wieder in Mode«, erklärte Milo.

»Unter seinen Opfern waren auch zwei Siebzehnjährige. Er hat sie einfach hingerichtet, weil sie für ihre Babys keine guten Mütter sein konnten. Sie waren selbst noch Kinder.« Kim hörte, wie zittrig ihre Stimme plötzlich klang.

»Er hat dafür gesessen«, antwortete Milo.

»Das macht die Frauen nicht wieder lebendig«, erwiderte Kim.

Mittlerweile waren alle im Raum verstummt. Sie sahen zu ihnen hin. Stefanie hielt die Klinke der Tür umklammert.

Milo musterte Kim mit amüsierter Miene. »Sieh an. Hier haben wir eine Vertreterin von Moral und Ordnung. Hast du schon mal etwas von Angebot und Nachfrage gehört?«

Kim war sich der vielen neugierigen Blicke bewusst. Sie schluckte.

»Ich finde, nicht jede Nachfrage muss bedient werden …«, sagte sie.

»Das ist richtig«, stimmte Milo ihr gönnerhaft zu. »Genau so könnten wir arbeiten, wenn wir der verflucht einzige Sender auf Gottes Erdboden wären, weißt du. Sind wir aber nicht. Im Gegenteil. ZAPP-TV ist zwar kein kleiner Sender, aber noch jung, noch etwas wackelig auf den Beinen. Das heißt, wir können uns nicht leisten, eine so große Nachfrage nicht zu bedienen. Denn sonst bedient sie ein anderer. Mehr muss dazu nicht gesagt werden, oder?«

Sein Tonfall war merklich schärfer geworden. Es war so ein Ich-dulde-keinen-Widerspruch-Ding.

Im Bruchteil einer Sekunde fiel Kim ihre Schwester ein. Helena sagte immer, dass Kim einen bewunderungswürdigen starken Willen besaß. Diese Ich-will-kein-Wort-mehr-Hören-Sätze prallen von dir ab wie Wasser von der Lotusblüte. Du bist echt toll! Diese blitzartige Erinnerung an Helenas leuchtende Augen gab den Ausschlag.

»Stimmt«, sagte Kim. »Mehr muss dazu nicht gesagt werden.« Sie wandte sich um, griff nach ihrer Tasche, die sie neben ihrem Stuhl hatte stehen lassen und schulterte sie.

»Du wirst allein ins Archiv müssen«, sagte sie zu Stefanie, die immer noch an der Tür stand. Und zu Milo: »Falls jemand fragen sollte: Meine Meinung ist, dass man manche Nachfragen nicht nur nicht bedienen muss. Manche Nachfragen darf man einfach nicht bedienen, wenn man sich nicht die Hände so dreckig machen will, dass man den Schmutz nie wieder runterbekommt. Schönen Tag noch!«

Sie sah nicht mehr zurück in den Raum. Nahm nur ihre wackelpuddingweichen Knie wahr. Und dass Stefanie so blass wie die Wand war.

Sie traf Helena glücklicherweise auf dem Gang und konnte sie in die Nische vor den Toiletten ziehen.

»Stell dir vor, wohin ich abbeordert worden bin ...« Sie erzählte von der Konferenz und ihrem Schrecken, als sie erfahren hatte, worum es in der geplanten Sendung ging.

»Mist. Haben sie doch dich gefragt!«, ärgerte Helena sich.

»Du wusstest davon?«, fragte Kim zurück.

»Ja, wusste ich. Gestern hat Milo mich abgepasst. Ich hab ihm gesagt, dass ich dabei kein gutes Gefühl hab und dass sie jemand anderen fragen sollen. Aber dass er dann gleich zu dir rennt! Ich dachte, es wäre allen klar, dass wir nicht getrennt werden wollen.«

»Das spielt ja jetzt sowieso keine Rolle mehr«, sagte Kim. »Ich habe gekündigt.«

Helena starrte sie an. »Du hast ...? Du hast *was*?«

»Ich hab gekündigt!«, wiederholte Kim. In ihr wand sich eine leise Beunruhigung. Helena sah nicht beeindruckt aus. Sie sah nicht bewundernd aus – so wie Kim es sich ausgemalt hatte. Ihr Gesichtsausdruck sprach einfach nur von Entsetzen.

»Aber ...« Helena überlegte fieberhaft. »Hast du es nur Milo gesagt?«

Kim lachte freudlos. »Das ging leider nicht. Die ganze Konferenz hat zugehört.«

Helenas Augen huschten rasch von links nach rechts. Das

taten sie immer, wenn sie angestrengt nachdachte. Dann griff sie nach Kims Hand. »Egal! Wichtig ist jetzt nur, dass wir Milo erwischen, bevor er zum Intendanten stiefelt. Komm!« Sie wollte Kim über den Flur zurück zur Treppe ziehen. »Vielleicht finden wir ihn schnell. Dann können wir klarstellen, dass es nur eine ... eine ... spontane Überreaktion war.«

»Aber ...« Kim sträubte sich und stemmte die Hacken gegen den Linoleumboden. »Aber das geht nicht!«

Helena sah sie an, ließ aber ihre Hand nicht los.

»Natürlich geht das. Ich bin sicher, das kriegen wir wieder hin. Wir sagen ihnen einfach, dass du total geschockt warst und emotional reagiert hast. Im Grunde können sie doch froh sein, dass hier Leute mit Moral rumlaufen, oder?«

»Ja, aber ...«

Helena sah sie fragend an.

»Ich will doch gar nicht!«, beendete Kim ihren Satz.

»Du willst nicht?«, wiederholte ihre Schwester ungläubig.

»Nein. Nicht unter diesen Umständen! Helena! Er ist ein ... ich kann es nicht mit meinem Gewissen vereinbaren, hier zu arbeiten, wenn hier solchen Monstern ein Sprachrohr geboten wird. Ich ... ich will das nicht! Ich dachte, das sei klar ...«, endete sie leise.

Helenas Augen sahen fast schwarz aus im Kunstlicht des Flures.

»Kim«, sagte sie.

Noch hielt sie ihre Hand fest. Doch Kim spürte zum ersten Mal in ihrem Leben, dass ihre Schwester kurz davor war, sie loszulassen. Ihr Griff lockerte sich.

»Kim, das ist nicht dein Ernst. Du weißt doch, was wir alles anstellen mussten, um diese Chance hier zu bekommen. Die kriegt man nicht zweimal, weißt du. Wenn du einmal hier raus bist, dann wirst du nie wieder reingelassen. Egal, für welches Format.«

»Das weiß ich«, antwortete Kim. »Das weiß ich. Und ich dachte, du wärst meiner Meinung ...«

»Deiner Meinung? Dass wir hier alles hinschmeißen sollen? Nur weil du findest, dass eine einzige Sendung von weniger als 90 Minuten moralisch nicht vertretbar ist?«

Kims Hand entglitt den vertrauten Fingern. Sie unternahm keine Anstrengung, Helenas Hand festzuhalten.

»Kim«, sagte Helena noch einmal. Diesmal klang es fast flehend.

Und plötzlich, in dieser einen Sekunde, in der sie sich in die Augen sahen und aufzunehmen versuchten, was die andere dachte. Da plötzlich fiel Kim Daniel Kröckmann ein. Nicht er selbst. Sein Bild war längst verblasst. Wahrscheinlich hätte sie nie wieder an den schlaksigen Jungen mit der Popperfrisur gedacht, wenn es damals nicht zu diesen widrigen Umständen gekommen wäre. Hinter den Spielplatzschaukeln.

»Komm mit mir!«, sagte sie zu ihrer Schwester. Dem Menschen, der für sie immer der Wichtigste gewesen war.

Sie hätte Helena gern die Hand erneut entgegengestreckt. Doch das kam ihr so profan und theatralisch vor. Und sie spürte eine sonderbare, vorher nie gekannte Furcht davor, dass Helena die Hand nicht nehmen würde.

Ihre Schwester drehte den Kopf und sah zur Schwingtür, die in den Gebäudeflügel führte, aus dem Kim gerade gekommen war.

Undeutlich waren von dort Stimmen zu hören.

Kim wusste genau, wenn Helena sich jetzt tatsächlich umdrehen und durch diese Tür gehen würde, würde nichts mehr wie vorher sein.

Da war ein Blick. Wie eine Bitte um Verzeihung.

Dann wandte Helena sich ab.

***Helena*** *16. Oktober, dreizehnter Versuchstag*

Ihre Nächte waren Albträume.

Helena war froh, als sie bei Sonnenaufgang endlich aufstehen konnte. Sie duschte, zog sich sorgfältig an, schminkte und frisierte sich.

Was sollte sie mit Trude und den anderen gleich besprechen? Das Aus? Was sollte sie Schook in einer Stunde am Telefon erzählen? Dass ihre super Idee leider kompletter Blödsinn war?

Bestenfalls dazu geeignet, alle Verantwortlichen vor die Kommission für Ethik und Menschenrechte und höchstwahrscheinlich für ein paar Jahre in den Knast zu bringen?

Er hatte gestern so beeindruckt reagiert. Als sie ihm von der Abänderung in der Versuchsreihe erzählt hatte, war er mal wieder hin und weg gewesen. Von ihr. »Weißt Du, Helena, seit Du bei uns im Sender aufgeschlagen bist, hast du dich als reinste Goldlöwin erwiesen. Du hast mehr als einmal bewiesen, dass du aus Scheiße Geld machen kannst. Wieso solltest du diesmal mit deinem Instinkt danebenliegen?!«, hatte er begeistert gesagt. Vielleicht, weil sie diesmal nicht sicher war, ob es gut war, was sie vorhatten? Weil ihr Gefühl ihr etwas anderes riet als das, was sie so überzeugt nach außen vertrat?

Als sie nichts weiter geantwortet hatte, hatte er gesagt: »Renk ist mit den Verträgen der Mitarbeiter durch. Kein Stolperstein drin. Du brauchst dir keine Sorgen zu machen. Und … es wird doch keine von unseren Mädels sein, oder?«

»Du meinst die Probandin? Nein, es sollte eine Mitarbeiterin des Instituts sein, finde ich. Sie führen nämlich Buch darüber, ob ihre Mitarbeiter in festen Beziehungen leben. Stell dir vor.«

»Oh, und eine Singlefrau wird sich wahrscheinlich über ein bisschen Schützenhilfe freuen, meinst du?«, hatte Schook gelacht.

So hatte Helena es eigentlich ganz und gar nicht gemeint.

Sie sah auf die Uhr. Wenn sie es hielten wie jeden Morgen seit zwei Wochen, würden Kim und Désirée van Hauser gleich zu ihrer Joggingrunde aufbrechen.

Leider konnte Helena wegen der Kameras nicht in der Kantine frühstücken. Aber sie könnte es gewiss riskieren, kurz runterzugehen und sich ein Tablett mit Kaffee und einem Croissant zu organisieren. Vielleicht könnte sie dabei einen Blick durch die verglaste Front auf ihre Schwester werfen?

Kurzentschlossen nahm Helena ihre Handtasche und war bereits an der Tür, als das Telefon klingelte.

Sie zögerte. Wer hatte die Nummer des Gästezimmers? Nach dem fünften Läuten nahm sie ab.

»Hallo?«

»Guten Morgen, Frau Löwe«, meldete sich Ines van Hauser.

Sie klang energiegeladen. »Ich hoffe, ich habe Sie nicht geweckt?«, und wartete die Antwort nicht ab. »Wenn Sie einen Augenblick Zeit hätten, würde ich gern mit Ihnen besprechen, was ich mir im Hinblick auf unser gestriges Gespräch überlegt habe.«

»Jetzt?«, fragte Helena. Die schöne Vision von ihr in der Kantine, während vor dem großen Fenster Kim vorbeijoggte, begann zu zittern.

»Wenn es Ihnen nichts ausmacht. Ich denke, es wäre günstig, wenn wir uns unterhielten, bevor Sie mit Ihren Mitarbeitern sprechen.«

»In Ordnung. Ich bin gleich da.«

Die Vorzimmerdame bestand darauf, ihr die Tür zu öffnen, und schloss sie rasch wieder hinter ihr.

Drinnen saß van Hauser hinter ihrem gewaltigen Schreibtisch.

Ihr gegenüber ein Mann in den Vierzigern. Sonnenstudioverwöhnt. Die rotblonden Locken, die vor zwanzig Jahren sicherlich in ihrer damaligen vollen Pracht sein ganzer Stolz gewesen waren, verwegen über die Geheimratsecken frisiert. Doktor Holger Zernick.

Helena begrüßte beide freundlich und setzte sich zu Zernick. Ein zarter Duft von Haarspray hing in der Luft. Vor jedem Platz stand eine Tasse Kaffee.

Zernick stand unter Strom. Das konnte sie spüren, obwohl ihre Stühle mehr als einen Meter auseinanderstanden. Die Atmosphäre um ihn herum bebte.

Van Hauser wartete, bis Helena ihre ganze Aufmerksamkeit ihr widmete.

Sie hatte die Finger beider Hände aneinandergelegt und sagte: »Ich bin es nicht gewohnt, mich von Hindernissen aufhalten zu lassen, Frau Löwe. Deswegen habe ich die halbe Nacht damit zugebracht, eine Lösung für unser Dilemma zu finden. Es gibt nämlich eine!«

»Tatsächlich?« Helena beugte sich rasch vor.

Van Hauser hob die schmalen Brauen.

»Tatsächlich. Sie haben mich gewissermaßen infiziert mit Ihrer gestern vorgestellten Vision. Die Idee faszinierte mich so, dass ich mir wissenschaftlichen Beistand für meine Überlegungen geholt habe.« Sie deutete auf Zernick. Helena fragte sich für einen kurzen Moment, warum van Hauser wohl nicht mit ihrer Stieftochter besagte Überlegungen gewälzt hatte, sondern sich lieber an einen Mitarbeiter wandte, den Letztere offenbar wenig schätzte. Doch van Hauser fuhr bereits fort. »Doktor Zernick hat sich in den vergangenen zwei Jahren ebenso eingehend mit unserer Thematik beschäftigt wie Doktor Richardson. Er teilt meine Ansicht, dass bei einer möglichen Versuchsreihe mit menschlichen Probanden lediglich eine Komponente ausgeschlossen werden müsste. Die der Genveränderung.«

So weit waren sie gestern bereits gewesen. Helena nickte ihr zu.

»Über diese Möglichkeit haben wir nicht weiter nachgedacht, weil wir es bisher mit Hunden zu tun hatten. Die Canidenhirne verfügen nicht über ausreichende Rezeptoren, um die zugeführten Hormone entsprechend umzusetzen. Daher mussten wir durch Genmanipulation die entsprechenden Schaltstellen schaffen. Wir sind davon ausgegangen, dass der Mensch über ähnlich viele oder wenige entsprechende Rezeptoren verfügt wie der Hund. Möglicherweise verfügen wir aber von Natur aus über mehr, denn schließlich leben viele von uns in Paarbeziehungen …«

»Wobei der gesellschaftliche Einfluss genauso wenig berücksichtigt ist wie das Betrügen«, warf Helena ein. Doch sie begann zu ahnen, worauf van Hauser hinauswollte. »Denken Sie, dass die Hormone auch ohne eine Genveränderung wirken würden?«

Van Hauser blickte zu Zernick hinüber. Der drückte den Rücken durch. »Vasopressin und Oxytocin allein vielleicht nicht. Man muss bedenken, dass unsere Kollegen hier aufgrund der ungewohnten Arbeitssituation unter Stress stehen und womöglich weniger anfällig für solchen Hormoneinfluss sind. Ich selbst habe jedoch die vergangenen Jahre im Bereich der Endorphine gearbeitet. Stimmungsaufheller. In Kombination mit den Bindungshormonen wäre eine verstärkte Reaktion denkbar. Möglicherweise sogar in einer ganz ähnlichen Intensität, als wenn die Rezeptorenanzahl gestiegen wäre.«

Wissenschaftler. *Wäre denkbar. In Kombination mit. Möglicherweise.*

Verdammt noch mal. So kann ich nicht arbeiten! Könnt ihr mir nun den Arsch retten, oder nicht?

»Und Sie würden uns den kleinen Cocktail mischen?«, fragte Helena ihn.

Van Hauser spitzte die Lippen.

Zernick sah es nicht. »Ich bin dabei«, antwortete er.

»Doktor Zernick ist der passende Wissenschaftler für unser Vorhaben. Er ist hoch motiviert«, fasste van Hauser zusammen.

Also ehrgeizig.

Helena sah ihn an.

Was hatte Désirée van Hauser gesagt? Profilneurotisch. Das glaubte sie sofort. Unter anderen Umständen hätte sie sich über van Hausers Alleingang geärgert. Doch jetzt empfand sie zaghafte Erleichterung.

Ein Hoffnungsschimmer am Horizont. Der sich womöglich schon übermorgen wieder als Reinfall entpuppen würde. Doch jetzt war er der einzige Lichtstreif, den sie zu fassen bekam.

»Unsere Idee ist also doch realisierbar?«, wandte sie sich an van Hauser.

Die nickte langsam und mit nach oben gedrehten Handflächen. Eine Geste, die wirkte, als würde sie für Helena und ZAPP-TV alles möglich machen. Dabei standen bei diesem Angebot ganz sicher ihre eigenen Interessen auch nicht nur am Rande.

Helena war eine Schnelldenkerin. Ihr Job hatte das immer verlangt. Rasch Entscheidungen zu treffen, war sie gewohnt. Was konnte schiefgehen? Was könnte ihr das Genick brechen?

»Was ist, wenn die Bindung, die wir im Versuch initiieren, länger andauert als geplant. Bei den Vögeln hält so was ein Leben lang, oder?«, hakte sie nach.

Bevor van Hauser antworten konnte, hatte Zernick sich vorgebeugt. »Unmöglich. Sehen Sie, die Wirkung ist in etwa zu vergleichen mit der Wirkung der Anti-Baby-Pille. Durch die Hormone wird eine Schwangerschaft vorgetäuscht. Werden sie jedoch nicht regelmäßig zugeführt oder gar ganz abgesetzt, ist die Wirkung nicht mehr zuverlässig beziehungsweise lässt komplett nach.«

»Und was ist mit den Frauen, die nicht mehr schwanger werden können, nachdem sie lange die Pille genommen haben?«, fragte Helena.

»Interessant wäre auch, was in der Probandin vorgeht, falls ihre Zuneigung nicht erwidert wird«, sagte van Hauser versonnen, ohne ihre Frage zu beantworten. »Wir sollten als potenziellen Bindungspartner jemanden wählen, zu dem sich unseren Beobachtungen zufolge unsere Probandin sowieso hingezogen fühlt.«

Helena vergaß, was sie gerade noch hatte wissen wollen. »Ihren Beobachtungen zufolge?«, wiederholte sie.

»Nun, es ist doch deutlich zu beobachten, welche Mitarbeiterin bei welchem Mitarbeiter Kontakt sucht. In den vergangenen zwei Wochen sind bereits ganz offensichtlich ein paar Sympathien gewachsen, natürlich gefördert durch das gemeinsame Los, hier zwei Monate lang festzusitzen.« Van Hauser lächelte.

Die über den Wangenknochen straff gespannte Haut, die stechenden Augen. Irgendwie konnte die Frau einem Angst machen. Nur hatte Helena das bisher noch nicht bemerkt.

»Sie meinen, Sie wissen bereits, wer diejenige sein wird? Und dass es eine Frau sein wird?!«, wollte sie wissen.

Van Hauser lüpfte die Brauen. Ihre Finger schlugen einen leichten Takt auf den Papieren, die vor ihr auf dem Tisch lagen. »Ein Mann kommt nicht infrage. Die Zuschauer werden es uns übel nehmen, wenn wir einen männlichen Doktor in heißer Liebe entbrennen lassen. Die meisten der Frauen sind aber in festen Partnerschaften oder sogar verheiratet. Das ginge nun gar nicht.« Helena hatte gerade den Mund öffnen wollen. »So wie ich es sehe, haben wir jedoch unter den Institutsmitarbeiterinnen zwei Alleinstehende.«

»Singles.«

»Singles.«

»Na, dann …«, sagte Helena möglichst verwegen und ignorierte das plötzlich einengende Gefühl ihrer hochgeschlossenen Bluse.

»Werden wir es bestimmen können, zu wem diese intensive Bindung aufgebaut werden soll?«

Van Hauser wiegte den Kopf. »Wir ahnen bereits, welche Bindung sie eingehen werden. Natürlich können wir das fördern, indem wir die beiden häufig miteinander arbeiten lassen.«

»Also wird der Gegenpart auf jeden Fall ein Mann sein.«

»Natürlich.«

»Natürlich«, wiederholte Helena und kam sich dumm vor.

»So natürlich wie möglich«, sagte van Hauser.

Zernick lachte über den kleinen Scherz wie über einen Gassenhauer.

»Wer wird es sein?«, wollte Helena wissen, ohne auf sein Gegacker zu achten.

»Schauen Sie«, sagte van Hauser und drehte die beiden Blätter zu Helena herum, die vor ihr auf dem Tisch lagen. Es war die Auflistung der am Projekt beteiligten Institutsmitarbeiter. Sie deutete mit einem Finger auf eine markierte Stelle. »Er ist gut aussehend. Kommt beim Publikum gut an. Und sie sucht auffallend häufig seine Nähe. Und ein Doktor ist doch auf alle Fälle immer eine gute Wahl, finden Sie nicht?«

Versuchte van Hauser gerade einen Scherz? Helena spürte, wie ihr das Vorsichtshalber-Lächeln schief geriet.

»Er könnte sicher auf keinen Fall ins Vertrauen gezogen werden?«, schloss sie.

»Das würde sein Verhalten verändern«, stimmte van Hauser zu.

Helena starrte lange auf den gedruckten Namen auf dem weißen Papier. Dann glitt ihr Blick weiter über die anderen Buchstaben. Dort waren noch einige wenige andere Namen eingekringelt. Offenbar alle Mitarbeiter und Mitarbeiterinnen, von denen keine feste Beziehung bekannt war. Ihre Augen kamen in einem der mit Kulimine gezogenen Kreise zur Ruhe.

Sie las und las diesen Namen.

Oh, Gott. Dachte sie plötzlich. Was tue ich?

Es war so still im Raum, dass sie sich erinnert fühlte. An diese wenigen Minuten, die zu Stunden geronnen waren, vor ihrer ersten Moderation. Vor Kurzem hatte sie noch davon erzählt. Von dieser Wüste im Kopf, in der sie plötzlich alles infrage gestellt hatte. Doch später, nach der Sendung, als alle ihr gratuliert hatten, als der Intendant ihr länger als notwendig die Hand gedrückt hatte, da waren die Zweifel vergessen gewesen. Sie hatte gewusst, dass dies ihr Weg war. Den sie gehen wollte.

Irgendetwas an dieser erneuten Stille in ihr sagte ihr, dass sie diesmal nichts dergleichen empfinden würde.

Sie war dabei, etwas zu tun, von dem sie nie geglaubt hätte, dass sie es tun könnte. Um ihren eigenen armseligen Hintern zu retten. Um im letzten Augenblick vom Schleudersitz zu springen und lachend die Hände zusammenzuklatschen. Ich hab's noch mal geschafft.

Wann nur hatte sie aufgehört, die zu sein, die sie einmal gewesen war? Wann nur hatte ihre Arbeit aufgehört, ihre Arbeit zu sein, und hatte einem Bildhauer gleich begonnen, sie zu formen?

Sie wusste, dass sie es tun würde. Es gab keinen Weg hinaus. Diese Chance musste sie ergreifen.

»Haben Sie Skrupel?«, fragte van Hauser.

»Wie?«

»Sie haben so geseufzt.«

Hatte sie das?

»Na ja … Wir schmeißen unser Konzept, an dem wir zwei Jahre gearbeitet haben, von jetzt auf gleich über den Haufen. Und zudem für eine Alternative, die wahrscheinlich haarsträubend unwissenschaftlich ist. Das werden Sie ja wohl besser wissen als ich«, sagte sie.

Die zaghafte Erleichterung, die sie zu Beginn des Gesprächs empfunden hatte, hatte sich in Dunst aufgelöst, war nicht mehr zu greifen. Fast hoffte sie, van Hauser würde sagen: »Sie haben recht! Und wie unwissenschaftlich das ist! Wir können das unmöglich tun!«

»Diese kleine Ergänzung unseres gemeinsamen Projektes wird sicherlich über alle Maßen telegen sein«, erwiderte van Hauser.

Helenas Blick fiel wieder auf die Namensliste.

Das Ganze war eine furchtbare Verwechslung des Schicksals.

»So, wie ich Sie verstanden habe, würde unsere Probandin nur so lange entsprechend reagieren, wie sie unter permanentem Einfluss der Hormone stünde. Ohne Genmanipulation keine veränderte Rezeptorenanzahl. Ohne veränderte Rezeptoren keine Langzeitwirkung. Richtig?«

»Richtig. Immer vorausgesetzt, dass unsere ausgewählte Probandin über ausreichend Rezeptoren verfügt«, stimmte Zernick zu.

»Wie ist Ihre Meinung dazu?«, wollte Helena gespannt wissen. Von dieser Frage hing alles ab. Denn eine Probandin, die nicht reagierte, war so gut wie der Galgen für das Format. Und für die Löwin.

Van Hauser sah auf die Papiere vor sich.

»Nun, wir haben sie ausgesucht, weil sie momentan Single ist. Doch in ihrer Akte ist vermerkt, dass sie über Jahre eine feste Beziehung geführt hat. Warum die beendet wurde, darüber können wir natürlich nur spekulieren. Mir ist allerdings zu Ohren gekommen, dass von großem Liebeskummer berichtet wurde. Keine von ihr selbst herbeigeführte Trennung. Bindungsfähigkeit scheint also durchaus gegeben zu sein.«

Helena schluckte.

Hopp oder Top. Jetzt kam es darauf an, was sie zu wagen bereit war.

Nach einer Zeit, die ihr selbst viel zu lang für eine erfolgreiche Fernsehproduzentin schien, nickte sie.

»Gut«, sagte sie dazu. Mehr ging gerade nicht. Nur ein zweites Mal. »Gut.«

Van Hauser zog eine Mappe heran, in der einige Papiere zur Unterschrift vorbereitet waren. Sie breitete die Schriftstücke vor Helena aus.

Offenbar hatte sie die letzte Nacht nicht so schlecht geschlafen wie Helena. Bei allem, was sie heute Morgen alles auffuhr, hatte sie wahrscheinlich gar nicht geschlafen.

»An diese Änderung unseres Kursplans müssen wir leider gewisse Regeln knüpfen«, stellte die Institutsleiterin klar. »Ich denke, es ist in unser aller Sinn, wenn so wenig Mitarbeiter wie möglich von dem neuen Teil des Experiments wissen. Hierzu zähle ich auch Doktor van Hauser.«

Regeln? Das klang eher nach Bedingungen. Und sie wollte nicht, dass ihre Stieftochter von den Kursänderungen in der Versuchsreihe erfuhr?

Helena warf Zernick einen Blick zu, der sich nervös die Lippen leckte.

Da sie nicht gleich antwortete, fühlte van Hauser sich genötigt, sie zu erinnern: »Ihr Vertragspartner bin ich.«

Helena nickte rasch.

»Aber wird sie es nicht automatisch erfahren? Sie darf doch als Einzige im Team die Sendung schauen.«

»Ich wette mit Ihnen, dass sie das noch kein einziges Mal getan hat. Und ich wüsste nicht, wieso sich ihr Desinteresse plötzlich wandeln sollte.« Die Frau spielte mit hohem Einsatz.

Aber sie kannte Désirée van Hauser von Kindheit an. Wahrscheinlich wusste sie, dass das Risiko, zu verlieren, sehr gering war.

»Die Zuschauer müssen den Eindruck gewinnen, dass dieser zusätzliche Kitzel von Anfang an geplant war«, sagte Helena.

»Sehen Sie ein Problem, es so darzustellen?«, fragte van Hauser.

»Überhaupt nicht. Ich habe bereits gestern einen Entwurf gemacht. Und wir haben einen erstklassigen Moderator, der hinter der Sache stehen wird. Darauf können wir uns verlassen.«

»Sehr schön.« Van Hauser lächelte.

»Nur eine Frage noch …«, sagte Helena. »Die Hunde sind gespritzt worden. Sie haben doch nicht vor …?«

Van Hauser hob die Brauen. »Eine orale Verabreichung ist ebenso möglich. Für die Dosierung ist nicht einmal das Körpergewicht von Belang. Ähnlich wie bei der Anti-Baby-Pille.«

»Oh, gut … Und Sie denken, dass die Verabreichung keine Schwierigkeiten machen wird?«

»Nun, da kommen Ihre vertrauenswürdigen Mitarbeiter ins Spiel. Ich denke da an Getränke mit starkem Eigengeschmack wie etwa Kaffee.«

Helena sah auf ihre eigene Tasse hinunter.

»Gut«, sagte sie schließlich, meinte aber gewiss nicht das Wort im eigentlichen Sinne. Gerade wusste sie selbst nicht wirklich, was sie meinte. »Gut. Wagen wir es.«

An Zufälle hatte Helena noch nie geglaubt.

Nachdem sie mit Trude und ein paar anderen ausgewählten Leuten aus ihrem Team gesprochen und sie gewissermaßen vereidigt hatte, mit niemandem ein Wort über die neue Formatplanung zu wechseln, fühlte sie sich ruhiger. Zwar hatte sie noch nicht zu ihrer gewohnten Gelassenheit und Schärfe zurückgefunden. Doch das würde nicht lange dauern. Sie musste nur erst mal Schook von der neuesten Entwicklung berichten.

Mit dem Vorhaben, ihn vom Gästeappartement aus anzurufen, trat sie hinaus auf den Flur und dachte: »Nein, Zufälle gibt es wirklich nicht.«

Vielleicht war es auch ihr Gewissen, das das dachte. Denn in der Tür zur Teeküche lehnte Kim und rührte, ohne hinzusehen, in einer Tasse. Versunken starrte sie aus dem Fenster.

Helena hätte die Chance ergreifen können und unerkannt einfach wieder im Raum verschwinden. Warten, bis ihre Schwester gegangen war. In wenigen Minuten begannen die heutigen Aufnahmen.

Doch sie blieb zu lange stehen und fragte sich, was ihre Schwester wohl dachte, so tief entrückt, wie sie aussah.

Dann war der Moment, in dem sie hätte wieder verschwinden können, vorbei. Sie ging zu ihr.

Kim nahm sie erst wahr, als sie fast direkt vor ihr stand. Da lächelte sie. Ihre Haare waren frisch frisiert. Dieses punktuelle Auftreten von Ordnung wirkte rührend neben dem nicht geschlossenen Laborkittel, den ausgelatschten Turnschuhen und dem zerstreuten Gesichtsausdruck.

»Bist du hier, um mal nach dem Rechten zu schauen?«, fragte Kim.

»Eigentlich wollte ich nur dich mal wieder live sehen und nicht nur allabendlich auf der Mattscheibe«, erwiderte Helena lächelnd. »Aber wenn du mir schon diesen Ball zuwirfst: Wie läuft es?«

Sie sprachen kurz über die Entwicklungen im Experiment. Kim machte sich Sorgen um diesen Riesenschnauzer, der nicht fressen wollte. Sie hatten ihm bereits eine Art Astronautenfutter für Hunde angeboten – damit er nicht vom Fleisch fiel. Doch auch das rührte er nicht oft an und magerte zusehends ab.

Begeistert war Kim von der Probandin Barbara Schröder, ihrem Beagle Humphrey und ihrem Whippet Buffi. »Das wird ein wunderbares Trio!«, sagte sie. »Ich freu mich schon darauf, wenn wir die drei zusammenbringen. Etwa in einer Woche.«

In einer Woche. Meine Güte. Was in einer Woche schon wieder alles geschehen sein könnte.

Aber sie sagte nichts. Helena hörte ihr nur zu. Der Klang der vertrauten Stimme tat so gut.

»Ist da noch etwas?« Kim konnte derart bohrend gucken, dass Helena spontan übel wurde davon.

»Noch etwas?«

»Ja. Noch etwas.«

Sie sah ihre Schwester an. Öffnete den Mund.

»Nein«, kam heraus.

Damit war eine weitere Entscheidung gefallen.

## *Simon*

Der Passus im Arbeitsvertrag mit van Hauser war deutlich: Sollte er durch einen nicht zu berechnenden Zufall in den Besitz von Kenntnissen über einzelne Sendungen, das gesamte Format oder über Reaktionen von außen zu Erstem oder Zweitem gelangen, war es ihm strengstens untersagt, dieses Wissen anderen Mitarbeitern mitzuteilen.

Des Weiteren war er in einem solchen Fall verpflichtet, die ihm Vorgesetzten über seinen Kenntnisstand zu informieren. Auf diese Weise sollten Lücken, durch die ein unerwünschter Informationsfluss zustande kommen könnte, entdeckt und geschlossen werden.

Bei Zuwiderhandlungen drohten neben fristloser Entlassung auch Konventionalstrafen.

Simon hatte vier Abende lang den Vertrag gewälzt. Doch auch mit sehr viel gutem Willen war er nicht anders zu interpretieren.

Einmal am Tag vertrat er sich die Beine und umrundete dabei das Außengelände des Instituts.

Jeweils am westlichsten Ende des kleinen Wäldchens, weit entfernt von jeder Kamera, verließ er den kleinen ausgetretenen Pfad und ging hinüber zum Begrenzungszaun. Jedes Mal bot sich ihm ein ganz ähnliches Bild: Grün und Schwarz und Bunt in feiner Ordnung getrennt. Mit Platz dazwischen.

Offenbar ging es friedlich zu dort unten. Eine Szene, wie er sie vor vier Tagen beobachtet hatte, Fußgänger gegen Reiter, sah er nicht noch einmal.

Trotzdem. Sie waren da. Jeden Tag. Und es wurden nicht weniger.

Wie wichtig war es?

Er merkte ja an sich, dass es ihn beschäftigte. Er fragte sich, was da draußen in der Welt vor sich ging, dass hier täglich derartige Proteste liefen. War Deutschland gegen sie? Gegen das LABOR? Warum? Wie wichtig war es, davon zu wissen?

Er wäre nicht auf die Idee gekommen, zu seiner Vorgesetzten van Hauser zu laufen und ihr zu erzählen, was man vom äußersten Zipfel des Institutsgeländes aus beobachten konnte. Aber jeden Tag nagte es ein wenig mehr an ihm.

Zu gern hätte er sich mit Tom darüber ausgetauscht, was das Ganze wohl bedeutete.

Diese räumliche Enge, nach zwei Wochen mehr und mehr Belastung, hätte schon ausgereicht, um echt schlechte Laune zu bekommen. Aber jetzt auch noch eingesperrt zu sein im eigenen Kopf. Das setzte ihm zu.

Und er fragte sich zunehmend, ob es richtig war, seinem besten Freund nichts zu sagen. Scheiß auf den Vertrag.

Simon war auf dem Weg hinein ins Gebäude. Die Mittagspause war längst herum. Er hatte der Kamera im Rechenzentrum mal wieder eine Stunde Zeit geben müssen, um ausreichend viele und möglichst ansprechende Bilder von Tom bei der Arbeit zu schießen. Bestimmt hübsche Aufnahmen von einem rotwangigen Tom, der mal wieder furchtbar aufgeregt gewesen war, weil die Produzentin am Abend und Morgen im Institut gewesen war und er sie verpasst hatte. Mittlerweile entwickelte sich diese Frau für Tom offenbar zu einer fixen Idee. Tss.

In der Tür zum Rechenzentrum stieß Simon mit einem namenlosen Techniker zusammen, der irgendetwas mit Drähten und Kabeln in der Hand hielt und sich hektisch entschuldigte. Simon ging hinein und schloss die Tür hinter sich. Tom, der an einem der Schaltpulte saß, sah genervt auf.

»Ach, du bist das«, brummte er und drehte sich mit dem Stuhl wieder herum.

»Was war los?«, wollte Simon wissen.

In der einen Ecke stand eine Klappleiter. Aus der Zimmerdecke baumelten ein paar nutzlose Kabel. Der metallene Arm der Aufzeichnungskamera war leer. Tom zuckte mit den Achseln.

»Irgendwas mit dem Ding. Interessiert mich grad nicht. Schau mal hier, ich komm nicht weiter mit der Überlagerung dieser beiden …«

»Keine Kamera?«, unterbrach Simon ihn rasch.

Toms Tonanstecker lag samt Akku auf dem kleinen Tisch an der Tür. Sein Freund sah verwundert auf.

»Hör zu, ich muss dir was erzählen«, sagte Simon leise. »Ich weiß es schon seit ein paar Tagen. Aber im Vertrag steht drin, dass wir nicht … ach, ist jetzt ja egal. Irgendwas muss hier schieflaufen. Das LABOR kommt draußen wohl nicht so toll an wie gehofft. Es gibt massive Proteste. Polizei muss das Institut schützen und …«

»Hey, Alter!«, unterbrach Tom ihn und hob eine Hand.

»Ich weiß, ich darf dir das eigentlich nicht erzählen. Aber ich denke schon seit Tagen drüber nach, was das bedeuten kann. Immer hin und her, weißt du …«

»Simon …« Jetzt streckte Tom ihm beide Hände abwehrend entgegen.

Simon schüttelte den Kopf. »Wenn du mir nicht glaubst, können wir es uns später zusammen ansehen. Du siehst es vom Ende des Grundstücks aus. Du musst durch den Wald, weg vom Weg bis an den hinteren Zaun. Von da aus siehst du die Kreuzung im Tal und …«

»Stopp!«, sagte Tom, jetzt sehr energisch und erhob sich von seinem Stuhl. Er war größer und kräftiger als Simon, und seine Augen sprühten Funken. »Hör auf zu quatschen!«, knurrte er.

Simon starrte ihn an. Wusste einen Moment lang nicht, ob er verblüfft, entsetzt oder empört sein sollte. Es fühlte sich an wie eine Mischung aus allem.

Sie blickten sich einander in die Augen.

»Du willst mir doch jetzt nicht sagen, dass ich die Klappe halten soll, weil es so im Vertrag steht?«, wollte Simon schließlich ungläubig wissen.

»Ich denke, es liegt eher daran, dass er wusste, dass ich hier nebenan still vor mich hin arbeite und jedes Wort verstehen kann, was bei euch gesprochen wird«, sagte eine Stimme von links.

Im Türrahmen zum Nachbarraum stand Kim. Sie sah blass aus. Simon hielt den Atem an.

»Tut mir leid. Es war wirklich nicht zu überhören«, grinste Kim schief und zog die Schultern hoch.

»Na super«, stöhnte Tom und ließ sich zurück auf seinen Stuhl fallen. »Da hast du uns ja was Schönes eingebrockt! Jetzt sitzen wir zu dritt in einem Boot. Und einen Dreier hab ich mir immer anders vorgestellt, ehrlich.«

### *Désirée*

Seit Kim aus dem Rechenzentrum zurückgekehrt war, war sie komplett wie auf links gezogen.

»Die beiden hübschen Jungs haben dich doch nicht etwa belästigt?«, scherzte Sen, als Kim zum zweiten Mal etwas fallen ließ.

Die schnaubte kurz und fegte die Scherben mit dem Kehrblech zusammen. »Um von denen belästigt zu werden, müsste ich auf mindestens zweihundertvierzig Volt laufen und mit Blechstimme reden.«

Sen lachte laut und verschwand in den hinteren Bereich des Labors.

»Warum sollen Sie denn nun die neuen Simulationen zuerst dort prüfen? Das hat doch in der bisherigen Vorgehensweise immer gut geklappt«, erkundigte sich Désirée bei Kim.

Sie liebte Routine. Und zum Alltag im Labor hatte die gemeinsame Auswertung der vom TX gezauberten Simulationen schon dazugehört.

Doktor Richardson hatte so eine erfrischende Art, die Bilder zu kommentieren. Ihr wissenschaftlicher Blick war gestochen scharf. Sie sah alles. Aber das hielt sie nicht davon ab, den einen oder anderen Witz zu machen. Bemerkungen zum Schmunzeln, die Désirée nie eingefallen wären.

Das hatte ihr heute gefehlt.

»Da ich die Anweisung nicht von meiner Chefin erhalten habe, sondern von der Aufnahmeleitung vom Sender, vermute ich mal, dass es darum geht, dass im Rechenzentrum ein bisschen mehr Action passieren soll. Wahrscheinlich wird es selbst den dümmsten jungen Frauen vor der Glotze langsam langweilig, den attraktiven Doktor Weigel immer nur allein vorm Schaltpult sitzen zu sehen. Da soll ich wohl etwas Leben in die Bude bringen.«

Désirée legte den Kopf schief.

»Und das Fortbleiben aus Ihrem heiß geliebten Labor bringt Sie so durcheinander, dass Sie gleich alles fallen lassen, was Sie in die Hände nehmen?«

»Vielleicht ist es nicht das Fortsein, sondern das Zurückkommen, das mich nervös macht?«, konterte Kim.

Da war ein Tonfall in Kims ... in Doktor Richardsons Stimme. So ein Tonfall. Désirée schlug die Augen nieder. Warm war es hier drinnen. Sie knöpfte die beiden obersten Knöpfe ihres Kittels auf. Coco hatte sie morgens beraten, ein knallrotes Top anzuziehen.

Normalerweise hätte sie nun geschwiegen. Doch was lief in den letzten zwei Wochen schon so wie normalerweise?

Daher sagte sie: »Übrigens klingt die Formulierung, Sie hätten die Anweisung nicht von Ihrer Chefin erhalten, nach Prioritäten in der Befehlsgewalt. Meinen Sie, ich hätte die Möglichkeit, Sie wieder zurückzubeordern?«

Kim sah sie rasch an. Verwunderung im Blick.

»Das kommt darauf an, wie Sie sich selbst einschätzen. Mein Vertragspartner ist das Institut van Hauser. Wenn Sie sich als dessen Vertreterin sehen, dann wird es wohl tatsächlich so sein. Ich dachte allerdings eher, dass wir für die Wochen dieses besonderen Projektes ein anderes Verhältnis hätten.«

Désirée hob die Brauen.

»Kolleginnen«, sagte Kim.

Die Art, wie sie es sagte, hatte etwas so Intimes, dass Désirée es nicht über sich brachte, sie länger anzusehen.

Wahrscheinlich einsetzender Hüttenkoller. Dachte sie. Aber Moment. Zeichnete sich ein Hüttenkoller nicht dadurch aus, dass die Betreffenden sich gar nicht mehr sehen konnten, sondern eine herbeigesehnte Auszeit von den anderen Anwesenden wünschten?

Gab es womöglich unter dem Stress des wochenlangen Eingesperrtseins auch das umgekehrte Phänomen? Das Nur-schlecht-aushalten-Können-wenn-man-jemand-Bestimmten-nicht-sah?

Sie hatte sich bisher so viel mit Vögeln beschäftigt. Ihrer Biologie. Ihrem Verhalten. Sie wusste viel zu wenig darüber, warum Menschen sich so oder so verhielten. Ein Witz im Grunde. So wenig zu wissen. Über die eigene Spezies. Über sich selbst.

»Haben Sie schon mal daran gedacht, wie eine Versuchsreihe aussehen könnte, in der Monovasol an Menschen getestet würde?«, hörte sie sich zu ihrem eigenen Entsetzen fragen.

Da sie Kim dabei nicht ansah, konnte sie ihre Reaktion nur erahnen. Die kurze Stille in den Bewegungen und dem Atem. Das Umwenden.

Wahrscheinlich starrte sie sie an.

»Sie meinen doch nicht …?«, begann Kim.

Da wurde sie von einer Assistentin unterbrochen, die mit ihrem Klemmbrett bewaffnet zu ihnen trat und ohne ein Wort den Sitz von Désirées Tonanstecker korrigierte.

Das reichte aus.

»Ach, vergessen Sie's. War nur eine spinnerte Idee«, sagte Désirée und winkte ab. »Ich gehe einen Tee trinken.«

Seltsam, dass sie eine schlichte Aussage auch als Frage formulieren konnte. Das war ihr noch nie zuvor aufgefallen.

Kim richtete sich vom Labortisch auf. »Ja, ich komme mit.«

Sie gingen gemeinsam hinaus und trafen in der Tür der Teeküche bereits auf Doktor Sen, die Assistentin Nicola und den Tierarzt Doktor Hausmann.

»Wunderbar«, sagte Trude, die Aufnahmeleiterin, und griff hinter sich, wo auf der Anrichte offenbar schon gefüllte Tassen bereitstanden. »Kim, die grüne mit den Pudeln hier, das ist doch deine Tasse, oder? Schwarz, richtig?«

»Ganz genau«, strahlte Kim und nahm die bis zum Rand gefüllte Tasse von Trude entgegen. Man konnte ihr mit kleinen Dingen eine Freude machen. Das war Désirée bereits aufgefallen.

Und dass sie ihren Kaffee rabenschwarz trank. Das hätte sie auch gewusst.

Sie war in ihrer Wohnung. Jeannette war da, spielte mit einem Knochen und ließ sich dann zufrieden seufzend in ihrem großen Korb nieder. Aber ihr Pudel und sie waren nicht allein.

Nadine.

Selbstverständlich ohne Petra. Und auch nicht in einem Konflikt. Es gab die andere einfach nicht. Trotzdem waren sie kein Paar. Noch nicht.

Sie schlichen umeinander. Kochten Tee. Zeigten sich Landkarten. Wieso Landkarten?

Kim trat hinter Nadine, die am Boden hockte, und beugte sich über ihre Schulter, um ihr auf einer großen, ausgebreiteten Weltkarte die Zugrichtung der Vögel zu erklären. Warum manche Populationen, die hier brüteten und ihre Jungen aufzogen, im Herbst bis nach Afrika zogen und anderen der gleichen Art der Weg bis Südfrankreich ausreichte.

»Das weiß ich doch alles«, lachte Nadine leise, obwohl sie sich doch nie für Vögel interessiert hatte, und hob die Hand. Sie umfasste Kims Handgelenk, hielt es sanft fest und strich mit dem Daumen über die zarte Haut auf der Innenseite.

Ein Schaudern, dass über ihren ganzen Körper lief und sie mit Wucht in den Unterleib traf, sodass es beinahe schmerzte.

Rasch wollte Kim ihre Hand fortziehen, doch sie wurde festgehalten. Sanft, aber bestimmt. Ihre Augen schlossen sich wie von selbst. Sie versuchte zu sehen, aber es gelang ihr nicht. Zu intensiv, zu lange vermisst waren die Berührungen.

Ihren Arm hinauf. Über die Linie ihrer Schulter. Ihr Schlüsselbein. Fingerspitzen nur.

Und dann der Atem. In ihrer Halsbeuge.

Sie spürte das Beben in ihrem ganzen Körper. Zarte Berührung von Lippen auf ihrer Haut. Unerträglich leise. Nicht auszuhalten zärtlich. Schmerzhaft ersehnt liebevoll.

Scheiße, dachte sie. Scheiße, ich habe einen erotischen Traum mit Nadine. Nicht schon wieder!

Aber sie wachte nicht auf. Sie wollte nicht aufwachen. Lieber das Gefühl auskosten. Lieber die Hände über ihren Körper wandern spüren.

»Oh, bitte …«, flüsterte sie und schickte ihre Hände gleichermaßen aus. »Lass es nicht mehr aufhören.«

Sie war so weich. Samtige Haut. Das Haar so dicht, so stark. Ideal zum Hineinwühlen. So lang und geschmeidig.

Aber … Nadine trug kurzes Haar.

Kim öffnete die Augen.

So nah, dass kaum zu unterscheiden war, wo die eine von ihnen aufhörte und wo die andere begann, war der schwarze Blick.

Da waren feine kleine Härchen auf ihrer braunen Haut. Wie ein Zauberglitzern fing sich Licht in den langen Wimpern.

Eine Hand fuhr unter ihr T-Shirt, umfasste ihre Brust, strich darüber.

Sie hörte sich stöhnen, obwohl sie glaubte, stumm vor Schreck zu sein.

Wie konnte das sein? Wie konnten sie beide …?

Trotz ihrer Überraschung wich sie nicht einen Zentimeter. Sie lehnte sich an sie, überließ sich ihren Berührungen.

Wie sie duftete! Wie Freesien. Wie frisches Heu. Wie etwas, das einfach unerhört wundervoll war.

»Es muss ja gar nicht aufhören. Es fängt doch gerade erst an«, sagte Désirée leise.

Mit einem Ruck erwachte Kim und schlug die Augen auf. Schwer atmend lag sie auf dem Rücken, diagonal im Bett, die Decke in einem Knäuel zwischen die Beine gepresst.

»Mist!«, brummte sie.

Sie starrte an die Decke ihres Zimmers. Sah jedoch etwas anderes. Na toll. Kaum war sie zwei volle Wochen im Labor eingesperrt, hatte sie wilde Träume von ihrer Chefin. Kollegin, korrigierte sie sich selbst. Musste lächeln.

Verbot sich das gleich wieder. Das ging gar nicht. Pfui, Kim! Schäm dich!

Sie entknotete sich aus dem Bettzeug, ging zum Waschbecken und warf sich etwas Wasser ins Gesicht. Eigentlich war sowieso bald Aufstehzeit.

Sie schlüpfte in ihre Joggingsachen und war eigentlich fertig.

Doch ihr fielen noch ein paar Sachen ein, die sie noch rasch erledigen konnte, bevor sie losging. Die Haarbürste von alten Haaren säubern. Das Brillenetui polieren. Schon mal das Bett machen – damit das später schon fertig sein würde. Zweimal im Terminplaner nachschauen, welche Versuchselemente heute dran waren.

Schließlich sagte sie sich: Kim, du machst das alles doch nur, um nicht zu früh unten zu sein. Denn wenn du zu früh unten bist, wirst du sie verpassen und deine Runden allein drehen müssen.

Und weil sie nach so einem Eingeständnis nicht so tun konnte, als sei ihr dieser Gedanke einfach noch nicht gekommen, griff sie sich ihre Joggingschuhe und ging hinaus.

Die Treppe nahm sie öfter mal nach unten. Das hatte nichts mit Zeitschinden zu tun.

Kim, was tust du nur?

Woher kommen solche Träume, und wieso hast du so ein erfrischend reines Gewissen dabei?

Schäm dich endlich mal.

Nö. Sie hat angefangen.

Hat sie nicht. Das weißt du genau. Sie ist hetero.

Wieso war das eigentlich so sicher?

Weil sie deine Chefin ist, verdammt noch mal.

Kollegin. Wir hatten uns doch erst vorgestern auf Kollegin geeinigt.

Kollegin also. Und die halbe Nation schaut zu.

Als sie die Tür des Hinterausganges aufstieß, stand dort Désirée und band ihre Schuhe zu.

»Guten Morgen«, sagte sie und lächelte.

Ruhig, Braune, ruhig! Kim nickte. »Morgen.«

Nach ein paar Aufwärmübungen liefen sie gemeinsam los.

Es war wie jeden Morgen. Tatsächlich hatten sie bereits miteinander etwas, das »wie immer« sein konnte.

Trotzdem war alles anders.

Kim sprach nicht viel. Und wunderte sich.

Ständig wurde sie von der Aufnahmeleitung ins Rechenzentrum beordert. Ihr wissenschaftliches Team bedachte sie bereits mit erstaunten Blicken, wenn sie wieder einmal das Labor verließ, um hinunterzugehen und dort beispielsweise die neuen Simulationsberechnungen anzusehen.

Désirée van Hauser war schlecht gelaunt. Womöglich hing das

mit den andauernden Protesten der Tierschützer zusammen? An ihrer Stelle hätte Kim auch keine Lust zum Scherzen. Wenn täglich Hunderte von Demonstranten die Zufahrt zum Institut belagerten, war das nicht gerade ein super Aushängeschild für die Sendung.

Da konnte man nur hoffen, dass die Diskussion um das Format zumindest konträr geführt wurde. Wenn es leidenschaftliche Gegner und ebensolche Befürworter gab, schossen meist die Einschaltquoten in die Höhe. Helena würde sich freuen. Das Aas.

Hatte natürlich nichts sagen dürfen, klar. Kim war hier schließlich Doktor Richardson. Mitglied der wissenschaftlichen Leitung. Nicht befugt, Bescheid zu wissen über Vorkommnisse, die sich außerhalb des Labors abspielten und Reaktionen des Publikums betrafen.

Aber mal ehrlich. Ein kleiner Hinweis. Fern von Kameras und Mikros. Wäre das nicht drin gewesen?

Deswegen hatte sie auch so besonders stählern gewirkt. Ihre Knallharthülle. Reserviert für Naturkatastrophen oder schlechte Presse. Und nicht ein Wort an ihre Schwester.

»Was ist los?«, erkundigte sich Simon, der sich neben ihr über den Tisch beugte, um ein paar Papiere so zu verteilen, dass sie alle gleichzeitig einsehbar waren.

Paul machte nicht nur den Wissenschaftlern Sorgen, sondern bereitete auch dem TX Probleme. Mal berechnete er für ihn recht positiv zu bewertende Zukunftsaussichten, dann wieder sah es ziemlich schlecht aus um die Eliminierung der vorhandenen Bindung an Iris. Offenbar hing Pauls weitere Entwicklung von Zufällen ab – so wie es im wirklichen Leben nun einmal war.

Kim bedachte die Blätter mit kummervollen Blicken und schüttelte sich. »Ach, nichts weiter. Deine kleine Beobachtung geht mir nicht aus dem Kopf«, erwiderte Kim. »Und wenn ich das hier so sehe, frage ich mich natürlich, ob das Ganze nicht seine Berechtigung hat.«

»Da bin ich aber froh, dass du das sagst«, erwiderte Tom, der nebenan am Schaltpult saß, das Ansteckermikro weit weg abgelegt. Simon war bei ihnen und daher die Aufnahmen sowieso nicht verwendbar. »Man weiß ja nie, wie Wissenschaftler so zu dem stehen, was sie so anstellen.«

Kim seufzte. »Das Schlimme an der Wissenschaft ist …«

In diesem Augenblick wurde an die Tür geklopft.

»Ja?«, sagten alle drei gleichzeitig.

Die Assistentin Nicole streckte den Kopf herein.

Tom setzte sich aufrechter hin.

»Kann ich die Auswertungen für die Nachmittagstestreihe schon mitnehmen?«, fragte Nicole und schob sich ganz herein. Dabei sah sie in erster Linie Tom an.

»Wir sind gerade dabei, …«, begann Simon.

»Die kann ich doch gleich …«, begann Kim.

»Ja klar!«, sagte Tom.

Nicole starrte ihn an.

»Wenn Sie einen Augenblick warten, bin ich gleich so weit«, sagte Kim und beugte sich wieder über die Papiere.

»Was ist das Schlimme an der Wissenschaft?«, hakte Tom hinter ihrem Rücken nach.

Kim richtete sich wieder auf.

»Das Schlimme an der Wissenschaft?«, fragte Nicole verwundert.

»Ja«, sagte Kim und nickte ihr zu. »Ja, sagen Sie uns doch, was das Schlimme an der Wissenschaft ist.«

Nicole stand wie angewurzelt. Sie hatte große Augen, die von einer der Maskenbildnerinnen noch herausgestellt wurden. Mit ihrer schlanken Gestalt und der natürlichen Anmut, die sie besaß, wirkte sie wie ein Reh in einer Walt-Disney-Produktion.

»Na ja … ehrlich gesagt … ich wüsste nicht, was das sein sollte. Sonst würde ich diesen Beruf schließlich nicht machen, oder?«, sagte Nicole zögernd.

Am Ende des Satzes sah sie Tom fragend an.

Der fühlte sich offenbar so gebauchpinselt ob seiner erbetenen Zustimmung, dass er antwortete: »Ich mache meinen Job auch gern. Und weiß trotzdem, was das Schlimme daran ist. Nämlich, dass man manchmal nur noch sieht, was der Rechner einem sagt.«

»Du meinst, du verlierst den Blick für die Realität?«, fragte Nicole.

Sie duzten sich also. Kim und die anderen Doktoren waren angewiesen worden, auch während der momentanen, ungewöhnlichen Arbeitssituation die guten Sitten nicht einreißen zu lassen und die althergebrachte Tradition des Siezens zwischen Assistenten und wissenschaftlicher Leitung beizubehalten.

Vielleicht fühlte Tom sich nicht daran gebunden, weil er nicht zum eigentlichen van-Hauser-Team gehörte.

»Ja, ich verliere den Bezug zum wahren Leben«, antwortete Tom, und Nicole schmolz dahin.

»Wissenschaft«, sagte Kim so laut, dass Nicole den Blick von ihm losreißen musste, um sie anzusehen. »Wissenschaft ist wie ein Mosaik aus Milliarden kleinster Steinchen. Deren zusammenhängenden Sinn können wir nur mit einer gewissen Distanz erkennen. Wollen wir unsere Arbeit tun, müssen wir aber sehr nahe heran. Wir stehen genau davor, wenn wir neue Steinchen in das riesige Bild einpassen. Sehen nur noch die einzelnen Steine, die unterschiedlichen Farben. Und viele von uns vergessen mit der Zeit, immer mal wieder den Schritt zurück zu tun und sich das Ganze anzuschauen.«

»Gut gesagt!«, lobte Simon.

»Sehr poetisch«, stimmte Tom grinsend zu und zwinkerte. »Merk dir das gut, Nicole. Unsere Doktor Richardson weiß, wovon sie spricht!«

Nicole blinzelte und holte tief Luft, was sie offenbar vorübergehend vergessen zu haben schien.

»Ich wollte mir grad einen Kaffee holen. Kommst du mit?« Tom erhob sich von seinem Stuhl.

Nicole, die doch eigentlich ganz scharf darauf gewesen war, hier zu warten, bis Kim mit der ersten Durchsicht der Auswertungen so weit war, nickte, ohne zu zögern, und die beiden verließen den Raum.

Kim sah Simon an. »Und du sagst, dein Kumpel ist kein Weiberheld?«

Simon grinste. »Ich sage auch, dass du und Doktor van Hauser nur zusammen joggen. Habe euch heute Morgen wieder zugesehen …«

Ein kleiner Schreck durchfuhr sie. Doch als sie in seine spitz-

bübischen Augen sah, verflüchtigte sich das Gefühl rasch wieder.
»Hör auf!«, sagte sie halbherzig.

»Wahrscheinlich sind hier nicht nur Humphreys Hormone durcheinandergekommen«, schmunzelte Simon und sortierte die Ausdrucke. »Ich werde mal besser darauf achten, wer mir etwas zu trinken anbietet …«

Sie lachten.

Doch als Kim die Stufen zum Laborstockwerk hinaufstieg, war ihr plötzlich sehr sonderbar zumute.

## *Helena* *19. Oktober, sechzehnter Versuchstag*

Es war kurz vor der Sendung. Sechzehnter Versuchstag. 19. Oktober.

Die Leitung aus dem Vorzimmer klingelte. Ira.

»Da ist Herr Strümer vom Finanzministerium«, hauchte sie mit ihrer samtigen Stimme. »Soll ich durchstellen?«

»Es geht doch nicht etwa um die Sendung vor ein paar Monaten?«, seufzte Helena. Sie hatte zu dieser verflixten Sendung so viel gehört. Schelte bekommen. Amüsiertes Lob. Konnte doch nicht sein, dass immer noch nicht verjährt war, wie sie den Finanzminister vorgeführt hatte. Schließlich war das schon etliche Wochen her. Im August.

»Nein, ich denke, er hat ein anderes Anliegen, will es mir aber nicht sagen«, säuselte Ira.

Es war heiß gewesen zu dieser Zeit. So heiß, dass sie mit den Absätzen ihrer Stöckelschuhe im Asphalt stecken geblieben war. Einer war abgerissen.

Helena starrte auf die lederne Schreibtischunterlage vor ihr.

»Stell ihn durch«, sagte sie.

Sie hätte den anderen auch abreißen können. Dann wäre es niemandem aufgefallen.

»Frau Löwe, einen schönen guten Abend!«, ertönte es aus dem Hörer.

»Herr Strümer, wie kann ich Ihnen helfen?«, erwiderte sie freundlich aufgeschlossen.

»Ich hoffe, es ist in Ordnung, wenn ich so spät noch anrufe? Ich dachte, es sei günstiger, wenn sich der Trubel des Tages etwas gelegt hat. Wenn ich auch weiß, dass Ihre tägliche Sendung gleich laufen wird. Die werden Sie ja sicher verfolgen wollen.«

Was war das für eine Einleitung ins Gespräch?

»Ich habe die MAZ bereits gesehen. Wieder mal sehr spannend«, antwortete Helena. »Aber Sie rufen doch wohl nicht wegen des LABORs an?«

»Wenn ich ehrlich bin, doch. Genau das ist der Grund meines Anrufes.«

Verdammt. Schlechte Presse war eben doch nicht immer besser als keine Presse.

»Möchten Sie einen unserer Hunde adoptieren?«, scherzte sie.

»Ich wette, Sie haben jede Menge Anfragen dieser Art«, erwiderte er lachend. »Ich persönlich bin jedoch schon bestens versorgt mit zwei Hovawarten.«

»Oh, wirklich? Tolle Hunde!«, tat Helena beeindruckt. Sie hatte eine vage Vorstellung von etwas Großem mit langem Fell. Kim hätte natürlich sofort gewusst, was das für Hunde waren.

Wann kam er endlich zum Thema?

Herr Strümer erzählte ein paar Takte von seinen Vierbeinern und klang ehrlich begeistert. Hinter seinen Worten hörte Helena jedoch etwas anderes schimmern. Er hatte ein Anliegen. Vielleicht sogar etwas Pikantes. So lustig plauderten Mitarbeiter und Referenten von hochrangigen Bundespolitikern nur, wenn sie etwas wollten. Etwas, von dem sie wussten, dass es ihnen nicht natürlicherweise zustand.

»Nun, da ich persönlich auch an der heutigen Ausstrahlung interessiert bin, fasse ich mich jetzt mal kurz«, sagte er schließlich aufgeräumt. »Die jüngsten Entwicklungen im LABOR haben ja ganz schön für Aufsehen gesorgt. Offene und wissenschaftlich geleitete Verhaltensexperimente mit Menschen. Das hat bisher noch niemand gewagt.«

Vorsicht, Helena!

»Es ist nicht wirklich ein Wagnis. Wir sprechen hier ja nicht von einem Risiko für die Betroffenen«, schränkte sie ein.

»Selbstverständlich nicht!«, pflichtete er ihr bei. Sein Anruf sollte also kein Warnschuss sein? »Es weckt jedoch trotzdem

Interesse. Auch beim Minister. Von dem ich Sie übrigens herzlich grüßen soll.«

Das »herzlich« stellte Helena still für sich infrage.

»Das ist natürlich in unserem Sinne. Ein spannendes Format, das Interesse für die Wissenschaft weckt – in allen Gesellschaftsschichten und über alle Altersschranken hinaus«, sagte sie.

Es wurde einmal kurz an ihre Tür geklopft. Fast zeitgleich kam Rainer herein. Helena schüttelte den Kopf und machte mit der Hand eine abwehrende Geste. Er hob die Brauen und verschwand wieder.

»Überparteilich«, setzte Strümer hinzu.

Helena musste passen. Was nicht oft vorkam.

»Der Minister führt derzeit einen geradezu aussichtslosen Kampf, wie Sie ja selbst wissen. Immer noch zuversichtlich. Immer noch entschlossen. Aber es ist wirklich ein harter Kampf«, sagte Strümer. »Wir versuchen alle, ihn maßgeblich zu unterstützen. Suchen nach Lösungen für Fragen, die bereits seit Jahrzehnten wie ein Damoklesschwert über uns allen drohen. Im Grunde, seitdem in den Siebzigern unser Wertesystem zu kippen begann. Die Ehe war nicht mehr modern und wurde mehr und mehr infrage gestellt. Die Scheidungsraten stiegen frappierend an. Die Scheidungsrichter, bezahlt durch Steuergelder, kamen quasi aus ihren Gerichtssälen gar nicht mehr heraus. Auch gemeinsame Kinder waren kein Hinderungsgrund mehr. Seitdem ist ein beständiger Anstieg der Haushaltsbelastung durch zunehmende Inanspruchnahme von staatlicher Unterstützung durch Alleinerziehende zu verzeichnen. Die Unterstützung steht ihnen selbstverständlich zu. Bitte verstehen Sie mich um Himmels willen nicht falsch. Sie wissen, wie eng die Familienministerin und der Herr Minister zusammenarbeiten.«

»Das weiß ich«, sagte Helena. Den Klüngel durchschaute doch sowieso niemand mehr. Sie fragte sich, was das alles hier sollte.

»Sicher, sicher. Ich denke, dass es Ihrem Sender genauso wie uns am Herzen liegt, die momentane Krise bald hinter uns zu lassen. Dazu kann man ja durchaus im Auge behalten, wo immense Kosten reduziert werden könnten. Natürlich erst nach vorhergehender intensiver Prüfung. Und selbstverständlich auf komplett freiwilliger Basis. Wir verstehen uns?«

Verstanden sie sich? Verstand sie ihn?

»Herr Strümer, ich bin mir nicht sicher, ob ich …«

»Natürlich. Das Institut van Hauser und Ihr Sender sind zwei komplett getrennte Unternehmen, die sich nur zu dieser Produktion zusammengeschlossen haben. Mir völlig klar. Halten Sie es für günstiger, dass ich selbst mit Frau van Hauser Kontakt aufnehme, oder wollen Sie für uns vorfühlen? Wie gesagt, es geht lediglich um erste Gespräche. Immer unter Berücksichtigung des momentanen Forschungsstandes. Der Minister möchte nur sicherstellen, dass nicht die Falschen als Erste den Fuß in der Tür haben.«

»Das wäre auch in unserem Sinne«, erwiderte Helena.

»Wunderbar. Wie machen wir es also?«

Sie ließ sich von ihm überfahren. Verflixt.

»Ich werde zunächst hier im Haus darüber beraten, wenn Sie erlauben«, sagte sie schnell.

»Selbstverständlich«, machte er einen raschen Rückzug. »Ihre Sekretärin hat meine Nummer. Ich freue mich auf Ihren Anruf.«

»Einen schönen Abend noch.«

»Ha. Ich werde jetzt den Fernseher anschalten«, lachte er.

Sie legten auf.

War das zu fassen? Wenn sie das Schook erzählte, würde der wahrscheinlich einen Herzkasper bekommen. Das Ministerium, die Regierung interessierte sich für ihr Format. Für das, was am Ende dabei herauskommen würde. Falls etwas herauskommen würde.

Es klopfte erneut. Rainer kam herein.

»Ira sagt, du hast aufgelegt«, begrüßte er sie, kam um den Schreibtisch herum und gab ihr einen Kuss. »Schien ja sehr wichtig zu sein?«

Sie öffnete den Mund. Schloss ihn wieder. Lächelte zerstreut.

»Was ist mit der Sendung? Läuft schon seit zwei Minuten.« Er ging mit großen Schritten zu der Kirschholzwand hinüber, und griff sich die Fernbedienung des Fernsehers, der dort stand.

»Ich sollte in die Redaktion rübergehen«, sagte Helena und blieb sitzen.

Sie sahen sich gemeinsam die Sendung an.

Sie auf ihrem Schreibtischstuhl. Er auf der Sofalehne hockend.

Die Regierung. Nach sechzehn Tagen Sendung eine Anfrage vom Bundesministerium.

Paul ging es heute offenbar besser. Vielleicht hatte er gefressen. Zumindest tollte er mit den anderen Riesenschnauzern im Auslauf herum. Im Vergleich mit ihnen sah er jedoch dünner und sehniger aus. Man sah ihm seine Diät leider an. Gut, dass er zumindest so vergnügt wirkte.

Humphrey hatte die erste Bewährungsprobe mit Gütesiegel bestanden. Die Kaninchen, anscheinend für jeden normalen Beagle absolut zum Anbeißen, welche – natürlich durch den Zaun bestens abgesichert – im Nebenauslauf herumhoppelten, begutachtete er mit sichtlicher Anspannung. Doch als Barbara sich in die andere Richtung entfernte und nach ihm rief, folgte er ihr, ohne zu zögern. Fröhlich. Hüpfend. Barbara strahlte vor Glück.

Studiogast war heute der Lebensgefährte von Michael. Er betrachtete zusammen mit Wolfgang Niederwegen die Bilder vom Whippet Mozart und seinem Freund.

»Wie der Arsch auf'n Eimer!«, sagte er. »Sehen sie nicht aus wie ein intellektueller Künstler mit seinem Hund, der denkt, er sei auch ein intellektueller Künstler?« Das Publikum im Studio lachte.

Und dann. Hatte sich etwas getan? Das, was alle mit Spannung erwarteten. Gab es Anzeichen dafür, dass die Hormongabe auch bei ihrer menschlichen Probandin Wirkung zeigte?

Wie lange würden sie darauf warten müssen?

Die Zuschauer wussten nicht, wer im LABOR die Probandin war. Es artete in eine Art nationales Ratespiel aus. Bei dem wild spekuliert werden konnte.

Der Vater einer Laborassistentin und die Ehefrau eines Kameramanns hatten angerufen und sich halb besorgt, halb empört erkundigt. Nein, nein, es ist nicht Ihre Tochter. Ihr Mann doch nicht, gute Frau! Seien Sie beruhigt.

Die Quoten schossen nach oben. Die Werbepartner hielten die Verträge und hörten auf, mit den Füßen zu scharren. Doch nun musste verdammt noch mal bald etwas passieren. Es musste sichtbar werden. Es musste deutlich zu erkennen sein, dass sich das Verhalten der Probandin änderte. Gestern hatte es schon so ausgesehen als ob es in die richtige Richtung ginge. In Richtung Verknallen. Verlieben. Sich hingezogen fühlen.

Helena starrte auf den Bildschirm.

»Du bist immer noch nicht im Reinen mit dir, hm?«, fragte Rainer vom Sofa her. »Mach dir keine Gedanken. In sechs Wochen wird sie sich fühlen wie immer. Dann ist der ganze Spuk vorbei.«

»Wer weiß«, antwortete sie ausweichend.

Mittlerweile interessierten sich Leute für dieses Format, bei deren Einmischung ihr schwante, dass der Spuk vielleicht gar nicht so schnell wieder vorbei sein würde. Vielleicht nie wieder. Gruselig. Spooky.

Tom sah wirklich toll aus.

Doktor Sen wirkte auch zunehmend herausgeputzt.

Worum ging es hier noch? Ach ja, um Hunde …

Dann wurde die kurze Sequenz zwischen Kim und Désirée gezeigt, die Helena auf der MAZ bereits gesehen hatte. Heute früh nach dem Jogginglauf. Ihrer beider Atem als winzige Nebel vor ihren erhitzten Gesichtern.

»Morgen früh würde ich gern eine Viertelstunde früher laufen«, sagte Kim, während sie ihre Arme hinter dem Kopf verschränkte und mal nach rechts, mal nach links zog. »Ich bin morgens schon so früh auf. Ziehen Sie mit?« Es klang charmant und witzig.

Helena musste lächeln, wie beim ersten Mal, als sie die Szene gesehen hatte.

Désirées Miene wirkte ebenfalls ganz anders als im Labor, über dem weißen Kittel. So, wie sie den Kopf schief legte, wirkte sie geradezu kokett. Sie hatte wirklich dazugewonnen. Ihre alte Sicherheit war zu ihr zurückgekehrt. Der Kontakt mit Kim tat ihr gut. Sie war viel selbstbewusster mit den Kameras geworden.

»Keine Frage. Ich vermute, dass wir auch den anderen Bescheid sagen sollten?«, sagte sie und dehnte eines ihrer schlanken Beine.

»Den anderen?«, fragte Kim neugierig.

»Na, denen, die uns so gern von der Kantine aus zuschauen, ohne sich selbst rauszutrauen«, half Désirée ihr.

Rainer lachte auf.

»Die hat's raus!«, sagte er.

»Psst«, machte Helena.

Jetzt kam es.

»An wen denken Sie denn da im Speziellen?«, fragte Kim mit betont großen Augen.

Und Désirée antwortete: »Wollen wir nicht endlich Du sagen?«

Es war schwer zu beschreiben, was in Kim wohl vorging.

Helena sah genau hin.

Das Wechselspiel von Gefühlen auf ihrem Gesicht war beeindruckend. Ganz offensichtlich war sie vollkommen überrascht. Womöglich sogar so etwas wie misstrauisch. Aber dann schlug da noch etwas anderes Wellen in ihrer Miene. Heftige Wellen.

Helena krauste die Stirn. Sie hatte schon so lange nicht mehr miterlebt, wie Kim aussah, wenn sie sich unbändig über etwas freute.

Sie leuchtete.

Und Helena wusste kaum, wohin sie blicken sollte.

Die Sequenz war vorüber. Zurück im Studio.

»Wie Sie sehen. Es geht also überall im LABOR zur Sache!«, sagte Wolfgang Niederwegen mit einem neckischen Augenzwinkern in die Kamera.

Au weia, Kim. Dachte Helena. Au weia.

Als Teenager hatte Kim ihr einmal ein Buch aus ihrem reichhaltigen Fundus ausgeliehen. Es war ein Sachbuch über Biologie und das Verhalten des Menschen. Eigentlich nichts, was auf Helenas Lesewunschliste ganz oben stand. Aber dieses Buch war tatsächlich genauso interessant, wie Kim es beschrieben hatte. Es ging um die Liebe. Um das Verlieben und wieso Menschen sich zu anderen Menschen hingezogen fühlen.

Irgendwo in diesem Buch – sie hatte den Zusammenhang komplett vergessen – stand, dass die ersten Momente in einer Liebesbeziehung darüber entscheiden, wie sie verlaufen wird, was darin wichtig sein wird, welche Prioritäten gesetzt werden.

Immer mal wieder in ihrem erwachsenen Leben hatte sie daran gedacht.

An dem Tag, als Rainer und sie geheiratet hatten, war es ihr eingefallen. Und sie hatte sich daran erinnert, wie sie sich bei ihrem kleinen Stolperfall von der Bühne an ihm festgehalten hatte. Wie er sie gestützt hatte. Und wie sie sein Gesicht später bei der anschließenden Party kaum wiedererkannt hatte. Er hatte sie darauf hinweisen müssen. »Sie wissen schon, ich bin der, der Sie vorhin aufgefangen hat …« Sie hatten darüber gelacht. Aber an ihrem Hochzeitstag, kurz bevor sie ins Standesamt gingen, dachte Helena an diese prägnante Stelle in eben jenem Buch. Was würden diese ersten wichtigen Momente für ihre Partnerschaft bedeuten?, hatte sie sich gefragt.

Wahrscheinlich doch, dass er sie unterstützen, sie vor einem Fall bewahren würde. So hatte sie damals geglaubt. Hatte es natürlich gern glauben wollen. Doch irgendwo hinter dieser gutgläubigen Annahme hatte sich ein Unbehagen versteckt.

Später war ihr hin und wieder ein dazu passender Verdacht gekommen. Vielleicht waren es nicht der Sturz und das Auffangen, was an ihrer ersten Begegnung wichtig und maßgeblich für die Beziehung gewesen war. Vielleicht war es eher das, was danach kam. Das Nichtwiederkennen. Die Irritation. Das heftige Empfinden von Fremdsein.

Au weia, Kim. Dachte sie noch mal.

Weißt du nicht mehr, wie du gesagt hast, dass sie eine Spinnerin ist mit einem Vogel unterm Pony? Macht dich das nicht skeptisch?

Helena sah zu Rainer hinüber, der mit all seinen Sinnen am Bildschirm klebte. Er war ein typischer fernsehender Mann. Wenn er eine Sendung verfolgte, nahm er nichts anderes wahr.

Plötzlich war da die Idee. Ihn zu fragen, ob er sie noch liebte. Jetzt. Hier. Sofort.

Liebst du mich noch?

Weil. Ich glaube, ich liebe dich nicht mehr.

Weiß nicht, wie das passiert ist. Ob ich dich liebte und das Gefühl verloren ging. Oder ob es nie da war, so wie ich es mir gewünscht habe.

Wird *sie* sich auch so fühlen? Wird *sie* glauben, zu lieben. Und am Ende feststellen, dass alles nur eine Illusion war?

Zumindest wird *sie* dann jemandem die Schuld geben können. Es wird einen Sender geben, ein Institut, einen verflixten Hormoncocktail. Und *sie* wird nicht schon seit Jahren verheiratet sein, wenn es ihr klar wird.

Im Zug. Als es so heiß war an diesem Tag. Da hatte sie sich zum ersten Mal nach langer Zeit frei gefühlt. Frei, sie selbst zu sein.

Ohne falsches Lächeln. Ohne antrainiertes Selbstbewusstsein.

Sie konnte verlegen sein und rot werden. Und wie. Sie konnte ihr Herz schlagen spüren und so sehr hoffen, dass er es nicht bemerkte. So sehr viel mehr hoffen, dass er es bemerkte.

Sturzlebendig hatte sie sich gefühlt.

In den ersten wichtigen Momenten ihrer zweistündigen Beziehung. In den späteren Momenten ihres Zusammenseins. Die ganze Zeit über. Lebendig.

Möglicherweise sehnte sie sich nicht nach ihm. Vielmehr nach der, die sie mit ihm zusammen gewesen war. Die sie für immer und immer mit ihm sein könnte. Hätte sie nur den Mut gehabt.

Da wandte Rainer den Kopf und sah zu ihr herüber.

»Hm?«, machte er mit einem Aufwärtskopfrucken. »Hast du was gesagt?«

## *Désirée* — *20. Oktober, siebzehnter Versuchstag*

Siebzehnter Versuchstag.

Fragte überhaupt irgendwer danach, dass sie laut gesetzlicher Regelung mal einen komplett freien Tag gebrauchen könnten? Klar lösten sich die wissenschaftlichen Leiter gegenseitig ab. Doch waren sie alle viel zu aufgekratzt, viel zu sehr involviert, um sich für einen ganzen Tag aus der Arbeit herauszuziehen. Von einem Wochenende ganz zu schweigen.

Die Belastung durch die Dauerarbeit wäre durchaus gut zu verkraften gewesen, wären da nicht diese kleinen Ärgernisse, die sich in den letzten Tagen mehrten. Deswegen musste sie unbedingt mit Ines sprechen.

Désirée steckte bereits im weißen Laborkittel, die Haare mit einem leuchtend gelben Tuch, das sie scheußlich fand, von dem

Coco aber behauptete, es sähe aus wie die Federn eines Beos, zurückgehalten.

Noch eine Viertelstunde bis zum offiziellen Arbeitsbeginn. Das würde reichen für eine kurze Unterredung.

Unangenehm. Immer irgendwie ein bisschen peinlich. Ines, die früher »groß« und »erwachsen« und deswegen die Bestimmerin gewesen war, für etwas zurechtzuweisen. Sie darauf hinzuweisen, dass Désirée sich seit dem Tod ihres Vaters auf der gleichen Ebene wie Ines bewegte.

Klar. Wenn sie nicht mitten in diesem Projekt stecken würden, hätte Désirée lieber den nächsten Flieger nach Mexiko genommen. Aber so wie in den letzten Tagen ging es einfach nicht weiter.

Als sie die Tür zu Ines' Vorzimmer öffnete, wäre sie fast zurückgeprallt. Vor dem Schreibtisch der Sekretärin stand in Designerjeans und teurem Trenchcoat Helena Löwe.

»Guten Morgen!«, grüßte sie freundlich und streckte Désirée ihre schlanke Hand entgegen.

»Guten Morgen. Ich wusste gar nicht, dass Sie uns heute besuchen.« Das klang wahrscheinlich unfreundlich. Oder misstrauisch. Eben genauso, wie sie sich fühlte.

»Nichts Wichtiges, bei dem Sie dabei sein müssten«, wiegelte die Produzentin lächelnd ab.

Wie hatte Désirée ihr nur an diesem Abend im Studio derart vertrauen können?

Helena Löwe war ein Fernsehmensch. Die sagten nie, was sie wirklich meinten. Und Produzentinnen guckten natürlich immer aufs Geld. Klar, dass sie beunruhigt gewesen war, als die Einschaltquoten nicht die Zahlen erreichten, die sie sich erhofft hatten. Für Désirée hatte das kaum eine Rolle gespielt. Aber für Helena hatte das wahrscheinlich alles bedeutet. Dass der in der Not rasch erdachte Rettungsanker nicht funktionieren würde, musste ihr einen ordentlichen Schwinger verpasst haben. Keine Experimente mit Menschen. Keine steigenden Einschaltquoten. Ziemliches Pech für den Sender.

Sie tauschten ein paar Floskeln aus.

Helena Löwe wirkte entspannt und geradezu gut gelaunt.

Seltsam.

»Ist sie heute Morgen noch gar nicht hier gewesen?«, wollte Désirée von der Sekretärin wissen. Die schüttelte den Kopf.

Désirée sah auf die Uhr.

»Ich schaue mal, ob ich sie noch in ihrem Zimmer erwische. Hab nur eine Kleinigkeit. Ich schicke sie dann sofort zu Ihnen.« Damit verabschiedete sie sich und verließ das Vorzimmer.

Während sie über den Gang marschierte, stürzten ihre Gedanken übereinander her.

Helena Löwe gut gelaunt. Trotz zu niedriger Einschaltquoten. Trotz verlorenem Rettungsanker.

Désirée verlangsamte ihren Schritt. Blieb stehen. Mitten auf dem Gang.

Das konnte nicht sein. Das würden sie nicht wagen.

Und wenn doch?

Sie stand ein paar Sekunden lang still und dachte nach. Irgendwo klappte eine Tür.

Wenn sie einen Weg gefunden hatten, eine Lücke im Gesetz oder sonst eine Möglichkeit.

Jemand bog direkt vor ihr schwungvoll um die Ecke.

Sie schraken beide heftig zusammen.

»Désirée«, entfuhr es Ines. »Was stehst du denn hier herum?«

Sie hatte streng sein können. Oder einfach ignorant. Wenn sie das eine war, hatte Désirée sich immer gewünscht, sie möge doch lieber das andere sein.

Jetzt riss sie sich zusammen, um nicht in die Rolle des Mädchens von damals zurückzurutschen. »Ich wollte zu dir. Statt mit Helena Löwe in deinem Büro zu warten«, sagte Désirée und beobachtete Ines' Gesicht. Es war glatt wie Papier. Das war ihre Stärke.

»Zu mir? Was gibt es …«

»Wozu die ärztlichen Kontrollen?«, unterbrach Désirée sie.

»Bitte?« Ines blinzelte.

»Die Kontrollen, von denen wir der Ansicht waren, dass sie einmal wöchentlich völlig ausreichen. Wieso werden sämtliche Labormitarbeiter und Probanden nun täglich untersucht?«

Zweimal schlug Ines mit den Augendeckeln. Dann hatte sie sich gefangen.

»Das muss ich nach dem Vorfall mit der Probandin Iris und dem Riesenschnauzer ja wohl nicht begründen, oder? Wir stehen hier alle unter großem Druck. Es ist wichtig, dass wir unsere Verantwortung wahrnehmen.«

Sie war so überzeugend. Fast hätte Désirée ihr geglaubt.

Doch dann sah sie, wie Ines vorsichtig die Finger streckte. Was ihre Stiefmutter in ihrem Gesicht so perfekt zu verbergen wusste, suchte sich oft seinen Weg hinein in ihre Fingerspitzen und kleinste Gesten. Zum Beispiel die der Befriedigung nach einer gut gelungenen Lüge.

Ungünstig für eine erwachsene Frau, mit einer Heranwachsenden zusammenzuleben, die gelernt hatte, wissenschaftlich genau zu beobachten. Désirée hatte sie schon nach kurzer Zeit immer durchschauen können.

»Ihr testet an Menschen, richtig?«, sagte sie tonlos.

Ines starrte sie an.

»Sag es mir!«, verlangte Désirée harsch. »Ich habe die wissenschaftliche Leitung inne. Ich muss wissen, wenn ihr neben den Versuchen an den Hunden auch ein von der Ethikkommission nicht genehmigtes Humanexperiment durchführt.«

Ines blähte die Nasenflügel auf. »So ein Unsinn«, schnaubte sie.

»Ich bin die Einzige, die seit mehr als zwei Jahren alle Fäden in einer Hand hält. Die Versuchsreihen in Mexico City und hier. Die Rezeptur von Monovasol. Das alles bin ich. Wie willst du das denn ohne mich durchhalten?«, setzte Désirée nach.

Ines schüttelte sacht den Kopf, schloss kurz die Augen.

»Wer betreut die Auswertungen, Ines? Wer im Team arbeitet nicht mehr für die Hunde?« Ein irrer Gedanke schoss ihr durch den Kopf. Oh nein, bitte lass es nicht Doktor Richardson sein! Die seit gestern für sie auf ganzer Strecke Kim war. Kim, die bereit war, die Intelligenz von Rabenvögeln und Hunden ins vergleichende rechte Licht zu rücken. Kim, der sie vor einer Stunden noch beim Joggen beinahe angedeutet hatte, dass das Projekt als Fernsehformat nicht so gut lief wie gehofft. Von der sie sich für diesen Fall vertrauensvoll einen guten Ratschlag erhofft hatte. Auch wenn sie wusste, dass sie nichts sagen durfte. Vertrauensvoll …

»Ines!«

Sie war sich sicher.

Und ihre geradlinige Unbeirrbarkeit war es wohl, die Ines schließlich ein- und ausatmen ließ.

»Es ist niemand aus dem LABOR-Team«, sagte sie. »Ich habe mich an Doktor Zernick gewandt.«

Gott sei Dank!, dachte Désirée. Sagte: »Dieser Schwachkopf?!«

»Du unterschätzt ihn«, sagte Ines, doch Désirée winkte ab.

»Seit wann?«, verlangte sie zu wissen.

Ines schwieg. Sah den Korridor entlang. Dann antwortete sie: »Du schaust die Sendungen wirklich nicht. Unglaublich. Du könntest es schon seit drei Abenden wissen. Heute ist der vierte Tag.«

Désirée ballte die Hände zu Fäusten.

»Ihr testet Monovasol bereits seit drei Tagen an einem Menschen?«

Ines schüttelte den Kopf. »Nein. Nicht Monovasol. Zernick hat in der Rezeptur, die du entwickelt hast, ein paar Formeln geändert. Es sind ausschließlich Hormone, die verabreicht werden.«

»Kein Virus? Keine Genmanipulation?«

»Nein.«

Noch einmal Gott sei Dank.

Sie standen einen Moment lang stumm voreinander.

Dann brach es aus Désirée heraus: »Was tust du nur? Du musst doch wissen ... das hätte Papa nicht gewollt. Er hat nicht vom Nobelpreis geträumt. Er hat ...«

»Nobelpreis?«, wiederholte Ines schrill. »Woher soll der denn bitteschön kommen? Wir werden höchstens für den Ig-Nobelpreis nominiert. Und stehen dann mit lauter Verrückten in einer Reihe, die bewiesen haben, dass die Erde eine Scheibe sein muss oder Ähnliches. Das wäre das Ende des LABORs! Du weißt doch, die Einschaltquoten waren so miserabel, dass die Werbekunden abzuspringen drohten. Die Hunde sind niedlich, aber vor unserer Tür ziehen Tierschützer ihre Kreise wie die Aasgeier. Unsere menschliche Probandin dagegen zeigt auch nach drei Tagen und erhöhter Dosis keinerlei Reaktion auf die Verabreichung. Möglicherweise wirken die Hormone in der veränderten Rezeptur nicht? Möglicherweise wirkt es beim Menschen nicht?«

Sie war wirklich unerträglich. Und keine Wissenschaftlerin. In der Forschung lief oft etwas nicht so, wie die Theorie vorher wähnte. Gerade das war doch das Spannende daran. Als Wissenschaftlerin musste eine bereit sein, sich auf neue Umstände einzustellen. Das konnte Ines offenbar nicht. Désirée kam plötzlich der Gedanke, was um Himmels willen ihr Vater an dieser Frau geliebt haben mochte. Er, der den analytischen Forscherverstand über alles geschätzt hatte.

»Es könnte sein, dass es bereits wirkt. Ihr bemerkt es nur nicht«, sagte Désirée.

Ines schüttelte ungeduldig den Kopf.

»Rund um die Uhr sind siebenundvierzig fest installierte Kameras auf die Probanden und das Team gerichtet. Ganz zu schweigen von den sechs, die durch das Kamerapersonal bedient werden. Du willst doch wohl nicht behaupten, dass uns trotzdem entgehen könnte, dass eine Frau im Team plötzlich verrückt vor Liebe ist?«

»Du vergisst dabei, dass du von einem Menschen sprichst. Und wahrscheinlich nicht von einem dummen. Sonst wäre sie schließlich nicht hier. Sie wird spüren, was mit ihr geschieht. Vielleicht wehrt sie sich dagegen? Vielleicht bedeutet unser menschlicher Intellekt tatsächlich diesen Unterschied, dass wir zwar empfinden, es aber nicht unbedingt äußern müssen – wenn wir es für unangebracht halten. Möglicherweise hat sie ja auch … ja, sie könnte doch auch einen Verdacht hegen?«

Ines sah sie mit ihren eisklaren Augen prüfend an.

»Du warst so vehement dagegen, dass wir beschlossen haben, dich lieber rauszuhalten. Damit dein Verhalten im Team sich nicht ändert.« Na, herzlichen Dank, Helena Löwe! So viel also zu dem kleinen Vertrauensverhältnis, das sie Désirée angeboten hatte. »Wenn ich dich jetzt aber so höre … es ist wirklich dringend notwendig, dass wir einen wissenschaftlichen Kopf mit im Boot haben, der nicht die ganze Zeit nur seinen eigenen Hintern profilieren will. Bist du mit dabei? Auch unter diesen neuen Umständen?«

Ines rechnete mit ihr.

Es hatte noch nie eine Aufgabe im Institut gegeben, die Désirée abgelehnt hätte.

Ihr Vater hatte ihr nicht nur das Geld, die Gebäude, die Angestelltenverträge vererbt, sondern auch die Verantwortung.

Nie war ihr das wie ein Bürde erschienen.

Jetzt spürte sie mit einem Schlag die ganze Last auf ihren Schultern.

»Tut mir leid, Ines«, sagte sie langsam. »Tut mir leid, aber darüber muss ich erst noch nachdenken. Es entspricht einfach nicht …«

»Komm jetzt nicht wieder mit Robert!«, warf Ines dazwischen.

Désirée öffnete den Mund.

»Lass uns später darüber reden. Ich lasse Frau Löwe nicht gern warten. Komm doch in der Mittagspause zu mir ins Büro.«

Ines nickte ihr kurz zu und rauschte den Korridor entlang davon.

Désirée sah ihr einen Augenblick lang nach.

Dies hier war nicht mehr ihre Sache. Weder Herz noch Verstand waren noch beteiligt. Doch sie saß darin fest wie eine Ratte im Käfig.

Nachdenklich wandte sie sich dann um und bog um die Ecke.

Sie war so in Gedanken an das soeben stattgefundene Gespräch vertieft, dass ihr Herz sofort wie ein Kolibri zu flattern begann, als sie schon zum zweiten Mal an diesem Morgen fast mit jemandem zusammenstieß.

»Hoppla!«, lachte der junge Mann. Es war Doktor Simon Reeren, einer der beiden Computerfritzen. Sein Foto in der Kartei wurde dem Original nicht gerecht. Kim hatte sich mit ihm angefreundet.

»Was tun Sie denn hier?«, fuhr Désirée ihn an.

Er hob die Brauen. »Ihre Stiefmutter wollte meinen Kollegen oder mich sprechen. Wegen des TX 14. Wahrscheinlich haben wir den Fehler in der Simulation beim Schnauzer gefunden.«

Désirée starrte ihn an.

Er hatte hinter dieser Ecke gestanden. Wie ein Reiher im Fischteich.

Sie war sicher, dass er etwas gehört hatte. Vielleicht sogar alles. Aber war das ihr Problem?

»Frau van Hauser ist in ihrem Büro«, sagte sie schließlich, als er keinen Ton mehr von sich gab. »Schauen Sie, ob sie Sie empfangen will.«

Damit wandte sie sich um und ging.

Während sie sich von ihm entfernte, kam ihr ein neuer und höchst beunruhigender Gedanke. Eine Frage, die sie sofort hätte stellen müssen: Das Hormonpräparat wurde also bereits an einem Menschen getestet ... aber wer war der Proband?

### *Simon*

Die Lichter auf den Korridoren schienen zu fluoreszieren. Grell. Pulsierend. In einem vertrauten Takt wurden sie heller und dann wieder dunkler.

Vielleicht war es aber auch einfach sein eigener Herzschlag. Bumm bumm. Bumm bumm.

Es hätte ihn nicht gewundert, wenn jemand aus einer der vielen Türen gekommen wäre, um sich verwundert umzuschauen und ihn zu fragen, wer denn hier so einen Krach mache. Natürlich hatte er sie gehört. Nicht alles.

Vor allem die alte van Hauser hatte nicht so laut gesprochen, dass alles deutlich zu verstehen gewesen wäre. Aber es hatte ausgereicht. Hier lief irgendetwas gar nicht mehr so, wie er es sich vorgestellt hatte.

Als er den Gang hinunterging, in Richtung Büro der Institutsleiterin, beschloss er, dass er nicht hingehen würde. Viel zu aufgewühlt war er. Wie sollte er ihr jetzt gegenübertreten. Ohne fassungslos zu fragen: »Das ist doch nicht wahr, oder? Das ist ein Witz?!«

Doch dann wurde ihm klar, dass Doktor Désirée van Hauser möglicherweise ihre Stiefmutter später nach seinem Besuch fragen würde. Und wie würde es dann aussehen, wenn er gar nicht bei ihr gewesen war?

Also ging er. Mechanisch. Irgendwie der falsche Film.

Und er mitten drin. Oh man.

Doktor van Hauser war eine echte Zicke. Wie sie ihn angeschaut hatte. Abwägend, wie lange er wohl schon dort gestanden hatte. Sich wahrscheinlich fragend, ob er etwas gehört haben könnte.

Ja, habe ich. Nicht alles. Aber genug.

Sie hatte so etwas Kühles. Abwertendes. Passte gar nicht zu ihrem exotischen Äußeren, hinter dem jeder eine warmherzige, lebenslustige Person erwarten würde.

Klar sah sie umwerfend aus. Trotzdem hatte Simon sich schon mehrmals gefragt, was Kim zu ihr hinzog. Denn dass dem so war, konnte sie ja wohl nicht leugnen.

Er jedenfalls hielt die Institutschefin junior für ziemlich verschroben. Und zickig. Und wenig interessiert an den menschlichen Mitarbeitern. Er hätte wetten können, dass sie nicht mal seinen Namen kannte.

Sie interessierte sich wahrscheinlich derart wenig für ihre Mitmenschen, dass ihr nicht aufgefallen war, wie entsetzt er gewesen war.

Er kam an der großen Bürotür an, klopfte, wartete kurz und ging hinein, als niemand ihm antwortete.

Das Vorzimmer war leer. Durch den Türspalt zum Büro der Institutsleitung hörte er Stimmen.

Die Sekretärin erschien mit einem leeren Tablett auf dem Arm. Sie gab kurz den Blick auf zwei schlanke Beine in Bluejeans frei, die aus dem Ledersessel ragten, und schloss dann die Tür hinter sich.

»Bitte?«, sagte sie und ging an ihm vorbei zu ihrem Schreibtisch.

»Frau van Hauser möchte mich sprechen. Doktor Reeren. Ich … ähm … ich habe die Resultate aus dem Rechenzentrum dabei. Wir haben entdeckt, wie es zu der falschen Simulation gekommen sein kann, die uns die letzten Tage beschäftigt hat«, plapperte er. Sich plötzlich bewusst, dass das ein Fehler war. Man erzählte der Sekretärin nicht alles.

Die taxierte ihn kurz. Dann hob sie den Hörer vom Telefon ab und drückte eine Taste.

»Hier ist Doktor Reeren mit den Auswertungen aus dem

Rechenzentrum, auf die Sie warten«, sagte sie und lauschte dann. »In Ordnung.« Sie legte wieder auf und streckte Simon die Hand entgegen. »Lassen Sie die Bögen doch schon mal hier. Frau van Hauser ist leider gerade in einer Besprechung. Sie wird sie sich nachher ansehen.«

Simon reichte ihr die Papiere über den Schreibtisch.

»Ist noch etwas?«, fragte sie ihn irritiert, als er keine Anstalten machte, zu gehen.

»Nein«, sagte er rasch. »Ich war nur in Gedanken.« Dann wandte er sich um und verließ rasch das Vorzimmer.

## *Kim*

Eine Romanze am Arbeitsplatz war ein totales Tabu.

Kim war spitze darin, solche Tabus für sich selbst zu erfinden und sie dann irgendwann im Laufe ihres Lebens zu brechen.

So hatte sie niemals etwas anfangen wollen mit einer Frau, die in einer Beziehung steckte – egal, wie morsch diese Partnerschaft auch zu sein schien. Doch als sie Nadine kennenlernte, dümpelte die tatsächlich gerade in der Entscheidungsphase »Trenne ich mich von der mich anödenden Geliebten, oder gebe ich uns noch mal die fünfunddreißigste Chance?« Entgegen ihrer selbst auferlegten moralischen Grenze hatte Kim gern zur Entscheidungsfindung beigetragen.

Lange davor war es ein Tabu gewesen, Sex mit der Ex zu haben. Doch auch das war gefallen – Eva war einfach zu niedlich gewesen.

Als Teenager hatte sie sich auferlegt, niemals, wirklich niemals im Leben irgendjemandem zu erzählen, wie verdammt aufregend sie ihre Handballtrainerin fand. Geschweige denn, dass sie jemals diesen sonderbaren Gelüsten nachgeben würde, die sie hin und wieder überkamen. Beide Tabus waren in einer einzigen Nacht vom Tisch gefegt worden, als sie und ihre Mannschaftskollegin Ulrike sich gegenseitig gestanden, ein bisschen für die Trainerin zu schwärmen, um anschließend in Ulrikes Bett diese Übereinstimmung ausschweifend zu feiern.

Es war offensichtlich, dass Kim soeben dabei war, eines ihrer letzten Tabus kippeln zu lassen.

Unvorstellbar.

Seit ihrem verwirrenden Traum waren zwei Tage und Nächte vergangen. Sie waren jedoch nicht vergangen, ohne dass Kim mehrmals täglich und jeweils zum Einschlafen und Aufwachen an diesen Traum gedacht hätte.

Und, verdammt noch mal, sie spürte, wie sich ihr Verhalten Désirée gegenüber veränderte.

Konnte es sein, dass sie sie zu Anfang unsympathisch gefunden hatte? Weil sie so offensichtlich die Vögel den Säugetieren vorzog.

War es möglich, dass sie sie trotz ihrer äußerlichen Exotik als steif, blass und nichtssagend eingeschätzt hatte? Nur weil sie gegen die offenherzigen, schillernder Fernsehtypen in ihrer stillen, zurückhaltenden Art nicht ankam.

Sie hatte sie für eine Zicke gehalten. Okay. Das war sie auch. Aber eine charmante.

In den ersten Tagen hier hatte Kim sich hin und wieder bei einem Gedanken ertappt. Da ist sie ja schon wieder. Oder so ähnlich.

Weil sie in ihrer Konzentration auf die Arbeit kaum noch die Anwesenheit der weiteren wissenschaftlichen Leitung im Labor wahrgenommen hatte. Hin und wieder war es wie ein kleiner Schrecken gewesen, Désirée mit ihrer verschlossenen Miene irgendwo auftauchen oder an einem Labortisch stehen zu sehen.

Wann hatte sich das geändert?

Doch nicht erst mit diesem verrückten, unzumutbaren Traum?

Seitdem war es Kim jedenfalls bewusst.

Zu jeder Zeit während der Arbeitsstunden im Labor hätte sie sagen können, wo Désirée sich gerade aufhielt.

Im Nachbarraum. Bei den Hundeausläufen. Da drüben an den Medikationstischen. Da vorn, sie prüft die Auswertungstabellen. Sie ist auf dem Weg zum Konferenzraum. Sie spricht gerade sehr ernsthaft mit einer der Assistentinnen. Sie macht eine kleine Teepause.

Natürlich fragte sie niemand danach. Aber Kim hätte trotzdem jederzeit antworten können.

Zählte das bereits zu einer Romanze am Arbeitsplatz? Dem letzten, dem größten aller ihrer persönlichen Tabus?

Die elektrische Spannung, unter der sie stand, wenn Désirée in ihrer unmittelbaren Nähe arbeitete, zählte auf jeden Fall dazu.

Da war dieses Kribbeln im Nacken, wenn sie hinter Kim vorbeiging.

Dieses Bitzeln auf den Armen, wenn sie nebeneinander an einem der Tische standen und arbeiteten. Wenn sie einander Dinge reichten, Tabellen, Reagenzgläser, irgendetwas, sprangen manchmal Funken über. Wenn, ach, und selbst wenn nicht, ihre Fingerspitzen sich kurz berührten.

Kim verbot sich, während der Arbeit darüber nachzudenken. Doch die Gedanken, die sie sich außerhalb ihrer Arbeitszeiten machte, schwebten fortwährend über ihr wie ein kleiner, unsichtbarer Heiligenschein – jederzeit bereit, sich zu materialisieren.

Natürlich wurde es nicht besser, wenn in ihrem Umkreis persönliche Gespräche geführt wurden.

Da das LABOR-Kamerateam heute Morgen draußen in den Hundeausläufen filmte, wähnten sich alle in relativer Sicherheit vor der allmächtigen Überwachung. Fatale Schlussfolgerung. Schließlich gab es immer noch die kleinen Kameras an den Zimmerdecken. Die Ansteckermikros, an die sie sich alle inzwischen so sehr gewöhnt hatten, dass regelmäßig jemand am Abend vergaß, das Gerät abzulegen. Techniker klopften an die privaten Bereiche, um die Dinger einzufordern, deren Akkus über Nacht geladen werden mussten.

Doch wenn das Kamerateam mit den großen Geräten, den wichtig aussehenden Angelmikros, fehlte, fühlten sich gleich alle enorm privat.

Nicole fragte Doktor Sen, woher sein Name stamme. Selbstverständlich wiesen seine schräg stehenden Augen, seine für einen Europäer ungewöhnliche Hautfarbe auf eine anderweitige Abstammung hin.

»Indonesien«, antwortete er ihr und lächelte sie so erfreut an, dass es Kim beinahe wehtat. Wer wusste schon, wo gerade ebenfalls Tabus zu brechen drohten? »Wobei es ein eher ungewöhnlicher Name dort ist. Mein Vorname natürlich erst recht.« Er hieß Heiner. Seine Mutter war Deutsche.

»Und Sie, Doktor Richardson?«, wandte Nicole sich an Kim. »Ihr Name klingt so nordisch.«

»Lug und Trug«, lachte Kim. Bemerkte durchaus, dass Désirée, die gerade noch am Nachbartisch gearbeitet hatte, aufhorchte und ein paar Schritte herüberkam. Heute Morgen hatte sie bisher meist allein gearbeitet. Sie wirkte sehr in sich gekehrt. Und es war doch erfreulich, wenn ein Thema sie so interessierte, dass es sie ein wenig hervorlocken konnte. Auch wenn es für Kim umso verstörender war, dass es ein Thema war, das sie selbst ganz persönlich betraf. »Vor etlichen Generationen kam ein Vorfahr unserer Familie aus Schweden hierher. Aber leider ist das schon alles, was ich weiß. Meine Eltern haben es nicht so mit Ahnenforschung.«

»Aber Ihr Vorname ...?«, wunderte sich Nicole.

Désirée schwenkte ein Reagenzglas sacht im Kreis, sodass die Flüssigkeit darin Schlieren zog.

»Stammt aus dem Keltischen«, antwortete Kim. »Früher war es ein reiner Männername. Aber das hat sich geändert. Die Amis schaffen ja alles.«

»Durch Kim Novak?«, grinste Sen.

Und Désirée fragte tatsächlich, ohne von ihrer Arbeit aufzusehen: »Hat der Name denn eine Bedeutung?«

Kim bemühte sich redlich, ihr nicht zuzulächeln. Es war albern, jemandem zuzulächeln, der einen nicht ansah. Erst recht, wenn unzählige Kameras auf einen gerichtet waren und den Ausdruck von Verklärung messerscharf festhalten würden.

Also erwiderte sie möglichst unbeteiligt: »Soviel ich weiß, bedeutet er so etwas wie ›Kriegsanführer‹ oder so ähnlich.«

Diesmal lächelte Désirée. Aber nur kurz. Und eher ihrem Reagenzglas zu. »Das passt ja.«

Kim seufzte. »Ja. Das haben meine Eltern früher auch immer gesagt. Ich habe sogar schon überlegt, ob es nicht vielleicht mit meinem Namen zusammenhängt, dass ich so geworden bin, wie ich war und bin. Ein Mädchen, das Fußball spielt, auf Bäume klettert, Froschlaich sammelt. Ein halber Junge eben.«

Sie schwiegen alle eine Weile. Gingen konzentriert ihrer Arbeit nach. Bis Kim schließlich sagte: »Ich geh einen Kaffee trinken. Kommt jemand mit?«

Désirée hatte gerade einen Arbeitsvorgang beendet. Doch sie wich Kims Blick aus und antwortete nicht.

Sen schüttelte den Kopf. Nicole fühlte sich als Assistentin sowieso nicht angesprochen.

Kim zog ihre Handschuhe aus, und während sie am Waschbecken die Hände wusch, stand sie quasi direkt neben Désirée. Wäre es nicht unhöflich gewesen, nicht zumindest ein paar Worte zu wechseln?

»Ich denke, ich sollte das eigentlich wissen. Aber in solchen Dingen war ich immer ganz schlecht ... Was bedeutet denn dein Name?«, fragte sie.

Désirée sah nur kurz auf.

Jetzt im Ernst. Und nicht eingebildet. Sie hatte doch irgendetwas. Irgendetwas war heute anders mit ihr. Vorhin beim Laufen war sie ganz normal gewesen. So wie immer. Das, was sie jetzt zeigte, war das eingeigelte Miesmuschelverhalten, das verdammt an ihre Haltung zu Beginn ihrer Bekanntschaft erinnerte.

»Er ist die französische Kurzform von Desideria, was so viel bedeutet wie die Erwünschte oder die Ersehnte. Es wird aus dem Lateinischen abgeleitet, von desiderare. Begehren, ersehnen, verlangen.«

Betroffen starrte Kim auf den Seifenschaum, der sich im Abfluss sammelte. Das hatte man nun davon, wenn man fragte.

In der Teeküche traf sie Simon, der an der Arbeitsfläche lehnte und in einem Becher rührte.

»Na, mal wieder ausgesperrt, weil der schöne Tom ins Bild soll?«, grinste sie ihn an.

Er erwiderte ihren Blick mit solchem Ernst, dass ihr von jetzt auf gleich das Herz in die Hose rutschte. Seine sonst so heiteren, hellen Augen wirkten dunkel und tief wie die See.

»Was ist los?«, raunte sie ihm zu und rückte näher zu ihm hin. »Ist was mit Paul? Er hat heut wieder nicht gefressen. Hat der TX ausgespuckt, dass es irreparabel ist?«

Simon starrte sie an.

Dann wandte er sich um, schaute sorgfältig in alle Zimmerecken der Teeküche. Auch in die, in denen sowieso nie eine Kamera installiert worden wäre. Vorausgesetzt, die Teeküche würde kameraüberwacht. Wurde sie aber nicht. Dieser kleine Raum war Freizone. Genauso wie ihre privaten Bereiche, die Schlafräume und ein paar Korridore.

Trotzdem machte Simon eine Geste in Richtung ihres Mikros.

Sie klippte es vom Revers ihres Kittels, fummelte die Schnur durch ihre Kleidung, zog den Akku aus ihrem Hosenbund und legte es ausgeschaltet auf den kleinen Tisch.

»Weißt du noch, was ich neulich gesagt habe. Dass nicht nur bei den Hunden die Hormone verrückt spielen, sondern auch bei einigen Menschen im Team?«, flüsterte Simon, nachdem er seinen Kopf auch noch mal zur Tür ausgestreckt hatte, um den Gang entlangzuspähen.

Kim nickte.

Eine klamme Hand griff nach ihrem Hals.

»Ich hatte keine Ahnung, wie nah ich dran war«, wisperte Simon weiter. »Vor etwa zwei Stunden habe ich durch puren Zufall ein Gespräch mitgehört ... Das Ganze klang sehr sehr danach, als ob im LABOR auch Menschen getestet werden.«

»Menschen?«, wiederholte Kim ungläubig und im ersten Moment viel zu laut. Sie schraken beide zusammen. »Menschen?«, sagte sie noch einmal sehr leise.

Er nickte. »Van Hauser hat von einer menschlichen Probandin gesprochen«, flüsterte er.

Kim konnte nicht anders. Sie starrte und starrte mitten hinein in seine Augen. Die ihren Blick ernst und ratlos erwiderten.

»Sorry«, sagte sie schließlich und schüttelte den Kopf.

»Ehrlich gesagt, bin ich von deiner Reaktion auch ein bisschen erfreut«, sagte er. »Ich hätte nicht geglaubt, dass du es wusstest. Aber ...« Er brach ab und zog hilflos die Schultern hoch.

»Aber ...«, stammelte Kim. »Aber ... die anderen, ich meine ... wer ... wissen sie denn ...?« und deutete mit zittriger Hand in Richtung Labor.

Simon hob die Hände. »Ich weiß nicht. So wie es klang, hatte die junge van Hauser bisher auch keine Ahnung. Sie ist wohl von selbst auf die Idee gekommen. Darum ging es in dem Gespräch. Sie war ziemlich sauer, würde ich sagen.«

Désirée...

Ein Schreck. So siedend heiß wie frisch aus dem Wasserkocher.

»Wer?«, fragte sie hastig. »Wer ist es? Die Probandin? Doch nicht jemand aus dem Team?«

Wieder Schulterzucken.

Sie sahen sich an.

»Deswegen die täglichen ärztlichen Kontrollen aller ›Sichtbaren‹«, murmelte Kim.

»Vielleicht haben sie das Projekt geändert, weil die Tierschützer sie zu sehr ärgern?«, mutmaßte Simon.

Das klang logisch. Doch dann kam Kim der Gedanke, wer ihnen eigentlich gesagt hatte, dass die täglichen Proteste an der Institutszufahrt tatsächlich von Tierschützern organisiert wurden. Konnten es nicht auch Menschenrechtler sein?

»Humanexperimente müssen genehmigt werden«, raunte sie.

Simons Pieper ging. Er sah auf die Zahlenkombination.

»Tom«, sagte er.

Kim fasste ihn am Arm. »Du weißt, dass die Kameras im Rechenzentrum aufzeichnen. Sei vorsichtig!«

»Ich sage es Tom erst später«, entschied Simon leise.

Kims Hand auf seinem Arm verband sie ebenso wie ihr Blick.

»Shit happens«, sagte er mit einem schiefen Grinsen.

»Wir müssen Gewissheit haben«, sagte Kim. »Aber wie?«

Ratlosigkeit.

Simon hob die Hand und ging.

Mechanisch holte Kim eine Kaffeetasse aus dem Schrank und stellte sie neben die Maschine. Dabei bemerkte sie, dass ihre Knie zitterten. Das war ein Albtraum. Sie war in einem grässlichen Albtraum. Aus dem sie hoffentlich bald erwachen würde.

Désirée.

Helena. Ihre Schwester hatte als Produzentin über alles den Überblick. Und ihr nichts gesagt.

Die Hand, mit der sie nach der Kaffeekanne greifen wollte, bebte.

Rasch wandte Kim sich um und stürzte aus dem Raum. Stieß um ein Haar mit Désirée zusammen, die offenbar gerade hereinkommen wollte.

»Oh, das war aber ein schneller Kaffee«, sagte sie.

Kim antwortete nicht. War bereits an ihr vorbei.

Désirée wusste Bescheid. Sie wusste es und sagte nichts.

Sen kam aus der Labortür, als Kim schon fast an der Tür vorbei war.

»Sen, kannst du mich bitte kurz vertreten?«

»Ist dir nicht gut? Du bist leichenblass«, sagte er besorgt.

Ob er auch?

»Nein, nein, alles in Ordnung. Nur das Frauenleiden«, log sie und lächelte schief. Er nickte verständnisvoll, wie es alle Männer bei dieser Ausrede tun, und ließ sie ziehen.

Als sie sich noch einmal kurz umwandte, sah sie, wie Sen zu Désirée trat, die immer noch vor der Teeküche stand und ihr nachblickte.

Sie gehörte zur Institutsleitung. Sie war die Stieftochter der Chefin. Sie musste es doch mitentschieden haben.

Offenbar sollten manche Dinge im Leben zweimal passieren. Egal, wie schmerzhaft sie schon beim ersten Mal gewesen waren.

Mit fliegenden Fingern fummelte Kim den Schlüssel ins Schloss ihres Zimmers und ließ die Tür hinter sich zufallen.

Einen Augenblick lang stand sie einfach nur da und starrte auf ihr frisch gemachtes Bett. Dann ließ sie sich darauf niedersinken und begann zu weinen.

## *Helena*

»Sehen Sie, der Fehler liegt womöglich dort. Wir müssen die beiden miteinander separieren. Sobald andere Teamkollegen im Raum sind, schaltet sich natürlich der Intellekt ein«, sagte Ines van Hauser. »Heute wäre eine gute Gelegenheit, während die Monovasol-Versuchsreihe fortgeführt wird. Wir brauchen jeweils zwei wissenschaftliche Mitarbeiter bei jedem Hund. Wir könnten sie für die dunkle Whippethündin einteilen. Ihr Raum liegt weiter hinten, und die Versuche dort werden heute nicht von einem Kamerateam begleitet, sondern nur von den fest installierten aufgezeichnet. Gute Voraussetzungen.«

»Was sagt denn Doktor Zernick dazu?«, wollte Helena wissen.

»Er ist meiner Meinung.«

»Na, worauf warten wir dann noch?«, sagte Helena einen Tick lauter als notwendig. Wen willst du denn hier eigentlich anspornen?, dachte sie, während van Hauser sich eine Notiz machte. »Um noch mal auf Doktor van Hauser zurückzukommen«, begann sie erneut. »Meinen Sie nicht, dass es besser wäre, wenn ich bei Ihrer Unterredung dabei wäre? Ich würde auch alle Schuld auf mich nehmen.« Sie lächelte aufmunternd.

Was für eine unangenehme Situation.

Wenn die beiden sich sowieso nicht grün waren, wie es überall hinter vorgehaltener Hand hieß und wovon Helena ihren eigene Beobachtungen zufolge ebenfalls schwer ausging, war das Verschweigen der Erweiterung der Versuche auf Humanexperimente wahrscheinlich der Super-GAU.

Van Hauser hatte extrem verkniffen ausgesehen, als sie zu ihr ins Büro kam.

Auf den Kopf zugesagt.

Désirée hatte es also herausgefunden. Was ein Zeichen dafür war, dass sie nicht blöd war. Und was wahrscheinlich auch bedeutete, dass sie eine sehr gute Wissenschaftlerin war. Im Grund also zwei Dinge, die nur dafür sprachen, sie mit ihm Boot zu haben.

Aber dass in der Familie van Hauser nun gerade die Post abging, konnte Helena sich lebhaft vorstellen. Familie und etwas verschweigen – das war ...

Sie spürte ihr Sonnengeflecht heftig flattern.

»Glauben Sie mir, es würde nichts besser machen. Doktor van Hauser ist eine kompetente Wissenschaftlerin. Und sie ist Biologin aus Leidenschaft. Wenn sie begreift, wie wichtig diese Erweiterung für uns alle ist, wird sie keine Zweifel mehr haben. Es ist das Beste, wenn ich das mit ihr unter vier Augen kläre«, stellte van Hauser klar.

Sicher konnte sie gnadenlos sein.

Helena wollte sich lieber nicht vorstellen, wie es hier zugehen würde, wenn Désirée in der Mittagspause hereinkam.

Ihr Handy vibrierte in der Tasche.

»Verzeihung«, sagte sie, zog es heraus und sah auf die Nummer. Ira. Die Anweisung hatte, nur anzurufen, wenn es wirklich wichtig war.

Sie warf van Hauser einen entschuldigenden Blick zu und nahm das Gespräch an. »Hallo, Ira, ich bin gerade in einer Besprechung. Was gibt es denn?«

Van Hauser sah auf ihre Schreibtischunterlage.

Ira Stimme klang wie immer souverän und eine Spur erotisch. »Ich hab ein paar Minuten überlegt, ob ich dich deswegen anrufen soll. Aber es kam mir doch ziemlich auffällig vor«, begann sie. »Vor zehn Minuten kam ein Anruf rein. Extrem aufgeregt. Extrem dringend. Ich hab ihr gesagt, dass du im Institut bist. Aber hinterher hatte ich das Gefühl, ich hätte das vielleicht besser nicht erzählt.«

»Wer war es denn?«, drängte Helena.

»Na, deine Schwester«, sagte Ira. »Kim.«

## *Désirée*

Doktor Sen hatte gesagt, dass es Kim nicht gut war.

Doch wie sie an ihr vorbeigestürzt war. Ohne ein Wort. Ja, ohne einen Blick.

Seit sie wieder zurück war, hatte sie nicht ein einziges Mal zu ihr hergesehen. Désirée stellte verwundert fest, dass sie es bereits gewohnt war, dass Kim oft zu ihr hersah.

Sie hatte sie auch noch nie so reserviert erlebt. Und noch nie mit geröteten Augen.

Die wurden natürlich gleich in einer abgeschiedenen Ecke des Labors von Coco überschminkt. Aber Désirée hatte sie trotzdem gesehen.

Könnte sie sie einfach danach fragen?

»Doktor Richardson, Sie werden in wenigen Minuten in den hinteren Versuchsräumen gebraucht«, teilte Trude soeben laut mit.

Kim nickte und sah sich suchend nach einem Assistenten um.

»Doktor van Hauser wird mit Ihnen die Beobachtung führen«, ergänzte Trude und ging weiter, um auch Sen und die anderen wissenschaftlichen Mitarbeiter den Versuchsräumen zuzuordnen.

Désirée trat zu Kim und sagte: »Wollen wir schon mal rübergehen? Hier gibt es grad nichts mehr zu tun.«

Kim nickte. Sie gingen los.

Auf dem Gang hielt Kim einen lächerlichen Abstand ein. Ihr Gesicht wirkte verschlossen und unergründlich.

Sollte sie sie fragen?

Désirée öffnete den Mund und schloss ihn wieder. Sie war kein Mensch der Unverbindlichkeiten. Smalltalk lag ihr nicht. Das Leben war zu kurz, um über Unwichtiges zu reden und damit Zeit zu vergeuden.

Doch als sie gemeinsam den Versuchsraum betraten, viel zu früh, sah sie wieder zu Kim und da waren immer noch deren gerötete Augen. Trotz Schminke. Und es fühlte sich einfach nicht an wie eine Nebensächlichkeit.

»Entschuldige, wenn ich frage ...« Das klang verdammt hölzern.

Kim hob den Kopf und sah sie an.

Désirée räusperte sich. »Es ist nicht zu übersehen, dass es dir nicht gut geht. Ist alles in Ordnung?«

Irgendwie unfassbar, dass sie das fragte.

Schließlich hatte sie selbst erst vor ein paar Stunden erfahren, dass die Arbeit, die sie zu leiten glaubte, seit vier Tagen in eine ganz falsche Richtung lief. Dass sie in ihrem eigenen Institut bestenfalls wie eine Fremde, wohl aber eher wie ein Versuchskaninchen behandelt wurde.

Doch statt sich darüber Gedanken zu machen, sorgte sie sich um eine Mitarbeiterin. Eine Angestellte. Eine Kollegin. Kim.

Die schien über ihre Frage verwirrt zu sein.

»Ich weiß nicht«, sagte sie schließlich. »Ich ...«, brach sie ab und musterte Désirée prüfend. Bis sie es beide nicht mehr aushielten, sich einfach nur anzusehen.

Kim senkte den Blick.

»Vermisst du Jeannette?«, fragte Désirée

In Kims Gesicht zuckte es. Dann lächelte sie überrascht.

»Ja«, sagte sie. Immer noch lächelnd. Wobei sie verwundert aussah. »Ja, das tue ich. Im Moment möchte ich nichts lieber als einfach nach Hause gehen und mit ihr einen langen Spaziergang machen.«

Désirée rieb sich die Hände. Sie hatte keinen blassen Schimmer, wie sie einer Frau ihr Mitgefühl ausdrücken sollte, die sich nach einem Hund sehnte.

»Sie bedeutet dir wohl viel?«, sagte sie schließlich etwas lahm.

Kim sah sie wieder forschend an. So, als sei es eher Désirée, die der Nachfrage bedürfte. Dann sagte sie: »Das klingt vielleicht albern. Aber sie ist für mich wie ein ... wehe, du lachst jetzt! ... wie eine Freundin eben. Sie ist etwas ganz Besonderes.«

»Inwiefern?«

»Sie ist so heiter und unbeschwert. Hat immer gute Ideen, was unsere Freizeitgestaltung angeht. Sieh mal, wenn ich zum Beispiel vorhabe, in der Stadt shoppen zu gehen ... du weißt schon, stundenlang in Geschäften, viele Menschen, tschackatschackabängbäng Musik in allen Klamottenläden, wunde Füße, dicke Luft, überall genervte Gesichter. Und am Ende stellt man fest, dass man zu viel Geld für Dinge ausgegeben hat, die man nicht braucht, und die einzige duldbare Entschuldigung ist, dass man damit die deutsche Wirtschaft angekurbelt hat. Wenn ich also vorhabe, shoppen zu gehen, dann frage ich Jeannette oft, ob sie mitmöchte. Sie sagt immer Nein. Und wenn ich sie frage, was sie stattdessen mit der freien Zeit anfangen will, dann rennt sie los – wir wohnen außerhalb, in der Nähe eines hübschen kleinen Waldes, zu dem auch ein See gehört – und schwups, machen wir einen herrlichen langen Spaziergang in der Stille der Natur. Wir baden in Bächen, na ja, meistens nur sie, jagen Tannenzapfen und Bälle, machen Pause auf Picknickmoos, teilen uns Brot und Apfel. Und am Ende, wenn wir wieder zu Hause sind, bin ich heilfroh, nicht in die Stadt gegangen zu sein. Ich bin glücklich. Was will man mehr von einer Freundin?«

Désirée starrte an die gegenüberliegende Wand. Verrückt. Aber ihr fiel ein Rabenvogel ein, den sie als Sechzehnjährige gesundgepflegt hatte. Sie hatte das Weibchen mit dem gebrochenen Flügel »Chenti« genannt. Ihr so oft und so lange diesen und ihren eigenen Namen vorgeflüstert, bis der Vogel ihre Stimme schließlich nachahmte.

Später, als Chenti schon längst mit zwei gesunden Schwingen wieder in die Freiheit entlassen worden war, hatte Désirée sich oft gefragt, ob das Rabenweibchen unerkannt vielleicht in ihrer Nähe lebte.

Manchmal hatte sie sich vorgestellt, dass mitten in einer schwarzfedrigen Kolonie, mitten auf einem Feld, einem Baum am Waldrand, ihre eigene Stimme heiser zwei Liebesworte flüsterte: »Chenti. Désirée. Chenti. Désirée.«

»Sie ist wundervoll im Trösten«, löste sie Kims Stimme aus ihrer Erinnerung.

Bevor Désirée sich auch nur darüber wundern konnte, dass sie am liebsten neugierig fragen wollte, was es denn zu trösten gäbe, fragte Kim: »Und du? Vermisst du Mexiko?«

Désirée wollte rasch antworten. Ein »Natürlich« lag ihr bereits auf der Zunge. Doch dann dachte sie nach. »Nein«, sagte sie schließlich. Selbst erstaunt. »Nein, ich vermisse es nicht mehr.«

»Du bist ein Zugvogel«, stellte Kim fest. »Die fühlen sich überall da zu Hause, wo sie das tun können, was sie tun wollen. Und du willst forschen, oder?«

Ein Zugvogel.

»Ein Kranich?« Désirée runzelte die Stirn.

»Nein, keiner, der in Schwärmen zieht. Vielleicht ein Mauersegler?«, schlug Kim vor und sah sie mit schief gelegtem Kopf an.

Désirée wandte sich ab. Sie fühlte sich geröntgt. Aber ihr den Rücken zuzudrehen, war noch schlimmer. Kims Blick schien durch ihren Rücken geradewegs in sie hineinzutauchen.

Das war nicht unangenehm. Aber so ungewohnt. Sie fühlte sich geradezu nackt.

Es war wie vor einer Woche, als sie einfach so von der Schwangerschaft erzählt hatte. Etwas, wozu sie noch nie das Bedürfnis gehabt hatte.

Sie hatte es getan, damals. Und dann nie wieder darüber gesprochen. Aber Kim hatte sie es erzählt.

Ohne es bewusst zu fördern, ohne solche Gedanken gezielt zu suchen, war sie in den letzten Tagen immer mal wieder dieses Gespräch im Geiste durchgegangen.

»Ich werde gleich Mittagspause im Zimmer machen. Ist mir grad zu viel Rummel da unten. Hättest du Lust …?« Kims Stimme hinter ihr klang unsicher.

Sie drehte sich wieder herum und begegnete ihrem Blick. Konnte das sein? Dass darin tausend Fragen standen. Von denen sie selbst nichts wusste.

Es hatte nicht viele Liebesbeziehungen in ihrem Leben gegeben.

Genau zwei. Bei Fred war sie noch fast ein Kind gewesen. Achtzehn. Ungelenk. Verwirrt von diesen Gefühlen, die in der ordentlichen Wissenschaftswelt einfach nicht einzusortieren waren. Von Rinaldo war sie schwanger geworden. Das war zwölf Jahre her. Manchmal fühlte es sich an wie ein ganzes Leben.

Seitdem hatte es niemanden gegeben. Wozu auch? Enttäuschungen konnte sie sich auch anderswo holen. Bei schlechten Kinofilmen mit vielversprechenden Trailern. Bei spannend besprochenen Büchern mit katastrophalem Schluss. In hochgelobten Restaurants mit saurem Wein. Da brauchte sie nicht noch einen anderen Menschen, der das übernahm.

Überhaupt war es ein Unding, dass sie jetzt daran dachte. Nur weil Kim sie so ansah.

»Würde ich gern«, sagte sie. Stellte überrascht fest, dass sie es wirklich so meinte. »Aber ich muss zu einer dringenden Besprechung. Wie wäre es mit morgen?«

Kim sah enttäuscht aus. In einem Maße, das einer Absage zum gemeinsamen Mittagessen nicht angemessen schien.

Désirée zögere kurz.

Doch dann entschied sie. Nein, es ging nicht. Sie musste unbedingt zu Ines. Sie musste wissen, wer die Probandin war.

## *Simon*

Die Stunden bis zur Mittagspause dehnten sich wie ein Bungee-Seil.

Anfangs fragte Tom zweimal, ob alles in Ordnung sei. Dann gab er es auf, muffelte vor sich hin und fand Simon unkommunikativ.

Um eins sprang er von seinem Sitz auf. »Hey, ich muss sofort in die Kantine. Das Gerücht geht um, dass heute …«

»Tom«, sagte Simon sehr ruhig. Er wusste ja quasi aus erster Hand, dass die Produzentin wieder mal im Haus weilte. Doch schließlich gab es wesentlich Wichtigeres. »Mir geht es nicht gut. Ich bleibe lieber auf meinem Zimmer. Könntest du mir bitte ein Tablett aus der Kantine besorgen?«

Sein Freund sah ihn mit großen Augen an.

Simon versuchte nicht, einen verdorbenen Magen oder Kopfschmerzen zu schauspielern. Er erwiderte nur Toms Blick und vermied es, hinauf in die Ecke der Kamera zu schauen.

Schließlich sagte Tom: »Klar. Geh ruhig schon mal vor.«

An der Tür drehte Simon sich noch mal um. »Und wenn du Kim siehst, bitte sie doch, kurz vorbeizukommen.«

Es dauerte keine zehn Minuten, da klopfte es kurz an die Tür seines Zimmers.

»Komm rein!«

Tom öffnete und Simon half ihm mit den Tabletts, die er vor der Tür gelassen hatte. Sie stellten sie auf dem Schreibtisch ab und sahen sich an.

»Gibt's was Neues von den Demonstranten?«, fragte Tom.

»Das hängt davon ab, wie man das sieht«, antwortete Simon.

Dann berichtete er seinem Freund von den Gesprächsfetzen, die er am Morgen auf dem Flur in der obersten Etage mitgehört hatte. Tom starrte ihn währenddessen an. Ausnahmsweise sagte er kein einziges Wort.

Als Simon geendet hatte, ließ er sich auf den einzigen Stuhl im Zimmer sinken. »Das kann nicht sein«, gab er schließlich schlapp von sich. »Du hast etwas falsch verstanden.«

»Um das auszuschließen, müssen wir genau nachschauen, wie das alles zusammensteckt«, erwiderte Simon und stellte fest, wie leise er automatisch sprach. Diese Geschichte mit den Kameras und Mikros entwickelte sich langsam zu einer kleinen Neurose.

»Wie willst du das machen? Zu van Hauser gehen und sagen: ›Hören Sie mal, wenn Sie solche Sauereien machen, spielen wir nicht mehr mit!‹?«, wollte Tom aufgebracht wissen.

Simon schüttelte den Kopf. »Eigentlich hast du mich auf die Idee gebracht. Weißt du noch, wie langweilig du mich am ersten Abend hier fandest, weil ich die Sendung nicht abgezapft hatte?

Im Rechenzentrum hätten wir die Möglichkeit dazu. Wenn es hier nicht länger nur um Hunde geht, werden sie das in der Sendung natürlich sagen. Dann wissen wir Bescheid.«

»Kumpel, vergisst du da nicht was?«, meinte Tom ruppig. Die Situation überforderte ihn offenbar. In solch einem Fall stänkerte er gern. »Da hängt ne Kamera rum.«

Simon nickte geduldig. »Ja, eine Kamera, die vor Kurzem schon mal Probleme mit der Übermittlung beziehungsweise Stromversorgung hatte, oder?« Er hob die Hände. »Kann doch sein, dass das noch mal passiert. Dummerweise irgendwie rund um die heutige Sendung. Natürlich nicht genau dieselbe Zeit. Darf nicht zu auffällig sein. Aber ...«

»Sie haben in ihrer Schaltzentrale die Möglichkeit, jede Störquelle zurückzuverfolgen«, brummte Tom.

»Wir dürfen die Stromzufuhr nicht einfach unterbrechen, sondern müssen sie umleiten. Dann haben sie zwar ein schwarzes Bild, wissen aber nicht, woran es liegt.«

Tom fasste ihn am Arm. »Das könnte klappen!«

In diesem Moment klopfte es an der Tür.

## *Kim*

Katz und Maus.

Verstecken.

Das Spiel hatten sie als Kinder geliebt.

Kim mochte es am liebsten, die anderen zu suchen. Ihren Kopf einzusetzen und sich schon im Vorfeld die Vorlieben der anderen Kinder in Sachen Verstecke ins Gedächtnis zu rufen. Schlussfolgerungen zu ziehen, wer was dazugelernt haben könnte.

Helena dagegen liebte es, sich schon bei der laut gezählten »Fünf« in Luft aufzulösen. Sie wusste, wie gut ihre Schwester im Aufstöbern klug ausgedachter Verstecke war. So wurde sie im gleichen Maße erfinderisch, wie Kim lernte, detektivischen Spürsinn zu entwickeln.

Kim wusste, wenn Helena nicht wollte, dass sie sie ausfindig machte, dann würde sie sie auch nicht zu fassen bekommen.

Trotzdem rief sie noch mehrmals im Büro in Köln an, um klarzumachen, wie dringend ihr Anliegen war.

Sie marschierte sogar zu Beginn der Mittagspause hinauf in die oberste Etage. Doch Désirée war schneller gewesen. Die Sekretärin wies sie brüsk ab mit den Worten, dass die beiden Institutsleiterinnen eine wichtige Unterredung zu führen hatten.

Zumindest war Désirées Entschuldigung nicht erfunden gewesen.

Und da sie laut Simon selbst erst heute Morgen von dieser Unglaublichkeit erfahren hatte, war sich Kim nicht mal sicher, ob ihr Groll auf ihre Kollegin berechtigt war.

Das war aber auch ein Klumpatsch aus Gefühlen, Erwartungen, Enttäuschungen. Kaum auseinanderzuhalten, wem noch zu trauen war und wem auf keinen Fall.

Sie saß in der Kantine, abseits der anderen, und stocherte in ihrem Essen herum. Nicole ging mit einem leeren Tablett an ihr vorbei.

»Hat Tom Sie bereits gefunden?«, fragte sie. Wie sie »Tom« sagte.

»Doktor Weigel?«, erwiderte Kim.

»Ja, er hat Sie zu Beginn der Pause gesucht. Sagte, Doktor Reeren wolle Sie sprechen. Er sei in seinem Zimmer.«

»Oh.« Kim warf einen letzten Blick auf den fast unberührten Teller.

»Ich mach das schon«, sagte Nicole freundlich und mit einer Geste, die bedeutete, dass Kim sich schon aus dem Staub machen sollte.

Das tat sie. Nahm die Treppe und war in nur etwas mehr als einer Minute an Simons Zimmertür angelangt.

Auf ihr Klopfen hin wurde geöffnet. Simon ließ sie herein.

Tom saß auf dem Schreibtischstuhl und starrte sie an. Bevor Kim etwas sagen konnte, blaffte er: »Wusstest du von dieser Sauerei, Frau Doktor?«

»Tom!«, brummte Simon.

Kim schnaubte. »Ich hatte keinen blassen Schimmer! Und ich würde mal sagen, dass das für mich als wissenschaftliche Leitung eine echte Katastrophe bedeutet. Viel mehr als für dich an deinem Angeber-PC!«

Simon wollte erneut vermitteln, überlegte es sich dann jedoch anders und schüttelte den Kopf.

Tom erwiderte Kims Blick misstrauisch. Dann verzog er den Mund zu einem schiefen Grinsen. »Sorry.«

»Schon gut. Ich kann gut nachvollziehen, dass du angepisst bist«, gab Kim zu. »Sie müssen das von Anfang an geplant haben. So was muss vorbereitet werden.«

Tom sagte: »Ja, was ist mit der Ethikkommission? Bei einem früheren Auftrag mit dem TX habe ich mitbekommen, dass Experimente mit Menschen nur mit Genehmigung dieser Kommission durchgeführt werden dürfen.«

Kim ließ sich aufs Bett fallen. »Das ist richtig. Und die Bearbeitung eines solchen Antrages dauert Monate, manchmal Jahre.«

»Die Zeit hätten sie gehabt. Wenn sie das von Anfang an geplant haben.«

Kim wiegte den Kopf. »Was mich viel mehr beunruhigt, ist die Tatsache, dass das Fernsehen und die in unseren Arbeitsverträgen getroffenen Vereinbarungen vielleicht ermöglichen, dass die Zustimmung der Kommission nicht erforderlich ist.«

»Tss«, machte Tom. »Das heißt, wenn das Fernsehen beteiligt ist, ist Ethik plötzlich scheißegal?«

Kim nickte. Und Simon sah Tom mit einem Blick an, der nur eins bedeuten konnte: Hab ich doch von Anfang an gesagt! Tom reagierte mit einem leisen Wimmern. Was ihn Kim gleich viel sympathischer machte.

»Jedenfalls danke, dass du es mir gesagt hast«, wandte sie sich an Simon.

»Ehrensache, oder?«, antwortete er. »Und bei dem, was wir jetzt planen, könntest du uns vielleicht ein bisschen behilflich sein. Zumindest wäre es nicht schlecht, wenn wir wüssten, dass jemand aufpasst, damit wir nicht erwischt werden …«

Der Plan klang abenteuerlich. Völlig irre. Surreal. Ein Albtraum eben.

Wie gut, dass sie nicht allein in ihm feststeckte.

»Okay. Dann wissen wir ja, was wir heute Abend zu tun haben. Lasst uns jetzt besser wieder in die Kantine gehen. Fällt nur auf, wenn wir uns hier zusammenrotten«, schlug sie vor, nachdem sie alles abgesprochen hatten. Sie stand auf und ging zur Tür.

Tom zögerte. »Wartet noch kurz, bitte.« Er sah zwischen ihnen hin und her. »Ich weiß, das hat nicht wirklich was mit der Sache zu tun. Aber … na ja, irgendwie bin ich jetzt wohl ein bisschen empfindlich, was Geheimniskrämerei angeht. Ich würde gern … also, ich würde gern eingeweiht werden bei allem. Auch bei dem, was da zwischen euch beiden abläuft …«

Er sah sie an wie ein Cockerspaniel.

Kim musste allen Umständen zum Trotz grinsen. »Mensch, Tom«, sagte sie. »Hast du es denn immer noch nicht kapiert?«

»Was denn?«

Sie sah fragend zu Simon, doch der schüttelte den Kopf.

»Das war lieb gemeint von dir, Simon, nichts zu sagen. Ist aber nicht notwendig. Ich hab damit kein Problem. Ich sag allen, die es wissen wollen und auch jenen, die es dringend wissen sollten, dass ich lesbisch bin.«

Tom starrte sie einen Moment lang an. Dann wandte er sich an seinen Freund. »Oh, scheiße, Simon. Das tut mir echt leid für dich.«

Simon verdrehte die Augen.

Kim öffnete die Tür, und sie gingen gemeinsam hinaus. Weiter vorn im Flur trat gerade ebenfalls jemand aus seinem Privatbereich.

Nicole sah sich um und entdeckte sie. »Hi«, sagte sie grinsend. »Gibt's ne Pausen-Party? Ist noch ein Platz frei?«

## *Helena*

Sie hatte es geschafft, ihr aus dem Weg zu gehen.

Als sie mittags im Wagen saß und sich von Rolf nach Köln fahren ließ, tat ihr von der Anstrengung, unsichtbar zu sein, alles weh.

Wie hatte sie sich gewünscht, endlich wieder mit ihr zusammenzuarbeiten. In engem Kontakt zu stehen. Sich auszutauschen über ihrer beider Arbeit, die sich so sehr voneinander unterschied. Die sie zusammengeführt hatte. Um endlich wieder …

Wo war jetzt noch der Sinn?

Kim wusste es. Das spürte Helena in jeder Faser ihres Körpers. Sie wusste es und wollte nichts lieber, als ihre Schwester zur Rede zu stellen.

Aus mühsam verschütteten Winkeln ihrer Erinnerung drängten Bilder herauf. Von hässlichen Streiten. Verachtenden Blicken. Damals hatte Kim ihr mehr als deutlich gemacht, dass sie ihre Entscheidung niemals tolerieren würde. Niemals würde sie gutheißen, was für Helena der lang ersehnte Lebensinhalt wurde.

Dabei hatte Helena ihre Arbeit geliebt. Sie hatte Ideale gehabt. Sie hatte etwas erreichen wollen. Etwas, das anders war. Besser.

Wo war sie jetzt?

Bei einem kindischen Katz-und-Maus-Spiel, das ihr nur zwei Dinge verschaffte: etwas Zeit zum Nachdenken und die sichere Verachtung ihrer einzigen Schwester.

»Frau Löwe? Alles in Ordnung?«, fragte Rolf von vorn.

Helena sah seinen besorgten Blick im Rückspiegel und nickte. Lächelte. War für ein paar Sekunden versucht, ihm alles zu erzählen. Einem, der keine Ahnung hatte von der Zwickmühle, in der sie steckte. Der womöglich eine ganz andere Sicht auf die Dinge haben würde. Der sie würde beruhigen können mit seinem sonoren Lachen. Der einen kleinen Trick würde aus dem Ärmel zaubern können, wie die Münzen für seine Enkelkinder.

Helena zog ihren Blackberry aus der Tasche und schaute nach neuen Nachrichten. Es gab ein paar aus dem Studio. Und eine aus dem Finanzministerium. Herr Strümer schrieb eine kurze Notiz zur gestrigen Sendung. Nichts Wichtiges. Er brachte sich nur noch einmal geschickt in Erinnerung.

Vor dem Fenster flog die Landschaft vorbei. Die Strecke zwischen Köln und Frankfurt war ihr mittlerweile bestens vertraut. Auf der Autobahn.

Da gab es diese eine Stelle, die parallel zur ICE-Strecke führte. Diese eine Stelle, bei der sie immer aufsah. Jedes Mal, wenn sie hier vorbeikamen. Heute war bereits der 20. Oktober. Und es war im August gewesen. Kurz bevor sie mit Kim im Konzert gewesen war. Nur einen einzigen Tag bevor Kim zugesagt hatte, bei diesem Projekt mitzuarbeiten.

Helena atmete bewusst ein und aus.

Es war noch lange nicht zu Ende.

Wie oft würde sie noch hier entlangfahren. An dieser einen Stelle. Hochschauen. Und hochschauen.

## *Désirée*

Viertel nach acht.

Siebzehnter Versuchstag.

Seit zweieinhalb Wochen lief abends um diese Uhrzeit der Vorspann, der jetzt gerade über ihren Bildschirm flimmerte. Der Fernseher in ihrem Zimmer war nicht besonders gut. Sie hatte ihn bisher kein einziges Mal eingeschaltet.

Ehrlich. Es hatte sie nicht interessiert. Und sie hatte sich vorstellen können, was ihr Vater dazu gesagt hätte, wenn sie abends im stillen Kämmerlein gesessen hätte, um sich selbst im weißen Kittel über den Bildschirm flanieren zu sehen. Nein, das war nichts für sie.

Doch jetzt sollte es ihr helfen, ihre Entscheidung zu treffen.

Es war schon schwer genug gewesen, Ines am Mittag davon zu überzeugen, dass sie die Entscheidung, ob diese Versuchsreihe immer noch ihr Projekt sein konnte, nicht einfach übers Knie brechen konnte. Während der Arbeit am Tag hatte sie gar keine Chance gehabt, nachzudenken. Ob sie es nun in dieser einen Nacht entscheiden konnte?

Sie musste sehen, was geschah. Die Augen aufmachen.

Moderator Wolfgang Niederwegen, noch etwas schmaler als bei ihrer letzten Begegnung vor fast drei Wochen, aber gut gelaunt und breit lächelnd, stellte den heutigen Studiogast vor: Professor Doktor Ruch, Gesellschaftswissenschaftler, Soziologe.

»Sie werden gleich ein wenig mit uns diskutieren, wenn wir über das Thema ›Monogame Beziehungen beim Menschen‹ sprechen. Denn das ist Ihr Hauptgebiet, stimmt's?«

»Ich forsche seit fünfzehn Jahren zu sozialer und sexueller Monogamie sowie der daraus resultierenden individuellen Fitness und der ganz persönlichen Einschätzung, glücklich zu sein, das ist richtig«, antwortete Professor Doktor Ruch mit kehliger Stimme und echtem Professorenlächeln.

Désirée wollte aufspringen und ihn am Revers fassen. Ihn nicht mehr loslassen, bis er alle ihre Fragen beantwortet hatte.

Doch er war nur eine flimmerige Figur auf einem qualitativ minderwertigen Fernsehbildschirm. Daher musste sie mitansehen, wie die heutige Versuchsreihe der Hunde erläutert wurde.

Das allein war schon ein kleiner Schock. Die gewohnten Räume, das Labor, der Konferenzraum. Alles sah so anders aus. Die inzwischen vertrauten Gesichter der wissenschaftlichen Mitarbeiter und die des Fernsehteams wirkten plötzlich so fremd und irgendwie falsch.

Alle sahen ein bisschen dicker aus, als sie sie sonst wahrnahm. Alle wirkten ein bisschen fehl am Platz. Nur eine nicht.

Kam es wohl den anderen Zuschauern auch so vor? Oder ging es nur ihr so, dass sie den Eindruck hatte, Kim sei die einzige dieser Witzfiguren auf dem Bildschirm, die wusste, wo sie hinwollte. Die genau da war, wo sie sein sollte.

Anfangs schloss Désirée kurz die Augen, wenn sie selbst ins Bild kam. In der Hoffnung, dass der Anblick vorüber wäre, wenn sie sie wieder öffnete.

Doch dann stellte sie fest, dass aus irgendeinem verrückten Zufall meist Kim und sie gemeinsam im Bild waren. Ja, tatsächlich. Es gab ein paar Sekunden, in denen sie sich selbst neben Kim im Joggingdress sah. Wen interessierte denn so was? Wer wollte denn sie im Laufanzug sehen?

Schloss sie jedoch die Augen vor der eigenen so fremd anmutenden Gestalt, schloss sie auch die Augen vor Kim. Danach sah sie einfach hin.

Hatte sie wirklich so eine Mähne von Haaren? Was waren das für Schatten unter ihren Augen? In ihren Augen?

Einmal machte Kim einen Witz über den Beagle Humphrey. Das ganze Team lachte. Désirée konnte dabei zusehen, wie ihr eigenes Gesicht sich plötzlich erhellte.

Verflucht noch mal.

Was denn noch? Sie wollte nicht mehr sehen, als sie verkraften konnte.

»Wir kommen zu dem Teil der Sendung, dem heute sicher alle schon heiß entgegenfiebern!«

Das Studio wirkte gegen die Aufnahmen aus dem Labor grotesk bunt.

Niederwegen hatte sichtlich Spaß an seiner Moderationsarbeit.

Er sprach mit Professor Doktor Ruch über die verschiedenen Formen von menschlichen Paarbeziehungen, die es heute auf der Erde gab.

Natürlich gab es polygame Gesellschaften. Aber waren die Menschen dort glücklicher? Nein. Waren monogam lebende Menschen glücklicher? Ja. Wenn sie nicht nur in sozialer, sondern auch sexueller Hinsicht monogam lebten. Die sexuelle Monogamie sollte natürlich – darauf wies Ruch entschieden hin – nicht aus Mangel an Alternativen oder aus Angst vor Repressionen bei Ehebruch gewählt werden. Das wäre keine glücklich machende Monogamie.

Die ausschließliche Zweier-Paar-Beziehung, die tatsächlich glücklich machte, war jene, die nicht nur Dritte in sexueller Hinsicht ausschloss, sondern dies auch noch aus völlig freien Stücken und mit ganzem Herzen tat.

»Mit anderen Worten: Sollte unser Experiment gelingen, haben wir zwei Menschen glücklich gemacht?«, scherzte Niederwegen, wobei nicht klar war, ob er wirklich nur scherzte.

Ruch nickte lächelnd und hob die Hände. »Zunächst muss sich ja erst mal herausstellen, ob Ihr Versuch gelingt. Ich habe die Sendung von Anfang an verfolgt und bin wirklich gespannt.«

Niederwegen blickte in die Kamera. »Tja, meine Damen und Herren, täglich erreichen uns Anrufe von Ehegatten der Teammitglieder.« Er schmunzelte. »Ich kann Ihnen immer wieder nur versichern, dass selbstverständlich kein verheirateter Mitarbeiter ins Visier der Wissenschaft geraten ist. Wir führen hier Versuche durch, die die Forschung nach vorn bringen sollen und nicht die Scheidungsanwälte.«

Das Publikum lachte.

»Nun, haben Sie schon eine Ahnung, wer von unseren Teamkollegen den kleinen Hormoncocktail ausprobieren darf? Überlegen Sie noch mal. In unserem kleinen Zusammenschnitt ist durchaus etwas zu beobachten. Aber ...« Er hielt gespielt die Hand vor den Mund. »Ups! Da ist an so vielen Stellen etwas zu beobachten. Sehen Sie selbst! Wir sind in ein paar Minuten zurück!«

Oh nein! Désirée hätte schreien können.

Stand auf. Ging auf und ab. Hörte Reklame für Zahnpasta. Für eine Versicherung. Für eine Bank. Für ein Haarshampoo. Drückte die Stummtaste. Wagte es dann nicht mehr, das ganze Zimmer abzuschreiten, weil sie den Fernseher hinten rechts nicht sehen konnte. Dann hätte sie nicht gemerkt, wenn es weiterging. Drückte erneut die Stummtaste. Ertrug weiteren Schwachsinn.

Endlich.

Niederwegen.

»Meine Damen und Herren, willkommen zurück. Wir sind alle sehr gespannt, wer aus unserem LABOR-Team in Kürze vor Liebe entbrennen wird. Schaut man sich jedoch den Zusammenschnitt des heutigen Tages an, kämen dafür wohl gleich mehrere Kandidaten infrage.« Er schmunzelte und sah hinauf zu dem Monitor, auf dem bereits Bilder aus dem Labor eingeblendet wurden.

Dann ging es los. Wie in einem Karussell. Sie alle waren da. Kameramänner. Tonfrauen. Assistenten und Assistentinnen. Sie selbst in ein ernsthaftes Gespräch mit Sen vertieft. Lächerlich, da etwas hineinzuinterpretieren. Aber wer es nicht wusste ...

Désirée wollte gern die Augen wieder schließen. Aber sie sah hin.

Sie zählte nicht mit. Aber es gab etliche Verbindungsmöglichkeiten, die in kurzen knackigen Bildern festgehalten wurden.

Hatten denn inzwischen alle den Hüttenkoller?

Wie konnte es sein, dass hinter ihrem Rücken, dass neben ihrer wichtigen wissenschaftlichen Arbeit so hemmungslos geflirtet wurde? Austausch von hormonellen Botenstoffen durch eindeutiges Appetenzverhalten. So wie es schien, befand sich die Hälfte ihrer Mitarbeiter und die des Senders auf perfekt getarnter Partnersuche.

Dieser Computerfachmann zum Beispiel. Doktor Tom Weigel. Er schien gleich mehrere Eisen im Feuer zu haben. Er scherzte mit zwei Probandinnen, die ihn anschauten, als sei es um sie geschehen. Er lachte auf dem Weg in die Kantine mit Nicole.

Er sprach mit ... Kim.

Désirée setzte sich aufrechter hin.

Er sah wirklich gut aus. Groß, dunkel, markant. Doch neben ihr wirkte er ...

Désirée stellte entsetzt fest, dass sie an einem Fingernagel kaute. Seit zwanzig Jahren hatte sie das nicht mehr getan. Sie nahm die Hand fort.

Ja, er wirkte neben ihr irgendwie klobig. Ungelenk. Hart.

Der Proband Bernhard stand in der Tür und fragte etwas. Kim wandte sich um, um ihm zu antworten. Sah genau in die Kamera. Sie war eine Wissenschaftlerin mit Haut und Haar. Und ihre Augen hatten die Farbe von Bernstein.

Als der Abspann lief, hob Désirée die Fernbedienung und drückte auf den Aus-Knopf.

Dann saß sie minutenlang bewegungslos auf ihrem Platz.

»Papa«, sagte sie schließlich und erschrak über ihre eigene Stimme. Deswegen senkte sie die Stimme zu einem Murmeln. Aber sie sprach es aus, weil es sich sonst in ihrem Kopf festgefressen hätte. »Was würdest du an meiner Stelle tun?«

Die Ausstrahlung dieser Sendung anzuschauen war eine verdammte Folter gewesen. Aber es hatte ihr geholfen.

Es war gar keine Frage. Ihr Entschluss stand fest.

### *Simon*

»Tom?«

Tom starrte immer noch auf den Bildschirm, auch wenn der längst wieder schwarz war.

»Tom, wir müssen die Stromzufuhr wieder in Gang bringen. Komm schon!«

Simon nahm den Arm seines Freundes und schüttelte ihn.

Tom stand auf, und sie arbeiteten schweigend, um die Manipulation ungeschehen zu machen. Kim saß hinter ihnen auf dem Tisch an der Wand und sagte nichts.

Simon wandte sich zu ihr um. »Ich glaub, es wäre besser, wenn du jetzt verschwinden würdest. Sobald wir das hier erledigt haben, zeichnet die Kamera wieder auf. Dann bist du auch mit drauf.«

Kim nickte und erhob sich.

»Ich muss in mein Zimmer!«, sagte Tom dumpf.

»Dann hau ab. Den letzten Rest schaff ich auch allein.«

Ohne sich noch einmal umzudrehen, verschwand sein Freund direkt hinter Kim aus der Tür.

Es war nur noch ein Klacks. Das einzig Knifflige daran war, dass mit wiederhergestellter Stromzufuhr die Kamera natürlich auch ihn selbst an der manipulierten Stelle unterm Schaltpult zeigen würde.

Um das zu erklären hatten sie schon vor einer Stunde einen Stapel Papier auf dem Boden verteilt. Den sammelte Simon nun ein, bemüht, leicht genervt, aber nicht zu aufgeregt zu wirken. Eben genau so, wie er aussehen würde, wenn ihm gerade ein Packen Papiere auf den Boden gefallen wäre.

Tom stand wohl unter Schock. Typisch starker, verwundeter Bär. Konnte es einfach nicht fassen, dass sein tolles Projekt, von dem er so begeistert gewesen war, sich als giftige Schlange herausgestellt hatte.

Zugegeben. Trotz aller Skepsis hätte er selbst es auch nicht vermutet, dass hinter dem Rücken der meisten Beteiligten so ein grässliches Schauspiel ablaufen konnte.

Nachdem er die Papiere aufgesammelt und wieder geordnet hatte, setzte er sich wieder ans Schaltpult, gab halbherzig ein paar Daten ein, gähnte und sah demonstrativ auf die Armbanduhr.

Etwa zehn Minuten nachdem Tom verschwunden war, betrat ein Techniker von ZAPP-TV den Raum.

»Hey«, sagte Simon.

Die Techniker waren immer noch eine große Schar von nur verschwommen vertrauten Gesichtern für ihn.

»Alles okay mit dem Ding?«, fragte der Techniker.

Simon nickte zum Rechner hin. »Mit unserem Schätzchen hier? Klar. Wieso?«

»Wir hatten Stromausfall im vorderen Raum. Aber in der Schaltstelle kam keine lokal zu ortende Fehlermeldung an. Irgendwas aufgefallen?«

»Stromausfall«, antwortete Simon und machte große Augen. »Ja, klar, vor einer Stunde oder so. Wurde plötzlich kurz alles dunkel. Für ein paar Sekunden nur. Den TX hat es aber nicht betroffen. Er läuft in so einem Fall über sein Aggregat.«

»Schon klar«, brummte der Techniker. »Aber die Kamera war für ne Weile blind. Hat nur erst kein Schwein gemerkt, weil der Strom wieder lief.«

»Oh.« Was sollte er sonst dazu sagen?

Er war heilfroh, dass Tom nicht hier war. Sein bleiches Gesicht hätte Bände gesprochen.

Der Mann ging hierhin und dorthin, überprüfte die Kabel und Stecker. Er kam auch zu der Stelle, an der Tom und er die Stromzufuhr manipuliert hatten. Aber offenbar fiel ihm nichts auf, denn er kontrollierte die Stelle nicht intensiver als andere. Schließlich verabschiedete er sich mit einem Nicken und Murmeln und verschwand wieder.

Simon wartete noch ein paar Minuten, dann gähnte er verstärkt, erhob sich, reckte und streckte sich und ging hinaus.

Toms Zimmer lag genau neben seinem eigenen. Auf Simons Klopfen hin wurde sofort geöffnet. Simon trat ein und schloss die Tür.

Tom wandte sich wieder um, ging zum Schreibtisch hinüber und ließ sich auf den Stuhl fallen. Vor ihm lag der Vertrag, den Simon genauso wie er unterschrieben hatte.

»Scheiße noch mal. Ich denke, sie können das wirklich machen!«, fluchte Tom und deutete auf einen Passus auf Seite sieben.

Simon beugte sich darüber und las die Stelle sorgfältig durch. Anschließend richtete er sich wieder auf.

»Das haben sie schlau gemacht«, stellte er grimmig fest. »Mit diesen Formulierungen kommen sie überall durch. Klingt unschuldig. Ist aber eine Falle für alle, die reinfallen.«

Er sah Tom an. Der hob abwehrend die Hände. »Komm jetzt nicht mit diesem Blick, man!«

Simon schnaubte.

»Was sollen wir jetzt machen?«, knurrte Tom.

Stimmt. Sie hatten nur darüber nachgedacht, wie sie Gewissheit erlangen könnten. Hatten so dringend wissen wollen, ob es in ihrem LABOR tatsächlich um Humanexperimente ging, dass sie nicht darüber gesprochen hatten, was sie tun sollten, falls dem tatsächlich so war.

Es klopfte an die Tür. Tom öffnete vorsichtig. Kim schlüpfte herein.

»Scheiße«, sagte sie. Sie hielt ihren Vertrag in der Hand.

## *Kim*

Trotz des Lügens. Trotz des Betrugs. Sie hielt immer noch fest an einer verdammt beschissenen Loyalität.

Kim schloss die Tür von Toms Privatraum wieder hinter sich und ging möglichst gelassen über den langen Flur. Ihr eigenes Zimmer lag beinahe am anderen Ende des Quartierflügels.

Was sie tun sollten? Die beiden Männer hatten sie angesehen, als könne sie ein weißes Kaninchen aus dem Hut zaubern. Das Perverse war, dass Kim das tatsächlich konnte. Sie hatte das verflixte weiße Kaninchen in ihrer Jackentasche. Auch wenn es sich momentan noch nicht hatte greifen lassen. Aber über kurz oder lang würde sie es an den Ohren zu packen bekommen. Und dann sollte sich das Kaninchen gefälligst etwas einfallen lassen.

»Was heißt das, du kennst die Produzentin schon lange?«, hatte Simon wiederholt.

»Du kennst Helena Löwe«, hatte Tom gestammelt.

»Seit unserer Kindheit«, hatte sie herumgeeiert. »Wir haben zusammengearbeitet, als ich noch beim Fernsehen war, früher halt.«

»Aber … ihr sagt Sie zueinander«, hatte Simon gewusst.

»Wir wollten nicht den Eindruck erwecken, dass ich irgendwie einen Sonderstatuts habe. Versteht ihr? Nichts Schlimmes eigentlich. Es sollte nur nicht so aussehen, als hätte ich den Job bekommen, weil wir uns kennen. Das war alles.«

Eine Lüge zog eine weitere nach sich. Das war schon immer so.

Aber entgegen ihren Befürchtungen schienen Simon und Tom irgendwie erleichtert gewesen zu sein. Kims Vorschlag, dass sie Helena zur Rede stellen würde, hatte den Handlungsdruck von ihnen genommen.

Nur leider nicht von ihr selbst. Sie wusste, was vor ihr lag. Es würde ein Albtraum werden. Ein echter Horror.

Sie konnte sich noch zu gut an die ellenlangen Diskussionen erinnern, die sie damals geführt hatten. Die hitzigen Gespräche, in denen es um das Erreichen von Zielen und um die Treue zu den eigenen Prinzipien ging. Aber Kim hatte keine Ahnung gehabt, wie weit sich Helena inzwischen vorgewagt hatte. Wie weit sie inzwischen vorgedrungen war in ein Gebiet, aus dem Kim damals Hals über Kopf geflohen war.

Weil sie befürchtet hatte, dass es abfärben würde. Damals schon hatte sie gewusst: Über kurz oder lang würde es ihre Seele einfärben, gegen ihre moralische Überzeugung zu handeln.

Hatte Helena diese Form von Moral inzwischen ganz verloren? War sie bereit, auf dem Altar der Fernsehkarriere sogar ihre eigene Schwester als Versuchskaninchen zu opfern? Woher sollte Kim wissen, ob nicht sie selbst diejenige war, die als menschliche Probandin ins Visier des Publikums geraten war? Sie hatten einen Mitarbeiter oder eine Mitarbeiterin ausgewählt, die gerade als Single lebte. Wie viele gab es davon im Team?

Kim fielen nur Verheiratete ein. Verlobte. Solche, die permanent von ihren Freundinnen oder Freunden sprachen, die draußen auf sie warteten und sich vor Sehnsucht wahrscheinlich verzehrten.

Wahrscheinlich gab es in ihrer Altersklasse nicht mehr viele Alleinlebende.

Was würde Helena tun, wenn nur Kim infrage gekommen wäre? Und verdammt noch mal: Wieso passte dieser dreimal verfluchte Schlüssel nicht richtig ins Schloss? Verbissen bohrte sie ihn noch einmal hinein.

Da hörte sie etwas. Es klang wie Schritte. Da war jemand. Jemand war in ihrem Zimmer.

Die Tür wurde geöffnet.

Vor ihr stand Désirée van Hauser.

Kim starrte sie an. Dann den Schlüssel in ihrer Hand, dann

wandte sie den Kopf und sah auf das Schild neben der Tür. »Oh«, machte sie und hielt den Schlüssel in die Höhe. »Deswegen passte er nicht.«

Désirée lächelte. Sah aber verunsichert und nervös aus.

»Tut mir leid. Ich … ich geh dann mal ne Tür weiter …« Kim nickte ihr zu und war schon fast auf dem Weg, da sagte Désirée: »Ist alles okay?«

Kim hielt inne.

Sie wusste, sie würde das weiße Kaninchen irgendwann in den nächsten Tagen erwischen müssen. Sie würde es am Pelz festhalten und es ausquetschen müssen wie eine Zitrone. Für die anderen. Aber auch für sich selbst. Wenn sich herausstellen würde, dass sie selbst die Probandin war …

Womöglich musste sie gar nicht so lange warten, bis sie Helena zu fassen bekommen würde? Aber vielleicht könnte sie sich bis dahin schon mal den kleinen Mauersegler hier vorknöpfen?

»Wie man's nimmt«, erwiderte sie und setzte nach kurzem Zögern und der spontanen Entscheidung zu einer persönlichen Aussprache mit ihrer Juniorchefin hinzu: »Darf ich einen Augenblick reinkommen?«

Désirée öffnete den Mund. Es war schon spät am Abend. Sagte dann jedoch nichts. Stattdessen trat sie einen Schritt zur Seite und lud Kim mit einer Geste ein, hereinzukommen.

Drinnen sah alles aus wie vor ein paar Tagen – wie lange war das her! –, als sie schon einmal gemeinsam hier gestanden hatten.

Das Bett war ordentlich gemacht. Der Schreibtisch penibel aufgeräumt. Über der Stuhllehne lag ein wollweißer Pullover mit Zopfmuster, der sehr weich aussah.

Désirée trug nur ein T-Shirt.

»Frierst du nicht?«, wollte Kim wissen.

Désirée schüttelte den Kopf und deutete auf den Stuhl. »Möchtest du dich setzen?«

»Lieber nicht.«

Sie blieben beide stehen.

Der Raum war nicht sehr groß. Auf einem kleinen Beistelltischchen stand ein Fernseher, ein älteres Modell. Er war ausgeschaltet, und die Fernbedienung lag neben ihm auf dem Tisch.

Kim bemühte sich, nicht hinzusehen.

Wie sollte das jetzt laufen? Wollte sie etwa gerade die Institutsleiterin zur Rede stellen? Mit welchen Worten? »Liebe Désirée, kann es sein, dass ich die Probandin für das laufende Humanexperiment bin? Weil ... dann muss ich Dir nämlich leider sagen, dass ich offenbar nicht auf den Bindungspartner anspreche, den ihr für mich ausgesucht habt. Ich spreche auf einen ganz anderen möglichen Bindungspartner an. Und du wirst nicht drauf kommen, wer das ist ...« So vielleicht? Und mit welcher Begründung?

Désirée wusste auch erst seit heute Morgen, was hier ablief. Hätte sie etwa sofort zu Kim laufen und ihr alles erzählen sollen?

»Was gibt es denn?«, fragte Désirée schließlich und verschränkte die Arme.

»Du hast Gänsehaut«, kommentierte Kim und reichte ihr den Pulli vom Stuhl. Ihre Hände berührten sich kurz unter der weichen Baumwolle.

Désirée zog ihn über. Eine alltägliche Geste. Jemand zog sich einen Pullover über den Kopf. Doch es kam Kim unglaublich intim vor, ihr dabei zuzusehen.

Sie lehnte sich vorsichtig an den Schreibtisch und hielt sich an der Kante fest. Nur sicherheitshalber.

Falls sie tatsächlich diejenige welche war, hatte sie schließlich gar keine Ahnung, wie die verflixten Hormone so wirken würden. In der Bauchgegend fühlte sich jedenfalls etwas recht flatterig an.

»Paul macht mir Sorgen«, sagte sie und dachte, was rede ich da für einen Quatsch. Paul machte ihr wirklich Sorgen. Aber er war beileibe nicht der Grund, warum sie mit Désirée hatte sprechen wollen. »Wir haben hier in deinem Zimmer schon mal über ihn gesprochen. Erinnerst du dich? Na ja, ›erinnerst du dich‹ ist wahrscheinlich nicht die richtige Frage. Sicher wirst du dich erinnern. Schließlich ist das erst ein paar Tage her. Ich glaub, ich habe das nur gesagt, weil einem ein paar Tage hier drinnen, in diesem Projekt, meine ich, weil einem da ein paar Tage vorkommen, als sei viel mehr Zeit vergangen. Jedenfalls ... was ich sagen wollte, ist: Weißt du noch, worüber wir da alles gesprochen haben?«

Désirée sah sie forschend an. Nickte.

»Ich meine, wir haben ja über Paul gesprochen. Darüber, dass wir beide denken, dass er keine weitere Monovasol-Einheit bekommen sollte. Waren uns einig, dass es ihm mit reinen Endorphinen bestimmt besser gehen würde. Daraufhin hast du ja die Medikation für ihn geändert. Ob es funktioniert hat oder nicht, wissen wir wahrscheinlich erst in ein paar Wochen. So lange wird er wohl noch seiner Iris hinterhertrauern. Aber wir haben ja noch über anderes gesprochen. Völlig anderes, finde ich. Persönliches. Das weißt du doch auch noch?«

Sie hatte so schwarze Augen. Doch sie sagte nichts. Wahrscheinlich dachte sie, dass Kim in ihrem Zimmer einen heimlichen Vorrat an hartem Alkohol hütete.

Das Beste wäre wahrscheinlich, einfach wieder zu gehen. Aber es war wie ein Zwang. Sie konnte weder gehen, noch konnte sie aufhören zu reden. Der Raum kam ihr deutlich zu klein vor.

»Wir haben also vor ein paar Tagen schon mal zusammen hier gestanden. Und haben uns persönliche Dinge erzählt. Ich meine, wenn das nicht persönlich war. Dann weiß ich nicht, was sonst persönlich sein soll. Deine abgebrochene Schwangerschaft. Von der ich nicht weiß, ob du hinterher erleichtert warst oder ob die Not dich dazu getrieben hat und du es eigentlich gar nicht … Ach, verdammt, ich habe null Ahnung von so was. Wahrscheinlich rede ich Unsinn. Aber ich und meine lesbische Liebesbeziehung. Ich hab es echt ausgesprochen. Ich habe ›Lesben‹ gesagt in diesem Gespräch. Und einen Moment lang dachte ich, dass du jetzt total schockiert wärst. Es war einfach … uuuh … Aber dann, dann hast du gesagt, dass wir nicht wissen, was hier noch alles geschehen wird. Und dass wir womöglich mal jemanden brauchen werden, dem wir vertrauen können.«

Nadine hatte immer gesagt: »Wenn du aufgeregt bist, und du hast einmal mit dem Reden angefangen, dann bist du durch fast nichts mehr zu stoppen. Ohne Punkt und Komma. Es sei denn, du wirst geküsst.«

Erstaunlich an dieser blitzartigen Erinnerung an diese Aussage war, dass Kim gedanklich nicht bei Nadine stehen blieb – so wie sie es schon oft getan hatte. Nein, diesmal blieb sie gedanklich beim Küssen stehen.

»Jetzt bin ich total durchgedreht!«, sagte sie laut, obwohl sie es eigentlich nur hatte denken wollen. Ihre Hände krallten sich in die Schreibtischkante. Verdammt. Das mussten Hormone sein! Irgendein fremder Einfluss.

Da löste sich Désirée aus der Starre, in der sie verharrt war, und tat einen kleinen Schritt auf sie zu.

Ein kleiner Schritt in einem kleinen Raum konnte bereits viel bedeuten.

»Nein«, sagte sie und streckte für etwa eine Sekunde die Hände aus, zog sie aber wieder zurück, als sei es ein Versehen gewesen. »Nein, ich weiß, was du meinst. Genau so hab ich das gesagt. Und genau so hab ich es auch gemeint. Deswegen muss ich dir etwas sagen ...«

Kim spürte, wie ihre Augen sich weiteten. Ihre Fingerknöchel schmerzten vom krampfhaften Festhalten. Weil Désirée nicht weitersprach, fragte sie heiser: »Was denn?«

Sie in etwas anderem zu sehen als diesem ewigen Laborkittel war eine kleine Sensation. Dieser duftige Zopfmusterwohlfühlpulli war eine Sensation.

»Die Projektleitung ...«, begann Désirée, brach kurz ab und fuhr fort: »Die Einschaltquoten für das LABOR haben nicht die Höhe erreicht, die vom Sender erwartet wurde. Genauer gesagt, blieben sie weit dahinter zurück. Das wäre ja vielleicht noch zu verkraften gewesen. Doch dann haben die Proteste begonnen. Seit zwei Wochen tobt da draußen«, sie machte eine Geste Richtung Tür, »ein Medienkrieg. Die meisten anderen Medien gegen ZAPP-TV. Tierschützer gehen auf die Barrikaden. Das Institut muss permanent von einer Hundertschaft der Polizei geschützt werden. Auch das wäre vielleicht nicht das Allerschlimmste. Doch dann kam jemand auf eine Idee ... Wissenschaftlich ein absoluter Wahnsinn. Weder fundiert noch vorbereitet. Die Projektleitung ...« Wieder eine kurze Pause. Sie holte Luft. »Meine Stiefmutter und der Sender haben beschlossen, das Monovasol-Rezept für einen gut zahlenden Auftraggeber ein wenig umzustricken. Aus unserer ursprünglichen Versuchsreihe mit Caniden wurde vor ein paar Tagen ein Experiment mit Menschen. Es gibt eine menschliche Probandin.«

Als sie geendet hatte, starrte Désirée Kim ins Gesicht, als könne sie dort ihre Gedanken lesen.

Was ein Wunder gewesen wäre, hätte sie es wirklich gekonnt. Schließlich wusste Kim selbst nicht, was sie denken sollte.

Sie hatte sie zur Rede stellen wollen. Sie hatte wütend sein wollen. Sie hatte an ihren Verstand appellieren wollen.

Und nun.

Hatte Désirée ihr alles erzählt. Ohne Wut. Ohne Druck. Einfach nur, weil sie …

»Was denkst du denn jetzt?«, wollte Désirée mit bangem Ausdruck wissen. Die strenge Doktor van Hauser machte offenbar gerade irgendwo Pause.

Kim begriff zum ersten Mal, was es hieß, um Worte zu ringen.

»Ich denke, das … das ist einfach wunderbar …«, sagte sie und stieß sich rasch vom Schreibtisch ab.

Der Pullover war wirklich sehr weich. Und sie hätte schwören können, dass sie Désirée nur umarmen wollte. Als eine herzliche Geste des Dankes für ihr Vertrauen.

Doch dann. War da plötzlich ihr Duft. Den sie auch tagsüber schon hin und wieder wahrgenommen hatte. Da waren ihre Haare, die sie heute Abend offen trug und die sie an der Wange kitzelten. Und da waren ihre Hände, die die Umarmung erwiderten. Anders erwiderten als einfach nur kameradschaftlich oder erleichtert oder dankbar.

Weil das alles zusammenkam, schloss Kim die Augen und küsste sie. Ein vollkommen deplatzierter Kuss, irgendwo zwischen Ohr und Kinn.

Hätte vielleicht als ein etwas über das Ziel hinaus schießender Dankeschönkuss gedeutet werden können, hätte er nicht etwas zu lange gedauert.

Es war nur einfach so, dass ihre Haut so samtig war. Dass plötzlich die Erinnerung an den Traum so deutlich war, als sei er Realität gewesen.

Die Umarmung. Der Kuss. Das alles dauerte so lange, dass ein Voneinanderlösen ohne gemurmelte Entschuldigung überhaupt gar nicht möglich gewesen wäre.

Kim hob langsam und vorsichtig den Kopf.

Doch bevor sie »Tut mir leid« oder etwas Ähnliches vorbringen konnte, waren da Désirées Augen. So dunkel, so nah, dass einem nur schwindelig werden konnte. Ihr Mund, dessen Lippen sich an Kims' schmiegten.

Scheiße, dachte Kim. Nicht mal in allerletzter Sekunde, denn schließlich war es da schon zu spät. Scheiße, mein letztes Tabu.

*Helena* *21. Oktober, achtzehnter Versuchstag*

Bisher hatte sie noch niemandem von dem Anruf aus dem Ministerium erzählt. Nicht Schook. Nicht van Hauser. Sie wollte nicht, dass zum momentanen Zeitpunkt jemand davon wusste. Genauso wenig, wie sie vorhatte, sich damit zu beschäftigen, warum sie das nicht wollte.

Nur. Heute Morgen kamen ihr ständig derartige Gedanken. Daran, was sie sich von ihrer Verschwiegenheit erhoffte.

War es die Aussicht, diejenige zu sein, die das Ruder in der Hand halten würde? Oder verlockten etwa die bunten Federn, welche es womöglich irgendwann einmal zu verteilen geben würde und die dann allein an ihrem Hut landen würden?

Diese Erklärungen trafen es nicht. Hatten es von Anfang an nicht getroffen. Einfach nicht länger darüber nachdenken.

Helena wühlte sich an ihrem Schreibtisch durch den morgendlichen Wust an Tageszeitungen, die über das LABOR berichteten. Langsam änderte sich der Tonfall. Was anfangs anklagend gewesen war, wurde jetzt provokant.

Was verurteilend gewesen war, stellte nun Fragen.

Die Einschaltquoten hatten sich bereits in den ersten beiden Tagen der Formatänderung erholt. Nun jedoch war eine deutliche Tendenz nach oben zu verzeichnen. Schook unterrichtete sie brav, sobald neue Zahlen vorlagen.

Das Telefon klingelte. Ira. Die Aufnahmeleitung aus Frankfurt sei dran. Sie stellte durch, und Helena lächelte in den Hörer: »Guten Morgen, Trude!«

Mittlerweile waren ihre Mitarbeiter daran gewöhnt, dass dieses Projekt offenbar den Biorhythmus ihrer Chefin auf den Kopf gestellt hatte. Weil sie sowieso kaum schlafen konnte, war sie meist schon zu unchristlichen Zeiten im Büro.

»Ob der so gut ist, muss sich noch rausstellen«, lautete die Antwort.

»Was gibt's denn nun schon wieder?«

»Der Schnauzer frisst nicht«, klärte Trude sie auf.

Helena seufzte.

»Langsam sieht man ihm wirklich an, dass es ihm schlecht geht. Hat mehr als zwei Kilo abgenommen, sagt der Tierarzt. Und das Dumme ist, dass Bernhard rummosert. Er meint, wir sollen Paul aus der Versuchsreihe nehmen. Er hat sich in die Idee verrannt, dass die Endorphine ihm mehr schaden als guttun und dass er nur Ruhe und ein normales Leben braucht. Offenbar glaubt er, dass er die Bindung zwischen ihm und dem Hund schon hinbekommen würde, wenn er ihn erst mal daheim hat.«

»Das geht nicht«, sagte Helena.

»Habe ich ihm auch gesagt. Er will trotzdem mit der wissenschaftlichen Leitung darüber sprechen. Ich dachte, es wäre ne gute Idee, wenn du dich vorher mit denen in Verbindung setzt und abklärst, was sie dazu meinen. Ich schätze mal, wenn sie ihm zustimmen, haben wir bald eine kleine Rebellion am Start.«

Na toll. So was hatte jetzt noch gefehlt. Kaum nahmen die Angriffe von außen ab, gab es eine interne Revolution.

»Du hast doch eine guten Draht zu der Richardson«, fuhr Trude fort. »Soll ich sie dir gleich mal ans Rohr holen?«

»Nein«, wehrte Helena ab. Na, das wär's noch. Wo sie gestern so verzweifelt bemüht war, Kim nicht zu begegnen. »Nein, ich ... ich denke, ich werde lieber mit Doktor van Hauser sprechen.«

»Hm.«

»Was hm?«

»Na ja, weißt du, es ist nur so ... sie ist zwar die Chefin und so. Aber die Probanden ... also eigentlich das ganze Team orientiert sich eher an Richardson. Sie ist nicht so ne Vogeltante, hat Ahnung von Hunden. Und sie hat den besseren Draht zu den Leuten hier. Bernhard wird bestimmt nicht ...«

»Bernhard hat einen Vertrag mit ZAPP-TV unterschrieben«, unterbrach Helena sie brüsk. »Und wenn er auf den Rat von van Hauser nicht hören will, müssen wir ihn eben noch mal auf diesen kleinen Umstand hinweisen.«

Trude schwieg einen kurzen Moment. Dann sagte sie: »Okay, Boss.« Sie versuchte stets, kleinere Konflikte durch Witze zu deeskalieren. Im Grunde eine angenehme Art. Und eine zuverlässige, vertrauenswürdige Aufnahmeleitung. Helena war plötzlich froh, sie zu haben, und lachte gutmütig. »Und gibt es noch etwas Neues?«

»Nicht viel seit gestern Nachmittag. Nur eins: Die Kamera im Rechenzentrum wird heute ausgetauscht. Hat ja schon mal Probleme gemacht. Gestern Abend hatten wir dann einen kompletten Ausfall, nachdem es im Stromnetz kurz geknistert hatte.«

»Im Rechenzentrum? Wie kam das?«

»Die Techniker zucken nur mit den Achseln. Offenbar gab's nämlich eine Spontanheilung. Das Ganze hat sich selbst wieder behoben. Aber wir haben jetzt natürlich keine Aufnahmen vom Computerraum in diesem Zeitraum von etwa eineinhalb Stunden. Obwohl das nicht besonders tragisch ist, denn es war später am Abend, außerhalb der offiziellen Arbeitszeit.«

Helena lauschte der Stimme ihrer Aufnahmeleitung nach. Irgendetwas war seltsam.

»War der Rechner auch betroffen?«, fragte sie.

»Nur kurz. Das Notstromaggregat hat sich eingeschaltet. Im Grunde ist nach ein paar Sekunden Dunkelheit alles weitergelaufen, nur eben die Kamera nicht.«

Welchen Grund konnte es haben, dass im Rechenzentrum für eineinhalb Stunden die Kamera ausfiel?

Helena erstarrte.

»Wann war der Stromausfall genau?«, fragte sie.

»Er begann um 19.52 Uhr.«

»Und endete?«

»Um 21.43 Uhr.«

Und nun? Helena spürte, wie ihre Nasenflügel sich aufblähten. Alarmstufe Rot.

»Trude, tu mir einen Gefallen und erzähl das bei den Institutsleuten nicht rum. Wahrscheinlich hat das nichts zu bedeuten, aber … einfach sicherheitshalber, okay?«

»Klar. Was ist mit Olaf? Der ist für die Kameras dort zuständig. Soll ich ihn knebeln?«

»Wenn es nicht anders geht. Ich komme nach Frankfurt.«

»Aber … aber es ist Mittwoch! Du hast Sendung!«

»Das weiß ich, Trude. Aber das hier duldet keinen Aufschub. Ich muss mit dem Computerexperten sprechen. Tom Weigel, richtig? Doktor Tom Weigel.«

»Es sind zwei.«

»Ja, natürlich.« Die Erinnerung an den blassen Typen mit den rot geränderten Augen, der mit Tom auf dem Gang gestanden hatte, tauchte auf.

»Wie heißt der andere noch?«

»Simon Reeren. Ist auch ein Doktor. Ich glaub, die haben zusammen studiert. Jedenfalls sind sie dick befreundet. Hängen meistens zusammen rum.«

Helena nickte grimmig.

»Weißt du, ob sie beide im Rechenzentrum waren, als der Stromausfall war?«

»Keine Ahnung. Bin ich'n Babysitter?«

Als Helena aufgelegt hatte, stand die Antwort ihr so deutlich vor Augen, dass sie sie nicht länger hätte leugnen können.

Sie erzählte niemandem vom Anruf aus dem Ministerium, weil sie sich wünschte, es möge enden. Ihre hochtrabenden Pläne. Die Aussichten auf Fernsehpreise und internationale Anerkennung. Das alles hatte sie still und heimlich für sich begraben. Wenn sie genauer hinsah, hätte sie nicht einmal sagen können, wann sie diese Ziele im Sand der Ereignisse verloren hatte. Es war ihr gleichgültig. Es ging mittlerweile um anderes. Es ging um mehr.

Um so viel, dass es sie in höchstem Maße beunruhigte, involviert zu sein.

Das hier war kein Fernsehen mehr, wie sie es kannte, wie sie es Hunderte Male gemacht hatte. Das hier war zu nah am Leben. An dem vieler Menschen. Und an ihrem ganz persönlichen.

Sie wünschte sich, es möge zu Ende gehen und vergessen werden wie schon viele Formate vorher, die sie begleitet hatte.

Doch wenn sie zuließ, dass entsprechende Schaltstellen geschlossen würden, würde es nicht enden. Dann würde es erst anfangen.

Der Wecker sprang an. Désirée streckte den Arm aus, um ihn auszuschalten. Und fiel aus dem Bett.

Es war, als stürze sie in ein Tauchbecken eiskalten Wassers. Mit einem Schlag war alles wieder da.

Hastig rappelte sie sich auf und schlug auf den Wecker. Irgendwo unter dem Deckenwust an der Wand brummte es.

Désirée starrte auf die verknäuelten Umrisse, die sich langsam zu bewegen begannen.

Beinahe panisch sah sie sich im Zimmer um. Da lag ihr Pullover. Auf links. Sie grapschte danach und zog ihn sich so schnell über den Kopf, dass ihr schwindelig wurde.

Sie sprang auf. Keine Ahnung, wo ihr Slip abgeblieben war.

Die Bettdecke rumorte stärker.

Désirée griff wahllos zu, schlüpfte in das Hosenbein einer Jeans, hüpfte auf einem Bein, um auch das zweite möglichst schnell hineinzuzwängen.

Erst als sie es geschafft hatte und gerade dabei war, den Reißverschluss zuzuziehen, wagte sie es, wieder aufzusehen.

So in etwa hatte sie sich diesen Anblick vorgestellt. Ohne gewusst zu haben, dass sie sich überhaupt diesen Anblick je vorgestellt hatte.

»Was … was machs'n du da?«, nuschelte Kim. Und war so was von gar nicht Doktor Richardson, dass es wehtat.

Es tat weh, sie mit ihren zerzausten Haaren, den schlaftrunkenen Augen und dem zerknautschten Gesicht zwischen den Kissen auftauchen zu sehen. Zwischen ihren Kissen. So herrlich wunderbar weh.

»Ich zieh mich an«, erwiderte Désirée als sei es doch vollkommen logisch und Kim nur ein bisschen verwirrt. Dabei fühlte sie sich selbst verwirrt. Mehr als je in ihrem Leben.

»Das seh ich«, sagte Kim. Da war ein Lächeln in ihren Mundwinkeln. »Aber du hast den Pulli falsch rum an. Und sieht so aus, als sei das meine Jeans …«

Désirée sah an sich hinunter. Deswegen stand sie auf dem Hosensaum.

Kim setzte sich auf und schlang die Arme um ihre Knie. Die Decke bis unter die Achseln gezogen.

Ihre nackten Schultern. Die nackten Arme. Der nackte Rücken. Désirée spürte, wie ihre Knie weich wurden. Vorsichtshalber ließ sie sich auf der Bettkante nieder.

Es war schmerzhaft, Kim anzusehen. Der hellbraune Blick löste ein Ziehen in ihrem Bauch aus.

Deswegen starrte Désirée auf Kims Hände, die auf der Bettwäsche seltsam fremd und vertraut zugleich wirkten. Wie weich sie waren. Und wie stark.

Oje. Da konnte Désirée also auch nicht hinschauen.

»Hast du geschlafen?«, wollte Kim wissen.

Sie nickte nur.

Ihr kam der Gedanke, sich einfach ein Stück zur Seite zu beugen und Kim zu küssen, damit sie nichts sagen musste.

Doch dieser schale Geschmack. Die Giftstoffe, die sich in der Nacht in der Mundhöhle sammelten.

»Hey«, flüsterte Kim, löste eine Hand aus der Umarmung ihrer Knie und streifte mit den Fingerspitzen Désirées Wange. »Alles in Ordnung mit dir? Oder … oder stehst du unter Schock oder so?«

Bevor Kim ihre Hand wieder wegziehen konnte, hatte Désirée sie ergriffen und ihre Schläfe hineingeschmiegt. Und als hätte es nur dieser kleinen Geste bedurft, rutschte Kim auch das letzte Stückchen zu ihr her. Umfing sie mit dem anderen Arm und suchte ihren Blick.

»Keine Angst«, sagte sie leise. »Das ist vielleicht wirklich die verrückteste Situation, die wir beide je erlebt haben. Aber es wird nichts Schlimmes passieren. Alles ist gut.«

Ihre Zuversicht. Die beruhigende Stimme. Die Wärme ihrer Umarmung.

Désirée wandte den Kopf, und Kim beugte sich zu ihr.

Mit einem kleinen kehligen Geräusch drehte Désirée ihren Kopf wieder fort. Spürte deutlich das Erschrecken neben sich.

»Tut mir leid«, sagte sie in den Raum hinein. Zaghaft. »Tut mir leid. Aber ich hab meine Zähne noch nicht geputzt.«

Entspannung neben ihr.

Kim lachte leise.

Die Decke wurde zur Seite geworfen. Mit wenigen Schritten durch das kleine Zimmer war Kim im winzigen Bad. Nackt beugte sie sich über das Waschbecken, ließ das Wasser aus dem Hahn direkt in ihren Mund laufen, gurgelte, legte dabei den Kopf in den Nacken. Ihr Körper gespannt wie ein Bogen.

Désirée hätte ihr stundenlang zusehen können. Mit welcher Natürlichkeit sie dort stand. Wie wenig ihre Nacktheit sie scherte, als sie dann durch das Zimmer zurück zum Bett ging. Als durchquere sie, komplett bekleidet, ihr Wohnzimmer.

»Jetzt du!«, sagte sie.

Désirée stand auf, ging hinüber, verteilte Zahnpasta auf der Bürste und putzte sich kurz, aber gründlich die Zähne. Spülte aus. Stolperte bei der Rückkehr zum Bett über die zu langen Hosenbeine.

Kim fing sie auf.

»Doktor van Hauser«, sagte sie. »Ich schlage vor, dass wir heute Morgen nicht joggen gehen. Was meinen Sie dazu?«

Désirée hatte sowieso gerade nicht an Joggen gedacht.

## *Simon*

Als der Wecker ansprang, war er gerade eingeschlafen. Er schaltete ihn aus und rieb sich das Gesicht. Diesen Schlaf hätte er heute Nacht gut gebrauchen können. Jetzt war es leider zu spät.

Die Gedanken der letzten Nacht standen auf dem Weg zur Dusche Spalier. Sie bewachten die Korridore. Standen in der Kantine beim Frühstück an.

Er hatte ein Zauberer werden wollen. Er hatte Illusionen erschaffen, Träume wecken, Menschen ein bisschen glücklicher machen wollen.

Hier war er falsch.

Hatte es von Anfang an gewusst, dass er hier nicht hingehörte. Hatte sich nur dazu überreden lassen, weil er an jenem Abend zu weich gewesen war. Zu verwirrt. Zu reumütig aufgrund einer einzigen verpassten Chance im Leben.

Karin hatte geraten, er solle mehr wagen im Leben. Und er

hatte geglaubt, wenn er andere Dinge wagen würde, wenn er bei einem Projekt wie diesem mitmachen würde, würde er womöglich rückgängig machen können, dass er sich an einer anderen Stelle nicht getraut hatte.

Vielleicht hatte Tom recht, und er wurde langsam neurotisch.

Tom, der auch bereute. Der total durcheinander war. Der sich laut fragte, wie er nur auf diese bekloppte Idee hatte kommen können, acht Wochen lang seine Familie allein zu lassen für »so etwas«.

Simon vermutete, dass Tom eher meinte, dass er sich selbst acht Wochen allein gelassen hatte – ohne seine Familie – für »so etwas«.

Was Karin wohl dachte, wenn sie abends die Sendungen im Fernsehen sah? Machte sie sich Sorgen? War sie eine von denen, die bereits beim Sender angerufen hatten, um sich zu vergewissern, dass ihr Mann nicht gerade Opfer eines willkürlichen Experiments wurde?

Wenigstens hatte Kim eine Lösung parat gehabt. Na ja, keine Lösung, eher einen kleinen Plan. Dass sie die Produzentin schon lange kannte, war da mit Sicherheit von Vorteil.

Sie alle drei wollten nur noch raus hier. Ihre guten Namen, ihren Ruf, ihre heile Haut retten.

Simon hob den Kopf und sah von seinem Frühstück durch die verglaste Front hinaus aufs Gelände des Instituts. Jetzt erst fiel es ihm auf. Dass etwas anders war als an den vorangegangenen Morgen. Keine joggenden Frauen.

Kim war nicht da draußen und drehte mit federndem Schritt ihre Runden. Das allein hätte ihn wahrscheinlich nicht beunruhigt. Nach dem gestrigen Schock wäre es verständlich gewesen, wenn Kim heute etwas länger hätte schlafen wollen und auf den Sport verzichtet hätte.

Was Simon beunruhigte, war die Tatsache, dass Doktor van Hauser ebenfalls fehlte.

Kim ging wie auf Wolken. Die vertrauten Flure im Institut lagen vor ihr wie mit roten Teppichen ausgekleidet.

Das Frühstück hatte sie zwar ausfallen lassen müssen, doch sie hatte noch einen Apfel in ihrem Zimmer gefunden. Süß. Saftig. Der würde ausreichen bis zum Mittag. Ihre Zuversicht würde ausreichen bis zum Mittag. Das Gefühl im Bauch. Sie lächelte.

Coco, die in der Maske ungeduldig auf sie gewartet hatte, beschwerte sich, dass heute offenbar alle ihr Anvertrauten zu spät kamen. Kim lächelte nur.

Als sie an der Teeküche vorbeikam, stand dort Simon an die Arbeitsfläche gelehnt.

»Morgen. Was machst du denn noch hier?«, begrüßte Kim ihn. Lächelnd. Ihre Stimme klang selbst in ihren Ohren wie ein einziger Singsang.

Er starrte sie an. »Tom ist schon unten. Ich bin auf dem Weg. Wollte nur kurz sehen, ob alles okay ist bei dir. Du warst heute nicht rennen?«

»Nein, wir …« Kim brach ab. »Es ist alles okay, ehrlich.«

Er nickte und verschwand mit den leise gemurmelten Worten: »Du siehst aus, als hättest du was geraucht.«

Drogenexperimente. Hatte sie nie gebraucht. Als Teenager hatte sie sich lieber an anderen Dingen berauscht. Ein Tennismatch zu gewinnen. Ein Pony vor dem Abdecker zu retten. Im Moos zu liegen und mit ihrer ersten Freundin zu knutschen.

Sie fühlte sich auch jetzt nicht wie unter Drogeneinfluss. Und sie stand auch nicht unter Hormoneinfluss, wie sie seit heute Nacht wusste. Eigentlich verrückt, dass sie auch nur daran gedacht hatte. Denn schließlich kannte sie diesen Zustand an sich genau. Sie wusste, dass ihr Körper in akutem Verliebtheitszustand genug Dopamin produzierte, um eine ganze Fußballmannschaft glücklich zu machen.

Im Labor suchten heute alle ihre Nähe, weil sie so umwerfend gut gelaunt war.

Humanexperimente? Na und? Sie würde eben mit Helena sprechen und alles klären. Irgendwie würde sie es schon hinbekommen. Wichtig war nur …

Désirée trug ihre Haare zu einem Knoten geschlungen und mit einem sonnengelben Band umwickelt.

Sie selbst war die Sonne, um die Kim sich zu drehen glaubte.

Gut, dass heute Morgen Beobachtungen dran waren. Bernhard sollte mit seiner Lola und dem etwas mitgenommenen Paul eine erste Sozialeinheit initiieren. Ebenso Barbara mit ihrem heiß geliebten Humphrey und dem verspielten Buffi.

»Doktor Richardson?« Trude stand plötzlich neben ihr. Sah sehr ernst aus. Obwohl Kim sie anstrahlte. »Hätten Sie einen Augenblick Zeit? Helena ... Frau Löwe würde Sie gern sprechen.«

Im Umkreis hoben alle die Köpfe. Auch Désirée.

Kim erwiderte ihren Blick. Lächelte ihr zu. Ich mach das schon. Keine Bange.

Solange Désirée auf diese Weise zurücklächeln würde, würde Kim alles regeln können. Alles.

Neben dem Konferenzraum gab es noch ein kleines Besprechungszimmer. Es wurde nicht kameraüberwacht, war jedoch mit einem großen Monitor ausgestattet, auf dem momentan der Hundeauslauf zu sehen war.

Helena stand mit dem Rücken zur Tür und sah aus dem Fenster, als Kim hereinkam. Daran, wie rasch ihre Schwester sich zu ihr umdrehte, erkannte Kim den hohen Grad ihrer Nervosität.

»Bevor du irgendetwas sagst«, begann Kim, während sie die Tür hinter sich schloss. »Ich weiß Bescheid.«

Sie hatte ihnen beiden eventuelles Gerede um den heißen Brei und demütigende Lügen ersparen wollen. Doch Helena schien nicht überrascht. Sie nickte.

»Das dachte ich mir. Du hast in den letzten fünfzehn Jahren noch nie siebenmal am Tag versucht, mich telefonisch zu erreichen.«

Sie sahen sich an.

Kim legte eine Hand auf ihren Magen, direkt unterhalb des Rippenbogens. Da war viel drin, was rauswollte. Nicht nur Vorwurf. Nicht nur Wut. Es wollte auch das Neue heraus. Das Schöne. Konnte es denn sein, dass sie immer noch alles mit ihr teilen wollte?

»Warst du gestern Abend auch im Rechenzentrum?«, wollte Helena wissen.

Kim nickte.

»Ist also schon aufgeflogen, hm?«

»Vielleicht wäre es das nicht. Aber ich war bereits vorgewarnt.«

»Das hier ist kein Katz-und-Maus-Spiel, weißt du«, sagte Kim.

»Natürlich nicht.«

Sie schwiegen.

»Was ich nur wissen will«, sagte Kim dann. »War das von Anfang an geplant? Ich meine, als wir zusammen im Konzert waren und du mich überredet hast, mitzumachen ... wusstest du da schon ...? Und bitte lüg jetzt nicht wieder!«

Helena sah sie an. Ihre blauen Augen waren dunkel und sahen braun aus.

»Nein, da wusste ich noch nicht, wie sich das Ganze entwickeln würde.«

»Mehr hast du nicht zu sagen?«

»Ich habe überlegt, ob ich mich rechtfertigen soll«, sagte Helena. Ihre Stimme klang hell und dünn. »Rechtfertigung klingt immer so, als weise man sich selbst Schuld zu. Und weißt du, genau deswegen muss ich mich rechtfertigen. Ich habe Schuld.«

»Woran?«

»Ich habe dein Vertrauen missbraucht.«

Das sagt sie, weil sie weiß, wie wichtig mir ist, dass sie das sagt!, dachte Kim und konnte nicht verhindern, dass sie sich erleichtert fühlte.

»Und von dieser kleinen persönlichen Katastrophe mal ganz abgesehen, trage ich auch Schuld daran, dass etwas ins Rollen gebracht wurde, das sich womöglich schon bald unserem Zugriff entzieht. Es ist nämlich so, dass sich mittlerweile nicht nur die Zuschauer vor den Bildschirmen für unser Format interessieren ...«

Der Partnervermittlungsservice.

Kim hätte ihr gern gesagt, dass auch das nichts Neues für sie war. Doch dann hätte die Frage nahegelegen, woher sie davon erfahren hatte. Denn davon wusste schließlich nur ein kleiner Kreis an Auserwählten.

Doch Helena erwähnte den Partnervermittlungsservice gar nicht.

Was sie erzählte, war …

»Was?«, machte Kim. »Die Regierung?«

»Kannst du dir vorstellen, was das bedeuten würde?« Helena lief im Besprechungsraum hin und her.

Kim sah ihr dabei zu.

Die schlanke Gestalt mit den seidig schwingenden hellblonden Shampoowerbung-Haaren.

Die Löwin. In einem Käfig.

»Warum eigentlich, Helena?«, brach es aus ihr heraus. »Warum ist dir diese Karriere eigentlich derartig wichtig? Du bist so erfolgreich. So beliebt. Wenn du dieses eine Format in den Sand setzt, was wäre so furchtbar daran? Kann das nicht jedem mal passieren?«

Helena holte tief Luft.

»Nein«, sagte sie dann. »Nein, kann es nicht. Nicht beim Fernsehen. Entweder du machst alles perfekt. Oder dein Stern beginnt zu sinken.«

»Boah, scheiße, Helena! Wie soll denn das funktionieren? Irgendwann wirst du einen Fehler machen. Irgendwann wirst du ein Format produzieren, das keinen Erfolg hat. Was machst du denn dann, wenn dein Stern sinkt. Hm? Gibt's nicht noch andere Dinge im Leben, die zählen?«

Sie war lauter geworden, als sie vorgehabt hatte. Jetzt würde es also doch passieren. Jetzt würden sie sich streiten. Wie damals auch.

Doch als sie kämpferisch zu ihrer Schwester hinsah, war da keine Wut, die ihr entgegenbrandete. Helenas Stirn furchte sich wie unter Schmerzen. »Ich wollte immer nur, dass ihr stolz auf mich seid«, sagte sie.

Komm mir jetzt nicht so, dachte Kim.

»Wer? Etwa ich?«

»Natürlich du. Und Gabi und Horst. Ich hab doch immer nur geackert, um ihre Anerkennung zu bekommen.«

»Aber die hast du doch!«, rief Kim. »Du hast ihre Anerkennung! Und wie! Sie finden immer alles toll, was du machst. Sie bewundern dich! Sie lieben dich!«

»Du bist ihre leibliche Tochter«, sagte Helena. »Das bedeutet einen Vorsprung, den ich niemals werde aufholen können.«

Kim starrte sie an. Wie vom Donner gerührt. »Das ist jetzt nicht dein Ernst«, stammelte sie.

Da klopfte es an die Tür. Eine Sendermitarbeiterin streckte den Kopf herein.

»Die Aufnahmeleitung lässt ausrichten, dass wir im Zeitplan hinterher sind. Doktor Richardson sollte bei der Beobachtung und Auswertung der Versuche dabei sein.«

»Ich komme«, sagte Kim und nickte ihr zu.

Die Tür wurde wieder geschlossen. Stille.

»Ich muss gehen«, sagte sie schließlich und ging zur Tür. »Darüber müssen wir uns später noch unterhalten. Und wir müssen besprechen, wie es weitergehen soll. Ich will nämlich aus der Arbeit hier aussteigen. Tom Weigel und Simon Reeren ebenfalls.«

Helena hob die Hand zum Mund. Senkte sie dann wieder und steckte sie in die Tasche ihres Jacketts. »Du willst also wieder wegrennen?«

Kim wurde augenblicklich heiß. »Wegrennen?«, wiederholte sie. »So nennst du das also, wenn man Rückgrat beweist? Soll ich dir mal was sagen, Helena? Wenn ich entdecke, dass ich betrogen und belogen worden bin. Wenn ich mitbekomme, dass meine Arbeitskraft missbraucht wird für etwas, das ich nicht gutheißen kann. Dann ist es klug und umsichtig, zu gehen. Auch, wenn es bereits das zweite Mal in meinem Leben ist, dass ich wegen meiner offenbar veralteten Vorstellungen von Anstand und Fairness einen Job verliere. Was mich nur stutzig macht daran, ist die Tatsache, dass bei den beiden Malen, die mir in meinem Leben passiert sind, du eine entscheidende Rolle gespielt hast.«

Damit wandte sich Kim zur Tür und ging hinaus.

Wenigstens war sie dieses Mal nicht diejenige, die zurückblieb.

Sie hatte sich einiges vorgenommen für dieses Gespräch mit Kim. Die Hälfte davon hatte sie nicht gesagt, weil sie nicht mehr dazugekommen war.

Und dann hatte sie etwas ausgeplaudert, das sie doch für sich hatte behalten wollen. Es war nicht geplant gewesen, Kim in diese Geschichte mit dem Ministerium reinzuziehen.

Die Worte waren Helena einfach aus dem Mund gefallen. Als hätten sie dort drinnen nur darauf gewartet, dass die Richtige vorbeikam.

War sie die Richtige?

Eine wissenschaftliche Leitung, die das Projekt verlassen wollte.

Helena sah gedankenverloren zu dem Bildschirm, auf dem nun einer der Versuchsräume zu sehen war. Kim lief mit der Probandin Barbara darin herum, zeigt hierhin und dorthin. Die beiden lachten.

Helena ging zum Monitor hinüber und stellte den Ton lauter.

»Und ich soll gar nichts dazu sagen, wenn die beiden Kontakt zueinander aufnehmen?«, fragte Barbara. »Ich meine, wenn sie es ganz nett machen, vielleicht spielen wollen, dann könnte ich sie doch loben?«

Kim lächelte sie verständnisvoll an. »Du hast ziemlich viel Hundeschule hinter dir, was?«

»Na, bei den ganzen Beagles.«

»Ja. Sicher.« Sie lachten wieder. »Aber hier müssen wir jetzt auf menschlichen Einfluss und die Erziehung verzichten. Wir wollen ja sehen, wie die Hunde sich begegnen, ohne dass du das eine oder das andere Verhalten unterstützt.«

»Okay«, stimmte Barbara zu.

Sie vertraute Kim. Wie sollte sie auch nicht? Auf Kim war immer Verlass. Sie sagte, was sie dachte. Sie hörte allen bis zum Ende zu. Sie beschönigte nichts und redete nichts schlecht. Sie half, wo es nötig war. Sah alles. War automatisch da, wenn es etwas zu tun gab. Sie war ganz und gar ein Mensch, dem man einfach vertraute.

Wahrscheinlich hatte Helena ihr deswegen erzählt, was sonst

niemand wusste. Weil sie ihr immer noch mehr als jedem anderen vertraute.

»Du weißt ja«, sagte Trudes fröhliche Stimme aus dem Lautsprecher im Versuchsraum. »Wenn alles gut gelaufen ist, kommt Doktor Richardson zu dir rein, und ihr führt ein kleines Gespräch darüber, wie du den Versuchsabschnitt empfunden hast und wie du das Verhalten der Hunde einschätzt. Versuch also, nicht ganz so außer Atem zu sein, damit du nicht so schnaufst. Nicht noch mal so ne Nummer wie neulich draußen im Auslauf, okay?! Lass die Hunde ein bisschen toben. Aber bleib selbst relaxed, okay?«

Barbara nickte grinsend. Dann verließ sie den Raum.

Bernhard und sie begegneten sich in der Tür und schlugen mit den Handflächen gegeneinander. Give me five unter den LABOR-Probanden. Dass musste rein. Sie würde diese Instruktion gleich an Trude weitergeben.

Mit Bernhard schritt Kim ebenfalls den Raum ab, erklärte ihm, wie er sich zu verhalten hatte. Er fragte nichts. Machte ein fachmännisches Gesicht, nickte und verschwand gemeinsam mit Kim.

Sie konnte nicht einfach aufhören. Das wusste sie doch bestimmt. Ganz unabhängig von dem mächtigen Ärger mit ZAPP-TV, den sie sich damit einhandeln würde, vor dem auch ihre Schwester sie nicht würde schützen können. Ganz abgesehen davon, konnte sie das Helena nicht antun.

Ihre einzige Schwester verließ ihr bisher teuerstes, wichtigstes Projekt? Das war unmöglich.

Das Publikum mochte Kim. Wenn sie gehen würde und der Frauenliebling Tom noch dazu, würden die Fragen gar kein Ende mehr nehmen. Das musste Kim begreifen.

Nach kurzer Zeit wurden Lola und Paul in den Versuchsraum gebracht. Lola trabte mehrmals im Kreis und sah erwartungsvoll zur Tür.

Die Hunde hatten mittlerweile allesamt raus, dass die Atmosphäre der Versuche immer bedeutete, dass sie ihren Menschen treffen würden.

Sie waren angespannt und freudig erregt, wenn ein neuer Versuchsabschnitt begann. Lola verhielt sich also völlig typisch und den Erwartungen entsprechend. Ihr Artgenosse Paul dagegen …

Er schlurfte in die hintere Ecke des Raumes, schnupperte halbherzig am Boden und ließ sich dann mit einem Stöhnen auf den Boden sinken. So sah kein Hund aus, der sich auf sein Herrchen freute.

Als Bernhard hereinkam, wurde er von Lola überschwänglich begrüßt. Man sah ihm an, dass er ihre offensichtliche Freude sehr genoss.

Doch Paul. Er machte sich nicht die Mühe, aufzustehen. Lag in seiner Ecke und wedelte mit dem Schwanz, während er das Begrüßungsfest zwischen seinem zukünftigen Besitzer und der Hündin beobachtete.

»Hey, mein Alter«, sprach Bernhard ihn an. Etwas kräftigeres Schwanzklopfen. Doch der Rüde stand trotzdem nicht auf.

Helena sah zu, wie der Versuchsabschnitt Paul den Bach runter ging. Die Bilder waren nicht zu gebrauchen. Und dann wandte Bernhard sich auch noch zur verspiegelten Front, deutete auf Paul und sagte laut und vernehmlich: »Wenn der Hund nicht bald hier rauskommt, dann habt ihr ihn auf dem Gewissen. Guckt euch den doch mal an.«

»Keine Kontaktaufnahme zur Kamera, bitte!«, herrschte Trude ihn von jenseits der Wand via Lautsprecher an.

»Ist doch wahr!«, knurrte Bernhard, ging zu Paul hinüber und kraulte ihn hinter den Ohren, während Lola um sie beide herumtänzelte und ihn zum Spielen aufforderte.

Es folgten mehrere Versuchsabschnitte, in denen Bernhard verschiedene sozial motivierte Handlungen in Richtung der Hunde ausführte. Er tat brav, was von ihm verlangt wurde. Lola war über alles begeistert. Paul wünschte sie wahrscheinlich alle zum Teufel.

Schließlich stand der große, schwarze Rüde auf und schlurfte hinüber zur Tür, um zaghaft daran zu kratzen. Man konnte nun schon deutlich die Rippen unter seinem immer stumpfer erscheinenden Fell erkennen.

Wieder wandte Bernhard sich zur verspiegelten Front.

Es war ein Trauerspiel. So etwas durfte nicht über den Sender gehen. So etwas durfte kein Zuschauer zu sehen bekommen.

Eine Pflegerin erschien und brachte Paul hinaus. Bernhard verließ gemeinsam mit Lola den Versuchsraum, wobei sie geradezu an ihm klebte. Wahrscheinlich ahnte sie bereits die nahende Trennung.

Rührend, wie sie zu ihm aufsah und sein Gesicht nicht eine Sekunde aus den Augen ließ. Was musste in ihr vorgehen, wenn er sie gleich wieder einmal einem Pfleger übergab und sie zurück zu ihren Artgenossen musste.

Wenn sie sich entscheiden könnte.

Schande noch mal. Sie interpretierte hier schon etwas in die Hunde hinein, was überhaupt nicht bewiesen war.

Einfach, weil sie selbst …

Ja, warum eigentlich? Weil sie selbst sich verflucht allein fühlte auf dieser Strecke, die sie gerade zu bewältigen hatte? Allein. Einsam. Nicht da, wo sie hingehörte. Wo sie sich wohlfühlte. Wo sie sein wollte.

Die Frage war nur: Wo wollte sie eigentlich sein? Dies hier war schließlich ihr Job. Ihr immer heiß ersehnter und geliebter Job, der ihrem Ego, ihrem Selbstwertgefühl so viel gegeben hatte. Stolz. Anerkennung.

Sie hatte sie?

Immer gehabt? Ihre Anerkennung, ihre Bewunderung. Ihre Liebe.

*Sie lieben dich!*

Warum war der Hals plötzlich so eng.

Auf dem Bildschirm tat sich wieder etwas. Der Beagle und der Whippet wurden hereingeführt und sich selbst überlassen.

Humphrey rührte sich nicht vom Fleck, sondern blieb vor Erregung bebend gleich an der Tür stehen. Offenbar wusste er genau, dass mit Barbaras Erscheinen nur an dieser einen Stelle zu rechnen war. Und alles andere interessierte ihn nicht.

Der hübsche Buffi trabte einmal elegant in die Runde und schaute sogar direkt in die Kamera, als er an der verspiegelten Seite vorüberkam. Für ihn sah es aus wie ein Artgenosse, an dem er vorbeiflanierte. Doch für die Zuschauer war das ein wunderbares Bild eines Hundes, der mit fröhlich geöffnetem Fang einen Gruß in die Wohnzimmer sandte.

»Toll«, sagte Helena leise. Sie war einfach viel zu sehr Fernsehproduzentin, um so etwas nicht zu sehen. Egal, wie benommen sie sich gerade fühlte.

Was hatte Kim gesagt? Dass diese drei ein Spitzen-Trio werden würden? Gut möglich.

Barbara war den Zuschauern sympathisch in ihrer ehrlichen, offenen und tierlieben Art. Humphrey war witzig und eigensinnig. Buffi war grazil, leichtfüßig und schmusig. Eine tolle kleine Familie.

Familie?

Helena, also ehrlich mal! Wie konnte jemand gemeinsam mit zwei Hunden eine Familie sein?

Wenn Kim ging, würden nicht zuletzt auch Gabi und Horst Fragen stellen. An sie beide. Beim nächsten gemeinsamen Besuch. Vorsichtig. Rücksichtsvoll. Wie es ihre Art war, sie beide als erwachsene Menschen zu respektieren, verstehen zu wollen. Helena hatte mehr als nur eine vage Ahnung, wer argumentativ dabei besser dastehen würde.

Auf dem Bildschirm tat sich etwas. Humphrey begann tatsächlich auf und ab zu hüpfen. Dann erschien Barbara im Bild. Breit grinsend. Natürlich grinsend. Sie war Mittelpunkt eines Versuches. Für sie lief alles wunderbar. Was Barbara aber nicht wusste. Bernhard auch nicht. Nur wenige unter ihnen. War die Tatsache, dass die Versuche, die sie hier durchführten und um die alle so ein Riesengeschiss machten, gar nicht mehr im Vordergrund standen. Sie machten nur noch einen Teil aus von dem, was die Zuschauer zu sehen bekamen.

Denn die Nachfrage bestimmte nun mal das Angebot. Und die Nachfrage wollte dringend mehr Material hinter den Kulissen. Gespräche der Techniker über die Umsetzung. Kleine Wetten, die abgeschlossen wurden, welcher Hund wie reagieren wird. Und natürlich die Probandin. Wer würde es sein? Wann passierte es? Und was bedeutete das eigentlich, dass »es passieren« würde?

Die Hunde interessierten mittlerweile nur noch die wenigsten Zuschauer.

Buffi schoss ebenfalls aus dem hinteren Teil des Raumes nach vorn.

Die Tür öffnete sich, und Barbara kam herein. Sie beugte sich hinunter, um Humphrey den Kopf zu tätscheln. Strahlte über das ganze Gesicht vor Glück. Wandte sich zur Seite und streckte die

Hand nach Buffi aus. Der sprang fröhlich an ihr hoch. So hoch, dass er fast ihr Gesicht erreichte bei einem Hopser.

Was dann geschah, passierte so rasend schnell, dass Helena zuerst gar nicht begriff, was sie da sah.

Barbara lachte. Sie sagte etwas zu den Hunden. Berührte Buffi sanft und liebevoll an der Seite.

Und dann. Plötzlich.

Packte Humphrey den Whippet am Hals. Buffi quietschte auf. Humphrey fasste nach.

Barbara wollte mit der Hand abwehrend in Humphreys Fell greifen, das Lachen noch nicht ganz aus dem Gesicht gewischt, doch sie verfehlte ihn knapp. Der Whippet schrie.

Humphrey ließ ihn nicht los, sondern fasste nochmals nach, schleuderte den zarten Körper einmal im Kreis um sich herum.

Buffis Schreie gellten durch den Raum.

Barbaras ausgestreckte Hand. Ihre Miene in Entsetzen erstarrt.

Plötzlich spritzte etwas über den Boden.

Das Splittern der dünnen Whippetknochen klang wie knirschendes Glas.

Ein kurzes Aufheulen. Dann war es still.

Humphrey ließ den schlaff herabhängenden Körper los, drehte sich zu Barbara um und wedelte sie fröhlich an.

### *Désirée*

Désirée war bereits von ihrem Stuhl aufgesprungen, als Humphrey den Whippet am Hals gepackt hatte. Jetzt warf sie sich herum und rannte aus dem Konferenzraum, wo sie mit den anderen Teammitgliedern den Versuchsablauf beobachtet hatte. Den Gang entlang. Verdammt. Die Wege waren zu lang. Warum hatten sie nicht bedacht, dass in einem Notfall die Wege einfach zu lang waren?

Hinter der Ecke plötzlich zwei wehende Kittel vor ihr.

»Wo ist Hausmann?«, schrie jemand.

Die Tür zum Versuchsraum stand bereits offen. Ebenso die daneben liegende Tür des Observierungsraumes. An dieser rannte Désirée vorbei und prallte im Versuchsraum fast auf Doktor Sen, der in der Tür stehen geblieben war.

Sie presste sich an ihm vorbei. Der Anblick war grauenvoll. Viel schlimmer, als es auf dem Bildschirm gewirkt hatte.

Barbara lehnte leichenblass in der Hocke an der Wand und hielt Humphrey am Halsband fest. Er zeigte jedoch keinerlei Motivation, sich von ihr zu entfernen.

Über dem bewegungslosen Whippet, der in einer sich rasch vergrößernden Blutlache lag, knieten Kim und Trude.

»Hausmann!«, schrie wieder jemand auf dem Gang.

Nur wenige Sekunden später platzte der Tierarzt samt Behandlungskoffer schwer atmend in den Raum und stürzte an Kims Seite. Die hektische Betriebsamkeit legte sich jedoch bald.

Sie murmelten kurz miteinander. Trude rappelte sich auf und ging hinaus.

Dann erhoben sich auch Kim und Hausmann. Hausmann sah zur verspiegelten Front und schüttelte den Kopf.

Barbara schluchzte trocken auf.

Désirée ergriff ihren Arm und half ihr auf.

»Kommen Sie«, sagte sie. »Raus hier.«

Es roch nach Blut und Exkrementen.

Auf dem Gang übernahm einer der Pfleger den Beagle. Humphrey wollte jedoch nicht fort von seinem Menschen. Er stemmte die Beine in den Boden und ließ ein Jaulen hören, das Désirée durch Mark und Bein ging.

»Nun machen Sie schon!«, sagte sie streng zu dem Pfleger, der irritiert innegehalten hatte. »Bringen Sie ihn hier weg!«

Barbara, immer noch weiß im Gesicht, sagte mit zittriger Stimme: »Wo bringen Sie ihn hin? Was passiert denn jetzt mit ihm?«

»Wir kümmern uns schon um ihn«, sagte Doktor Sen und setzte hinzu: »Keine Angst.«

Da war Kim, die gerade aus dem Raum herauskam. Sie sah Désirée an. Der Schmerz in ihrem Blick zerschnitt in Désirée etwas wie ein Skalpell. Auf Kims Kittel waren Blutflecken.

Trude redete auf dem Gang auf einen Tonmann ein. Der Flur

war entschieden zu eng für die vielen Menschen, die plötzlich hier herumstanden.

»Scheiße noch mal«, hörte Désirée Trude laut sagen. Das war mal eine passende Aussage.

»Alles klar bei Ihnen?«, fragte Kim die Fernsehleute und warf einen Blick in den Raum, in dem Kamerateam und Aufnahmeleitung dem Horrorszenario live beigewohnt hatten. Was sie dort sah, schien sie zu beunruhigen.

Sie sah sich rasch um, »Désirée«, sagte sie und klang erleichtert. Sie fasste eine Assistentin am Arm. »Der Arzt! Schnell! Wir haben hier jemanden mit einem Schock.«

Trude sah verwirrt aus.

Désirée folgte Kim in den abgedunkelten Raum hinein. Auf dem einzigen Stuhl an der Wand saß Thorsten Bracht, der Kameramann mit dem Ziegenbart.

Kim hatte recht. Er sah verdammt nicht gut aus.

Ohne dass sie sich hätten absprechen müssen, griffen sie ihn rechts und links unter den Achseln – er murmelte »Geht schon wieder …«, war aber schwer wie ein Sack Kartoffeln – und halfen ihm auf den Gang hinaus. Hier war inzwischen wegen Überfüllung geschlossen. Das war ja nicht zu fassen. Wieso besprachen sie denn im Vorfeld immer die Notfallsituationen, wenn es dann im Ernstfall nicht anders aussah als bei einem Autounfall – lauter Spanner unterwegs.

»Was ist denn das für ein Krisenmanagement!«, blaffte Désirée. »Alle, die hier nichts zu suchen haben, gefälligst in den Konferenzraum. Nicole, bitte schließen Sie die Tür hier auf. Wir brauchen frische Luft.«

Nicole, eine der wenigen Assistentinnen mit Schlüsselgewalt, öffnete ihnen die Tür zu einem Nachbarraum und riss das Fenster darin weit auf.

Kim und Désirée setzten Thorsten an der Wand ab.

»Beine her! Wir müssen Ihren Kreislauf wieder in Schwung kriegen«, befahl Désirée dem Kameramann. Er war einer von denen, die ihr immer noch ein wenig Angst einjagen konnten. Seine großspurige Art. Sein lässiger, oft ruppiger Tonfall. Doch jetzt war er einfach nur ein Häuflein Elend. Er sah mit großen Augen durch sie hindurch.

Désirée seufzte, griff nach seinen Knöcheln, zog mit zwei raschen Bewegungen seine Slipper aus und hob mit einem Ruck seine Beine hoch. Thorsten rutschte auf dem Boden ein Stück nach vorn. Wehrte sich jedoch nicht. Und kam, mit beiden Füßen gegen Désirées Oberschenkel gepresst halb sitzend, halb liegend zur Ruhe.

Kim war in die Hocke gegangen und knetete seine Hände. Aus seinem Mundwinkel lief ein kleines Rinnsal Speichel. Sie zog ihren Kittelarm etwas länger und wischte ihm mit der Manschette sanft übers Kinn. Er war kreidebleich.

In der Tür erschien Barbara, von einem Arm hineinbugsiert. »Gehen Sie etwas Frischluft tanken«, war zu hören.

»Wo bleibt der Arzt?«, rief Désirée.

Barbaras Augen sahen riesig aus. Fehlte nur noch, dass sie auch noch kollabierte.

»Setzen Sie sich auf die Matten dort am Fenster. Tief atmen. Sie brauchen Sauerstoff«, sagte Désirée.

Sie konnte sich nur zu gut an die Sezierkurse an der Uni und die Reaktion einiger Kommilitonen erinnern. Der Geruch von Blut. Der Anblick des Todes.

Thorsten ließ ein Schnauben und ein Wimmern hören und fuhr sich mit den Händen durchs Gesicht.

»Mir ist schlecht«, teilte er ihnen mit.

Kim stand rasch auf und griff sich den Mülleimer, der unter dem Waschbecken in der Ecke stand.

»Mann, Scheiße, Mann«, jammerte er dann jedoch, anstatt sich zu übergeben. »Was machen wir hier? Ich meine, ich dachte, hier geht's um Verhaltensversuche. Mir hat keiner gesagt, dass ihr hier aus einem netten braven Hund ein Killermonster macht.«

Barbara schlug die Hände vors Gesicht und murmelte: »Oh Gott! Oh Gott!«

Kim hob den Kopf und sah direkt in Désirées Gesicht.

Wer hatte eigentlich jemals behauptet, die Arbeit mit dem TX14 sei spannend und jedes Opfer wert?

Simon gähnte zum wiederholten Male.

»Wenn du so weitermachst, knack ich hier gleich ein«, beschwerte Tom sich. »Hab heut Nacht kaum geschlafen.«

»Ich auch nicht.« Simon streckte sich ausgiebig. »Deswegen ja. Und ich glaube, Kim hat auch nicht so viel Ruhe bekommen. Aber trotzdem sah sie vorhin sehr frisch aus. Sie waren heute Morgen nicht joggen.«

Tom sah auf und zog die Brauen hoch.

»Sie?«

»Kim und Doktor van Hauser. Du weißt doch, dass sie morgens immer zusammen ums Gelände joggen?«

»Und dass du ihnen von der Kantine aus hinterherspannst.«

»Es hat so eine beruhigende Wirkung.«

»Ha, ha. Und heute Morgen waren sie nicht unterwegs?«

»Nein.«

»Beide nicht?«

»Nein.«

»Hm.«

»Ja, das dachte ich auch.«

Sie schwiegen.

Der Drucker setzte sich in Bewegung und spuckte Auswertungsbögen aus.

»Meinst du, sie hat …?«, begann Tom und brach ab, als er Simons Gesicht sah. »Du vertraust ihr echt, hm?«

Simon zuckte die Achseln.

»Schade«, murmelte Tom. »Ihr wärt so ein schönes Paar.«

Das Telefon klingelte. Tom hob ab.

»Wir sind fast durch«, antwortete er offenbar auf eine Frage.

Schweigen.

»Ja, sicher können wir das. Aber ich kann Ihnen schon sagen, dass der TX …«

Abbrechen. Stirn krausziehen.

»Aber ich sag Ihnen doch, der TX berechnet für Humphrey immer die gleichen Kurven. Die Auswertung für den heutigen

Versuch haben Sie doch gestern bekommen. Es war ganz klar zu sehen, dass er …«

Luft ablassen.

»Was?«

Kopfschütteln.

»Das kann …« Blick zum Schaltpult. »Nein, das kann nicht sein.«

Lippen bewegen ohne etwas zu sagen. Wie ein Fisch auf dem Trockenen.

»Unfassbar! Ich … Ja, sicher, sicher. Machen wir. Ich melde mich sofort, wenn wir durch sind.«

Er legte auf und sah Simon mit großen Augen kopfschüttelnd an.

»Wir sollen die Simulation, die wir gestern für den heutigen Versuchsabschnitt mit Humphrey erstellt haben, noch mal durchjagen.«

»Was hat er getan?«, wollte Simon wissen. »Anders reagiert, als der TX berechnet hatte?«

Tom ließ schnaubend Luft ab. »Das kann man wohl sagen. Er hat den Windhund zerfleischt.«

## *Kim*

Helena war da. Und Kim, die vorgehabt hatte, ihre Schwester bei der nächsten Begegnung am Revers zu packen und gründlich zu schütteln, spürte grenzenlose Erleichterung.

Alle waren versammelt. Sämtliche Mitarbeiter waren in den Konferenzraum berufen worden. Lediglich Simon und Tom mussten im Rechenzentrum ackern, um eine Erklärung zu finden. Thorsten fehlte auch, da er im Krankenzimmer noch unter Beobachtung des Arztes stand.

Frau van Hauser ergriff das Wort vor der Versammlung. »Wir müssen Ihnen leider mitteilen, dass Monovasol bei einem der Probandenhunde einen sozialen Kollaps ausgelöst hat. Er hat kontradesirabel reagiert.«

Hübsch ausgedrückt.

»Ist jemand verletzt worden?«, wollte ein Techniker wissen. Ihm war aufgefallen, dass sein Kamerakumpel nicht anwesend war.

»Kein Mensch. Es war nur die Probandin im Raum«, antwortete van Hauser.

»Ein anderer Hund?«, flüsterte in ihrer Nähe eine der Pflegerinnen mit banger Stimme einer Kollegin zu. Offenbar hatte es sich noch nicht bis zur Letzten unter ihnen rumgesprochen.

»Buffi ist tot«, sagte Désirée, die neben ihrer Stiefmutter stand.

Kim dachte an die Zeit vor Jane Goodall. Bevor sie in den Kongo gezogen war und dort ihre Schimpansen beobachtet hatte, hatten Versuchstiere keine Namen haben dürfen. Jetzt zu erklären, dass Versuchstier w4 nicht mehr lebte, wäre bestimmt leichter.

Ein Raunen ging durch die Gruppe der versammelten Menschen.

Dann fuhr Frau van Hauser fort: »Unsere Computerexperten, Doktor Weigel und Doktor Reeren, arbeiten derzeit fieberhaft an einer Analyse. Wir werden bald herausgefunden haben, wie ein solcher Kurzschluss zustande kommen konnte.«

»Bis dahin lassen wir das Experiment doch ruhen?«, wollte Sen wissen.

Van Hauser sah ihn mehrere Sekunden lang an. Dann sagte sie: »Und was sollen wir den Zuschauern abends präsentieren?«

»Einen zerfleischten Whippet«, schlug Kim vor.

Van Hauser warf ihr einen Blick zu, der sie offenbar am liebsten zu Boden hätte strecken sollen. Eine wissenschaftliche Leiterin, die die Dinge derart brutal beim Namen nannte. Untragbar.

Désirée erwiderte Kims Blick. In ihren Mundwinkeln spielte ein trauriges Lächeln. Dann wanderte ihr Blick weiter, hielt inne. Sie nickte jemandem aufmunternd zu. Kim sah hin. Da drüben saß Barbara Schröder und hielt sich an einer Tasse Kaffee fest.

»Ich darf Sie daran erinnern, dass Sie sich vertraglich an die höchste Verschwiegenheits-Stufe gebunden haben. Wir alle wissen um die Risiken, die wissenschaftliche Verhaltensexperimente mit sich bringen. Wir tun unser Möglichstes, um der Ursache dieses Zwischenfalls auf die Spur zu kommen«, sagte van Hauser.

Helena trat an ihre Seite.

»Ich bin froh, dass ich zufällig heute hier bin«, sagte sie und sah Kim an. »Wir werden alle Kameras bis nach der Mittagspause ruhen lassen. Gönnt euch etwas Ruhe von diesem Schock.«

Die Versammlung löste sich auf. Ein paar kleine Grüppchen blieben zurück, die diskutierten und sich ereiferten.

»Was sagt unser TX-Kopf dazu?«, fragte Helena, die zu Frau van Hauser und Désirée trat.

Kim schlenderte zu Barbara, die keine Anstalten machte, von ihrem Stuhl aufzustehen. So konnte sie van Hausers Antwort deutlich hören. »Er weiß bisher keinen Rat. Und ich frage mich wirklich, wieso wir diese Massen an Geldern für dieses Ding ausgeben, wenn er nicht zuverlässig arbeitet. Genau deswegen haben wir uns für ihn entschieden. Doktor Weigel hat uns versichert, dass diese Wundermaschine genau das simulieren kann, was im Hirn geschehen wird. Wir haben uns in der Sicherheit gewähnt, ohne Risiko zu experimentieren. Weil diese Maschine, die mehr kostet, als mein ganzes Institut in dreißig Jahren erwirtschaftet hat, uns genau berechnen kann, was geschehen wird und wie die Tiere reagieren werden. Von gesteigerter Aggressionsbereitschaft war nicht die Rede. Wäre der TX ein Mensch, würde ihm fristlos gekündigt«, erklärte van Hauser kühl.

»Könnte es eine Nebenwirkung vom Monovasol sein?«, erkundigte sich Helena.

»Unwahrscheinlich«, antwortete Désirée und sah an ihr vorbei zu Kim. Ups. Da flatterte etwas im Magen herum. »Das Rezept wurde über Monate an Wühlmäusen, Meerschweinchen und Ratten getestet. Es ist kein einziger Vorfall dieser Art verzeichnet.«

Van Hauser wischte mit der Hand durch die Luft.

»Simulation hin oder her. Wir müssen uns vergewissern, was tatsächlich in diesem bekloppten Hundehirn vorgegangen ist. Désirée, würdest du bitte alles Notwendige veranlassen? Frau Löwe, wie wäre es mit einem Mittagessen in meinem Büro? Ich lasse uns etwas raufkommen.«

Helena senkte kurz den Kopf, was van Hauser als Zustimmung wertete. »Ich gehe schon mal voraus. Sicher gibt es noch Diverses mit Ihren Leuten zu besprechen. Sie finden den Weg?«

Helena nickte.

Dann wandte van Hauser sich um und ging hinaus.

Kim wagte einen vorsichtigen Blick in Barbaras Gesicht. Hatte sie mitbekommen, was van Hauser gerade gesagt hatte? Konnte sie schlussfolgern, was der Auftrag an Désirée beinhalten würde? Doch Barbara erwiderte nur kurz ihren Blick mit einem unglücklichen Lächeln und sah dann wieder hinab auf ihre Hände.

### *Helena*

Natürlich waren alle aufgeregt. Zwei Pflegerinnen weinten und mussten getröstet werden. Überall bedrückte Gesichter. Bernhard stand mit versteinerter Miene herum und erklärte allen, die es wissen wollten, dass er mittlerweile überhaupt gar nichts mehr von »dieser Veranstaltung hier« halte.

Helena winkte Trude zu sich heran in eine Ecke des Raumes. »Ich glaube, da ist mal ein aufbauendes Gespräch notwendig«, sagte sie leise und deutete mit einer leichten Kopfbewegung zu ihm hinüber. »Hat er sich mit jemandem aus unserem Team angefreundet?«

Trude musterte Bernhard. »Jochen vielleicht. Soll ich ihm sagen, er soll ihn wieder auf Kurs bringen?«

»So etwas in der Art. Wir können es uns nicht leisten, dass jetzt auch noch Probanden revoltieren.«

»Schon klar.« Trude sah sich suchend um, ob sie irgendwo ihren Kollegen entdecken konnte. Dabei tippte sie mit dem Kugelschreiber auf das Klemmbrett, das sie unterm Arm trug. »Sag mal, du wolltest dir doch Tom Weigel wegen des Kameraausfalls vorknöpfen. Das wird jetzt wohl etwas dauern. Oder soll ich ihn dir rausholen? Da ist ja noch Simon, der am TX arbeiten kann«, sagte Trude.

»Nein«, entschied Helena. »Nein, es ist wichtiger, dass er sich jetzt auf diese Aufgabe konzentriert. Ich kann später mit ihm sprechen.«

Trude nickte grimmig.

Helena machte sich auf den Weg zu einem ungemütlichen

Mittagessen mit der Institutsleiterin. Sie reckte den Hals, konnte aber Kim nirgends entdecken.

Désirée van Hauser stand noch bei einer kleinen Gruppe ihrer Mitarbeiter, die alle verwirrt und ratlos wirkten. Verwirrt und ratlos.

Helena schritt an ihnen vorbei. Dass sie Kim nicht ausmachen konnte, beunruhigte sie. Es hätte gutgetan, kurz ein paar Worte miteinander zu wechseln. Aber wahrscheinlich hatte Kim anderes zu tun, als ihre Schwester, die sie belogen und betrogen hatte, mit ein paar Worten zu beruhigen.

Als Helena zu den Fahrstühlen ging, kam ihr der Gedanke, dass sie das alles irgendwie verdient hatte. Tatsächlich. Sie fühlte sich schuldig. Geschah ihr recht, dass alles aus dem Ruder lief. Im Grunde hatte sie es doch gewusst. Irgendwann würde der Moment kommen, wo es nicht mehr weiter hinaufging. Wo es nur noch bergab gehen konnte. Das war ein einfaches physikalisches Gesetz. Eine unendliche Steigerung gab es nicht. Und das galt vor allen Dingen für Karrieren beim Fernsehen.

Das Verrückte war nur, dass diejenigen, die gerade mittendrin steckten, immer wähnten, bei ihnen selbst würde es anders laufen.

Genau wie junge Menschen nicht glauben konnten, dass sie irgendwann einmal sterben würden. Dachte nicht ein jeder von ihnen, dass es in seinem speziellen Fall ganz anders laufen würde?

Eine spinnerte Idee. Denn schließlich waren sie alle sterblich.

## *Désirée*

Désirée versuchte, ihren Pflichten als Institutsleiterin nachzukommen. Sie blieb noch unten. Beantwortete Fragen. Versuchte Zuversicht zu verströmen. Scheiterte an ihrer eigenen Unsicherheit. Kim und Barbara, die noch eine Weile da drüben auf den Stühlen nebeneinander gesessen und geschwiegen hatten, waren plötzlich fort.

Sie selbst musste nach oben. Sie musste mit Ines sprechen.

Der Gang im achten Stockwerk war beinahe leer. Bis auf eine Gestalt. An einem der Fenster. Kim.

»Kann ich dich kurz sprechen?«

»Sicher.«

Kim ergriff ihren Arm und zog sie in die Fensternische. Sie sah wirr aus. Ihre Haare standen in alle Richtungen. Offenbar hatte noch keine der Maskenbildnerinnen sie zu fassen bekommen. Oder sie dachten, in der Drehpause sei es sowieso gleichgültig, wie ihre Doktoren herumliefen. Désirée musste dem Drang entgegenwirken, ihr über den Kopf zu streichen und alles in Ordnung zu bringen.

Kim hatte einen neuen Kittel angezogen, da der alte mit Buffis Blut bespritzt war. Doch den neuen hatte sie nicht zugeknöpft. Er offenbarte ein Sweatshirt, das auf der Brust mehrere undefinierbare Flecken aufwies, die wenig schmeichelhafte Assoziationen weckten.

Désirée stellte verwundert fest, dass ihr das vollkommen egal war. Sie wollte die Arme um Kim legen und sie an sich ziehen.

»Das könnt ihr nicht machen«, flüsterte Kim. »Ihr könnt Humphrey nicht …«

Désirée schüttelte den Kopf. »Ich dachte mir, dass du das sagst. Und du hast recht. Es ist absoluter Schwachsinn. Wir werden wahrscheinlich nichts erfahren, wenn wir in seinem Hirn herumwühlen. Ines ist keine Wissenschaftlerin, Kim.«

Dass sie ihren Namen sagte, war reiner Bonus für sich selbst. Es tat gut, ihren Namen zu sagen.

»Weiß ich. Aber unabhängig davon, dass es keine fundierte Ursachenforschung wäre, könnt ihr es nicht tun, weil Barbara das nicht verkraften würde. Sie hat so viel in ihn investiert. Was sie gerade erlebt hat, kann sie nur verarbeiten, wenn er am Leben bleibt. Sie muss lernen, ihm wieder zu vertrauen. Ihr dürft die Versuchsreihe nicht länger in den Vordergrund stellen. Hier sind Menschen beteiligt.«

»Du sagst immer ›ihr‹«, stellte Désirée betroffen fest.

»Ich höre auf«, gestand Kim und kniff die Lippen aufeinander.

Nein. Dachte Désirée. Doch sie sagte nichts.

»Mein Entschluss stand schon gestern Abend fest. Ich will ein Humanexperiment dieses Ausmaßes nicht unterstützen. Und alles, was seit gestern Abend passiert ist …« Sie machte eine Pause. »Alles, was passiert ist, bestärkt mich noch in meinem Entschluss.«

Ehe sie darüber nachdenken konnte, hatte Désirée nach Kims Arm gegriffen. »Du kannst nicht einfach aufhören, Kim. Du hältst hier alle Fäden in der Hand. Du … wir brauchen dich.«

Ich brauche dich.

Kim sah sie entschuldigend an. »Tut mir leid, Désirée. Ich … ich geh ja auch nicht gleich. Heute ist es viel zu wuselig. Alle sind komplett durchgedreht. Also hab keine Angst, dass ich einfach plötzlich verschwunden bin, ja?«

»Du hattest recht«, sagte Désirée, als könnte das etwas retten. »Der TX ist einfach nur eine teure Maschine. Er kann Fehler machen.«

Kim umschloss mit ihrer Hand die Hand, mit der Désirée ihren Arm ergriffen hatte. Vorsichtig löste sie Désirées Finger.

»Tut mir leid«, wiederholte sie. Dann drehte sie sich um und ging langsam davon. Alles, was seit gestern Abend passiert war, hatte sie in ihrem Entschluss noch bestärkt.

Alles?

»Kim!«

Sie drehte sich um.

Désirée lief zu ihr. Wollte ihre Hand ergreifen. Wollte fragen, ob sie bereute, was seit gestern Abend geschehen war.

»Komm mit mir!«, sagte sie stattdessen. »Ich will Ines davon überzeugen, dass wir Humphrey nicht töten dürfen. Helena Löwe wird auch da sein. Sie müssen einsehen, dass wir … wir müssen das Ganze hier beenden. Findest du nicht?«

Kim sah sie unsicher an.

»Du meinst, du willst die Versuchsreihe abbrechen?«

Désirée nickte.

»Wenn du mitkommst … Vielleicht kannst du mich unterstützen?«

Sekunden. Vielleicht Minuten, verstrichen, während Kim sie ansah.

»Okay«, sagte sie dann. Einfach nur okay. Das war ein tolles Wort.

In Ines' Büro roch es nach Essen. Désirées Magen revoltierte.

Auch Helena Löwe schien keinen großen Appetit zu haben. Ihr Teller sah unberührt aus.

Als Kim und sie hereinkamen, erhob Helena Löwe sich von ihrem Platz, blieb jedoch dort wie angewurzelt stehen.

»Ich möchte die Versuche abbrechen«, sagte Désirée ohne Vorrede.

Ines sah sie scharf an und blickte dann rasch zu Helena Löwe hinüber. Streifte Kim mit einem Blick. Nicht jetzt. Nicht vor den Fremden. Hieß das.

»Frau Löwe geht das genauso etwas an wie dich«, antwortete Désirée darauf. »Und Doktor Richardson ist genau meiner Meinung. Deswegen ist sie hier.«

»Warum möchten Sie die Versuche abbrechen?«, wollte die Produzentin mit ruhiger Stimme wissen. Sie sah keineswegs so ablehnend aus, wie Désirée erwartet hatte. Und nicht im Mindesten so verächtlich wie Ines. Konnte es sein, dass in Helena Löwes Augen echtes Interesse glomm?

»Wir haben es hier mit einem unkalkulierbaren Risiko zu tun. Die Versuchstiere sind wertvoll. Sie wurden ein Jahr lang darauf vorbereitet, in dieser Versuchsreihe getestet zu werden. Alle haben bisher wunderbare, auswertbare Ergebnisse geliefert. Wir dürfen nicht riskieren, weitere zu verlieren, bevor wir nicht wissen, was mit dem Beagle geschehen ist.«

»Das werden wir bald wissen«, schaltete sich Ines ein. »Die Computerexperten arbeiten ununterbrochen daran, für uns die Antwort zu finden.«

»Der TX hat uns bereits einmal eine falsche Prognose geliefert«, konterte Désirée. »Willst du noch mehr solcher Ergebnisse?«

Als Ines nicht antwortete, sondern sie nur steif ansah, wandte Désirée sich wieder an Helena. »Die Hunde, die für uns Versuchstiere sind, sind für die menschlichen Probanden Sozialpartner. Darauf läuft unsere ganze Versuchsreihe doch hinaus. Wir können nicht riskieren, dass noch mehr von ihnen zu Schaden kommen. Es sind Menschen beteiligt.« Sie sah Kim an. »Von dem neuen Versuchsabschnitt Humanexperimente will ich …«

»Désirée!«, herrschte Ines sie mit schneidender Stimme an. Sie wusste noch nicht, dass Kim im Bilde war.

Désirée ballte die Hände zu Fäusten. Betonte jedes Wort: »Von dem Humanexperiment will ich lieber gar nicht reden. Man muss sich solch ein Horrorszenario wie vorhin nur mal mit menschlichen Sozialpartnern vorstellen und …«

»Désirée! Es reicht!«

Das Telefon.

»Ja?«, bellte Ines hinein. »Aus welchem Grund? Um Himmels willen, dann soll sie reinkommen.« Tiefes Showseufzen.

Ein kurzes Klopfen, dann erschien die Assistentin Nicole in der Tür. Sie ließ sie offen stehen, als sie bis in die Mitte des Raumes ging. Mit verwirrter Miene bedachte sie jede in ihrer kleinen Versammlung mit einem Nicken.

»Frau van Hauser, Humphrey ist nicht im Hundehaus«, sagte sie und klang ziemlich piepsig.

»Nicht im Hundehaus? Wo kann er denn sonst sein?«, erwiderte Ines kühl. Es kostete sie wahrscheinlich alle Beherrschung, sich nicht anmerken zu lassen, in welcher Verfassung sie gerade war. Sie kochte.

Désirée jedoch war sofort wie elektrisiert. Noch nie war eine Assistentin aus dem Labor ins Büro geschneit mit der lapidaren Nachricht, dass ein Versuchstier gerade nicht dort war, wo sie es vermutet hatte.

Nicole straffte die Schultern. »Zwei Helfer aus der Küche sagen, sie haben gesehen, wie Frau Schröder mit ihm das Gebäude verlassen hat.«

Ines schlug mit den flachen Fingern auf die Tischkante. »Drehen denn hier jetzt alle durch? Was fällt ihr ein, jetzt mit diesem Hund Gassi zu gehen! Sammeln Sie sie sofort wieder ein. So groß ist das Gelände ja nicht. Der Spaziergang ist jetzt jedenfalls beendet.«

»Ähm … ich meinte nicht … also, was die Helfer meinten, als sie sagten, sie sei mit ihm rausgegangen, war … sie ist nicht in den Freilauf gegangen.«

Ines' Augen gefroren zu Eis. »Wohin dann?«

»Na ja, also, raus eben. Vorne raus.«

»Wie bitte?«, sagte Ines sehr leise. »Wollen Sie mir etwa erzählen, dass unsere Probandin einfach mit einem unserer Versuchstiere hier aus dem Gebäude spaziert ist? Und jetzt mit einem Hund, der möglicherweise aufgrund der Nebenwirkung eines Medikaments eine erhöhte Bereitschaft zum Töten zeigt, irgendwo da draußen unterwegs ist?«

»Die beiden aus der Küche haben gesagt, sie ist rausgegangen«, wiederholte Nicole noch einmal. Und setzte dummerweise hinzu: »Er … er ist doch nur ein Beagle …«

Ines brauste auf. »Es ist ein Beagle, der einen Artgenossen zerfleischt hat, weil dieser sich seinem Frauchen nähern wollte. Wer kann sagen, was passiert, wenn Frau Schröder Kontakt zu einem Menschen aufnimmt? Irgendjemand, der ihr helfen will, sich und den Hund zu verstecken? Jemand, der sie wegen der schockierenden Erlebnisse hier trösten will. Der sie vielleicht in den Arm nehmen will …«

Ines sah zuerst sie an, dann Helena Löwe. Nicole schluckte laut.

»Sie können gehen«, befahl Ines. Nicole war blitzschnell verschwunden.

»Sollen wir die Polizei einschalten?«, fragte die Produzentin.

Désirée sah zu Kim, und sie wechselten einen langen Blick. Offenbar standen nun gerade andere Entscheidungen an als die, die sie hatten bewirken wollen.

»Das müssen wir, fürchte ich. Ohne Unterstützung werden wir sie nicht finden. Und wenn wir sie nicht finden, bringen wir vielleicht andere in Gefahr. Himmelherrgott. Niemand darf davon erfahren.« Ines hob den Hörer ab und sagte in die Sprechmuschel: »Bitte rufen Sie Kommissar Hubermann an. Der hat doch den Schutz fürs Gelände organisiert? Ja. Der scheint zumindest zu wissen, was er tut. Er soll so schnell es geht zu mir kommen. Nur zu mir. Verstanden?«

Sie arbeiteten fieberhaft. Tom krallte sich die Daten, die der Drucker ausspuckte, und schüttelte dann den Kopf. Auch beim zweiten Versuch berechnete der TX wieder exakt die gleichen Daten für Humphrey.

»Der is kaputt«, sagte Tom und lachte hysterisch auf.

Sie blickten beide zum Telefon. Erwarteten den Anruf aus der Leitungsetage.

»Okay«, sagte Simon und strich sich mit der Hand durchs Gesicht. Seine Wange kratzte. Er hatte heute Morgen aufs Rasieren verzichtet, um lieber ein paar Minuten länger im Bett zu liegen. Doch von der Müdigkeit, die ihn den ganzen Morgen über verfolgt hatte, war jetzt nichts mehr zu spüren. Er wurde regelrecht geschüttelt von Adrenalin. »Okay. Was können wir übersehen haben? Kann es sich eventuell um ein anderes Handlungsmuster gehen? Etwas, das nicht aus dem sozialen Handlungsbereich stammt? Jagen zum Beispiel?«

»Du meinst Beutegreifen? Ich hab's ja nicht gesehen. Aber hat er nicht schon Kaninchen links liegen lassen, um bei seinem Frauchen zu sein?«

»Ich meine nur. Es wäre eine Möglichkeit. Wir könnten es auf diese Weise mal durchspielen. Dafür müssen wir nur … hey, Tom, hey, komm schon, nicht aufgeben!«

Tom ließ wirklich den Kopf hängen und hatte das Gesicht in den Händen vergraben. Jetzt nahm er die Hände fort und sah Simon mit gesenktem Kopf an. »Weißt du, woran ich verflixt noch mal die ganze Zeit denken muss? Ab heute sind wir nicht nur die Idioten, die sich für eine Pseudo-Wissenschaftssendung haben ködern lassen. Die sich haben bescheißen lassen, was die Bedingungen angeht und das alles. Nein, wir sind ab heute auch die Idioten, die trotz ihrer hochbezahlten Arbeit nicht vorhergesagt haben, dass einer von den Hunden zum Killer wird. Das werden sie doch alle so sehen, oder?«

Verdammt. Wahrscheinlich hatte er recht.

Simon legte ihm die Hand auf die Schulter. »Denk jetzt nicht daran. Wir brauchen deine Gedanken alle hier bei unserem Problem. Diese Sorgen kannst du dich später noch machen, echt.«

Tom nickte und richtete sich auf. »Wir brauchen Hilfe von den Wissenschaftlern«, entschied er. »Wundert mich sowieso, wieso Kim noch nicht hier aufgetaucht ist. Rufst du oben an und sagst Bescheid, dass wir hier einen denkenden Kopf gebrauchen könnten?«

»Wieso ich?«, sagte Simon rasch.

Tom sah ihn an, seufzte und verdrehte die Augen. »Scheiße, Mann, du hast recht. Ich hab's uns eingebrockt, hm?« Er griff zum Telefonhörer und wählte die Nummer von van Hausers Büro.

## *Kim*

»Sie brauchen sich keine Gedanken darüber zu machen, dass ich etwas erfahren könnte, was ich nicht wissen soll. Es war nicht schwer zu erraten, was hier vorgeht, wissen Sie«, sagte Kim und hoffte, Désirées Kopf damit aus der Schlinge zu ziehen. »Zumindest kann ich Ihnen versichern, dass keiner Ihrer Mitarbeiter mich eingeweiht hat, was das Humanexperiment angeht.«

Das entsprach ja tatsächlich der Wahrheit.

»Ich habe auch eine plausible Erklärung dafür, wieso die erwartete Reaktion bei der Probandin bisher ausgeblieben ist.«

Helena machte eine rasche Bewegung, sagte jedoch nichts.

»Sie ist in einen anderen verliebt«, sagte Kim.

Van Hauser klopfte mit einem Finger auf den Schreibtisch. »Woher wissen Sie das? Hat sie sich Ihnen anvertraut?«

Kim lächelte. »Das musste sie nicht. Ich habe einen guten Draht zu meinen Mitarbeitern.« Die ja wahrscheinlich nicht mehr lange meine Mitarbeiter sein werden. Wenn wir hier erst mal alle raus sind.

»Ich finde die Erklärung einleuchtend«, schaltete Désirée sich ein. »Ihre Rezeptoren sind bereits mit bestimmten Reizen belegt. Die Hormongabe hat wahrscheinlich bewirkt, dass ihre Gefühle sich noch verstärkt haben. Aber natürlich war sie nicht offen für die Signale, die ihr für sie gedacht hattet. Doktor Sen war zwar überdurchschnittlich häufig mit ihr zusammen, auch allein, genau, wie es geplant war. Doch alle ihre Sinne waren auf einen anderen ausgerichtet. Im Grunde ganz ähnlich, wie wir es beim Riesenschnauzer Paul beobachten können.«

»Das klingt logisch«, murmelte Helena.

Sie wirkte angespannt, aber nicht nervös. Und bisher hatte sie noch nichts gegen den Vorschlag des Abbruchs der Versuchsreihe vorgebracht.

Konnte es sein?

Van Hauser dagegen saß wie versteinert an ihrem Schreibtisch.

»Ines«, sagte Désirée da, verließ ihren Platz an Kims Seite und ging zum Schreibtisch hinüber.

Keine Reaktion.

»Ines, wir müssen es abblasen.«

»Das kommt nicht infrage.«

»Aber ...«

Van Hauser wandte den Kopf zu ihrer Stieftochter. »Noch nie, seitdem dein Vater dieses Institut gegründet hat, haben wir eine Versuchsreihe abgebrochen. Auch diese Ergebnisse gehören dazu.«

»Bedenk doch ...!«

Doch Désirée wurde unterbrochen: »Ich bedenke, dass *alles* auf dem Spiel steht, wofür dein Vater sein Leben lang gearbeitet hat.«

Désirée presste die Schulterblätter gegeneinander, was sogar unter ihrem Laborkittel deutlich zu erkennen war. »Papa hätte die Versuchstiere nicht aufs Spiel gesetzt. Er hätte nie zugelassen, dass wir jetzt weitermachen. Und das weißt du auch.«

Das Telefon klingelte.

Ines griff hastig zum Hörer, lauschte, sagte: »Durchstellen!« und dann: »Haben Sie den Fehler gefunden?«

Sie sah in den Raum hinein, zu Helena und zu Kim. Mit einem Tippen ihres Fingers schaltete sie den Lautsprecher ein.

»... deswegen kann der TX keine anderen Ergebnisse berechnen. Wir hatten den Gedanken, ob Humphreys Ausfall vielleicht aus einem anderen Verhaltenskreis stammen könnte. Jagen zum Beispiel. Wir könnten es damit auch noch mal durchrechnen. Aber dazu haben wir natürlich zu wenig Ahnung von der Verhaltensbiologie der Hunde. Wäre es möglich, dass jemand aus der wissenschaftlichen Leitung zu uns kommt? Doktor Richardson vielleicht?«

Van Hauser sah zu ihr herüber und nickte. »Sie ist grad bei mir. Ich schicke sie Ihnen runter.« Damit legte sie auf.

Na, wunderbar. Jetzt hatte sie ja eine tolle Möglichkeit gefunden, um den unliebsamen Besuch loszuwerden.

»Ich komme mit«, entschied Désirée und wandte sich zum Gehen.

Da ging schon wieder das Telefon. Die Lauttaste war noch immer gedrückt.

»Frau van Hauser. Ich denke, Sie sollten dringend runterkommen«, erklang Trudes Stimme. Sie klang nur mühsam beherrscht.

»Ist schon wieder etwas mit den Hunden?«, fragte van Hauser rasch.

»Nein, aber mit der Assistentin Nicole Fermann. Der Arzt ist schon bei ihr. Ich fürchte, sie muss so schnell es geht ins Krankenhaus.«

## *Helena*

Sie hasteten alle den Gang entlang zu den Fahrstühlen.

»Kreislaufzusammenbruch?«, wiederholte van Hauser. »Gut, dass die Kameras nicht liefen.«

»So was würden wir doch nie über den Sender schicken«, erwiderte Helena. So ein Unsinn. Damit wäre doch wirklich niemandem geholfen.

»Haben Sie schon einen Krankenwagen gerufen?«, erkundigte sich Kim.

Van Hauser wusste es nicht.

»Es reicht, wenn ich bei der Probandin bin«, sagte sie zu Désirée. »Doktor Richardson und du, ihr werdet am TX gebraucht. Je eher wir ein Ergebnis haben, desto besser.«

Der Fahrstuhl hielt auf vier. Zwei Techniker stiegen ein und musterten sie, als könnten sie ihren Gesichtern entnehmen, was hier vorging. Drüben an der Wand stand Doktor Reeren im Gespräch mit einer Assistentin. Kim drückte noch einmal die Taste für das richtige Stockwerk. Doch Helena hielt die Hand in die Lichtschranke und trat einen Schritt aus dem Fahrstuhl. »Doktor Reeren«, rief sie. »Wollen Sie nicht mit runter? Ich denke, Sie werden gebraucht.«

Der junge Mann sah verwundert auf. Er konnte einem ja wirklich leidtun mit seinen geröteten Kaninchenaugen.

»Kommen Sie!«, rief sie ihm erneut zu.

»Bitte?« Er starrte sie verblüfft an.

Kim zog Helena zurück in den Fahrstuhl und drückte erneut die Stockwerktaste.

»Das ist nicht Doktor Reeren«, erklärte sie. »Das ist Jens Schlagbäumer, ein Assistent. Doktor Reeren ist doch neben Tom hier der zweite Computerfachmann. Die sitzen beide im Rechenzentrum und lassen ihre Köpfe rauchen.«

Wahrscheinlich nahm sie an, dass Helena ob der sich überschlagenden Ereignisse nicht mehr in der Lage war, Mann und Maus auseinanderzuhalten.

»Natürlich«, sagte Helena. Sie nickte Schlagbäumer entschuldigend zu, bevor sich die Fahrstuhltür direkt vor ihr schloss.

Wenn dieser Mann nicht Doktor Reeren war. Wer war es dann?

## *Désirée*

Ines und Helena Löwe verließen gemeinsam mit den Technikern den Fahrstuhl und ließen sie zurück. Die Türen schlossen sich, und sie setzten sich erneut in Bewegung.

Allein.

Seit sie sich morgens in ihrem Zimmer verabschiedet hatten, schienen Tage, vielleicht eine ganze Woche, vergangen zu sein. Wie war das also, wenn man plötzlich so viel mehr als Kolleginnen war und trotzdem nur als solche agieren durfte?

»Mein Vater hätte das nie getan«, hörte Désirée sich selbst sagen. Sie hatte nicht vorgehabt, etwas in dieser Richtung von sich zu geben. »Für ihn standen die Vögel immer im Vordergrund. Etwas über sie zu erfahren, war ihm heilig. Aber er hätte nicht riskiert, Versuchstiere zu verlieren, nur aus ... aus Starrköpfigkeit. Für ihn waren die Vögel das Wichtigste. Er hat mir immer gesagt: ›Sieh sie dir genau an und behandele sie immer mit dem Respekt, der ihnen gebührt! Eigentlich sind nämlich sie die überlegene Spezies. Sie sind das Herrlichste, was die Evolution hervorgebracht hat. Sie können fliegen. Deswegen sind sie das Beste und Einzigartigste, was es gibt auf dieser Welt.‹ Und wenn ich nun das Chaos dieser Versuchsreihe sehe, denke ich, dass er damit recht hatte.«

Kim räusperte sich. »Ich glaube, mit einer Sache bist du auf dem Holzweg«, sagte sie. »Wenn du glaubst, dass Vögel die verdammt wichtigsten Lebewesen auf diesem Planeten sind, irrst du dich. Nur weil dein Vater dieser Meinung war, solltest du nicht seinem Irrglauben folgen.«

Irrglauben?

Désirée blickte sie fragend an und erschrak ein bisschen über das, was sie sah. Mit Spott hätte sie vielleicht umgehen können. Ganz sicher sogar mit dem ebenbürtigen Zorn einer Wissenschaftlerin, die über eine fachliche Frage streitet. Doch da war etwas anderes in Kims Zügen. Etwas, mit dem sie nicht gerechnet hatte und das sie verstörte. Konnte es sein, dass Kim Mitleid empfand? Mit ihr, Désirée?

»Ah ja«, erwiderte sie und konnte hören, wie spitz ihre Stimme klang. Eine Rauchschwalbe in der Abenddämmerung. »Und welche Lebewesen sollen bitteschön wichtiger sein?« Was hätte meinem Vater wichtiger sein sollen? Wollte sie noch hinzusetzen. Aber das ging dann doch zu weit.

Kim sah sie einen Moment lang an.

Der Fahrstuhl hielt. Die Türen glitten auf.

»Du«, sagte sie.

Kim und Désirée van Hauser wirkten beide wie verschreckte Hühner, als sie das Rechenzentrum betraten.

Emotional am Rande der Klippe zur Hysterie, schätzte Simon sie aus dem Bauch heraus ein. Verständlich. Sie hatten gesehen, wie ihr lieber kleiner Humphrey einen anderen Hund zerfleischte. Seiner Erfahrung nach war Arbeit, bei der man den Kopf anstrengen musste, gut gegen das Tief, das auf einen solchen Schock folgte. Deswegen legte er gleich los. Schob ihnen Stühle hin. Erklärte ihnen, welche Ideen sie gewälzt hatten. In weniger als einer Minute waren sie in eine Diskussion über die verschiedenen Verhaltenskreise von Hunden verwickelt. Simon notierte, was Kim und Désirée vorschlugen.

Sie begannen mit der Annahme, der Angriff auf Buffi sei jagdlich motiviert.

Der TX nahm bereitwillig die veränderten Daten auf. Doch Simon schüttelte den Kopf, als Tom sie losschickte. »Wir manipulieren hier. Humphrey hat nie eine solche Entscheidung gezeigt, seit er unter dem Einfluss von Monovasol steht.«

»Das stimmt«, seufzte Kim. »Er hat sich zwar für die Wildkaninchen interessiert, schließlich ist er ein Beagle. Aber er hat sie nicht attackiert. Stattdessen ist er rasch Barbara gefolgt.«

»Aber die Kaninchen sind ihm auch nicht ins Maul gesprungen, so wie der Whippet«, gab Tom zu bedenken.

»Wir werden sehen«, sagte Simon und betrachtete das Schaltpult. Nun mussten sie abwarten, was das Superhirn zu dieser neuen Variante meinte.

Nach ein paar Minuten der Stille sagte Kim plötzlich: »Wir waren gerade bei der Institutsleitung oben. Haben einen sehr formlosen Antrag gestellt, die Versuchsreihe abzubrechen. Besser gesagt, Désirée hat ihn gestellt.«

Désirée sah beinahe ein bisschen geschmeichelt aus, als Kim sie nun ansah. Moment mal. Was war hier denn passiert?

»Das wäre wohl wirklich das Beste«, meinte Tom. »Für uns alle.«

Désirée seufzte und sah Kim weiterhin an. Und wie. »Vergiss es«, sagte sie. »Sie wird auf keinen Fall zustimmen, die Versuche abzubrechen. Ich kenne sie seit vielen Jahren. Sie ist härter als Stahl.«

»Was wird sie machen, wenn wir unsere Arbeit kündigen?«, erkundigte sich Simon vorsichtig.

Sie musterte ihn. Zum ersten Mal schien sie ihm nicht unnahbar kühl und unfreundlich. Ob es daran lag, dass sie mit Kim hier war? Und wenn es daran lag: Was war zwischen ihnen, das sie so veränderte?

»Ehrlich gesagt, ich bin mir ziemlich sicher, dass sie Sie verklagen wird.«

»Mist!«, fluchte Tom.

»Das war doch wohl klar«, rotzte Kim ihm hin.

Blicke flogen hin und her im Raum. Simon war heilfroh, dass das hier kein Westernfilm war und die Blicke keine Pfeile.

»Weißt du, woran ich ständig denken muss seit unserer kleinen Versammlung vorhin?«, sagte Désirée van Hauser und sah dabei Kim an. Diesmal sah sie Kim so sehr an, dass Simon »Aha« dachte. »Ich denke daran, was du geantwortet hast, als meine Stiefmutter gefragt hat, was wir denn am Abend dem Publikum in der Sendung präsentieren sollen. Du warst die Einzige, die etwas geantwortet hat.«

»Was hast du denn gesagt?«, wollte Tom wissen.

»Einen zerfleischten Whippet«, antwortete Kim achselzuckend.

Tom lachte bitter auf.

»Was ist Ihre Idee?« Simon verstand nicht ganz, was Désirée damit sagen wollte. Sie dachte also die ganze Zeit an diese sarkastische Antwort. Na und?

»Ich überlege, was passieren würde, wenn wir dem Publikum vor den Bildschirmen zeigen würden, was hier geschehen ist. Immerhin ... es ist eine Wissenschaftssendung. Zumindest dachte ich das anfangs noch. Doch jetzt sollen plötzlich Ergebnisse gefälscht werden. Bilder werden nicht gesendet, weil sie nicht ins Bild der heilen Laborwelt passen, in der alle Versuchstiere glücklich sind. Wie würden die Zuschauer wohl reagieren, wenn man sie mit der Wahrheit konfrontiert?«

»Sie würden ausschalten«, meinte Tom.

Doch wahrscheinlich stimmte das nicht, dachte Simon. Was

würde er selbst tun, wenn ihm so etwas passieren würde? Wenn er abends vor dem Fernseher sitzen würde und plötzlich erkennen würde, was tatsächlich hinter den Kulissen ablief? Simon war sich ziemlich sicher, dass er eins nicht tun würde: Abschalten. »Nein«, sagte er und tippte sich an die Nase. »Nein, ich glaube …«

»Die Idee ist gar nicht so schlecht«, führte Kim seinen Satz zu Ende. So etwas in der Art hatte er in der Tat sagen wollen.

Désirée van Hauser und Kim sahen sich wieder an. Hui. Da konnte einem ja richtig heiß werden.

Tom lehnte sich vor. »Sie meinen … eine Sendung, in der quasi hinter die Kulissen geblickt wird? In der offengelegt wird, was hier schiefgelaufen ist. Pauls tatsächliche Reaktion, beziehungsweise Nichtreaktion auf seinen neuen Menschen? Die Tierschützer vor den Toren? Tja, wir wissen davon, wie Sie sehen. Die nicht entsprechend vorbereitete Ausweitung des Experiments auf einen Menschen …«

»Ich weiß, dass Sie davon wissen«, kam Désirée ihm zuvor. Und sah schon wieder Kim an.

So, so.

»Ich finde das Idee gut«, niederländerte Simon.

Eine Weile herrschte Schweigen. Dann setzte Tom an: »Also, jetzt mal einfach so rumgesponnen: Nehmen wir mal an, wir fänden alle, dass das eine gute Idee ist. Super Einfall, um das Format zu retten. Um dem Institut vielleicht aus der Patsche zu helfen. Und um gleichzeitig als jeweils einzelne Person glaubwürdig zu bleiben. Nehmen wir mal an, alle wichtigen Beteiligten wären dazu bereit. Wie könnte so was denn funktionieren? Ich meine, da müsste doch auch der Sender mitziehen, oder?«

Er nickte Kim zu. Sie hob die Hände. »Der Sender. Oder zumindest die Produktion.«

Wieder schwiegen sie.

Simon knabberte an seiner Lippe. »Nur mal so gefragt«, sagte er dann. »Ist deine Bekanntschaft mit der Produzentin immer noch so gut, dass du ihr so einen Vorschlag machen könntest?«

Désirée wandte rasch den Kopf.

Kim lächelte sie verzagt an. Dann auch Simon. Und Tom. Es ging ein merklicher Ruck durch ihren Körper.

»Also, ich glaube, mittlerweile seid ihr mir alle so nahegekommen, dass ich es euch sagen kann. Es ist nämlich so …« Sie machte eine kleine Pause, verknotete die Finger ineinander und bedachte Désirée van Hauser mit einem entschuldigenden Blick. »Sie ist meine Schwester.«

## *Kim*

Sie hatten einen wirklich heißen Plan entworfen.

Nachdem Simon und Tom, vor allem natürlich Désirée, den reinen Wein über die schwesterliche Verbindung verdaut hatten und während sie selbst sich genau deswegen um Tonnen erleichtert fühlte, stellte sich so einiges heraus.

Dass das logische Denken eines Computerexperten beim Planen einer Sabotagesendung extrem nützlich sein konnte. Dass ein paar Semester Fernsehluft durchaus wieder hervorgekramt und dadurch wichtige Details beleuchtet werden konnten. Dass Simon ohne Probleme das Internet würde anzapfen können, um dort Kontakt zu Tierschützern oder Angehörigen von Probanden und Teamkollegen zu knüpfen. Dass Tom doch kein frauenfressender Blödmann war, sondern in erster Linie im Sinn hatte, so fix wie möglich zu seiner hübschen Frau Karin und seinen zuckersüßen Kindern – er hatte ein Foto dabei – zu kommen.

Dass Désirées Hände, wenn sie Kims zufällig berührten, mal weich wie Butter und mal elektrisch aufgeladen schienen, dass ihre Augen irgendwie magnetisch wirkten, dass sie die wundervollste, schönste, klügste, mutigste …

Okay, das spielte jetzt gerade keine Rolle. Aber es war gut, sich dessen einmal völlig bewusst gewesen zu sein. Nur falls sie es jemals wieder vergessen sollte. Was jedoch höchst unwahrscheinlich war.

Das gemeinsame konspirative Planen war aufregend gewesen. Die Schwerstarbeit kam jedoch erst jetzt. Und Kim musste sie ganz allein bewältigen. Denn vor den Augen und Ohren von Zeugen würde Helena sich ihren Vorschlag noch nicht einmal zu Ende anhören.

»Wir müssen reden«, zischte Kim ihrer Schwester zu, als sie wie zufällig nebeneinander am Fahrstuhl warteten. Es war unglaublich schwer gewesen, ein zufälliges Nebeneinander zu arrangieren. Kim hatte ihr eine komplette Stunde lang auflauern müssen. »Komm in mein Zimmer. Nummer 23 auf dem Quartierflur.«

Helena wandte den Kopf und bedachte sie mit einem Blick, der sagte: ›Bitte nicht! Muss das denn jetzt sein?‹ Doch als sie Kims Miene sah, wahrscheinlich mit vor Aufregung geröteten Wangen, zögerte sie und nickte dann.

Es dauerte auch wirklich nicht lange, bis es zart an ihre Zimmertür klopfte. Kim öffnete und Helena stand im Rahmen.

»Nun komm schon.« Kim fasste nach ihrem Arm und zog sie herein.

Sie schloss die Tür. So. Bis hierhin war es recht einfach gewesen.

»Ich nehme an, du willst mir einiges sagen«, brachte Helena rasch hervor. »Aber bevor du anfängst, lass mich erst mal etwas erklären.«

Das war zwar nicht so geplant. Aber schließlich konnte es nicht schaden.

Kim machte eine Geste mit der Hand. Helena räusperte sich.

»Es tut mir leid, dass ich zu dir gesagt habe, dass du wegrennst, wenn du das Format verlassen willst. Das stimmt natürlich nicht. Es war nur so ... dass ich ... ich bin am Ende, wenn du nicht mehr dabei sein wirst, Kim. Die Sendung ist am Ende. Das LABOR ohne dich, das geht nicht!«

Damit hätte sie rechnen müssen. Dass Helena versuchen würde, sie zum Bleiben zu überreden.

»Ich werde meine Entscheidung nicht ändern!«, stellte Kim klar.

»Aber hast du an die Regressansprüche gedacht? Deinen Vertrag hast du zwar mit meiner Produktion gemacht, und ich werde dich auch daraus entlassen. Aber ZAPP-TV wird sich das nicht gefallen lassen. Sie werden Ansprüche geltend machen. An mich. Aber auch an dich. Ich werde dich davor nicht schützen können.«

Kim starrte ihre Schwester an.

»Du wirst mich aus dem Vertrag entlassen?«, wiederholte sie.
Helena atmete tief ein, hielt die Luft kurz an und ließ sie dann wieder heraus. Nickte.

Da war so ein Kloß im Hals. Mit dem hatte Kim nicht gerechnet, als sie sich auf dieses Gespräch vorbereitet hatte.

»Das Humanexperiment«, sagte Helena und suchte nach Worten. »Ich wollte die Sendung retten. Aber was heute passiert ist. Ich wusste, dass es nicht …«

»Du hast nicht wirklich dahintergestanden?«

Kopfschütteln. Helena öffnete den Mund. Schloss ihn wieder. Umfasste mit zwei Fingern die Nasenwurzel, die Stirn in tiefe Falten gelegt.

»Es wird Nicole wieder gut gehen. Im Krankenhaus bekommt sie jetzt die bestmögliche Versorgung«, sagte Kim, trat zu ihr und legte ihr den Arm um die Schulter. »Sie ist ein Mensch und kann abstrahieren. Sie wird begreifen, was mit ihr passiert ist. Ich schätze allerdings, dass weder der Sender noch das Institut ohne eine Anzeige davonkommen werden. Ich an ihrer Stelle würde es jedenfalls tun.«

»Sie wird ihre Stelle hier verlieren.«

»Ich glaube kaum, dass sie noch länger hier würde arbeiten wollen. So ein Arbeitsverhältnis beruht auf gegenseitigem Vertrauen.«

Helena nickte in sich hinein.

»Vertraust du deinem Intendanten?«, fragte Kim vorsichtig.

Ihre Schwester hob den Kopf. »Schook? Vertrauen? Er ist nur bedingt mein Arbeitgeber. Ich bin Produzentin und moderiere meine eigenen Sendungen. Ich würde eher sagen, wir sind … Partner.«

»Du zögerst?«, hakte Kim nach.

»Na ja …«

»Partner klingt so gleichberechtigt und nett, richtig?«

»Nett. Ja.« Helena sah aus, als würde sie an etwas Bestimmtes denken. Irgendetwas in Bezug auf Schook. Irgendetwas nicht Nettes.

»Helena?«

»Ja?«

»Vertraust du mir?«

Ihre blauen Augen wirkten dunkel. Die übliche Löwinnenenergie war heruntergedreht auf eine winzige Sparflamme. Kaum noch zu erkennen.

»Vertraust du mir?«, wiederholte Kim.

»Du hast mich nie enttäuscht«, sagte Helena ernst. »Wie könnte ich dir nicht vertrauen.«

Kim deutete auf ihr Bett. »Setzen wir uns. Ich möchte dir einen Vorschlag machen. Bitte sag erst etwas, wenn ich alles erzählt habe, ja?«

Und dann erzählte sie ihr alles, was sie mit Désirée, Simon und Tom besprochen hatte.

Helena wollte ein paarmal ansetzen, sie zu unterbrechen, doch jedes Mal hob Kim bittend die Hand.

Dass ihre Schwester sich ihr gegenüber schuldig fühlte, war hilfreich. Sie war genötigt, sich diese wirre Idee bis zum Ende anzuhören.

Als Kim geendet hatte, waren Helenas Widersprüche versiegt.

Sie saß auf der Bettkante und sah skeptisch und nachdenklich aus. Wichtig: nicht nur skeptisch. Eigentlich sogar viel mehr nachdenklich.

»Und?«, fragte Kim schließlich gespannt. »Was denkst du darüber?«

»Du hast schon mal versucht, meinen Hintern zu retten«, sagte Helena leise. »Und ich habe nicht mal Danke gesagt.«

»Nein, hast du nicht«, sagte Kim. »Außerdem war es nicht dein Hintern, den ich retten wollte, obwohl der wirklich sexy ist.«

»Was dann?«

»Wie wäre es mit Seele?«, schlug Kim vor.

»Uuuhh!«, machte Helena.

»Ich weiß, ich weiß, du magst keinen Pathos. Du musst jetzt auch nichts weiter dazu sagen. Denk einfach bei Gelegenheit mal drüber nach. Aber was jetzt viel wichtiger ist als das: Entscheide dich diesmal anders! Mach nicht wieder den gleichen Fehler, Helena!«

Ihre Schwester hob die Schultern. »Du hast die Argumente auf deiner Seite. Was soll ich sagen?«

Kim schnappte nach Luft. »Heißt das, du machst mit?«

Helena schloss kurz die Augen. »Alles hängt von Wolfgang Niederwegen ab. Es wäre niemals zu begründen, die Sendung plötzlich von jemand anderem moderieren zu lassen. Wenn er sich dagegen entscheidet ...«

»Du musst ihn überzeugen, Helena!«, flehte Kim leidenschaftlich und nahm ihre Hand fest in ihre. »Das ist deine Chance. Wenn du mitmachst, wirst du allen Zuschauern und auch den Intendanten aller Sender als die glaubwürdigste Produzentin aller Zeiten im Gedächtnis bleiben. Diese Sendung wird in allen Medien die Nummer eins sein – wie die Wahlen des amerikanischen Präsidenten. Du wirst bestimmt Angebote anderer Sender bekommen. Wissenschaftssendungen sind doch sehr beliebt. Kultur wäre auch möglich. Politik. Wirtschaft. Eigentlich alles, wo die Zuschauer darauf vertrauen wollen, dass sie tatsächlich die Wahrheit erfahren. Außerdem ... können wir dann endlich wieder Freundinnen sein.«

»Nur kein Druck«, bat Helena. Musste aber ein Schmunzeln unterdrücken. »Die Sendungen heute und morgen werden wir irgendwie zusammenstückeln müssen«, sagte sie. »Vor übermorgen schaffen wir es nicht, alles zu organisieren.«

»Übermorgen«, sagte Kim. »Der dreiundzwanzigste Oktober. Okay.«

Sie sahen beide hinunter auf ihre ineinander verschlungenen Hände.

»Ich schätze mal, wir haben jetzt alle jede Menge zu tun«, sagte Helena. »Ich muss die heutige Ausstrahlung einstellen. Und dann schnellstmöglichst zurück nach Köln. Ich habe heute meine eigene Sendung. Und du musst ...«

»So tun, als würde ich weiter brav meiner Arbeit nachgehen. Während ich im Untergrund die Sendung aller Sendungen vorbereiten werde«, vollendete Kim ihren Satz.

Sie lösten ihre Hände voneinander. Helena stand auf und ging zur Tür.

»Helena?«

Sie drehte sich noch einmal um.

»Denk bloß nicht, dass ich wegen dieser Verschweige-Nummer nicht mehr sauer bin«, sagte Kim.

Sie lächelten sich an.

»Du kannst mir eine reinhauen, wenn wir die Sache hinter uns haben, okay?«

Die alte Löwin war zurück.

***Helena*** *22. Oktober, neunzehnter Versuchstag*

Van Hauser hielt Helena über die polizeilichen Ermittlungen auf dem Laufenden. Offenbar hatte Barbara die Flucht mit Humphrey durch das nahe gelegene Waldstück angetreten. Bis die Polizei mit ihren Suchhunden da war, hatten sich ihre Spuren bereits in der angrenzenden Siedlung verloren. Offenbar war sie mit einem Auto weggefahren. Vielleicht hatte sie ein Taxi gerufen. Doch keine Taxizentrale der Stadt konnte Auskunft über eine Fahrt zu etwa der gefragten Uhrzeit geben, bei der ein Beagle mit eingestiegen war.

Es musste doch schwer für die Frau sein, nicht erkannt zu werden. Sie war die Lieblingsprobandin der Zuschauer. Womöglich war sie inzwischen bei Freunden untergetaucht. Aber weder ihre Familienangehörigen noch ihre Mitstreiter aus der Beaglenothilfe wollten etwas von ihr gehört haben.

An die Presse hatte sie sich offenbar nicht gewandt. Zumindest war am nächsten Tag im Blätterwald alles recht still.

Nachdem sie in der gestrigen Sendung die gesamte Berichterstattung aus dem LABOR auf Tom und Kim konzentriert hatten, freuten sich heute alle Zuschauer, die bei den privaten Wetten zur Liebes-Probandin auf Doktor Richardson getippt hatten. Alle Mitwisser am Humanexperiment hatten es für das Beste gehalten, es vorerst so scheinen zu lassen, als befände sich die menschliche Probandin noch im Team. Da kam es Frau van Hauser ganz gelegen, dass sich zwischen zwei Teammitgliedern offenbar eine nicht geplante und auch nicht beeinflusste Romanze anbahnte.

Helena hatte gefunden, dass Kim etwas übertrieb mit den schmachtenden Blicken, die sie im Rechenzentrum zum smarten Tom hinüberwarf. Ihr flirtender Tonfall, wenn sie eine Frage an ihn richtete, und ihr verwirrter Ausdruck, als sie schließlich in der Kantine saß und offenbar über ihren ihr unerklärlichen Zustand grübelte. Doch die Zuschauer hatten es gefressen. Nicht einmal van Hauser war misstrauisch geworden.

»Kann mir gleichgültig sein, was zwischen den beiden tatsächlich passiert«, hatte sie nach der Sendung am Telefon gesagt. »Sie bieten jedenfalls eine herrliche Ablenkung davon, dass ein paar Hauptpersonen heute plötzlich nicht mehr auftauchen. Das haben Sie gut hinbekommen.«

Das fand Helena auch. Ihr Ablenkungsmanöver hatte sogar das eigene Team täuschen können. Lediglich eine kleine unbedeutende Tageszeitung hatte heute mit »Wo ist Buffi?« getitelt und auch die Abwesenheit von Barbara, Humphrey und Nicole bemerkt.

Die außerordentliche Besprechung heute Vormittag drehte sich nur darum, wie sie den Zuschauern nahebringen konnten, dass weder Barbara Schröder noch ihr Beagle und auch nicht die beliebte Assistentin Nicole wieder im LABOR auftauchen würden.

Jeder Vorschlag war haarsträubender als der vorangegangene. Allesamt Lügen. Erfindungen. Leugnungen.

Hin und wieder sah Schook sie an. Helena hatte es nicht vergessen. Als die Werbepartner ihre Aufträge zurückzuziehen drohten, hatte Schook nicht gezögert, ihr allein die Schuld für ein verpatztes Format in die Schuhe zu schieben. Während er sich bei zu verteilenden Lorbeeren immer gern mit in die Reihe stellte.

Partner? Tss. Nein, Kim hatte recht. Das klang zu nett.

Wolfgang Niederwegen kam zu spät. Er huschte herein, murmelte »Arzttermin« und ließ sich auf dem Platz neben Helena nieder. Er sah gut aus. Gesunde Hautfarbe. Sportlich schlank. Ein Lächeln im Gesicht. Kaum zu glauben.

Helena gab sich Mühe, engagiert und eifrig zu wirken. In Wahrheit war ihr die Organisation der heutigen Ausstrahlung des LABORS vollkommen gleichgültig. Ihr war egal, zu welchen Lösungen sie kommen würden, um die Zuschauer möglichst geschickt zu täuschen. Für sie zählte nun nur noch eine einzige Sendung: die am morgigen Abend, am 23. Oktober.

Deswegen war sie nicht immer ganz bei der Sache. Nickte hin und wieder zustimmend, obwohl sie nicht sicher war, welchen Vorschlag sie da gerade unterstützte. Endlich war dieser Witz von Konferenz beendet, und alle erhoben sich.

Sie drehte sich leicht nach links zu Wolfgang Niederwegen. »Wolfgang, hättest du noch kurz ein paar Minuten?«

Er sah auf die Uhr, dann in ihr Gesicht, und nickte.

Auf dem Weg in ihr Büro plauderten sie über die Talksendung, die Helena gestern noch bestritten hatte. Sie hatte die drei jungen Mädchen der momentan angesagtesten Band Deutschlands in der Sendung gehabt. Harmlos.

Als die Tür verschlossen war und sie in der Sitzecke Platz genommen hatten, beugte Wolfgang sich vor. »Wo bist du mit deinen Gedanken, Babe? Schneider kommt mit so einer lachhaften Idee, und du sagst ›Ja, ja‹ dazu? Was ist los mit dir?«

Sie erzählte ihm, was los war mit ihr.

Er wurde ein wenig blass, ließ sie ausreden und stellte dann fest: »Du meinst es ernst, was?«

»Ich weiß, du hattest die Idee mit der Erweiterung der Versuchsreihe. Und ich glaube auch, dass so was wirklich spannend wäre. Aber … nicht auf diese Weise. Das war der falsche Weg.«

»Und du meinst, den Sender derart zu verarschen und dich selbst anzuklagen, das ist der richtige Weg?«

Sie sah ihn fest an. Das konnte sie. Und stellte fest, dass es umso leichter war, wenn sie wirklich voll und ganz hinter ihren Worten stand. »Ja, das meine ich.«

Er schüttelte bekümmert den Kopf. Verflixt, wenn er nicht anbiss, würde alles scheitern. Ohne ihn war es nicht machbar.

»Es wird an irgendeiner Stelle durchsickern. Sie werden Wind davon bekommen, und dann sitzt du schneller auf der Straße, als du brauchst, um Schook zu sagen. Versteh das jetzt bloß nicht falsch!«, sagte er rasch und hob die Hand. »Ich werde natürlich dichthalten. Geschähe ihm recht, wenn ihm mal einer in den Arsch treten würde. Aber ich glaube nicht, dass eure Idee sich wirklich umsetzen lässt. Selbst wenn du ein Kamerateam bestechen kannst, selbst wenn du es schaffst, die Leute im Studio ruhig zu halten … Die Regie wird euch einfach auf Sendebild legen. Peng. Dann kannst du quatschen, wie du willst, und trotzdem erfährt es niemand da draußen. Die Zuschauer sehen nur ›Störung!‹.«

»Es gibt einen Weg, die Regie auszubooten und selbst zu entscheiden, welche Bilder über den Sender gehen.« Sie berichtete ihm von dem Plan, den Tom und Simon ausgetüftelt hatten.

»Weißt du«, seufzte Wolfgang. »So was ist mir wohl zu hoch. Ich hab lediglich viel Ahnung von einer guten Moderation.«

Sie lächelte ihn gewinnend an. »Und das ist genau der Grund, warum wir dich unbedingt dabeihaben wollen!«

Er lächelte zurück, verschmitzt. Er war wirklich ein gut aussehender Mann. »Helena, du glaubst doch nicht, dass ich darauf reinfalle! Die Sache ist doch die, dass ihr mich dringend dabei braucht. Ohne mich geht es nicht.« Richtig.

Sie sah ihm eindringlich in die Augen. »Wolfgang, dann tu es für mich! Bitte! Es ist ... einfach lebensnotwendig für mich!«

Er erwiderte ihren Blick. Er sah traurig aus. »Du kannst neue Wege beschreiten, meine Schöne. Alle Meere befahren und Walen folgen? Klar. Eine Zeitung aufziehen und Schlagzeilen machen? Natürlich. Architektur studieren und Häuser für den sozialen Wohnungsbau entwerfen? Sicherlich. Dir stehen alle Türen offen. Das musst du doch wissen. Bei mir aber ... bei mir ist der Zug abgefahren. Ich muss da bleiben, wo ich bin. Solange ich noch bin. Wenn ich jetzt aussteige, krieg ich bei meinem Abgang nicht mal mehr die Titelseiten der Regenbogenpresse.«

»Wenn du jetzt aussteigst und mit mir zusammen das durchziehst, verspreche ich dir nicht nur die Titelseiten der Regenbogenpresse, sondern auch die des *National Geographic*«, sagte Helena. Sie dachte daran, was letztendlich im Gespräch zwischen Kim und ihr den Ausschlag gegeben hatte, um sie wirklich anzuspornen.

Und etwas leiser setzte sie hinzu: »Außerdem werde ich auf ewig deine Freundin sein.«

Wolfgang Niederwegen betrachtete sie genau. Mit seinem Blick tastete er ihr Gesicht ab. Ihre Augen. Ihre Schläfen. Den Haaransatz. Die Nase. Die Lippen. Das Kinn. »Du bist wirklich die schönste Frau, die ich kenne«, sagte er mit einem melancholischen Lächeln. Dann richtete er sich auf.

»Weißt du was? Scheiß drauf! Ich mach mit!«

Die Vorbereitungen hatten alle Zeit verschlungen wie eine ausgehungerte Riesenschlange ein Kaninchen. Es war schlicht nichts davon übrig geblieben.

Die Nächte waren kurz gewesen. Trotzdem hatte Désirée nach dem Zubettgehen noch eine Weile wach gelegen. Hatte auf Geräusche auf dem Flur gelauscht. Schritte vielleicht. Ein leises Klopfen. Doch an beiden Abenden hatte sie schließlich der Schlaf übermannt. Nur um morgens früh wieder vom Wecker herausgerissen zu werden aus Träumen, die davon handelten, dass es Schritte auf dem Flur gegeben hatte. Und das leise Klopfen an ihrer Tür.

Ein paar Mal wollte sie tagsüber Kim danach fragen. Wieso sie am Abend zuvor nicht in ihr Zimmer gekommen war. Doch sie zögerte immer zu lange. Und dann war der Moment schon wieder vorüber, und sie schalt sich selbst dumm.

Es war schon ein bisschen verrückt, fand sie, wenn sie abends im Bett lag und die Ohren spitzte. So viele Jahre hatte sie sich nicht gesehnt oder gegrämt. Sie hatte nichts vermisst. Und ausgerechnet jetzt, wo etwas in ihrem von der wissenschaftlichen Arbeit so sehr geprägten Leben geschah, von dem sie angenommen hatte, dass es ihr niemals passieren würde … ausgerechnet jetzt planten sie die Meuterei auf der Bounty.

Es war gerade einfach kein Platz für romantische Gefühle.

Kim sagte nichts, was darauf schließen ließ, dass sie sich auch ähnliche Gedanken machte. Womöglich hatte »alles, was passiert war« doch ihre gemeinsame Nacht eingeschlossen. Vielleicht bereute sie inzwischen, dass sie sich dazu hatte hinreißen lassen? Schließlich war da noch ihre Freundin. Nadine. Oder Exfreundin. Désirée hatte keine Ahnung, wie klar dieser Schnitt zwischen Freundin und Exfreundin wohl verlief.

All diese Gedanken hatte sie sich die vergangenen zwei Tage verboten. Viel zu beschäftigt waren sie. Damit, so zu tun, als arbeiteten sie nach wie vor an ihrer Versuchsreihe. Und damit, nebenbei die größte Sabotage der Fernsehgeschichte – wie Kim es nannte – vorzubereiten.

Es gab zwei schwierige Punkte in ihrem Plan.

Der zweite würde erst in Angriff genommen werden können, wenn der erste geklappt hatte: Simon und Tom wollten ein zweites Regiestudio ins Programm einloggen, sodass Trude von dort aus die Bilder würde bestimmen können, die über den Sender gingen. Doch um das zu schaffen, musste zunächst etwas ganz anderes hinhauen: Irgendwie mussten sie möglichst unauffällig sieben Menschen und zwei Hunde aus dem Institut hinausschmuggeln. Eine schier unmöglich erscheinende Aufgabe.

Doch Kim und die beiden Computerfritzen ... na, also gut, Simon und Tom, waren schier unerschöpflich, was ihre Einfälle anging.

Die Assistentin Nicole hatte darauf bestanden, in ihrem Krankenhauseinzelzimmer keinen Besuch von Freunden oder Familie zu empfangen, und hatte den Fernseher entfernen lassen. Sie war wild entschlossen, nach Beendigung der Untersuchungen, denen sie sich noch unterziehen musste, wieder ins LABOR zurückzukehren.

Sie hatte keine Ahnung.

Doch die Zuschauer fragten nach ihr. Wo war sie abgeblieben? Wieso tauchte sie nicht mehr auf? Und wo war Barbara? Wo der Lieblingsbeagle Humphrey?

Helena Löwe hatte Ines davon überzeugt, dass Nicoles Verschwinden vor dem nationalen Publikum nur gerechtfertigt werden konnte, wenn ein Kamerateam sie im Krankenhaus besuchte.

Kameramann Thorsten und die Aufnahmeleitung Trude, die für den Ton zuständig sein würde, waren ausgesucht worden, weil sie als vertrauenswürdig galten. In Wahrheit hatte Helena Löwe sie – als Angestellte ihrer eigenen Firma und langjährige Mitarbeiterin – in ihr tatsächliches Vorhaben eingeweiht. Die beiden schienen über diesen Vertrauensbeweis derart aus dem Häuschen, dass sie anschwollen wie Ochsenfrösche.

Selbstverständlich musste auch eine wissenschaftliche Leitung als Vertretung des Instituts bei diesem Besuch vertreten sein: Désirée van Hauser höchstpersönlich. Mit einem dicken Blumenstrauß und Genesungswünschen vom ganzen Team ausgestattet.

Ines gegenüber hatte Helena Löwe erklärt, dass so ein Außendreh oft eine Menge Zeit in Anspruch nahm. Schließlich musste Licht gesetzt werden. Die Assistentin musste nett zurechtgemacht werden. Vor acht, halb neun wäre mit der Rückkehr des kleinen Teams ins Institut nicht zu rechnen. Ines hatte alles abgenickt.

In Wahrheit war im für diesen kleinen Außendreh von der Löwe-Produktion gestellten Aufnahmewagen mit wichtig getönten Scheiben noch Platz für Bernhard und die beiden Riesenschnauzer Lola und Paul.

Der Wagen würde jedoch nicht Kurs zum städtischen Krankenhaus nehmen, sondern sich auf den Weg nach Köln zu den Studios von ZAPP-TV machen.

Zu dieser Zeit würde Simon bereits mal wieder von der Arbeit freigestellt sein und zu einem seiner üblichen Spaziergänge übers Gelände aufbrechen. Von dem er jedoch nicht zurückkehren würde.

Kurze Zeit später, direkt nach Arbeitsende für diesen Tag, würden sich Kim und Tom auf eine gemeinsame Joggingrunde begeben ... Am Ende des Grundstücks, hinter dem kleinen Wäldchen, würde Simon am Zaun bereits auf sie warten. Und ein vertrauenswürdiger Fahrer, den sie Rolf nennen durften, von Helena geschickt, würde auf der Zufahrtsstraße auf sie warten.

Ausgedacht und sorgfältig besprochen klang der Plan famos. Doch als es auf drei Uhr nachmittags zuging und somit alles ins Rollen kommen sollte, erschien dieses Vorhaben Désirée plötzlich haarsträubend lückenhaft und kindisch.

Natürlich sollte den Pflegern gesagt werden, dass mit Paula und Lola ausnahmsweise noch zu späterer Stunde Versuche anstanden. Doch was, wenn einer von ihnen in den Versuchsräumen nachsah? Seit dem Vorfall mit Buffi waren die jungen Leute sensibel im Hinblick darauf, was mit ihren Schützlingen geschah.

Genauso gut war es möglich, dass zufällig jemand beobachtete, wie Bernhard sich mit den Hunden in den Van schmuggelte. Oder wie Simon, Kim und Tom über den Zaun stiegen.

Genau betrachtet wäre es eigentlich ein Wunder, wenn alles glatt laufen würde. Und Wunder hatten Désirée schon immer nervös gemacht. Sie war Wissenschaftlerin. Sie glaubte an wohldurchdachte und sorgfältig vorbereitete Versuchsanordnungen. Hanebüchene Pläne, die in vierundzwanzig Stunden mit heißen Nadeln gestrickt werden mussten, waren ihr in höchstem Maße unheimlich.

Als der schwarze Van mit der Aufschrift »Übertragungswagen LÖWE-PRODUKTION« durch das Tor rollte, raste ihr Herz. Sie bedeutete dem Fahrer, mit dem Heck so weit wie möglich an den Hintereingang heranzufahren. Sie nickten sich verschwörerisch zu. Schnappatmung. Sie ging wieder hinein, um den anderen Bescheid zu sagen, dass es losgehen konnte.

»Doktor van Hauser?«

Holger Zernick! Den konnten sie jetzt am allerwenigsten gebrauchen.

Den Gang hinunter warteten Bernhard und Thorsten mit den beiden Riesenschnauzern. Wenn sie nun ein Zeichen falsch deuteten und um die Ecke bogen?

Désirée brach der Schweiß aus.

»Jetzt geht es also los, wie?«, sagte er und spähte an ihr vorbei durch die Glastür hinaus zum Van.

»Kann ich Ihnen helfen?«, fragte Désirée und verschränkte die Arme vor der Brust.

Er war zwei Köpfe größer als sie und sah von dort auf sie herab.

»Oh nein, ich dachte nur ... Wäre es nicht angebracht, wenn ich mit ins Krankenhaus komme?«, fragte er und sah sie beifallheischend an. »Ich bin schließlich für die Zusammensetzung der Hormongaben zuständig gewesen. Vielleicht könnte ich einen unauffälligen Blick auf Nicoles Krankenblatt werfen.«

Achtung, Désirée! Zieh alle Register! Wenn der Typ ins Auto einsteigt, ist alles gelaufen!

Sie zog ihre Brauen hoch. »Wollen Sie etwa sagen, Doktor Zernick, dass ich nicht in der Lage bin, die richtigen Schlüsse aus den Untersuchungsergebnissen zu ziehen, die ich dort erfahren werde?«

Sein Mund klappte auf.

»Nein, natürlich nicht! Ich bitte Sie! Selbstverständlich wollte ich das nicht damit sagen. Es war vielmehr das Angebot einer Hilfestellung. Schließlich haben Sie alle Hände voll zu tun damit, dass das Kamerateam und die Assistentin nicht ...«

»Doktor Zernick! Da sind Sie ja!«, rief eine Stimme vom anderen Ende des Ganges her.

Sein Kopf flog herum. Kim.

Sie kam mit großen Schritten zu ihnen heran und lächelte Désirées Gesprächspartner freundlich an. »Ich war gerade auf der Suche nach Ihnen. Frau van Hauser kann offenbar irgendeinen Bericht aus Ihrer laufenden Versuchsreihe nicht finden.«

Zernick erstarrte. »Einen Bericht?«

»Ich habe ihr gesagt, dass Sie ihn sicher bereits reingereicht haben. Wir alle wissen doch, dass Berichte Ihre Stärke sind.«

Seine Augen verengten sich für einen Moment. Doch Kim lächelte ihn so herzlich offen an, dass sein Misstrauen sich wieder legte.

Er wandte sich erneut an Désirée. »Sie brauchen mich also nicht?«

»Vielen Dank. Aber es wird schon gehen«, erwiderte sie.

»Dann schau ich mal, wo denn der Bericht abgeblieben sein könnte«, sagte er, wippte zweimal kurz auf den Zehenspitzen und verabschiedete sich.

Nur leider in die falsche Richtung. Kim neben ihr hielt den Atem an.

»Doktor Zernick?«, rief Désirée.

Er drehte sich um.

»Die Treppe ist frisch gebohnert. Nehmen Sie den Fahrstuhl!«

Er nickte, kehrte um, wippte an ihnen vorbei und verschwand um die Ecke.

»Fuuuuh«, machte Kim, während sie die angehaltene Luft wieder rausließ.

»Dass Berichte seine Stärke sind, hättest du nicht sagen sollen«, kritisierte Désirée sie. »Ich dachte schon, er hat dich durchschaut.«

»Ach, was! Das würde er doch vor lauter Begeisterung über sich selbst gar nicht merken«, winkte Kim ab.

Dann ging sie lässig den Flur bis zur Ecke zurück und schaute den nächsten entlang.

Zu Désirée gewandt, zeigte sie mit dem Daumen nach oben. Désirée lief den Gang hinunter. Dort warteten die beiden Männer mit den Hunden.

»Kommen Sie!«

Die Hunde waren aufgeregt. Die Stimmung aller Beteiligten übertrug sich auf sie.

Lola presste sich an ihren Bernhard. Paul sabberte. Seine Flanke zitterte. »Ganz ruhig. Bald ist das alles vorbei«, versuchte Bernhard ihn zu beruhigen.

Sie gingen zügig durch die Glastür und stiegen direkt in den Van. Der Fahrer schloss die Flügeltür hinter ihnen. Eine Minute später stieß Trude zu ihnen.

»Sie sitzen mit vorn«, entschied Désirée.

Trude nickte. Heute sah auch sie unter ihren karottenroten Haaren etwas verloren aus. Vielleicht lag das auch daran, dass sie kein Klemmbrett unter dem Arm trug.

Gemeinsam mit dem Fahrer ging sie zum vorderen Teil des Wagens.

Désirée und Kim sahen sich an.

»Dann werd ich mal. Wir sehen uns in ein paar Stunden wieder.« Wenn alles gut geht. Wenn wir nicht verunglücken, weil die Hunde im Auto ausrasten. Wenn ihr nicht beim Überklettern des Zaunes im Stacheldraht hängen bleibt. Wenn …

»Hey«, sagte Kim und tippte ihr kurz an die Schulter. Eine elektrisierende Berührung. »Du weißt doch noch, was ich dir vor zwei Tagen gesagt habe, oder?«

Désirée schluckte.

»Dass alles, was seit dem Abend davor passiert war, deine Entscheidung, zu gehen, noch bestärkt hat?«

Kim sah einen Moment lang verdutzt drein. Dann lachte sie leise. »Nein, das meine ich nicht. Ich meine diese Sache, als ich dir gesagt habe, was das wertvollste Lebewesen auf der Erde ist. Weißt du noch?«

Ihr wurde heiß. Du. Hatte sie gesagt.

Sie nickte.

»Dann denk daran!«, flüsterte Kim, drückte kurz ihre Hand und war verschwunden.

Sabotage. Simon hatte keine Ahnung, wie dieses Vergehen in Deutschland geahndet wurde. Unangenehm nur, wenn Tom es so deutlich ansprach.

»Strafbar«, wiederholte Simon. »Natürlich. Schließlich knipsen wir der Regie im Sender die Nabelschnur durch.«

»Und das, obwohl wir rein gar nichts mit ZAPP-TV zu schaffen haben. So ganz offiziell, meine ich«, erwiderte Tom. Seine Stirn hatte sich in Sorgenfalten gelegt.

»Stimmt«, sagte Kim. »Euer Vertragspartner für das LABOR ist van Hauser und nicht ZAPP-TV.«

Sie spähte zum Hintereingang des riesigen Sender-Gebäudes, wo gerade ihr Fahrer Rolf verschwunden war, um drinnen nach dem Rechten zu sehen.

»Was heißt das?«, fragte Simon.

»Dass sie uns die Hölle heiß machen werden, wenn wir hier mitmischen«, erklärte Tom düster.

Simon sah zu Kim. Die zog eine Grimasse und nickte.

»Aber niemand von euch könnte das, was wir können«, sagte er bedächtig.

Diesmal schüttelte sie langsam den Kopf. Doch sie sah nachdenklich aus.

»Wisst ihr was? Ihr bleibt einfach nicht hier! Wenn ihr nicht mehr im Haus seid, können sie euch nicht erwischen. Ganz einfach.«

»Bitte?« Tom, der vorne saß, drehte sich zu ihnen um.

»Ihr geht jetzt da rauf, macht euer Ding, und dann verduftet ihr. Niemand wird sich an euch erinnern. In dem Gebäude laufen so viele Leute rum. Da achtet keiner auf zwei Typen.«

»Wir verduften?«, wiederholte Simon ratlos.

»Verschwinden«, sagte Tom zu ihm und zu Kim: »Und wohin sollen wir dann?« Die Aussicht, nicht in den Trubel rund um die manipulierte Sendung hineingezogen zu werden, schien ihm Auftrieb zu geben.

Kim beugte sich vor und riss einen Zettel vom Notizblock, der neben der Fahrerarmlehne steckte.

»Stift?«

Tom öffnete das Handschuhfach. Fand einen Kugelschreiber. Kim kritzelte etwas auf das Papier und reichte es Simon.

»Das ist ein nettes kleines Hotel am anderen Ende der Stadt. Nach getaner Arbeit geht ihr raus auf die Straße, nehmt euch ein Taxi und fahrt da hin. Ihr habt doch Geld dabei? Gut. Ich melde mich nach der Sendung bei euch – wenn ich dann noch kann …« Sie grinste schief. Tom und Simon sahen sich an.

»In Ordnung. So machen wir das.« Tom sah auf die Uhr. »Dann sollte es aber bald losgehen.«

In diesem Augenblick tauchte Rolf wieder in der Tür auf. Direkt hinter ihm Trude.

Simon verstand, wieso Trude unbedingt hatte dabei sein müssen. Den Schleichweg über verschachtelte Gänge, kleine Treppen und durch Hunderte von Türen hätten Tom und er niemals selbst gefunden.

Außerdem verbreitete Trude ihre heitere Stimmung und fühlte sich im Sender offenbar so wohl wie ein Fisch im Wasser – auch wenn sie in weniger als zwei Stunden ihre eigene Sendung torpedieren würde.

Irgendwo auf den weiten Korridoren verabschiedete Kim sich von ihnen. Sie umarmten sich. Wünschten sich Glück.

Kim küsste Simon auf die Wange.

»Wo sind eigentlich die Hunde?«, fragte Tom Trude.

»In Helenas Büro«, antwortete sie. »Da traut sich eh keiner rein, wenn sie ihn nicht eingeladen hat.«

»Das klingt gefährlich«, schmunzelte Simon.

Tom reagierte gar nicht. Seit er wusste, dass er seine Karin bald wieder in die Arme würde schließen können, hatte er die Produzentin mit keinem Wort mehr erwähnt. Beruhigend.

»Wenn du mal überlegst, was sie da heute Abend vorhat, ist doch wohl klar, was sie draufhat, oder?«, sagte Trude bewundernd.

Wahrscheinlich hatte sie recht. Wenn es für Simon und Tom schon gefährlich war, die Übertragung zu manipulieren, was würde es dann erst für die Produzentin bedeuten, die für alles die Verantwortung übernehmen würde?

»Ich wollte schon immer mal Regie ausprobieren«, grinste

Trude, als sie ihnen schließlich eine Tür aufschloss und sie hineinbugsierte.

Drinnen sah es aus wie in einem Flughafentower.

Simon hatte geglaubt, dass sie durch eine Scheibe ins Studio blicken könnten, doch dem war nicht so. Es befanden sich vor ihnen lediglich sechs Monitore über einem Schaltpult, das wirkte, als könne man mit ihm ein Raumschiff steuern.

»Wow«, machte Tom und pfiff leise durch die Zähne.

»Meint ihr, ihr kommt damit klar?«, wollte Trude, plötzlich etwas bang, wissen. Offenbar beunruhigte sie ihre Reaktion.

»Mal schauen«, murmelte Simon und sah sich um. Da an der Wand war der Sicherungskasten.

Tom beugte sich bereits über das Schaltpult und studierte es.

Nach ein paar Minuten entspannte Trude sich wieder. Sie war wohl zu der Ansicht gelangt, dass Simon und Tom schon wussten, was sie taten.

»Würde alles ein bisschen schneller gehen, wenn wir gescheites Werkzeug hätten«, nörgelte Tom nach einer Viertelstunde.

»Tut mir leid, das war alles, was Thorsten auftreiben konnte. Die anderen waren sowieso schon von den Socken, wieso wir plötzlich hier auftauchen.«

»Was habt ihr ihnen gesagt?«, wollte Simon vom Sicherungskasten her wissen.

»Dass es heute eine wirklich wichtige Ausstrahlung geben wird, wo wir im Studio gebraucht werden. Dazu ein geheimnisvolles Lächeln. Ich wette, die sind alle gespannt wie Regenschirme.«

»Genau wie ich. Denn wenn das hier jetzt so nicht funktioniert, bin ich mit meiner Weisheit am Ende«, brummte Tom.

In diesem Augenblick klopfte es zweimal schnell und dann noch einmal lang an die Tür. Trude ging hin und schloss auf. Thorsten schlüpfte hinein und verschloss die Tür wieder hinter sich.

»Im Studio ist alles paletti. Ich hab Tina erwischt. Sie ist seit zwei Wochen nur auf Reserve und entsprechend sauer. Sie macht bei mir mit, egal, was kommt!«, erzählte Thorsten.

Trude sah zu ihnen herüber. »Tonfrau«, erklärte sie.

Dann kam sie heran und betrachtete das Schaltpult, die einzelnen Regler und die dazugehörigen Monitore. Sie nickte Simon zu.

»Das heißt, wenn du die Verbindung da kappst, sind die anderen raus, und ich allein hab die Regie in der Hand, ja?«

»Genau so, wie wir es besprochen haben«, erwiderte Simon. »Du kannst den Vorspann und den Beginn der Moderation erst noch übers andere Studio laufen lassen. Bis zu dem Zeitpunkt, an dem du den Schalter umsetzt, wird für die übliche Regie alles so sein wie immer. Sie können ungehindert ihre Checks machen, und alles wird okay scheinen. Erst wenn du in der Sendung auf diese Regie umschaltest, werden sie merken, dass sie keinen Einfluss mehr darauf haben, was gesendet wird. Dann werden sie Stunden brauchen, um rauszufinden, was passiert ist. Guck mal hier. Dieser Schalter hier. Den legst du um und ziehst den Regler da auf. Und schon bist du mit deinen Bildern in der Sendung. Die andere Regie kann machen, was sie will, sie kommen nicht mehr rein.«

Trude schluckte.

»Und das Ganze ist in wenigen Sekunden gelaufen«, sagte Tom. »Vier, drei, zwei, eins …«

Sie starrten alle auf das plötzlich aufleuchtende rote Licht.

»Es hat geklappt«, flüsterte Trude. Sie strahlte Simon an. »Ich wusste von Anfang an, dass ihr Jungs es mächtig draufhabt!« Sie umarmte Simon.

Als sie auch noch Tom die Arme um den Hals legen wollte, griff Thorsten nach ihrer Schulter. »Lass mal gut sein«, brummte er und warf ihnen beiden düstere Blicke zu. »Doktor Richardson sagt, die beiden müssen schnellstens raus hier. Wir müssen ja nicht alle den Arsch voll kriegen, oder?«

Trude grinste in sich hinein.

Simon hatte den deutlichen Eindruck, dass Thorsten bei seinem Eingreifen nicht unbedingt nur an Tom und ihn gedacht hatte. Simon sah zwischen Trude und dem Kameramann hin und her. Kaum zu fassen, was ihm bisher alles entgangen war. Er fühlte sich wie ins echte Leben zurückgekehrt.

Die vier schüttelten sich noch einmal die Hände.

»Demnächst mal auf ein Bier?«, sagte Thorsten.

»Gerne. Kommt ihr nach Zürich?«, antwortete Tom grinsend.

Womöglich würden sie sich nie wiedersehen.

Sie nickten sich zu, wünschten sich Glück. Dann verließen Tom und Simon den Regieraum. Auf den Gängen war kaum Betrieb. Die wenigen Mitarbeiter, die ihnen auf dem Weg zum Ausgang begegneten, grüßten knapp oder eilten geschäftig an ihnen vorbei. Es war, wie Kim vorausgesagt hatte. Niemand schien sich über zwei fremde Gesichter zu wundern.

»Was tun wir jetzt?«, fragte Simon, als sie das ZAPP-TV-Gelände verließen und auf die Hauptverkehrsstraße einbogen. Tom wandte sich suchend den Autos zu und hob die Hand. Da vorn näherte sich ein Taxi.

»Wir machen es so, wie Kim gesagt hat. Erst mal ab ins Hotel. Wir können später gemeinsam die Show gucken, mit einem Bier anstoßen und so. Aber zuerst brauche ich dringend ein Telefon, mit dem ich anrufen kann, wohin immer ich will!«

»Stimmt. Karin macht sich bestimmt Sorgen«, sagte Simon verständnisvoll.

Und mit einem Mal irritiert.

Wen sollte er anrufen, kaum dass sie im sicheren Hotel angekommen waren? Seine Freunde in Utrecht? Seine Mutter?

Er hatte das Bedürfnis, mit Kim zu reden. Doch die würde noch ein paar Stunden beschäftigt sein. Lange bis nach der Sendung. Falls sie dann nicht in Handschellen zu einem Streifenwagen geführt wurde.

Vielleicht sollte er sich einfach auf seinen Instinkt verlassen. Er würde sich die Sendung anschauen, würde diesen Triumph auskosten, dass es gelungen war. Dann würde er wissen, wen er anrufen wollte, um das alles zu teilen. Die letzten Wochen. Diesen Abend. Sein Leben.

Sie alle, das hieß, Désirée, Kim, Bernhard und die Hunde aus Helenas Büro runter ins Studio zu schaffen, war schwierig. Sie durften niemandem begegnen, der wusste, dass sie eigentlich in Frankfurt sein müssten. Da das aber unmöglich zu kontrollieren war, hatten sie beschlossen, so lange im oberen Stockwerk auszuharren, bis ihr Auftritt im Studio kurz bevorstand. So lange verfolgten sie die Sendung auf dem Fernseher in Helenas Büro.

Der Vorspann lief, und Kim stellte fest, dass sie dabei war, tiefe Löcher in die Sessellehne zu krallen. Als sie zu Helena hinübersah, erkannte sie, dass es ihrer Schwester ähnlich ging. Désirée hatte die Ellenbogen auf die Knie und das Gesicht in die Hände gestützt. Kim hatte keinen blassen Schimmer, was in ihr vorging. Als sie sich vorhin wiedergesehen hatten, hatte sie nur mit milder Verwunderung gesagt: »Dass wir es bis hierhin geschafft haben!«

Bernhard streichelte mit fahrigen Bewegungen Lolas Kopf. Was die Hündin aber nicht die Bohne zu stören schien. Sie wirkte einfach glücklich, dass sie bei ihm sein konnte. Die beiden hatten noch nie so viel Zeit am Stück miteinander verbracht, fiel Kim ein.

Wolfgang Niederwegen erschien groß im Bild.

»Guten Abend, meine Damen und Herren, willkommen zu einer weiteren Sendung direkt aus unserem LABOR. Sagte ich gerade ›eine weitere Sendung‹? Ich denke, da muss ich mich korrigieren. Denn diese Sendung wird eine ganz spezielle, eine wirklich besondere. Sie wird wohl die letzte aus dem LABOR sein. Wenn Sie also Freunde, Bekannte rasch informieren möchten, dass es heute Abend etwas zu sehen gibt auf ZAPP-TV, dann rufen Sie sie jetzt an. Andernfalls werden Sie morgen mit niemandem über den Abschnitt der Fernsehgeschichte sprechen können, dem Sie gleich beiwohnen werden.«

Es wurden ein paar Bilder von Menschen aus dem Publikum eingeblendet, die sich verwundert ansahen. Ein paar flüsterten miteinander, schüttelten ratlos die Köpfe.

»Sie müssen schon ins andere Regiestudio geschaltet haben«, sagte Helena. »Das sieht ganz nach Trude aus.«

»Dann haben Simon und Tom es geschafft!«, freute sich Kim.

»Sieht so aus. Wir müssen uns bereitmachen«, erwiderte Helena.

Désirée stand sofort auf. Bernhard griff nach den Leinen der beiden Hunde.

»Meine lieben Damen und Herren, ich darf Ihnen sagen, dass ich stolz darauf bin, hier und heute dabei zu sein, wenn zum ersten Mal in der modernen Fernsehgeschichte die Wahrheit und nichts als die Wahrheit berichtet wird. Sicher fragen Sie sich jetzt, was erzählt der Niederwegen uns da? Und Sie haben recht! Unsere Sehgewohnheiten haben sich nämlich mittlerweile und mit zunehmendem Konsum der neuen Medien so entwickelt, dass wir nicht nur ahnen, dass wir irgendwo verschaukelt werden bei dem, was wir auf unseren Flachbildschirmen sehen. Nein, wir wissen es! Und trotzdem schalten wir nicht ab. Warum nicht? ...«

Das Telefon klingelte. Obwohl es ein dezentes Düdeln war, erschrak Kim derart, als hätte neben ihr jemand in eine Trompete geblasen. Désirée lächelte ihr beruhigend zu.

Helena sah aufs Display. »Die Regie«, sagte sie und verzog den Mund zu einem schiefen Lächeln. »Schade, dass ich nicht mehr im Büro bin.«

»Wo ist eigentlich Ira?«, erkundigte sich Kim. Sonst war Helenas Assistentin immer vor Ort, solange Helena selbst hier war. Doch als sie vorhin hereingekommen waren, war das Vorzimmer leer gewesen.

»Sie hat meinen dezenten Hinweis auf ein paar freie Tage dankbar angenommen und ist nun eine Woche im Urlaub«, erklärte Helena.

»Wir müssen runter«, sagte Bernhard, der den Fortgang auf dem Bildschirm verfolgt hatte.

Sie nickten sich zu.

Kim bot sich an, Paul an der Leine zu führen. Er machte ohnehin den Eindruck, als sei ihm alles egal. Laut Bernhard und Désirée hatte er sich schon im Wagen auf der Fahrt hierher in eine Ecke gedrückt und sich nicht mehr gerührt. Im Büro sah es ähnlich aus. Kim fragte sich, ob er durch die neue Umgebung so durcheinander war oder ob ihnen im Institut entgangen war, wie desolat sein Zustand tatsächlich war.

Helena ging ihnen voraus durch das Vorzimmer. Sie öffnete die Tür zum Gang und sah hinaus. Draußen war es still.

»Sie sind offenbar alle unten«, flüsterte sie.

»Ist das gut?«, wisperte Kim zurück.

»Zumindest kommen wir ungeschoren hier oben durch. Könnte aber sein, dass wir unten gleich in ein Hornissennest geraten«, meinte Helena.

»Ach, Augen zu und durch! Wir wissen ja, wofür es ist!«, brummte Bernhard.

Kim, ihre Schwester und Désirée sahen ihn alle fragend an.

»Na, für die Hunde«, sagte er achselzuckend.

Da brachte er ein paar Dinge auf einen wirklich einfachen Nenner, dachte Kim. So etwas konnte auch eine befreiende Wirkung haben.

Sie gingen die drei Treppen hinunter. Leise konnten sie dabei ohnehin nicht sein. Die Hunde tapsten derart laut und unbeholfen über den ungewohnten Boden, dass sie nicht zu überhören waren.

Als sie auf dem letzten Absatz waren, öffnete sich unter ihnen die Feuerschutztür kurz, und leises Stimmengewirr drang zu ihnen ins Treppenhaus. Helena spähte um die Ecke. Offenbar war niemand zu sehen, denn sie bedeutete ihnen, weiterzugehen.

Vor der Tür konnten sie ein letztes Mal Luft holen. Dann öffnete Helena die Tür, so weit sie es mit einem einzigen Schwung konnte, und stürzte sich hinein.

Kaum war sie auf den dahinter liegenden Flur getreten, erhob sich ein vielstimmiges Geflüster.

»Helena! Da bist du ja!«

»Hast du das mitbekommen?«

»Was treibt Niederwegen da? Er hat diese Iris wieder ins Studio geladen. Sie steht für heute nicht als Gast auf der Liste.«

»Hast du seine Anmoderation gehört?«

»Was ist hier los, meine Güte?«

»Die Regie kann nichts machen. Das geht alles raus!«

»Ruhe hier, verdammt noch mal!«, zischte Helena in einem Tonfall, der äußerst bedrohlich klang.

Désirée neben Kim versteifte sich am ganzen Körper. Kim

stellte sich vor, wie sich den Angestellten dort auf dem Flur die Nackenhaare aufstellten.

»Bin ich von einem Haufen Praktikanten umgeben? Als Produzentin weiß ich über diese Sendung selbstverständlich Bescheid. Und genau deswegen solltet ihr jetzt alle den Mund halten. Ihr stört die Aufnahmen!«, bluffte sie.

Augenblicklich waren alle verstummt.

Helena wandte sich um und winkte ihre drei Begleiter zu sich. Bei ihrem Anblick wurde hier und da ein Murmeln laut.

»Das ist die Richardson!«

»Hey, sind das die Schnauzer aus dem LABOR? Hä?«

»Désirée van Hauser ...«

»Was machen die denn hier?«

Helena reckte sich und sah sich langsam um.

Stille.

Dann nickte sie Kim, Désirée und Bernhard freundlich zu, als seien die drei ihre Gäste in der Mittwochabend-Talkshow, und geleitete sie durch eine weitere Tür hinter einen großen, schwarzen Vorhang. Niemandem kam es in den Sinn, sich der Produzentin, der Löwin, in den Weg zu stellen und sie mit ihren unangemeldeten Gästen aufzuhalten.

Kim wurde der Hals eng. Diese Atmosphäre im Studio. Hatte sich nicht verändert. Diese konzentrierte Stille, in der viele Menschen betont schwiegen und lediglich die Stimme eines Einzelnen zu hören war. Das gab es nur hier.

In dem Gang zwischen Wand und Kulisse war nicht viel Platz.

Ein paar Leute standen herum, blickten ratlos auf ihre Notizen und Klemmbretter, sahen sich gegenseitig an, schüttelten die Köpfe.

Ein Mann wisperte angestrengt in sein Headset. Erstarrte, als er Helena sah.

Durch eine Lücke in den Kulissenwänden konnte Kim den Kameramann Thorsten von hinten sehen. Er stand an einem Kamerawagen und sah konzentriert durch den Sucher.

Und noch jemanden konnte sie sehen. Doch in diesem Augenblick war sie auch zu hören. Iris sagte: »Als ich den Anruf erhielt, stand für mich sofort fest, dass ich ihn natürlich zu mir nehmen werde. Ich meine, er sah die letzte Zeit echt nicht gut aus, oder? Man sah ihm an, dass es ihm schlecht ging. Und ich habe nicht verstanden, wieso sie ihn nicht einfach rausgenommen haben.«

Paul, der neben Kim stand, hob zum ersten Mal seit Stunden den Kopf. Er winselte leise und spähte umher. Sein Schwanz wedelte zaghaft hin und her.

»Dass es Paul nicht gut ging, war tatsächlich offensichtlich«, sagte Niederwegen. »Die Wissenschaftler haben sich sehr um ihn bemüht. Seine Medikation wurde geändert. Statt Monovasol und zusätzlicher Hormone erhielt Paul Endorphine, um seine Stimmung aufzuhellen und zu festigen. Leider mussten die Mitarbeiter im Institut jedoch feststellen, dass sich sein Allgemeinzustand trotz aller Anstrengungen weiter verschlechterte. Hier ein paar Bilder der letzten zwei Wochen.«

Welche Bilder Trude fernab im Regiestudio einspielte, konnte Kim von ihrem Platz aus nicht sehen. Sie hörte nur ein paar Mal ein Raunen durch die Zuschauerreihen gehen.

Paul neben ihr wurde immer aufgeregter. Er zog mal nach links und mal nach rechts. Eindeutig war er – obwohl etwas abgemagert – immer noch um Längen stärker als Jeannette.

Bernhard streckte den Arm aus, um Kim mit der Leine zu helfen.

Der Mann mit dem Headset trat zu ihnen und wisperte Helena etwas ins Ohr. Sie sah ihn mit hochgezogenen Brauen blasiert an. Kim hatte keine Ahnung, ob ihre Schwester tatsächlich über diesen Mitarbeiter des Senders empört war oder innerlich genauso nervös zitterte wie sie selbst und nur eine famose Show bot, so wie eben auf dem Gang.

Sie kam nicht dazu, den Gedanken zu Ende zu denken, denn es erklang wieder Iris' Stimme: »Diese Bilder haben wir ja zum größten Teil gar nicht zu sehen bekommen. Mein Gott, wie schlimm! Ich finde, er sollte da unbedingt raus! Er sollte doch …«

Paul hielt nichts mehr. Er jaulte kläglich auf und machte einen solchen Satz, dass Kim die Leine durch die Hand rutschte. Autsch, verflixt.

Vorbei an Bernhard, der vergeblich nach dem Halsband zu greifen versuchte. Vorbei an Désirée, die wie erstarrt dastand.

Dann war nur noch Pauls schwarzes Hinterteil zu sehen, das mit Volldampf um die Ecke rutschte. Seine großen behaarten Pfoten fanden auf dem glatten Boden nicht den Halt, um rasch voranzukommen, sondern wirbelten auf der Stelle.

Im Publikum quietschte jemand auf. Es gab einen kleinen Tumult.

Iris rief: »Paul! Paulchen!«

Als Kim aus den Kulissen trat, sah sie nur noch, wie Paul seinen großen Kopf an Iris' Beinen rieb und sie ihn derart wild liebkoste, als wolle sie ihm das Fell abziehen.

## *Helena*

Wolfgang war nicht nur so gut wie immer. Er war in Bestform. Als sporne ihn die Tatsache, so etwas Außergewöhnliches zu tun, ebenso an wie sie selbst. Kurz kam Helena der Gedanke, dass sie sich damals um Himmels willen doch auf ihn hätte einlassen sollen. Dann hätte sie jetzt einen mutigen Mann, der Abenteuern gegenüber aufgeschlossen war. Sie hätte jetzt einen schwer kranken Mann, der nicht mal mehr ein Jahr zu leben hatte.

Sie wischte den Gedanken aus ihrem Kopf fort und konzentrierte sich auf das Gespräch, das Wolfgang nun mit Kim führte. Eigentlich war es geplant gewesen, dass zunächst Kim und Bernhard mit den beiden Hunden zu Wolfgang und Iris auf die Bühne gehen würden. Es sollte das Wiedersehen zwischen Iris und Paul gebührend Raum erhalten. Sie waren gespannt gewesen, wie der Hund reagieren würde. Helena und Désirée sollten erst nach einer Weile hinzukommen und die Gruppe komplett machen. Doch durch den davonpreschenden Paul war eine Art Sog entstanden, der Kim, die strauchelnde Désirée, Bernhard samt seiner Lola und auch sie selbst hinter sich her in die Mitte des Publikums gezogen hatte.

Nun saß sie ebenso wie ihre Mitstreiter auf einem der eilig herbeigetragenen Sessel, ein Ansteckermikro unordentlich am Blusenkragen befestigt. Die Finger der Tonfrau Tina hatten gezittert. Vielleicht hatte sie erst jetzt kapiert, bei was sie da mitzumachen versprochen hatte. Nun wagte Helena hin und wieder einen Blick über die Köpfe der Zuschauer hinweg. Da vorn bewegten sich in den Kulissen gleich mehrere sendertreue Kolleginnen und Kollegen. Sie machte die Regisseurin des Abends, zusammen mit Schooks Stellvertreter aus. Sie trauten sich nicht, die laufende Sendung durch ein Vorpreschen zu unterbrechen. Die Produzentin von der Bühne zu zerren kam offenbar auch nicht infrage. Es war also von großem Vorteil, dass Helena jetzt schon hier im Scheinwerferlicht und mitten in einer Livesendung saß. Wenn die anderen sich endlich entschieden haben würden, etwas Effektives zu unternehmen, würde hoffentlich schon alles gelaufen sein.

»Doktor Richardson«, wandte Wolfgang sich erneut an Kim. »Sämtliche Zuschauer werden absolut baff der Sendung folgen. Das können Sie sich sicher vorstellen. Die Frage, die uns allen unter den Nägeln brennt, ist: Wo ist unser aller Liebling, der Beagle Humphrey? Er ist nun schon ein paar Abende nicht aufgetaucht. Was ist passiert? Denn es muss ja etwas passiert sein, nicht wahr?«

Kim ließ ein leises Seufzen hören. »Um ehrlich zu sein, wir wissen nicht, wo Humphrey gerade ist. Barbara Schröder, die Probandin, zu der er eine wirklich intensive Bindung aufgebaut hat, hat sein Schicksal selbst in die Hand genommen und hat mit ihm das Institut verlassen.«

»Verlassen?«, hakte Niederwegen nach.

»Na ja, sie ist halt getürmt.«

Ein Mann im Publikum lachte laut auf. Mehrere andere zischten »Pssst!«. Sie wollten keine einzige Silbe verpassen. Ihre Gesichter sprachen Bände. Mit aufgerissenen Augen und Mündern verfolgten die anwesenden Zuschauer, was ihnen präsentiert wurde.

»Sie hatte Anlass anzunehmen, dass Humphrey für eine genaue Analyse der Vorgänge in seinem Gehirn getötet werden sollte.«

Ein leises Murmeln erhob sich. Ein paar Buh-Rufe wurden laut.

»Doktor van Hauser, war diese Annahme denn gerechtfertigt?«

Désirée, die wirkte, als wäre sie überall lieber als hier, setzte sich aufrechter hin. »Ich hätte es zu verhindern gewusst! Dazu muss ich sagen, dass kurz zuvor im LABOR der Super-GAU geschehen war. Einer der Hunde … Humphrey … hat einen anderen getötet.« Kurzfristig wurde es so laut im Studio, dass sie nicht weitersprechen konnte. Wolfgang verschaffte ihr wieder Gehör, und sie fuhr fort: »Das passierte während eines Versuchsablaufes, in dem Frau Schröder ihre beiden Hunde zu gemeinsamen sozialen Handlungen motivieren sollte.«

Wolfgang sah sie fragend an.

Kim beugte sich vor. »Barbara sollte mit Humphrey und Buffi spielen. Der gleiche Versuchsablauf war schon mit Bernhard und den beiden Schnauzern Lola und Paul durchgeführt worden.« Sie deutete auf die jeweiligen Hunde. »Davon abgesehen, dass Paulemann nichts von ihm wissen wollte, war dabei nichts Schlimmes passiert.«

Paulemann.

Ob Kim wusste, wie wichtig es war, was sie da tat. Liebevolle Kosenamen für die Hunde.

»Wir waren völlig überrumpelt, als Humphrey plötzlich den Whippet attackierte. Bevor wir reagieren konnten, war es zu spät.« Kim brach ab und sah ernst zu Désirée hinüber. Ihr Blick war … Wie war ihr Blick? Helena sah genauer hin.

»Richtig!«, sprang Désirée wieder ein. »Wegen dieser Diskrepanz lag die Überlegung nahe, nach einer computertomografischen Untersuchung bei Humphrey auch die Autopsie hinzuzuziehen. Doch das hätte ich verhindert.«

»Wieso das?«, fragte Wolfgang, scheinbar skeptisch.

Désirée starrte ihn einen Moment lang ratlos an. Sah zu Kim. Dann wieder zu ihm.

»Wieso ich es verhindern wollte?«, fragte sie.

Meine Güte, sie war wirklich nicht fernsehtauglich. Hübsch natürlich. Exotisch schön. Aber so was von umständlich.

»Genau.«

Désirée räusperte sich. »Humphrey ist nicht irgendein Versuchstier. Durch diese besondere Versuchsreihe, die wir durchgeführt haben, ist ja nicht nur von seiner Seite aus eine durch Botenstoffe und wachsende Rezeptorenzahl motivierte Bindung entstanden. Auch Frau Schröder … Barbara … hat eine Bindung zu ihm aufgebaut. Er ist für sie jetzt ein Sozialpartner.« Erneut sah sie zu Kim hinüber, die ihr in ihrem Halbkreis fast gegenüber saß. »Er ist ihr Freund«, sagte sie.

Kim strahlte sie an.

Helenas Gefühl hatte sie also nicht getrogen. Sie nahm sich vor, ihre Schwester danach zu befragen, was zwischen ihr und der Junior-Institutsleiterin auf den morgendlichen Joggingrunden und womöglich darüber hinaus während der letzten drei Wochen so geschehen war.

»Er ist ihr Freund«, wiederholte Wolfgang betont langsam. Sah zu Bernhard und Lola, zu Iris und Paul hinüber. Der Rüde war nicht wiederzuerkennen. Er hatte sich dicht neben Iris gesetzt, den Kopf auf ihr Bein gelegt und klopfte beständig einen glücklichen Rhythmus auf den Boden.

»Sehen Sie!«, sagte Bernhard, ohne dass er gefragt worden wäre, und deutete auf Paul. »Ich hätte ihn ja gern mit nach Haus genommen. Aber er gehört einfach zu ihr. Hab ich von Anfang an gesagt. Von Anfang an, oder?« Er sah Kim auffordernd an, und sie nickte.

»Richtig. Und deswegen möchten wir Barbara Schröder auch versichern, dass Humphrey nichts geschehen wird. Das Institut wird wegen der Entwendung eines Probandenhunds keine Anzeige erstatten. Wenn Barbara sich also wieder zeigen will, werden sie und ihr Hund nicht behelligt werden.«

»Gut zu wissen! Ich denke, andernfalls würden Ihnen auch viele Zuschauer aufs Dach steigen. Was passiert denn nun mit den anderen Hunden? Die, die nicht in der Versuchsreihe getestet wurden?«, wollte Wolfgang wissen.

Désirée antwortete: »Sie werden alle in gute Hände vermittelt. Ich denke, es gibt unter den Zuschauern viele, die in den letzten Wochen ihr Herz an unsere Probandentiere verloren haben und gerne einem von ihnen ein gutes Zuhause bieten würden.«

Wolfgang wandte sich an die Kamera, die von Thorsten gesteuert wurde. Eine andere Kamera, rechts von ihnen, stand mittlerweile verwaist dort. Doch die anderen drei Kamerateams waren geblieben und machten ihre Bilder wie in jeder nach Plan ablaufenden Sendung. Dabei hatten sie befürchtet, dass sie am Ende nur noch Thorsten im Einsatz haben würden.

»Liebe Zuschauer, kommen Sie jetzt bloß nicht auf die Idee, beim Sender anzurufen und sich um die Hunde zu bewerben. Sie können per E-Mail oder Post zum Institut van Hauser in Frankfurt Kontakt aufnehmen, wenn Sie Herrchen oder Frauchen werden möchten. Doktor van Hauser hier hat uns zugesichert, dass sie persönlich sich um die Vermittlung der Tiere kümmern wird.«

## *Désirée*

Natürlich herrschte erst eine Riesenaufregung darum, was mit den Tieren war, wie es ihnen ging und so weiter und so fort.

Dass der Beagle den Whippet getötet hatte, löste Verstörung beim Publikum aus. Sie hatten im Vorfeld besprochen, dass zunächst all diese vordergründigen Fragen geklärt werden mussten, bevor sie zum Eigentlichen kommen konnten.

Der Grund, warum sie hier waren. Ihre Motivation, aus der heraus sie sich entschieden hatten, ein Millionenprojekt in den Sand zu setzen. Vertragbrüchig zu werden. Sich strafbar zu machen. Und was natürlich keiner zu hören bekam: mit Familienmitgliedern, beispielsweise Stiefmüttern, den Zoff des Lebens loszutreten.

Den wesentlichen Gesprächsteil zu dieser Thematik sollten Helena und Kim bestreiten. Sie selbst konnte natürlich darstellen, dass das Institut sich damit verantwortlich verhielt. Sie konnte die Wahrheit sagen: »Ich will keine weiteren Versuchstiere aufs Spiel setzen, bevor wir nicht wissen, was mit Humphrey geschehen ist. Und ein Humanexperiment dieser Form werde ich ohne vorherige gründliche Prüfung auch nicht weiterführen wollen.«

»Apropos Humanexperiment«, Niederwegen beugte sich vertraulich vor, als wären sie allein in einem Raum. »Jetzt können Sie uns doch sicher erzählen, welche oder welcher von Ihren Mitarbeitern in Kürze blind vor Liebe geworden wäre. Es laufen Wetten darauf, wissen Sie?«

Désirée konnte es einfach nicht lassen. Sie musste kurz zu Kim hinübersehen, die ihr aufmunternd zunickte.

»Was das betrifft«, sagte sie und sah Niederwegen fest in die Augen, »können wir nur auf das Verständnis der Zuschauer hoffen. Da wir das Experiment abbrechen mussten, haben wir uns entschieden, die Identität des menschlichen Probanden nicht zu veröffentlichen. Wir möchten damit Person und Privatsphäre schützen.«

Niederwegen schlug sich mit der Hand auf den Schenkel. »Das ist nicht Ihr Ernst! Ich werde also nie erfahren, ob ich Wettschulden bei meinen Freunden einfordern könnte? Jetzt mal ganz ehrlich: Kommt so eine Einstellung nicht etwas spät? Schließlich haben Sie das Experiment doch auch begonnen. Da war auch keine Rede von allzu großer Rücksicht auf Person und Privatsphäre.«

Keine allzu große? Es wurde gar keine Rücksicht genommen. Und sie selbst hätte dem nie und nimmer zugestimmt.

Doch sie wusste, was sie antworten musste.

»Wenn man solche Schritte wagt, wie wir es heute Abend tun, dann ist man plötzlich in der Lage, Dinge grundlegend zu überdenken. Ich glaube, das würde allen Wissenschaftlern einmal guttun.«

»Allen Wissenschaftlern und allen Fernsehproduzenten?« Niederwegen wandte sich an Helena Löwe. Die senkte den Kopf und lächelte traurig.

Désirée konnte nicht einschätzen, ob es ein ehrliches Lächeln war. Sie hatte der Produzentin längst nicht verziehen, das Humanexperiment ohne ihr Wissen gestartet zu haben. Da konnte sie noch so oft Kims Schwester sein.

»Lieber Wolfgang«, begann Helena Löwe leise und bedächtig. »Dir brauche ich das nicht zu sagen. Das Fernsehgeschäft ist hart. Immer müssen wir es höher, schneller, besser, weiter schaffen als die anderen Sender, als die Kollegen am eigenen Sender, als die Freunde, die wir in diesem Job gefunden haben. Finden mussten, denn außerhalb des Jobs kann man irgendwann keine Freundschaften mehr pflegen. Man hält sich nur noch hier auf.« Sie zeigte in die Runde. »Spricht nur noch mit Kollegen vom Fernsehen, feiert die Geburtstage in der Senderkantine, plant den Familienurlaub nach Abdreh einer Serie oder einer Talkshow. Wenn wir überhaupt eine Familie haben. Ich selbst habe keine. Fragen Sie sich einmal, warum!«

Niederwegens Blick glitt zur Seite. Er sah tatsächlich getroffen aus. Hatte er Familie? Désirée wusste schier gar nichts über ihn. Sie hatte ihn vor diesem Projekt nicht gekannt. Weil Fernsehen sie nicht interessierte. Es war nicht ihre Welt. Aber galt das, was Helena sagte, nicht im übertragenen Sinne auch für die Welt der Wissenschaften?

Helena setzte nach ihrer kurzen Pause fort. Es war so still im Saal, als würde niemand außer ihr atmen. »Haben wir uns einmal ganz und gar darauf eingelassen, ist das Fernsehen unser komplettes Leben. Wer darin so hoch gestiegen ist wie ich, für den gibt es nur noch einen einzigen Weg: nach unten. Und selbstverständlich wollte ich den nicht gehen. Noch nicht, sagt man sich in so einer Situation. Egal, was kommt, ich ziehe das durch. Vielleicht kann ich das Projekt ja noch retten. Vielleicht kann ich mich ja noch retten?«

»Aber wie kamst du auf die Idee, dass du dich nur durch Lügen retten könntest?«, fragte Kim überraschend. Das war nicht geplant. Sie sagte etwas, das nicht geplant war. Und keiner wusste, wie Helena jetzt reagieren würde. Außerdem hatte sie sich selbst komplett vergessen und zu ihrer Schwester natürlich »Du« gesagt. Impulsiv war Kim. Désirée bewunderte sie plötzlich grenzenlos.

Die Stille dehnte sich aus. Man hätte die berühmte Stecknadel fallen hören können. Selbst die Ton- und Kameraleute, alle Techniker und diejenigen, die sich zwischen den Kulissen herumgedrückt hatten, standen ruhig da und lauschten.

»Ich dachte immer, die Menschen wollen die Wahrheit nicht«, gestand Helena. Ihre Lippen zitterten leicht.

»Du unterschätzt die Menschen«, erwiderte Kim, als sei das eine feststehende Tatsache und ihr schon seit Langem klar. »Sie können mehr verkraften, als man glaubt. Man muss es nur versuchen.«

Als Simon kurz vor Sendebeginn an Toms Zimmertür stand, hörte er von drinnen die Stimme seines Freunds. Tom öffnete ihm die Tür.

»Ja, da kommt Simon«, sagte er in den Hörer und formte in seine Richtung mit den Lippen ein »Karin«. »Ja, ist gleich schon so weit. Hast du den Fernseher an? Ja. Ja. Schatz, ich sage dir, das war nur eine Ablenkungsgeschichte für die alte van Hauser und die Zuschauer. Wir haben es gespielt, verstehst du? Kim und ich …«

Er verdrehte die Augen und deutete auf den einzigen Stuhl im Zimmer. Der Fernseher lief, war jedoch leise gestellt. »Natürlich sage ich Du zu ihr. Wir sagen alle Du zueinander. Aber …«

Simon suchte nach der Fernbedienung und fand sie auf dem Bett.

»Karin, echt jetzt mal. Sie ist lesbisch und … nein, das ist mir nicht egal. Ich meine, es ist mir schon egal, weil sie mich nicht interessiert. Ich meine, natürlich interessiert sie mich. Sie ist nett, okay halt. Aber sie interessiert mich nicht auf diese andere Art und Weise …«

Der richtige Kanal war eingestellt. Nur noch wenige Minuten. Hatte ihre Manipulation im Regiestudio wirklich funktioniert? Ausprobieren hatten sie es ja nicht können. Sie mussten sich auf ihre logisch denkenden Hirne verlassen.

»Rechtfertigen? Klar klinge ich so. Wenn du mich nach drei Wochen, in denen wir uns nicht gesehen haben, gleich anfällst wie eine wild gewordene …«

Oje. Noch lauter konnte er den Fernseher nicht machen. Karin schien sowieso schon recht aufgebracht zu sein. Sie kannte ihren Tom eben doch zu gut. Nur setzte sie auf die falsche Karte. Simon grinste in sich hinein.

Er machte Tom Zeichen und deutete zum Fernseher, dann zur Tür und zur Wand, hinter der sein eigenes Zimmer lag. Tom nickte fahrig.

Simon ging leise zur Tür und war froh, wieder auf dem Gang zu stehen. Gut, würde er die letzte Sendung des LABORs eben allein anschauen. Besser als mitten im dicksten Ehezoff zu sitzen.

In seinem Zimmer kämpfte er kurz und heftig mit der Fernbedienung. Dann hatte er den richtigen Kanal gefunden. Der Vorspann lief bereits. Er setzte sich aufs Bett.

Der Moderator. Dieser gut aussehende Typ mit Gewinnerlächeln. »Guten Abend, meine Damen und Herren, willkommen zu einer weiteren Sendung direkt aus unserem LABOR. Sagte ich gerade ›eine weitere Sendung‹? Ich denke, da muss ich mich korrigieren. Denn diese Sendung wird eine ganz spezielle, eine wirklich besondere. Sie wird wohl die letzte aus dem LABOR sein. Wenn Sie also Freunde, Bekannte rasch informieren möchten, dass es heute Abend etwas zu sehen gibt auf ZAPP-TV, dann rufen Sie sie jetzt an. Andernfalls werden Sie morgen mit niemandem über den Abschnitt der Fernsehgeschichte sprechen können, dem Sie gleich beiwohnen werden.«

Anrufen? Tja, wen sollte er anrufen? Da war es wieder.

Die Leute im Zuschauerraum schienen verwundert über diese Ansage.

Waren das schon Bilder, die Trude über den Sender schickte?

Als der Moderator, Niederwegen hieß er, das Gespräch mit Iris begann, war Simon sich sicher, dass dies nicht mehr von der üblichen Regie geregelt wurde. Hier wurde bereits sonnenklar, dass in dieser Sendung alles anders lief, als vom Sender geplant.

Es folgten die Bilder vom apathischen, abgemagerten Paul, die sie heimlich entwendet und im Schneideraum zusammengestellt hatten.

Jetzt wurde es spannend. Wenn alles gut gegangen war, würden gleich Kim und Bernhard, gemeinsam mit den beiden Hunden, auf die Bühne kommen.

Hatten sie es ins Studio geschafft? Simon beugte sich vor. Dann ging alles sehr schnell.

Iris sprach gerade davon, welchen Eindruck die Bilder auf sie gemacht hatten, als irgendwo im Zuschauerraum ein Tumult entstand. Etwas großes Schwarzes schoss durch die Reihen.

Iris rief: »Paul! Paulchen!« Jemand quietschte hoch und erschrocken.

Und dann war da plötzlich der Hund, der sich wie wild gebärdete und vor Freude winselte.

Niederwegen schien genauso wenig vorbereitet zu sein wie

Iris. Er sah sich bemüht beherrscht um. Sein Gesicht drückte Erstaunen und Sorge aus. Doch dann lächelte er plötzlich. Trude wechselte auf die Bilder einer anderen Kamera.

Da kam Kim durch die Zuschauerreihen. Sie sah ungewohnt aus, so ohne ihren weißen Kittel. Ihre Wangen waren vor Aufregung gerötet. Und direkt hinter ihr, quasi in ihrem Windschatten, Désirée.

Was für unglaublich attraktive Frauen. Simon konnte Karin verstehen, dass sie misstrauisch war. Wenn sie jeden Tag anschauen musste, wie die beiden ungeschminkt und in ollen Joggingklamotten vom Laufen kamen. Echt sexy.

Er grinste. Das sollte er ihr sagen, wenn sie nachher telefonieren würden: »Hey, ihr habt echt sexy ausgesehen, du und …« Aber Moment mal! Désirée war doch jetzt noch nicht eingeplant. Wo war Bernhard?

Oh Mist. War etwas schiefgegangen?

War er …?

Nein, da kam er. Mit ein paar Metern Abstand hinter den beiden Frauen. Seine Schnauzerhündin an der Leine. Gott sei Dank, es war alles gut gegangen.

Und hinter ihm erschien.

Er hörte auf zu denken.

Mit einem Schlag setzte plötzlich alles aus. Keine Wörter, erst recht keine Sätze. Nicht mal ein Begreifen. Er vergaß komplett. Wo er war. Warum er dort war. Was vor einer Sekunde noch der Anlass zum Denken gewesen war. Was auch immer in seinem Gesicht gestanden hatte, ein Grinsen oder sorgenvoll gerunzelte Stirn, fiel nun sturzartig heraus.

Da war sie.

Ihre hellen Haare zu einem Knoten hochgesteckt. Der Knoten, den sie mit einer einzigen Handbewegung gelöst hatte, als sie sich in der Fensterscheibe mit Blicken verschlangen.

Sie war geschminkt. Ihre Lippen glänzten dunkelrot. Aber sie war es.

Was tat sie da?

Wer war sie?

Der Schock ließ zunächst nicht zu, dass er dem Geschehen auf dem Bildschirm folgen konnte. Menschen liefen herum. Trugen

Sessel. Niederwegen sagte etwas. Jemand lachte. Verlegen. Verdutzte Gesichter.

Erst langsam begriff er.

Moderatorin. Produzentin. Helena Löwe. Die Frau, die das LABOR produziert hatte.

Ein schwindelerregender Rausch an Erinnerungen.

Toms Begeisterungsstürme.

Die E-Mails, die sie ausgetauscht hatten.

Wenn er gewusst hätte. Wenn er geahnt hätte.

Für den Rest der Sendung hing er an ihren Lippen. Wagte nicht zu blinzeln. Weinte zwei Tränen, als sie sagte, sie habe keine Familie. Weil sie es so sagte, wie sie es sagte.

Sie war viel schöner als in seiner Erinnerung. Er hatte nichts hinzuphantasiert. Vielmehr hatte er alles vergessen.

Er musste so dringend pinkeln, dass er fürchtete, an Nierenversagen zu sterben. Doch er wollte nicht eine einzige Sekunde verpassen. Deswegen wartete er bis zum letzten Wort.

Dann stürzte er ins Bad und setze sich auf die Brille. Im Stehen pinkeln ging grad gar nicht. Seine Knie zitterten. Seine Hände auch.

Er stand wacklig wieder auf. Betrachtete sich im kleinen Badspiegel und fand sich mächtig blass.

Er wusste, wer sie war. Und nicht nur das.

Kim würde ihn anrufen. Gleich oder später oder morgen früh.

Sie war ihre Schwester.

Die Kaffeearomen.

Ihre Art, manche Dinge, die sie sagte, mit Gesten zu unterstreichen.

Kim, weißt du noch, die Frau aus dem Zug? Sie würde sich an ihn erinnern, da war er sicher.

Vielleicht konnte es eine kleine Party geben, irgendeinen netten Anlass, zu dem er als verspäteter Gast hereinkäme, während sie schon strahlend schön am Tisch säße und … Würde sie sich freuen über ein Wiedersehen?

Womöglich war es gar nicht so einfach, sie zu beeindrucken. Sie war eine der bekanntesten deutschen Moderatorinnen. Sie war eine viel beschäftigte, erfolgreiche Produzentin.

Shit. Er konnte sie nicht einfach anquatschen mit den Worten: »Da bist du ja endlich!«

Wie ging man um mit einer berühmten Frau?

Er mit seiner Aversion gegen deutsches Fernsehen. Hatte keinen blassen Schimmer gehabt, wem er im Zug gegenübersaß. Keine Ahnung hatte er, dass er es mit einer Prominenten zu tun hatte. Gott sei Dank. Sonst hätte er wahrscheinlich den Unterkiefer nicht vom Oberkiefer lösen können. So schön. So besonders. Und dann auch noch berühmt.

Oh nein.

Aber jetzt. Was würdest du tun, wenn du sie wiedertreffen würdest?, hatte Kim ihn gefragt.

Simon durchwühlte seine Haare. Griff zum Zimmerschlüssel und ging rasch hinaus.

Als er fast am Ende des Ganges war, rief Tom hinter ihm: »Hey, Kumpel, wohin so schnell?« Er stand in seiner Zimmertür.

Simon drehte sich um. Lachte. Viel zu laut.

»Komme gleich zurück. Muss mal kurz aufs Netz.«

»Aber ...«

»Gleich!«, rief Simon und drückte die Tür zum Treppenhaus auf.

Die beiden Computer im Internetbereich der Lounge waren nicht besetzt.

Während der Rechner hochfuhr, fiel Simons Blick in den Spiegel an der gegenüberliegenden Wand. Auf seinem Gesicht hektische rote Flecken.

Ich würde sie fragen, ob sie mich heiraten will!, hatte er Kim geantwortet.

Das war kein Witz gewesen. In diesem Augenblick damals war ihm wirklich danach gewesen. Und jetzt gerade stellte er fest, dass ihm heute immer noch danach war.

Sollte er sie anrufen?

Sollte er Kim um ihre Nummer bitten, sie anrufen und fragen: »Wollen Sie ... oh, nein, wir sind uns ja sympathisch, deswegen sagen wir du. Willst du mich heiraten?«

Er musste plötzlich lachen. Lachte haltlos und laut, bis ihm die Tränen kamen. Gut, dass niemand außer ihm hier war.

Fotos. Bilder. Sie war. Wunderschön traf es nicht. Sie war atemberaubend. Sie war einfach die Richtige. Für ihn. Er wusste es einfach. War sich ganz sicher.

Scheiß auf Prominenz. Er konnte den TX beherrschen. Er hatte ganz frisch ein Regiestudio besiegt. Er würde sich doch nicht von so ein bisschen Fernsehberühmtheit ins Bockshorn jagen lassen. Er klickte sich durch die Seiten. So viele Fotos. So viele Anlässe. Hier zum Beispiel. Presseball. So was gab es also auch. Und da war sie.

Aber etwas stimmte nicht. Das war ihm gleich klar. Etwas war grundfalsch an dem Bild, schon bevor er begriff. Nicht etwa das knallrote Kleid, dessen Rückenausschnitt ihm spontan einen Schluckauf verursachte. Auch nicht das Glas Sekt in ihrer Hand, mit dem sie dem Fotografen zuprostete.

Ihr Lächeln strahlend, wenn auch nicht das natürliche, leicht verlegene, an das er sich erinnerte.

Aber wer war dieser blonde, breit grinsende Typ neben ihr?

Die Bildunterschrift lautete: »Helena Löwe, die wir alle nur als kämpferische Moderatorin und Journalistin kennen, erschien auf dem Presseball in Begleitung: Bereits seit vier Jahren ist sie verheiratet mit dem Wirtschaftsmanager Rainer Schumann.«

### *Kim* *26. Oktober*

So mussten sich die Protagonisten in diesen Naturkatastrophenfilmen fühlen, kurz nachdem der Abspann gelaufen war. Die Aufregung, der Wettlauf mit der Zeit, das Bangen, ob alle es schaffen würden, war vorbei.

Am Tag nach der Sendung hatte Helena etliche Interviews gegeben. Kim hatte ihr zur Seite gestanden und zu den Belangen des Instituts etwas sagen können. Désirée selbst war von Helenas Fahrer zurück nach Frankfurt gebracht worden, um sich dort der Vorhölle, wie sie es genannt hatte, zu stellen.

Natürlich hatte im Institut große Verwirrung geherrscht. Niemand hatte die Sendung gesehen. Die Informationen, die Ines van Hauser rausgegeben hatte, waren recht spärlich. Daher war ein regelrechtes Chaos ausgebrochen, als es am Morgen nach der Sendung geheißen hatte, dass die Versuche vorerst nicht fortgesetzt würden, und sämtliche Fernsehangestellte die Weisung zum Packen erhalten hatten.

Erst am Abend war Kim dazugekommen, in dem kleinen Hotel anzurufen, in das sie Simon und Tom geschickt hatte. Sie hatte ihnen danken wollen. Hatte mit Simon lachend und schwatzend über die Sendung quatschen wollen. Doch als sie ihn am Apparat hatte, war er seltsam wortkarg und zurückhaltend gewesen.

Ihre Fragen, wie er die Sendung gefunden hatte, beantwortete er zwar, doch hinter seinen Worten hatte ein beharrliches Verschweigen gesteckt. Auf ihr Drängen, ihr doch zu sagen, was denn mit ihm los sei, hatte er nur halbherzig gelacht und gemeint, es sei einfach etwas zu viel für ihn gewesen. Er sei nur ein einfacher Computerfritze aus einer kleinen Stadt in den Niederlanden und nicht an so großes Kino gewöhnt.

Trotzdem. Kim war das Gefühl nicht losgeworden, dass ihn etwas schwer bedrückte.

Sie hatte sich heimlich vorgenommen, ihn in Kürze in Utrecht zu besuchen. Dann würde sie es schon aus ihm herausquetschen.

Zunächst aber stand ein ganz anderer Gang an …

Der Abschied von Helena fiel ihr schwer. Sie hatte sich beinahe daran gewöhnt, abends mit ihr auf dem großen Sofa in ihrem Haus in Köln zu sitzen und einfach zu reden. Natürlich über das LABOR. Sie gingen manche Dinge wieder und wieder durch. Aber auch über vieles andere.

Dass sie wieder Freundinnen würden sein können, hatte sie nicht nur als Köder für ihre Schwester gesagt. Sie wollte es und würde ihren Teil dazu beitragen. Helena bemühte sich ebenfalls. Sie erzählte von sich, versuchte, Kim an der Entwicklung der letzten Jahre teilhaben zu lassen. Was sie allerdings mit keinem Wort erwähnte, war ihre Beziehung zu Rainer, die im Wesentlichen darin zu bestehen schien, dass die beiden sich morgens aus dem Weg zu gehen versuchten und sich abends sehr freundlich kurz einen Abriss von ihrem jeweiligen Tag gaben, um sich dann liebenswürdig eine gute Nacht zu wünschen.

Kim hätte ihre Schwester zu gerne einmal danach befragt.

Aber vielleicht war das etwas, das noch etwas Zeit brauchte auf ihrem Weg zum Erneut-Freundinnen-Sein.

Sie nahm Helenas Angebot, ihr den Fahrer zu bestellen, gern an, setzte sich vorn zu Rolf und plauderte die ganze Fahrt über mit ihm. Er behauptete, er habe einen Traumjob, und klang kein bisschen bang, ob er ihn wohl behalten würde. »Wissen Sie, ob Ihre Schwester nach diesem Super-GAU bei ZAPP-TV bleiben wird oder nicht, das steht ja wohl in den Sternen«, sagte er und sah dabei beinahe verträumt auf die Straße. »Aber ganz sicher wird sie weiter ihren Weg gehen. Wenn nicht bei diesem Sender, dann bei einem anderen oder auch ganz woanders. Auf alle Fälle wird sie jemanden brauchen, der sie sicher überall hinbringt. Denn zum Selbstfahren ist sie ja immer viel zu beschäftigt.«

Kim fand es schade, sich nach der kurzen Fahrt von ihm verabschieden zu müssen. Ein angenehmer Mensch. Von dem Helena noch nie erzählt hatte, obwohl sie jeden Tag mit ihm Kontakt hatte. So was musste sich ändern.

Kim winkte dem Wagen nach, als er davonfuhr, und wandte sich zur Haustür.

Auf ihr Klingeln hin öffneten Petra und Jeannette. Petra, indem sie die Klinke betätigte, und Jeannette, indem sie das dazu passende Freudengeheul losließ. Mehrere Minuten lang war kein verständliches Wort möglich. Jeannette tobte herum, dass sie einfach nur zusehen und sich daran freuen konnten.

»Hi«, sagte Kim schließlich und grinste.

»Hi auch«, sagte Petra. »Du kommst ja viel früher, als erwartet. Nadine ist noch nicht da. Komm doch rein. Ich mach einen Tee.«

Soweit Kim sich erinnern konnte, hatte Petra ihr noch nie angeboten, hereinzukommen, wenn Nadine nicht da war. Und sie hatte noch nie einen Tee für sie beide aufgebrüht. Diese Gelegenheit musste einfach beim Schopf ergriffen werden.

Also saßen sie kurze Zeit später am Küchentisch. Beide mit einer dampfenden Teetasse vor sich. Zwischen ihnen auf dem Küchenboden eine glücklich hechelnde Jeannette, die ihre Augen nicht von Kim wandte.

Natürlich sprachen sie über das LABOR.

Petra versuchte doch tatsächlich, aus ihr herauszukitzeln, wer die menschliche Probandin gewesen war. Kim schaffte es, dichtzuhalten, obwohl es schwer war, denn Petra ließ all ihren Witz sprühen und brachte sie mehrmals derart zum Lachen, dass sie sich die Tränen aus den Augen wischen musste.

»Hör mal«, sagte Petra schließlich, als sie merkte, dass nichts zu machen war. »Was ich immer schon mal loswerden wollte …«

»Hm?«

»Nadine nervt unheimlich mit ihren Kuppeleiversuchen zwischen uns, oder?«

Kim starrte sie verblüfft an.

»Na ja, ihre ständigen Ideen, dass wir doch mal Sachen zu dritt machen könnten. Kino. Picknick. Essen gehen. Puh. Das nervt doch, oder?«

Petra sah nicht die Bohne nach einer hinterhältigen Falle aus. Deswegen wagte Kim ein vorsichtiges Nicken.

»Stimmt schon. Ich finde es auch immer etwas schwierig. Diese Vorstellung, dass wir zwei – die Ex und die Neue – uns unbedingt anfreunden sollen, scheint ne fixe Idee von ihr zu sein«, sagte sie langsam.

Petra seufzte. »Wusste ich doch, dass du das auch so siehst. Was hältst du davon, wenn wir es ihr einfach mal sagen? Vielleicht entspannt sie sich dann ein bisschen? Aber versteh mich jetzt nicht falsch. Ich meine nicht, dass ihr zwei euch nicht mehr sehen sollt oder so. Das ist schon völlig okay. Und Jeannette …« Sie beugte sich runter zu dem Pudel, der eifrig mit dem Schwanz klopfte. »Du kannst auch jederzeit zu uns zu Besuch kommen, gell?«

»Das weiß sie zu schätzen«, übersetzte Kim für ihren Hund.

Im Grunde hatte Petra recht. Es war wirklich anstrengend, wenn Nadine ihr Anti-schlechtes-Gewissen-Programm fuhr und es damit für alle Beteiligten doch nur noch schlimmer machte.

»Ich denke, das sollten wir mal machen. Es ihr sagen, meine ich«, sagte sie.

Petra nickte und nahm einen Schluck Tee.

»Okay. Aber sag mal, was ich dich noch fragen wollte …« Sie sah Kim gespannt an. »Wie ist sie eigentlich, diese Désirée van Hauser?«

Ach, du Schande! Sie würde doch jetzt nicht rot werden!

Schon passiert.
Petra lachte.
»Alles klar«, kicherte sie.
»Eben nicht«, gestand Kim. »Wir haben uns seit Tagen nicht gesprochen. Seit ... tja, seit wir aus dem LABOR raus sind und die Sendung hinter uns gebracht haben.«
Ihr Gegenüber sah sie kopfschüttelnd an. »Und dann sitzt du noch hier?«
Kim stutzte. »Wieso?«
Petra zog eine Grimasse. »Also ehrlich! Wenn mich eine mit dieser Stimme und diesen Augen so angesehen hätte und gesagt hätte ›Wollen wir nicht Du sagen?‹ ... Also, ich glaube, da wäre ich nicht mehr zu halten.«
Wollen wir nicht Du sagen?
Diese Stimme. Diese Augen.
Sie war eine Vollblutwissenschaftlerin mit einem echten Vogelspleen. Und sie war ihre Chefin.
Kim sah auf die Uhr. Es war früher Abend.
»Ich glaube, ich breche doch schon auf«, beschloss sie und stand auf. Jeannette sprang sofort auf die Füße. Offenbar wollte sie vorbeugen, nicht wieder zurückgelassen zu werden. »Du kannst Nadine ja sagen, dass ich morgen vorbeikomme und den ganzen Kram von Jeannette abhole und ausführlich mit ihr quatsche, ja?«
»Mach ich«, grinste Petra und betrachtete sie von Kopf bis Fuß.
»Wie kommst du jetzt heim? Du hast deinen Wagen noch am Institut stehen, hm?«
Kim zuckte die Achseln. »Zu Fuß. Jeannette ist einem Spaziergang doch nie abgeneigt. Nach Hause ist es ja nicht weit.«
»Nach Hause nicht, das stimmt«, erwiderte Petra mit einem geradezu hinterhältigen Lächeln.
Na, so was! Kim wandte sich ab, ging durch den Flur und nahm bereits Jeannettes Leine von der Garderobe, da erschien Petra in der Küchentür.
»Nimm meinen Wagen«, sagte sie.
Das gab's doch nicht. Konnte sie denn wissen, woran Kim dachte?

»Bitte?«

»Ich brauch ihn heute nicht mehr. Du kannst damit nach Hause oder zum Institut oder wohin auch immer fahren. Wenn er morgen Mittag zurück ist, reicht das völlig«, schlug Petra vor. »Der Schlüssel hängt gleich da. Der mit dem Kleeblatt dran. Das bringt Glück.«

Kurz überlegen. Eigentlich nur so tun als ob. Dann Nicken. Zugreifen. Jeannette sprang bereits die drei Stufen hinab und durch den Vorgarten.

»Bis morgen«, rief Petra ihr nach.

Kim hob die linke Hand zum Gruß. In der Rechten hielt sie den Wagenschlüssel und spielte mit dem Anhänger.

## *Désirée*

Ines und sie gingen sich im Institut aus dem Weg. Es gab genug zu regeln, zu organisieren, mit den Hilfskräften und den wissenschaftlichen Mitarbeitern zu besprechen. Sie mussten nicht miteinander reden. Im Grunde war ja auch alles gesagt worden.

Als Désirée am Tag nach der Sendung ins Institut gekommen war, hatte Ines sie bereits in ihrem Büro erwartet. Eiseskälte. Ausdruck von gewaltiger, mühsam zurückgehaltener Wut. Worte, die sie treffen sollten. Die trafen. Ines hatte eine ganze Nacht Zeit gehabt, sie sorgfältig auszuwählen. Doch zum Schluss hatte sie noch etwas gemurmelt, das wohl nicht vorbereitet war. »Elender Sturkopf. Wie dein Vater.«

Das war hängen geblieben. Wie ihr Vater also. Gut. Damit konnte sie leben.

Der Aktionismus der letzten Tage hatte abgelenkt. Hiervon. Und von anderen Dingen. Es musste so viel aufgeräumt werden. Als wären Tausende Gläser in Scherben gegangen und lägen überall verstreut.

Sie stellte sich vor, mit einem riesigen Kehrblech in alle Winkel zu kriechen und sauber zu machen.

Nur in ihr selbst. Da war alles nach wie vor in Unordnung. Da waren die Ecken zu klein. Da knirschte es unter jedem noch so vorsichtigen Schritt.

Der Tag war nicht lang genug, um alles zu erledigen. Da konnte sie genauso gut auch erst morgen weitermachen. Sie griff sich den Aktenkarton, in dem sie die Zuschriften jener Hundeliebhaber gesammelt hatten, die einen der Probandenhunde zu sich nehmen wollten. Sie musste alle Briefe anlesen. Musste versuchen, herauszufinden, welcher dieser Menschen ein guter Hundehalter wäre. Dabei hatte sie doch so wenig Ahnung von Hunden. Sie könnte Hilfe gebrauchen. Von einer Person, die ...

Hör schon auf!, schalt sie sich selbst, während sie über den Parkplatz ging. Seit drei Tagen kein Anruf. Keine Nachricht. Wie kam sie da auf die Idee ...?

Der Schreck fuhr ihr in alle Glieder, und fast hätte sie den Karton fallen lassen. Da war ein großer brauner Hund. Direkt neben ihr. Blickte sie mit offenem Fang und herausgerollter Zunge an.

Das war doch ...

Désirée sah sich um.

Kim. Hinter sich einen blauen Kombi. Vor sich ein Lächeln. Breiter als ihr Gesicht.

»Hallo«, sagte sie.

Mehr nicht. Dann war sie schon da.

Und sie selbst. War unfähig, etwas zu erwidern.

Kims Lächeln wurde durchsichtig. Blass.

»Komme ich ungelegen?«, fragte sie und deutete auf den Karton, den Désirée immer noch auf dem Arm trug. »Das sind wohl alles Bittstellerschreiben? Ich möchte einen Beagle! Ich auch! Ich auch!«

Sie war tatsächlich hier.

»Nein«, antwortete Désirée auf die erste Frage. Das fand sie wichtiger.

Kim legte den Kopf schief.

»Ich meine: Ja. Ich meine, das sind wahrscheinlich wirklich alles Briefe von Leuten, die unsere Hunde wollen. Ich nehme sie mit nach Hause, weil ... tja, die Stimmung da drinnen ...« Sie nickte zum Gebäude hinüber, verzog das Gesicht.

Ohne Kittel, ungeschminkt. Einfach nur in einem dicken

Pullover mit Daunenweste darüber und den obligatorischen Sportschuhen. Einfach nur Kim.

»Verstehe«, grinste Kim. »Komm, ich helf dir!«

Sie standen bereits vor Désirées Auto.

Es dauerte ungefähr zwei Stunden, bis sie den Schlüssel gefunden und den Wagen entriegelt hatte. Das Öffnen des Kofferraums übernahm Kim für sie. Ihr Hund ... Jeannette, es war eine Hündin, schien das als Signal zu werten. Denn sie sprang mit einem Satz hinterher und saß stolz dort zwischen Karton und einer Kiste mit Sprudelwasser.

Kim warf einen raschen Blick in Richtung Institutsgebäude. Dann beugte sie sich vor und küsste sie.

Die Berührung ihrer Lippen war wie ein Schock. Und so schnell vorüber, dass Désirée sie gar nicht erwidern konnte.

Sie schnappte nach Luft. Kim sah sie bestürzt an.

»Oh«, machte sie und trat von einem Bein aufs andere. »Das war wohl ... nicht ganz richtig ... oder?«

Désirée erwiderte ihren Blick. Was sollte sie sagen? Dass sie seit Jahren nicht mehr geküsst worden war? Und erst recht noch niemals auf diesem Parkplatz, so nah an ihrer Welt.

»Oder ist es ... hey, dich stören doch keine Pudelhaare im Kofferraum, oder?« Kim versuchte offenbar einen Witz zu machen.

»Ich weiß nicht«, antwortete Désirée und hörte selbst, wie hölzern es klang, während sie Jeannette musterte. »Ich wollte eigentlich ...«

»Weißt du, Jeannette und mich, uns gibt es nur im Doppelpack«, erklärte Kim.

Désirée öffnete den Mund. Eigentlich hatte sie nicht gemeint, dass sie diesen verrückten Pudel nicht kennenlernen wollte. Ja, tatsächlich, sie war sogar neugierig auf dieses braune Vieh, das um sie herumgetänzelt war wie eine Hochseilartistin kurz vorm Kollaps. Eigentlich hatte sie nur sagen wollen, dass sie ihre Haare noch nicht gewaschen hatte, dass sie ihren Herzschlag wieder einholen musste, dass sie keine Ahnung hatte, ob sie einen weiteren Kuss geschweige denn eine weitere Nacht wie neulich überstehen würde. Ob sie würde weiterleben können, wenn es keinen weiteren Kuss, keine weitere solche Nacht geben würde.

Aber wenn Kim es nun schon mal gesagt hatte. Dann war es gut zu wissen. Dass es sie und Jeannette nur im Doppelpack gab. Denn um ehrlich zu sein. Das hätte sie nicht zu fragen gewagt. Schließlich beinhaltete das Doppelpack dann nicht nur einen fehlfarbigen Pudel. Sondern auch Kim.

»Ich bin auf dem Weg heim«, sagte Désirée endlich. »Willst du mitkommen? Jeannette kann auf dem Rücksitz sitzen.«

»Das geht leider nicht«, sagte Kim und schüttelte entschuldigend den Kopf. »Wenn ich bei dir mitfahre, dann habe ich hier schon zwei Autos stehen. Und wie soll ich dann meinen Leihwagen morgen wieder zurückbringen? Nein, weißt du, ich werde dir einfach hinterherfahren. Ich bin richtig gut im Hinterherfahren, klar? Du fährst also vor. Ich folge dir unauffällig. Und mach dir keine Sorgen, ich verliere dich nicht aus den Augen. Okay?«

»Okay«, erwiderte Désirée und konnte plötzlich lächeln.

Sie stiegen beide in ihre Autos und fuhren los.

Kim behielt sie tatsächlich immer im Auge. Sie folgte ihr auch, als Désirée absichtlich noch eine kleine Extrarunde um ihren Wohnblock drehte. Und als sie schließlich den Wagen parkte, fand Kim für ihren einen Platz genau daneben.

Sie stiegen beide aus, Kim mit ihrer Jeannette an der Leine, sahen sich an, und Kim sagte: »So.«

## *Helena* *3. November*

Ira war sauer. Das war nicht zu übersehen gewesen, als sie in Helenas Büro aufgekreuzt war. Doch im Laufe des Gesprächs hatte sich herausgestellt, dass sie genau deswegen stinkig war, weil Helena sie für den Tag der großen Sendung in Urlaub geschickt hatte.

»Ich meine, es war toll am Fernsehen. Aber ich wäre lieber hier gewesen«, erklärte sie schmollend.

Helena hatte sie ungläubig angesehen. »Ich wollte nicht, dass du da mit reingezogen wirst. Du hättest hier keine Chance mehr gehabt, oder?«

»Hier? Tss«, hatte Ira gemacht und mit ihren langen Wimpern gewedelt.

»Du willst also nicht … ähm … kündigen oder so?«

»Ich bin deine Assistentin. Nicht die des Senders«, hatte sie gesagt, sich umgewandt und war mit unverändert stoisch-schöner Miene ihrer Arbeit nachgegangen.

Seitdem lief zwischen ihnen alles wie immer. Ira nahm freundlich alle Nachrichten für sie entgegen, stellte die persönlichen und die wichtigen Anrufe durch, schirmte von allen anderen ab, arbeitete ihr in allem zu und durchforstete unaufgefordert die gewerblichen Immobilienangebote.

Einer der wichtigen Anrufe an diesem Tag kam aus dem Finanzministerium. Strümer bedankte sich für ihre Verschwiegenheit. Aufs falsche Pferd zu setzen, konnte jedem mal passieren. Wichtig war nur, dass niemand es erfuhr. Daher fühlte er sich ihr zu tiefem Dank verpflichtet.

Sie war zuvorkommend höflich, bescheiden und ließ in einem Nebensatz fallen, dass es immer gut war, zu wissen, welcher Produzentin und Moderatorin man Vertrauen entgegenbringen konnte. Er stimmte ihr uneingeschränkt zu.

Ein persönliches Telefonat gab es am frühen Abend. Ira hatte gleich durchgestellt. Es war die Nummer von zu Hause. Sie hob ab.

Rainers Stimme klang müde. Vielleicht auch nur resigniert. »Helena, ich glaube, wir müssen uns mal unterhalten«, sagte er.

Es kam ihr vor, als habe sie schon lange auf diese Worte gewartet. Fast war es eine Erleichterung, dass er sie aussprach und nicht sie dazu gezwungen war. Ein bisschen feige fühlte sich das an.

Sie nickte. Dann wurde ihr bewusst, dass er das nicht sehen konnte.

»Ja. Ja, das müssen wir. Ich werde hier Schluss machen und nach Hause kommen. In Ordnung?«

»Gut. Ich warte auf dich.«

Sie legte auf.

Starrte auf den Schreibtisch.

Das war vielleicht doch alles ein bisschen viel. Sie hob den Hörer ab und ließ es bei Ira vorn läuten.

»Ja?«

»Du kannst heimgehen. Mach dir einen schönen Abend«, sagte Helena.

»Du planst aber nicht zufällig wieder eine Riesennummer ohne mich?«, argwöhnte Ira misstrauisch.

»Nie wieder ohne dich«, versicherte Helena ihr.

Ira lachte nicht. Aber daran, wie sanft sie auflegte, erkannte Helena, dass es genau die richtige Antwort gewesen war.

Sie selbst behielt den Hörer in der Hand und wählte die Nummer, die sie in ihrem Blackberry fand. Seit es diese verflixten Dinger wie Handy und Telefonnummernspeicher gab, kannte sie außer der ihrer Pflegeeltern keine einzige Telefonnummer mehr auswendig. Sie starrte auf die Ziffern im Display und nahm sich vor, diese eine auswendig zu lernen.

»Hi, ich bin grad nicht da. Aber hinterlasst mir eine Nachricht auf Band. Ich rufe garantiert zurück! – Piep.«

»Hallo, hier ist Helena. Ich ...«

Piep. »Hey! Du bist es!«

»Ja, hallo. Du bist ja doch zu Hause!«

»Na ja, wir wollten grad ...« Kim brach verlegen ab. »Es gibt Pizza«, sagte sie dann erklärend.

»Ach so«, sagte Helena.

Mit wem war Kim zusammen? Saßen sie gerade miteinander am Tisch, mit pizzaverschmierten Mündern? Oder im Bett, bemüht, nicht aufs Laken zu krümeln, das sie später noch einmal zerknautschen wollten.

Sie wollte schon sagen »Ich will nicht stören. Dann rufe ich ein anderes Mal an« und empfand bereits die bittere Enttäuschung, das bodenlose Gefühl, allein und unverstanden zu sein.

Doch wollten sie nicht wieder ...? Nicht mehr nur die irgendwann einmal verlorene Schwester. Sondern wieder Freundinnen. Auch ein bisschen neu.

Was würde eine Freundin sagen?

»Ich nehme mal ganz schwer an«, sagte sie. »Dass du gerade nicht allein bist und es diesbezüglich eine Menge zu erzählen gibt. Gerade aber die Situation etwas ungünstig ist, weil ihr nur spärlich bekleidet seid und Megahunger auf Pizza habt. Also würdest du diese spannende Geschichte, die ich sehr gern hören würde, lieber ein anderes Mal erzählen. Und ich soll mich bitteschön kurz fassen in allem, was ich dir meinerseits berichten will?«

Kim kicherte. Ein Geräusch, das Helena hell den Nacken hinunterperlte und angenehm bitzelte.

»Richtig«, sagte ihre Schwester in einem Tonfall, der sie beide zu Geheimnisträgerinnen machte.

»Okay, dann fasse ich mich kurz. Ich dachte, du solltest es als Erste erfahren«, sagte sie. Wenn sie es jetzt aussprach, war es Realität. Mehr als bei jedem anderen, dem sie es erzählen könnte. Vielleicht wollte sie deswegen, dass ihre Schwester die Erste war. »Ich werde mich von Rainer trennen.«

Es blieb nur einen kurzen Augenblick still in der Leitung. Dann sagte Kim: »Sei bloß nicht sauer, wenn ich das jetzt so sage, aber weißt du ... ich denke, das ist überfällig.«

»Kim?«

»Ja?«

»Ich bin wirklich erleichtert, dass du das sagst.«

»Ich hab ja Augen im Kopf. Was ist mit ZAPP-TV? Drücken sie ein Auge zu und lachen heute schon wieder über deinen coolen Streich?«

»Bist du verrückt? Ich hatte schon nach einer Woche die Klageschrift auf dem Schreibtisch liegen. Genau zu dem Zeitpunkt, an dem klar war, dass ich meine Sachen zusammenpacken darf. Schook bekommt jedes Mal einen Herzkasper, wenn er mir zufällig auf dem Flur begegnet. Ich muss mir also für die Produktionsfirma andere Räumlichkeiten suchen. Hier bei ZAPP-TV kann ich nicht bleiben.«

»Oh ... das ...«

»Sag jetzt bloß nicht, dass dir das leid tut.«

»Nein, das tut mir nicht leid. Du hast recht.«

Pause.

»Aber es tut mir leid, wenn du Kummer hast. Das tut mir ehrlich leid.«

»Ist schon gut. Ich bin ja gut versichert. Und wenn es doch irgendwo knapp wird ... ich dachte, ich verkaufe das Haus wieder. Ist sowieso für mich allein viel zu groß.«

»Du wirst nicht allein bleiben, Helena«, sagte Kim.

Das war ein Moment, in dem sonnenklar war, wieso sie sie so sehr liebte.

## *Simon*

Er hatte sich angeboten, die Übergabe des TX zu begleiten, und musste daher noch eine Weile länger als Tom in Frankfurt bleiben. Bei der Verabschiedung, umarm, klopf, klopf, hatte Tom ihn noch einmal prüfend angesehen.

»Du gefällst mir nicht, Kumpel«, hatte er gesagt. Und in diesem Moment war Simon tatsächlich versucht gewesen, es ihm zu sagen. Doch dann hatte er den Kopf geschüttelt und mühsam gelacht. »Das war zu viel für meine schwachen Nerven. Ich brauche ein bisschen Urlaub.«

»Wir alle!«, hatte Tom ihm zugestimmt und ihm noch mal auf die Schulter geklopft.

Simon hatte seine Freunde in Utrecht angerufen. Ebenso seine Mutter. Sie waren allesamt so drauf gewesen, als habe er soeben ein gefährliches Abenteuer überstanden. Und Simon konnte ihre Aufregung nicht nachvollziehen. Er war froh, als Ruhe einkehrte und keiner von ihnen mehr nach weiteren Details, geheimen Informationen fragte.

Was geschehen war, ergab keinen Sinn. Zu oft hatte er darüber nachgedacht. Er hatte sie getroffen. Um sie wieder zu verlieren.

Er hatte so dicht neben ihr gelebt für Wochen, dass das Wissen darum schmerzte. Die Ironie des Schicksals ließ ihm nicht mal ein verwundertes Lächeln.

Er wunderte sich nicht mehr. Er war auch nicht mehr verzweifelt. Sein Entschluss stand fest. Sie hatte ihren Platz im Leben. Und unabhängig davon, dass er keinen blassen Schimmer hatte, ob sie bei ihrer Begegnung auch nur annähernd etwas Ähnliches empfunden hatte wie er, wäre es ein Unding, dort einzudringen.

Am letzten Tag rief er sich ein Taxi, verabschiedete sich von den Computerexperten, die den TX transportfähig machten, und von einigen Institutsmitarbeitern. Van Hauser begegnete er nicht. Zwischen der Institutsleitung und ihm war alles geklärt.

Désirée van Hauser schien täglich nur kurz hier zu sein und dann wieder zu verschwinden. An ihrer Stelle würde er es nicht anders machen. Wahrscheinlich hing der Haussegen bei van Hausers gerade eher vertikal.

Auch Kim war nicht aufgetaucht. Nach ihrem sonderbaren Telefonat hatte sie noch zweimal versucht, ihn zu erreichen. Er hatte sie nicht zurückgerufen. Das würde er von Utrecht aus tun. In ein paar Wochen. Wenn er nicht mehr befürchten musste, dass ihm jede Sekunde ein Wort aus dem Mund zu springen drohte, das er nicht hinauslassen wollte.

Vom Taxi aus trug er seinen Koffer zum Bahnhof. Es war der ICE, der bis Amsterdam durchfahren würde.

Er setzte sich auf einen Platz am Fenster und sah hinaus. Gott sei Dank saß er in Fahrtrichtung. So konnte er in die Richtung sehen, in die er fuhr, und musste keinen einzigen Blick zurückwerfen.

*14. April des folgenden Jahres*

Im Café *Toque Toque* in Utrecht, direkt neben der Oudegracht am Rande der Stadtmitte gelegen, nimmt ein junger Mann an einem Tisch nahe der Tür Platz. Dies ist sein Stammcafé, und er liebt genau diesen Tisch, von dem aus er mit nur einem einzigen Blick sehen kann, wer das Café betritt. Das mit dem einzigen Blick ist ihm wichtig, denn meist kommt er mit einem Buch hierher. Er kommt stets wesentlich früher als seine Freunde, sitzt dann an dem angestammten Platz, liest, genießt den frisch gerösteten Kaffee, den er neuerdings aromatisiert bevorzugt, und wartet ohne Ungeduld.

Dies ist nicht eigentlich eine Studentenkneipe. Und er ist kein Student. Doch er ist scheinbar so jung, dass vielen Gästen, die ihn flüchtig betrachten, dieser Gedanke kommt.

Er ist seit Wochen nicht beim Friseur gewesen. Das braune

Haar hängt ihm in die Stirn und verdeckt seine hellen Augen, die vielleicht grün, vielleicht blau sind, so genau ist das von Tisch zu Tisch nicht auszumachen.

Er bestellt einen Kaffee mit Kokosnussaroma, holt sein Buch aus der Tasche und schlägt es auf.

Er hat die Tür im Blick. Falls sein Freund das Café betreten sollte, wird die winzige Türglocke läuten, und er wird es sofort mitbekommen.

Die schöne hellblonde Frau schaut sich um. Links oder rechts?

Sie entscheidet sich für den Weg direkt am Wasser und liest auf einem Schild: Oudegracht. Leise spricht sie das Wort ein paarmal vor sich hin. Hier kann sie es sich leisten, auf offener Straße ein kurzes Selbstgespräch zu führen. Hin und wieder schaut jemand sie intensiver an, hat sie wohl erkannt, lächelt und grüßt freundlich. Viele Niederländer schauen auch deutsches Fernsehen. Sie lächelt zurück. Ohne Zwang. Einfach, weil die Gesichter an diesem herrlichen Frühlingstag alle so freundlich sind. Weil diese Stadt wirklich wunderschön ist.

Als ihre Assistentin ihr mitteilte, dass sie heute hier zu tun haben würde, hatte sie für einen kurzen Augenblick gestutzt. Ein zaghaftes Bangen war wie eine blasse Blume aus ihrer Brust gestiegen. Doch seit sie in der Stadt ist, ist sie ganz ruhig.

Die Besprechung in dem niederländischen Ökokonzern war erfolgreich. Sie wird die Gesellschaft und deren innovatives Konzept in ihrem neuen Format *Wir für die Welt* vorstellen dürfen. Der Vorstand hat Vertrauen zu ihr.

Nach der Besprechung war der sonnige Tag zu verlockend. Sie wollte noch nicht zurückfahren, hat ihrem Fahrer den Nachmittag freigegeben, sich mit ihm für eine bestimmte Uhrzeit verabredet, kommt sich jetzt vor wie im Urlaub. Der pure Luxus.

So etwas hat sie seit Jahren nicht gemacht. Sie könnte einfach ein bisschen bummeln. In die fremden Geschäfte hineinschnuppern und all diese kleinen Teile bestaunen, die in ihren Augen Nichtsnutzzeug sind, die aber andere Menschen – beispielsweise ihre Schwester – magisch anziehen. Sie könnte ihr ein kleines Mitbringsel kaufen. Und sie könnte sich anschließend hier auf eine der Bänke setzen und die Vorbeigehenden beobachten. Das hat sie schon immer gern getan. Früher. Als sie selbst noch nicht so oft von anderen beobachtet wurde.

Oder nein. Noch besser! Sie wird irgendwo hineingehen. Abtauchen in eine der gemütlichen Kaffeestuben, die es hier an allen Ecken gibt. Dort wird sie ein Stück Kuchen bestellen und es genießen, nicht daheim zu sein.

Auf dem Wasser fahren ein paar kleine Boote. Jugendliche haben sich direkt am Kanal ein paar Hindernisse für ihre Skateboards gebaut. Faszinierend, wie sie diese Bretter mit Rollen drunter beherrschen. Sie sieht ihnen so lange zu, dass sie die Idee von dem Café fast fallen lässt. Doch dann hebt sie den Blick, und ein hübsches altes Eckhaus mit ausgefahrenen Markisen sticht ihr ins Auge. *Toque Toque* steht auf dem Schild.

Ach, nur auf ein Stückchen Käsekuchen, denkt sie. Kurzentschlossen öffnet sie die Tür und geht hinein.

ENDE

*Danksagung*

Mein Dank bei diesem Buch gilt besonders Monique Otter und Nicole Annas. Toll, wie Ihr Euch des lieben Simons angenommen habt (obwohl Eure Katzen keine Männer mögen!) und mich mit Tipps zu allem Niederländischen und zu Pheromonen versorgt habt.

Außerdem möchte ich meinen Kolleginnen in der Hundeschule danken: Martina, Anke, Heike und Barbara. Während der umfangreichen Arbeit an diesem Buch musstet Ihr oft Verständnis dafür haben, dass die Chefin »grad mal nicht kann«. Danke, dass Ihr die meisten Hundeprobleme eine Zeit lang von mir ferngehalten habt.

Und ein dickes Dankeschön mit tausend Küssen für meine Bine. Wie viele Nervenzusammenbrüche würde ich wohl im Alltag erleiden, wenn Du mir nicht immer wieder sagen würdest, dass ich ALLES schaffen kann. Danke, dass Du so an mich glaubst.

## Mirjam Müntefering

### *Luna und Martje*

*Roman. 256 Seiten.*
*Piper Taschenbuch*

Martje glaubt ihren Augen nicht: Da steht plötzlich ihr erfolgreicher und skrupelloser Bruder vor ihr, Juniorpartner in einem großen Unternehmen, am Arm eine bezaubernde Mittzwanzigerin mit cremefarbenem Haar und dem schönen Namen Luna. Für Martje ist es Liebe auf den ersten Blick, doch die beruht erst einmal nicht auf Gegenseitigkeit: Noch ist Luna die Geliebte ihres Bruders, noch weiß sie nichts von ihren Gefühlen für andere Frauen …
Mirjam Müntefering beschreibt in ihrem neuen Roman klug und lebensnah die Liebe zwischen Frauen in all ihren Facetten.

»Mirjam Müntefering schreibt einfühlsam über lesbische Frauen und ihre Probleme, besonders in der Gefühlswelt.«
LiteraTour

05/2230/02/L

## Mirjam Müntefering

### *Wenn es dunkel ist, gibt es uns nicht*

*Roman. 288 Seiten.*
*Piper Taschenbuch*

Madita liebt Julia. Aber vergeblich. Fanni wartet auf Elisabeth. Schon viel zu lange. Greta jagt nach dem Glück. Doch wohin? Jo schaut in den Spiegel und sieht nur noch Anne. Es sind vier Freundinnen, die man sich unterschiedlicher nicht vorstellen kann. Nur in der Liebe, da ähneln sie sich: Sie verlieren den Boden unter den Füßen. Eines Abends dann ein Experiment: ein stockfinsteres Restaurant, in dem nichts zu sehen ist, nur zu riechen, zu schmekken, zu hören, zu tasten …
Ein Roman, der die Alltäglichkeiten der Liebe als Schlachtfeld zeigt, auf dem nur gewinnen kann, wer mit sich selbst eins ist.

05/1606/02/R

## Mirjam Müntefering

### *Apricot im Herzen*

*Roman. 233 Seiten. Piper Taschenbuch*

Die beiden Mädchen Franziska und Alex sind seit einem halben Jahr ein Paar, und das nicht ohne Probleme: Franziska hat ihre Eltern immer noch nicht mit ihrem Coming-out konfrontiert. Alex' Vater hat seine Tochter mit Franziska inflagranti erwischt und seine wütende Reaktion läßt keine Fragen offen. Als dann Franzi auch noch einem Mädchen aus der Schreibgruppe näherkommt, müssen sich die beiden entscheiden … Die einfühlsame Liebesgeschichte zweier Mädchen, bei der Beziehungskrisen ebensowenig ausgeklammert werden wie jene alte und doch immer wieder neue Frage: Wie sage ich es meinen Eltern?

»Es gelingt der Autorin gekonnt, Freud und Leid wie Irrungen und Wirrungen von Coming-out und erster Liebe authentisch zu vermitteln.«
Queer

05/1871/02/L

## Mirjam Müntefering

### *Tochter und viel mehr*

*Eine autobiographische Reise. 240 Seiten und 8 Seiten Farbbildteil. Piper Taschenbuch*

»Ist Ihr Vater wirklich …?« Nicht selten hört Mirjam Müntefering diese Frage. Hier gibt sie Einblicke in ihr Leben und beantwortet all die Fragen, die in ein, zwei Sätzen nicht zu behandeln sind: Wie war es, in dieser Familie aufzuwachsen? Wieso mögen Sie als ausgebildete Redakteurin das Fernsehen nicht? Haben Sie tatsächlich eine Hundeschule und arbeiten dort als Trainerin? Wie wurden Sie Schriftstellerin? Was sagte Ihre Familie, als sie erfuhr, dass Sie Frauen lieben? Welche Meinung haben Sie zu Politik? Ein ehrliches, autobiographisches Buch, das dem Zauber des Geschichtenerzählens huldigt und gleichzeitig Mut macht, seinen Lebensweg humorvoll und authentisch zu gehen.

05/2231/02/R